La asimetría del amor

PALMIRA BLUM

DEDICATORIA

A mi familia, aquella que una tarde definimos mi marido y yo
en un paseo al borde del mar

AGRADECIMIENTOS

A mi madre por toda mi vida y por introducirme desde bien pequeña en la lectura con el ejemplo. A mis amigos: Victoria, Esperanza, Ana y Pepe por escuchar mis tramas, leer el borrador y apuntarme sus correcciones. En especial ha significado mucho para mí cuando no las he complacido en algo y no han tomado ofensa por ello.

También, quiero agradecer a Andrea Feccomandi creador del software BIBISCO para escritores por su extraordinario trabajo. Su software me hizo mucho más fácil crear los personajes y la planificación de la novela.

1

Era una veraniega tarde de sábado en una soberbia iglesia de Madrid. Reverberaba aún el último acorde del «Gabriel's Oboe» cantado por un coro hasta hacerse silencio. Al abrir los ojos, Ada contempló las motas de polvo que jugaban con los rayos de sol que, a través del rosetón, bañaban de luz la unión de la pareja.

Erguidos, espléndidos, conscientes de la bonita pareja que hacían, esperaban las primeras palabras del sacerdote que se derramaron sonoras y profundas sobre todos los presentes.

Al «sí quiero» y el beso siguió de nuevo el coro, cantando el «Gloria in excelsis Deo» de Vivaldi que puso punto final a la ceremonia. A continuación, los invitados fueron abandonando la iglesia en un fragoroso río de saludos y niños inquietos. A la salida de los novios, sincronizado: un glorioso repique de campanas. ¡Dios, si parece de película!, pensó Ada.

Su hermano Alberto, dos años mayor que ella, que durante la ceremonia no paró de mirar a una chica que se encontraba sentada en el banco del otro lado del pasillo, la seguía ahora, con la cabeza alzada a modo de periscopio por encima de los invitados. Algo debió atisbar porque en un segundo desapareció y la dejó sola con Sara, su hermana pequeña y sus padres.

Tomó consciencia de las miradas que les dirigía la gente, iban muy elegantes. Su hermana y su madre habían hecho los vestidos. El de ella era de gasa de color malva y escote asimétrico recogido en un hombro. Tenía una cinturilla ancha, adornada con un ramillete pequeño de flores anaranjadas, completando la diagonal. La falda de vuelo vaporoso a dos capas: una naranja y la otra malva, era también asimétrica en su largo.

Ada estaba rebosante porque era su primera boda de ese tipo, en una iglesia tan magnífica, ¡con música coral! Los invitados, extraordinariamente bien vestidos, componían poses sofisticadas y despedían complejas fragancias con la promesa de ser invasivas y perdurables. Estaba deseando comentarlo todo, pero sus padres y su hermana eran tan reservados, que los sentía como un jarro de agua fría a su entusiasmo. Acudió a su refugio de siempre, su propia versión «natural e invitadora» según creía ella, de la pose de serenidad aprendida de su madre y se resignó a hablar con su hermana a la que, al menos en apariencia, todo aquello no la impresionaba.

No cejaba mientras tanto de buscar a su hermano con la mirada, a estas alturas más por su bien que por el de ella, cuando quedó atrapada por una mirada fija, impresionada más bien, de un chico alto, de complexión atlética, embutido en un traje de fina lana azul cobalto. Sus palabras quedaron suspendidas entre el ruido de la gente, olvidadas, y sus ojos hipnotizados siguieron el movimiento de la sonrisa, espontánea y franca, de aquella cabeza rubia. Las piernas le flaquearon de nerviosismo y sintió una vibración caliente recorrer de abajo arriba el eje en que se sustentaba su cuerpo. Su hermano, siempre tan oportuno, escogió ese momento para aparecer y señalarle que su cara se había encendido como una vitrocerámica. Bajo ese comentario no fue capaz de volver a mirar al chico y para cuando lo hizo, este ya no estaba.

Su padre aprovechó que contaba con la atención de todos para recordarles que estaban en la boda del hijo de su mejor cliente, del que dependía la buena marcha de su negocio —dijo mirando significativamente a Alberto y extendiendo su mano les señaló el coche. ¡Así era su padre, para qué usar palabras cuando un simple gesto lo explica todo mejor!

LLEGARON por fin a la casa de los padres del novio donde se iba a celebrar el banquete. Pese a que su padre se la había descrito alguna vez y le había contado algún detalle difícil de las reformas que habían llevado a cabo, había pasado por alto todos los detalles ornamentales, de manera que la casa no se parecía en nada a la sobriedad que había imaginado, gracias, entre otras cosas, al contraste con el azul turquesa de la piscina, el verde del jardín y la paleta multicolor de flores sometidas a los caprichos del paisajismo.

Ada caminaba por una alfombra que reseguía el camino de piedra del jardín, inconsciente del efecto que causaba el colorido y el movimiento de su vestido. Vibraba de anticipación, con la misma ilusión que si caminara sobre el camino de baldosas amarillas que la llevara ante el Mago de Oz. ¡Qué ganas tenía de verlo!, pensó.

El camino resultó más bien que conducía a una amplísima tarima de madera, en la que habían instalado unas elegantes carpas blancas que protegían del sol las mesas, sobre las que los camareros iban depositando sus bandejas de canapés y aperitivos de cocina creativa.

Reunidos en torno a una de ellas, Ada aprovechó para buscar con disimulo al chico entre los grupos que se iban formando a su alrededor, pero no estaba allí. Le resultaba un poco embarazoso no conocer a nadie y tener que formar grupo con su propia familia. Ya sabía de antemano lo que les esperaba y aunque intentó convencer a sus padres de que acudieran ellos solos, Eduardo insistió en que habían invitado a toda la familia y que por el cariño que le mostraban debían ir.

Se alejaba el camarero con el vino que tanto su hermana como ella había rechazado, cuando un hombre muy simpático, uno de los invitados, se presentó con una bandeja de canapés y saludó a su padre. Era Luis, según dijo, amigo del novio y conocía a Eduardo de verlo por la casa. Comenzaron a charlar sobre lo bonito que estaba el jardín y lo cinematográfica que había sido la ceremonia.

—¿Estás ya listo para cuando se inaugure la feria? —preguntó Luis con guasa.

—¿Qué feria? —respondió Eduardo desconcertado.

—Creo que se refiere a cuando enciendan la iluminación para la cena —intervino la voz recia y bien modulada del chico que Ada no paraba de buscar—, Luis lleva toda la semana mofándose de la extravagancia de mi padre con el montaje de luces. ¡No le hagas caso! Por supuesto que está preparado, ya sabes cómo es de concienzudo. ¡Me alegro de verte Eduardo! ¡Por fin voy a conocer a tu familia! —dijo mientras paseaba su mirada por todos y recreándola un segundo más de lo necesario en Ada—. Yo soy Germán, el hermano de Jaime, el novio, el marido quiero decir —corrigió con una sonrisa más simpática que atractiva.

—¡Claro! Germán, ella es Ana, mi mujer y estos son: Sara, la pequeña, Ada la mediana y Alberto, mi hijo mayor —Germán dio dos besos a cada una de las mujeres, estrechó la mano de Alberto y luego la posó sobre el hombro de Luis.

—¿Lo estáis pasando bien? Veo que las chicas no están

bebiendo, ¿no os han ofrecido algo? —preguntó mirándolas alternativamente.

—Sí —contestó Ada—. Nos han ofrecido vino, pero no nos gusta y estamos esperando a que traigan otra cosa.

—¿Qué os gustaría beber? —dijo Germán, con una expresión curiosa de su ceja izquierda que enfatizaba una pequeña cicatriz que tenía justo en el nacimiento de la raya de su pelo y que le daba un toque desenfadado y travieso a su rostro. A Ada le gustaba su pelo castaño claro, o más bien aclarado en las puntas por el sol que a juzgar por su rostro moreno, le daba de forma habitual. Sus ojos eran azules oscuros, más bien grises, no muy grandes y algo ocultos por sus párpados y cejas que fruncía en una expresión inquisitiva.

—Té helado, si pudiera ser —contestó Ada —o si no agua.

—Té helado será entonces, de eso yo me encargo y si no puede ser ahora, te traerán agua hasta que lo consigan —le aseguró Germán—. ¿El té hecho con tetera de toda la vida o de lata? —Sorprendió a Ada con esa segunda pregunta y lo que parecía un brillo burlón en la mirada, como pretendiendo estirar la conversación.

—De lata estaría bien, pero solo si no ocasiona mucho trastorno—respondió Ada con prudencia. A lo que Germán contestó con un mohín de sus labios por asentimiento.

—De lata será entonces. ¿Y tú Sara, qué quieres tomar?

—Lo mismo y también de lata —contestó Sara con una de sus raras sonrisas—. Gracias

—Marchando —bromeó Germán alzando el brazo izquierdo, doblado por el codo, como si portara un lito imaginario. Con lo que dio media vuelta y se marchó a cumplir su cometido.

—Yo también os dejo ahora que veo que estáis bien servidos —dijo el invitado simpático—. Si queréis uniros a nosotros estamos en aquella esquina.

—Gracias —contestó Ana sonriendo—, pero no podemos movernos ahora que se van a tomar tantas molestias para traer las bebidas a las niñas, no vaya a ser que no nos encuentren.

Se quedaron de nuevo solos, pero no por más de un minuto que fue lo que tardaron en ir llegando camareros con agua, pinchos y aperitivos varios, y no más de dos o tres en aparecer una camarera jovencita y agitada, como de haberse dado una buena carrera, portando una bandeja con las dos latas de té y unos vasos de diseño, decorados con su correspondiente rodaja de limón.

Al caer la luz azul, todos avisados, reunidos y expectantes, comenzaron a vibrar una a una las notas acariciantes del «Liebestraum» (Sueño de amor) de Fran Liszt, tocadas al piano por una bella joven asiática, de piel muy blanca y cabello negro, que brillaba azulado bajo la luz del único foco que en ese momento lucía en el jardín. El romanticismo se fue extendiendo por cada rincón, despertando el aroma de los jazmines y estimulando los sentidos de Ada como si solo le hablaran a ella. Era así como se sentía a menudo, disfrutaba con cosas que no podía compartir con todo el mundo. Hacía ya mucho tiempo que había aprendido a ocultar esa faceta suya, sensible, a sus amigos y que su familia respetaba con la condición de que tuviera los auriculares puestos. ¡Dios, ese día se sentía por fin en su ambiente!

La melodía tentadora y apasionada trepaba enredada por la efervescencia de Ada, que poco a poco se iba alejando de su familia, simbólica y físicamente, como en un ritual de iniciación, dejando atrás la adolescencia y adentrándose en el mundo de la mujer. En un momento dado, sintió en su mano la caricia leve y aterciopelada de unos dedos que la sobresaltaron apenas, pues enseguida le estrecharon la mano con una seguridad tranquilizadora. Levantó la mirada y era Germán que le sonreía como si llevara haciéndolo toda la vida, como si tuviera todo el derecho del mundo a tocarla y a estar ahí. Ada respondió a su sonrisa con otra y sin desprenderse de su mano, cerró los ojos e inspiro el aroma del jazmín.

Coincidiendo con el *dolce armonioso* de la pieza, sintió de nuevo que Germán le estrechaba la mano; abrió los ojos y vio cómo se iban encendiendo una a una la iluminación especial que habían dispuesto para la boda, hasta alcanzar la nota final seguida del silencio necesario para respirar de nuevo la realidad. Se soltaron las manos para los aplausos que se redoblaron al poco, al abrirse paso por la alfombra azul, ahora iluminada, la tan esperada pareja de recién casados. Ya podía comenzar la cena.

Germán se giró para mirar a Ada mientras continuaba aplaudiendo y acercando la boca a su oído le dijo en un susurro:

—Nos vemos luego —Y sin más se dio la vuelta y se alejó arrastrando tras de sí las ondas del calor de la noche.

LA cena fue espléndida, aunque Ada no recordaba nada de lo que comió o si comió, tan solo recordaba, como ejecutándose en segundo plano, la imagen de su hermana Sara conversando con los compañeros de mesa, todos aproximadamente de su misma edad. Sabía que aquello era un prodigio, al menos ella nunca había sido testigo de algo parecido, de que su hermana abriera la boca y se mostrara viva, pero su ánimo estaba demasiado excitado para poder prestar atención a lo que decía, algo que lamentaría después.

Cuando por fin terminó la cena, les reunieron a todos para el baile en el lugar que antes ocuparan las carpas del aperitivo. Estas habían sido sustituidas por un escenario, sobre el que habían colocado el piano. Ada esperaba cada nuevo truco de la noche con el foco puesto en la cara del mago, entregada con total complicidad a lo que tuviera que venir.

La joven asiática, con las manos en su regazo, esperaba sonriente a que los recién casados ocuparan su puesto sobre la pista. Todos estaban expectantes, preguntándose qué iban a bailar. Ada sonreía sola como una boba, nada más y nada menos que el «Can't help falling in love» de Elvis, aunque eso sí, con un ritmo un poco más rápido del original para hacerlo más espectacular y disimular la poca gracia de la pareja que daba vueltas sin parar. El resultado no se podía decir que estuviera a la altura de la noche. La pareja tenía poca compenetración y no hacían contacto visual, quizás por la atención que ponían en seguir los pasos, supuso Ada.

Al finalizar el vals nupcial pusieron ya música enlatada, comenzando con otro vals.

—¿Me concede este baile? —susurró Germán a su oído. No se sorprendió, ya lo estaba esperando, ni un minuto antes ni un minuto después. Se le quedó mirando por unos segundos, barajando la posibilidad de hacer la pantomima de que consultaba su carnet de baile antes, pero su intuición le dijo que Germán no entendería la broma, así que se limitó a sonreír despacio y a asentir con la cabeza. No se puede decir que bailaran con mucha soltura, pero no apartaban los ojos uno del otro, lo que compensaba y borraba todo lo demás. No creía que pudiera ser más feliz esa noche, lo único que la mantenía anclada a la tierra era la mano de él aferrada a su cintura, temía que si la soltaba saldría flotando como si todo fuera un sueño. La falta de dominio del vals hizo sin embargo, que al cabo de un rato, a Germán le resultara monótono el baile.

—¿Sabes si le queda mucho a este baile? Son demasiadas vueltas después de la cena. ¿Qué te parece si paramos y tomamos una copa? Quiero conocerte —aseguró Germán.

—Como quieras —contestó Ada algo desilusionada, por ella seguiría bailando toda la noche.

—¡Ven por aquí! —La guio él, que aún continuaba con la mano en su cintura. Se dirigieron a una esquina de la barra e hizo señas a la camarera de que se acercara.

—¿Qué quieres tomar? ¿Té helado? —preguntó con la ceja levantada en ese gesto que acentuaba la raya de su pelo.

—No. Preferiría algo digestivo. No sé, una tónica o algo así.

—¿Te apetece un *gin-tonic*? Te lo van a preparar muy bien. Mi padre ha traído unas ginebras y unas tónicas muy especiales para la ocasión. Las está promocionando, es uno de sus negocios. Se están poniendo muy de moda.

—¡Venga, voy a probarlo a ver si me gusta más que el vino! —contestó Ada dispuesta.

—Un Fever Tree con Hayman 1820's para la señorita y uno con Tanquerai para mí, por favor —pidió a la camarera que esperaba pacientemente.

—No acostumbro a beber alcohol, ¿sabes? No aprecio el sabor. Supongo que es como la música, tienes que ir educando el gusto —informó Ada que algo nerviosa buscaba desesperada algo que decir.

—Sí —afirmó Germán con un mohín—. Me temo que tengo el gusto más desarrollado que el oído, aunque no bebo mucho, mi entrenador no me lo permite.

—¿Tu entrenador?

—Sí, de tenis, mi gran pasión.

—¿Compites?

—A todas horas. Y a ti ¿Te gusta la música?

—¿Por qué dices eso? —preguntó Ada sorprendida.

—Por lo que has dicho de educar el oído y por tu lenguaje corporal cuando la escuchas. Te he estado observando todo el rato, incluso cuando no estaba contigo —confesó Germán bajando un poco el tono de voz y acercando su cabeza a la de Ada.

—Sí, la música es mi pasión como tú dices.

—¿Qué tipo de música?

—En realidad casi toda, aunque…

—¿Aunque? —la animó a seguir porque estaba seguro que ella dudaba entre si hacerle una confidencia.

—Aunque lo más peculiar quizá sea la Ópera y el canto coral.

Él no intentó disimular su cara extrañada, al menos era claro.

—¿Solo música clásica? —preguntó sin añadir ningún juicio.

—No, no necesariamente, pero sí poco repetitiva y simplona, no sé si me entiendes. —Trataba de explicar Ada haciendo girar sus manos sobre sí mismas, como si fuera un organillo imaginario que mostrara sus músicas.

Germán observó el gesto y sonrió y justo en ese momento trajeron las bebidas que venían en dos copas grandes y redondas, decoradas con una sofisticación que fascinaron a Ada.

Germán las tomó y le ofreció la suya.

—Brindemos —dijo alzando la copa justo hasta el borde en que se encontraron sus ojos. Las chocaron con cuidado y bebieron.

—¡Mmm...qué bueno! —saboreo Ada con los ojos cerrados.

—¿Siempre cierras los ojos para disfrutar lo que te gusta? —preguntó Germán sonriendo.

—No sabría decirte —contestó Ada—. Si lo hago no soy consciente.

—Pues sí, lo haces mucho, cuando escuchas música también —Sonaba en ese momento La Tortura de Shakira y Alejandro Sanz.

—¿Te gusta esta canción, o es muy repetitiva y simplona? —preguntó mientras contemplaba fascinado como Ada relamía los restos de *gin-tonic* que esa copa tan grande le dejaba en los labios.

Ada sonrió recordando el comentario.

—No funciona así —dijo—. Yo al menos no escucho así la música, no la separo del momento, ni del contexto. En estos momentos, con esta copa en la mano y con el jaleo de la gente bailando y riéndose, esta música me parece perfecta. No le doy más vueltas.

—No eres intolerante entonces, con los que tenemos gustos más vulgares digo.

—Me gusta pensar que no, pero depende del momento y de la situación.

—Muy diplomática —Sonrió Germán mientras le colocaba un mechón de su cabello tras la oreja—. A propósito, me dijo tu padre que este curso comienzas Teleco. ¿Vamos a vernos en la universidad entonces?

—Bueno, eso depende de si los de tercero se dignan a mirar a los de primero —contestó Ada con picardía, levantando la copa y dando otro sorbo que, de nuevo, por más despacio que lo hiciera, volvía a dejarle un reguero de *gin-tonic* en los labios.

—Te los lamería yo con los míos, si no temiera que hubiera alguien de tu familia alrededor mirando, que seguro que lo están, dispuesto a arrancarme la cabeza si me atrevo —sentenció Germán en voz baja mirando sus labios.

A Ada comenzó a latirle el corazón más rápido, de pronto percibió el olor de Germán más intensamente, su fortaleza, el calor de la noche le excitó la piel. No se sentía ella misma, era otra. Ella miró también sus labios.

—Acércate un poco a mí, pero mirando a la barra —le dijo levantando la mirada de golpe a sus ojos. Giró la cabeza para mostrarle como—. Así, junta un poco tu cabeza con la mía. Eso es, ahora cierra los ojos, imagínalo...nuestras bocas se van acercando —dijo Ada con voz sensual—. No te dejes nada.

Ambos permanecieron por unos segundos quietos, unidos por las sienes con los ojos cerrados.

—¡Guau! ¡Ada, qué pasada! ¡Vaya, ahora hago versos! ¡Me muero por tocarte, vamos a bailar esto aunque sea! —propuso Germán rebosante de energía en ese momento, mientras su pecho subía y bajaba agitado y Ada no le quitaba ojo. En esos momentos sonaba «Smooth» de Carlos Santana y Rob Thomas. Tomándola de la mano se dirigieron a la pista.

Ada no podía creer que lo que acababa de pasar se le hubiera ocurrido a ella, ¿de dónde había nacido eso? Esa era una noche de descubrimientos y sobre todo de ella misma. Las emociones la empujaban. Germán la hacía moverse por la pista estirando su mano, haciéndola girar, acercándola la tomaba por la cintura, para luego alejarla en un pequeño impulso, y dejarla hacer todo el trabajo. Para Ada bailar y cantar eran su medio de expresión, lo que la hacían sacar fuera todo lo que deseaba vivir, conocer, todo aquello que en su casa no existía. Se contoneaba airosa, sensual, pero controlada, con elegancia, teniendo en cuenta que estaba rodeada de gente y de sus familias. A ritmo del chachachá lento y profundo de Santana Ada iba cambiando de piel, dejando la crisálida resbalar por sus caderas, siguiendo su propia danza de iniciación.

A ese baile siguieron otros y también otro *gin-tonic*, sentados en una mesa junto con los hermanos de Ada y los chicos con los que habían compartido cena. Pero ellos participaban poco de la conversación general, concentrados como estaban en ellos mismos y en conocerse.

—¿Te apetece que nos demos una vuelta, ahora que están todos enfrascados en lo suyo? —preguntó Germán—. Será sólo un momento.

El nerviosismo se apoderó de ella, eso es lo que más deseaba en el mundo, estar a solas con él.

—Me encantaría, de veras, pero no creo que sea buena idea. Nuestras familias están aquí pendientes de nosotros y no quiero que se lleven una mala impresión o provoquemos alguna escena que fastidie la boda a tu hermano. Si estamos solos es muy probable que algo pase y también que nos pillen —sentenció Ada.

—¡Vaya! ¡Cuánta sensatez! —sonrió él—. Será solo un momento, te llevaré a un sitio que sé que es el más oscuro del jardín, hoy más bien el único. Está junto al cuarto dónde guardamos los enseres de la piscina. No habrá nadie ahora y serán solo un par de minutos. No puedo dejarte ir esta noche sin besarte, no podría dormir, ni esperar a mañana. Iré a por ti tan pronto pueda escaparme de la familia que ha venido para la boda —dijo Germán un poco desesperado.

Ella comenzó a perder determinación, tenía tantas ganas de tocarlo que no podía resistirse.

—Está bien, pero si son solo un par de minutos que sean tranquilos, ¿vale? No me gustaría hacer de nuestro primer beso un revolcón a lo loco —dijo Ada.

—«Empieza como tengas la intención de continuar» —parafraseó él—, eso suele decir mi entrenador que es inglés. Está bien, te lo prometo.

—De acuerdo entonces.

Germán la guio por el otro lado del escenario hacia la piscina. Como iban por el césped, Ada tenía dificultades para caminar con las sandalias y el agravante del alcohol.

—Te cogería en brazos para ayudarte, pero eso estropearía lo de la discreción —rio este.

Ada dejó escapar una carcajada por la nariz y miró para atrás a ver si los veía alguien.

Justo al girar por detrás de la casa, delante de la piscina, había un rincón efectivamente muy oscuro. Le indicó llevándose un dedo a los labios que guardara silencio y ella se aguantó la risa como pudo. Había una puerta a la izquierda que daba al cuarto que le había mencionado, pero no tenía la llave encima según le había dicho, seguida de una ventana abierta y de una pared, en la que la apoyó. Colocó las manos a ambos lados de su cabeza y la miró a los ojos aún sonriendo, con la respiración agitada. Bajó una mano a su cintura y la estrechó contra sí, mientras con el otro brazo detrás de su nuca la protegía de la dura pared. Poco a poco su sonrisa se fue apagando y su rostro se fue acercando hasta tocar los labios de Ada. Se quedó ahí por un segundo, probando, incitando, atrapándolos en pequeños picos. Ada dejó de respirar, nunca hasta ese momento había deseado a nadie así, lo agarró por el pelo y apretó su boca. Él, perdió el control e introdujo su lengua con ansia, sorprendiendo a Ada. Retrocedió enseguida y la tranquilizó con pequeños besos alrededor de su boca y delicados lametones por sus labios, como había deseado hacer durante toda la noche. De pronto separó su cabeza, le pareció que llevaba un rato escuchando un murmullo, pero había sido incapaz de parar. Se quedó expectante. Ada le miraba con los ojos un poco desenfocados, aún sumergida en los besos y el torrente de deseo que la recorría, hasta que de pronto lo escucharon los dos, claramente les llegaba el eco de una conversación a través de la ventana. Se gritaban, aunque con voz sorda, y Germán agarró la cabeza de Ada contra su pecho y la protegió contra la pared de las posibles miradas ajenas.

—¿Qué quieres que haga ahora? ¡Dime! ¿Qué demonios quieres que haga ahora? ¿O qué querías que hiciera? ¿Acaso ibas a dejar a Marta? No, claro que no, ya me lo dejaste bastante clarito—gritaba una voz femenina como mordiendo las palabras—. Hemos hecho algo imperdonable, sí, imperdonable, y lo hemos hecho los dos, te guste o no, lo hemos hecho los dos, sí, a tu mejor amigo, al hombre que me quiere como tú nunca me has querido ni me querrás, sí, y también a tu mujer y no te digo como se enteren las familias.

—Podías haber esperado un poco, ¿no? antes de comenzar toda esta farsa de boda que nos ha atrapado a todos.

—¿Esperar? ¿Esperar a qué? ¿Cuánto hace que nos conocemos? ¿Tres años? ¿Acaso no fue en tu boda? Y dime: ¿Cuánto tiempo llevamos acostándonos juntos? ¿Un año? Y dime: ¿Cuándo te dije que ya no podía más, que si no rompías con tu mujer, yo formalizaría mi vida con Jaime? Hace seis meses, ¡seis meses! — repetía todo sin respirar apenas—. Te di la oportunidad de reacción y no lo hiciste. Pero no lo dejaste ahí, ¿verdad? No, me tuviste que buscar la noche de la prueba de la cena de la boda. ¡A buenas horas! Y ¿sabes lo que conseguiste? pues agárrate porque te vas a caer de culo, lo que conseguiste fue dejarme embarazada, sí —dijo con los dientes apretados—, embarazada y, ¿ sabes por qué? porque estaba descansando de la pastilla.

Hizo un pequeño silencio, tal vez para tomar aliento y continuó.

—Jaime y yo lo habíamos decidido, ese mes me lo iba a tomar de descanso, usaríamos preservativo y luego el siguiente empezaría a tomarla de nuevo. Incluso lo convencí en ese último mes para no tener relaciones, como un juego sexual, un reto para cogernos con más ganas en la noche de boda —le dije—. Una estratagema que defendí dándole largas y excusas, valiéndome de todo el jaleo de la boda, esperando que tú aparecieras y pararas todo, pero no lo hiciste.

—¿Embarazada? ¡Vamos, Marian!, ¿qué rollo me estás contando ahora? ¡Esto es una locura! Sé lo que te prometí, pero, ¿Cómo puedes jugar con esas cosas? —preguntó él con la voz incrédula, desesperada.

—Jugar, ¿jugar yo? ¿Y qué pretendías tú esa noche, en la puerta de mi casa, puesto de copas de la cena, pidiéndome desesperado que parara todo, que ibas a dejar a Marta, que suspendiera la boda, que nos iba a arruinar la vida? Y sí, mira por donde, sí que nos la hemos arruinado, no sabes tú cómo, porque esa noche no tuvimos mucho cuidado y me quedé embarazada —dijo Marian con rabia. Cuando dos horas después te levantaste y te duchaste para volver con Marta, vete a saber qué mentira le conteste para justificar la hora a la qué llegabas, supe que no ibas a cambiar, que lo que dijiste con el calentón, se te había pasado ya después de desfogarte.

—Por Dios, Marian, no digas eso, ¿cómo sabes que no es de Jaime?

—¿Otra vez, pero es que no me estás escuchando? El único descuido lo tuve contigo y cuando nazca, será muy fácil de probar.

—¿Y no pudiste hacer nada, impedirlo de alguna forma?

—¿De qué forma, con la boda encima, qué demonios me estás pidiendo ahora, pero tú escuchas lo que dices, qué clase de canalla eres, qué clase de canallas somos?

—¡Dios qué vamos a hacer! Si se lo decimos ahora...la boda...Oh, Dios mío, Dios mío.

—Ahora lo que vamos a hacer es salir ahí fuera, que ya hace mucho rato que nos quitamos de en medio, lo último que nos faltaba es que nos pillaran así y que todo saliera a la luz en plena celebración. Ya hablaremos más adelante, hasta que se me note tenemos margen de maniobra. Te llamaré cuando volvamos de la luna de miel. ¡Vete, sal tú primero!

—¡Marian, por favor, no nos separemos así, deja que te abrace, o que haga algo, no sé!

—¡Vete, vete! Ya has hecho bastante, ¿creíste acaso que no ibas a pagar el precio, que no íbamos, mejor dicho? ¡Sal!

Germán se apretó más a la pared, los dos paralizados en silencio, horrorizados.

La puerta se abrió hacia afuera, lo que impidió que los vieran al abandonar el cuartillo. Germán reaccionó cogiendo a Ada de la mano y corriendo silenciosos en sentido contrario, rodeando la casa por detrás para evitar que Marian los descubriera al cerrar la puerta. Cuando por fin estuvieron fuera del alcance de su vista, pararon y se apoyaron en una pared que venía a dar cerca de la cocina, desde la que salían sonidos de ajetreos de sartenes, vajillas y limpieza. Cuando ambos fueron recuperando el aliento, Germán, volvió a tomar de la mano a Ada y la condujo de vuelta al jardín. Iba caminando muy rápido, sin reparar esta vez en que Ada iba en sandalias y que se le clavaban en el césped, tampoco en que ella le tiraba de la mano pidiéndole que fuera más despacio. La llevó hasta un banco que se encontraba solitario y alejado de la fiesta, pero desde el que podían ser vistos si alguien se molestaba en mirar. Germán la soltó de repente y se volvió.

—Siéntate —le ordenó con brusquedad. Ada estaba tan desconcertada que obedeció sin pensárselo, además las piernas apenas le sostenían. Germán se le cuadró delante, puso un pie a su lado sobre el banco y apoyó su peso sobra esa pierna mientras le decía.

—Más te vale no decir ni una palabra, ¿me oyes? de lo que has escuchado esta noche ni de lo que has visto, a nadie, y mucho menos a tu padre, ¿entendido? —dijo con rabia Germán y con las facciones contraídas en un gesto amenazante que quedaba acentuado por la cicatriz de su raya que hasta hacía unos minutos le había resultado tan simpática.

—¡Pe… pero por qué habría de …!

—¡Te he dicho que si me has entendido! —Ante esas palabras se irguió Ada en el banco con el gesto muy serio, pero guardó silencio. Justo en ese momento se dio cuenta de que algo muy gordo se le venía encima, que el mundo se le acababa de poner patas arriba y que por el momento lo único que podía hacer era mantener la calma. Él alzó la ceja en muda interrogación y ella siguió sin contestar.

—Bien, veo por tu cara que ya estas tomando conciencia de lo que hay aquí en juego. Te lo pondré muy claro para que no tengas que pensar en nada, ni plantearte nada: ni conciencia, ni chismes, ni confidencias. Vas a olvidar todo lo que ha pasado esta noche, porque si me entero que algo de esto sale a la luz por tu causa, tu padre no volverá a poner un pie en esta casa, ni en ninguna de nuestra influencia, ni tu vida en la universidad va a ser tan divertida como piensas —Terminó Germán con la respiración agitada y un rictus cruel.

Ada se puso en pie lentamente, acababa de pasársele de golpe el efecto del alcohol y de la magia de la noche. Miró sus sandalias enterradas en el césped, sucias ahora como todo lo demás.

—Encantada de conocerte Germán —dijo Ada con voz ronca y temblorosa de indignación—, porque tengo la sensación de que justo en este momento te acabo de conocer.

Acto seguido se dio la vuelta y caminó con paso decidido y digno hacia la fiesta, dejando a Germán plantado y sin mirar atrás a ver si la seguía.

Por dentro, sin embargo, las emociones amenazaban con ahogarla, no podía respirar, le dolía el pecho. Su mente era un caos, no sabía por dónde empezar o qué hacer. Solo quería encontrar un sitio donde pudiera llorar a solas, sin testigos, sin tener que dar explicaciones, no por las amenazas de Germán, sino porque no quería comunicarse con nadie. Se sentía tan avergonzada como si ella misma fuera la que hubiera confesado a su amante su embarazo, el día de su boda, con su mejor amigo. ¡Dios! ¿Pero esas cosas pasaban en el mundo real? Si parecía el argumento de una telenovela.

Respecto a lo que había vivido antes con Germán... ¡Ah, no, por Dios, no quería mirar ahí, ahora no, o se pondría a llorar ahí mismo en mitad de la fiesta!

Lo siguiente que pensó era que tenía que buscar a su hermano, porque no podía marcharse de la fiesta sin más y coger un taxi, no llevaba dinero, además mataría a sus padres de un susto. No lo vio por ningún lado, pero con quien sí se tropezó nada más poner los pies en la fiesta fue con su padre.

—Ada hija no te veía —le espetó un poco molesto—. Tu madre ha ido al baño a ver si te encontraba. Tus hermanos están en el bar con los compañeros de mesa y tampoco sabían nada de ti. ¿Dónde te habías metido?

—Quiero irme a casa, no me encuentro bien. Ya he aguantado bastante, ¿te importa si nos vamos? —dijo Ada con voz temblorosa y una mirada desorbitada que no engañaba a nadie.

—¿Aguantado?, pero si te lo estabas pasando tan bien con Germán. ¿Qué ha pasado? ¿Qué te ocurre? —preguntó preocupado, algo no andaba bien.

—Papá, por favor, ahora no. Si sigues me voy a poner a llorar aquí mismo y voy a dar un espectáculo —contestó Ada desesperada.

—¿Te ha hecho algo? Dime que te ha hecho porque voy y le parto la cara ahora mismo —sentenció su padre con mirada torva y el volumen de voz contenido.

—No, papá, no, de verdad, confía en mí, no es nada de eso, no se trata de Germán, no puedo hablarte de ello ahora, solo quiero irme. Por favor ya no puedo aguantarme más —dijo con los ojos anegados de lágrimas.

—Ada, cariño, lo que dije antes no iba en serio —dijo en un tono más suave, recordando su advertencia de la tarde—, tú me importas más que este trabajo o esta familia, si te ha pasado algo yo...

—Que no papá —dijo Ada mordiéndose los labios para no llorar—. Que no es nada de eso, no te lo puedo explicar ahora, no es mi secreto y además no puedo más.

—Está bien hija, camina hacia el coche —dijo mientras le entregaba la llave—. Yo me encargo de recoger a la familia y despedirme de los novios.

—Sí, por favor —contestó Ada aliviada. Y con las mismas se giró y enfiló de nuevo la alfombra azul, en el sentido inverso, literal y todos los figurados que se le ocurrieran. Se le vino a la mente la fantasía de hacía unas horas de que era su camino de baldosas amarillas y la vergüenza casi la tira de rodillas, ya nada podía parar el torrente de lágrimas y lo único que pedía era que por favor no se cruzara con nadie o su humillación ya sería completa.

CUANDO llegó su familia, Ada se encontraba hecha un ovillo en la parte trasera del coche, con su cuerpo sacudido por unos sollozos estremecedores. Su madre se precipitó enseguida a cogerla y Ada se abrazó a ella con fuerza. Sara se sentó al otro lado muy seria y callada, otra vez vuelta a la normalidad, le puso a su hermana una mano sobre la cadera, acariciándola para calmarla. Alberto se sentó de copiloto. Se quedó por esta vez callado porque no sabía qué decir, pero en su gesto se leía la rabia y la frustración típica masculina del que quiere defender a un miembro de su familia a puñetazos con quien haga falta. Eduardo arrancó el coche y pusieron fin a la boda.

Nunca pensó Ada que pudiera agradecer el silencio de su familia, y la ausencia de los arrebatos sentimentales que observaba en otras, como lo agradecía en estos momentos. Su madre se limitó a agarrarla con fuerza todo el camino y a acariciarle la espalda.

Al llegar a casa se desnudó y se puso el camisón. Ni siquiera se lavó la cara ni los dientes, si no que se tiró sin más bocabajo en la cama. Al poco entraron sus padres y se sentaron cada uno en un lado de la cama. La madre la agarró del brazo y la hizo volverse. Le retiró los rizos de la cara y contempló con pena y secreto humor, su rostro con todo corrido por las lágrimas, parecía una preciosa máscara trágica. ¡Esa era la gracia de la juventud!, pensó con algo de nostalgia, recordando antiguos llantos.

—Ada, comprende que tengo que saber algo —insistió su padre—, no puedo quedarme así. No puedo seguir trabajando con gente que hace daño a mi hija, ¿me entiendes?

Ada retiró el brazo con el que acababa de ocultar la cara, para esconderla del escrutinio de su madre, y se incorporó para mirarlos.

—Sí Papá, te entiendo —dijo con la voz temblorosa de tanto llorar, pero entiéndeme tú a mí. Verás, he sido testigo de algo que me ha trastornado. Germán también. No puedo decirte qué es porque el secreto no me pertenece, pertenece a esa familia y ni tú ni yo tenemos nada que ver.

—Bien, respeto eso. Pero si es así: ¿Por qué lloras? ¿Qué tienes eso que ver contigo? ¿Por qué te afecta?

—¡Ah, papá, me afecta porque es muy doloroso! y porque eso ha trastornado a Germán, o quizá es así siempre, no sé, y me ha amenazado con que si lo contaba, tú perderías el trabajo y yo lo pasaría muy mal en la universidad, pero no creo que supiera lo que decía, supongo que era el *shock*. No es miedo a eso lo que me tiene así, son las circunstancias que me han superado.

—Ya. Bueno, quiero que estés tranquila respecto a ese asunto. A mí me importa un pimiento que esa familia me retire el trabajo y su apoyo. No son mis únicos clientes, ni lo serán y no los necesitamos para vivir. Y aunque los necesitáramos tú serías lo primero, ¿lo sabes?

—Gracias papá, creo que sí lo sabía, pero me tranquiliza mucho que me lo digas.

—Ada —dijo su madre suave, midiendo sus palabras para no alterarla—. Si el asunto no nos concierne, supongo que es justo que lo guardes, pero tampoco ha de afectarte, es decir, si el guardarlo te hace daño, entonces creo que debes contárnoslo, para desahogarte, porque nosotros no actuaríamos de ninguna manera que tú no aprobaras. Por favor, confía en nosotros.

—No, de verdad, es que no tiene nada que ver conmigo, ni

con nosotros. Yo no hubiera dicho nunca nada igualmente por respeto. Lo que me ha dolido son las amenazas de Germán, creí que...—se calló de repente— y bueno...el secreto también, es muy doloroso, aunque ni siquiera conozca a las personas a las que afecta.

—Lo lamento —dijo su padre— porque aprecio a esa familia de verdad y supongo que Germán habrá debido de sentirse muy trastornado; aun así, amenazarte. En fin, no le diré nada si tú no quieres.

—No, no lo hagas. Ahora la verdad es que no quiero volver a oír su nombre, con eso me conformo. ¡Menos mal que mañana nos vamos a Roses!

—¿Seguro? —intervino su madre—. Porque si no te ves con fuerzas podemos irnos el lunes.

—No sé. Creo que no, prefiero poner distancia cuanto antes, pero ya te lo diré mañana ¿Vale?

—Vale cariño. ¿Quieres que me quede aquí contigo esta noche? —preguntó su madre.

—No, no hace falta, prefiero estar sola.

Cuando los padres abandonaron la habitación, entraron Alberto y Sara. Alberto enseguida se acostó junto a ella y la abrazó. Sara se quedó en la puerta mirándolos en silencio con una expresión extraña, triste sin duda, pero había algo más. Ada se dio cuenta, y por primera vez en su vida, supuso que fruto de una nueva sabiduría que le había proporcionado el desengaño de esa noche, percibió que su hermana sufría y mucho. Los ojos de Sara eran ahora dos pozos claros, llenos de dolor y de anhelo. ¿Por qué no lo había visto nunca hasta ahora? ¿Qué escondía adentro su hermana? En ese momento, lamentó no haber prestado atención al prodigio de ver a Sara charlando, incluso riendo con otros, de haber malgastado esa oportunidad, ensimismada en, se negó a formular su nombre en el pensamiento, en ese.

—Ven —dijo tendiéndole una mano. Sara se acercó y cuando le tomó la mano Ada tiró con fuerza y le hizo perder el equilibrio, de manera que Sara cayó sobre ellos dos. Los tres se abrazaron con fuerza, en un silencio que lo decía todo.

—¿Mejor? —preguntó Alberto.

—Mejor —contestó Ada.

—¿Me voy a tener que quedar con las ganas de partirle la cara al Germán ese? —Volvió a preguntar.

—Me temo que sí. Pero si se hace necesario y se da la ocasión me encantaría hacerlo yo misma, no querría dejártelo a ti.

—¡Esa es mi hermana! —sentenció Alberto animoso.

—¡Eh! ¿Y yo qué? —dijo Sara clavándole un codo en las costillas.

2

Hacía dos días que Ada había vuelto de Roses. Se habían terminado las vacaciones. Ya casi lo estaba deseando, desde que en los últimos días de agosto la despertaran los pálidos y brillantes rayos de sol reflejados en el mar y que a Ada siempre le habían producido melancolía, entre otras cosas porque le anunciaba el fin del verano y con ello el despedirse de los amigos, la vuelta a casa, a Madrid.

Ese domingo por la tarde, ya por lo general tan deprimentes, le estaba resultando a Ada insoportable. El temor de encontrarse con Germán en la universidad le había devuelto sin misericordia todos los detalles de la noche decepcionante en que lo conoció. Las vacaciones en Roses, donde siempre lo había pasado tan bien, no habían conseguido borrar del todo los recuerdos, ni superar la humillación y la vergüenza. De vez en cuando, sin previo aviso, le asaltaban las escenas, una detrás de otra, de cómo había ido escalando su entusiasmo a lo largo de aquella noche. Su fascinación por el ambiente, la música y los invitados.

La impresión que le había causado Germán: su atractivo y la intensidad con que la miraba, todo eso lo imaginaba ahora cargado de ridículo por su ingenuidad. En retrospectiva, comprendía que todos los acontecimientos de la noche habían ido cayendo en terreno fértil al romanticismo y por unas horas había vivido un cuento. Era muy consciente de que la misma sensibilidad que la había hecho sentir esos momentos de felicidad esa noche, le había hecho sentir el dolor después y la vergüenza: a veces ajena, cuando pensaba en Germán y en su comportamiento; y la más paradójica, la propia, por haberse dejado llevar por el entusiasmo, sin ningún *air- bag* que la protegiera.

Su tendencia romántica e introspectiva cargaron los días que siguieron de entradas en su diario volcando sus sentimientos; de grabaciones de canciones que cantó con una interpretación nueva;

y de cierta complicidad recién nacida con su madre y con su hermana. No se podía decir que ahora fueran uña y carne, pero parte del antagonismo que había sentido siempre hacia ellas, por su frialdad y su hermetismo, se había disipado barrida por la tranquilidad al saber que su familia, a la que siempre sintió tan lejana, de eso siempre excluía a su hermano (su compañero de juegos desde que nació), había sido su amparo esa noche.

La intranquilidad que le producía la posibilidad de encontrarse con Germán no se debía a sus amenazas. Su padre volvió por allí al día siguiente de la fiesta para comprobar que los montadores de la decoración de luces y sonido lo hubieran dejado todo en condiciones, además ya llevaba un mes trabajando en la casa y no le había comentado nada que indicara que la familia estuviera al tanto de la situación. Los recién casados habían vuelto de la luna de miel, pero vivían en su propia casa y él no los había visto por allí.

Ada no le había contado a su padre lo sucedido porque no quería que se sintiera incómodo, teniendo que entrar en esa casa y relacionándose con ellos, sabiendo cosas tan importantes de sus hijos que los padres desconocían. ¡Hubiera sido una situación insostenible para Eduardo! Además, no consideraba que fuera asunto de ella destapar esa historia.

A veces pensaba en Germán con pena, no podía evitarlo. Se ponía en su lugar, en la agonía que tenía que estar pasando de saber de qué forma tan canalla habían traicionado a su hermano y calculando de qué manera contarlo que hiciera menos daño, porque ahora sin quererlo y sin responsabilidad alguna en el asunto se había convertido en cómplice.

Otras, se preguntaba lo que sentiría Germán con respecto a ella. Si recordaría sus propias palabras y su comportamiento con vergüenza, al fin y al cabo, a estas alturas ya habría debido notar que Ada no había dicho nada, o si se felicitaría de haberla presionado lo suficiente como para que mantuviera la boca cerrada. De una cosa estaba segura, fuera lo que fuese había decidido dejar las cosas como estaban, porque de ninguna manera se había intentado poner en contacto con ella.

En fin, la cosa es que toda esa incertidumbre la estaba carcomiendo y le estaba amargando la que debería ser una de las tardes más excitantes de su vida, la víspera de su entrada en la universidad, su sueño. Se abrió la puerta y entró Alberto, se dirigió derecho a bajarle el volumen a la música, estaba escuchando *Nuvole Bianche* de Ludovico Einaudi.

—¿Ya estás con tus alegrías, guapa? —preguntó con sarcasmo Alberto.

—Ya te he dicho montones de veces que me ayuda más escuchar algo en sintonía con lo que siento que intentar animarme con algo totalmente opuesto —contestó Ada con un suspiro de fastidio.

—¿Y así es como te sientes?

—Sí.

—¿Te apetece que dediquemos la tarde a sacarle partido al portátil viejo que nos ha regalado el tito? Estoy loco por instalarle Mandriva, ponerlo todo guapo y luego enseñárselo para que sufra por haberse desecho de él —dijo su hermano con clara intención de animarla.

—¡Ummm! No sé. No me apetece nada. ¿Lo has formateado ya, has hecho las particiones? —preguntó Ada con poco entusiasmo.

—Pues no —Y dándole una palmada en el muslo le dijo—. ¡Levántate!, que mientras que estamos en ello voy a enseñarte lo que es música de verdad y si no te levantan el ánimo me como el CD. ¡Ah, no, perdona, si no la tengo en ningún CD, jeje! —dijo presumiendo de su nuevo mp3.

—¿Te atravieso con la antena de la wifi? —sugirió Ada socarrona, mientras se dirigían por el pasillo camino de la pequeña habitación donde acumulaban sus adquisiciones y luego las transformaban y experimentaban con ellas. Siempre había sido su refugio, primero como cuarto de juegos y poco a poco, animados por su padre en su pequeño taller.

De vez en cuando se aventuraba su madre en ella y les obligaba a deshacerse de parte de lo acumulado, so pretexto de que un día se prendiera alguna, y no sabía qué cosas del PVC, del cadmio y otros cuantos cataclismos más sobre los que sus padres se documentaban en las sobremesas, frente al TV, justo antes de retirarse a echarse una siestecita de pijama y orinal.

—¿Por qué no reservas tu encanto para convencer a Sara de que nos eche de vez en cuando algo de roer, tascar y pimplar? —pidió Alberto con su habitual jerga zarrapastrosa, que cultivaba con la constancia de un erudito cochambre.

—De pimplar nada ¿me oyes?, que si no te pones espeso y me toca hacer todo el trabajo intelectual: *agüita del ayu* o alguna bebida pegajosa de esas que te gustan, pero con orden de alejamiento de mínimo un metro de mi portátil —ordenó Ada guasona.

—¿Tú portátil? —inquirió Alberto imitando con voz de falsete una voz muy aguda—. Ese lo conseguí yo adulando al tito, escuchando cada una de las «medidas» que tomó para intentar devolverlo a la vida, dando cabezazos de asentimiento aquí y allá, mientras por dentro no dejaba de maquinar lo que le iba a hacer yo cuando lo pillara.

—¿Qué? —preguntó Ada con la boca y los ojos abiertos de asombro—. ¿De veras has manipulado así al tito? ¡No me lo puedo creer!

—¡Manipulado! De eso nada. Él ya no podía hacer más con él, para lo que lo quiere ya no le sirve y si quieres, si tienes escrúpulos de conciencia, se lo devolvemos después con el Mandriva, a ver si se lo queda.

—No, supongo que no —concedió Ada mordiéndose el labio.

—Además me he ofrecido a acompañarlo a comprarse el nuevo. Yo creo que me he portado bien.

Así pasaron la tarde y la noche, hasta que agotada, Ada se metió en la cama. No contaba con que, pese a su cansancio, pudiera dormir del tirón, así que se dejó acunar por la música coral de Morten Lauridsen: «*Dirait-on*» y poco a poco, sintió como las voces iban adormeciendo las sensaciones de su cuerpo. En el flujo y reflujo de su respiración una marea de calma arrastró consigo la imagen de Germán y mientras pasaba de largo se durmió.

A la mañana siguiente, vestida toda de blanco, con pantalón de algodón suelto por debajo de la rodilla y camiseta de escote diagonal, salió Ada camino de la universidad. En el espejo del ascensor contempló la manga de farolillo en gasa que llevaba a su izquierda y el fino tirante en el otro hombro. Había reflexionado mucho a lo largo del verano sobre la conveniencia de continuar con su manía de vestir asimétrica en la universidad. Generalmente implicaba miradas extrañadas y algunas preguntas por parte de los más atrevidos, no se sentía muy segura al respecto, pero acaso no se trataba de eso.

Ese primer día resultó mucho mejor de lo que esperaba. No tuvo ninguna dificultad para encontrar el aula y nada más llegar eligió un sitio vacío que había entre una chica y un chico. Su madre o su hermana hubieran elegido la fila siguiente que estaba vacía, pensó Ada, sin saber por qué se le había venido ese pensamiento a la cabeza. Mientras llegaba la profesora entablaron conversación como si se conocieran de toda la vida y a partir de ahí la mañana transcurrió en su compañía.

Finalizando la segunda semana, ya casi se había despreocupado de encontrarse con Germán. Estaba todo el rato rodeada por los nuevos compañeros, así que cuando lo hiciera, pensó, si lo hacía, no estaría sola y le impondría menos. En el descanso de la mañana, salieron a las zonas verdes del campus, como venían haciendo todos los días. Agradecía el vestido amarillo claro de algodón que se había puesto, porque hacía mucho calor y cuando de vez en cuando soplaba una leve brisa, le ventilaba las piernas con la falda.

Marchaba entre Eva y Florian como ya parecía su formación habitual: esos dos parecían querer estar siempre juntos, pero por no sabía qué motivo necesitaban tenerla a ella en medio. Iba tarareando la canción: «You're Beautiful» de James Blunt, la había escuchado de pasada por ahí, saliendo de algún reproductor y ahora, como gusano musical que era, ya no se la conseguía sacar de la cabeza. Eva se unió a ella en el tarareo.

—No hay manera de que se calle —dijo Ada fastidiada.

—Yo tampoco me la saco de la cabeza, pero a mí me encanta y James Blunt también, es guapísimo —dijo Eva como si tal cosa.

—Bueno, pues si las dos tenéis la cabeza tan llena de James Blunt, mejor será que os deje solas, ya tenéis bastante compañía —replicó Florian parándose en seco molesto y sin más se giró para irse. Ada le agarró la mano sin pensarlo y le dijo:

—Pero Florian, perdona hombre, no es eso, es solo un soniquete, no estamos pensando en James Blunt, ¿no? —preguntó mirando a Eva. Ella solo levantó los hombros a modo de desconcierto, sin saber qué decir.

Florian no quedó convencido, tenía que ventilar su mal humor de alguna manera. Miró fugazmente a Eva con gesto adusto.

—Ya nos veremos —Y sin más se giró y se alejó a grandes zancadas.

Las dejó un poco tristes porque no entendían demasiado bien qué había pasado. En silencio y cabizbajas se sentaron en el césped. Por suerte llevaba una libreta grande que le sirvió de cojín para no mancharse mucho el vestido.

—¡Qué difícil se me hace entender a los hombres Eva!, y eso que tengo un hermano con el que me llevo muy bien. Voy de sorpresa en sorpresa.

—¡Pues imagínate yo que el único medio hermano que tengo tiene tres años y ni él ni mi padre viven conmigo! Pero vamos, yo no entiendo qué es eso tan malo que hemos dicho —dijo Eva un poco enfadada.

—A mí me parecía celoso la verdad.

—¿Celoso? ¿De un cantante que no vamos a conocer en la vida? —preguntó Eva incrédula.

—Ya, pero ya sabes que los celos no son muy racionales y además has dicho que era muy guapo.

—Florian también es guapo, bueno a lo mejor no tan alto ni con un cuerpo tan... fuerte, pero es guapo —defendió.

—Sí, así lo ves tú. Yo también, pero a lo mejor él no se ve así a sí mismo.

—¿Y ahora qué hacemos? —preguntó Eva resignada.

—Yo nada, porque no he hecho nada, ni he dicho nada del cantante, solo de la canción —dijo Ada zafándose de toda responsabilidad, mientras se revisaba con cuidado el estado de las uñas de su mano derecha.

—¿O sea que soy yo la culpable? —preguntó Eva enfadada otra vez.

—¿Culpable? No, yo no diría eso, aquí nadie es culpable. Tú no has dicho nada malo, ni con mala intención y es cosa suya si se ha molestado.

—Y, ¿entonces?

—¿Entonces?, ¿qué? Déjalo correr Eva. Ya se le pasará.

—Y, ¿si no se le pasa?

—Lo hará, yo ya he vivido situaciones parecidas con mi hermano y con amigos, me he dado cuenta de que cuando comentas la destreza o las cualidades de un chico delante de otro, les sale una vena competitiva.

—¡Ni dos semanas y ya he metido la pata! —resopló Eva abatida—. Empiezo bien.

—No le des tanta importancia, tampoco ha sido par tanto —dijo pensando en su experiencia con Germán—, seguro que metemos la pata más veces y en cosas más graves de ahora en adelante.

Aquel día no volvió a sentarse Florian con ellas, si no en la fila de delante con otros compañeros con los que solían estar. Al irse Ada se despidió de él y éste le dijo: hasta mañana, sin mirar a Eva.

GERMÁN se estaba secando vigorosamente el cuerpo que aún tenía tonificado y tenso por el esfuerzo físico y el sermón que le había echado su entrenador que lo acusaba de no jugar bien, ni estar concentrado. Se encontraba solo porque sus compañeros ya se habían duchado y vestido, mientras él recibía el responso. Agradeció el gesto porque hubiera sido muy violento que hubieran escuchado todo lo que Benito soltó por esa boca, ultimátum incluido.

Mientras pasaba la toalla a lo largo de su pierna, sintió un incómodo dolor en la boca del estómago, los nervios sin duda que le impedían respirar bien porque un puñetazo no le había dado, es lo único que le faltó. Se secó el pelo que tenía ya demasiado largo y se le pegaba a la frente al jugar, lo de la cinta de felpa no era lo suyo y además, ¡le caía como un tiro! Hizo una inspiración profunda y dejó salir el aire lentamente, una lección bien aprendida, intentando aplacar su agitación. Hoy ni siquiera el tenis lo había conseguido.

Este, sin lugar a dudas había sido el peor verano de su vida. La boda de su hermano aún la tenía sellada a fuego en su memoria. Desde aquel día, cada mañana al abrir los ojos le asaltaba una angustia nueva, o repetida, o retorcida, ¡era agotador! Por las mañanas se levantaba de un salto y se iba a las canchas de tenis. La concentración en el juego y el cansancio después le permitían ya por fin seguir con su vida.

El primer día fue la vergüenza por su comportamiento con Ada de niñato pijo, que sin duda fue lo que ella debió pensar de él. Eso le carcomió más que la traición y el dolor que le esperaba a Jaime, ¿para qué iba a engañarse? Solo después, y porque se obligaba a ello, conseguía que el segundo dolor aliviase el primero, era una cuestión de perspectiva, se decía a sí mismo.

Ese segundo dolor también cedió aquella primera tarde de domingo que siguió a la boda, ante otro dolor, esta vez físico, provocado por la paliza que le dio a ese hipócrita. Germán se quedó sin poder jugar al tenis durante diez días hasta que se le curó la mano y los golpes que también recibió, pero el mierda ese tuvo que ir a que le pusieran unos cuantos puntos en la boca y un par de tornillos más tarde en el dentista. La versión oficial fue que pelearon juntos contra unos macarras que les asaltaron en La Casa de Campo. El muy imbécil lo aceptó así porque se sentía culpable y según Germán, porque debía creer que con esa paliza ya había saldado su deuda por lo miserable y lo hipócrita que era. Le dejó bien claro que no volviera a acercarse ni a dirigirle la palabra a su hermano o le daría otra, a menos que fuera para confesarle la verdad, que es lo que tenía que hacer. Solo de pensar que hablaba con él y se aprovechaba de su confianza como si tal cosa se le revolvían las tripas y le entraban ganas de matarlo. Todavía se le aceleraban las pulsaciones cada vez que recordaba su comportamiento campechano en la boda, de mosquita muerta, moviéndose entre los invitados como si estuviera en su casa, como si fuese uno más de la familia.

Después de eso y a medida que iban pasando los días y volvían en frío a pasar delante de sus ojos todos los acontecimientos de aquella tarde una y otra vez, se sucedían una serie de sentimientos que lo deprimían y le estaban amargando el verano y la vida: unas veces pensaba en Ada, en cómo lo interpretaría ella todo, sobre todo desde que volvió Eduardo de las vacaciones y lo vio de nuevo por su casa y se dio cuenta que no sabía nada, que ella había guardado silencio. Le subía como un calor de vergüenza por la garganta de pensar que hubiera sido por sus amenazas, ¡menudo chulo de mierda!, se recriminaba, ¡ojalá pudiera revivirlo y actuar de otra manera! Otras veces pensaba en Jaime, tan tranquilo, de vacaciones, enamorado, tan buena persona, mucho mejor que él, eso lo tenía muy claro. No dejaba de preguntarse: ¿cómo hubiera actuado él en su lugar? Y la respuesta se le clavaba en la boca del estómago, produciéndole un dolor físico como si fuera su dedo acusador: Jaime lo hubiera desvelado todo esa noche, no sabía si en privado o en público, pero estaba seguro que lo hubiera enfrentado esa misma noche, porque él no le daba más importancia al qué dirán, o a la imagen que tuvieran los demás de él, que a los sentimientos de su familia. Además, Germán se sentía más hombre de acción que de palabras. Él no tenía problemas en partirle la cara a un tío, pero no sabía con qué palabras confesarle a su hermano la verdad, haciendo el menor daño posible y sin que le salpicara a él parte de la mierda.

Aún no había encontrado el valor para decírselo y era una tortura. El primer mes de luna de miel se dijo que era mejor esperar porque quizá su mujer, en la intimidad y alejados de Madrid, se lo dijera. Cuando volvieron se las arregló para no estar en casa y desde entonces los había esquivado, amparándose en que tenía partido, entrenamientos o cualquier otra mentira. Lo que no pudo esquivar fueron sus llamadas: Jaime no podía estar tanto tiempo sin hablar con él y por ello sabía que la muy zorra, como la calificaba con rabia cada vez que pensaba en ella, aún no le había dicho nada y tampoco parecía que se le notasen ya los signos de embarazo. ¡Hasta para eso iba a tener suerte la cabrona! pensaba con rabia.

También pudiera ser que su hermano ya lo supiera y callara, aunque no le parecía probable esa doblez en Jaime. Ahora se temía que había esperado demasiado y que éste no se lo perdonara jamás, porque le estaba dejando hacer el gilipollas y tenía razón. ¡Ojalá pudiera hablar con Ada! Añoraba tantas veces hablar con ella, sería un alivio, al fin y al cabo, era la única persona a parte de él que lo sabía, bueno que él supiera, igual también lo sabía la mujer de ese desgraciado, ¿acaso no decían que las mujeres siempre notaban esas cosas?, pero gracias a su estupidez se había cerrado esa puerta con Ada y no sabía si para siempre.

¡Qué impresión le causó! ¡Qué bellezón con su piel tostada, su elegancia natural, aquel vestido morado y naranja tan único! y luego su personalidad: abierta, sin artificios, confiada... ¡Dios!, y ¿cómo correspondió él a su confianza?, se recriminaba una y otra vez.

Cerró de un movimiento decidido la cremallera de la bolsa de deporte y se la colgó al hombro. Volvió a hacer otra respiración profunda y abandonó el vestuario, con la esperanza de que Benito ya se hubiera ido, porque no se creía capaz de escucharle otra vez sin mandarlo a la mierda.

Una ligera corriente de aire caliente para esos días le levantó el pelo. Debía tratarse del veranillo de San Miguel, volvió a pensar en Ada y en la mañana de hacía una semana cuando otra ligera brisa también agitó su pelo, ¡tan hermoso!, y aquella vaporosa falda amarilla que llevaba, solo a Ada podía ocurrírsele vestir así para ir a la universidad y más en sus primeros días; la hacía todavía más joven. Él había llegado a la hora del descanso (dos semanas tarde por una competición de tenis), dándole vueltas a qué hacer o decir si se la encontraba. Lo que más temía era que le preguntara si se lo había confesado a su hermano y no aprobara su silencio y su cobardía. Lo segundo, bueno en realidad no podía decidir el orden, era que volviera a comportarse como un idiota mayor que la otra vez, ya fuera recurriendo a la arrogancia, su primer recurso, o a que balbuceáse y volviera a hacer el ridículo. Lo que nunca se le había pasado por la cabeza es que ya estuviera saliendo con otro. ¿Qué tendría con el tío ese al que le agarro la mano para que no se fuera? Eso le pilló por sorpresa y lo frustró más, por eso ni se le ocurrió acercarse, celoso como estaba iba a meter la pata, seguro.

3

El episodio con Florian tardó unos cuantos días en solucionarse. Eso alteró a Eva y a Ada le sirvió de distracción. Los estudios se iban metiendo en harina a medida que pasaba los días, e iba encontrando más dificultad en compaginar sus clases de baile, de dos días en semana, con la ayuda a su padre. No quería dejar ninguna de las dos cosas, así que estiraba las tardes y las noches todo lo que podía. De Germán cada vez se acordaba menos, ya no era el primer pensamiento de la mañana, si no lo cansada que estaba y las ganas que tenía de seguir en la cama, hasta que el desayuno le ponía en marcha otra vez.

Sin embargo, Germán volvió a aparecer en su vida como no podía haber sido de otra manera estando los dos como estaban estudiando en la misma universidad.

Fue ya a finales de septiembre, se dirigían como de costumbre los tres al césped, a aprovechar los últimos días de calor que el otoño, para hacerse el simpático, les había devuelto, tanto, que Ada se estaba arrepintiendo de haberse puesto el vaquero y eso que no era muy ceñido, sino más bien de corte regular desde la cadera, con algo de campana. Lo llevaba con una sencilla camiseta blanca de pequeñas mangas de farol, a una de las cuales su madre había añadido un discreto bordado en forma de caracteres japoneses. El bordado era para su madre una forma de relajarse y para su ropa y la de su hermana, un eccema incurable.

Iban comentando la clase de matemáticas que acababan de dar. Florian decía que era mejor que primero intentaran estudiar solos esa tarde, lo que acababan de dar, y que se reunieran la tarde siguiente a resolver las dudas. A Ada le pareció bien, como no tenía ninguna actividad ese día, pensaba dedicarse por completo al estudio, en la tranquilidad de su habitación.

De pronto giró la cabeza atraída por el tono: «Wordplay» de Jason Mraz que alguien le había puesto a su móvil. Lo conocía porque Sara no paraba de escucharlo, y para su sorpresa, vino a poner los ojos en los ojos de Germán que se encontraba sentado en el césped con la espalda apoyada en un árbol y acompañado de una chica bastante mona sentada frente a él. Pero todo esto lo vería Ada después, porque en esos momentos solo acertó a cerrar la boca y a obligarse a respirar de nuevo. Ordenó a sus labios que se suavizaran en una leve sonrisa y le mantuvo la mirada hasta que lo pasó de largo y dejó de ir ya el corazón loco, con latidos que incluso dolían por su fuerza y pitaban en sus oídos.

Se dejó guiar hasta dónde la llevaron sus amigos, sin ni siquiera escucharlos y luego se dejó caer lacia en el césped, que en esa parte estaba un tanto en cuesta, con tan poco control, que por poco da una voltereta hacia atrás. Eva y Florian se pusieron a reír como locos, y gracias a Dios, achacaron el apuro de Ada a las circunstancias del momento, con lo que no tuvo que explicar nada más. No se atrevió a volver a mirar a Germán, prefería no saber su reacción, ni si la había seguido o no con la mirada; para ella era suficiente el haberle demostrado que no estaba intimidada, ni afectada, ni dolida. Se esforzó en serenarse, en intentar concentrarse en la conversación de sus amigos, pero no lo consiguió, cuando escuchó su voz a su espalda:

—Hola, Ada.

Ada se giró y levantó la cabeza sintiéndose muy incómoda mirándolo desde el suelo, en desventaja. Guardó silencio hasta que se hubo levantado, intentando recobrar la compostura y quedó frente a él. Curiosamente al levantarse, en lugar de bajársele la sangre a los pies pareció subírsele toda a la cara, porque sintió de repente una oleada de calor en el rostro.

—Hola.

—¡Por fin nos vemos!, ¿no? Ha pasado mucho tiempo.

—¡Hum, hum! —dijo Ada con una sonrisa forzada.

—Tenía ganas de verte, a ver qué tal te iba.

—Bien, por el momento no tengo quejas. Ya me he adaptado al funcionamiento de las clases, tengo amigos y he sobrevivido al agua del grifo ¡¿Qué más puedo pedir?!

—Que te promocione un alumno de tercero bien relacionado, no te vendría mal —contestó Germán con esa sonrisa franca e imperfecta que acentuaba la cicatriz de su raya del pelo y mostraba sus dientes ligeramente irregulares. Recordarla puso a Ada en guardia al instante y le borró la sonrisa. Él percibió el cambio en su actitud y cambió de táctica.

—Tengo que hablar contigo Ada.

—¡Claro!, ¡habla! —apremió Ada, que ya se sentía dueña de la situación.

—Aquí no —dijo con una sacudida de su cabeza que dio a entender que no quería testigos, aunque no se dignó siquiera a dirigirles la mirada. Tampoco pensó Ada en presentárselos, al menos por el momento. —¿Nos vemos después de las clases? Te invito a comer.

—¿Hoy? No, lo siento. Hoy no puedo.

—¿Mañana entonces? —Preguntó Germán con paciencia, ya había intuido que Ada quería jugar un poco, haciéndose la interesante.

—Mañana tampoco, ya he quedado. La verdad es que tengo mucho trabajo por las tardes, entre estudiar y ayudar a mi padre. No tengo tiempo para confraternizar con los de tercero —y bajando la voz —ni tampoco ganas.

Germán la miró fijamente por unos segundos, empezaba a tomarla en serio. Se le estaba escapando e intuía que estaba en un momento decisivo, o quedaba ahora, o no tendría otra ocasión.

Dio un paso adelante y se le acercó un poco, otro gesto que Ada conocía y la envaró un poco más.

—Necesito hablar contigo Ada —dijo poniendo énfasis en el necesito que pronunció muy cerca de su cara.

Ada dudó, presintió que él quería pedirle perdón, al fin y al cabo, llevaba todo este tiempo esperanzada en que lo hiciera, y para ser sincera consigo misma, creía que el trámite debía cumplirse para que al menos ella pudiera pasar página.

—¿El viernes por la tarde?

Germán expulsó el aire cerrando por un segundo los ojos.

—El viernes por la tarde tengo entrenamiento a las siete y el sábado por la mañana partido. No me conviene perder la concentración. ¿Qué te parece el sábado por la tarde?, o mejor, podríamos cenar.

—No —contestó Ada como un tiro, eso se parecía mucho a una cita de sábado—. Ya he quedado.

Germán volvió a mirarla en silencio de nuevo, desconcertado y enfadado, eso era evidente. Se puso una mano en la cadera y con la otra se pasó los dedos por debajo del cuello de la camiseta de algodón que llevaba. Ada siguió con la mirada el gesto y al percibir la tensión alrededor de su clavícula sintió la necesidad de suavizarla. Por un segundo fantaseó con soltarle el primer botón de la camiseta y aspirar su aroma. Devolvió la mirada a sus ojos y los mantuvo ahí inquisitivos durante un momento que se le hizo muy largo, intentando penetrar uno en la mente del otro, eso era palpable.

—Está bien Ada —cedió Germán abriendo las aletas de su nariz en un gesto que revelaba su tensión y que ya le había visto en aquella otra ocasión mientras le profería amenazas—. Será el viernes por la tarde entonces. ¿Te recojo al acabar las clases y comemos juntos? Más tarde tengo entrenamiento.

—Vale, me parece bien, tranquilo que para las siete ya hasta habrás dormido la siesta.

Germán encajó el comentario con un parpadeo, ese era su último revés sin duda, asegurarle que lo iba a despachar rápido.

—Gracias, un detalle. ¿Nos encontramos en la puerta? —dijo señalando con la cabeza la puerta por la que habían salido.

—Sí, de acuerdo.

—Hasta el viernes entonces —y sin despedirse, ni mirar siquiera adonde se encontraban Eva y Florian, se dio la vuelta y se alejó caminando a largas zancadas, pasando de largo el sitio donde aún seguía sentada su amiga que lo siguió boquiabierta con la mirada.

—¿Quién era ese? —preguntó Eva con los ojos muy abiertos.

—El hijo de un amigo de mi padre. Lo conocí en una boda.

—¿Y? ¿Qué pasó? ¿Qué os pasaba?

—Bueno, digamos que tuvimos un encuentro desafortunado.

—Y, ¿no puede arreglarse? ¡Cómo está! Y, ¡no veas cómo te miraba!

Florian sentía tanta curiosidad también, que ni siquiera reparó o demostró reparar en las palabras de Eva.

—Sí, cómo está, pero no hay nada que arreglar porque no hubo nada.

—¿Estás segura?

—Eva, perdona, pero no quiero seguir con el tema. ¿Te importa?

—No claro, perdona tú.

Para sobresalto de Eva, Florian alargó una mano y le estrechó la suya. Lo miró sorprendida y él le guiñó un ojo.

ADA llegó a la puerta a las dos y veinticinco, cinco minutos antes porque ya se habían marchado todos sus amigos y porque no le interesaba el jueguecito de hacerlo esperar, ya estaba demasiado visto, además para juegos, ya había tenido bastante con comerse el coco la noche anterior, pensando en qué ponerse que estuviera guapa pero que no pareciera que se hubiera vestido para él. ¡Ay, qué patética, cómo si ese juego no estuviera muy visto también! Finalmente, como la mañana se había levantado fresca y ventosa, se decidió por el vaquero del otro día, el que ya le había visto, y un jersey blanco de cuello vuelto ancho y mangas de farolillo cortas. Se puso encima una chaqueta de piel roja que le había regalado su madre en su cumpleaños el pasado mayo: «la salvaría de cualquier situación», según ella y así había sido.

No tuvo que esperar mucho, Germán llegó enseguida, también antes de la hora, con unos vaqueros y una camiseta con botones semiabierta hasta el cuello, del color gris azulado de sus ojos, como el día de la boda.

La miró con una expresión que ya lo dijo todo: alegría, agradecimiento y amor, sí también vio eso en sus ojos, lo que la debilitó y la hizo sentirse un poco insegura, venía más preparada para lidiar con su arrogancia y esta nueva faceta la desconcertaba.

—Gracias por venir —fue lo primero que dijo agarrándole una mano entre las suyas—, y por no hacerme esperar un cuarto de hora como castigo —Apareció por fin su sonrisa de tiburón como Ada ya la llamaba.

—No me subestimes.

—¿Quieres decir que tus castigos serán más temibles?

—«Serán», no, que pueden ser más temibles. «Serán», implica un futuro.

—¿Que igual no tenemos quieres decir? ¿Es ese mi primer castigo? —A Ada se le escapó una carcajada que no pudo controlar. Ella sí que había subestimado la inteligencia de Germán, por ahora le iba ganando la partida.

—Mejor no hablemos de castigos.

—Sí, tienes razón, mejor decidamos dónde te apetece comer. ¿Vamos hacia mi coche? —dijo indicándole con un gesto de la mano una dirección.

—¿No vamos a comer en la cafetería? —Germán se paró en seco.

—La verdad es que ya he reservado en un restaurante, no muy lejos de aquí que está muy bien, un sitio tranquilo donde podemos hablar, pero si tú prefieres la cafetería, como quieras —dijo con humildad y con lo que le pareció una mirada franca.

Ada metió las manos en los bolsillos traseros de su pantalón vaquero y pensó unos segundos bajo la atenta mirada de Germán.

—No, está bien donde tenías pensado, tienes razón, la cafetería es muy ruidosa para hablar —Él asintió y reanudaron la marcha.

Llegaron a un todoterreno Volkswagen blanco. Germán lo abrió con el mando a distancia y se quedó parado junto a la puerta de Ada mientras ella la abría, luego se giró y ocupó su plaza. Salieron del campus en silencio y se dirigieron hacia la Dehesa de la Villa.

—Está muy cerca, es un restaurante pequeño de comida casera riquísima, ahí podremos charlar tranquilamente, además está un poco ventoso para comer fuera, ¿no te parece?

—Sí, tranquilo, seguro que está bien.

Ada contemplaba un poco contrariada como se agitaban las copas de los árboles, no le parecía buen presagio, era un poco anticlimático, como se decía en las revistas de cine que su hermana solía comprar y ella hojeaba de vez en cuando. Pero tampoco un marco de ensueño te aseguraba una noche inolvidable, pensó recordando la boda, aunque inolvidable sí que había sido...La mente de Ada no paraba de vagar pensamientos inconexos.

—¿Qué tal la universidad, es lo que esperabas? —Sorprendió a Ada con la pregunta.

—No, supongo que nada es nunca como uno espera, aunque yo procuro no esperar mucho, quiero decir no en plan trágico, si no en el de no hacerme muchas ideas preconcebidas, aunque esto también es un poco inexacto, todas las ideas son preconcebidas, ¿o no?

Germán aprovechó el semáforo para girar la cabeza y mirarla sonriente y un poco condescendiente también.

—No lo sé, nunca me lo había planteado, pero si quieres durante la comida lo debatimos —Acentuó su sonrisa—. ¿Y bien?

—Y bien, ¿qué?

—Mi pregunta, la universidad.

—Ah, sí, estoy contenta. Nada más llegar hice mis dos primeros amigos que ahora son inseparables y poco a poco estamos ampliando el círculo. La materia ha empezado fuerte y nos asusta un poco, bueno un poco no, temo que va a trastocar mi vida entera porque no puedo compaginarlo todo.

—Sí, tendrás que escoger lo que de verdad más te guste y te importe y el resto quitárselo al sueño. ¿Aparcamos aquí?

Encontraron un sitio muy justito entre una furgoneta y la barra que separaba un contenedor de basura, en una acera muy estrecha.

Se bajaron e intentaron marchar uno junto al otro, pero se hacía difícil. Germán resistió la tentación de abrazarla y estrecharla contra su cuerpo para que pudieran pasar, así que le hizo un gesto de que caminara delante. No continuaron hablando porque era incómodo y como unos cien metros más adelante, al terminar la siguiente manzana le indico que era el siguiente a la derecha. Ada se paró un segundo a contemplar la fachada que parecía una casa antigua de la sierra de Madrid, con su revestimiento de piedra y una gran ventana que se abría a la izquierda, dejando ver su interior hogareño y acogedor y una gran puerta de madera maciza y rústica sobre la que se leía: «El mesón del Horcajo», en letras doradas. Germán se adelantó a abrirla.

Pasaron y los saludó el camarero que ya lo conocía. Los dirigió a una mesa al fondo, resguardada por el hueco de una escalera y con la chimenea al otro lado, que en las fechas en que estaban, lucía un fuego de decoración que daba el pego. Germán esperó a que eligiera Ada y ella escogió el asiento que miraba a la chimenea. Se estaba desabrochando la chaqueta, cuando él se le acercó y le ayudó a quitársela y a colocarla en el respaldo de su silla. Luego se puso de espaldas para quitarse la suya y hacer lo propio, poniendo en movimiento y relieve los músculos de su espalda en la camiseta. Ada tragó saliva y desvió la mirada justo antes de que él se girara de nuevo.

Ya sentados se acercó el camarero.

—¿Té helado va a ser o prefieres otra cosa? —preguntó cómplice.

—Sí, estupendo —contestó Ada a quien el recuerdo de la boda le puso de repente seria.

—Un té helado y una cerveza para mí, Ricardo —Germán se reprendió mentalmente por haber aludido a la boda antes de tiempo. Iba muy bien, no podía permitirse meter la pata.

—¿Sigues sin darle una oportunidad al vino?

—Sí, lo he probado muchas veces, cuando tengo la oportunidad, pero no me gusta, sé que es algo valioso, natural y auténtico, me gustaría que me gustara... Y a ti, ¿te gusta?

—Sí, la verdad es que sí. No soy ningún entendido, pero mi familia siempre bebe buenos vinos. Mi madre que es la que más los aprecia, tiene una pequeña bodega en casa y nos da alguna información sobre ellos a la que yo nunca presto atención. Yo solo bebo y asiento.

—Y, ¿haces mucho eso?

—¿El qué? ¿Beber? No, no puedo, mi entrenador me despellejaría.

—No, me refiero a asentir, sin escuchar de verdad al que te

habla —Germán se quedó pensativo y justo en ese momento llegó Ricardo con las bebidas.

Cuando se alejó, Germán tomó su jarra de cerveza y le dio un buen trago.

—Tenía mucha sed —dijo—. Y, sí, lo hago muchas veces, siempre que no me interesa lo que me están diciendo. Quizá no esté bien, seguro que no, pero no tengo paciencia para escuchar lo que no me interesa. ¿Es eso malo?

—No lo sé —contestó Ada abriendo la carta y comenzando a leerla.

Germán tragó saliva ante el comentario libre de condena, y también abrió la carta.

—Ada, te pido que me perdo...

—Ya lo he hecho.

—¿Qué?

—Que ya lo he hecho —dijo Ada bajando la carta y mirándolo a los ojos— Te refieres al día de la boda, ¿verdad?

—Sí —Se quedaron mirándose a los ojos unos segundos en silencio. Los de Germán brillaban de emoción, por dentro todo su cuerpo temblaba, de felicidad, de alivio. Era como si hubiera estado encerrado contra su voluntad en un sitio solitario, frío y oscuro, y de repente le abriera la puerta una persona muy querida. En ese momento hubiera querido abrazarla con todas sus fuerzas, pero no se atrevió, no quería adelantar el siguiente movimiento, fuese a estropear algo.

—Lo hice a la mañana siguiente —Después de hincharse de llorar todo lo que sus fuerzas dieron de si—. Cuando me calmé y comprendí, aunque no te conocía, que lo más probable era que fuera la impresión que te llevaste la que te hizo reaccionar así. Solo me lo podía explicar, si pensaba que no sabías lo que decías. ¡Venga! Miremos la carta que va a venir el camarero. ¿Qué está bueno aquí?

A Germán la repentina vuelta a la realidad lo dejó descolocado. Sacudió la cabeza, concentración, se dijo, como en los partidos.

—Todo, pero yo siempre pido el cordero.

—¿Cordero? ¡Um! —Los ojos de Germán se dispararon ante ese sonido a la boca de Ada. La voluptuosidad de sus labios cayó en la euforia que sentía Germán como un golpe de viento agitando su bandera y se removió incómodo—. Pero tengo un conflicto, hay alcachofas rellenas y yo me muero por las alcachofas.

El eco de sus palabras quedó flotando en el ambiente. Germán apoyó el codo en la mesa, algo que su madre siempre le había prohibido hacer, y se sujetó la cabeza mientras pasaba la mano por su nuca que en esos momentos se encontraba tan dura como todo lo demás. Se esforzó por recuperar el habla y levantar la cabeza.

—Pide las dos cosas entonces.

—No, las dos cosas son mucho.

—De veras, pídelas. Yo te ayudo. Esta tarde tengo entrenamiento y mañana partido. No sabes el hambre que da eso.

—Vale, si lo compartimos sí.

—¿Quieres beber algo diferente para la comida?

—Agua, lo siento. ¿Quizás tú preferirías vino?

—Sí, lo prefiero, pero hoy no, no cuando tengo entrenamiento después. ¡Agua para los dos! —dijo cerrando la carta de un golpe.

Hizo un gesto al camarero que se acercó y pidieron la comida. Mientras esperaban se hizo un silencio algo incómodo. Germán trataba de recuperar la calma y decidir el siguiente paso en la conversación.

—¿Te parece si dejamos la charla trascendente para después de la comida?

Ada sonrió y asintió en silencio. Ese gesto terminó de tranquilizar a Germán que ya confiaba en que lo iba a escuchar. Continuaron la comida charlando de la universidad, los profesores y las anécdotas que Germán le contaba con inteligencia y con la gracia propia de un guion de «Siete vidas», serie de TV que los dos coincidieron que veían y se reían con ella.

Después de los postres decidieron caminar un poco hasta una cafetería tranquila donde poder charlar sin interrupción.

Además de tranquila era una cafetería muy moderna con música *Chill out*, que en ese momento le daba al Bossa Nova; mala elección para la sobremesa, pensó Ada. Cuando les sirvieron los cafés, ya los dos sabían que había llegado el momento y ella esperaba que Germán no se escondiera de lo inevitable.

—Ada, me alegra mucho que me perdones tan pronto, pero igualmente quiero decirte que te pido disculpas por hablarte como lo hice. No te conocía de nada y no tenía derecho a amenazarte y hablarte con esa prepotencia de matón de mierda.

Ada se quedó un poco sorprendida y muda por sus palabras, así que se apartó el pelo de la cara que se había cepillado antes de salir del restaurante y se miró las manos pensando en qué contestar a eso. Finalmente optó por no decir nada.

—¿No dices nada?

—No, no digo nada porque fue así como hablaste y es justo lo que pensé.

Germán dejó escapar una sonrisa nerviosa y los dos se quedaron mirando unos segundos en silencio.

—He estado avergonzado mucho tiempo por eso, bueno la verdad es que no he dejado de estarlo hasta este momento en que, por fin, al pedirte disculpas, me siento liberado.

—Yo también.

—También, ¿qué? ¿Te sientes liberada?

—No, yo también sentí mucha vergüenza y hasta hoy, la sentía cada vez que pensaba en ello.

—No lo entiendo, tú, ¿por qué?

—No lo sé con exactitud, pero creo que es así como funciona la mente humana. Parece ser que cuando somos víctimas de un comportamiento injusto que nos hace daño, nos sentimos culpables y examinamos nuestra conducta con vergüenza, porque de algún modo creemos que lo hemos merecido.

—Sigo sin verlo, ¿de qué podías tener tú vergüenza?

—Pues de haber conocido a un chico guapo y encantador, y haberme dejado seducir tanto por él, que olvidara mantener mis defensas, de no andarme con un poco de precaución hasta conocerle mejor. Me sentí tonta, en una palabra.

Germán se quedó con la boca abierta, jamás se le hubiera ocurrido a él pensar algo así, pues claro que se había confiado, como se confió él que además tenía en ese momento tal calentón por ella, que no solo había bajado sus defensas, hubiera corrido tras ella como una vaca en estampida, sin mirar por donde iba y despeñándose por un precipicio. ¡Sentir vergüenza por eso! no podría él levantar la cara entonces.

—Yo me sentí igual, quiero decir: igual de loco por ti, y ni siquiera se me ocurrió levantar defensas, lo único en lo que pensaba era en la estrategia del ataque —sonrió—. Pero de vergüenza nada, quiero decir no por desearte, solo la sentí por mi comportamiento.

—Mira, interesante. No se me había ocurrido verlo así. Cambiando de tema... ¿Puedo preguntarte algo? Quiero decir, aunque las formas fueron muy malas, comprendo que siga siendo cierto que no quieres que toque el tema, que no tengo derecho a hablar de él —titubeó ella.

—Pregunta lo que quieras, Ada no te andes con rodeos. Por

favor, habla con libertad de lo que pasó, es lo que yo quiero también.

—¿Sabe ya tu hermano lo de su mujer?

Ya está, el asunto sobre la mesa. Ambos se quedaron unos segundos callados, esperando que sucediera algo de lo que tanto habían temido, pero al final no sucedió nada, salvo que sus respiraciones comenzaron a hacerse más profundas, más libres y sin darse cuenta cedieron a las confidencias.

—No lo sé. No, al menos por mi parte, no —dijo Germán mientras bajaba la mano a la taza que luego se llevaba a los labios.

—Pero ya tiene que saberlo, ya debe notársele, ¿no?

—Tampoco lo sé, aún no los he visto.

—¿Y eso? ¿Ya habrán vuelto?

—Sí, han vuelto, pero como te digo, yo aún no los he visto. Siempre he conseguido darle largas, lo que sí sé es que la familia no tiene noticias de ningún embarazo, o al menos a mí no me han dicho nada.

Ada dio un profundo suspiro por respuesta.

—Ese es el segundo tormento de mi vida, después de la manera en cómo te traté —confesó Germán.

—¡Menudo verano habrás pasado!

Germán no contestó. De repente se sintió contrariado. ¿Eso era todo lo que Ada iba a decir y a hacer por él, compadecerlo? Él que había fantaseado todo este tiempo en que hablaba con ella y juntos encontraban una solución, parecía que no iba a ser así, que no tenía ganas de implicarse en asuntos ajenos. Se puso serio de repente, no podía controlar su expresión facial de decepción.

—Sí ¡Menudo! Mejor cambiemos de tema, no quiero aburrirte con mis rollos.

—No me aburres, fui yo la que pregunté.

Esta respuesta volvió a desconcertar a Germán que se quedó callado, visiblemente enfadado.

—Lo estás haciendo otra vez —dijo Ada.

—Otra vez, ¿el qué?

—No sé, no sé qué esperabas que hiciera o dijera, o que crees que hago o voy a hacer, pero estás teniendo una reacción muy parecida al día de la boda. Me estás rechazando, juzgando y tú sabrás qué cosas más, sin que yo tenga ni la menor idea de por qué.

El tono de voz de Ada no cambió, pero sus ojos se habían endurecido. Era la primera vez que veía algo duro en Ada y le impresionó. Se quedó observando la delicada línea de su nariz que inspiraba ahora más aire que antes, lo único que evidenciaba su agitación. Miró su boca y deseo poder besarla con fuerza. Volvió a palpitarle la entrepierna, otra sorpresa, ¡en un momento como ese!

—Tienes razón, perdona, estaba haciendo todo eso que has dicho.

—Sí, lo sé y ¿por qué?

Germán tomó y expulsó el aire con lentitud antes de contestar.

—Porque había fantaseado todo este tiempo con que te contaba todo, mis miedos, mis dudas y tú me ayudabas, me aconsejabas para encontrar la mejor solución a este embrollo. Eres la única persona que lo sabe a parte de mi cuñada y el cerdo ese, que se dice amigo de mi hermano —Las últimas palabras las escupió Germán con desprecio.

—¿Es mi ayuda lo que quieres? —preguntó sorprendida, pues no se esperaba que él fuese de los que pidieran ayuda.

—Entre otras cosas. Tu ayuda es una de las cosas que quiero.

Ada intentó adivinar en sus ojos la sinceridad de esas palabras y por más que le extrañara, parecía que sí, que Germán no sabía cómo actuar.

—Pues empecemos por ahí entonces —dijo apoyando el codo en la mesa y dejando reposar la cabeza en la mano—. ¿Has hablado con el amigo de tu hermano de esto?

—Por favor no vuelvas a llamar a ese cerdo «el amigo de mi hermano» —dijo Germán en un patente tono de desprecio—. ¿Viste lo hipócrita que es, cómo se acercó a vosotros con cara de mosquita muerta a hacerse el simpático? ¿Cómo pudo hacerlo, sabiendo lo que estaba ocultando? ¿Cómo pudo ir a la boda, mirar a mi hermano y a mis padres a la cara, a mí?

—Desde luego, tienes toda la razón del mundo, es nauseabundo —concedió ella en seguida—. ¿Pero lo hiciste?

—Bueno, no es mucho lo que te puedo contar. Hablar, hablamos poco, pero creo que le quedó claro que no podía volver a acercarse a mi hermano o a mi familia salvo para contarle la verdad. Quizás a estas alturas ya lo haya hecho, o ella —Dudó Germán un breve instantes sobre si contarle a Ada lo de la paliza, pero no, no quería comprometerla, ni que ella pensara que era un bestia.

—¿Os peleasteis, le exigiste que se lo contara a Jaime? ¿Cómo fue la conversación?

—Bueno, le dije todo lo que pensaba de él, de la canallada

que había hecho— dijo desviando la mirada y pasándose la mano por el pelo—. Ya te imaginas, estábamos bastante alterados. Tampoco le dejé que me diera excusas, ni explicaciones, solo quise hacerle la advertencia que ya te he dicho.

Ada sonrió como para sí.

—¿Qué pasa, por qué sonríes? —preguntó con temor de que ella hubiera leído entre líneas.

—Por nada, porque me suena esa forma de actuar tuya —dijo Ada aún sonriendo.

—Vamos, Ada no compares —dijo Germán molesto—. Contigo fue *bullying* en toda regla, pero con él no. ¿Qué explicación podía darme?

—Ninguna, tienes razón, si no igual hubieras acabado partiéndole la cara.

De repente apareció fugazmente la sonrisa de tiburón de Germán.

—No, eso se lo dejo al Karma.

—El Karma, ¿crees en el Karma? —preguntó sorprendida, no le pegaba nada.

—Claro que sí, no sabes tú cómo —Se llevó la taza a la boca, lo que cerró su sonrisa.

—Bueno, pero ¿le exigiste o no que se lo contara a Jaime?

Lentamente Germán bajó la taza y la colocó en el centro de la mesa, mientras acercaba su cuerpo con intención y cargaba su peso sobre sus manos apoyadas, una sobre otra junto a la taza. Aguantando la mirada a Ada y acortando la distancia que les separaba, contestó:

—No, no le exigí que se lo contara. Te va a parecer cobarde, pero no quiero ser el responsable de eso, porque si al hacerlo Jaime tiene una mala reacción y comete cualquier locura no quiero tener que culparme toda la vida por ello —Se alejó de la mesa en un solo impulso, recostándose en el respaldo de la silla, como si tomara distancia de lo que Ada pudiera pensar de él. —Y ese es otro de mis dilemas, no quiero tomar parte, no quiero hacer nada que pueda desencadenar una tragedia, quiero que sean los protagonistas los que actúen.

Ada apoyó su brazo en el de la silla y volvió a sujetarse la cara mientras miraba a Germán en silencio con la mirada un poco perdida.

—Pero ya lo eres te guste o no, los dos lo somos porque lo escuchamos. Desde el momento que lo escuchaste ya no eres inocente, aunque sea por omisión.

—Sugieres entonces que se lo cuente —afirmó.

—No, yo no sugiero nada de eso, tú lo conoces mejor que yo y conoces cuáles podrían ser sus reacciones, lo que digo es que, si decides actuar de alguna manera, ya sea haciendo algo o no, que sea porque creas que es lo mejor que puedes hacer y luego no te sientas culpable por el resultado. La vida parece que es así, que no siempre te buscas lo que te sucede, a veces te cae encima sin que lo esperes y te obliga a tomar partido.

Germán la miró durante unos largos y silenciosos segundos. Finalmente dio un profundo suspiro.

—Ya veo lo que dices, haga o no haga estaré haciendo algo —Volvió a guardar silencio mirando la calle a través del ventanal —, y que luego no me sienta culpable —continuó Germán mientras se volvía a incorporar en la silla—, pero lo seré, lo seré de aquello que ocasione por meterme o por no meterme.

—Técnicamente sí, pero en tu pensamiento no debes hacerlo porque tú habrías actuado pensando que era lo mejor para Jaime. Tenemos que continuar viviendo con las consecuencias de nuestras decisiones, si las tememos o elegimos sentirnos culpables, no haríamos nunca nada —continuó Ada recordando haber leído esas palabras en una novela justo ese verano.

—Entonces, ¿crees que debo obligar a Luis o a Marian a que confiesen?

—No, yo no digo eso porque no los conozco, solo te digo que no tienes por qué sentirte culpable luego por hacer lo que debes, sea acción u omisión lo que hagas.

—O sea, ¿que haga lo que haga estoy jodido?, preguntó Germán con una ceja levantada que acentuaba la raya de su pelo.

Ada se echó a reír con todas sus ganas mientras asentía con la cabeza. Germán la siguió, nunca la había visto reír así, sin carcajadas, solo con el aire que expulsaba su diafragma que botaba bajo su camiseta, haciéndole saltar también sus pechos que al rozar la camiseta le endurecieron los pezones, dejándoselos ahí presente a sus ojos. A Germán se le fue apagando la risa en ese momento, ya ni se acordaba de qué estaban hablando o por qué se reían. Esperó a que Ada parara también mientras buscaba en su cabeza algo que decir, sobre todo para que Ada se distrajera y no tuviera ocasión de mirar su pantalón.

—Me alegra mucho que te rías conmigo.

Ada no contestó, siguió mirándolo sonriendo.

—Voy a pensar en todo lo que me has dicho y creo que mañana, después del partido voy a hacer ya algo definitivamente.

No sé si lo haré yo o si obligaré a Luis, pero algo.

—Me parece una idea estupenda, sobre todo que no elijas a Marian, porque al fin y al cabo está embarazada y no sabemos qué efecto podría tener la confrontación en el niño.

—¿Por qué eres tan sabia? —preguntó Germán con seriedad.

—Sabia, ¿por lo que he dicho? —preguntó sin darle importancia al elogio—. Tú también lo has pensado, si no por qué no la has nombrado hasta ahora.

—¿Yo? Porque no quiero tenerla delante —confesó con expresión de asco—, no se me ha pasado por la cabeza lo del niño.

No podía confesarle que no quería enfrentarse a ella porque con ella tendría que contenerse, en cambio con Luis si tenía que agarrarlo del cuello...

—No, me refiero a como hablas, pareces mayor que lo que te corresponde para tu edad, como si supieras mucho de la vida.

—¡Ah, eso! Siempre me lo han dicho. No sé, será porque leo mucho —dijo Ada guasona.

—¿Quedamos el domingo?

Ada negó con la cabeza sonriendo.

—¿No puedes?

—No, no quiero.

—¡Vaya, creí que habías dicho que me habías perdonado!

—Y lo he hecho, pero ya he aprendido que contigo hay que ir con prudencia.

—¿Te puedo llamar entonces? ¿No te gustaría saber cómo avanza lo de Jaime?

—Bueno..., no te negaré que siento curiosidad y preocupación —dijo dudosa—, pero me obligo a desentenderme de ello.

—No me has contestado ¿te puedo llamar?

Ada dio un suspiro mirando fijamente a Germán, como sopesando.

—Ada, voy a insistir, te voy a buscar por la universidad y voy a hacer todo lo que esté en mi mano para que vuelvas a confiar en mí, salvo acosarte claro está.

Eso hizo sonreír a Ada.

—¿Y dónde está el límite?

—En que me digas un no contundente. ¿Estás jugando al cuento de La ratita presumida conmigo, Ada? —preguntó Germán con una media sonrisa sabia en los labios.

Ada se echó a reír.

—¿Cómo es que conoces ese cuento? No te pega nada.

—Me lo contaba mi abuela, como solo tenía hijas, no se sabría otros.

—Dame tu teléfono y te hago una llamada perdida.

Salieron de la cafetería y se dirigieron al coche. Cuando Ada iba a abrir la puerta, Germán se le adelantó. Ella se giró y él le deslizó la otra mano por su cuello con suavidad. Se quedaron mirándose por unos segundos, sopesando. Germán acercó lentamente su cabeza mirando sus labios y la besó, tanteando, esperando su respuesta, atreviéndose un segundo y ya intensificaba cuando Ada le puso una mano en el pecho a la que el respondió enseguida alejándose.

—Lo dejamos ahí por ahora, Germán —dijo Ada con la respiración agitada. Él asintió sonriendo.

La llevó hasta casa y se despidieron con otro beso breve e indeciso.

4

Fue cuando levantó ambos puños en señal de triunfo cuando se percató por primera vez del cielo nublado de aquella mañana de octubre. El sudor le resbalaba por la espalda y la frente. Se lo secó con el antebrazo izquierdo y lo dejó ahí unos segundos, sellando el momento. ¡No había nada como tomar una decisión, tener un plan, para que las cosas volvieran a ponerse en orden! y Germán ya lo tenía. Había decidido que nada más terminar el partido llamaría a su hermano. La conversación con Ada lo había convencido de que era la mejor solución. Jaime tenía que saber la verdad y una vez que comprendió, gracias a ella, que hiciera o no hiciera algo ya estaba haciendo, prefería hacerlo de verdad y evitar a Jaime tener que ver la cara de falso de su amigo de nuevo, o la traición salir por la boca de su mujer.

Una hora después se dirigía a la casa de su hermano en la sierra. Iba escuchando en el mp3 del coche la canción «Can't Stop» de los Red Hot Chili Peppers, se sentía por fin tranquilo pese a la importancia de su misión. Al salir de la ducha, Benito, su entrenador, le había dado la palmadita en la espalda que necesitaba, le había dicho que ya por fin volvía a ser el *bloody bastard* de siempre. Sus viajes a Inglaterra para jugar al tenis y su instrucción con Benito, probablemente el tío con la lengua más sucia del Reino Unido, le estaban enseñando todo el inglés que necesitaba por el momento para defenderse. Si al final hacía un Master en administración de empresas en Estados Unidos, como pretendía, tendría que mejorar unas cuantas cosas más.

Jaime le había llamado por teléfono. Ya era hora de que fuera a verlo, le había dicho este y le invitó a comer, pero él dijo que iría después a tomar café, no quería mezclar comida con las noticias que tenía que dar. Mientras conducía, para tratar de no pensar en la escena que le esperaba, iba pensando en Ada. ¡Le había ayudado tanto hablar con ella! En cuanto resolviera lo que tenía entre manos se iba a entregar de lleno a conquistarla. Haría que confiara en él ¿Acaso no era un tipo de fiar? Él creía que sí y encontraría la manera de convencerla.

La tarde continuaba tan nublada como la mañana, en ese tono gris mate y aburrido que parece un fondo de retratos de estudio fotográfico. Bajo ese cielo, no comprendía la ventaja de venirse a vivir tan lejos para disfrutar de la naturaleza, aunque tenía que reconocer que estaba disfrutando de la conducción por esa carretera de montaña. Tras salir de una curva cerrada en la que había puesto a prueba el agarre de su coche nuevo, enfiló una recta larga; sonrió satisfecho, pero se le encogió enseguida el estómago cuando se le presentó el desvío a la derecha para la casa de Jaime. A medida que avanzaba por él iba mirando las casas vecinas. No estaban mal, pero ninguna con la clase y la originalidad de la de Jaime, ¡al menos en eso se había lucido!

Llegó a la verja de la casa y cuando se iba a bajar para llamar por el interfono, se deslizó la puerta corredera hacia la derecha; lo habían visto llegar.

Entró y aparcó el coche. Enseguida apareció Jaime, sonriente, feliz de verlo, eso sin duda, con los brazos abiertos.

—¡Al fin viene el hermano pródigo! ¡Campeón, menudo partidazo el de hoy, ven aquí! —dijo Jaime pasando el brazo por el cuello de Germán y obligando a este, más alto que él al menos una cabeza, a agacharla para que él le diera un beso de abuelo en la frente. Germán hizo un giro repentino para ser él el que agarrara y abrazados se dirigieron al salón. El miedo a que Marian se encontrara dentro lo tensó y soltó a su hermano enseguida.

—¿Y Marian? —preguntó.

—Está durmiendo la siesta, estaba muy cansada, aún no se ha repuesto del viaje, dice que te saludará luego cuando se despierte si aún sigues aquí.

—¿Pero le pasa algo?

—No tranquilo, ahora lo hablamos. ¿Quieres un café, un coñac, las dos cosas?

—Justo, las dos cosas y añade una botellita de agua por lo que pueda ocurrir.

—Lo que puede ocurrir es que no te dé tiempo a llegar al baño, ten cuidado con las mezclas.

Germán se rio del sentido del humor de Jaime. Un tío inteligente, un coco, con la cabeza muy bien amueblada que estaba revolucionando el mundo de la enseñanza, ganándose muy bien la vida y disfrutando al mismo tiempo. De aspecto solo compartían los ojos, pequeños y grises, por lo demás Jaime era moreno y más bajo y delgado que Germán, ya que, aunque hacía deporte, no se dedicaba a él, sus ocupaciones eran más intelectuales por así decirlo.

Se giró y se dirigió a una barra que se encontraba en un lado del amplio salón. Germán lo contemplaba preparar el café, metiendo la capsulita esa que estaba tan de moda y volvió a sentir el nudo atenazándole el estómago. Se preguntaba si el café sería buena idea, o si no sería mejor lanzarse directamente a por el coñac.

Jaime puso la bandeja delante de ellos y se recostó al otro lado de la ele del sofá; Germán, por el contrario, se puso más derecho.

—Jaime, tengo que contarte algo, ¿crees que tu mujer podría oírnos? —preguntó dirigiendo la mirada hacia las escaleras.

Jaime lo miró un poco sorprendido.

—No, no creo, porque la oiríamos antes a ella bajar la escalera, pero si prefieres que vayamos a mi despacho —dijo mientras se incorporaba y quedaba sentado mirando a Germán.

—No, estamos bien aquí —de repente se puso muy serio y bajó la mirada—. Lo que tengo que contarte es muy desagradable y muy duro para mí. Además, no estoy satisfecho, ni seguro de haber hecho lo correcto hasta ahora, pero me atendré a los hechos y ya está.

—Me estás preocupando —dijo Jaime con las cejas fruncidas—, pero di lo que tengas que decir y ya veremos. Los hechos, como tú dices, son siempre un buen punto de partida —Extendió una mano palma arriba en señal de invitación y volvió a acomodarse en el sillón cruzando una pierna sobre otra.

Germán tomó la copa de coñac, le dio un sorbo que tragó despacio y con precaución, no era nuevo en eso.

—Verás, la noche de la celebración de tu boda, conocí a la hija de Eduardo.

—¿La hija de Eduardo? ¿Qué Eduardo? —preguntó Jaime aliviado, que ya sospechaba que Germán se había enamorado.

—Eduardo, el electricista, el que te puso esa magnífica luz encima de la barra que está creando esta atmósfera tan otoñal.

—¡Ah!, ese Eduardo. Sí que tiene unas hijas preciosas, ya me fijé.

—Bien, pues estaba con la mayor charlando después de la cena, durante el baile, y en fin, pensamos que ya habíamos charlado bastante y que nos apetecía estirar las piernas, así que nos dirigimos al cuartillo de las toallas de piscina, ya sabes, no pretendía darle un revolcón allí dentro, menos en una noche como esa con su familia allí, solo quería besarla donde no nos vieran —Jaime sonrió burlón, como haciendo el que se lo creía.

—Ya veo, ya.

—No, Jaime, no ves, no ves nada aún. Déjame seguir. La cosa es que al llegar estaba la puerta del cuartito abierta y me sirvió de tapadera para cubrirme mientras la apoyaba contra la pared junto a la ventana y la besaba. Estaba en ello, cuando una conversación nos interrumpió, nos dimos cuenta que no estábamos solos allí y que había alguien en el cuartito.

Jaime se puso serio de pronto y se incorporó, ya empezaba a sospechar que lo que venía no era la historia romántica de los amoríos de su hermano.

—Escuché la voz de Marian que le contaba a un hombre que estaba embarazada de él, que llevaban acostándose juntos un año, que se conocían desde hacía tres, que desde hacía seis meses le estaba pidiendo que dejara a su mujer y que en la noche de la prueba de la cena de tu boda se acostaron por última vez y fue cuando ella quedó embarazada porque no estaba tomando la píldora —Germán dijo todo esto de corrido mirando la copa de coñac, cuando terminó la parrafada, le dio otro trago, esta vez con menos precaución y aguantó las lágrimas mientras levantaba la mirada hacia Jaime que le miraba incrédulo, con la cara blanca como el papel. Se puso de pie de repente y dándole la espalda se alejó del sofá. Se dirigió a la barra y volvió con la botella de coñac.

La dejó sobre la mesa y mirándolo a los ojos le dijo:

—¿A quién, Germán? ¿A quién se ...?

—A Luis —contestó Germán antes de que terminara Jaime de formular la segunda pregunta. Este cerró por unos segundos los ojos con fuerza. Después los volvió a abrir respirando agitadamente, con la mandíbula apretada.

—Ahora vuelvo —y sin más se dio la vuelta y salió del salón. Germán se alarmó y ya se dirigía tras él cuando escuchó que abría la puerta de la calle y salía. Lo vio pasar por delante de él a través del ventanal del salón. Esto tranquilizó un poco a Germán, que había temido que hubiera subido a enfrentar a Marian.

Acababa de destruir la vida de su hermano, bueno, tal vez no la vida, tal vez eso era muy dramático, pero sí sus ilusiones, su presente. Le había arrancado de raíz dos de las personas más importantes de su vida, quizá tres, si ya sabía del niño y creía que era suyo. Exhaló con fuerza un suspiro que le hizo daño en el pecho como un cuchillo.

Esperó a que volviera, cosa que hizo como un cuarto de hora después. Volvió a entrar despeinado, acalorado, con la camisa fuera y la mano ensangrentada. A saber con qué se había desahogado. Germán se puso de pie e hizo ademán de tomar sus manos, pero Jaime con las suyas agarradas en un puño, las retiró con un gesto que lo paró en seco mientras le decía:

—Ahora no —Así, rotundo—. No me toques ahora, por favor. ¡Continúa! —dijo como un tiro.

—No hay mucho más. Al parecer está embarazada de Luis, pero este no lo sabía. Tenían una aventura a vuestras espaldas y no sé más. Lo siento, no sabes cómo lo siento, igual tenía que habértelo dicho aquella misma noche, o al día siguiente, no sé —calló de repente, no sabía cómo seguir, sus palabras balbuceantes le daban vergüenza.

Siguió un silencio que ninguno se atrevía a romper.

—¿Puedes ir al congelador y poner hielos en agua para que meta las manos? —Ante esta pregunta Germán se quedó desconcertado.

—¿Hielo? ¿dónde?

—No sé dónde —dijo entre dientes, conteniendo las ganas de gritarle—. ¡Búscate la vida! ¿Quieres? Pero hazlo ya, no quiero que me pille así Marian. Cuando lo tengas listo voy para allá.

Germán salió enseguida para la cocina y buscó en el frigorífico. Menos mal que era de los que escupían los cubitos de hielo a golpe de botón, ahora solo tenía que buscar dónde meterlos. Se dirigió al lavadero y encontró tres barreños apilados. Cogió el más ancho y se lo llevó a la cocina, lo llenó de agua y luego le añadió unos cubitos de hielo. Volvió al salón a avisar a su hermano. Este seguía con las manos agarradas y la espalda tensa, caminando de un lado para otro, sujetando el dolor.

—Jaime, ya está. ¿Vienes o lo traigo aquí?

—Voy —y dándose media vuelta se dirigió con pasos decididos a la cocina. Allí encontró el barreño dentro del fregadero y sumergió las manos. Al soltarlas por fin y abrirlas, moviendo los dedos, se notó el alivio en su cara. Germán quería tocarlo, abrazarlo, hacer algo, pero no se atrevía, temía su reacción y sus reproches, quería que dijera ya lo que fuera, no podía aguantar la espera.

Tuvo paciencia unos minutos más, mientras buscaba algo con lo que secar las manos de Jaime. Finalmente se decidió por el papel de cocina, volvió con él y se lo mostró, pero fue rechazado con un golpe seco de cabeza.

—Espera un poco más que baje la hinchazón.

—¿Sabías que está embarazada? —Jaime volvió a tensarse.

—Sí —dijo expulsando el aire entrecortadamente—, pero en ningún momento pensé...

No acabó la frase, no era necesario. Sí, acababa de destrozar la vida a su hermano y lo había hecho muy mal, había contribuido, le había dado la puntilla y ahora lo había dejado sin nadie en quien confiar.

—No sabes cómo lo siento y cómo me odio por habértelo ocultado todo este tiempo. No sabía que era lo mejor, pensé que igual ella te lo decía y que era mejor no meterme, pero creo que era cobardía de mi parte, no sé qué era, ya sé que no es excusa...

—Calla —Germán se calló de repente—, déjalo, no digas nada más. Yo ahora no estoy pensando en ti y no te echo la culpa de nada. ¿En la noche de bodas? —Dejó escapar una carcajada amarga— ¿Al día siguiente? —preguntó con amargura—. Sí, al día siguiente hubiera estado bien, me habrías ahorrado hacer el gilipollas tres meses más, pero no te culpo...el único que tiene la culpa soy yo, no habré estado pendiente de lo que tenía que estar. Si se me ha pasado algo así es que he estado tan ciego que me lo merecía, no sé dónde tenía puesto el foco de mi atención, pero estoy seguro que no era en mi pareja, ni en mi mejor amigo. Tampoco en mi hermano parece.

A Germán le dolió este último comentario, el que lo alineara con ellos le hacía sentirse de la misma calaña.

—No hagas eso, ¿vale? No me perdones, por favor, prefiero que me digas lo que tendría que haber hecho, lo que hice mal.

Jaime sacó las manos del barreño y se las empezó a secar. Ya le dolían menos.

—Hay que hacer lo que hay que hacer, Germán, por mucho que te duela, o te cueste, tan pronto lo supiste, ¿de qué pensabas que me estabas protegiendo?

—De la vergüenza —dijo Germán mirando de nuevo a sus manos que ya se veían mejor.

—Ya, la vergüenza ante la gente ¿no? ¡qué iba a quedar como un pringado!

—No, no era eso, que también; era más que me daba vergüenza contártelo. Me porté muy mal aquella noche, amenacé a Ada con cerrarle muchas puertas a su padre y con hacerle pasar muy mal la vida en la universidad si contaba algo de lo que había escuchado, ya sabes lo mal bicho que soy a veces, tú ya me conoces —¡Por fin había confesado todo a Jaime! ¡Qué descanso sentía! Ahora ya soportaría cualquier cosa, cualquier reproche o castigo.

—¿Ada? ¿Quién es Ada?

—La hija de Eduardo, a la que estaba besando. Ella lo escuchó todo también.

—Ya veo, o sea que tal vez ya lo sepa medio mundo menos yo.

—No, tranquilo, ella no ha dicho nada a nadie, ella es la que me hizo ver que tenía que decírtelo, que hiciera o no hiciera algo ya estaba implicado.

—Muy inteligente —siguió diciendo Jaime con sarcasmo.

—Sí, ya sé que aquí el idiota soy yo.

Se escuchó movimiento viniendo de arriba, alguien bajaba la escalera. Los dos se dirigieron al salón. Germán estaba muy nervioso y enfiló derecho la copa de coñac que había dejado sobre la mesa y se sentó. Jaime se demoró un poco en salir.

—¡Germán! —saludó una bella Marian sonriente, estaba más gordita y guapísima.

Germán no le devolvió la sonrisa, ni se levantó, había ya comprendido lo que había querido decir Jaime con hacer lo que tenía que hacer.

—Hola Marian, he venido a ver a mi hermano a decirle algo que ya debí haberle dicho hace tiempo. Ahora ya me marcho, salvo que él quiera otra cosa.

En ese momento apareció Jaime por la puerta y se recostó en esta, contemplando a Marian que miraba desconcertada a los dos, aunque conservando la compostura.

—No, no te marches aún, quiero que estés presente. Siéntate Marian por favor —ordenó Jaime con suavidad.

—¿Qué me siente? ¡Vaya, qué seriedad! Podré tomarme algo al menos, ¿no?

—Claro, ¿Qué quieres?

—Un té rojo.

Marian tomó asiento en el lugar que antes había ocupado su marido y que aún conservaba la copa vacía de este.

Jaime se dirigió a la barra a prepararlo, lo que aprovechó para enfriarse, y prepararse para el encuentro.

Germán, sin embargo, no tenía intención de mantener una charla social con ella.

—¿No vas a preguntarme por la luna de miel? —dijo esta mirando a Germán un poco socarrona y muy desconcertada.

—No, no voy a preguntarte nada.

—¿Te ha dado Jaime la noticia? —preguntó con una sonrisa inquieta por la actitud de Germán, al fin y al cabo, era un niñato al que ella no conocía muy bien.

—No, se la he dado yo a él —contestó con un tono inquietante.

—¿A qué noticia te refieres? —intervino Jaime, que en ese momento se daba la vuelta con el té en la mano, se acercó a la mesa y se lo puso delante. La miró como esperando las gracias, pero solo recibió la mirada desconcertada de ella. Él se quedó de pie con las manos en los bolsillos del pantalón.

—¿Qué has hecho? Estás hecho un desastre —dijo mirando incrédula la camisa desarreglada y sucia de Jaime.

—¿A qué noticia te refieres Marian? —preguntó Jaime serio.

Por toda respuesta Marian se miró la barriga y luego a él.

—¡Ah, eso, díselo tú!

—¡Estamos embarazados! —dijo Marian sonriente a Germán.

Este elevó las cejas en señal de fingida sorpresa, lo que junto con la cicatriz de su pelo formó una curiosa llave expresiva.

—¿Estamos? Marian. ¿No habrás querido decir «estás»? —preguntó Jaime con mucha tranquilidad.

Marian ya se estaba hartando de la situación y de no enterarse de nada, se le noto el fastidio y también se puso de pie.

—A ver, Jaime, ¿qué está pasando aquí, me lo quieres decir ya?

—Claro que sí, enseguida, lo que pasa es que Germán acaba de decirme, que en esta pareja, solo tú estás embarazada y no yo, ¿es eso correcto?

—No te entiendo —dijo ella dubitativa.

—Que el niño no es mío.

Marian giró la cabeza bruscamente hacia Germán y le clavó la mirada.

—¿Qué estás diciendo? —preguntó con incredulidad.

—Lo que te escuché decir la noche de tu boda a Luis en el cuarto de las toallas de la piscina —dijo Germán e infló con fuerza las aletas de la nariz.

Marian se puso blanca y se la notó vacilar, enseguida ambos se dirigieron a agarrarla. Germán llegó primero que estaba más cerca y la sentó, Jaime lo hizo a su lado.

—¿Estás bien? —preguntó preocupado.

Marian no contestó, respiraba con dificultad y se estaba mareando. Entre ambos la tumbaron en el sofá y Jaime le elevó los pies sobre un cojín.

Esperaron los dos a que se le pasara, mientras Germán le hacía aire con otro cojín. Tenían la mirada clavada en ella, seria, con una mezcla de odio y compasión tan parecida que en esos momentos nadie hubiera dudado de que eran hermanos.

Cuando pasó un rato y parecía que ella se recuperaba, Jaime se atrevió a volver a intervenir.

—¿No lo niegas entonces, Marian?

Ella lo miró indecisa y los ojos se le inundaron de lágrimas mientras negaba con la cabeza.

—¿Es verdad lo que dice Germán? —siguió preguntando serio.

Marian asintió con la cabeza, mientras ya no podía parar de llorar.

Continuó así por un rato interminable. Jaime se llegó a la barra por unas cuantas servilletas y se las entregó. Espero a que se le pasara, sin decir nada en un sentido ni en otro.

—¿Estás ya mejor? —preguntó Jaime. Ella seguía llorando.

—Quiero que pienses dónde te gustaría que Germán te llevara, porque vamos a hacer tu maleta ahora mismo y vas a salir de aquí para no volver. El lunes me pondré en contacto con un abogado y tan pronto me informe volveremos a hablar.

—Jaime... —dijo ella llorosa.

—No, déjalo, no digas nada, no hace falta, al menos ahora no, piensa en tu hijo y trata de tranquilizarte. Por mi parte solo deseo un divorcio civilizado y nada más.

—Lo siento mucho.

—¿Sí? Yo lo dudo mucho, dudo que la gente que hacéis estas cosas lo sintáis mucho, y, ¿qué es eso que sentís? Pero como te digo este no es el momento, ahora nada de lo que se diga ayuda. ¿Dónde te deja Germán?

—En casa de mi hermana —dijo ella incorporándose y bajando los pies del cojín.

—Bien, te ayudaré a hacer la maleta. Germán, ¿puedes esperar?

—Claro que sí. ¿Necesitáis mi ayuda?

—Sí, supongo que sí, ahora te aviso si acaso. Vamos, Marian —dijo tomándola del codo—, subamos.

Germán contempló con asombro y admiración como su hermano dirigía a Marian fuera del salón con todo el cuidado del mundo, como si se fuese a caer en cualquier momento que es lo que parecía. Jaime le estaba enseñando en qué consistía eso de hacer lo que se tenía que hacer.

¡Qué ganas tenía de que se acabara la tarde! Pensó en Ada, en que la echaba de menos, en que hablar con ella sería para él, como lo fue el agua fría con hielo para las manos de Jaime, un alivio. También pensó con incomodidad en lo bien que se llevaría Ada con su hermano, en lo mucho que se parecían en la forma de ser, en su gusto por la música y se anotó mentalmente no presentarlos nunca, al menos no mientras pudiera evitarlo.

5

Era mediado de semana y aún no había mejorado el tiempo, seguía ventoso y llovía a ratos, así que no había tenido oportunidad de encontrar a Ada por el césped ni la había visto por la universidad. Hoy sin embargo la iba a ver porque se lo había propuesto y allí se encontraba, apostado por donde tendrían que salir los de primero. Mientras observaba a todos los que iban pasando, repasaba los acontecimientos vividos desde el sábado por la tarde como si se los contara a Ada. Lo más increíble era que había puesto patas arriba a su familia y no le había salpicado mucho después de todo. Parece ser que habían comprendido que su decisión no había sido nada fácil de tomar y que era compresible que le hubiera dado a Marian la oportunidad de sincerarse ella misma con su hermano. Su madre era la única que no le perdonaba aún que no se lo hubiera contado a ella y menos después de que volvieran de la luna de miel, cuando ya sospechaba que Jaime no sabía nada. La verdad es que ahí su falta de decisión había sido imperdonable y lo único que lo consolaba es que, en lo mucho que había sufrido por ello, había pagado la penitencia.

Descendiendo las escaleras se fue apareciendo ante su mirada asombrada, el cuerpo descomunal de un chico que tanto por ancho como por alto, desafiaba todas las leyes de la discreción. El asombro no hizo más que aumentar, cuando tras ese coloso, pasando apretujada bajo su brazo y empujada por la horda de estudiantes que venían detrás, aparecía una Ada sonriente que le dijo algo al parecer gracioso, mientras le aplicaba sin éxito el codo en las costillas. El gigante no podía dejarle paso con agilidad, pero sí pudo agarrarle el mentón y estirárselo como si su cuello fuera una manguera, para que ella pudiera tomar aire. Ada le siguió la broma haciendo como que resoplaba aire a duras penas y entre risas continuaron bajando las escaleras. La escena intimidó un poco a Germán. Ada siempre le desconcertaba, pero no quería que se le escapara, así que se adelantó. Era un poco violento y complicado abordarla entre tanta gente, así que elevó la voz, y la llamó con decisión:

—¡Ada, Ada aquí!

Solo el gigante y la chica del otro día, su inseparable amiga le escucharon. El gigante miró a Ada como para avisarla, pero la amiga se le adelantó, agarrándola de un hombro y diciéndole en el oído que ahí estaba él.

Ada lo miró sorprendida y empujada por todos los que venían detrás, siguió caminando junto a su gigante, hasta salir por la puerta y allí a un lado se quedó esperando a Germán, mientras se despedía de sus amigos, de todos menos de la pareja del otro día.

—¡Hola, Germán! Estos son Eva y Florian —Fue el saludo de Ada.

—¡Hola! —dijo este con una sonrisa abierta y franca—. Yo soy Germán. Bueno, ya sabréis quien soy. Ya nos vimos el otro día.

—Pues no, no sabemos nada. Sí que nos vimos el otro día, pero Ada no quiso hablar de ti —dijo Eva con mucho desparpajo.

La aludida la miró con los ojos un poco abiertos, sorprendida.

Germán volvió a reír ante esa salida mientras miraba a Ada.

—Bueno, tendría sus motivos. ¿Tendrías un rato para hablar Ada, comemos juntos?

—Hoy no puedo —Parecía de verdad contrariada—. Viene mi tía a comer y le dije a mi madre que estaría. ¿Qué te parece esta tarde? Te llamo tan pronto pueda.

—De siete a nueve tengo entrenamiento —dijo Germán con pesar.

—Bueno, nos da tiempo, creo. Te llamaré si veo que puedo escaparme antes, sobre las cinco. ¿Te parece?

—¡Hecho! ¿Os llevo a algún lado?

Este era el Germán encantador del día de la boda.

—No hace falta gracias, Eva y yo nos vamos caminando —dijo Ada mirando a Eva.

—No, yo no tengo nada al metro —dijo Florian.

—Estoy hoy muerta, anoche no dormí nada, yo si agradecería que nos llevara —dijo Eva mirando a Ada.

A esta no le molestó esa salida porque sabía que Eva, de verdad, no había dormido esa noche. Se había presentado su padre la noche pasada a verla y como solía suceder, se había peleado con su madre. Como consecuencia se había marchado sin verla, dando un portazo.

—Bueno, entonces, ¿nos dejas en la glorieta de Francos Rodríguez? —preguntó Ada.

—Claro que sí, donde queráis.

Las chicas se despidieron de Florian que se alejó con mala cara y se marcharon con Germán que las guio hasta el coche.

—Me parece que Florian debe pensar que le he quitado a sus chicas.

—No creo que lo deba, primero porque no somos las chicas de nadie —dijo Ada mirándolo por unos segundos a los ojos.

—Y segundo, porque éste es el punto donde nos despedimos todos los días —remató Eva que sentía la necesidad de mostrarse ingeniosa delante de Germán, aunque estaba segura que los dos tenían razón: Florian se iba enfadado sin duda y como decía Ada, no tenía ningún motivo. Ella agradecía que la llevara, se había pasado la noche en vela escuchando llorar a su madre y la rabia y la desesperación por tener que ser siempre ella la que pagara el pato tampoco la dejaron dormir.

—Yo me siento atrás porque me bajo antes, así no vas de «Paseando a Miss Daisy»—dijo Ada en cuanto se acercaron al coche.

—No, irá de «Paseando a Miss Fanny Price» —replicó Eva con su lengua autodestructiva, mientras abría la puerta del copiloto.

Ada que ya había introducido la cabeza por la puerta trasera, volvió a sacarla y le dirigió a Eva una mirada lacerante que prometía un «ya te pillaré». Detestaba que Eva hablara así de sí misma.

—¿Me he perdido algo? —preguntó Germán cuando entraba, también mirando a Eva.

Eva le miró sin saber qué contestar esta vez y Ada sonrió para sí. ¿Qué si andaba perdido?, en este terreno...intentar explicarle el chiste privado era como hablarle en suajili o como que ellas entendieran lo que sintió Florian cuando se fueron con Germán, era lo que según Ada debían ser las múltiples dimensiones del universo, mentes que funcionaban en paralelo en el tiempo pero que no se tocaban entre sí.

—Nada importante.

—Un chiste privado supongo.

—Algo así.

—¿Por qué no dormiste anoche, estuviste mala?

—No exactamente. Un mal rollo familiar con el que no te

quiero aburrir.

—Comprendo.

—Y tengo que echarme una siesta porque esta tarde tenemos que estudiar un montón.

—Eso —dijo Ada—, ¡hoy que no tenía baile!

De pronto sintió algo que la hizo levantar los ojos al espejo retrovisor y allí se encontró fijos en ella los de Germán, que la miraba intensamente, con un brillo y una promesa que la dejaron atrapada todo lo que duró el semáforo. Cuando arrancó, al accionar la palanca de cambio se dibujó su clavícula por encima de la camiseta gris apenas abotonada. Siguiendo esa línea se tropezó con su hombro izquierdo cuya redondez tensaba la camiseta. Debió paralizarse su respiración porque sintió el imperioso impulso de tragar.

—¡Eh, para aquí que te pasas! —gritó Eva.

Germán miró por el retrovisor antes de hacer la maniobra y poner el intermitente. Después miró a Ada con una sonrisa de triunfo en la cara.

Ada estaba tan trastornada que no podía controlar sus reacciones. Desvió la mirada y arrastró el culo para salir por la puerta contraria a toda velocidad. El roce ya fue lo último que necesitaba... Cuando se dio la vuelta para despedirse y cerrar la puerta, un Germán sonriente le guiñaba un ojo y le decía:

—Hasta luego, espero tu llamada —Y abandonó la acera, empujado por el claxon desesperado de un impaciente, ajeno a los pequeños anhelos, dichas y tragedias que suscitan los súbitos incidentes del tráfico.

CUANDO Ada abrió la puerta de casa arrebolada y agitada se encontró con Sara que se dirigía a la cocina. Esta se detuvo un momento y la miró inquisitiva, de pronto tuvo uno de esos gestos impulsivos característicos y desconcertantes de ella, se acercó le agarró la cara y le dio un beso tierno y sabio. Ada se quedó como paralizada, a veces le parecía que todo ese silencio de Sara, ese carácter suyo de observar en lugar de hablar la había capacitado para leer las mentes o algo así, lo cierto es que en ocasiones como esta se sentía expuesta y vulnerable ante ella, pero no incómoda, porque parecía que Sara siempre la aprobaba.

Para recuperar el dominio de sí misma le preguntó si había llegado ya la tita, pero no necesitó respuesta porque le llegó el grito de su tía:

—Ada, cariño ¿eres tú? Pasa, corre que estoy sacando unas

cositas...—dijo con su voz cantarina.

Ada soltó la mochila donde se encontraba, en la entrada de la casa y siguiendo a su hermana entró en tromba en la cocina. Allí estaba su madre, con su vestido largo y suelto de andar por casa y el delantal blanco de cocinera, estaba tan sencillamente elegante como siempre y su tía sentada a la mesa.

—Hola mamá —saludó. Su tía se levantó y se abrazaron haciendo un pequeño bailecito de pingüinos, balanceándose de un lado a otro. Cuando por fin la soltó dijo:

—¡Espera a ver lo que os traigo! ¡Ay, qué emoción, mira qué preciosidades!

Ada y Sara abrieron cada una sus paquetes y de ellos salieron dos gabardinas iguales, pero de distinto color y talla.

—Chicas los colores son los que había en vuestras tallas: la tuya Ada es la 40 así que es la malva, la de Sara es la roja, la 38.

Las dos salieron corriendo al espejo de la entrada.

Ada se la puso en seguida emocionada.

—¡Qué preciosidad!, ¡qué caída!, ¡qué elegancia! —dijo Ada imitando en falsete una voz altilocuente y remilgada.

—¡Qué tacto! —dijo Sara mientras se pasaba la solapa por la cara y ronroneaba.

—¡Qué par de cursis! —imitó a su vez Alberto que acababa de aparecer en el pasillo—. ¡Qué relumbrón! ¿Dónde te las has mercado tía? —continuó con su jerga y su impertinencia de siempre.

—¡De relumbrón nada niño insolente, una que sabe comprar y dónde! Anda, corre a la cocina a por tu caja de bóxeres Calvin Klein.

—¡Bóxeres CK!, ¿a mí?, pero tía yo soy más de calzoncillos de cuadritos de toda la vida —se fue diciendo mientras se dirigía a la cocina rezongando y trasteando con los paquetes hasta que por fin se calló. Ada y Sara seguían dando vueltas en el espejo admirando sus gabardinas cuando de repente apareció Alberto que se deslizó de rodillas al suelo de parqué, al estilo futbolista, con un aparato electrónico entre los brazos, como si fuera un bebé.

—¡Una Epson HX-20! ¡Una Epson HX-20! —repitió mirando al cielo en éxtasis.

Todos empezaron a reírle la gracia, menos Ada que lo miraba con los ojos abiertos embobada.

—¡Tita, tiita querida de mis amores! ¿de dónde la has sacado? ¡Eres mi heroína! —dijo Alberto a su tía, mientras se acercaba de rodillas a besarle las manos con fervor.

—Y tú eres un payaso además de un friki, pero ya ves, tu tita te trae cacharritos para que te entretengas —presumía con vocecita zalamera.

—Pero, ¿cómo lo has conseguido? ¿con taumaturgia, chalaneo, lo has comprado? —preguntó Alberto excitado.

—¡Ay!, pero qué repelente eres, no te entiendo ni la mitad de lo que dices. ¡En el mismo sitio! —espetó triunfante la tía con los ojos brillantes de picardía. Lo vi allí arrumbado en el taller donde tenían las gabardinas, envuelto en una funda de plástico transparente. Pregunté qué era y si no la usaba ya nadie. Me dijo que era un ordenador portátil, el primero que tuvo y que no lo tiraba por pena. Cuando le dije que tenía un sobrino al que le haría muchísima ilusión, me dijo que me lo regalaba si terminaba de decidirme por otro caprichito al que ya le había echado el ojo para mí, pero que estaba dudando en comprar porque costaba un doblón. Así que ese fue el empujoncito definitivo que necesitaba —explicó su tía con satisfacción.

—¡Un cambalache, entonces! ¡Esa es mi tía favorita, menuda negocianta! —Y con las mismas se lanzó a abrazarla con la mano que le quedaba libre.

A la euforia se unieron las chicas y de ahí, después de colgar las gabardinas, pasaron al salón a comer. Alberto no calló la boca contándole a Ada las curiosidades que le habían contado de la Epson sus profesores y de lo que pensaba hacer con ella, pero Ada ese día no tenía la cabeza en electrónicas. Sentía en su vientre un eco de las sensaciones que le habían asaltado en el coche y ya, le gustara o no, no podía pensar más que en Germán, en que se sentía atraída por él, pese a todo.

Después de comer su padre se retiró a dormir la siesta. Los demás querían café y Ada se ofreció a prepararlo para así mientras llamar a Germán y quedar con él. Habían tenido mucha suerte porque su tía se tenía que marchar pronto, así que no iban a prolongar la sobremesa, con lo cual Ada se podía escaquear.

Al segundo toque contestó, debía estar comiendo con él al lado, quedaron a las cinco en la cafetería del otro día, con frases rápidas y al grano.

Al terminar el café, Ada se disculpó diciendo que debía prepararse porque había quedado a las cinco.

—He quedado porque tú has dicho que tenías que irte pronto —le aseguró a su tía.

Salió del salón a toda prisa y regresó a los diez minutos con la gabardina puesta, pero con la misma ropa que había llevado a la universidad, una falda vaquera de tubo y una blusa blanca a la que su madre había colocado unos pequeños volantes en el arranque de las mangas. Lo que sí hizo fue asearse, pintarse los labios y cambiarse los zapatos bajos por unos *pumps* de siete centímetros rojos a juego con el bolso, ¡la gabardina no se merecía menos!

—¿Adónde vas tan guapa y tan agitada Ada? — preguntó su tía con segundas—. Con un hombre supongo. Ten cuidado, Ada ¿quieres? Ama a los hombres con medida, no vayas a abandonar tu carrera o tus planes por un hombre como hizo tu madre.

De repente todas las caras, incluida la de su madre la miraron boquiabiertas, las de los hijos con asombro, la de la madre con reproche. ¡Menos mal que papá ya se había ido a echar la siesta! —pensaron todos.

—¡Qué bombas sueltas tía! —reprochó Ada.

—Sí, tu tía no tiene filtros, ni tampoco razón. Yo no dejé nada por tu padre —manifestó Ana visiblemente contrariada se podría decir, en una mujer tan inexpresiva como ella.

—¿Y quién ha dicho que fuera por su padre? —sentenció su tía mientras miraba desafiante a Ana.

Esta le sostuvo la mirada con cara de pocos amigos.

—¿A qué viene eso ahora Pilar?

—A nada, era solo una advertencia ahora que empiezan a vivir. Creo que una madrina no solo debe aportar regalos, también debe aportar buenos consejos —dijo Pilar con la frescura y el atrevimiento que le caracterizaba.

—Tal vez, pero lo que no debes es juzgarme a mí y menos delante de mis hijos, ¿no te parece?

Ana había vuelto a recuperar el dominio de sí misma.

—Solo he dicho la verdad.

—¿La verdad? Será tu verdad, ¿o es que crees que lo sabes todo?

—Vaya, ya volvemos a la discusión de siempre.

—Eso parece, pero esta vez has cruzado una raya. Lo has hecho delante de mis hijos y eso no te corresponde.

—Bueno, ya sabes que soy muy clara.

—Y me parece muy bien, admiro tu claridad, pero en mis asuntos no tienes que ser clara ni oscura —siguió rebatiendo su madre conservando la calma.

—Tus asuntos también son míos, hermana, te quiero mucho ya lo sabes.

—Y yo a ti Pilar, pero respeta los límites. Las decisiones de mi vida las he tomado y las tomo por mis razones y tú no tienes por qué aprobarlas.

Los hermanos eran testigos mudos y asombrados del intercambio. Su madre era de pocas palabras y mucho autocontrol. Ada la admiró en ese momento, no podía recordar si alguna vez la había visto perder los papeles. Sara por el contrario sabía que sí y ahora acababa de comprender algunas cosas sobre su madre. Así que era eso, su madre se había casado por despecho, había estado enamorada de otro hombre y había renunciado a su carrera no por su padre si no por otro. Eso quería decir, dedujo Sara con júbilo que no solo ella había sido concebida sin amor, los tres lo habían sido. Quizá fuese una estúpida, una egoísta o una mala persona, pero sintió un gran alivio, sí incluso se sentía feliz. De repente no se sentía sola en el mundo, diferente a sus hermanos, menos querida por sus padres, ahora se sentía unida a ellos en el mismo destino. ¡Hubiera abrazado a su tía dándole las gracias por ese regalo!

—Bueno, me voy que ya voy tarde. Un beso tía —Corrió Ada a besarla con la esperanza de romper la tensión.

Su tía aprovechó el capote y le dio el beso.

—Nos vemos el sábado en mi casa, tenemos comida familiar.

—Adiós a todos —Y con las mismas salió decidida del comedor camino de la puerta. Por el pasillo la atrapó Sara.

—¡Ada, Ada, menuda escena! —dijo en voz baja, cómplice.

—Y que lo digas, mamá por poco le lanza el cuchillo de postre entre los ojos —dijo Ada con sorna y se le congeló la sonrisa de asombro cuando Sara se lanzó a sus brazos y le dio un abrazo fuerte y espontáneo.

—¡Eh!, ¿qué es esto?, ¿qué pasa?

—Nada, ¿acaso tiene que pasar algo para que yo te abrace?

—No, pero es raro en ti.

—Será que te quiero mucho.

—¡Ah!, eso. Yo a ti también. Me voy que no llego —Y las prisas por ver a Germán no le permitieron profundizar en el comportamiento tan raro de su hermana.

CAMINÓ hasta la cafetería sin consciencia de por dónde iba, pensando en las palabras de su tía. Ada sabía que su madre había dejado el diseño cuando se casó y que a los dos años de nacer ella, cuando ya pudo dejarla en una escuela infantil, había abierto la mercería. También sabía que el diseño de moda y la costura eran su pasión, pero como siempre la había visto haciéndolo para la familia, nunca se le ocurrió pensar que tal vez hubiera querido hacerlo como profesión, en lugar de dedicarse a la mercería, pero de ser así, ¿por qué no lo había hecho? ¿Por lo que dijo su tía, o por su padre, o tal vez porque no creía en ella lo suficiente?

En fin, tenía que averiguarlo, de repente ese le parecía un asunto muy importante, a lo mejor la aparente frialdad de su madre, era insatisfacción, infelicidad. Y luego estaba el extraño comportamiento de su hermana esa tarde, tan cariñosa, ¿le ocurriría algo, se habría enamorado?

Un pequeño charco en la acera reflejó un rayo de sol que se había abierto paso entre las nubes de aquella tarde. Ada lo miró antes de esquivarlo y como suele acontecer cuando tenemos un enigma, una obsesión que nos acecha desde hace años, todo nos parece una señal. A lo largo de toda su vida, al menos desde que ella tenía conciencia o recuerdos, Ada no había podido quitarse de encima la sensación de que algo extraño ocurría entre sus padres, no sabía explicarlo, era algo silencioso, pesado, confuso. Para otros se podría confundir con indiferencia, al menos a Alberto, la única persona en el mundo con la que había hablado de ello, es lo que le parecía; sin embargo, para ella no era así, ella los había observado desde pequeña, no podía evitarlo, sentía que algo se escondía ahí, se palpaba, a veces eran miradas que ella no sabía interpretar, incluso ahora de mayor, había ocasiones en que le parecían sensuales, pero, ¡qué va!, no podía ser. Como quiera que fueran sus padres representaban para ella todo lo que se había jurado evitar en la pareja y tal vez en la vida. Quizás por eso, como contrapunto a esa frialdad abrasadora que observaba en ellos, ella se había sentido impelida hacia las grandes pasiones, los arrebatos de sentimientos, la ópera, todo aquello que la emocionara.

Otro charco que tuvo que saltar la sacó de sus pensamientos, sintió el roce de la gabardina sobre la falda y se acordó de ella. Acababa de llegar, miró su reflejo en la cristalera de la cafetería; no le quedaba nada mal, pensó. Una corriente de aire se generó al tirar de la puerta para abrirla retirándole el pelo de la cara. Levantó ligeramente la cabeza para disfrutarla.

Nada más entrar lo vio esperándola. Estaba distendido en la silla, con las piernas estiradas mirando por la ventana el atrevido rayo de sol de la tarde como acababa ella de hacer, con una taza de café humeante delante de él.

Era una silueta masculina imposible de dejar de admirar, máxime cuando todas las razones para ello iban perdiendo su fuerza con el paso de los días y la agitación de su juventud imponía sus prioridades más básicas.

Se acercó segura y nada más llegar a su lado él se giró y se irguió. La miró de abajo arriba y abandonó la silla acercándose con cautela, como pidiendo permiso, le dio un ligero beso en los labios.

—No sabes lo que me alegra que me hayas llamado tan pronto.

—Tuve suerte —dijo Ada sonriendo—, mi tía tenía que marcharse, solo había venido a darnos los regalos que nos había traído de Italia y a contarnos sus vacaciones. Me ha traído esta gabardina.

—Te sienta fenomenal —dijo cogiéndola de las manos y alzándole los brazos para contemplarla—, pero lo que quiero decir es que te agradezco que no me hayas hecho esperar a conciencia —Bajó emocionado sus brazos y le apretó las manos mientras buscaba las palabras adecuadas—, que ... ahora me siento sinceramente perdonado.

Ada se rio comprensiva.

—Ya te lo dije, ¿no me creíste entonces? La situación no era para menos. A propósito, ¿cómo va el asunto? Si puedo preguntar, claro.

Germán la soltó.

—¿Cómo no vas a poder preguntar, si es para lo que he quedado contigo? Bueno, entre otras cosas, claro. ¿Dónde quieres sentarte? —preguntó después de separarse.

—Aquí a tu lado, mirando también a la calle.

Apareció la camarera y Ada pidió un té helado.

Germán le contó la conversación con Jaime y la separación de su esposa.

—La llevé a casa de su hermana y luego tuve que llevar de nuevo a mi hermano a la sierra porque él nos siguió con el coche de ella. No quería que condujera en el estado en que estaba.

«¡Qué considerado!», pensó Ada. Se veía que los hermanos tenían caracteres diferentes, no se imaginaba a Germán haciendo lo mismo.

—¿Y tu familia, lo sabe ya?

—Sí, el domingo fui a hablar con ellos. Jaime nos mandó un SMS diciendo que le dejáramos tranquilo ese día. El lunes nos reunió y nos explicó que había hablado con un abogado y que ya había comenzado los trámites.

—¿Y el amigo? Bueno, por llamarlo de alguna manera.

—¿Luis? No sabemos nada de él. Jaime me dijo que no quería explicaciones, que era él el que tenía que explicarse cómo habían ocurrido todas esas cosas sin que se diera cuenta y la verdad es que para mí eso tiene sentido, porque yo tampoco me lo explico.

—Ya, sí, le quedan unos momentos muy duros por delante, pero al menos tú te has quitado un peso de encima.

—Sí, más o menos, pero no era esto de lo único de lo que quería hablarte.

Ada se giró entonces hacia él, dejando la contemplación de la ventana y acomodándose en su silla.

—Te escucho.

Germán se giró también apoyando su cara en la mano sostenida por el brazo de la silla.

—¡Qué atentamente me escuchas! —dijo Germán sonriendo embobado.

Ada también sonrió.

—¿Quieres salir conmigo el sábado? A cenar y luego podemos ir a escuchar música en directo.

—¡Ah!, era eso, cenar, el sábado —Ada desvió la mirada a un lado como pensándoselo.

A Germán le hizo gracia el gesto y sonrió divertido.

—El sábado dices, no sé, déjame que piense si ya he quedado...

—Y también el otro sábado y el domingo, y mañana, y todos los días, en realidad quiero salir contigo. ¿Cómo lo ves? —preguntó con los ojos brillantes.

—¡Uy!, eso son muchos huecos libres, no sé si tendré tantos —contestó ella mirándose la mano que tenía posada sobre la mesa.

—¡Tranquila!, entre los entrenamientos, los partidos y los estudios, no creas que voy a acapararte mucho.

—Y mis estudios, mi baile, mis amigos —enumeró ella llevando el recuento con los dedos y ahora sí mirándolo a los ojos.

—Sí, eso también —concedió Germán recogiéndole los dedos con la mano libre—. Me gustas mucho Ada, me gusta como hablas y lo que me haces sentir cuando estoy contigo, además te deseo como un loco —confesó con voz ronca.

Ada sonrió y se acercó a él imitando su postura.

—Yo también te deseo y me gustas, pero no sé si mucho —dijo con un mohín de fingida indecisión—. Eso aún estoy por decidirlo.

Esta vez fue el turno de Germán de sonreír.

—Comprendo que tengas tus recelos. Voy a demostrarte que puedes confiar en mí.

Ada, ahora seria, tragó saliva e intentó leer en sus ojos sus sentimientos y su sinceridad.

—De acuerdo —dijo en voz bajita y se adelantó un poco más para besar los labios de Germán con el ardor que llevaba sintiendo toda la tarde.

Germán aumentó la intensidad del beso y abrió la boca de Ada para acariciar su lengua. Poco a poco sus respiraciones se fueron agitando y la necesidad de estar a solas se hizo más poderosa y urgente.

Ella fue la primera en separarse, le posó la mano en la cara y le fue acariciando el pómulo suavemente con la yema del pulgar, mirándolo con detenimiento.

—Será mejor que nos marchemos —dijo Germán girando la cara y besando su mano—. Tengo que ir al entrenamiento, es lo último que quiero hacer hoy en el mundo, pero no puedo faltar a ellos, Benito me echaría de la competición.

—¿Quién es Benito?

—Mi entrenador.

—Pero, ¿no me dijiste que era inglés?

—Y lo es *Benny,* de Benedict.

—¿Y lo llamáis Benito? — preguntó Ada con guasa.

—Sí, porque tiene cara de Benito —dijo con su sonrisa pícara—. ¿Te llevo a casa?

—No, si me das un momento que llame a mi tía a ver si está ya en su casa, preferiría que me dejaras allí si no te viene mal.

—¿Vive muy lejos?

—En Mirasierra.

—Me da tiempo. Venga, llama.

Ada llamó y su tía le dijo que sí, que ya iba para casa, que si le pasaba algo.

—No ¡qué va!, tranquila, ahora lo hablamos— dijo colgando el teléfono—. ¿Nos vamos?

ANA entró en la habitación de Eduardo hecha una furia. Este se encontraba leyendo en la cama, llevaba un rato despierto de sus veinte minutos de siesta y estaba haciendo tiempo esperándola, no le apetecía la charla con su cuñada, le alteraba los nervios.

—¿Qué te pasa? —preguntó dejando el libro a un lado pues en seguida notó que algo pasaba.

—¡Mi hermana! —exclamó a modo de resumen, como si con eso ya lo dijera todo— esa metomentodo, pues no va y les insinúa a los niños que abandoné mi carrera de modista por un hombre, ¡así, como si fuera una desgraciada!

Eduardo se incorporó contra el cabecero de la cama y extendió los brazos para acogerla. La apretó fuerte contra sí mientras la escuchaba respirar esperando que se calmara. Nunca había podido soportar que sufriera. ¿Había dejado sus sueños Ana por otro hombre o por él, por su familia? Hacía ya mucho tiempo que había enterrado ese asunto. La vida había continuado de una manera que le hubiera parecido imposible en otro tiempo y mientras le acariciaba la espalda recordó aquella tarde de hacía veintitrés años.

Llevaba dos años admirando en silencio a Ana, su vecina. La seguía con la mirada cuando se la encontraba por las escaleras, se dejaba caer por el metro a la hora que sabía que ella volvía del trabajo, pero nunca daba ningún paso porque sabía que ella ni siquiera había reparado en su existencia y porque se sentía insignificante, un electricista, siempre con su ropa de trabajo, mientras que Ana llegaba con modelos preciosos, elegantes, confeccionados por ella misma, ¡parecía una modelo!

Un buen día en que, siguiendo su ritual, se tomaba un café en el bar desde el que acechaba llegar del trabajo a Ana, la vio pasar extraña, desencajada. Caminaba rápido, como loca, sin su habitual aplomo; en seguida tuvo claro que algo grave le pasaba. Eduardo tenía muchas inseguridades y quizás no tenía ni idea de cómo seducir o conquistar a una mujer, pero sí sabía cómo protegerla y no dudó ni un instante en ir a su encuentro a ver de qué manera podía ayudarla.

—Hola, Ana, ¿puedo acompañarte? —Ella lo empujó y lo esquivó como ciega, estaba a punto de echarse a llorar en mitad de la calle, a la vista de todo el mundo y eso no podía soportarlo, pero la maniobra rompió el dique que tanto le estaba costando aguantar y dejó escapar un sollozo ronco y doloroso que contorsionó su rostro siempre tan sereno. Aprovechando que se acercaban a la esquina del comienzo de la calle, Eduardo la tomó del brazo y la metió en el portal más cercano. Allí la sostuvo resguardándola con su espalda de las miradas de la calle. Ana era ya un torrente ingobernable descargándose contra su pecho. Se agarró a su camisa por la espalda con tanta fuerza que le tiraba y le hacía daño en el cuello. Escondida en aquel refugio improvisado que la aislaba del mundo desahogó su pena, hasta que se fue agotando. Como su cara era un poema y con ese aspecto no quería volver a casa, se dejó llevar como una muñeca sin voluntad a donde a Eduardo le diera la gana, ni siquiera escuchaba lo que decía.

Él se la llevó a su casa donde vivía solo. Tuvieron suerte de no encontrarse en el portal a ningún vecino, ni a los padres de ella. En el sofá dejó que Ana descansara una media hora. Luego la despertó y la guio hasta el baño, dónde la animó a que se lavara la cara con agua fría durante un rato. Cuando la inflamación de su cara pareció ceder, le ofreció un café y por fin pudieron intercambiar unas cuantas palabras. Tras escuchar un breve resumen de su historia, contado con muchas evasivas y poca coherencia, Eduardo aceptó y comprendió que el tema era doloroso para ella y consiguió componer lo que al él le parecieron unas palabras de ánimo: no era el fin del mundo, encontraría otro trabajo pronto, y más o menos le salvó la situación hasta que ella se armó de valor para volver a su casa.

Ese fue el inicio de su relación. De esa complicidad recién nacida surgió una amistad, salían juntos, paseaban, iban al cine y se enamoraron, o al menos eso creyó él. Eduardo ni siquiera se planteó que Ana no lo amara. Huérfano como era, él solo era consciente de lo mucho que él la adoraba. Ella era tan suave, tan seria, tan femenina. Poseía las cualidades que más había apreciado en las mujeres que lo habían criado en el orfanato, siempre había huido de las escandalosas, histriónicas, que querían hacer de cada día de su vida una fiesta, como si esa alegría postiza pudiera compensar el haber perdido a sus padres siendo tan solo un niño. Se casaron y tuvieron dos hijos: Alberto y Ada. Él iba prosperando en su negocio y Ana abrió una mercería donde proveía y aconsejaba a modistas particulares y profesionales. Su matrimonio comenzó a ir mal tras el nacimiento de Ada; Ana no era la misma. Al principio pensó que era una depresión postparto, al menos eso le dijo ella que le había dicho el médico, pero su estado de ánimo no mejoraba y él comenzó a preocuparse.

Durante cuatro años Eduardo fue paciente, pero ya la situación era agobiante hasta para él. Volvían del trabajo cansados, con los nervios a flor de piel y todavía tenían que ocuparse de los niños, todo esto sin compensación ninguna. Ana apenas si le dirigía la palabra, era un muro agotador. No le negaba el sexo parecía que eso era lo único que quería de él, su única forma de comunicación, pero con eso a Eduardo no le bastaba. Una noche ya no pudo más, Ana estaba más callada que nunca si eso era posible y le exigió que le hablara, que le contara lo que le pasaba, que necesitaba saberlo porque no podía continuar así.

Ella se levantó de un salto de la cama, comenzó a pasear como loca por la habitación y por fin dio riendas sueltas a lo que con tanto ahínco ocultaba. Le confesó todo, que no la habían despedido del taller de alta costura aquella tarde, sino que se había ido ella porque no podía soportar seguir allí un día más, que se había enamorado del hijo del dueño, que creía que ambos se querían, que se casarían, que abrirían su propio taller, pero que al final él se había ido a Italia con otra, la hija del socio italiano de su padre a ampliar el negocio familiar. Le dijo que ese día había visto sus caras en una revista junto con el hijo recién nacido, que se la había enseñado una antigua compañera del taller. También le confesó que por eso se había casado con él, porque quería vivir tranquila, tener hijos, no quería volverse a enamorar ni exponerse de nuevo a sufrir de esa manera, pero la verdad es que no lo había conseguido. «¿Ya estás contento?», le preguntó hiriente, «¿te sientes ahora mejor?».

Mejor, ¿había dicho mejor? Se sentía tan dolido, tan humillado. No lo había querido nunca, lo había engañado, utilizado. ¡Dios!, ¿acaso él se merecía eso? Se acercó a ella con rabia, quería devolvérsela, quería que ella se sintiera tan utilizada como él, la besó con fuerza, la agarró como loco, estaba ciego, pero él sabía cómo encenderla en un momento, siempre lo había sabido y eso no podía negárselo, le levantó el camisón y la penetró con rabia. Ella le dejó hacer como siempre había hecho y se había corrido, su cuerpo no necesitaba amarlo para disfrutar del sexo con él.

De aquel polvo, no se puede llamar de otra manera nació Sara y ya no se volvió a repetir otro, tampoco se lo pidió él ni se separaron, es más ni siquiera lo hablaron, aquella sería la última discusión sobre sus sentimientos que tendrían en muchos años, hasta que diez años después, el día que Ana decidió que ya no podía fingir más ignorancia, que ya tenía suficientes pruebas, confrontó a Eduardo en la habitación de este, donde nunca había entrado en los diez años que hacía que la ocupara. Él estaba tumbado en la cama, leyendo una novela negra que era el género que le gustaba (una escena tan parecida a la de hoy y tan distinta en su corazón) y la dejó a un lado alarmado al ver entrar a su mujer. Estaban solos en casa, su hermana se había llevado a los niños a tomar un helado, bueno eso creían ellos. Ana no se anduvo por las ramas le expuso con mucho control todos los detalles que conocía de su infidelidad, y como los había descubierto, en realidad siguiéndolos ella misma, tampoco es que hubieran tomado muchas precauciones, y sin más Ana le pidió el divorcio, a qué continuar así. Él salió de la cama de un salto, con una mirada dura en la cara como quizás no le había mostrado jamás y le replicó que qué quería que hiciera, si no lo había querido nunca. No había vuelto a acostarse con ella porque no podía perdonarse como habían engendrado a Sara. Él no quería traer otro hijo al mundo sin amor, a esa casa de silencio y amargura. A Ana le dolió el comentario, le recordó la casa de sus propios padres y se sintió humillada y fracasada, le dijo que no, que no le pedía sexo, que lo único que le pedía era que se fuera. Tras un silencio duro en el que por fin Eduardo llegó a mirar a Ana con desprecio, le escupió una a una las palabras que cambiarían todo: ¿es que no me has hecho ya bastante daño egoísta insensible? Me engañaste, te aprovechaste de mi amor, me has despreciado, he vivido sin sexo en los mejores años de mi vida y ahora, ¿también me vas a alejar de mis hijos?

Aquellas palabras llegaron finalmente a hacer mella en Ana, que dándose la vuelta salió apresurada de la habitación. No volvió a mencionar el tema, ni siquiera le pidió que dejara a la otra, pensó que no tenía derecho, se sentía mala persona, egoísta, como él había dicho y días después comenzó a visitar a un psicólogo como hacía años que tenía que haber hecho.

La terapia mejoró las relaciones de la pareja, Ana sorprendió un día a Eduardo ofreciéndole retomar su vida en pareja, la sexual y la otra, al menos en la medida en que fueran capaces. Él aceptó acudir también con ella al psicólogo, cosa bastante infrecuente y novedosa en aquellos tiempos y consiguieron construir algo único entre ellos. Una vez admitieron y comprendieron que ninguno de los dos eran personas de palabras, que habían pasado toda su vida sumergidos en el mutismo, cada uno por sus motivos, llegaron a la conclusión de que tal vez no estaban preparados, ni querían cambiar eso, no les salía natural y todo lo que hablaban les parecía ridículo y forzado, así que en una retorcida inspiración de Ana, acogida con entusiasmo por Eduardo decidieron darle a esa debilidad suya, por así decirlo, un carácter nuevo y convertirlo en misterio, en un juego de complicidades y silencios en los que solo ellos dos estaban, en un juego de seducción que les daba algo en lo que pensar durante el día, porque los dos querían llegar al otro, pero no sabían cómo.

No iban nunca a la compra juntos, de esta y de la cocina, se ocupaban cada semana uno y la limpieza la venía haciendo la misma señora desde que nacieron los niños. Sus ratos juntos eran cuando se sentaban uno junto al otro viendo la tele en silencio, aparentemente indiferentes, mientras por dentro sus fantasías bullían y ciertas miradas que solo ellos compartían hacían promesas dejadas para más tarde, para la intimidad.

Quitando sus encuentros, siempre a la hora de la siesta, en las otras facetas de su vida proseguían como dos individuos independientes: sin amigos comunes y sin ni siquiera compartir la misma habitación. Tenían por norma no salir nunca juntos de la casa salvo cuando ejercían de padres, momentos en los que se comportaban según su personalidad: con las palabras justas y con el respeto y la indiferencia que se tendrían entre sí unos padres divorciados bien avenidos. Si salían solos, lo hacían como en una cita, quedaban en algún lugar después del trabajo, o llegaban cada uno por sus medios si iban desde su casa, saliendo en tiempos distintos.

Su amor por Ana, reflexionó Eduardo, había sido desde el primer día que la vio, como «una corriente eléctrica» que se conducía por sus cuerpos: por el suyo poderosa y por el de ella encontrando muchas resistencias a su paso. Lamentaba no saber pensar mejor que en términos eléctricos, quizás era demasiado simple comparado con la sofisticación de ella, pero creía saber que la debilidad de su matrimonio, ese no saberse del todo seguros del otro, era también su fortaleza y el secreto de su felicidad. Era un constante desafío conquistarse.

—Yo te haré sentir mejor —le dijo mientras lentamente le iba subiendo el vestido largo por el que ella solía cambiar su ropa de calle al llegar a casa. Hacía ya años que sabía lo que no se encontraría debajo.

SARA salió detrás de Ada, también con su gabardina, pero en vaqueros y bailarinas Camper porque tenía la intención de andar mucho. Se dirigió caminando a la Dehesa de la Villa. Ya las tardes se iban acortando, pero aún tenía tiempo para darse un buen paseo y con un poco de suerte contemplar uno de esos atardeceres espectaculares que te regalaba la Dehesa, aunque esa tarde no lo necesitaba, su felicidad ya brillaba de todos los colores. Era algo irracional, pero acababa de quitarse de encima una terrible pena que la estaba aplastando desde que tenía diez años.

Como la pequeña que era, siempre había admirado a sus

hermanos y querido formar parte de su círculo. ¡Ellos eran mayores, listos, divertidos y se llevaban tan bien, siempre jugando juntos! Cuando aquella tarde se despertó sola en el salón, con la tele apagada, escuchó voces, quizá fuera eso lo que la despertó. Eran sus padres, estaban discutiendo. Eso atrajo su interés, sus padres hablaban poco entre ellos y que ella recordara nunca discutían. Se levantó en silencio y se acercó a la habitación de su padre que era de donde salían las voces. Justo cuando doblaba el pasillo escuchó su nombre y se quedó paralizada, expectante, llena de curiosidad, ¿qué decían de ella?... Un dolor lacerante se fue clavando en su estómago y subió caliente hasta su boca provocándole nauseas. Sintió miedo, ¿y si la pillaban? se volvió corriendo al salón y se tiró al sofá hecha un ovillo. Cuando escuchó acercarse a sus padres, se encogió de lado como si fuese un bebé y se hizo la dormida, apretando por dentro sus emociones desbocadas, su dolor, su miedo y su incertidumbre.

—Ana, Ana —Escuchó llamar a su madre en sordina mientras su padre volvía de nuevo sobre sus pasos—. Sara está aquí, dormida en el salón, no se ha ido con tu hermana —Su voz parecía alarmada.

—¿Qué? ¿No nos habrá escuchado? —preguntó su madre angustiada.

Después de aquella tarde su vida ya no fue la misma. Se aisló de sus hermanos, se sentía más alejada de ellos que nunca, ella era diferente, la hicieron de otra manera, sin amor había dicho su padre, ¡a ella no la querían! Vivía asustada de que sus padres se divorciaran, de que su padre se fuera de casa. Tenía pesadillas por las noches en las que se perdía de su madre y no la encontraba; o bien soñaba que iba en un autobús sola y la veía sentada unos asientos por delante. Se levantaba e iba hasta ella para llamarla, pero al darse la vuelta no era Ana, era una extraña. Entonces se despertaba llorando angustiada, temblando y tenía que ir a la habitación de su madre a meterse en su cama y abrazarla.

Esas angustias se prolongaron hasta que sus padres, al parecer, mejoraron la relación entre ellos, al menos eso aseguraban sus hermanos que especulaban sobre si compartían o no la habitación de nuevo, cosa difícil de saber porque ocupaban una zona independiente de la casa, separada por una puerta que ellos rara vez se atrevían a cruzar y menos estando ellos dentro. Ese hecho le dio un poco de seguridad y acabó con sus pesadillas, pero no con su sentimiento de desventaja, de imperfección que la había convertido a ojos de los demás, en una persona introvertida y distante.

Hoy acababa de descubrir que todo eso no tenía que ver con ella, que los tres hermanos habían participado de la misma suerte, ella no era diferente, solo la más pequeña, había nacido cuando la relación entre ellos estaba más deteriorada. Su madre no se había casado enamorada de su padre, si no de otro. Debía sentirse triste por su padre, pero no podía, estaba feliz sí, irracionalmente feliz.

6

Cuando Ada salió del portal camino de la universidad, en su primer día del segundo año de carrera, el frío en la cara, a esa hora tan temprana la alejó repentinamente del verano y le produjo una especie de vacío en el estómago. El desacostumbrado silencio que aún reinaba en el tráfico parecía haber ensanchado las calles y haber desprovisto la vida de todo designio. La inercia perezosa que aún traía de Roses le hizo el camino a la universidad interminable. En un impulso, cambió de dirección y se dirigió con paso lento a la Dehesa de la Villa. Se fijó en la luna que se le antojó incongruente a esas horas, ahí en el cielo de Madrid, cuando hacía apenas unos días la viera de noche en Roses. Luego se sintió culpable por estar divagando tonterías cuando tenía obligaciones que cumplir, que ella recordara era la primera vez en su vida que hacía pellas.

No es que estuviera deprimida por la marcha de Germán a Estados Unidos. Había conseguido una beca como tenista, para jugar y estudiar un master de ingeniería en diseño industrial y desarrollo de producto en Filadelfia. Lo sabía desde hacía tres meses e incluso lo habían celebrado por todo lo alto con su familia; después se habían marchado juntos de vacaciones a Londres. Se hospedaron en un pequeño apartamento propiedad de unos amigos de sus padres que alquilaban a sus conocidos. Pasaron una semana inolvidable en la que recorrieron sus calles, visitaron sus museos y disfrutaron de la novedad de despertarse juntos en la misma cama, incluso consiguió arrastrar a Germán a un concierto coral de The Cambridge Singers.

Ada hubiera querido quedarse dos semanas, pero no pudo ser porque él no podía parar tanto tiempo de entrenar y sabía que lo que le esperaba por delante lo iba a descentrar bastante. A la vuelta del viaje ella se había marchado a Roses con su familia, mientras Germán se había quedado en Madrid haciendo los preparativos de su viaje.

Hoy, sentada bajo el pino, con su cara orientada al ya melancólico sol de septiembre, Ada recordaba cómo se había sentido de nuevo ella misma en esos primeros días en Roses y como se había dado cuenta de que ese último año lo había pasado orbitando alrededor de Germán. Había tenido tiempo de reflexionar sobre su relación y había llegado a la conclusión de que en ella el protagonista era Germán: él marcaba los tiempos, las notas y los silencios. Su carrera como tenista y sus estudios eran lo primero, y solo se habían visto en los huecos que habían quedado libres, o si Ada se había animado a ver algún partido importante.

No habían tenido ningún enfrentamiento al respecto porque ella no había dado lugar a ello, no lo había presionado para que hicieran las cosas de otra manera, ni él había insistido en que ella lo acompañara a todos los partidos. Él había comprendido, sin darle demasiada importancia, que a ella no le entusiasmaba el tenis, además ya tenía un corrillo de admiradoras lo bastante grande como para sentirse satisfecho. Ada sabía lo que pasaba, pero no pensaba ceder a la debilidad de asistir a los partidos solo por mantener a raya a las demás o por celos, tenía que confiar en él, no tendría sentido su relación de otra forma.

Lo que andaba rumiando no obstante todo el verano, eran las palabras de su tía de aquella tarde de otoño, el día en que su tía le regaló la gabardina y Germán le pidió salir. Después había ido a su casa a que le explicara lo que había querido decir, aquello de que no dejara de lado su carrera por un hombre como había hecho su madre. No consiguió sacar mucho: ella le dijo que su madre había sido muy valorada en el taller en el que trabajaba como diseñadora y modista, y que su intención había sido continuar formándose, conocer y darse a conocer en el mundillo y luego lanzarse ella con su propia firma, pero abandonó todos esos proyectos a la primera decepción amorosa. El resto se lo tendría que preguntar a ella porque no quería provocar a su madre, que según su tía, «era muy suya».

Todo esto era poco material para sacar conclusiones, pero teniendo en cuenta la relación fría que tenían sus padres: ambos dedicados a su trabajo y en casa cada uno a lo suyo, no sabría decirlo, parecía confirmar lo que había dicho su tía: su madre se había conformado con una vida sin sobresaltos junto a su padre y había dejado los diseños para personalizar la ropa de sus hijos con sus detallitos.

La cuestión era: ¿estaba ella siguiendo sus pasos?, ¿iba ella pisando la sombra de Germán? y lo más importante de todo: ¿lo amaba? Esta pregunta la torturaba mucho últimamente. Cuando pensaba en Germán, lo imaginaba con su sonrisa de tiburón, su encanto, su cuerpo ancho y fuerte, su pelo brillando al sol. Sabía que le era fiel, que la quería, que la buscaba para tomar sus decisiones, bueno más bien para apoyar sus decisiones y se interesaba por su criterio, siempre que coincidiera con el suyo, pero... ¿era eso todo?

Ella no lo sabía, no conocía cuales eran todos los ingredientes del amor, de la pareja y tampoco sabía a quién preguntarle: ¿a su madre?, no, ella al parecer se había conformado hasta con menos; ¿a su padre?, quitando su trabajo, no conocía a un hombre de menos palabras; ¿a su tía?, tampoco. La quería mucho, era muy divertida, a veces soltaba alguna sentencia que daba la impresión de que conocía bien la vida y a la gente, pero no, no confiaba en ella para esto, era demasiado superficial y de frase hecha; ¿los amigos?, sabían de esto aun menos que ella.

Así que ahí se encontraba, confundida, sola y sintiendo que le faltaba algo, una llama dentro, una pasión; ella quería algo más en la vida. No, no era dinero, ni éxito, no sabía muy bien lo que era; ella quería vibrar, quería sentir en el amor lo que sentía cuando cantaba o cuando estaba haciendo algo que la tenía absorta y eso no lo sentía junto a Germán.

¿Conseguiría su relación superar esos dos, quizás tres años en la distancia? No lo sabía y eso la entristecía, le hubiera gustado estar segura, echarlo de menos a rabiar, esperarlo con anhelo. Se recostó contra el tronco del pino y cerró los ojos, intentando poner la mente en blanco y que le llegara libremente la respuesta, no lo consiguió.

7

Mario se presentó a clase el segundo día. Ya había asistido el día anterior al Salón de Actos donde se daba la bienvenida a los nuevos alumnos y se les enseñaba las instalaciones de la facultad. Él no era alumno de primero sino de segundo porque había cursado el año anterior a distancia. Al entrar se apostó en un rincón desde el que podía contemplar toda la clase a discreción, sin estorbar la entrada. Contempló los grupos de alumnos que ya se conocían y también alguna que otra persona suelta que sería nueva como él. Empezó a ser objeto de varias miradas curiosas, sobre todo de las chicas, ya estaba acostumbrado, supuso que más por su forma de vestir que por otra cosa. Llevaba un pantalón vaquero blanco, con una camiseta verde clara y un fular en un verde más oscuro, con una chaqueta safari beige de algodón. Los colores claros le resultaban más frescos en verano y jamás utilizaba la bermuda para nada que no fuera la playa o la piscina. Lo de la elegancia era su forma de posicionarse frente a la arraigada imagen de que para ser amante de la tecnología y los videojuegos había que vestir cochambroso y llevar un gorrito llamativo, lo que había supuesto una fuente inagotable de coñas de todo tipo por parte de sus colegas.

Este era el día de su regreso a la sociedad, de la que había sido expulsado cuando el mundo y todos sus habitantes habían continuado con sus vidas como si tal cosa, cómo si no les importase su dolor ni su pérdida. Él sabía que esa sensación la experimentaba tarde o temprano todo el mundo, que formaba parte de la vida y que era la prueba de nuestra insignificancia existencial, pero él la acababa de vivir y se sentía diferente, como portador de un secreto que todo el mundo conoce pero que la mayoría prefiere ignorar.

Se fijó en un sitio libre que había visto en la tercera fila, entre un grupo de tres chicas a un lado y una pareja al otro que le devolvieron la mirada con curiosidad. En eso que alguien que entraba detrás de él atrajo la mirada de la pareja, le sonrieron y alzaron las manos. Ya sabía él lo que eso significaba, o se adelantaba o le levantaban el sitio, así que se dirigió con paso decidido a por el asiento libre, devolviendo la sonrisa a las chicas que lo miraban. Cuando iba a sentarse el chico lo paró en seco.

—¡Eh!, este asiento está ocupado —exclamó Florian con convicción.

—¿Ocupado dices?, pues a mí me parece vacío —contestó Mario con más convicción aun.

—Me lo estaban guardando a mí —dijo detrás suyo la voz femenina y profunda, más seductora que había escuchado en su vida.

Se giró lentamente para encarar esa voz y se quedó atrapado por el rostro que le observaba: era una belleza morena, de cara ancha y ojos castaño claro. Llevaba el pelo recogido en un estilo suelto y natural que dejaba caer con peso sobre un hombro. En el lado despejado lucía un llamativo pendiente largo del mismo tono rojizo que su generosa boca. Entró en un conflicto interno entre la necesidad de absorber su imagen en su conjunto y el capricho de recrearse en los detalles. Escondió no obstante su reacción, no estaba en su naturaleza entregarse tan fácilmente.

—Guardando, ¿en calidad de qué? —preguntó Mario con incomprensión. La chica parpadeó sorprendida, con una expresión que podía leerse como de desconcierto.

—De que me...—Ya se estaba arrancando Florian con una chulería cuando Ada lo interrumpió.

—Déjalo Florian, me siento en otro sitio. He llegado después —dijo sosteniendo la mirada de Mario, sin expresión. Y sin más se giró a buscar un asiento, había bastantes en las últimas filas.

—Voy contigo —dijo Eva. Florian también las siguió, mirando despectivo a Mario al pasar por su lado. Este se quedó un poco contrariado, ¿qué había pasado? ¿se había mantenido en su sitio o se había comportado como un cretino? Observó alejarse a la muchacha del vestido amarillo.

—Vaya, se quería colar, ¿no? —dijo una de las chicas que ahora estaban junto a Mario.

—No, creo que lo que quería era sentarse con sus amigos —contestó Mario objetivo.

—Pues que se hubiera levantado antes.

En ese momento entro el profesor y este pidió silencio. Por fin podía Mario entregarse a sus sensaciones, disfrutar de la calidez que lo había inundado cuando había visto a la muchacha.

Pensó en su padre, ¿qué habría opinado él de ella? No era solo su belleza, era la manera en que lo había mirado. Podía sentir que se había enfadado muchísimo, porque él no le cediera el sitio como un caballero, pero se había controlado, no lo había manifestado, porque él había llegado primero y por lo tanto era suyo. Su mirada había querido decir: eres un patán, pero un patán con razón. Solo con esa muestra ya le parecía fascinante y en ese mismo momento supo que había vuelto a la vida y que tenía una tarea por delante.

Ada marchó hacia los asientos del final arrastrando su turbación. Cuando llegó al asiento se dejó caer en él como si un colchón de aire le amortiguara el golpe y sintió subírsele el estómago. Vio aparecer a Eva y Florian que la seguían y no creyó encontrar espacio en su cerebro para hacerles hueco. Le hizo gracia la escena, parecía un *dejá-vu*. Ella descolocada y ellos de testigo... ¡Qué chico más impresionante!

—¡Menudo imbécil! —dijo Eva.

—¡Menudo gilipollas, más bien! —dijo Florian.

—¡Hala!, tampoco os paséis. Un tío que ha madrugado, eso es todo y no le gusta que le quiten el sitio, cosa que todos sabemos que no se puede hacer —dijo Ada ecuánime.

—Pero si venías justo detrás —insistió Eva.

—Es un guapito de cara, eso es lo que le pasa — apuntó Florian despectivo.

—¡Guapito!, dices —repitió Eva incrédula— ¡Tiene unos ojos impresionantes, y una forma de mirar…!

—Vaya, a lo mejor quieres sentarte a su lado, allí junto a su nuevo club de fans —le contestó Florian con acritud.

—Chicos, chicos, dejad de meteros con la gente. ¡Shhh!, que viene el profe —apaciguó Ada —, luego hablamos.

¡Uf!, por fin se callaban y podía dar riendas sueltas a sus sentimientos. Estaba agitada y con la mirada clavada en la espalda del chico objeto de la discusión. Tenía la espalda ancha en un cuerpo delgado y fibroso, como de nadador. Era más elegante que musculoso, al contrario de Germán y no tan alto. ¿Por qué lo comparaba con Germán? Tal vez porque le había puesto el corazón a cien cuando la había mirado con esos ojos oscuros y le había cortado la respiración.

No era su atractivo, era algo más, la había mirado como si la descubriera. En ese momento sentía su magnetismo como irresistible: si fuera un tipo decente, ella querría seguirle adonde fuera. ¿Pero qué estaba pensando, eso debían estar pensando la mayoría de las chicas de la clase, acaso no era ese el tipo de hombres sobre el que le había avisado su tía, por el que mujeres perdíamos la cabeza y desperdiciamos el talento? El pensamiento le cayó a su espíritu como el hacha a la gallina, corriendo asustada sin cabeza mientras aún le quedaba nervio. «¡Serénate, Ada!», tienes un novio que te quiere y una meta que cumplir, además ni siquiera sabes si no será un imbécil como dice Eva.

Al acabar la clase, Florian y Eva le dieron dos besos como si acabaran de verse —¡Qué llevamos todo el verano sin vernos! , dijo Eva. Le preguntaron por Germán y mientras, registraba Ada como el chico salía por el pasillo entre los asientos y la miraba con una sonrisa pacificadora que parecía querer decir que no era nada personal y que se le antojó a Ada cariñosa y sincera.

Ella no se la devolvió, estaba demasiado intimidada y con las defensas firmes.

A lo largo de toda la mañana le resultó muy difícil a Mario separarse de las chicas, lo habían adoptado y parecían no entender las indirectas. Él sabía ser directo cuando hacía falta, pero había decidido que ese día le venía bien un respaldo, era un poco violento estar el primer día solo, mañana ya les cortaría el rollo.

Mientras atendía solo a medias las clases había sido muy consciente de la chica, necesitaba saber su nombre, pero preguntárselo a sus nuevas amigas no le parecía una buena idea. Había aprovechado toda oportunidad que había tenido para mirarla y aunque ella no le retiraba la mirada, tampoco le mostraba ningún calor, ni ninguna pista que le indicara lo que pensaba de él. Parecía que era un hueso duro de roer, dichosa metáfora, ahora le daba vueltas a su cuerpo en la imaginación como en una recreación 3D, inflamándose con formas de ir «royendo» ese cuerpo, besándolo, volteándolo sobre sus dos ejes, esculpiendo con sus manos las tres dimensiones en un festín holográfico y multisensorial.

Su holograma mental le provocó una erección potente y dolorosa que tuvo que ocultar con su fular, no fuesen sus nuevas amigas a tener ideas y él ya tenía bastante con las suyas. Una señal acústica señaló el fin de la clase y el comienzo del tiempo de descanso. Se excusó con las chicas diciendo que iba a buscar a un amigo, lo cual era cierto porque quería ver a Miguel que ya estaba en tercero. Conforme se dirigía a la salida contempló a la chica salir flanqueada por la pareja.

Ya en el pasillo, la siguió a cierta distancia, quería ver que hacía en los descansos. De pronto escuchó detrás de él una voz masculina potentísima que resonaba:

—¡Ada, Ada!

La chica de sus recreaciones 3D se giró con una sonrisa de reconocimiento en el rostro y buscó con la mirada al dueño de la voz. Levantó y agitó el brazo en señal de saludo:

—¡Nacho!

Una onda movió el aire al abrirse paso junto a Mario, pasillo adelante, un gigante descomunal tanto en altura como en anchura que se acercó a su chica y la agarró por los hombros aplastándola contra su costado, en un movimiento que recordaba un *tackle* de rugby más que un abrazo, pese a que se apreciaba que lo había hecho con delicadeza. Ella le dio un manotazo en la barriga para que la soltara, cosa que el hizo de inmediato. En ese momento Mario llegó a la altura de ella y la miró. Estaba sonriente y arrebolada, la sonrisa se le congeló un poco cuando lo vio y eso le dolió: él quería ser el que le pusiera esa sonrisa, no el que se la borrara. Definitivamente aquel gigante era un tipo con gancho.

Se llamaba Ada, pensó Mario y se alejó de ella mientras repetía para sus adentros su nombre. No pudo controlar el impulso de volver la cabeza para ver qué hacía su chica con el gigante. Estaban charlando, mientras el gigante, con los brazos apoyados sobre su barriga, se pelaba el padrastro del dedo gordo con la uña del anular de la otra mano.

Se fue a buscar a su amigo como había dicho, no podía quedarse todo el rato ahí parado como un bobo contemplando a Ada, Ada, Ada. Mientras se dirigía a la cafetería donde había quedado con Miguel, buscó Ada en Google, tenía curiosidad por saber qué nombre era ese. Lo primero que le salió fue ADA (American Diabetes Association), una sonrisa se clavó en su rostro, no podía ser eso, tenía que teclear: «Ada nombre, significado», y ¡*voilá*!, ¡adorno y belleza! «¡Clavado!», se dijo a si mismo mientras caminaba sonriente.

Entró en la cafetería y vio a Miguel, lo abrazó con ganas, retirando un poco la cara, huyendo de la mata frondosa de rizos que le poblaban la cabeza y le cubrían parcialmente esos curiosos ojos suyos que causaban la impresión de estar en perpetuo asombro.

Lo puso al día de cómo le había ido esas dos primeras jornadas en la universidad. Se quejó de que por ahora lo único que había hecho era reprimir los bostezos: de lo largas que eran las bienvenidas y qué coñazo los buenos deseos. Se rieron un rato y Miguel le sugirió que fueran a buscar a sus compañeros de laboratorio. Todo lo que hacían en sus horas fuera de clase era lo más interesante; claro que, sin las clases, los laboratorios no estaban a su disposición, así que eran un mal indispensable.

Se encaminaron hacia una mesa ocupada por los amigos y amigas de Miguel, cinco en total y este se los presentó. Los invitó a que los acompañaran al laboratorio, para que Mario lo conociera y para ir preparando el terreno, y aceptaron. Tenían varios proyectos empezados que tendrían que acabar ese año. Mario se mostró interesado, pero por dentro iba pensando en el suyo propio, en algo que ya llevaba tiempo dándole vueltas. Todo a su debido tiempo se dijo, no podía llegar de *sobrao*.

No pudo creer Mario su suerte cuando al llegar se encontró allí a la chica del vestido amarillo junto al gigante, charlando con quien debía ser el profesor encargado del laboratorio. Ada estaba contando como paseando con su hermano por el paseo marítimo de Roses, se habían quedado parados contemplando como instalaban un tinglado de macro pantallas TV, y de cómo habían acabado colaborando. La anécdota y cómo la contaba los hizo reír y Miguel dijo:

—Ada, corta el rollo ya y no acapares que estamos esperando.

Ada y Nacho se giraron sorprendidos. Nacho saludó con las cejas, Ada se quedó petrificada cuando vio a Mario.

—Hombre Miguel, ¡qué pronto empiezas a dar por culo! ¿No puedes esperar a que les quiten el polvo a las mesas? —dijo Nacho con fingida animosidad.

—Pues parece ser que no, siempre hay un capullo que se adelanta — contestó Miguel señalándolo.

—¡Hola, Miguel, chicos, chicas! —dijo Ada incluyendo a los demás— Ya estaba echando de menos esto.

—Este año te dedicarás de lleno, ¿no? Me ha dicho por ahí un pajarito que se te ha marchado «el tenista» a Filadelfia —dijo uno de los amigos de Miguel.

—Sí, así es, pero lo de tener más tiempo lo dudo. Primero lo acabé con la lengua afuera, ¡si no hubiese sido por Eva! No sé si podré con segundo —dijo Ada—, y no lo llames «el tenista», ¿quieres? Tiene nombre.

—Sí, y no nos interesa a ninguno —replicó Nacho inclinando la cabeza sobre Ada mientras le hacía una mueca despectiva que daba más énfasis a sus palabras—. A ver si allí en USA tiene más tirón.

—Pues a mí me gustaba —dijo Laura, una de las chicas—, era muy simpático.

—Gracias, Laura —sonrió Ada—, pero, ¿por qué en pasado?, no se ha muerto.

Laura se rio y los demás también.

—Bueno chicos, yo me voy que tengo que dar clase. Ahí tenéis el tablón con las horas libres, dejadme las solicitudes y ya veremos— Se despidió el profesor y los dejó.

—Traigo un nuevo compañero, Mario.

Todas las miradas se dirigieron hacia él. Ada lo miró con curiosidad, a ver cómo reaccionaba.

—Hizo primero a distancia —le pareció necesario añadir—. Lo que más le interesa es la informática, pero ha preferido empezar por aquí. Lo suyo son los videojuegos. Mario estos son Ada y Nacho —presentó Miguel.

—Hola Mario —extendió primero la mano Nacho que se engulló la de Mario—. Así que los videojuegos, ¿eh? ¡Qué bien lo vamos a pasar!

—¡Qué elegante te has puesto! ¿Vienes siempre así o es solo el primer día? —preguntó un osado del grupo que llevaba unas bermudas negras muy gastadas, una camiseta negra que ponía Muse en ella y una gorra también negra.

—Bueno...—silbó Miguel con sorna como diciendo: ya empezamos...

—Este es mi estilo, sí, y, ¿a tu camiseta, se le ha caído el dibujo o solo te interesaba la divisa?

—Mejor no toquemos el temita de su ropa —aconsejó Miguel.

—¡Qué pasa, me va Muse! ¿Algún problema?

—Yo ya lo conozco —terció Ada que le parecía el momento de intervenir, no fuese a llegar la sangre al río—. Así que quieres ser informático, y ¿a qué has venido por aquí!?, ¿a robarles el sitio a los demás?

Todos se la quedaron mirando sorprendidos, en general, Ada no era borde.

Mario la miró tenso.

—Joder, Ada, tú sí que sabes dar una bienvenida. ¿Qué te ha hecho el muchacho? —preguntó Nacho sorprendido.

—Me ha quitado el sitio esta mañana, por asuntillos de esos de «yo llegué primero» —contestó Ada en un tono despectivo de evidente guasa.

—¡Qué!, ¿que no te ha cedido el sitio a ti como un caballero?

—preguntó Nacho con incredulidad reprobadora.

—Exacto —contestó Ada altanera.

—Bien hecho —replicó Nacho, dándole un manotazo a Mario en la espalda.

—Me temo que me he sentado en el sitio que ella pensaba que le pertenecía por tener dos amigos madrugadores que se lo estaban reservando —contestó Mario con una sonrisa de suficiencia.

—Los dos amigos madrugadores quiénes eran, ¿tu séquito? —preguntó Nacho.

—Si por mi séquito te refieres a Eva y Florian, sí, eran ellos.

—Pues qué raro que vuestro perro guardián haya soltado el hueso —replicó Nacho.

—No empieces, ¿vale? También son mis amigos. Se lo pedí yo, Mario efectivamente había llegado primero.

—No entiendo por qué aguantáis a ese tío —insistió Nacho.

Ada entrecerró los ojos por toda respuesta, clavándole a Nacho la mirada.

—Está bien, está bien, no es asunto mío, perdona.

Mario aún no había salido del éxtasis de escuchar su nombre en los labios de Ada mientras se producía este intercambio. Por algún motivo ella era leal a ese tipo: el tal Florian también a él le había resultado antipático.

—Venga, Nacho, vamos a solicitar ya las reservas, no se nos vaya a adelantar alguien. Mario ya se nos sumará en lo que le interese, ya veréis como no decepciona —apremió Miguel.

Cuando se despidieron, Ada dijo que volvía a clase y Mario que también iba para allá, se ofreció a acompañarla.

Ella le fue explicando el proyecto que habían dejado sin terminar el curso anterior y que tendrían que volver a revisar porque según le dijo, ahora mismo no se acordaba de nada. Mario inclinó un poco la cabeza para hablar con ella, lo suficiente para poder percibir una suave fragancia a menta en su pelo. Tenía que contenerse para no tocarlo y dejarlo resbalar entre sus dedos.

Al acercarse a la clase se encontraron con Eva que les dijo que se alegraba de que no se hubieran enfadado por algo tan tonto como un sitio. En eso que vieron acercarse a Florian sonriendo.

—Ya sabía yo que ibas a tardar poco en limar asperezas. Ahora, en prueba de buena voluntad, deberíamos dejar al nuevo un sitio en primera fila.

Ada y Eva se empezaron a reír.

—Desde luego que sí —Y pasó a presentarlos.

El club de fans de Mario se dio cuenta de su llegada y le hicieron señas de que se sentara a su lado.

—Te llaman —señaló Eva.

—Hasta luego —lo despidió Ada. Florian no dijo nada.

Mario un poco desconcertado por lo amablemente que lo habían largado y sintiéndose que quizás estorbaba, se dirigió al sitio que le tenían reservado las chicas.

Tardaba en arrancar la clase de Electrónica, ese hombre, de qué hablaba. ¡Dios, era soporífero! Comenzó a removerse incómodo, se pasó las manos por la cara, se le cerraban los ojos y comenzó a caérsele la cabeza, lo malo era que estaba en la puñetera primera fila y no podía permitirse el lujo, de pronto se dio cuenta y giró la cabeza de golpe hacia el lugar donde se hallaban sentados, en una de las últimas filas, Ada y su séquito. Los tres le saludaron con la manita baja para que no los pillaran. Ada tenía una inmensa sonrisa de satisfacción y Florian le hizo señas con la cabeza de que mirara adelante. Mario lo hizo y se encontró con la mirada del profesor que le hizo un gesto con las cejas como diciendo: ¿atiendes o no atiendes? ¡Se la habían jugado bien!

Aguantó la clase como pudo, el tiempo se estiró tanto que creyó que cuando volviera a mirar a esos tres, serían tres ancianos. Gracias a esa asociación de ideas comenzó a imaginarse como sería Ada de anciana, y se la imaginaba canosa, con el pelo recogido en un moño italiano que olía a menta, vestida con un traje chaqueta verde oscuro y un collar de perlas. ¡Dios, se aburría, se aburría, se aburría! Mañana mismo se cambiaba de carrera!

Cuando por fin sonó el timbre abandonó la silla sin reparo alguno, disparado como si le hubiera saltado un muelle. Se dirigió a la salida rápido porque todos salían tan disparados como él y la cosa amenazaba con formar un tapón en la puerta. ¿Pero es que ese hombre no tenía ojos en la cara, no veía el efecto que tenía en la gente? Una vez fuera, esperó a que salieran los tres, parecía que ya tendría que pensar en ellos en esos términos: «Los tres».

No tuvo que esperar mucho, se ve que ellos también estaban impacientes por escapar y por disfrutar de su triunfo.

El primero en abrir la boca fue el bocazas de Florian, ya estaba empezando a darse cuenta de por qué al gigante le caía mal.

—¿Qué, Mario? ¿Qué te ha parecido El Valeriano?

—¿Valeriano? ¿No se llama Fernando?

—El Valeriano, se lo puso Ada porque duerme a la clase

entera solo con decir buenos días —explicó Eva muerta de risa—. ¿Te ha gustado?

Mario sonrió.

—Ya estamos en paz —dijo Ada levantando las manos con las palmas hacia afuera—, no podía irme a casa debiéndote una —y le acercó las palmas para que se las chocara.

El las chocó, pero se las agarró antes de que las retirara y la atrajo hacia sí mirándola fijamente. A Ada se le cortó la risa y tragó saliva. Después lentamente Mario se las fue bajando sin dejar de sonreír hasta que la soltó.

—A estas clases yo asistiré lo mínimo imprescindible, ya me lo estudiaré yo por mi cuenta. El que quiera apuntarse...—dijo Eva.

—Cuenta conmigo —dijo Ada levantando la mano al instante—. Eva tiene un coco privilegiado y explica de maravilla. Me salvó la vida en primero, así que yo de ti no declinaría la invitación.

—Y conmigo, pero eso ya lo sabes —dijo Florian.

—Gracias, me lo pensaré, le echaré un vistazo primero a la asignatura —contestó Mario sonriendo a Eva.

—Como quieras. Nos vemos mañana —se apresuró Eva, cortada un poco por la respuesta de él y queriendo poner fin a la conversación, de pronto presintió y temió en cierta forma la burla de Florian. Se despidieron y se alejaron.

Había sido un día extraño, pensó Mario, se sentía trastornado, necesitaba calmarse. Iba eufórico pensando en Ada, en su cara, su olor, su cuerpo. No era el típico cuerpo de anuncio, pero tenía esa cualidad sutil, con la que se nace, que realzaba su feminidad, esas curvas generosas que se intuían. Parecía tan, no sabía que pensar, diferente. El vestido amarillo, pese a ser suelto, se pegaba a ratos a su trasero al caminar convirtiéndolo en un diorama erótico irresistible a la mirada.

Su reacción a que le quitara el sitio que le estaban guardando le había sorprendido: ni se había puesto hecha una furia diciéndole eso de «perdona, pero yo estaba ahí» (odiaba que le pidieran perdón antes de que le ofendieran, le parecía que te dejaban por tonto dos veces: una cuando se creían con el poder de ofenderte y otra cuando suponían que te importaba su perdón); ni había dicho: «bueno puedes quedártelo», de forma condescendiente. Lo había aceptado porque era como tenían que ser las cosas: el primero en llegar se sienta. Le gustaba la gente que se paraba un segundo a pensar antes de dar una respuesta. Las ventajas de ello se la había enseñado su padre. Hacía mucho rato que no pensaba en él.

Buscó a Miguel con la excusa de despedirse, aunque lo que en realidad quería era interrogarlo con disimulo sobre Ada. La brújula de Mario ya había encontrado su Norte.

Mejor llamarlo al móvil.

—Miguel, ¿andas aún por aquí?

—Sí. ¿Por qué?

—¿Te tomas una cerveza?

—¿Ahora, antes de comer? Me duerme.

—Antes de comer se la toma la gente, se llama aperitivo, tómate una Coca-Cola si lo prefieres.

—Mira, Mario, pregunta ya lo que quieres y no me entretengas, que mi madre hoy me ha hecho patatas con costilla y no quiero que se me enfríen.

—¿Por qué crees que te quiero preguntar algo?

—Porque te conozco desde que tenías seis años y he visto como mirabas a la chica y sé la cara que se te pone cuando se te mete alguien en la sangre.

Mario se empezó a reír a carcajadas.

—Pues si lo sabes, suéltalo ya, ¿quieres?

—Se llama Ada, como ya sabes, y tiene novio y no un novio cualquiera, una vaca lechera —añadió Miguel una rima que escuchaba a su madre siempre que decía la palabra «cualquiera» en una frase.

—¿Es un buen tío?

—Altísimo, atlético, tenista, rubio, con pasta y cursando un máster en los EE.UU. —Deletreó una a una las vocales para darle más énfasis—. ¡Ahí es *na*!

—¡Capullo!

—¿Quién, yo?

—¡Tú también! — espetó Mario contrariado. Miguel se empezó a carcajear. Estaba disfrutando.

—¿Y parece que lo quiera mucho?

—A mí de eso no me cuenta nada, a Nacho tampoco creo porque a él no le cae bien, como habrás podido comprobar, quizás a Eva, pero dudo que a ella le saques esa información.

—Ya veremos. ¿Y cómo es ella?

—Bueno, aparte de estar como un cañón y de esa forma rara que tiene de vestir, es simpática, divertida y sobre todo está loca por la electrónica y le gusta de verdad la carrera, quiero decir le gusta el laboratorio, el taller de su padre, destriparlo todo. De eso sabe un montón, le viene de familia.

—¿Forma rara de vestir? a mí me gusta su vestido.

—A ti y a todos.

—Entonces, ¿a qué te refieres?

—Viste de forma asimétrica, según dice ella: un solo tirante, una sola manga, más largo por un lado que por otro, no sé, yo no me fijo mucho, solo la veo rara.

Mario se rio de nuevo. Se acordó del pequeño tirantito trenzado amarillo con el que había fantaseado, bajándoselo despacito, buena parte de la soporífera clase de El Valeriano, reconocía que el mote tenía gracia.

—Y eso, ¿por qué?

—Y yo qué sé. ¡Mario, las patatas con costilla, por Dios! Vente a casa, te invito, llamo a mi madre.

—No, me voy a casa que la mía querrá que le cuente cómo me ha ido el primer día y tengo que ayudarla, que la semana que viene abre la academia.

—¡Qué me alegro! Si quieres, cuando termine de digerir las patatas, voy y te echo una mano.

—Vale, a ver si así te saco algo más porque con el estómago vacío no sueltas prenda.

—Es que sé poco, yo cuando le eché un ojo al novio supe que no tenía nada que hacer, así que perdí el interés, solo la veo como una colega más.

—Ya veremos.

—¡Pobre tenista!, le deseo que tenga muchos triunfos deportivos por delante y le vaya bien en los EE.UU. — volvió a deletrear una a una las vocales— porque la novia puede darla por jodida.

—¡Eh, cuidado con como hablas de ella que es mi futuro!

—Lo sé tío, al menos sé el empeño que pondrás en ello y te deseo suerte. Nos vemos luego, mira cómo te cuelgo —Y sin más cortó la comunicación.

Mario se fue a por su bicicleta, mientras pensaba en la razón que tenía Miguel en lo de que iba a poner todo su esfuerzo. Tenía en los próximos días que pensar detenidamente la estrategia a seguir. Para empezar, a ver si conseguía que se sintiera cómoda con él, o no, a lo mejor eso era lo que tenía que evitar, ya veríamos. Él sabía que llegado su momento lo descubriría, lo que se necesitaba para llegar a ella, era una cuestión de paciencia y observación, pero sobre todo de creer en ello.

8

No tardó más de trece minutos en llegar a la Calle Orense, donde vivía. Dejó la bicicleta en el garaje y subió por las escaleras los tres pisos hasta su casa, un primero porque su padre había tenido el gabinete psicológico dentro de la propia casa y le parecía que así se lo ponía más fácil a los clientes.

Lo que este había ocupado eran ahora las habitaciones de Mario, es decir una salita, su habitación y un baño. Su madre lo había decidido así, porque decía que se lo merecía, ya que él había trabajado mucho para terminar de pagarla tras la muerte de su padre. Ahí tenía total independencia, tenía su propia puerta de entrada y aunque también se comunicaba con la casa por otra puerta interior, esta tenía pestillo, e igualmente nunca entraba nadie sin llamar. Su madre incluso le permitía llevar chicas, siempre que fuera discreto claro.

Hasta que no terminaran de pagarla, le quedaba un año, no podría pensar en independizarse. No era solo eso, la verdad es que aún no se sentía preparado para separarse de su madre y su hermana, todavía echaban mucho de menos a su padre.

—¡Hola Mamá! —saludó Mario al llegar a casa—. ¿Y Lauri?

—En el baño supongo, acaba de entrar también.

—¿Me buscabas Bross? —apareció de pronto Laura detrás de él con los brazos en jarras. Lo de Super Mario Bross era un chiste fácil que había tenido que aguantar toda la vida, una cruz que sobrellevaba con paciencia y comprensión, habida cuenta de los buenos ratos que habían pasado juntos Super Mario y él. A veces pensaba si sus padres no habrían tenido la premonición al ponerle el nombre, de lo muy bien que le iba a venir.

—¡Hola Maestra! ¿Qué tal tu primer día?

—¡Genial! Bueno ya sabes que no iba sola, pero además he conocido gente maja —Su hermana empezaba ese año primero de magisterio—. ¿Y tú?

—Muy bien, también he encontrado gente maja, incluso fascinante —dijo alzando las cejas con exageración para que se rieran.

Él no había sido nunca tan comunicativo sino más bien reservado, pero desde que les faltara su padre sentía que tenía que compartir cualquier alegría que sintiera con su familia, todo lo que les ayudara a seguir adelante.

—¿Gente fascinante?, así en plural, ¿más de una? —preguntó su madre asombrada.

—Bueno me estoy refiriendo a una en concreto.

—¿Chica o chico? —preguntó Laura.

—Chica— y se hizo un silencio.

Terminaron de poner la mesa y de servir la comida. Cuando ya parecía que se había olvidado el tema, su madre preguntó:

—Y, ¿cómo es ella?, si se puede saber.

Mario dejó el tenedor suspendido en el aire y lo pensó un poco, cómo se podía describir a Ada.

—Es muy femenina, creo que ese es su principal rasgo o el que a mí se me ocurre en primer lugar; me parece tierna, que huele a mujer, que viste como una mujer... me recuerda la modelo de un cuadro de esos de mujer de ojos grandes y oscuros, de las que se suelen peinar con un moño bajo.

—¿La mujer morena? —preguntó su madre.

—No sé si será esa, pero morena sí que es —contestó Mario.

—¿Ha sido simpática contigo?

Mario se quedó un momento pensando la pregunta, y les contó la escena del asiento y como ella había reaccionado.

—¿Y por qué no le dejaste el sitio? ¡So borde! —preguntó su hermana alterada.

Su madre soltó el cubierto y lo miró interesada.

—Bueno, no porque me importara el sitio, eso es evidente, pero no quería que asumiera que porque es guapa lo merece todo y que he de derretirme y darle lo que quiera.

—Si hubiera sido fea, ¿le hubieras cedido el asiento? —Su madre siempre decía lo que tenía que decir de una forma contundente, era el contrapunto a lo que había sido su padre, él tan retorcido, tan psicoanalista y ella tan directa al grano.

Mario se quedó callado y siguió comiendo, de pronto una pequeña sonrisa se dibujó en sus labios.

—Sí, supongo que sí se lo hubiera cedido —confesó con honestidad Mario.

Su madre volvió a coger el cubierto y siguió comiendo como

si tal cosa, ya había marcado su tanto.

—¿O sea que ser guapa es una desventaja? —preguntó Laura cortante.

—En según qué casos y con según qué personas sí —contestó su madre sin darle mucha importancia, ni sentar cátedra sino algo así como el que comenta que el pan blanco es más fácil de tragar—. ¿Quién me ayuda esta tarde? Ya han terminado los pintores y tengo que ir a limpiar.

—Yo voy —contestó Mario que agradeció que su madre cambiara de tema, aunque anotó para sí revisar esa postura suya ante la belleza de Ada en otro momento.

Su madre iba a abrir de nuevo la academia de baile que había regentado hasta la muerte de su padre, en que la había cerrado porque no se había encontrado con fuerzas de seguir.

—Yo también, aunque tengo que sacar un rato para comprar material en la papelería.

Mario siguió contándoles lo de la soporífera clase de El Valeriano y cómo se la habían jugado sus nuevos compañeros, haciéndolas reír un rato.

Cuando terminó se marchó a su madriguera como la llamaban. Se tumbó en la cama vestido, mirando el techo con los brazos detrás de la cabeza. Debería estar cansado, el día anterior había entrado en el supermercado a las seis de la mañana a reponer y luego se había ido a la universidad y hoy también había madrugado para ir antes a nadar, era su ejercicio físico favorito, le ayudaba a desarrollar la concentración. No le gustaban los gimnasios ni los deportes, le gustaba más la actividad en solitario y que tuviera otro fin añadido que no solo fuera el ejercicio en sí. Por eso utilizaba la bicicleta para desplazarse.

Debería de estar cansado, pensó, además, acababa de comer; ¿dónde estaba la modorra de la siesta? Se sentía ligero, lleno de energía, como con una especie de euforia que quizás no fuera más que el contraste de sentirse alegre, después de más de dos años de pena y desesperación. Cerró los ojos y se dejó llevar por su mente, se imaginó a sí mismo como en la casilla de salida de un juego, era un presentimiento muy fuerte: Hoy era el primer día de una nueva etapa que venía cargada de posibilidades, lo sentía así y Ada era una de ellas. Dejaba atrás momentos muy duros que quiso recordar para observar qué sensaciones le producían ya.

En el verano de su último año bachillerato, recién terminada la selectividad se disponían a marchar de vacaciones, su padre cogió el coche para hacer unas compras de última hora y no volvió con vida. Para Mario fue un brusco final de su adolescencia y un cataclismo que puso patas arriba su vida por completo. A parte del golpe emocional para todos, Mario fue incapaz de matricularse ni comenzar nada aquel año, tuvieron que hacer frente a los gastos de la casa, incluyendo la hipoteca, con menos de la mitad de los ingresos que tenían antes. Su madre cerró la academia porque no podía concentrarse ni tenía energía para enseñar a las alumnas a bailar.

Mario tuvo que buscar trabajo y lo encontró en un supermercado, no quería hacer nada que le recordara su vida, sus intereses, ni sus deseos, quería alejarse de todo lo conocido. Hizo los trabajos más pesados y todas las horas extras que pudo porque no quería tener ni un minuto libre para pensar, quería descargar la rabia inmensa que sentía en cada esfuerzo que hacía, y además no podía hablar con nadie, ni con sus amigos, ni con desconocidos, solo con su familia hallaba algo de refugio, cuando sin más que decir se abrazaba a su hermana o a su madre y lloraban en silencio, como su padre había dicho en alguna ocasión que había que hacer en estos casos, llorar hasta que no quedaran más lágrimas.

El siguiente año, cuando se abrió de nuevo el plazo de matrículas, se presentó en su casa Miguel, su amigo de toda la vida, con los papeles de la matrícula de la Universidad a distancia en la mano. Mario le dijo que no, que lo sentía y le agradecía el esfuerzo, pero que no estaba preparado para continuar, que tenía el cerebro seco de ideas y que hacía un año que no soñaba con videojuegos, ni siquiera los jugaba. Miguel le dijo que ya lo sabía, pero que por favor mirara al menos la solicitud.

Mario, renuente, pero no queriendo hacer un desprecio a su amigo, la miró y vio que era para Ingeniería de Telecomunicaciones. Levantó la cabeza y las cejas en una pregunta muda y Miguel le dijo:

—Será solo estudiar, aprovechar el tiempo y ya. Aprenderás Hardware, el soporte y eso te resultará útil en el futuro, no te descolgarás y cuando estés preparado, te matriculas en lo que tú quieras.

Esa noche no consiguió dormir, no paraba de dar vueltas, bueno, tampoco es que hubiera dormido mucho ese último año. Su madre entró en su habitación y le preguntó qué le pasaba. Le contó lo de Miguel, le explicó que comprendía que tenía razón pero que él no podía. No sabía cómo explicarle sus temores sin herirla, entonces no pudiendo controlar más la tensión rompió a llorar y su madre lo abrazó. Estaba tan acostumbrado a hablar con su padre de sus cosas, sus proyectos, su vida que tenía mucho miedo de seguir adelante sin su guía, y temía que ella no comprendiera esa necesidad, ese vínculo con él y se sintiera rechazada.

—¡Hasta aquí! —Su madre sabía dar un zapatazo en el suelo, literalmente, como nadie—. El duelo ya ha acabado —anunció separando la cara de Mario y mirándolo con fiereza—. Tenemos que volver a empezar. Mañana mismo pregunto si sigue libre el local de la academia y si no me busco otro —Lo soltó y se pasó las manos por el pelo retirándoselo de la cara para despejar las ideas—. Llamaré a mis antiguas alumnas.

Mario la miraba con los ojos llenos de lágrima y la expresión perdida, como si su madre se hubiera vuelto loca de repente y su inquietud aumentó.

—Mario tú si quieres, si te sientes preparado podrías intentar lo que dice Miguel. Pídete un turno fijo, deja las horas extras, y el resto del tiempo lo dedicas a estudiar.

No, no estaba loca, pensó Mario, era su manera de empujarlo, de ponerlo de nuevo en movimiento, pensó.

Aquella noche agotó todas sus fuerzas en último adiós a su padre y a la mañana siguiente se despertó muy cansado y débil, pero ligero, como si se hubiera quitado un peso de encima, decidió hacer lo que dijo su madre, dejarse llevar, acaso no era lo único que le quedaba. Y así es como ese siguiente curso Mario se mudó a su madriguera y dedicó las tardes y las noches a estudiar el primer año de Telecomunicaciones a distancia. Su madre, sin embargo, siguiendo las recomendaciones de su doctora, esperó un poco más a sentirse más fuerte, para empezar a trabajar por cuenta propia.

Finalmente, habían decidido la primavera pasada que para el siguiente curso Mario y Laura asistirían a la universidad y su madre abriría la academia y en ello estaban.

Al supermercado por ahora iba los lunes, viernes y sábado. El lunes siguiente entraría a las seis de la madrugada a reponer y luego se iría a la universidad, iba a ser duro, pensó, pero una repentina imagen apareció en su consciencia: los rizos de Ada suaves y brillantes escapando de su coleta. Quizás, los lunes no iban a ser tan duros después de todo, pensó sonriendo y su imagen encendió su sangre ya de por si ardiente a la hora de la siesta, cruzó las piernas y apretó un pie contra otro siguiendo la onda que arqueaba su pelvis inquieta.

Últimamente quedaba con una compañera del supermercado en el que trabajaba. Tomaban una copa en algún pub y luego se acostaban en la misma cama en la que se encontraba, nada más. Era un poco deprimente, desde luego, no era así como había imaginado su vida, ni sus relaciones con las mujeres, pero ella también estaba de acuerdo y hasta ese momento no había podido dar nada más de sí mismo. Sin embargo, no era su cuerpo el que imaginaba ahora sobre el suyo sino uno moreno de piel uniforme como de barro cocido, con un tirantito trenzado amarillo y su pelo castaño ocultando su pecho. Le asaltó de repente un pensamiento repentino que le obligó a cerrar los ojos con fuerza; el que ella saliera con otro lo complicaba todo. Era muy probable que intentara, al menos por un tiempo, que su relación funcionara en la distancia y máxime si, como decía Miguel, el tipo era interesante y ella lo quería.

Él confiaba en que tarde o temprano viera su oportunidad y lo que tenía que hacer, siempre había sido así, o al menos es en lo que él creía y lo que lo guiaba en la vida. Recordó que hacía mucho tiempo que no recreaba su fantasía, que no se apoyaba en ella y justo en ese día de sorpresas necesitaba recuperarla. ¿Cuándo fue? ¿cuándo empezó a ser consciente de esas pequeñas señales o toques de atención que le daba la vida, o la experiencia quizás, para que actuara de una determinada manera y no de otra? No era algo sobrenatural o precognitivo, sino más bien como pequeños hitos, en los que sabía, intuía más bien que tenía que dar un nuevo giro a su vida, hacer, o dejar de hacer algo.

Quizás fueran las frases que oyó a su padre en su niñez: «¡Mario, ya has sacado de quicio a tu madre, ¿crees que si la solivantas vas a conseguir que te deje más tiempo con los videojuegos? ¡Anda, vete a hacer tus deberes y otro día piensa en cómo plantearlo mejor!»; «Mario, ¿sigues empeñado en hacer esa colección de máquinas antiguas?, no sé de dónde has sacado esa afición, pero es muy cara, no esperarás que nos gastemos el dinero en eso, tendríamos que ahorrar todos de otras cosas, incluida tu hermana, ¿cómo ibas a compensárnoslo? ¡Ya verás cómo te lo montas!». Su padre solía decirle cosas así, no le decía que no directamente, si no que dejaba la pelota en su tejado.

O tal vez no fue más que una idea que se le metió en la cabeza sin más, y descabellada o no, guiaba sus pasos. El caso es que sentía que si quería cumplir sus deseos tenía que tenerles un respeto, contemplarlos frente a si todo el tiempo que fuera necesario, como si fuera una escultura cinética. A veces se abstraía y se paraba el tiempo, dejándolo sumergido en la recreación de un sueño que adoptaba la belleza y el equilibrio de una escultura de Alexander Calder y otras, cuando estaba tan lleno de energía que bullía en acción, adoptaba la forma de una «Strandbeest» o Bestia de Playa de Theo Jansen, e iba anudando ideas, compensando pesos, salvando obstáculos, corrigiendo errores hasta que se encaminaba hacia donde quería ir: su objetivo.

¿Cómo?: haciendo que a todos los que tuvieran que intervenir en que él obtuviera lo que quería le compensara otorgárselo, así y solo así lo conseguía, cuando las fuerzas: las ajenas y las propias, se compensaban.

Cuando su hermana hizo la Primera Comunión, unos amigos de sus padres que habían viajado a Japón, le trajeron un bolígrafo precioso. Era automático de cuatro colores, de cuerpo blanco perlado con unas delicadas letras japonesas negras grabadas y el *grip* también negro. El mecanismo era de giro, suave como la seda. Él no había visto nunca una cosa parecida y fue amor a primera vista. Entraba en su cuarto con cualquier excusa, con la única intención de verla escribir con el bolígrafo y le decepcionaba porque no lo usaba, hasta que le veía entrar y lo sacaba enseguida del bote para hacerse la interesante y porque sabía que él lo deseaba. Le dejaba probarlo, pero no había escrito más de un par de palabras que ella se lo arrancaba de las manos y seguía inconmovible con su letra irregular y trabajosa.

Laura lidiaba como podía con sus propias limitaciones y no desperdiciaba, ¡bendito sentimiento de autoprotección!, ninguna oportunidad de sentirse superior. En resumen, no quería prestárselo, ni mucho menos regalárselo, decía que él ya tenía suficientes cosas especiales. Barajó muchas posibilidades para convencerla de que se lo regalara, pero todas le parecían vanas ante el templo de la obstinación de Laura, así que no lo intentó siquiera, tenía la firme creencia de que el momento llega, que solo hay que tener paciencia para esperarlo y atención para saber reconocerlo.

Una mañana de domingo, seis años después, su madre se paró delante de los apuntes con los que Laura estaba estudiando y haciendo unos esqueletos, como de espinas de pescado, a los que ella llamaba esquemas. Su madre montó en cólera y se plantó en firme: no volvería a consentirle unos apuntes como esos, debía aprender a tomarlos con más orden o bien a pasarlos a limpio al llegar a casa, ya que el desorden del cuaderno daba lugar al desorden en la cabeza, según ella. Le dijo que no iba a salir de casa salvo para ir al instituto, hasta que no pusiera todo aquello como Dios manda. ¡Y allí vio él su oportunidad! Dejó que Laura llorara durante horas todo aquel domingo, castigada en casa, ni siquiera comió y se durmió rendida hasta la noche. Cuando la escuchó despierta, cogió un montón de folios y entró en su habitación, le preguntó por qué había llorado tanto por eso. Ella le explicó que no sabía cómo empezar, que le parecía que siempre salía algo mal, no era por el trabajo en sí, si no por su sensación de fracaso, de que no se creía capaz de hacerlo y eso la hacía sentirse tonta y torpe.

Esa era justa la fuerza desequilibrada ajena, que en contrapeso con la fuerza desequilibrada suya, formaron el balance perfecto. Le propuso que para esos exámenes y a lo largo de todo el trimestre siguiente, le pasaría a limpio todos sus apuntes, de todas las asignaturas, así, después de tres meses de estudio sobre apuntes ordenados, podría interiorizar ese esquema en su cerebro como decía su madre y tal vez, cuando desapareciera su desesperación y su ansiedad, figurarse ella un orden propio. Ahora bien, todo aquello tenía un precio, una contrapartida: solo lo escribiría con su bolígrafo japonés y una vez lo hubiera tocado sus manos, sería suyo para siempre.

A Laura le pareció poco el sacrificio, al fin y al cabo, nunca lo usaba, estaba siempre en el bote portalápices de su escritorio, en exhibición, sí, confesó, para que él lo viera y lo deseara, como sabía que lo hacía:

—Debería habértelo dado hace años.

Y así fue como pasó los siguientes tres meses de su vida, pasando los apuntes de su hermana a limpio antes de hacer sus deberes.

9

CUANDO Ada llegó a casa se encontró en el portal con Sara que llegaba del instituto. Estaba estudiando el bachillerato de arte. Traía un vestido diseñado por ella misma y hecho por su madre en un estilo alegre y original. Le dio mucha alegría encontrarse con ella porque últimamente, desde que empezó la universidad su hermana no era la misma, estaba feliz, cariñosa, y mucho más unida a Alberto y a ella. El cariño no lo extendía hacia sus padres, pero al menos no estaba tan distante como antes. Al principio pensó que Sara se había enamorado, pero ahora ya no estaba tan segura, porque si había un chico, ella aún no lo había descubierto. Igual podía ser que Sara hubiera salido de la adolescencia más fortalecida y segura de sí misma. Se dieron un beso y se metieron en el ascensor.

—¿Qué tal tus amigos, seguían ahí o ha abandonado alguno? —preguntó Sara.

—De los allegados, con los que yo me muevo,

siguen ahí. Hoy he conocido a un chico nuevo, que me ha birlado el sitio que Eva y Florian me estaban reservando.

—Ah, ¿sí? Pues empieza bien el simpático, no lo entiendo, ponerse a la gente en contra el primer día por un sitio.

—Bueno, llego primero.

—¿Y qué? ¿De qué le sirve tener razón y hacerse antipático?

—No, antipático no se hizo, al menos a mí no me lo resultó y al club de fans que lo rodeó nada más llegar tampoco.

—¡Ah, acabáramos! —dijo su hermana poniendo los ojos en blanco como si ya lo comprendiera todo— ¿Es guapo?

—Bastante atractivo diría yo, más que guapo, bonitos ojos que te miran fijamente.

Paró el ascensor y bajaron.

—¿Le vas a contar a Germán lo bonitos que son los ojos del tipo?

Ada le miró con la cabeza inclinada como diciendo: ¿pero tú estás tonta?

—Supongo que ya contaba Germán con que habría chicos de ojos bonitos en Madrid, ¿no? —dijo mientras metía la llave en la cerradura y abría la puerta.

—¿Tú crees? No sé qué decirte, creo que con la seguridad en sí mismo que tiene igual ni se lo ha planteado.

En ese momento se dirigieron cada una a soltar sus mochilas a su habitación y de ahí pasaron al comedor donde les estaban esperando para comer, todos menos Alberto que ese día comía fuera. Su padre le pidió si le podía ayudar esa tarde en una avería grave que se había producido en el local de un cliente. Como aún no había empezado el curso en serio, y Alberto no estaba disponible, no se pudo zafar, aunque la verdad es que no le apetecía nada y eso que le encantaba meterse en harina con su padre, pero necesitaba un poco de tiempo para sí misma, para pensar en lo que había sentido al conocer a Mario, por qué la había descolocado tanto y alterado su equilibrio.

Todas las noches, sobre las diez, chateaba por Skype con Germán con una diferencia horaria de siete horas que se sentía en el ánimo de cada uno: ella solía estar ya cansada y pensaba en su relación con la incertidumbre y el ligero pesimismo propios de la noche, y él aún tenía por delante la parte más dura del día: el entrenamiento y las horas de estudio después. Cuando hablaba con Ada solía estar algo nervioso e impaciente, pensando en todo lo que tenía por delante que hacer.

Pensándolo mejor, no era mala idea ayudar a su padre, así estaría entretenida y con suerte se olvidaría de Mario, en lugar de dar vueltas a su atracción.

HORAS más tarde, acabada de salir de la ducha, Ada recorría el pasillo mientras se secaba el pelo y se afanaba en recuperar sus ondas, con unos cuantos golpes diestros de toalla, aún lo tenía demasiado mojado y ya no tenía tiempo para el secador antes de hablar con Germán. Le daba rabia que tuviera que ser las diez de la noche, la hora en que se vieran por *webcam*, cansada de todo el día y sin ánimos para volver a arreglarse para él. No obstante, hizo el esfuerzo y se maquilló un poco: lápiz de ojos, rímel, coloretes (para contrarrestar la palidez con la que sabía le llegaba su imagen a través de la cámara) y brillo de labios. Se puso un vestido blanco sin tirantes de algodón y lo adornó con una gargantilla de cuero.

La avería en la que ayudó a su padre había sido de verdad complicada, tuvieron que hacer muchas pruebas, pero lo habían conseguido. En medio de la faena había sonado su móvil y era Miguel, ¿qué querría ahora?

—¿Qué pasa Miguel?

—Hola, Ada, ¿te pillo ocupada?

—En medio de una avería con mi padre, no te imaginas el cacao que tienen aquí —dijo bajando un poco la voz y tapándose la boca con el móvil.

—¡Ah, vaya! pues entonces llamo en mala hora, ¿no?

—No, dime, dime —apremió con curiosidad. Sin saber por qué le pasó por la mente la sombra de Mario: lo habría relacionado con Miguel, pensó contrariada, ahora que con la faena había conseguido quitárselo de la cabeza.

—Pues verás, estoy aquí con mi amigo Mario —Ada se irguió de repente y se le cayó el destornillador que había cambiado de mano al coger el móvil—, ya sabes, el que os presenté esta mañana. ¿Qué ha sido ese ruido?

—Nada, que se me ha escapado una herramienta y me ha caído junto al pie. Ahora sé por qué mi padre se ha empeñado en que me pusiera las botas a pesar del calor que hace —dijo sin aliento—. Dime.

—Su madre abre la próxima semana una academia de baile y el viernes tiene la fiesta de inauguración —continuó.

—¿Su madre? ¿Qué madre? —preguntó confusa mientras se agachaba por el destornillador y esquivaba la mirada de su padre que acababa de asomarse a ver qué había sido el ruido ese.

—La de Mario, el chico...

—Ah, sí, perdona, sigue, sigue —retomó el hilo.

—El caso es que el enchufe principal, en el que irá el equipo de música, no para de hacer saltar el automático y no sabemos la causa.

—Ya veo —pensó extrañada de que la llamaran para eso—, y supongo que cuando me llamas es porque ya has probado lo básico: el enchufe está bien instalado, las conexiones bien hechas, sin pelillos sueltos, todo en su sitio...

—Sí, hasta ahí hemos llegado, aun así, cada vez que...

—Para Miguel, no me lo cuentes, perdona que te corte, pero no me puedo enrollar, dime primero qué quieres.

—Necesitamos tu ayuda, podrías venir en otro momento.

—Hoy no, lo siento, no puedo dejar a mi padre todo esto empantanado y casi seguro acabo a las tantas. ¿Puede ser mañana?

—Mario no quería que te llamara, ¡eh!, ha sido cosa mía, él dice que no quiere molestarte, que no tiene confianza contigo y que tampoco es que haya sido muy amable.

—Pues si él no quiere ¿para qué me llamas? —preguntó molesta—. Yo no pienso tocar su instalación eléctrica si él no está convencido y me lo pide expresamente.

—Ya Ada, pero él lo dice porque le da corte, le parece abusar. He sido yo el que ha insistido porque su madre se ha gastado un dineral en la reforma del local y aún le queda los gastos de la fiesta y los gastos generales hasta que la academia despegue —se justificó—. Le he dicho que me debías una —le recordó un poco *suavón*.

—Te la debo a ti Miguel, y te la pagaré cuando lo necesites —le aseguró esforzándose por suavizar el tono, pero sin conseguirlo—, pero si quieres que sea, ayudando a Mario, me lo tendrá que pedir él personalmente o su madre, de lo contrario yo no toco su instalación, lo comprendes, ¿verdad? —dijo un poco borde, recordando las advertencias de su padre sobre las consecuencias de tocar instalaciones ajenas.

—Alto y claro —respondió Miguel con sorna, y tapando el micro de su móvil le dijo a Mario—. Dice que si no se lo pides tú no viene. No pongas esa cara, es normal ella no quiere meter mano sin tu consentimiento. ¡Vamos, ponte!

Mario cogió el móvil mirando a Miguel con cara asesina.

—Hola, Ada. ¿Todo esto te parecerá mucho morro de mi parte? Pero este Miguel no escucha a nadie.

A Ada le sorprendió la voz de Mario de repente, no se la esperaba y menos que sonara como si estuviera violento. Ella no quiso ablandarse, pero tampoco aumentar su incomodidad.

—Yo tampoco lo escucho a él si vamos a eso, así que ya sabes Mario, decídete que no tengo tiempo que perder, estoy aquí en mitad de un sarao y mi padre ya me está mirando con mala cara. ¿Quieres mi ayuda o no?

Se hizo un segundo de silencio en el que lo escuchó respirar.

—¿Puedes echarme una mano? —preguntó al fin.

—¿Qué garantías tienes de que lo voy a hacer bien?

—Lo dice Miguel, para mí, esa es garantía suficiente —afirmó sin sombra de duda, lo que a Ada le alegró la tarde.

—OK entonces —concedió—, pero lo hago por él, porque le debo una —añadió en seguida no fuese a pensar que ya la tenía en el bote—. Mañana tengo clase de baile a las siete, así que iré después de comer ¿te viene bien?

—Sí, claro cuando tú digas.

Parecía tan apurado que Ada dijo, con toda la amabilidad que pudo transmitir solo con su voz:

—Vale, pues mañana en clase hablamos de la hora y el sitio, ahora tengo que colgar ¡Adiós!

—¡Adiós y gracias!

Después de hablar con él se había pasado un rato alterada, temblando con el destornillador en la mano y teniendo que dominar sus emociones antes de proseguir, no fuese a electrocutarse o poner en peligro a otro. Ahora esperaba con impaciencia el día siguiente en que lo volvería a ver, vería su local y sabría un poco de su vida privada, quizás más de lo que le convenía.

Se sentía agitada y un poco culpable, cuando escuchó las señales acústicas de la llamada de Germán por Skype, tenía que meterse en situación.

Se miró un segundo en el espejo, antes de tirarse a por el ratón y hacer el clic que le mostraría su imagen. Mientras contemplaba el símbolo en movimiento de la conexión sentía mariposas en su estómago, más de ansiedad que de anticipación. Apareció un Germán sonriente, con su ceja defectuosa levantada y automáticamente las mariposas cesaron, era su cara amiga.

—Hola Cariño, ¿qué tal tu primer día? ¿Te preguntaron por qué no fuiste ayer?

—No, no le han dado importancia. Ahí estaban Florian y Eva guardándome el sitio como siempre y la pandilla del laboratorio loca por empezar. Ya hemos reservado horas.

Germán hizo un gesto como de mofa cuando escuchó lo último y las mariposas de Ada se agitaron de nuevo.

—¿Algún compañero nuevo interesante?

Las mariposas aletearon más fuerte.

—Caras nuevas sí que había, ahora si van a ser o no interesantes...ya se verá —contestó sin más explicaciones—. El Valeriano, del que es imposible librarse nos ha dormido hoy a todos en tiempo récord.

Germán sonrió ante este comentario, y se la quedó mirando un rato a los ojos que él observaba en la pantalla y que desde el punto de vista de Ada quedaban bajos, esquivos y era una sensación bastante desesperante.

—¡Mira a la cámara! —le recordó a Germán, y ella hizo lo propio, hasta que como siempre, le frustró darse cuenta que no lo podían hacer de forma simultánea, no podrían volver a mirarse a los ojos hasta que no estuvieran juntos de verdad—. Y a ti, ¿cómo te va todo?

La mirada fija, guasona y falsamente obediente se ensombreció y se llenó de fastidio.

—Lo mismo de siempre: entrenamientos y estudios, sin distracciones y con la complicación de tener que explicarme y escribir en inglés.

Hizo una pausa y se pasó la mano por el pelo, retirándoselo de la frente y destapando su cicatriz. Volvió a mirar a la cámara.

—Cuando vuelvo cansado de los entrenamientos eso se me hace un mundo —Desvió la mirada a la pantalla para ver la cara de Ada y rectificó—, por las mañanas en clase lo llevo mejor, me siento inmerso en el inglés y resulta menos duro —Volvió a alzar los ojos cuando un recuerdo le asaltó de pronto—. ¿Sabes que Luis y Marian se casaron este fin de semana?

Ella abrió los ojos sorprendida, hacía ya tanto tiempo que había olvidado el asunto.

—¿De veras? Y tú hermano, ¿cómo lo ha tomado? —alzó la mirada Ada que ya le tenía cogido el punto al chat: mirar a la cámara para preguntar, mirar la pantalla para escuchar la respuesta.

—No lo sé, me lo dijo mi madre, no sé siquiera si él lo sabe —recordó con aprensión que tenía que llamarlo—, imagino que mi madre no le ha dicho nada, ¿para qué...?

—Pues sí, para qué. Esperemos que funcione y enderecen sus vidas después de todo el daño que han hecho. A los demás quizá les lleve más tiempo —dijo pensando en Jaime.

—Mi hermano aparenta estar bien, pero la verdad es que no ha vuelto a salir con nadie desde entonces, al menos que sepamos y la mujer de Luis, bueno, ya exmujer, aún no ha levantado cabeza. Al parecer no ha conseguido superar que se fijara en otra el mismo día de su boda y menos que tuviera un hijo con ella.

—No me extraña —dijo Ada compasiva y un poco triste, no tanto por Luis y su mujer como por ella misma y Germán que se encontraban hablando de otros porque en realidad no encontraban temas propios de que hablar.

La conversación siguió así un rato más, hablando de banalidades y de cosas que les habían sucedido, pero que no conseguía acallar la verdad que a ella se le hacía cada vez más palpable y era que no tenían temas en común: ¿Sería eso un inconveniente para mantener una relación a distancia?, se preguntó pesimista.

10

«Eran las cinco de la tarde de una calurosa tarde de Septiembre», dijo Ada para sus adentros, recreando en su mente la voz de un comentarista taurino. Dejó resbalar su maletín de herramientas hasta el suelo y miró la plaza que tenía delante. Tenía costumbre de hacer ese tipo de analogías con su hermano y cuando este no estaba, las hacía para sus adentros y se reía ella sola del chiste.

Ada no había conseguido dormir un rato de siesta, los nervios no la habían dejado. Esa mañana en la universidad había sido muy consciente de las clases que había compartido con Mario, era como si él lo llenara todo y pudiera sentirlo respirar, incluso percibir su temperatura. A veces creía sentir su mirada fija en ella en forma de calor y la hacía sentirse más viva y consciente de todo cuanto la rodeaba. En el descanso se había reunido con Nacho y los demás compañeros de laboratorio para ponerse al día de los proyectos que habían dejado sin acabar. Miguel se presentó con Mario y este último se ofreció a colaborar en lo que necesitaran de software, pero advirtió que tenía en mente su propio proyecto y que estaba pendiente de la colaboración de sus colegas informáticos para continuar, y de ellos, por supuesto, si querían.

Cuando volvían a clase, Mario la acompañó y le confesó que se sentía incómodo por haberla metido en sus problemas, le dijo que no tenía por qué hacerlo y que ya se buscarían un electricista. Ella se paró en seco.

—Como quieras entonces, igual es lo mejor, yo no soy profesional —se apresuró a añadir incómoda, pensando que seguro, él o su madre habían recapacitado sobre lo que iban a hacer.

Mario adivinó en seguida lo que estaba pensando.

—Lo sé, pero según Miguel, sabes tanto o más que uno y

tienes mucha experiencia.

—Sí, conozco la electricidad bastante bien, sí.

—No lo decía por eso, no es que no me fíe de ti, es que no me siento cómodo pidiendo favores y menos a gente que acabo de conocer.

Ada quedó desconcertada con esa respuesta, no conseguía sacar en claro si quería o no, así que se encogió de hombros y retomó el camino a clase con él a su lado.

—Me dijiste que tenías clase de baile, y me hizo gracia porque el local va a ser una academia de baile, mi madre es profesora. ¿Qué tipo de baile haces?

—Danza moderna y algo de ballet, ¿y tu madre?

—Ella enseña clásico español.

—¿De veras, con castañuelas y todo eso? —dijo tocando unas castañuelas imaginarias.

—Sí —afirmó Mario sonriendo y recordando lo escandalosa que solía resultar la academia de su madre.

—Me encanta, pero no lo he probado nunca, no sé si tendría gracia para ello.

—¿Por qué no?, tipo si tienes, de bailarina española —Ada se le quedó mirando tratando de averiguar si el comentario era un cumplido o si se burlaba de ella.

—¿Y cuándo dices que la abre?

—La semana que viene, pero para el viernes tiene la fiesta de inauguración y quiere hacer unas exhibiciones con antiguas alumnas. Por eso necesita tener el local listo lo antes posible, para poder ensayar al menos un día antes.

—En ese caso no sería nada bueno que anduvieras buscando un electricista con prisas, os jugáis mucho, si quieres voy esta tarde como ya lo teníamos previsto a ver qué puedo hacer y si no lo consigo siempre podemos recurrir a mi padre.

—Te lo agradecería mucho y me solucionarías un gran problema, lo que pasa es que no quería que te sintieras obligada por Miguel.

—No te preocupes, yo estoy impaciente por saldar mi deuda, así puedo pedirle más cosas, los colegas de cursos superiores como Miguel y Nacho siempre resultan muy valiosos.

Y ahí estaba, en una pequeña plazoleta aislada de la calle principal, buscando como loca una sombra donde meterse. Por suerte enseguida vio la corredera levantada, por un momento, temió que tuviera que esperar ahí a pleno sol. Accionó la puerta de entrada y un golpe de aire fresquito le acarició la cara, soltó el aliento con alivio y entró. Al otro lado había una recepción con el mobiliario típico y unos bancos corridos de madera para la espera. Se veía un poco desangelada con las paredes desnudas, pese a su bonito tono melocotón. A la izquierda se abrían dos puertas, de una de ellas salió Mario.

—Hola, Ada, llegas puntual —dijo sonriendo y mirándola de abajo arriba. Iba vestida de una forma muy graciosa, con un peto de trabajo rojo y una camisa de algodón en beige. Parecía el vivo retrato de una electricista, solo le faltaba la gorra. Llevaba el pelo sujeto en una coleta de la que se le habían escapado algunas ondas sueltas, y al hombro, para rematar, llevaba colgada una bolsa portaherramientas también en rojo y beige—. No te falta un detalle.

—Eso espero, mi padre siempre insiste en que llevemos ropa adecuada —dijo señalando con el dedo índice hacia abajo, como si pulsara una tecla imaginaria repetidamente, los zapatos de puntera reforzada y suela ancha de goma.

Mario se echó a reír ante la pantomima de ella, le gustaba la espontaneidad con que contaba las cosas.

—Anda, dame eso —dijo Mario señalándole la bolsa, aún con la sonrisa en los labios—. Tiene pinta de ser pesada.

—No te creas, llevo lo imprescindible, además ya estoy acostumbrada, pero gracias —dijo entregándosela—. ¿Así que esta es la recepción supongo?

Ada aprovechó que estaba libre del peso para girar sobre sí misma y observar la recepción con detalle.

—Sí, mi madre y mi hermana vendrán luego a colgar fotografías y carteles de sus antiguos ballets, de sus profesores, y de artistas a los que admira. También quiere poner unas plantas, colgar un mantón, en fin, le va a dar un aire andaluz. Ven que te enseño el local.

La puerta daba a una sala grande, espaciosa, de suelo de tarima de madera y espejo al frente; la barra rodeaba las paredes. La luz natural le entraba a través de dos ventanas anchas y altas, para no ser vistos desde la calle. A la izquierda se elevaba una escalera volada y debajo de esta había un equipo de música y vídeo, una pantalla de TV grande y unas estanterías repletas de CDs. Mario encendió las luces y todo cobró alegría, el efecto fue fantástico y a Ada le entraron ganas de probar la tarima y bailar.

—Estas escaleras dan a los camerinos, ¿quieres verlos?

—Claro.

Ada precedió a Mario, lo que le regaló el espectáculo

hipnótico del movimiento de su trasero en los pantalones de trabajo. Él lamentó en ese momento que las escaleras no fueran las Escher y pasarse la tarde subiendo escalones.

—Aquí a la izquierda están los aseos y las duchas —Mostró encendiendo luces por donde pasaba—. Y por esta puerta pasamos a los camerinos, ¿qué te parecen? —preguntó mientras la miraba con auténtico interés a la cara.

—Me gusta —Admiró ella girándose mientras hablaba—. Se ve cómodo, funcional y sobre todo muy bien iluminado. Eso es lo que más me gusta, porque muchas veces estos sitios son deprimentes y cuando después de la clase te enfrentas cansada a esas luces mortecinas y blancuzcas, te vas a casa un poco depre.

Mario sonrió.

—Justo lo que dice mi madre. Me alegro que te guste.

—¿Y no tenéis un almacén para guardar cosas: las zapatillas, las medias olvidadas, las barras de centro y demás? —preguntó distraída mientras no pasaba por alto ningún detalle.

Cuando paró de dar vueltas le pareció que el espacio se había estrechado y que Mario estaba demasiado cerca. Él bajó los ojos y le dijo con una sonrisa burlona:

—Veo que sabes mirar un local, no te pierdes un detalle — dijo desviando la vista a su boca—. Es la habitación a la izquierda de la recepción, la de la segunda puerta.

—Ah, sí, la he visto —contestó ella rompiendo el contacto y saliendo disparada como si fuese a verla en ese instante—. Bueno y ahora qué te parece si me enseñas el cuadro eléctrico —dijo parada ante las escaleras—. Será mejor que empecemos porque tengo que irme a las seis y media.

—Claro que sí, acompáñame que está abajo —Le tomó la delantera y comenzó a bajar. Esta vez le tocó a ella contemplar su magnífica espalda, de nadador, volvió a pensar, ya estaba casi segura. Cuando Mario se echó a un lado Ada se topó con el cuadro eléctrico delante de sus narices—. Ya lo veo. A ver lo que tienes aquí.

Ada abrió la caja y se quedó un rato en silencio observando, luego sacó una libreta de su bolsa de trabajo y un bolígrafo y se puso a anotar cosas, muy concentrada y metida en su trabajo. Tocó interruptores para comprobar a qué correspondían.

Mario se alejó y se situó en la esquina contraria del estudio, a observarla hacer sin molestarla.

Al poco Ada se giró y lo buscó moviendo la cabeza a un lado y a otro sin verlo. Mario sonrió para sí.

—Sí, Ada ¿quieres algo? —lo preguntó con una entonación sincera y profunda que la envolvió como si se tratara de la de un genio saliendo de una lámpara.

—Sí —Por unos segundos olvidó lo que iba a decir y se quedó atrapada en su mirada, pero lo que vio en ella, no sabía cómo lidiarlo y rompió en seguida el contacto—. ¿Dónde está el enchufe que falla? —preguntó con una voz ronca que se le quebró en mitad de la frase.

—Ahí, debajo de la escalera, detrás del equipo de música —respondió Mario señalándolo—. Espera te ayudo, igual hay que retirar el equipo.

En un segundo Mario estaba a su lado vibrando en cada una de las células de su piel, como si la hubiera frotado con sus manos. Inconsciente al parecer del efecto que causaba retiró el mueble sobre el que se apoyaba el equipo y le dejó espacio suficiente para que ella trabajara.

—¿Necesitas más luz?, te haces sombra a ti misma.

—Tranquilo, traigo mi propio frontal. ¡Veamos!

Mario volvió a retirarse al rincón del que había salido y siguió contemplándola. Ella utilizó el polímetro, luego lo desatornilló, lo abrió, lo comprobó y le preguntó si tenía los planos de la instalación.

Mario sonrió con una mueca.

—No, claro que no, si no tal vez no te hubiéramos llamado.

Ella le contestó con otra sonrisa sospechosamente dulce de ojos entrecerrados.

—Ya veo, es una perita en dulce esto que me ofreces —dijo con suave sarcasmo—. Muy bien, a ver el siguiente paso.

Una hora después y tras muchos paseos por el cuadro y por los demás puntos eléctricos de la academia, de llamar a su hermano y de que se le soltaran unos cuantos mechones más de la coleta, aún no tenía solucionado el problema, aunque se la veía tranquila y segura de que tarde o temprano hallaría la solución.

A las seis y media llegaron la madre y la hermana de Mario cargadas de cosas que fueron dejando en el almacén. Él salió a ayudarlas y mientras la dejó sola. Cuando lo hubieron traído todo procedieron a las presentaciones. Su madre no se parecía en nada a Mario, de pelo y ojos más claros y su hermana tampoco, salvo en la forma de mirar. Así que Ada pasó a tener dos pares de ojos taladrándola en lugar de uno, quizás no se escapara esa tarde sin un calambrazo después de todo.

—Ada, me temo que tenemos que dejarlo por hoy porque te

vas a perder tu clase de baile, mañana continuaremos, qué le vamos a hacer.

—De eso nada, yo no me voy hasta que no lo termine.

—Pero, ¿y tu clase?

—Mi clase nada, ya no podría disfrutarla, ni concentrarme sabiendo que tengo aquí este enigma. Hoy me la pierdo.

—¿Una clase de baile? —intervino la madre de Mario—, perdértela, yo como profesora no puedo permitirlo.

—Lo siento señora, pero esto ya no puedo dejarlo así.

—Llámame Julia ¿quieres?, y te lo agradezco mucho porque lo necesito para mañana, pero me sabe mal perjudicarte.

—No me perjudica —la tranquilizó Ada sonriendo. Y sin más se dio la vuelta y volvió a llamar a su hermano.

—Alberto, necesito que vengas, al menos a traerme cable y la guía, tengo que recablear una zona —Mario no sabía lo que contestaba su hermano, pero lo adivinaba por las respuestas de Ada y le divertía—. Me temo que sí. Vete tú a saber. Extintor no te traigas que ya hay uno aquí —dijo con sorna—. No, no hace falta que te quedes, solo que me acerques el material y luego ya veré como me las apaño para llevármelo. Te debo una. ¡Eso ni lo sueñes! Pues si no tienes impresora te haces un dibujito. Ya hablaremos. Un beso — Y colgó.

—Enseguida viene. Mientras os ayudo con otra cosa si queréis.

—Voy a colgar los cuadros.

Ada se puso tensa de repente, parecía que le hubiera dicho colgar gente, pensó Mario

—Tienes que taladrar supongo —dijo algo brusca.

—Sí.

—Pues te espero aquí entonces, no hace falta dos para eso.

Y se quedó en la sala escuchando los planes que tenía Julia para la academia.

A la media hora llegó Alberto. A Ada le dio un poco de apuro presentarle a Mario, no sabía por qué, pero le importaba mucho lo que su hermano pensara de él. Alberto también traía un peto rojo, igualito al de Ada, pero él lo traía con una camiseta blanca, y en la manga tenía una C# cosida por su madre.

A Mario le hizo gracia. Le preguntó si conocía el lenguaje, y eso les dio pie a un intercambio de conversación friki que ya los identificó como miembro de la misma especie.

—¿Te vale esta? —Le preguntó a Ada entregándole la guía.

—Sí, pasa, ¿tienes tiempo o te vas?

—Tengo un rato, como media hora.

—Entre los dos no tardaremos más.

A Mario le agradó con la comodidad y la complicidad que trabajaban juntos los dos hermanos, se les notaba que se llevaban muy bien.

A la media hora habían terminado y el enchufe ya funcionaba. Alberto se marchó llevándose la guía y la bolsa de herramientas de Ada.

—Te llevo a casa —dijo Mario, conteniendo las ganas de recoger sus mechones detrás de la oreja, para contemplar sin distracciones su cara—. Y luego me vuelvo a terminar.

—No es necesario, gracias, haces más falta aquí— rechazó ella. La manera en que la miraba Mario, sin ser insinuante, la trastornaba.

—De ninguna manera —dijo Julia—, solo faltaba que te volvieras en metro después de la ayuda tan grande que nos has prestado.

—Acepto entonces. Le deseo mucho éxito el viernes con la fiesta y con la academia.

—Gracias. Me gustaría que vinieras a la inauguración.

—¿El viernes? —preguntó un poco desconcertada mirando a Mario, como queriendo ver qué pensaba el de la propuesta.

Pero Mario seguía con su sonrisa ambigua habitual, opaca a cualquier atisbo que indicara en qué estaba pensando.

—Sí, a las ocho —agregó su hermana.

—Vale, vendré un ratito a ver los bailes —dijo Ada dubitativa mientras se remetía una onda de pelo tras la oreja.

—Lo que quieras. Y dime ¿qué te debo? —Ada abrió los ojos un poco desconcertada.

—No, nada, si yo no, no puedo cobrar, no soy autónoma.

—Ya lo sé, pero has trabajado y tienes que cobrar.

Ada miró nerviosa a Mario y con los ojos le pidió ayuda.

—Tranquila mamá, entre los colegas arreglamos las cosas, ya encontrará Ada el modo de cobrarse esta deuda, ¿a que sí? —preguntó mirándola no sabía si con burla, y haciéndola preguntarse qué habría querido decir. Sintió como se ruborizaba.

—¿Estás tú de acuerdo con eso Ada? —volvió a preguntar Julia mirándola con interés.

—Sí, no, bueno no sé, quiero decir no siempre hay que pedir algo a cambio ¿no?, me lo pidió un amigo y a mí esto me sirve de experiencia.

Julia sonrió y viéndola violenta cortó la conversación.

—Muchas gracias Ada, te espero el viernes entonces.

—Le quedarían muy bien unos foquitos sobre esas fotos y carteles —dijo Ada en un impulso.

Lo había estado pensando desde que admiró las fotografías colgadas por Mario. Eran de mucha calidad y le había parecido que sin iluminar desmerecían.

Julia miró las fotos con pesar y luego a Ada.

—Sí, pero tendrá que ser un poco más adelante, por ahora no puedo hacer más gasto.

—Mi padre podría conseguírselos para el viernes, a buen precio —Se apresuró a añadir—, y ya se los pagaría usted más adelante.

Julia tragó saliva y se quedó pensando. Mario la miró serio y tensó un poco la mandíbula, lo que puso de relieve una vena palpitante en la sien izquierda. Le daba rabia no tener lo suficiente para ponerle a su madre la academia como quería, quizás si no hubiera dejado la media jornada en el supermercado...

—Pues sí, tráelos —Se decidió Julia—, los que a ti te gusten, seguro que todo saldrá bien y podré pagártelos.

—Por eso no te preocupes mamá, si no yo me encargo, sé cómo conseguir más dinero —dijo Mario serio.

—Ya lo sé, pero no quiero que eches más horas en el super, quiero que estudies. Tu tranquilo que no hará falta, ya lo verás, seguro que toda la publicidad que estamos haciendo da frutos.

—Sí, además te tengo preparada una sorpresa —dijo arqueando una ceja.

A Julia se le iluminó la cara. Su hijo era muy creativo con las presentaciones y muy capaz con la informática, ¡qué se le habría ocurrido!

—Bien, entonces se los pediré a mi padre. Son seis, ¿verdad? Los traeré LED para que no consuman mucho y vendré antes a ponerlos.

—No hace falta, si quieres yo me llego a por ellos y los coloco yo, eso sí sé hacerlo —contestó Mario enseguida negando con la cabeza. Le sabía fatal aprovecharse tanto de ella, de todo lo que había barajado para conseguir atraerla, eso ni se le había ocurrido ¡menuda táctica cutre de sopista para ligar!

—Lo sé Mario, pero no es molestia de verdad, me gusta este proyecto y quiero que nada os falle. Los que me conocen saben que es con lo que más disfruto en el mundo, culminar proyectos que salgan bien. Me traeré unos sobrecitos atrapa polvo y usaré unos trucos para que no tengáis que limpiar después.

Julia se quedó mirando a Mario sin abrir la boca, conocía a su hijo y sabía que este lo estaba pasando mal, ella no pensaba forzar la situación.

—En ese caso ahora te debo dos —dijo Mario con expresión obstinada.

—De acuerdo, eso me encanta, tranquilo que me las cobraré. ¿A qué hora vengo el viernes?

Quedaron para las seis y tras despedirse con dos besos de Julia y Laura, salió acompañada de Mario. Este la guio hasta un Renault Clio de segunda mano, que según le dijo, habían comprado cuando decidieron abrir la academia de nuevo.

Una vez dentro del coche, las sensaciones que sintió durante toda la tarde junto a Mario se intensificaron, parecían que vibraban en el aire y solo podía pensar en que ojalá tuviera el derecho de poder tocarlo.

Iban callados y Ada nerviosa miraba por su ventanilla. De pronto, en un semáforo sintió que la mano de Mario agarraba la suya y sus dedos se entrelazaron buscándose desesperados, necesitando el alivio de sentir la piel del otro.

No se dijeron nada, Mario no sabía qué decir, solo sentir, ni siquiera se miraron, él solo sabía que no podía dejar de tocar a Ada, aunque no tuviera ningún plan, ni supiera en qué terreno incurría.

Ada por su parte en ese momento no se sentía ni culpable, ni pensó en Germán, sencillamente no había fuerza en el mundo capaz de conseguir que soltara esa mano, como no la tendría de soltar un cable con corriente.

El semáforo se puso de nuevo en verde y Mario la soltó. Ahora sí comenzó la mente a funcionar y a mandarle pensamientos angustiosos, entre ellos Germán. De no haber sido una locura, se hubiera bajado en marcha.

Mario percibió su agitación, tal vez había cometido un error, pero no lo había podido evitar. Lo sentía por Ada, sabía que la descolocaba, que la atormentaba, porque seguro le importaba su novio, pero lo que tenía que ocurrir era inevitable.

Mario le pidió indicaciones y ella se las dio, haciendo un esfuerzo de concentración y de control de su voz. Estaba deseando llegar a casa y al mismo tiempo deseando que el viaje no acabara nunca, de repente su voz, sonó serena, como el agua del mar al caer la tarde.

—Ada, tranquila, no pasa nada, no voy a seguir avanzando.

Ella le lanzó una mirada rápida que no parecía de alivio, sino más bien de confusión ante la ambigüedad y guardó silencio, no fuese a hacer un mundo de lo que no era nada, mejor no darle importancia.

Continuaron callados hasta que ella, buscando desesperada algo que decir recordó:

—Me gustaría saber cuál es la sorpresa que le has preparado a tu madre —preguntó por cambiar de tema mientras miraba su perfil. Él sacudió la cabeza en un gesto muy suyo que ya había aprendido a reconocer.

—Ah, sí, es un montaje publicitario para su academia de esos que a mí me gusta crear, ya lo verás. De hecho, es un ejemplo, muy básico, de una idea que llevo tiempo trabajando y que quiero terminar de desarrollar para ofrecérsela a las empresas y es el proyecto que estoy deseando completar con los informáticos.

—¿Y por qué no has empezado por ahí? ¿por qué empezar por teleco?

—Bueno, porque por motivos personales este no es el momento, todavía no estoy con ánimo de crear, de arriesgarme, ahora prefiero aprender esto que me va a resultar muy útil para lo que quiero.

—¿Y qué es?

—Crear los mejores videojuegos de realidad virtual del momento.

Se hizo un silencio en los que los dos se entregaron a sus pensamientos. Ada notaba que Mario callaba cosas dolorosas, lo intuía y sentía curiosidad, pero también temor a saber más de él, a implicarse más.

—Y esos motivos personales, ¿te hacen sufrir mucho? —No pudo aguantarse, pese a que era evidente que él no quería hablar del tema, pero le dolía que el sufriera y ella no pudiera hacer nada.

Mario no respondió, pero giró la cabeza y se la quedó mirando fijamente.

Ada pensó que no le iba a contestar y se sintió como una tonta indiscreta.

Cuando volvió a abrirse el semáforo y Mario volvió a mirar la carretera dijo:

—A veces sí, pero ya creo que voy lidiando con ello.

Ada asintió como si comprendiera, pero la verdad es que no comprendía nada. Ese era el momento de dejarlo, se dijo.

—Algún día, si se presenta la ocasión te lo contaré —le sorprendió Mario diciendo.

De nuevo sintió Ada ese impulso doloroso de tocarlo, de

acercarse, pero se contuvo, le asustaba dejarse llevar hacia no sabía dónde.

—Ahora gira aquí en esta rotonda a la derecha para ir a la izquierda.

Y así lo hizo Mario en silencio. Llegaron a su calle y le indicó el portal. Paró justo en frente y con su sonrisa cálida y opaca le dijo:

—En tu casa sana y salva.

—Sí, gracias. Esta noche duerme mucho, no llegues con sueño, que mañana tenemos a El Valeriano a primera hora.

—Sí, con él tenemos que hacer algo, hasta ahora no he pensado en nada porque tengo la cabeza ocupada con la academia, pero la semana que viene habrá que mover ficha, no pienso dar cabezazos en sus clases, habrá que sacudirlo.

—¡Uy, qué bien suena eso, sacudirlo, me apunto!

Los dos se rieron un rato juntos fantaseando formas de vapulear y energizar al Valeriano, hasta que sus miradas quedaron atrapadas en esa muda comunicación que apaga las sonrisas y las palabras.

11

Ada llegó a las seis en punto a la academia de baile como se había comprometido. La acompañaba Alberto porque los foquitos pesaban mucho para llevarlos en el metro y ella había rechazado el ofrecimiento de Mario de recogerla. Esta mañana en clase había abierto los ojos hacia los peligros que suponía Mario en su vida, y estaba decidida a mantenerse en el lado seguro.

Los indicios habían sido muchos y muy llamativos. Anoche sin ir más lejos no se lo había quitado de la cabeza mientras hablaba con Germán, se sentía culpable, como si hubiera hecho algo con él y es que lo había hecho, le había abierto a Mario la puerta de par en par de su cerebro y este se había hecho dueño de sus pensamientos, de sus hormonas y de su equilibrio mental que había hecho añicos.

Esa mañana en clase, había podido contemplar el efecto que causaba Mario en las mujeres, supuso que por el mismo motivo que la afectaba tanto a ella. Su club de fans se comportaba de la manera tonta y pesada propia de cabecitas huecas. Pero no solo eso, es que en el descanso llegó de no se sabe dónde otro grupito de cuatro que le saludaron como si ya lo conocieran y se le abrazaron y montaron una escena penosa, con la que él no pareció tan reacio como con su club de fans, supuso Ada que porque eran amigas de antes, del bachillerato quizás y él también se alegraba de verlas.

Y lo peor de todo: ¿por qué sabía ella todo eso? pues sí, porque no le había quitado ojo en toda la mañana. No abiertamente claro, ella se cuidaba muy bien de las formas, pero en el fondo sentía lo mismo que todas ellas y eso le disgustaba de sí misma. Así que no se engañaba, ya sabía lo que sentía, ahora solo le quedaba luchar contra ello y pasar página, porque si había algo que tenía tan claro como el día era que Mario era el tipo de hombre imán que podría desviarla de su trayectoria como le pasó a su madre y como ella se había jurado que nunca le pasaría. ¡Antes se pasaba la vida sola, diseñando la máquina de movimiento perpetuo que dejar que un hombre tuviera ese poder sobre ella!

Le daba mucho miedo que un paso en falso la llevara a repetir la historia de sus padres: la de dos extraños que han procreado juntos. Y no era una crítica a ellos, no conocía su historia y lo prefería así. Su padre le parecía un hombre entrañable, tímido y reservado, más que distante. Pese a que a veces esa reserva le resultara exasperante, ella lo adoraba. Su madre probablemente también apreciaba esas cualidades, le debía resultar muy cómodo si no sentía nada por él. ¡Qué pena, una vida malograda por un hombre que ya ni se acordaría de ella!

Un golpe de aire caliente le elevó la falda larga de algodón blanco, que llevaba junto con un cuerpo negro sin mangas, de crochet, sujeto por un solo hombro. Menos mal que se había cambiado en el último momento, después de verse en el espejo con el pantalón blanco Palazzo abierto de arriba abajo, con el que siempre se lo ponía y con las sandalias romanas liadas a las pantorrillas: «¿a dónde crees que vas tan sexi?», se había dicho, y se lo había quitado en seguida.

La puerta estaba de nuevo abierta y entró con cautela llamando a Mario. Lo encontró subido a una escalera de mano, con una camiseta blanca sin mangas que dejaba apreciar su espalda firmemente esculpida y unos sencillos vaqueros gastados sin costuritas raras, ni realces de trasero, ni todas esas tonterías tan de moda que desviaran la atención de sus estrechas caderas. La simplicidad enfatizaba su elegancia natural y resaltaban su masculinidad. El efecto inmediato que tuvo sobre ella le hizo ver lo inútil que era su pretensión de quitárselo de la cabeza y le hizo ponerse más seria de lo que quizás pretendía.

—Mario ya estoy aquí. Traigo los focos.

Este se dio la vuelta y la miro de abajo arriba con admiración en los ojos y lo que cualquiera hubiera interpretado como un brillo de felicidad.

La sonrisa se le quebró un poco cuando vio la seriedad de Ada y a Alberto detrás.

—Hola Mario. ¿Solo quería saludarte, he dejado los focos y la bolsa de herramientas en la recepción? ¿Tienes taladro?

—Sí, anda por ahí.

—Supongo que sabes usarlo.

—Claro —contestó Mario divertido.

—Me marcho entonces —Y dándole la mano a Mario y un beso a Ada salió sin más.

—Yo voy a ponerme una camiseta encima y empiezo a poner los focos, te llamo cuando necesite ayuda.

La sequedad de Ada dejó desconcertado a Mario, pero no se dejó liar, odiaba esos jueguecitos; le decepcionaba que ella los utilizara.

—Como quieras —dijo con la misma indiferencia—, yo sigo por aquí colocando esto. Mi madre y mi hermana están en casa terminando de arreglar el vestuario y enseguida vienen.

Ada asintió en silencio y sin más se volvió a la recepción. Se puso la camiseta ancha y larga de su hermano para no mancharse la ropa y señaló los lugares dónde iba a poner los focos, dibujó los puntos de taladro, les puso un celo y colocó sobrecitos recoge polvo debajo de ellos. Sacó los focos y los preparó. Cuando ya solo le quedaba taladrar llamó a Mario que aún seguía en la escalera, intentando no mirarlo siquiera.

—Mario, por favor, ¿podrías venir a taladrar?

Mario la miró serio, estaba enfadado con ella, no le gustaba su cambio de humor, pero claro, le estaba haciendo un favor así que si le llamaba tenía que acudir y si le pedía que taladrara no tenía más remedio que hacerlo.

—Claro, voy.

Cuando entró en la recepción le sorprendió ver lo pulcramente que había puesto las señales y los sobres, le pareció muy ingenioso y práctico, solo faltaba ver si funcionaba.

Se alegró de que ya lo tuviera todo preparado: los tacos, los tornillos, colocados en orden, así que cogió el taladro, le colocó la batería y cuando iba a ponerlo en marcha vio a Ada abandonar la habitación. No entendía nada, bufó furioso ¿qué le pasaba es que no soportaba verlo o qué?

Cuando ya llevaba tres puestos, tenía un humor de perros, se asomó a ver qué hacía y no la vio. ¿Dónde se habría metido?

—Estoy aquí arriba, ¿quieres algo? —preguntó Ada que estaba sentada en el suelo del pasillo, frente a los camerinos, con las piernas colgando entre los barrotes de la barandilla que daban sobre la sala.

—¿Qué haces ahí?, ¿te has enjaulado?

—Más o menos.

—¿Qué te pasa? —preguntó al fin, ya no podía más, a ver por donde salía y a qué demonios estaba jugando.

—No me gustan los taladros.

—¿Los taladros? —preguntó Mario sin entender.

—Sí, los taladros, me dan miedo —dijo dirigiendo su mirada al taladro que llevaba en la mano.

Mario lo miró a su vez por toda respuesta, y le hizo un gesto de venga ya, como queriendo decir que él no pensaba taladrarla.

—No es lo que estás pensando. Me da miedo el ruido que hace, no lo soporto, tengo que alejarme y taparme los oídos.

El continuó mirándola incrédulo, pero antes de que tuviera la oportunidad de abrir la boca ella continuó.

—Y no solo me pasa con el taladro, también me pasa con los ruidos inesperados como las bocinas, los petardos, los fuegos artificiales, los globos... esos sobre todo me espantan, desde niña. Por eso es lo primero que he mirado al entrar en la sala, si habíais puesto globos —Eso era una mentira, lo primero que había mirado había sido el espectáculo de Mario en camiseta, pero luego había repasado las paredes en busca de los odiosos globos.

Mario sintió ganas de abrazarla, así que era eso lo que le pasaba, tenía miedo a encontrar globos y al taladro, por eso había estado tan rara. Se puso tan contento que pensó que ya se encargaría él de enmudecerle todos los ruidos del mundo.

—Ven, baja.

—No —negó ella con la cabeza—, prefiero esperar aquí.

—Ven, hagamos una cosa, ven confía en mi —repitió extendiendo su mano.

Ada bajó, algo tensa porque no quería que la tocara, su firme determinación a alejarse de él era tan grande como su miedo al ruido, además a ella no le aliviaba nadie cuando tenía ese miedo, solo el dejar de oír el ruido la calmaba.

Cuando llegó abajo le dijo.

—Quítate la camiseta.

Ada lo miró extrañada.

—Vamos, hazme caso, quítate la camiseta para salir de aquí.

Ella lo hizo sin quitarle la vista de encima.

—Ven, salgamos —Salieron de la academia y Mario echó la llave a la puerta—. ¿Qué te parece si te sientas en la terraza que tenemos ahí —señaló a su izquierda—, saliendo de la plaza, te pides lo que quieras y yo te invito? Ya te llamo cuando termine.

Cruzaron la plaza hasta la calle principal y entraron en una terraza con música de los cuarenta principales que ya tenía algunas mesas ocupadas con los cafés de la tarde.

Mario retiró una silla para ella, esperó a que esta se sentara y le dijo: —Ya te avisaré.

Sin más se dirigió al bar y le dijo al camarero que pusiera a Ada lo que quisiera tomar, que él lo pagaría después y despidiéndose de ella con la mano se volvió a la academia.

Casi una hora después llegó Laura a llamarla, le dijo que su hermano ya había terminado y que estaban a punto de llegar las niñas para empezar a preparar la exhibición. Le sorprendió encontrar dos pantallas de TV instalada en sus soportes en la fachada, visible desde la plaza, y que habían puesto unas cuantas mesas con neveras aportadas por un catering.

Adentro, se encontró con Julia que la saludó con mucho cariño y le dijo que le encantaban los focos, que había ganado mucho la recepción con ellos y que desde luego daban vida a las fotografías. Ada se sorprendió de que ya estuviera todo limpio y recogido y según le dijeron: Mario estaba arriba duchándose.

—No, ya estoy aquí, bajo.

Alzó la cabeza y lo vio descender con unos vaqueros blancos y una camisa estrecha gris marengo. El pelo y las pestañas aún húmedas le acentuaba la fuerza y el brillo de sus ojos. Ada lamentó haber venido, pero ya no podía hacer nada.

A las siete y media comenzaron a llegar las antiguas alumnas, en la mayoría de los casos con sus padres. Laura no se separaba de su lado y la iba presentando a todo el mundo, haciéndola sentir cómoda, de una manera que se notaba que se debía a la educación o a una especie de entrenamiento, no se imaginaba ella a Sara, que era probablemente de la misma edad, actuando así. A las ocho en punto proyectaron un montaje que había hecho Mario con los bailes y exhibiciones de otros años en el que eran reconocibles muchas caras de las presentes, pero con menos años, incluso de refilón vio a un Mario más joven y delgado que trasteaba con los equipos. Le sorprendió el ramalazo de ternura que la embargó al reconocerlo.

Una media hora después, Mario animó a todos a volver a contemplar las TVs. Apareció en pantalla lo que parecía el inicio de un videojuego, con la típica historia que se narra al principio. En un tono épico se contaba el origen del Baile clásico español y el Currículo de Julia: su formación y su carrera profesional, todo ello en dibujos animados, probablemente dibujados por él. La proyección duró más o menos otro cuarto de hora y gustó mucho a todo el mundo, sobre todo a su madre, que lo miraba con orgullo y se lo agradeció con un abrazo muy emotivo.

Después de contemplar todo esto, se le hacía muy difícil a Ada seguir mirando a Mario como a alguien superficial y picaflor al que le gustaba que lo admiraran las mujeres, incluso ella sospechaba que él no alimentaba todo eso, sino que lo recibía sin más porque no tenía otro remedio.

Si era honesta consigo misma, en él no había visto ningún comportamiento que indicara que estaba pagado de sí mismo; parecía un buen hijo, un buen hermano y una buena persona. Pero todo eso no cambiaba nada, seguía sin ser lo que a ella le convenía, no quería verse arrollada por tanto magnetismo, lo único que quería era huir, así que se dirigió a Julia y le dijo que todo había salido estupendo y que le deseaba mucha suerte.

—¿Ya te vas?, ¿tan pronto?

—Sí ¡Es viernes!, y he quedado con unos amigos para salir.

—¡Ah, claro, es verdad! Muchas gracias por todo y dale también las gracias a tu padre por el adelanto, dile que se quede tranquilo que se lo pagaré pronto.

—Lo sé, no se preocupe por eso, de verdad.

Ada buscó a Mario con la mirada. Era consciente de que él la había mirado varias meces mientras ella contemplaba el vídeo que él había hecho a su madre, pero no le había devuelto ni una sola vez la mirada conforme a su intención de no darle un mensaje confuso.

Él estaba tecleando en el portátil, cambiando el programa anterior por música. A ella se le aceleró el pulso a medida que se acercaba y esa debilidad la envaró aun más. Mario le sonrió con esa mirada suya que la hacía sentirse atrapada, paralizada como por un foco muy intenso y sintió un nudo repentino de remordimientos y tristeza.

—Me marcho —dijo con suavidad.

Él inclinó un poco la cabeza como digiriendo la noticia.

—Espera un poco, voy a ver si pueden prescindir de mí un rato y te llevo.

—No, de ninguna manera, no puedes abandonar la fiesta ahora, hay mucho que hacer y yo puedo irme en autobús como vine el otro día.

—Pero la bolsa... ¿Tan urgente es, de veras que no puedes esperar un cuarto de hora? Esto ya se está acabando, solo falta que terminen lo que están bebiendo.

—No, he quedado para salir, además es que no quiero que te vayas de aquí con todo lo que aún queda por hacer.

Mario dominó su expresión de desilusión, tan rápida y eficientemente que Ada tuvo dudas de si la había visto en realidad, y era lógico, pensó, ¿por qué habría él de preocuparse porque se le cerrara una puerta cuando tenía tantas abiertas de par en par? Se giró y siguió con el ordenador.

—Como quieras entonces —dijo sin más.

Ada se dirigió a la academia para recoger la bolsa y la detuvo la voz de Mario.

—¡Ah, Ada, muchas gracias por todo, no hubiera salido todo tan bien sin ti! Te debo una.

Ada se giró a mirarlo y de nuevo estaba su sonrisa, pero esta vez no llegaba a sus ojos, ni tenía calidez ninguna.

—Claro que sí, no lo olvides —le contestó apuntándole con el dedo índice.

Al salir con la bolsa, le dijo al pasar:

—Nos vemos el lunes. ¡Buen fin de semana!

Mario hizo un gesto con la cabeza, pero no contestó.

ESA noche entro en casa abatido, no entendía nada, al parecer no era solo el taladro. Estaba claro que Ada le huía, y no podía ser que él no le gustase, no después de la forma en que le agarró la mano el miércoles, como si quisiera arrancarle los dedos, con la misma necesidad que él, de eso estaba seguro. No era solo ese detalle, notaba su resistencia en los ojos y con qué voluntad se dominaba.

Se quitó la ropa que traía de la inauguración, los pantalones blancos habían terminado hechos un asco, pero los había escogido porque se había dado cuenta que a Ada le gustaba el blanco, ya empezaba a conocerla. Se tiró en la cama dispuesto a dormirse a las diez y media de la noche de un viernes, pensó con fastidio, porque tenía que levantarse a las seis de la mañana para ir al supermercado.

Volvió a pensar en Ada. ¡Que había quedado con los amigos!, ¡seguro!, ¡a las nueve de la noche, un viernes! También podía ser la causa el tenista, querría esperarlo, serle fiel. Eso lo comprendía, incluso lo admiraba, que fuera leal, pero tarde o temprano reconocería que él ya se había cruzado en su camino. Había visto en ese apretón de manos algo más que deseo, las chicas que le perseguían no solían apretarle la mano precisamente. Por el momento le parecía más prudente darle espacio, dejar que se confiara para poder conocerla mejor, la paciencia era su arma.

Recolocó y ahuecó con brusquedad la almohada, necesitaba expulsar los últimos restos de energía que le quedaban, cruzó los brazos por detrás de su cabeza y siguió contemplando el plafón del techo que siempre le incitaba a la reflexión. Lo había elegido su padre con mucho cuidado para que lo ayudara con sus clientes. Estaba compuesto de una serie de paréntesis que proyectaban luces en el techo creando todo tipo de formas sugerentes. Con el mando, que su padre tenía siempre cerca de la mano en la terapia, regulaba la intensidad de la luz, el color y hasta podía darle movimiento.

El plafón le evocó a Ada de nuevo, jamás se hubiera imaginado que después de manejar la electricidad con esa soltura y confianza le tuviera miedo al taladro, bueno a los ruidos, y lamentaba no haberle preguntado a qué se debía, cuándo empezó la fobia, si fue por una mala experiencia. Lo había pospuesto para hablarlo por el camino cuando la llevara a casa, con lo que ya contaba, ni se le ocurrió que ella lo rechazara. Supuso que ese era también parte del problema, no estaba acostumbrado a que las mujeres lo rechazasen y no anticipaba esa circunstancia.

A él siempre se le habían dado bien las mujeres, había dedicado tiempo a su observación y estudio como una extensión más de la fascinación que siempre habían ejercido en él los mecanismos complicados. Había podido comprobar que, si bien eran más los casos en que ellas se le acercaban y se lo ponían todo en bandeja, de vez en cuando se encontraba con mujeres fascinantes con las que Mario disfrutaba desentrañando su psicología compleja y ese ingenio delicado y de alta precisión que era su sexualidad, que él gozaba explorando y experimentando con la minuciosidad y el cuidado de un pirotécnico, como había hecho desde que tuviera uso de razón con cualquier artilugio que le ocultara sus secretos.

Quizás por eso siempre había rehuido la conquista y el sexo fácil por mucho que se lo regalaran, aunque muchos creyeran lo contrario y pensaran que se liaba con todas las que se ponían a tiro. Sus relaciones siempre era con mujeres que le gustaban y a las que respetaba, fuera por lo que fuese.

Pensó en Lidia, hasta el momento la única chica con la que había salido en serio. Había sido una tierna relación de adolescente que duró lo que duró el bachillerato. Ella era una chica cariñosa e inteligente que lo quería mucho, a veces demasiado. Habían pasado buenos momentos pese a su afán de acapararlo, actitud que a los dieciséis años le había reafirmado su hombría recién adquirida. Lo único que a Mario no le había gustado de ella era que se burlara de la admiración que sentía por su padre y de la relación tan estrecha que tenía con él. Más de una vez discutieron por esa causa, ya que ella le decía niño de papá o cosas como: «claro, como lo dice tu padre» o «¿eso lo dice tu padre o tú?». Esos comentarios a él le hacían muy poca gracia porque le parecían maliciosos y falsos. Él era capaz de llevarle la contraria a su padre llegado el caso, ¡caramba discutían de vez en cuando, como todo el mundo!, pero eran espíritus afines y eso los unía.

Cuando su padre murió rompió con ella, bueno, ni siquiera recordó hacerlo, más bien dejó de verla y de responder a sus llamadas. No podía, cada vez que la miraba recordaba sus frases y le daban una rabia tremenda, como si ella tuviera la culpa de lo ocurrido, algo injusto, él intelectualmente lo sabía, pero las pocas veces que la vio en aquellos días, incluso el mismo día del duelo, no pudo mirarla a la cara y resistió su abrazo envarado como un palo.

Apagó la luz, era hora de dormir. Ya había hablado con el supermercado y se había ofrecido para trabajar la siguiente semana en turno de tarde y el siguiente fin de semana la jornada completa. Como aún era la segunda semana de universidad no le supondría mucho problema con los estudios y quería devolverle a Ada el dinero de los focos enseguida. Esa deuda le estaba quemando por dentro. Se había enfadado con su madre por aceptarlo, pero ella había insistido en que no veía nada de malo en aceptar la ayuda de los demás cuando te la ofrecían de corazón.

12

Algunas veces era un alivio para Ada dirigirse sola al césped y hoy era uno de ellos. Eva se había ido a acompañar a Florian a unos asuntos personales de papeleo y no le había apetecido nada acompañarlos. Tenía mucho que pensar, su vida se había vuelto muy complicada en los últimos meses desde que Germán se había ido y estaba hecha un verdadero lío.

El día de la inauguración de la academia había significado para Ada el comienzo de una lucha interna que apenas sabía cómo manejar. Había vuelto a su casa reprimiendo las ganas de llorar por el camino y en su habitación tampoco había podido desahogarse. Tenía que conectarse con Germán por Skype y no quería que le viera los ojos llorosos, ya se sentía bastante mal porque no tenía ganas de hablar con él. Estuvo muy tentada de no hacerlo y decirle que había tenido un problema con internet, o con la tarjeta de red o cualquier otra excusa parecida. La verdad es que no tenían mucho de qué hablar: de lo que había hecho ese día, mejor no, tendría que darle explicaciones de quién era Mario y no quería hablar de él, estaba segura de que en cuanto lo mencionara, Germán lo notaría; de otros temas de conversación tenía que reconocer que no tenían nada en común. A ella no le gustaba hablar de tenis, ni de los negocios de sus familias y a él no le gustaba hablar de los mismos libros, de música, de tecnología, ni siquiera de la carrera que tenían en común. Al estar en distinto curso, tampoco tenían los mismos amigos, solo algunos profesores y contarse lo que habían hecho en el día le resultaba a Ada cada día más tedioso y sospechaba que a Germán le debía pasar igual.

Mientras estuvieron juntos, eso no se notaba tanto porque salían con gente, iban al cine, a algún concierto, aunque a él le aburrían bastante, o pasaban la tarde en algún hotel por horas. También disfrutaron de algún fin de semana de turismo e incluso le había acompañado a algún campeonato. Tenía que reconocer que Germán era encantador, atento, divertido, pero ya hacía tiempo que el entusiasmo que había sentido al principio venía disipándose.

Aquella noche, la habían llamado los antiguos amigos del instituto y le dieron el empujoncito que necesitaba. Había salido con ellos con la intención de soltar la tristeza y le había dejado un mensaje a Germán de que se conectaría al llegar. Mejor, así sería allí de noche para variar y pillaría a Germán en modo nocturno en lugar de vespertino. Él no salía los viernes, estaba demasiado cansado de los entrenamientos.

Cuando estaba en un pub muerta de risa con las anécdotas que contaban sus amigos de sus respectivas universidades, sonó el teléfono. Era Nacho.

—No te oigo. Habla más alto.

Nacho les pidió a los amigos que se lo repitieran a coro.

—¡¡¿Por dónde andas?!!—gritaron al unísono.

Ada se echó a reír.

—Espera que salgo a la calle, estoy con los colegas del instituto —Sorteó trabajosamente la maraña humana de cuerpos en movimiento, gritos y mutismos pendulares ebrios.

—Ah, entonces, ¿no te tomas una copa con nosotros?

—Nacho, ¿me escuchas? Ahora no puedo dejar a esta gente, vamos tampoco quiero, me lo estoy pasando bien y hace mucho que no los veo.

—¿Por dónde andas?

—¿Tú qué crees?

—¿Moncloa?

—Sí

—¿Está Eva contigo?

—No, hoy era el cumpleaños de su padre.

—¡Ah! ¿Está celebrándolo con él?

—¡Qué va! Está en su casa, hundida porque no la ha invitado siquiera —Dudó un momento en si confiarle la siguiente confidencia, pero la ponía tan furiosa que se le escapó—. Se dio cuenta que tenía celebración cuando llamó para felicitarlo.

—¡Menudo cabronazo!

—Y que lo digas, con el orgullo que debería ser para cualquier padre tener una hija como Eva.

—Sí, y no solo por lo lista que es.

Se hizo un silencio.

—¿Puedo llamarla? —preguntó Nacho con decisión. Ese tío

nunca dudaba, pensó Ada.

—Pues tú verás, es tarde, quizás esté dormida y se asuste. Mejor mándale un SMS primero.

—Eso haré, gracias por la información Ada.

—Gracias a ti por preocuparte. ¡Suerte, Nacho!

Unas dos horas después, como a las cuatro de la mañana llegó Ada a casa y encendió el ordenador para hablar con Germán. Tenía que hacerlo tecleando porque a esas horas si charlaban iban a escucharlos toda la familia. Por si acaso y para disimular el ruido Ada puso música ambiente: «Comptine d'un autre été», de Yan Tiersen. La primera imagen que recibió Germán fue la de una Ada algo desgreñada y con el rímel corrido, aunque tuvo que reconocer, que sus labios rojos recién pintados, le daban un toque bohemio de cabaretera que se sentaba a la mesa de un cliente al terminar la función. Así se lo dijo a Ada y los dos se rieron.

—Quitando que no sé si me has llamado putilla— dijo Ada con humor—, ha tenido gracia el chiste.

Germán sonrió, una sonrisa cansada después del duro entrenamiento del viernes, pero el único tirante del vestido negro entallado le estaba despertando expectación.

—¿Cómo continúa ese vestido, es nuevo? —preguntó con voz melosa o somnolienta, era difícil distinguirla.

—Pues sí. No era más que un vestido corrientito de viscosa y elastano, asimétrico como a mí me gustan, pero mi madre lo ha transformado —Se puso de pie y se giró despacio para que él pudiera admirarlo. La falda asimétrica, era más larga donde no tenía tirante y tenía todo el borde adornado con un ribete de pequeños madroños rojos y negros que se alternaban cada pocos centímetros.

Germán admiró la gracia de sus pantorrillas asomando por el volante y quiso continuar por sus tobillos, pero hasta ahí no llegaba la imagen y le frustró la diversión.

—¿Y los zapatos?

Por toda respuesta Ada se acercó a la cámara, la bajó y corrió a colocarse donde pudiera ver sus sandalias de unos siete centímetros de tacón.

—¿Los ves?

—Sí, ¿puedo verte ahora entera?

—Voy —Ada dio paso al micro—. Habla bajito, ¿eh?, que están todos durmiendo— y volvió a colocarse esta vez más lejos—. ¿Me ves? —preguntó con mímica.

Él asintió.

—Y ese tirante, ¿ puedes bajarlo?

Ada se puso un poco nerviosa de que alguien hubiera escuchado eso y le hizo un gesto con los dedos pidiéndole que bajara la voz. Luego se acercó al micro y le dijo casi en un susurro que no, que estaba entallado y tendría que bajar la cremallera.

Germán cruzó una mano sobre otra en la mesa, apoyó su cuerpo sobre ellas y mirando fijamente a la cámara le dijo: —Adelante —con un guiño.

A Ada se le secó la boca y una ola de incomodidad le subió por todo el cuerpo. Desnudarse en ese momento para Germán le resultaba tan imposible, tan en contra de su voluntad como le supondría hacerlo para un extraño que hubiera aparecido de pronto en su pantalla. Tenía que pensar rápido, decir algo, no quería herir sus sentimientos, ni menospreciar su deseo. Optó por decirle la verdad, o al menos parte de ella.

—Germán, no sé cómo decirte esto, pero hacer eso que me pides así, delante de una cámara, en mi habitación, con mi familia en casa y a estas horas, no puedo hacerlo —dijo negando repetidamente con la cabeza—, no estoy preparada para ello y si lo hiciera sería en contra de mi voluntad y sin disfrutarlo, ¿me comprendes?

Él se quedó serio y no dijo nada, parecía que estaba digiriendo la respuesta y pensando qué decir.

—La verdad Ada es que no te comprendo, no entiendo como tú no puedes sentir las mismas ganas de ver mi cuerpo que tengo yo de ver el tuyo —Y mientras lo decía iba lentamente desabrochándose los botones de la camisa negra que llevaba, mirando muy fijamente a la *webcam*. Ada agradeció que no se hubiera enfadado y que pareciera dispuesto a jugar con ella, pero por otra parte le incomodaba que entrara alguien en la habitación o que los escucharan.

Cuando terminó de desabrocharse la camisa, se retiró un poco de la mesa para que Ada pudiera verlo y poco a poco, mientras se masajeaba iba descubriendo partes de su cuerpo. Ese gesto captó toda la atención de Ada que bloqueó la visión de la pantalla desde la puerta por si las moscas. La mano de Germán de dedos fuertes y cubierta de vello rubio ascendió el cañón dorado que era el centro de su pecho hasta llegar al delta que bifurcaba el destino caprichoso que habría de seguir su mano. Eligió pasar sobre su corazón antes de lucir la duna dorada de su hombro. Ada estaba paralizada como por un sortilegio que hubiera licuado su cuerpo, le gustaba lo que veía, pero no sabía adónde conduciría ese camino y tampoco si quería transitarlo. De pronto Germán quedó de espaldas con un golpe efectivo de su silla giratoria, dejó ambos hombros desnudos y lentamente, poniéndose de pie dejó resbalar su camisa por sus brazos hasta que cayó al suelo. Entonces se giró de forma que desde ese ángulo y distancia Ada solo alcanzó a ver *la Calzada del Gigante* de su abdomen y el espejismo suave y pálido de la piel que declinaba hacía su pubis. Poco a poco, obediente a sus deseos la cámara fue bajando revelando la gloria de la virilidad de un hombre excitado, para la cual no hacen falta metáforas. Germán fue bajando la cremallera del pantalón como si rasgara el cielo nocturno para el nacimiento del falo, astro rey que por fin iluminó la cara de Ada.

—Ya has conseguido toda mi atención —dijo esta, haciendo un puente con ambas manos sobre las que colocó su cara seria.

—¿Ves qué fácil ha sido? —dijo Germán mientras volvía a sentarse y estabilizaba la cámara apuntando su rostro —Te echo de menos.

Ada quedó descolocada y sin saber qué decir.

—Y yo —dijo Ada automáticamente, lo que la hizo sentirse fatal porque se dio cuenta que era una mentira, que en realidad se pasaba el día sin apenas pensar en él e incluso temiendo el momento de conectarse. ¿Qué le pasaba? porque no era que Germán no le gustase, eso acababa de comprobarlo ¿por qué no la llenaba entonces?

—Te veo rara Ada, ¿no llevas bien la separación o es otra cosa?

—No lo sé, quiero decir que pensé que se me iba a hacer muy duro pero ahora el día a día me tiene ocupada y me da la impresión que me absorbe y me separa de ti.

—Bueno, claro, la vida continúa, tenemos nuestras obligaciones y es normal que eso nos distraiga. No le des muchas vueltas, ni te sientas culpable, tampoco tenemos que echarnos de menos a todas horas, dejemos que las cosas sean como tengan que ser.

—Y tampoco me va mucho lo del *cibersexo,* ¿sabes?

—¿Estás segura?, porque tenías que haber visto tu cara.

Ada sonrió ante ese comentario. Tenía razón, había sido muy erótico y él además de tener un cuerpo atlético y cargado de testosterona, sabía cómo usarlo. Aún no sabía poner nombre a aquello que ella necesitaba y que no encontraba en Germán y tampoco sabía cómo explicarlo, tal vez fuera algo que no podían remediar.

—Bueno, me ha gustado mucho verte, a quién no, pero yo no me veo haciendo lo mismo.

—Está bien, no tienes por qué hacerlo si no quieres, muchas parejas han estado separadas antes del *cibersexo* y han sobrevivido a la experiencia, no hay que preocuparse, ni forzar nada ¿no te parece?

—Sí.

—Cuéntame, ¿qué has hecho esta noche?

Y así siguieron media hora más, en las que Germán consultó con Ada su plan de estudio, a ver qué solución le parecía a ella más sensata, por algún motivo parecía que Germán tenía que consultárselo todo a ella, era como si fuese su oráculo. A ella al principio esa actitud le había halagado, pero ya había comenzado a intrigarla. Comenzó a reprimir los bostezos muerta de sueño y se despidieron.

Después de aquello se había pasado la semana intentando no estar pendiente de Mario, pero parecía una batalla perdida. No es que él la persiguiera, ni insistiera, nada por el estilo, solo se veían en clase y en el laboratorio. Ya era un miembro imprescindible en el equipo, como les había asegurado Miguel, no había sido, como se habían temido, que hubiera querido colarles al amigo. Mario había resultado ser muy interesante, brillante en realidad y no había podido evitar colaborar con él, escuchar sus propuestas, intercambiar opiniones y reírse con su humor ácido, sarcástico y friki, muy en la línea del que Ada solía compartir con su hermano y que era como su segunda lengua. Sin embargo, una vez que abandonaban el laboratorio, Mario se mantenía tan alejado de ella como ella de él, es decir no la buscaba por el césped, ni por la cafetería ni se sentaba junto a ella en las clases. Tampoco lo hacía con su club de fans, las tres chicas repetidoras que Ada ya conocía de haberlas visto por la universidad el año anterior, aunque ellas seguían buscando cualquier excusa para hablar con él.

COMIERON en la cafetería porque aquella tarde tenían reservado el laboratorio a las tres. Pasaron después dos horas de duro trabajo, tratando de poner en marcha el equipo que les estaba desafiando a todos. Mario estaba trabajando en el pequeño despacho acristalado, con el software que tendrían que utilizar si conseguían ponerlo en funcionamiento y Nacho insistía en que los cálculos estaban mal hechos y que necesitaban a Eva. Finalmente la llamaron y esta dijo que en una hora se dejaría caer por ahí.

Ada decidió aprovechar el tiempo para descansar sentándose al estilo indio apoyada contra una pared. Se puso los auriculares y encendió su mp3. Cerró los ojos y se dejó serenar la frustración por la voz de Nathalie Stutzmann cantando la «Serenata» de Schubert, con Inger Södergren al piano. Al poco sintió una presencia sentada junto a ella y al abrir los ojos vio a Mario. Decidió dejarlo estar, nada iba a estropear su momento. Solo cuando terminó la canción y viendo que él esperaba preguntó:

—¿Qué quieres Mario? —Pretendiendo no sonar borde, pero al grano.

—Primero no molestar —dijo bajando la voz y reprendiéndola con la mirada—. Segundo descansar junto a ti —dijo con el mismo tono directo pero tranquilo de ella —aunque no escuche la música me transmites la calma.

—No me digas —musitó Ada con gesto escéptico—. ¿Te paso un auricular? —ofreció, porque le parecía de mala educación no hacerle caso y seguir a lo suyo, aunque por otro lado le daba corte que supiera el tipo de música que escuchaba.

Él, por toda respuesta alargó una mano, mirándola a los ojos con un brillo de diversión.

Ante esas miradas Ada se sentía vulnerable y eso la ponía nerviosa. Se lo entregó seria.

Él se lo puso y volvió a apoyar la cabeza en la pared. Sonaba ahora el «Erbarme dich», de la Pasión según San Mateo de Bach. Al finalizar, Ada ya no tenía frustración, pero tampoco el bienestar que solía sentir al terminar esa pieza; se sentía atrapada como una mariposa detrás de una cortina.

Mario le devolvió el auricular sin decir nada, ni regalarle expresión alguna que le diera una pista de si le había gustado o no.

—¿Te ha gustado? —preguntó ansiosa Ada.

Mario se puso en pie, se sacudió la culera de los pantalones y por toda respuesta le dijo:

—¡Qué importante es saber lo que piensan los demás!, ¿verdad? —y sin esperar respuesta se alejó de vuelta al cubículo del que había salido dejando a Ada frustrada de nuevo, pero esta vez frustrada de verdad y sin esperanza de que mejorara con la música: ¿qué había querido decir con eso?, ¿quería que le abriera su corazón y le contara todo lo que se le pasaba por la cabeza respecto a él?

— Ah, Ada, ¿puedes venir un momento?

Ella lo miró en pie de guerra, aunque su expresión, creía ella, ocultara lo que sentía.

—¿Ahora? —preguntó señalándose como diciendo: ¿me vas a cortar el rollo?

—Bueno en privado si puede ser, pero cuando quieras.

¿En privado?, justo lo que ella quería evitar por todos los medios y menos si era para continuar eso que acababa de pasar y que aún, ni había comprendido, ni había digerido. No se fiaba de su autocontrol si estaba con él en privado, mejor dicho, se sabía perdida, así que buscó una excusa rápida.

—Pero Eva está al llegar.

—¿Y qué?, no voy a tardar más de un minuto —afirmó haciéndose el inocente.

—Está bien —Se levantó y se sacudió también el pantalón.

Subió los escalones que la separaban de la pequeña oficina y entró detrás de él. Mario se dirigió a su mochila que descansaba sobre un fichero, sacó un sobre del bolsillo y se lo ofreció.

Ella lo miró sin entender y lo alzó inquisitivamente.

—Es tuyo.

Ada lo abrió y descubrió con sorpresa que contenía dinero, le miró asombrada.

—El dinero de los focos: tus trescientos euros.

Ada miró el sobre como si estuviera lleno de grasa de pollo.

—¿Ya? —preguntó desconcertada—,pero, ¿por qué?, si no había prisa hombre.

—Por tu padre sobre todo que no me conoce de nada y no me parecía bien.

—Bueno —Se conformó a regañadientes—, pero no os lo habréis quitado de algo importante, espero.

En esos momentos su enfado se esfumó y sintió en su lugar una opresión en el pecho de preocupación.

—No, tranquila. La semana pasada trabajé el turno de tarde en el supermercado, incluido el fin de semana.

—¿Por esto, para pagarme? —dijo elevando el sobre, se sentía más molesta que aliviada.

—Entre otras cosas, sí. No pasa nada —insistió el—, es la tercera semana de curso, tengo tiempo de sobra. ¡Vamos, no le des más vueltas, es tuyo! ¡Mira!, ahí llega Eva —dijo Mario dirigiéndose a la puerta y dando por concluida la conversación.

Ada no tenía en ese momento cabeza para la puesta en marcha del equipo ni para atender a los cálculos de Eva, menos mal que ahí estaba Nacho que lo haría más que encantado. ¡Se sentía fatal! Ella que llevaba más de una semana que no vivía, pensando en cómo evitar a Mario, cómo defenderse de la atracción que sentía por él, creyendo ver en sus ojos cosas que ni siquiera sabía si existían, bueno, existir sí que existían, pero probablemente era lo que ella ya sabía, quería meterla en el bote, una más. Interés por ahondar en su persona o sus gustos no parecía que tuviera y estaba claro que tampoco quería confianzas.

Tuvo que hacer un esfuerzo y aguantar allí, porque no podía marcharse así y dejarlo todo empantanado. Ocupó su lugar en la mesa y concentró toda su atención por pura fuerza de voluntad. Lo más difícil de todo fue incluir a Mario en su mirada cada vez que se dirigía a los demás, aunque no tuviera ningunas ganas de mirarlo.

Al cabo de un rato, cuando se disolvieron cada uno a lo suyo, Ada empezó a contemplar la posibilidad de que su mente hubiera ido demasiado lejos. Si no quería nada con él tenía que ser consecuente, nada era nada. Además, también podía ser que él hubiera notado su frialdad de los últimos días y se hubiera sentido incómodo, pensando que era por el dinero. «¡Dios, qué tortura!», pensó.

Mario, por su parte se daba cuenta que Ada estaba muy enfadada y dolida: primero porque no le había dicho si le había gustado o no su música y segundo porque le hubiera devuelto el dinero tan rápido, lo que ella había tomado sin duda como un rechazo a su generosidad. Él lo sentía tanto o más que ella porque no había cosa que deseara más en ese momento que pasar la tarde escuchando música con ella, su música, una música tan Ada, no tanto por lo que a él le gustara, que le gustaba, si no por el placer que le producía verla disfrutar.

Percibía que era muy apasionada, muy intensa en todo, lo notaba por la forma en que lo miraba cuando bajaba la guardia, sus ojos color caramelo no sabían mentir, lo único a lo que llegaba era a echar un telón, poner una expresión seria que no ocultaba lo que sentía. Necesitaba sin duda más tiempo y mucha paciencia, tarde o temprano averiguaría qué era lo que la frenaba.

Al final de la tarde consiguieron superar el punto que fallaba, pero con eso no concluían, tenían que depurar algún que otro proceso antes de ponerlo en marcha y decidieron dejarlo para el día siguiente.

Eva y Ada se marcharon como siempre juntas, ya que llevaban el mismo camino. Iban hablando del proyecto de una forma algo tensa y poco natural que dejaba palpable que ambas tenían otra cosa en la cabeza que no querían revelar.

—¿Qué te pasa Eva, te preocupa algo?

—No sé, me siento intranquila, sí.

—¿Y eso, se puede saber?

—Sí, se podría, si lo supiera yo. Florian me agobia un poco, está todo el día buscándome, pegado a mí, me monopoliza.

—¿Se lo has dicho? —preguntó Ada preocupada.

—No, en serio no —dijo Eva insegura—. No estoy segura de querer hacerlo, temo que se enfade.

—¿Y qué pasa si se enfada?

—Pues que tampoco es que hagan cola para interesarse por mí, ¿sabes? Creo que nunca le he importado a nadie tanto.

—Y entonces, ¿por qué te agobia?

—Es complicado: por un lado, me gusta que esté tan pendiente de mí, pero por otro, me hace andar de puntillas porque al parecer hago o digo cosas que le molestan.

—¿Cosas como qué, como ser tú misma?

—Sí, algo así.

—O sea que por un lado te gusta su atención, pero por otro no te sientes libre.

—Sí, es una contradicción ¿no?

—No, para nada es una contradicción, podemos estar atentos a otros sin tener que dominarlos, eso es lo deseable diría yo.

—A ti no te parece bien, ¿verdad?

—No, yo no podría soportarlo. Pero, ¿estáis saliendo?

—No, en realidad no, me lo ha pedido, pero le he dicho que por ahora prefiero que no, al menos hasta que vea si cambia su actitud. A mí no me gustan las rupturas, ya he visto lo que hacen; antes de romper prefiero no empezar.

—Me parece muy sensato, Eva.

—¿Tú qué opinas de Nacho?

Ada reprimió una sonrisa.

—A mí me encanta. Es brillante, inteligente, tiene un gran sentido del humor y buena persona.

—Y un volumen descomunal —dijo Eva levantando los brazos.

—Y un volumen descomunal, sí, bonita forma de decirlo por cierto, aunque yo ya ni lo veo, quiero decir que me he acostumbrado a su forma. Para mí no es un gordo, es Nacho.

Se hizo un silencio que se prolongó durante un buen trecho de acera.

—Y tú, ¿cómo lo ves tú, por qué me has preguntado por él? —se interesó Ada.

—¿Yo? lo veo como tú también, pero dime, si piensas eso de

él... ¿te gustaría como pareja?

—¿Cómo pareja? No sé, Nacho es un astro demasiado brillante para mí, creo que eclipsará a su pareja, y la que lo quiera tendrá que acostumbrarse a orbitar alrededor de él con mucho cuidado de no quedar atrapado en su campo gravitacional.

—¿Cómo Florian?

—No, no como Florian. Florian quiere obligarte a que orbites a su alrededor, Nacho te atrae por la fuerza de su magnetismo, de su brillante personalidad y eres tú la que decides orbitar a su alrededor, por propia voluntad.

—¿Cómo Germán entonces?

A Ada le entró la risa.

—¿Qué pasa, bonita, que te has empeñado en no dejarle a Nacho ser genuino? No, tampoco es como Germán, aunque sé por dónde vas —dijo ya poniéndose seria—. Es verdad que probablemente siempre haya que orbitar alrededor de Germán, de su agenda deportiva y sus prioridades, pero también es verdad que te dejará ser tú misma y hasta cierto punto que vivas tu vida, siempre que no interfiera con la suya, ¡¡jaja!, y no, no es como Nacho. Creo que para Nacho su chica será lo primero, será leal y cariñoso, pero seguirá siendo el líder. ¿Qué pasa, estás metiéndome a Nacho por los ojos?

Preguntó Ada, jugando un poco con Eva.

—No, nada de eso. Es que me trata de una forma rara, no como al resto de la gente y no sé el porqué.

—¿Cómo si te adorara?

Eva la miró asombrada.

—¡Eh, no te burles de mí! ¡Cómo me va a adorar Nacho!

—¿Y por qué no te va a adorar?

—Porque no soy adorable, supongo. No creo que haya visto en mí nada más que mi cerebro para las matemáticas. Si me pegara un golpe en la cabeza y olvidara hasta sumar, ni me miraría si quiera.

—Bueno, eso lo podríamos decir de todo el mundo, si fuéramos diferente igual no gustábamos a las mismas personas. De todas formas, creo que te equivocas con respecto a Nacho.

—¿Por qué, crees que le gusto?

—Yo no creo nada —mintió Ada que estaba segura de que Nacho estaba loco por Eva—, eso lo tiene que decir él, pero creo que tú le puedes gustar a él y al que tú quieras.

—Gracias, amiga.

—Nada de amiga, es la verdad.

—¿Y qué te parece Mario?

—¿Mario? —se quedó en silencio unos momentos. Esa pregunta no se la esperaba y dudaba si confiarse a su amiga porque una vez que lo dijera ya no habría vuelta atrás y quizás se convirtiera en un tema de conversación recurrente que no le convenía nada, prefería hablar de él y pensar en él lo menos posible—. Me parece muy interesante —concedió a regañadientes.

Eva siguió esperando a que dijera más y Ada se lanzó.

—Me gusta su sentido del humor y que sepa ocupar su lugar. ¿Te has dado cuenta cómo mantiene a distancia a todo el mundo? Bueno quizás con la excepción de Miguel.

Eva la miró con una cara indescifrable durante unos segundos.

—Eres curiosa, no has dicho nada de sus ojos, ni de su mirada, ni de su cuerpo fibroso y elegante. Parece un galán de película antigua. ¡Tan diferente a los tíos cachas que vemos por ahí!

Ada rompió a reír.

—No digo nada porque para eso ya estáis todas las demás, sin olvidar su club de fans.

—¡Vamos, me vas a decir que tú no te has fijado!

—¡Claro que me he fijado! , pero me controlo.

—¿Qué quieres decir con que te controlas?

—Pues que como no quiero sumarme a la larga lista de las que van detrás de él, me borro y no lo contemplo de esa manera.

—¿Quieres decir entonces que solo te interesas por aquellos que no le interesan a nadie? —preguntó Eva socarrona.

—No guapa, no quiero decir eso. A Germán también lo persiguen; lo que pasa es que es más transparente, sabes lo que piensa, lo que siente. Mario me parece muy complicado, difícil de conocer, te descoloca continuamente.

—¿Crees que no es de fiar?

—Tampoco es eso, es solo que me da la impresión que le resulta muy fácil deshacerse de quien ya no le interesa, date cuenta que le resulta muy fácil sustituirla.

—Pero eso es mucho decir, ¿no te parece? ¿Qué te hace pensar eso?

—Bueno lo he visto varias veces deshacerse de chicas. ¿Recuerdas cuando te dijo que ya se pensaría si quería tu ayuda con las mates? No se devanó mucho los sesos pensando una excusa.

—¡Cómo se ve que te han rechazado poco! —replicó Eva con

una risita— A mi generalmente me rechazan con bastante menos delicadeza: me dicen que me van a recoger y me dejan plantada o no me invitan a las fiestas familiares. Y no es solo mi padre, mi madre tampoco es muy sutil, sobre todo a la hora de decirme lo que piensa de mi cuerpo, o de mis novios —Hizo una pausa—. A lo mejor no aceptó mi ayuda porque se le dan las mates mejor que a mí o porque no le da la gana y no cree necesario tener que inventarse ninguna excusa.

—Sí, tal vez tengas razón y estoy equivocada con él, pero prefiero no dejar que se me acerque demasiado.

—¿Y crees que eso lo puedes controlar?

—No lo sé, pero creo que es muy inteligente mantener a raya a la gente que puede hacernos daño.

13

Unos días más tarde, a mediados de otoño, se presentó por fin la lluvia, cuando ya nadie la esperaba, contradiciendo la opinión unánime que habían consolidado los madrileños, sobre que no habían conocido un otoño tan seco y caluroso como ese. Lo había celebrado como la que más. Se moría de ganas de ponerse su gabardina malva, y el sonido de las gotas de lluvia la invitaban al recogimiento y le servían de banda sonora a sus tardes y noches de estudio incesante, que solo interrumpía los días que tenía clase de baile y los sábados por la mañana para el ensayo con el coro, porque necesitaba el ejercicio y la distracción. Se le estaban haciendo muy duro los estudios, ya ni siquiera ayudaba a su padre, ni salía los fines de semana. Eva y Nacho le estaban dando apoyo, como ya lo habían hecho el año anterior y en ocasiones, a pesar de saber que no le convenía, también Mario.

Hacía unos días, en la sala de trabajo, había dedicado una hora a explicarle una materia de Señales y Sistemas. Le había hecho dibujos, los había animado, y la había hecho reír y cobrar confianza con su voz profunda y tranquilizadora. Mario tenía el don de enseñar, era paciente y tenía mucha intuición, cuando notaba que se estaba agobiando, sabía restarle peso, como si tuviera toda la seguridad del mundo de que iba a lograr dominarlo: «centrémonos en esto», solía decir.

Ese día, cuando más a gusto estaban, se había acercado una de las chicas de su Club de Fans y le había preguntado qué estaban estudiando. Mario la miró un poco perplejo, sin duda molesto por la interrupción un poco infantil y fue Ada la que respondió. La chica no se cortó y le pidió si podía ayudarle a ella con la misma materia. Él le había contestado con su voz tranquila, pero firme, que ese día ya no podía y que lo buscara por clase al día siguiente. A ella le había dado la impresión que lo único que quería era interrumpirlo y creía que él también se había dado cuenta. El hecho de que se hubiera zafado con tanta naturalidad indicaba lo acostumbrado que estaba a lidiar con esa clase de tonterías y lo bien que lo llevaba.

Al acabar, ella lo había acompañado hasta su bicicleta porque le pillaba de camino y él se había ofrecido a llevarla a casa en ella, sentada en la barra delantera.

—¿Estás loco? —Le había espetado ella riendo. Luego se había marchado a casa sin parar de pensar en él y en qué hubiera pasado si hubiera dicho que sí.

En esos momentos Ada acababa de meter algo de ropa en su mochila para pasar el fin de semana con Nacho en su pueblo. Los había invitado a todos por su cumpleaños, a la casa de sus abuelos. A todos excepto a Florian, pese a que ellas le confesaran que les sabía mal dejarlo fuera; pero él no había cedido, les dijo que tenía muy claro que Florian no lo tragaba y que para ser sincero, él tampoco; no iba a invitarlo solo por complacerlas. Para colmo, Nacho se lo había pedido a Eva en frente de sus narices. Había esperado a que saliera de clase, acompañada de Florian como no podía ser de otra manera:

—Hola, Eva. ¿Puedo hablar contigo un momento? —preguntó mientras le lanzaba una mirada significativa a Florian. Este se quedó mirando con displicencia a Eva, a ver por dónde salía ella.

—¿Me disculpas un momento? —le pidió intentado disimular que no se había dado cuenta de su cara. Vio acercarse a Ada que salía de clase.

—Enseguida estoy contigo y nos vamos que Nacho tiene algo que decirme —añadió Eva sonriendo un tanto tensa, lo que indicó a su amiga que necesitaba su ayuda. Y alejándose unos pasos con Nacho éste le invitó a su fiesta.

Para cuando acabó la conversación, Florian ya se había ido, mejor así, porque se ahorró tener que darle explicaciones. Al día siguiente no pudo esquivarlo, y este le había preguntado lo que quería Nacho. La respuesta le había puesto de morros todo lo que quedó de semana y el viernes ni siquiera se había despedido de Eva.

Tampoco le había ido mejor a Ada con Germán durante la semana. El martes había querido este adelantar una hora la charla, porque tenía un entrenamiento y eso implicaba que tendría que perder su clase de baile. Le había dicho que lo sentía pero que ella también necesitaba mucho ese ejercicio porque pasaba muchas horas sentada estudiando; así que no se hablaron el martes, ni el miércoles. Cuando le contó que se iba el fin de semana a la sierra y que buscaría un cíber café u otro sitio desde el que conectarse, él le había dicho que también se iba todo el fin de semana fuera a jugar. Le reprochó que no se adaptara a sus horarios de competición porque él no tenía control sobre ellos. Ada le contestó que ya no era como antes, cuando ella podía hacer sus cosas y ver a sus amigos mientras él entrenaba y luego se veían por la noche. Ahora al tener husos horarios diferentes, si ella se adaptaba a sus horarios tendría que renunciar a su vida y que eso no era justo, al fin y al cabo, era él el que se había ido. Las cosas ya no podían seguir igual.

—El domingo por la noche me conectaré tan pronto llegue.

Germán dejó escapar el aire por la nariz sonoramente fastidiado.

—Yo no llegaré hasta tu media noche como muy pronto, Ada. Creo que lo menos que puedes hacer —dijo poniéndose muy serio, incluso algo chulo—, es hablar conmigo a la hora de siempre el viernes. Yo saldré alrededor de las doce de la noche hora española, tendremos para hablar hasta las once y media. No es mucho pedir creo yo —espetó un Germán que miraba ahora a la cámara y no al frente de la pantalla para ver qué efecto producían sus palabras.

Al sentir Ada esos fríos ojos azules, fijos y entrecerrados, sintió un resquemor que le hizo ruborizarse violentamente. Era una versión de Germán que ya había visto el día de la boda y que creía que no volvería a ver; el hecho de que apareciera de nuevo, en una discusión le resultaba un tanto inquietante, sobre todo teniendo en cuenta que en el año que llevaban saliendo juntos prácticamente no habían discutido; se podía decir que esta era su primera discusión importante. Quiso ella estirar la cuerda un poco más para ver qué sucedía. Miró también a la cámara para demostrarle que no le intimidaba y le dijo:

—Está bien, veré lo que puedo hacer, me informaré de si hay una manera de llegar allí el sábado yo sola. Mañana te daré mi contestación.

—¿Mañana? —preguntó esta vez sí mirando a la pantalla, luego giró la cara a un lado para soltar una carcajada de incredulidad—. Esto es increíble —dijo con un gesto despectivo—. Está bien, espero tu respuesta mañana, pero si no hablamos el viernes a la hora de siempre, no sé cuándo volveremos a hablar de nuevo —espetó con un rictus desagradable de su boca que le infló las aletas de la nariz.

—Como quieras —dijo desconcertada y dolida—. Me parece que estás llevando esta conversación demasiado lejos.

—Te equivocas, no la llevo demasiado lejos porque esta conversación se acaba aquí. Buenas noches Ada —Y sin más cortó la comunicación.

Se sintió tan indignada que no pudo dormir esa noche dándole vueltas al asunto. Su primera reacción, lo que le pedía el cuerpo era no conectarse ni al día siguiente, ni el viernes como él quería, ni por supuesto el fin de semana, esperar al lunes a ver qué pasaba. Si lo que pasaba era que no volvía a conectarse, pues hasta ahí habrían llegado, le iba a doler mucho pero no podía tolerar que le hablara de esa forma.

Había pasado esa noche en sus trece, muy decidida a hacer lo que había pensado, pero a la mañana siguiente vio las cosas desde otra perspectiva. Igual había tenido un mal día y esa era una de sus caras, la del arrogante y perdonavidas que sacaba de vez en cuando, cuando se le llevaba la contraria. Si era así, quería conocer esa faceta, explorarla y dejarle muy claro que no pensaba aguantársela. Decidió proponer una solución intermedia a ver cómo reaccionaba.

El miércoles habló con Nacho y le preguntó de qué forma podía llegar a su casa el sábado. Le dijo que no podía irse el viernes con Miguel y Eva, como ya habían quedado.

—Puedes venirte con Mario, él tampoco viene el viernes porque trabaja, ha cambiado el turno en el supermercado para tener libre el sábado —dijo Nacho.

Se quedó muda, eso sí que no se lo esperaba, que Mario fuera también, pero claro, ya se había convertido en uno más de la pandilla y además a ella le constaba que se llevaba muy bien con Nacho. Pero ir con Mario era lo último que quería y eso la hacía sentirse peor con Germán, como si lo traicionara de alguna forma, aunque por otra parte no es que estuviera muy contenta con ... ¿acaso no había sido él el que la había metido en ese lío?

—No sé ¿cuándo se va él, y va solo? —A lo mejor iba acompañado de alguien, alguna chica. ¡Menudo panorama!

—Espera le llamo —Y antes que contestara ya había sacado el móvil y lo estaba buscando en la agenda—. Mario, ¿te pillo bien? ¿sí?, bien. Mira, es que Ada me dice que no puede irse el viernes con Miguel para el pueblo, que se irá el sábado. ¿Podría irse contigo? ... ¡Ah, vale!, le pregunto —Y tapando el auricular contra su enorme barriga—. Dice que él pensaba irse también el viernes, al salir del supermercado y llegar allí tarde justo para dormir, que si te viene bien o tiene que ser el sábado.

Ada se lo pensó. Quizás no fuera mala idea, así no tendría que pasarse la noche nerviosa, pensando en el viaje a solas con Mario del día siguiente.

—Si quedamos a partir de las once, o mejor once y media, por mi perfecto.

Nacho repitió lo escuchado a Mario y éste estuvo de acuerdo, así que habían quedado en que la recogería a las once y media.

El jueves, había vuelto a hablar con Germán, seguía serio, pero con otro talante, le dijo que había podido arreglarlo para hablar con él ese viernes, pero que dudaba que pudiera disfrutar de la conversación con él durante unos días, al menos mientras tuviera fresca en su memoria la forma en la que le había hablado. Le había recordado aquella otra ocasión, el día de la boda de su hermano y que ella no le volvería a tolerar que le hablara en esos términos; si esa era su forma de solucionar los conflictos, mejor se lo decía ahora.

Él le dijo que lo sentía mucho, le dio toda clase de explicaciones, le confesó que sí, que tenía tendencia a ser muy arrogante y muy bocas, pero que todo quedaba ahí, en una machada. Su hermano Jaime, según le contó, lo solía dejar con la palabra en la boca en esos casos, mientras él seguía bravuconeando detrás de él, y que ya le había advertido en muchas ocasiones que no mucha gente le iba a tolerar esa chulería y mucho menos ninguna mujer que se respetase a sí misma. Se había apaciguado un poco, pero por dentro sentía que tenía algo más que añadir al saco de dudas que albergaba sobre Germán. Después de eso, él le preguntó quiénes iban a la fiesta y le extrañó que no fuera Florian. Ada no le dijo que Nacho no le había invitado, no quería abrir ese hilo de conversación. Germán sin embargo si tenía ganas de hablar de sus amigos y le confesó que no entendía qué veía ella en esa pandilla de *frikis*.

—Acaso piensas dar un bombazo en un garaje al estilo Facebook.

Ada tomó aire profundamente por la nariz y lo expulsó lentamente, apaciguándose antes de preguntarle:

—¿Acaso no me conoces, no sabes lo que me gusta? Esta conversación la hemos tenido ya muchas veces y sigo sin entender por qué me ridiculizas —contestó dolida y terminando la frase con una rápida mirada a la cámara, para que viera claro lo que sentía.

—Sí, ya sé lo que te gusta, pero para eso podías haberte

quedado estudiando Formación Profesional como tu hermano. Me parece que pierdes el tiempo, cuando podrías estar aquí conmigo, orientar tu carrera a lo grande, aprovechar las oportunidades que mi padre y sus contactos pueden brindarnos y subirnos a la ola, pronto haríamos nuestra propia suerte y no necesitaríamos de nadie, si es la ayuda de mi padre lo que no te gusta del plan —puntualizó con un guiño de ojo y una sonrisa.

—Pues tal vez tengas razón, tal vez estoy perdiendo el tiempo, pero es mi tiempo y no entiendo por qué volvemos a tocar este tema, ya sabes que yo me metí en esta carrera porque quería resolver problemas de telecomunicaciones. Quiero mejorarlas y sueño con llevarlas a aquellos sitios que aún no las disfrutan —contestó frustrada porque de pronto estaba despreciando todo a lo que ella aspiraba, y tenía miedo de que no pudieran superar esas diferencias.

—¿Una ONG, es eso a lo que quieres dedicarte? Y que conste que no tengo nada en contra de ellas, pero no veo la posibilidad de estabilidad si te dedicas a viajar por el mundo resolviendo problemas a los demás, ¿cómo podríamos construir así una vida juntos?

Esta última pregunta, sí que tenía que considerarla, de eso ya no tenía dudas, pero necesitaba más tiempo para pensarla.

—No, tampoco he pensado dedicarme a una, aunque no me importaría colaborar en un momento determinado, pero no, no es mi intención andar viajando de un lugar a otro del mundo sin establecerme, pero mi perfil es técnico, ya lo sabes, no comercial, al menos de momento.

—Ada cariño, solo hay una cosa de lo que estoy seguro y quiero que lo sepas y que no lo dudes —dijo en tono apaciguador—, y es que quiero estar contigo, pase lo que pase y decidas lo que decidas. Te quiero de verdad, por muy burro que me ponga a veces y te pido perdón por cómo te hablé ayer y sé que no tiene justificación posible. ¿Sientes tú lo mismo por mí?

Eso no se lo esperaba, ni estaba preparada para darle una respuesta. Ella no podía dar un bandazo de un extremo a otro a esa velocidad y tampoco era buena mintiendo, ni fingiendo. Puso su cerebro a pensar a toda velocidad, pero no supo cómo salir de ese atolladero. Se quedó mirándolo un rato en silencio, sopesando.

—Ayer me sentí fatal. La forma en que me hablaste, no parecía una conversación entre iguales, sino más bien un: «tú ordenas y yo obedezco» —Germán se removió nervioso en la silla y se sujetó la cara con la otra mano—. Hoy me has ridiculizado y me has dejado claro que tampoco sientes respeto por lo que hago, ni por mis planes de futuro y ahora quieres que te diga que te quiero como si no hubiera pasado nada. No puedo.

Germán tocó la pantalla como si pudiera tocarla a ella, después se levantó de un salto y caminó por la habitación pasándose la mano por el pelo alterado.

—¡Esto es un asco, no poder tocarte, no poderte hablar cara a cara, no tener sexo, no poder discutir como las parejas y luego hacer el amor y ya está! —dijo con los dientes apretados.

—Tienes razón, tal vez sea eso. Es difícil tener una relación a distancia —concedió—. Dejémoslo mejor por hoy, ¿te parece? y mañana será otro día.

Germán volvió a sentarse, por toda respuesta la miró con amor en los ojos y le lanzó un beso con la mano; la misma mano con la que tapó la cámara y colgó la comunicación.

Ada quedó aliviada y fastidiada al mismo tiempo porque no le gustaba nada cómo cortaba la comunicación. Tenía los modos de una persona acostumbrada a llevar la voz cantante y que todos le obedecieran. Decía que la quería, pero hasta qué punto era eso verdad, hasta qué punto quería a la verdadera y no a la que él quería cambiar.

Metió un pijama calentito en la maleta y un buen forro polar porque no sabía el frío que haría en casa de Nacho. ¡Por fin viernes y un fin de semana sin tener que pensar de qué chatear con Germán! Ya lo tenía todo preparado. Estaba temiendo que dieran las diez y tuviera que conectarse de nuevo con él y que volviera a preguntarle si lo quería. Ella no había parado de pensar en ello en todo el día y la verdad es que ya no tenía el mismo entusiasmo que al principio. Cuando lo conoció, le pareció encantador y seductor, pensó que después iría conociendo todo lo demás, y la verdad era que a estas alturas seguía siendo encantador y sexy, pero no había descubierto nada más, al menos nada más que la llenara y ahora comprendía que su relación no tenía la solidez necesaria para aguantar tres años en la distancia. Pero no podía hacer nada al respecto, al menos hasta que viniera por Navidad, si es que venía y no tenía ninguna competición pendiente. Entonces podría cortar con él cara a cara y escuchar lo que tuviera que decir.

Dos horas después, se despedía a toda prisa de su familia porque Mario la estaba esperando abajo. La conversación con Germán había resultado mejor de lo previsto. Él estaba agobiado de tiempo y había tenido que ir metiendo cosas en su maleta a medida que chateaba con ella. Le había preguntado si se le había pasado el enfado y si había conseguido perdonarlo. A lo que ella había contestado que sí, pero que le iba a costar tiempo olvidarlo y que le dejara de preocupar. Eso lo había dejado serio, pensativo y lo bastante inseguro como para considerar que ese no era el momento de volver a preguntar si lo quería.

ADA llevaba aún el calor del abrazo de Sara, cuando salió del portal al encuentro de Mario. Todavía no se había acostumbrado a la transformación de su hermana, a su nueva alegría, a su cercanía, y atesoraba cada abrazo suyo, cada gesto de cariño, como un regalo que pudieran quitarle en cualquier momento. Bajo ese hechizo, no tuvo tiempo de levantar las defensas cuando reparó en Mario de pie junto al maletero del coche. La explosión de alegría que sintió llenó su pecho e iluminó su cara, con una sonrisa resplandeciente que cayó sobre Mario, cansado como estaba tras una jornada tan larga de trabajo, como una suave brisa en un cálido día de verano. Hubiera corrido como un loco a abrazarla, si no hubiera aparecido inmediatamente detrás Alberto, llamándola y advirtiéndole que se había olvidado el regalo de Nacho.

Cuando ella se dio la vuelta sorprendida, contoneando su cuerpo con la naturalidad y la gracia de un *contrapposto* griego, Mario pudo admirar a sus anchas cómo la luz de la farola resaltaba el volumen de sus caderas, tan hipnótico como si estuviera esculpido en lava candente y no en la gastada tela de sus pantalones vaqueros. Ada se agarró a las asas de su mochila, armándose de paciencia. «¿Qué querrá ahora?» —pensó.

—¡Con le qué he currado para dejarla así de guapa! —presumió Alberto que portaba una caja enorme entre los brazos.

—¿Qué traes tío? — preguntó Mario, saliendo como pudo de su ensueño.

—Una caja de CPU transparente para Nacho. Se la he personalizado, le he puesto ventiladores iluminados, y todas las chucherías que he podido con el magro presupuesto que me han dado estos menesterosos. La chicha no va incluida, claro está, esa que se la ponga él. Esto no es más que un caprichito para el niño grandullón.

—Le diré eso, que lo has llamado niño grandullón, ya verás como Nacho te ilumina a ti —amenazó Ada burlona.

—¡Anda, no sabía que le habíais hecho un regalo a medias! —

intervino Mario—. Yo le he comprado un libro, no he tenido tiempo de más. Claro que podría meterle algo de código cuando la tenga lista y hacer virguerías con esos leds.

—Eso le encantaría a Nacho, ¿pero tendrías tiempo para hacerlo, con lo que hay que estudiar? —preguntó Ada asombrada.

—Sí, eso no es muy difícil, le diré que cuando lo tenga todo montado me llame y en un rato se lo programo.

—¡Qué bien! Nos ha salido todo mejor de lo que esperábamos.

—Sí, sobre todo por lo que pagáis —espetó Alberto con sarcasmo.

—¡Ay, lo que protestas! Tendrías que pagarnos tú a nosotros por lo bien que te lo has pasado —condescendió Ada.

Marío sonreía escuchándolos hablar. Observaba embelesado cada ángulo del rostro de Ada, enfatizado por el jersey blanco aterciopelado de cuello vuelto y por los rizos que le escapaban de su cola de caballo.

—Bueno chicos, os dejo que todavía os queda un viaje y ya es muy tarde. Ada, no te olvides de llamar cuando llegues.

Mario tomó la caja y la metió en el maletero junto a la mochila de Ada y se despidieron. Se metieron en el coche y con una última mirada a Alberto que continuaba parado en la acera, arrancaron para la carretera de los pantanos. Una vez se hubo abrochado Ada el cinturón de seguridad, pudo por fin tomar la bocanada de aire que llevaba tanto tiempo necesitando y con una larga espiración se dejó caer en el respaldo del asiento cerrando los ojos. Había sido una tarde de intranquilidad y a ratos incluso de angustia: primero porque temía que Germán volviera a preguntarle si lo quería; segundo porque se reprochaba marcharse todo un fin de semana de fiesta con lo mucho que necesitaba seguir estudiando, y afianzando materias en las que no se sentía del todo segura, y por último, escondido detrás de los rincones más oscuros de su conciencia, el temor y al mismo tiempo la anticipación por un viaje rural con Mario, en la quietud y la magia de la noche.

Ahora ya por fin estaba ahí, tratando de serenarse a duras penas entre el tráfico, ya más tranquilo, pero igualmente exasperante de un viernes por la noche. Permaneció callada mientras él sorteaba los coches que cambiaban indecisos de carril, los bocinazos y los semáforos, hasta que por fin tomaron la M-30 en dirección a la carretera de Extremadura. En ningún momento intentó Mario romper el silencio, quizás sabedor de su poder. Tras una decena de kilómetros sin embargo preguntó:

—¿Más tranquila? —mirándola intensamente con sus ojos oscuros y su rostro camuflado por los reflejos y las sombras de la luz del salpicadero.

Ada no podía resistir esa mirada mientras tenía la cabeza recostada, se enderezó en el asiento dispuesta a entablar conversación desde una postura menos vulnerable.

—Sí.

—Puedes continuar si quieres.

¿Quería? —se preguntó Ada—. No, lo que quería era no dejar de mirarlo durante todo el camino en silencio, sin ser observada, pensó.

—¿No te incomoda el silencio? Eso en si ya me tranquiliza —dijo Ada.

Mario sonrió, le hacía gracia que Ada reconociera sin pudor que había estado intranquila.

—Lo sé, me lo enseñó mi padre.

¿Por qué había mencionado a su padre ahora?, se recriminó por el desliz, ¡es que no aprendía!

—¿Tu padre?

Mario calló unos segundos para plantearse si era prudente continuar ese hilo de conversación o si era mejor cambiar de tema.

—Sí, me enseñó a respetar el silencio —contestó sin poder evitarlo, no podía ocultar a su padre ahora que lo había sacado, sería como traicionarlo—. Lo importante que es a veces ser pacientes con las personas hasta que encuentran su equilibrio.

—Muy sabio tu padre.

Mario la miró unos segundos, como tratando de dilucidar si había burla en sus palabras. Decidió que no.

—Yo diría más bien observador.

—Sí. ¿A qué se dedica?

Mario tomó aire súbitamente.

—Se dedicaba, era psicólogo.

Ada lo miró de repente.

—¿Hace mucho?

—Dos años, cinco meses y once días.

No hacía falta ser muy sagaz para notar que ese conteo significaba que la herida seguía abierta y sangrando.

—Lo siento. No me imagino lo horrible que debe ser eso. ¿Estabas muy unido a él?

—Sí, mucho.

Se hizo un silencio que ninguno de los dos rompió. Ada no

sabía si debía preguntar más.

—Era mi guía —continuó Mario que ya no se podía parar, estaba demasiado cansado para levantar defensas—, una persona especial, sensible y un buen psicólogo —confesó—, al menos eso decían sus clientes que lo estimaban mucho.

—Seguro que sí. ¿Puedo preguntar cómo ocurrió?

—Está bien, este es un momento tan bueno como otro, supongo, lo que pasa es que recordarlo..., y no es que lo olvide, no pasa un día sin que me acuerde de él —y tras un fuerte suspiro Mario le contó toda la historia, incluyendo la intervención de Miguel que le hizo comenzar Telecomunicaciones.

Cuando terminó, Ada quedó en silencio por un buen rato, digiriendo lo escuchado, pensando si debía tocarlo, pero temiendo que si lo hacía no podría parar.

—Ada, no hay nada que puedas decirme que haga que me duela menos, no hace falta ni que lo intentes, pero hablemos de otra cosa, si quieres.

—Claro, de lo que quieras.

—¿Es duro llevar una relación en la distancia? —preguntó con una voz que parecía provenir de un altavoz *surround*.

A Ada se le cortó la respiración y se le puso rígida la columna. Pasada esa primera impresión, se concentró en respirar de nuevo, despacio, gestos que no pasaron desapercibidos a Mario.

¡Vaya!, no iba a escapar de expresar sus sentimientos por Germán después de todo; debía ser ya bastante evidente para todo el mundo cuando se atrevían a hacer insinuaciones, e incursiones más o menos sutiles en su intimidad; desde sus hermanos, hasta sus amigos. Sus padres eran los únicos que no le habían dicho nada, sería porque se sentían familiarizados con las relaciones distantes.

—¿Puedes poner algo de música? —pidió Ada, queriendo poner una barrera más entre ellos, pues podía percibir como Mario leía sus pensamientos.

—Claro. ¿Qué emisora?

—No sé, ponla a ver qué sale.

Lo primero que salió fue la tertulia política típica de esas horas, destinada a aquellos que todavía no se habían cansado de escuchar toda la semana lo mismo y no querían arriesgarse a que una noticia de otro saco, una opinión que se escapara del molde e incitara su reflexión, viniera a amargarles el fin de semana. Mario la quitó enseguida repelido. Miró a Ada y le hizo un mohín de disculpa que le hizo sonreír. Siguió girando el sintonizador y aparecieron las notas de «With or Without you», de U2. Los dos se miraron desconcertados un momento y estallaron en risas. Ada no podía parar, la tensión de la semana, la confesión de Mario y la que se esperaba de ella, convirtieron la risa, en risa nerviosa y comenzaron a brotarle lágrimas de los ojos. En cierto momento Mario se puso serio y dijo con firmeza:

—¡Ada, para ya!

Ada cerró la boca al instante y se quedó mirando a Mario con los ojos llorosos y la respiración agitada. No debió haber pasado tanto tiempo porque la canción aún sonaba; la aprovechó para relajarse recostándose de nuevo en el asiento.

—La verdad, jamás hubiera imaginado que me reiría con esta canción, con la que he llorado tanto —dijo Mario con la mirada fija en la carretera.

Ada apretó imperceptiblemente los ojos que tenía cerrados. La idea de Mario llorando le resultaba insoportable.

—¿Y eso?

—A mi padre le gustaba mucho U2, entre otros muchos grupos de los 70's y los 80's. Cuando murió escuché muchas veces esa canción, y otras por el estilo: Pink Floyd, Led Zeppelin y otros tantos.

Permanecieron en silencio mientras continuaba la canción. Mario esperaba paciente. Le sería tan fácil a Ada volcar su corazón y derramarle todas sus dudas. Su cuerpo quería hacerlo para quitarse la angustia, también quería abrazarlo, descubrir cómo era el sonido de los latidos de su corazón, pero no podía hacerlo, no podía poner ese conocimiento sobre su relación en manos de la persona que ahora más podía desestabilizarla, no quería dejar a Germán tan vulnerable y por su propia intervención. Ya no lo amaba, pero se sentía leal a él y para ella, ser leal a la persona que le había depositado su confianza era igual a ser leal a ella misma y sus principios.

—¿Me vas a contestar o te lo estás pensando? ¿Cambiamos de tema?

—Ya no recuerdo cuál era exactamente la pregunta, aunque sé de qué trata.

La respuesta le hizo gracia a Mario.

—Si es duro llevar una relación a distancia.

—¡Ah, sí!, ¡vaya pregunta más obvia, señor inteligente! Lo duro que sea o deje de ser dependerá del grado de unión y necesidad que tengan el uno del otro, ¿no te parece?

¡Vaya, se lo iba a poner difícil! —pensó Mario un poco

ruborizado.

—Pero como supongo que te refieres a mi —continuó para sorpresa de él que creyó que lo iba a dejar ahí —lo veo como un paréntesis. Nuestra relación no fue nunca muy intensa, es decir cada uno tenía su vida, sus ocupaciones, pero nos dedicábamos ratos en los que disfrutábamos juntos. Ahora, por un tiempo no tendremos ni eso.

—¿Y eso es suficiente?

—¿Suficiente? Por ahora es lo que es.

Ante esta salida Mario volvió a sonreír. Hacía tiempo que se había dado cuenta que Ada era muy literal. Se tomaba las preguntas desconcertantemente al pie de la letra y parecía no ser consciente de ello. Adoraba esa ingenuidad.

—¡Ja! ¿quién es la obvia ahora, señorita inteligente? —recalcó Mario sonriendo con lo que selló la conversación que era evidente que no iba a prosperar. Ada debía pensar que había conseguido ocultarle sus sentimientos, pero lo quisiera o no ya le había dado la respuesta: esa relación no era sólida y le quedaba claro que al menos ella no lo amaba. También tenía sus dudas respecto al tenista que había sido capaz de dejarla, aunque fuera para estudiar fuera por dos años, cuando no la tenía para nada segura.

Tomaron la salida que les conducía al pueblo aún en silencio.

—Ada, por favor, ¿puedes decir algo?, lo que sea que me mantenga atento. Ahora no necesito silencio —la petición sonó a súplica en su voz profunda, y quedó suspendida en el aire cálido del coche cuando enfilaban la oscura carretera, flanqueada de pinos negros, salpicados de estrellas.

Ella sintió una íntima tensión, un torrente cálido que deseaba alimentar de vida sus manos y sus labios, para darles una tarea mejor que las palabras... «¿Qué digo?» —pensó.

—¿Sabes cantar? —preguntó a la desesperada lo primero que se le pasó por la cabeza.

Resonaron profundas las carcajadas de Mario.

—Desde luego que se te puede confiar que digas lo más inesperado. ¿Que si sé cantar?, bueno, saber, saber, no sé, pero creo que tengo buen oído, me gusta la música y cuando la escucho la suelo canturrear, sobre todo en la ducha.

—¡Estupendo! ¿Te parece cantar alguna canción de esas que le gustaban a tu padre y si yo la sé te sigo?

Mario la miró, considerándola durante unos breves segundos, lo que le permitía la conducción y devolvió la mirada a la carretera.

Unos segundos después comenzó a cantar en su voz medio cantada, medio recitada de bajo, «I'm your man» de Leonard Cohen. Ada conocía la canción, la había escuchado muchas veces en la casa de su mejor amiga de Roses, porque le gustaba mucho a su padre. Ella ya se había fijado en la letra, pero no la sabía, ni aunque la hubiera sabido hubiera podido cantarla. Cuando iba a mitad de la canción Ada lo interrumpió.

—¿Estás tratando de dormirnos aun más? —la canción la hacía sentirse incómoda, los llevaba a un terreno pantanoso.

Mario se rio por lo bajo.

—Tranquila, ya falta poco.

—Tienes una voz muy bonita, ¿lo sabías? Además, tienes oído y no cantas mal, si la entrenaras estarías listo para mi coro.

—Yo no soy hombre de coro, me gusta cantar en solitario —dijo poniendo voz de locutor de radio pedante, que les hizo reír a los dos.

—¿Tú crees que una entrega así, como la de la canción que has cantado, es deseable, no te parece demasiado arrastrada? —preguntó de sopetón Ada, incómoda por lo que sentía, esa contradicción de sentirse atraída hacia las grandes pasiones y de temerlas a la vez.

—Supongo que sí, pero yo no considero los poemas, o las canciones como una declaración de intenciones, no son... ¿cómo decirlo?, no representan lo que uno es o lo que uno piensa sino lo que uno siente en un instante determinado. Para mí son la expresión de las emociones del momento, como el termómetro mide la temperatura corporal o el polímetro las medidas eléctricas. Las emociones no atienden a razones, ni a convenciones, bueno de esto último no estoy muy seguro.

—¿Quieres decir que son palabras vacías entonces, fruto del calor del momento?

Esas palabras hicieron sonreír a Mario, de nuevo Ada la literal.

—No, vacías no, en ese momento las sientes y lo expresas, es como si dijéramos la temperatura que marca en ese momento. Pero las emociones cambian a cada instante, y los sentimientos también, aunque mucho más lentamente claro.

—¿Esas cosas las sabes por tu padre? ¿Él te las enseñaba?

De nuevo volvió a mirarla Mario intentando descifrar si lo desaprobaba. Decidió que no, al menos no se lo parecía y se arriesgó a decir lo que pensaba.

—En parte sí, pero sobre todo me transmitió el gusto por observar a las personas y sus complejidades.

—¿Por eso te interesan los vídeo juegos, crees que puedes penetrar con ellos en nuestras mentes?

A Mario le hizo gracia esta salida. Hablar con Ada era siempre una experiencia nueva.

—¿Acaso crees que soy Lex Luthor? Bueno, un poco sí, en el sentido en que me gusta penetrar en la mente humana, pero con buenas intenciones. Quiero hacer videojuegos de realidad virtual, que puedan proporcionar algo a la gente, lo que cada uno necesite, para que centre su atención por completo y fluya, disfrute.

—Suena bien.

—¿Sabes? Voy a dejar el supermercado.

—¡Anda, no me digas!, ¿y eso?, ¿alguna otra oferta?

—No, es un proyecto en que he estado trabajando este verano y todavía no lo he acabado. Necesito tiempo para terminarlo, registrarlo y llevarlo a las empresas. Un antiguo cliente de mi padre que se dedica a esas cosas, a promocionar productos novedosos, dice que seguro puede colocarlo.

—¡Ah!, ¿sí? ¿Y de qué se trata si puede saberse?

—Es un videojuego dedicado a la promoción de empresas, en la que el cliente puede jugar o mejor dicho en este caso, interactuar con él e ir moviéndose por todos los productos y departamentos de la empresa para comprobar si da soluciones a sus necesidades, de una forma libre, interactiva y personalizada.

—No sé si te sigo.

—Sí, es una forma de callar al comercial que te quiere «vender la moto», al menos por un rato y explorar tú por tu cuenta si te interesa contratarlo; a tu ritmo, según tus demandas.

—¡Qué interesante! —exclamó Ada con auténtico asombro—. Estoy sorprendida. ¡Esa cabeza tuya no para, eh!

—¿Te gusta? Eso dice también este promotor, dice que cree que va a interesar mucho y que ya tiene en mente a qué empresa vamos a ir primero. Va a ser mi socio.

—¡Qué bien, Mario!, ¡cuánto me alegro!

—Gracias. Voy a contar con tu ayuda. Si me la ofreces claro.

—Claro, en lo que pueda.

—Miguel ya me está ayudando desde el comienzo. Si yo gano, ganamos todos los que colaboremos, eso seguro.

—¿Podremos brindar por eso con los demás o es un secreto?

—Por el momento, hasta que no salga prefiero no brindar, ni hablar de ello, pero Nacho ya lo sabe, también me va a ayudar.

—De acuerdo entonces.

UNA vez enfilaron el camino, la descripción que Nacho les había hecho estaba tan llena de detalles, que fueron descubriendo divertidos cada uno de los hitos. A medida que se acercaban y aumentaba la intensidad de la luz que salía de las ventanas Ada sentía crecer la expectación en su interior como si observara el trávelin de una película.

No podía negarse a sí misma que había esperado ese momento toda la semana con sentimientos contradictorios. El primero era de agitación porque iba a pasar todo un fin de semana con Mario. De pronto anticipaba pequeñas cosas como verlo en pijama o lo que quiera que se pusiera para dormir, o descubrir con qué cara se levantaba, de qué humor. Preparar junto con los demás la comida, pasear por el campo o sentarse alrededor de la chimenea.

La casa estaba rodeada por un jardín salpicado de árboles, al resguardo de las miradas de fuera por una valla de piedra, seguida de una forja de hierro rematada en afiladas puntas de flecha. Salieron del coche y Ada se acercó a reconocer la casa. Era de una sola planta de aspecto muy tradicional, de esas de muros gruesos y ventanas de madera; era como Nacho: robusta y sin tonterías. Lo mejor era sin duda el jardín, con su gran mesa de piedra a un lado, bajo un sauce y los bancos de madera. Se abrió la puerta y de ella salieron Miguel y Eva sonrientes y saludando con la mano.

Al verlos acercarse Mario se dirigió a abrir el maletero y Ada fue a ayudarle. Cuando traspasaron la cancela Miguel le quitó a Ada una de las mochilas de las manos y Eva la otra.

—¿Y Nacho? —preguntó extrañada de que no hubiera salido.

—Está de limpieza o de asesinato una de dos —contestó Miguel, que iba detrás de ellas junto a Mario.

Eva se empezó a reír, al tanto del chiste privado.

—Ya verás cuando conozcas al primo —dijo Eva a Ada—, ¡menudo personaje! En un aspaviento que hizo de repente, cuando contaba un chiste, ha lanzado toda la cerveza por el suelo y ha salpicado el sofá.

—Sí, yo he visto como Nacho ponía los ojos en blanco mientras iniciaba la cuenta atrás para darle tiempo a correr —añadió Miguel muerto de risa—. ¡Menos mal que esta vez la faena la ha hecho uno de la familia!

Ada reparó en el camino de piedra que pisaba hacia la casa y le vino a la cabeza otro camino y otro tiempo. Sonrió para sus adentros y sintió en su estómago la intriga de lo que le depararía el fin de semana.

Lo primero que hizo nada más traspasar el umbral de la puerta fue dirigir la mirada al suelo y buscar rápidamente el sofá para ver el desastre.

Sin embargo, su visión periférica captó algo alarmante y se paró en seco. Mario que no se lo esperaba le embistió por detrás con la caja del regalo, pero Ada ni se inmutó.

—¡Eh, ¿por qué te paras así?, pon el intermitente! ¿Qué haces? —apremió Mario.

Pero Ada continuaba mirando a la pared como si la hubieran clavado en el suelo.

Mario percibió que algo pasaba y dirigió la mirada adonde ella miraba. ¿Miraba los globos?, se preguntó intrigado. La pared del frente y en la que se apoyaba el sofá estaban llenas de globos y cartelitos chapuceros que ponían cosas como: «Feliz cumpleaños capullo», en una letra dispareja e infantil.

Los ojos de Mario volvieron de nuevo a los globos y de estos a Ada. ¡Ya está, ya sabía qué pasaba, eran los globos y la fobia que ella les tenía!

Nacho se acercó a saludarlos y Mario sin perder un segundo le pasó a Ada la caja que ella agarró inconscientemente y poniéndole una mano sobre la espalda a Nacho, lo apartó lo más discretamente que pudo para susurrarle:

—Tenemos que quitar todos estos globos de la pared. Ada les tiene fobia —le dijo con un énfasis de sus cejas y una gravedad en sus ojos que indicaba que hablaba muy en serio.

—¿Fobia, a los globos?

—Ahora no. ¡Hagámoslo! —cortó Mario que no pensaba ponerse a dar explicaciones.

Nacho se dio la vuelta y sorprendió las miradas de todos. Su cerebro dudó solo unas décimas de segundo.

—Un momentito de atención —dijo con esa voz que paralizaba hasta el aire a su alrededor—. Al parecer nuestra decoración es demasiado hortera para Mario, a mí también me hieren los ojos, sobre todo los cartelitos de mi primo, así que, a quitarlos, los globos también. ¡Venga, que no tenemos ocho años! ¡Rapidito! —y dirigiéndose a Mario como en confidencia—. Solo les ha faltado ponerme la corona del Burger King.

Eva protestó que le había costado mucho trabajo y el primo se quitó de en medio.

Nacho se puso manos a la obra junto con Mario para dar ejemplo y le hizo señas a Miguel con los ojos para que hiciera lo mismo. El primo volvió a entrar al salón y se dirigió a la primera nube de globos que encontró.

—¡Ni se te ocurra! —le gritó Mario que observó que iniciaba un movimiento que poco tenía que ver con arrancar globos, si no con explotarlos.

Todos le miraron extrañados, ¿a qué venía eso? El primo dejó la mano en suspenso, pero se le dibujó una pequeña sonrisa.

—No estoy bromeando —le gritó Mario paralizándolo con la mirada—, no pinches ese globo —le advirtió acentuando cada palabra.

El primo dejó caer la mano. Mario sorprendió la reacción de miedo de Ada que se había encogido sosteniendo fuertemente la caja y decidió que era mejor llevársela de allí. Dejó los globos y se fue hasta ella.

—¿No vas adentro a dejar eso por ahí? —preguntó señalando la caja, e intentando sonar menos preocupado de lo que estaba.

—Sí, ya voy.

En ese momento se escuchó una explosión y Ada pegó un brinco que le aflojó el cuerpo y dejó resbalar la caja. Mario la atrapó al vuelo y se dio la vuelta mirando letal al primo.

—¡Rafael! —tronó Nacho—, esto va en serio, ¿me oyes? ¡Para!

Mario acompañó a Ada a la primera habitación que encontraron y se adelantó a encender la luz. Apenas si miró qué tipo de habitación era, tan pendiente de Ada como estaba, pero en una rápida inspección se fijó en una cómoda que había más allá de la puerta y sobre ella dejó la caja. Ada se sentó en la cama que le pilló más cerca y se tapó la cara con las manos.

—¡Menuda he liado! ¿Por qué has dicho nada? —preguntó furiosa destapándose la cara, ahora toda la adrenalina la estaba dirigiendo contra Mario—. ¿No ves que el problema lo tengo yo? Yo soy la que tengo que aguantarme. ¿Ves?, ¡por eso nunca lo cuento, en qué maldita hora!

Mario se quedó plantado en la habitación sin saber qué decir. Se metió las manos en los bolsillos del vaquero y miró al suelo. ¡Cómo había podido meter la pata así!

—No hay de qué avergonzarse Ada, se llama fonofobia y no es tan extraño.

—¡Yo no me avergüenzo! —dijo entre dientes para no gritar—, solo me paralizo, entro en pánico y me siento sola porque sé que los demás no van a comprenderlo, se lo van a tomar a chufla, ¡porque a nadie le cabe en la cabeza que me angustie así por un globo! La vergüenza, la siento ahora con la que has liado.

—Yo si te comprendo —dijo bajito.

Ada apretó los dientes intentando controlarse y no perder los papeles.

—No Mario, no me comprendes, para comprenderlo tendrías que experimentarlo. Entonces sabrías que no puedes pedir a los demás que los quiten, porque lo que suele ocurrir es que, ya sea por accidente o porque a alguno le haga gracia el asunto, pase lo que ha pasado.

Mario se quedó callado digiriendo lo que acababa de escuchar. Estaba claro que esa no era la primera vez y que hablaba por pasadas experiencias.

—Lo siento —dijo contrito.

Ada no dijo nada. No quería continuar después de la disculpa, pero tampoco podía librarse del mal humor de un plumazo.

—Puede combatirse, ¿sabes?

—¿Qué? —preguntó Ada displicente, pese a sí misma.

—La fobia, puede combatirse, enfrentándote poco a poco con el miedo, un globo de vez en cuando —dijo despacito, un poco inseguro, temiendo que ella lo cortara con alguna bordería.

—Y eso, ¿ya lo has investigado?

Lo dijo en un tono seco, pero a Mario le pareció que abierto a la conversación.

—Sí, en los libros de mi padre y entre sus apuntes —reconoció.

—¿Y ponía en ellos que numeritos como este ayudaran? —preguntó sarcástica.

—No, claro que no, lo siento mucho Ada, me he metido donde no me llamaban.

Ada asintió por toda respuesta.

—¿He traicionado tu confianza?

Ada se quedó por unos segundos pensando la respuesta.

—Todavía estoy furiosa para pensar en eso con claridad.

Nacho apareció en la puerta.

—Ya están los globos fuera. ¿Estás bien Ada?

—Sí. Siento mucho lo que ha pasado.

—La culpa ha sido mía —cortó Mario.

—¡Eh, vamos, no ha pasado nada, esto no tiene importancia! Lo único Mario, quiero que le pidas disculpas a mi primo. Es bastante inmaduro, un poco pesadito con las chicas y bueno, un coñazo a veces, pero no tiene mala intención y yo lo quiero mucho, por eso está aquí.

Mario tragó saliva, pero no bajó la mirada.

—Sí claro que sí, perdona, tienes razón, además él está en su casa. Ahora bien, que no vuelva a explotar otro globo —dijo con la intención de que quedara claro.

Nacho dejó escapar la risa por la nariz.

—Tenéis que explicarme eso —pidió serio de nuevo—. Ven Ada, esta es la habitación de Mario y Miguel, te enseño la que vas a compartir con Eva.

Nada más nombrarla esta se materializó y le tomó a Nacho el relevo. Eva que no se había enterado de nada, seguía distraída entre: Nacho, que sin que hiciera nada especial, atraía su atención, como tantas otras personas cuyo mundo siempre le parecía fuera de su alcance; y su primo, que sin desearlo, no se le despegaba, por más que ella le rehuyera y le diera todas las negativas de que era capaz, que no eran muchas. Todo esto se lo iba contando a Ada, sin percatarse de que ella andaba en sus propios pensamientos.

—No es mal tío, quiero decir no es peligroso, es más bien como esos perrillos chicos molestos que se te enredan en los pies y que tienes miedo de pisarlos como te despistes. Bueno lo de chico es un decir, lo de la altura se ve que anda en la familia. Ada, ¿me quieres hacer caso? Mi cama es la de la ventana, para eso he llegado antes —añadió con fingida chulería.

Ada, que necesitaba un clavo al que agarrarse para no dejarse arrastrar por los nervios de toda la semana, y queriendo poner ya punto y final al día, soltó la mochila intencionadamente sobre la cama de Eva y se dio la vuelta arremangándose las mangas de su jersey blanco.

—¿De quién es la cama has dicho? —preguntó mirándola desafiante con toda intención.

—Mía —dijo Eva arremangándose las suyas, y sin achicarse le lanzó por los aires la mochila a la otra cama, luego se sacudió las manos satisfecha.

Esa fue toda la provocación que necesitó Ada, en un segundo estaban las dos agarradas por las manos, haciéndose lamentables llaves de judo y pegando gritos y carcajadas en el suelo. Se pellizcaron, se tiraron de los pelos, se hicieron cosquillas dolorosas. Eva resultó un hueso duro de roer para sorpresa de Ada, peleaba con furia y juego sucio, y no había manera de defenderse de ella sin hacerle daño de verdad. Antes de que pudiera evitarlo, se vio Ada en el suelo con Eva subida encima de la boca de su estómago a horcajadas, le había inmovilizado la cabeza agarrándola fuertemente del pelo y le estaba mordiendo el trapecio mientras parecía preguntar algo como: ¿de quién es la cama?

—¡Tuya! —gritó Ada entre carcajadas y auténtico miedo al dolor, Eva estaba tan ciega que no tenía miramientos—, ¡tuya! — volvió a gritar. Eva soltó el mordisco.

—Así me gusta —chuleó mientras se levantaba—, no olvides quién manda aquí.

Al ponerse de pie vio a Nacho, Miguel y Mario mirándolas desde la puerta con una expresión estupefacta.

Ada se incorporó de repente, despeinada y arrebolada, pero eso no era nada comparado con la cara de Eva de un granate intenso, rodeada de rizos naranjas.

—¿Qué hacéis aquí? —preguntó Eva que aún no se le habían bajado los humos.

—Escuchamos gritos —dijo Miguel que fue el único que encontró voz para usarla, los otros dos miraban en silencio. Mario ya no sabía lo que esperar de Ada esa noche. Verla revolcándose en el suelo con Eva, tirándose de los pelos y mordiéndose no le encajaba con la discusión que acababan de tener, pero le encantó y le excitó al mismo tiempo. Ojalá hubiera estado en el lugar de Eva y su pelea hubiera sido también así.

Cuando llegaron al salón Nacho le preguntó a Mario si había cenado al salir del super, y como este le dijera que no, insistió en ponerle algo y a Ada también. Los demás continuaron con el juego de cartas que interrumpieron al llegar ellos. Mario, obediente había pedido disculpas a Rafael y este, que no debía estar acostumbrado a que nadie lo tuviera tan en cuenta, lo recibió como algo extraordinario y le restó importancia al asunto dejando ver a Mario esa parte de su interior a la que se había referido Nacho.

Después de servirles la comida y unas cervezas en la mesa del sofá, se unió al resto del grupo en el juego de cartas. Mario se sentó sobre la alfombra para estar a la altura de la mesa, y no llenar de migas el sofá, según dijo, y atacó el bocadillo con hambre de muchas horas, desde el mediodía, confesó. Ada lo imitó y se sentó en la otra esquina de la mesa. Ella también tenía hambre, ya que con la inquietud por su conversación con Germán y el viaje con Mario, apenas si había cenado, pero en ese momento, viendo el hambre que tenía él, se comió solo un poco del suyo y dijo que no quería más para dárselo. Él dudó si aceptarlo, pero después de la metedura de pata de antes se le hacía imposible rechazarle la dulzura de ese gesto, y lo cogió musitando un gracias, en un tono sentido y profundo que aún reverberaba en su vientre.

Ada lo dejó comer en silencio, que lo disfrutara mientras ella disfrutaba de él, no de mirarlo, si no de sentirlo cerca. Desvió su atención al fuego de la chimenea que tenía frente al sofá, lo había tratado mal esa noche, pensó, y por algo que era problema suyo y en lo que él solo había querido ayudar. Cuando Mario terminó de comer se unió a ella en la contemplación del fuego sin romper el silencio, como ya había demostrado más de una vez esa noche, pareció reconocer cuando no había nada que decir.

El silencio amplificaba sus sentidos hasta hacerla tan consciente de él que le resultaba insoportable, era el momento de irse a dormir, al día siguiente tendría más fuerzas. Se puso de pie e iba a despedirse cuando en un impulso le puso la mano en el hombro.

—Siento como te hablé antes, estaba muy nerviosa, pero sé que tenías buena intención.

El la miró desde el suelo, y el blanco de sus ojos subrayó su mirada y la hizo más intensa, si eso era posible. Bajando despacio la cara atrapó su mano con la barbilla y besó sus dedos, uno a uno. Al llegar al tercero ella retiró suavemente la mano y acarició su cara sin desprenderse de sus ojos. Lejos, detrás del respaldo del sillón se escuchaban a los demás, jugando y riendo.

—Buenas noches —le susurró ella.

—Buenas noches —le susurró él.

LA noche siguiente Nacho se encontraba solo en el salón tenuemente iluminado por las velas, que habían sustituido a los globos en la decoración, y que según las chicas creaba un ambiente íntimo, lo que quiera que quisiera decir eso, porque si no iba a tener sexo ¡Él no le veía la utilidad a la intimidad! Sus amigos estaban todos en la cocina preparándole la cena de cumpleaños. La mesa ya estaba puesta y el salón redecorado.

Estaba sentado en el sillón favorito de su abuelo, frente al fuego, con una copa de vino en la mano, pensando en Eva y en la conversación que tuvo con ella la noche del cumpleaños de su padre. Aún recordaba cada palabra que escuchó en silencio, como parece ser que se debe escuchar, según dicen los que tienen mucho aguante, el relato lastimero del abandono de Eva por su padre y el maltrato psicológico de su madre.

Al cabo de casi dos horas de ajam, ajam, ejem, ejem, sacó una ampolla en la lengua de pasearla entre los dientes apretados y dos conclusiones: la primera fue que Eva había sido criada por una loca y un irresponsable; la segunda fue que era necesario sacarla de ese pozo de victimismo plañidero en que se encontraba. Eva era muy capaz, lo que pasa es que ella aún no lo sabía.

Recordaba cada palabra que dijo, claro que sí, y no es que fuera insensible, claro que le dolieron, pero de nada sirve recrearse en el daño que te hicieron, ni quedarse varado en el lamento.

Él estaba enamorado de ella, la quería desde que la vio por primera vez. Admiraba cómo desentrañaba enigmas y resolvía problemas con la mente de un genio y al mismo tiempo era sencilla, inocente incluso, para todas las demás cosas de la vida. Eva sufría por su indefensión ante las pequeñas y grandes mezquindades del mundo y él con ella, pero no por ello la iba a proteger. Lo que pretendía era hacerle comprender que tenía que alejarse de ellos, romper con su pasado y mirar la vida con nuevos ojos, contando solo con su fuerza y con la de aquellos que se la brindaran de buena fe, sin hundirla a cambio.

Lo que lo traía loco era el cómo. Para empezar, no sabía si ella tenía algo con el Florian ese de las narices. Lo consideraba inadecuado para ella, no porque le tuviera celos, que para vergüenza suya se los tenía, sino porque era a todas luces incapaz de hacer feliz a Eva, si acaso se aprovecharía de ella para aprobar y luego la enterraría todavía más, para que no le hiciera sombra.

Su segunda preocupación era él mismo, temía arrollarla con su fuerza, tanto por los casi cincuenta centímetros y más de cien kilos que le llevaba, como por la fuerza de su carácter. Él siempre llenaba todo el espacio allá por donde iba, visible desde todos los puntos; su voz tenía la resonancia de un vendedor de tómbola y era impetuoso, impulsivo, aunque no violento, nunca se había pegado con nadie, quizás por respeto a su propia fuerza, no era un abusón. En fin, dudaba de tener la delicadeza necesaria para abrirle los ojos a Eva y temía asustarla y hacer que se replegara más. Pedirle a Eva que se uniera a él le parecía como poner un huevo de Fabergé en un lebrillo.

Interrumpió sus cavilaciones la entrada de Miguel, ridículamente ataviado con el delantal de perifollos, que su abuela tenía colgado de adorno en la cocina y que jamás usaba. Portaba una ensaladera bajo su cabeza inclinada y llena de rizos negros y apretados, que Nacho, con su propensión a los chistes privados, temía lo poco que maridarían con la ensalada si alguno acababa en ella. Detrás apareció Ada conteniendo la risa, seguida de Mario con cara de póquer llevando su bandeja con una postura forzada de sus brazos que parecía pretender ocultar su contenido y por último su primo, inseparable ahora de Mario, e insoportable para las chicas por lo pesado, aunque muy querido para él que lo conocía de verdad.

Fueron dejando las bandejas y el vino, dando varios viajes a la cocina hasta que solemnes se fueron colocando de pie ante su lugar en la mesa.

—Vamos Nacho, borra esa sonrisa petulante y ven a tu puesto, hasta que no te sientes no nos sentamos los demás —dijo Miguel.

—¿Y Eva? —preguntó Nacho mientras se levantaba del sillón y se acercaba a la mesa.

—Aquí estoy, estaba tapando el plato principal para que no se enfríe. Lo he dejado al uno. ¿Cuál es mi sitio? —preguntó al entrar con la cara tan roja en intensidad como su pelo, pero no así en color, como divertía a Nacho.

—Ahí, en el otro extremo de la mesa —indicó Miguel—. El segundo lugar de honor para la cocinera.

Mario sacó el cava de la cubitera. Ada había insistido en que sí, que iba muy bien con los entrantes, que lo había visto en casa de Germán, lo que le valió una mirada penetrante de él en la cocina que la hizo sentirse inoportuna. Era el primer momento incómodo de ese día que por lo demás, había sido excepcional en todos los sentidos: habían paseado, habían cogido leña, habían jugado y se habían divertido, como si no existiera ninguna otra preocupación en el mundo. No es que Mario le hubiera prestado a ella más atención de lo normal, además el primo de Nacho no lo hubiera permitido. Se había pasado el día indeciso e inquieto como un perro pastor, detrás de Mario o bien de ellas alternativamente, sin saber con cual quedarse e impermeable a que no le pararan bola ninguna de las dos. Cuando se cansaba volvía a por Mario de nuevo con el que no se cansaba de hablar. A Ada le había servido de carabina sin saberlo y le había aliviado la tensión, porque gracias al incordio común, habían podido compartir sonrisas cómplices, inofensivas y compartir los momentos y las bromas de todos, sin estar tan pendiente de sus sentimientos.

El cava ya estaba abierto, se la había llevado Mario subrepticiamente al lavadero de la casa, para evitarle a Ada el *pop*. Cuando estuvieron todas las copas servidas, brindaron en homenaje a Nacho que los había reunido allí y comenzaron a servirse la comida.

Todos miraban expectantes a Nacho cada vez que probaba algo a ver qué le parecía. La cocina no era el fuerte de ninguno de ellos y habían tenido que consultar continuamente a Eva e incluso en Internet.

Nacho se fue comiendo los entrantes con satisfacción hasta que llegó al clásico Cóctel de marisco con aguacate, hecho en su honor, porque según él, había caído tristemente en desuso desde que irrumpió la cocina conceptual.

Tomó su bol y comenzó a darle vueltas con parsimonia, examinando el color parduzco de la salsa y tratando de rescatar con la punta del tenedor los langostinos que parecían enterrados en barro.

—¿Qué es esto? —preguntó inclinando la cabeza a la derecha, en un gesto muy típico de Nacho, que según Eva era porque cargaba el centro del pensamiento hacia ese lado.

Todos tomaron al unísono algo en sus manos: la copa, un trozo de queso, una gamba, Mario sin embargo optó por darle golpecitos a los dientes del tenedor, haciendo palanca como para hacerlo saltar; este apuntaba sospechosamente a Nacho.

—Tú cóctel de marisco, ¿no ves los langostinos? —preguntó Mario. Sabe mejor de lo que parece, así qué pruébalo.

—Tío, pero tú eres daltónico o qué te pasa, ¿has visto el color que tiene esto?

—Sí, es la mezcla del verde con el rosa, aguacate y salsa rosa, sus ingredientes, no veo el problema, cómetelo ya.

—Es que Mario tuvo unos problemillas abriendo el aguacate, ¿a qué sí, Mario? —intervino Eva.

—¿Problemillas? —repitió Ada con la voz un poco aguda por la incredulidad— Lo abría como si fuera una caja secreta Himitsubako.

Mario estalló en carcajadas ante la salida de Ada, le hacía tan feliz que conociera esas cajas, las favoritas de su infancia, las coleccionaba; pero las buenas, las complicadas, solo las había podido ver en urnas de cristal, en museos y tiendas.

—Sí, le costó un poco —suavizó Eva —

y como no le salía entero, empezó a machacarlo y mezclarlo con la salsa rosa antes de que ...

—Antes de que le llegara el bocinazo, sí, habla caro, si a la vista está —volvió a la carga Ada mientras Mario sonreía para sus adentros.

—¡Tengo una idea! —dijo el histriónico de Nacho, ¿quién me venda los ojos? Sí, ahí en el primer cajón de ese aparador hay muchas servilletas, así ojos que no ven...

—¡Uy, yo! —saltó Ada pitando al cajón —¿te puedo azotar también con un látigo? ¡Mira, ahí en el paragüero hay un bastón!

—Déjalo ahí que es de mi abuelo. ¡Venga date prisa, que se enfría lo que haya en la cocina! —le guiñó un ojo a Eva.

Entre risas y pullas de unos a otros transcurrió la cena y llegaron a los regalos. La CPU le pareció a Nacho una pamplina de frikis como ya les advirtiera Alberto y no le dolieron prendas en expresarlo en voz alta, pero cuando Mario le dijo que esperara a ver si opinaba lo mismo cuando él terminara con ella, el brillo en sus ojos delató lo que de verdad pensaba y como no, acabaron la cena con un brindis por Los Cinco (como los había bautizado un profesor nostálgico) y el primo.

Un par de horas de risas, bailes y copas distrajeron a Nacho, de pronto se dio cuenta de que había perdido de vista a Eva. Le puso triste que se hubiera ido a la cama sin despedirse y felicitarlo en solitario, pero en fin, que ella no sintiera lo mismo que él es lo que se esperaba. Decidió salir un rato a tomar el fresco, el ambiente en el salón estaba sofocante gracias a Miguel que se sentía Vulcano esa noche y no paraba de echar leños a la chimenea.

Salió al jardín y vio allí a Eva, sentada en el banco de piedra favorito de su madre, observando el cielo.

Al cerrar la puerta, Eva se volvió a mirarlo.

— Ah, Nacho, eres tú. Perdona que me haya ido de tu fiesta, pero tenía mucho calor y quería ver las Leónidas que están en su apogeo.

—Sí, es verdad, es el fenómeno astronómico que señala mi cumpleaños, siempre me ha gustado. ¿No sabía que supieras de estrellas?

—Algo. Me aficioné en un campamento al que me envió mi madre un verano, harta según ella de verme encerrada en mi cuarto —dijo Eva con un poco de acritud.

—¡Vaya, te hizo un favor entonces! Gracias a eso conociste las estrellas. ¿Lo pasaste bien?

—Regular porque me costaba mucho relacionarme, aunque, bueno, los monitores se esforzaron en que me sintiera integrada. Sí, lo pasé mejor que la mayoría de las veces.

—Ya tienes algo que agradecer a tu madre.

Eva lo miró un poco desconcertada.

—Sí, supongo que sí.

—¿Has visto ya muchas estrellas fugaces?

—No, no muchas, es que aquel árbol de allí me tapa la mejor parte del cielo. Tendría que moverme, pero no me apetece verlo de pie.

Nacho se quedó pensativo.

—Tengo una idea, lo vas a ver sentada, pero desde otro punto. Ven, le dijo tendiéndole la mano palma arriba.

Eva se la quedó mirando un poco sorprendida y dudó si tomársela, pero no quiso dejarle la mano ahí colgada, la posó y él la condujo a un extremo del jardín, al costado de la casa, dónde se encontraba un robusto castaño ya prácticamente desnudo de hojas. Nacho se paró delante de ella y sin previo aviso la tomó de la cintura y de un solo impulso la sentó en una rama que se encontraba cerca de los dos metros del suelo.

—Tranquila, apóyate en el tronco.

Eva se quedó asombrada, riéndose, con la mirada fija en él, temerosa de que se alejara. Hizo como le dijo y apoyó la espalda en el tronco. Desde ese punto podía contemplar perfectamente el cielo que ella quería, así que se relajó y concentró su atención, mientras Nacho, también retrepado en el tronco, desde abajo hacía lo mismo.

Estuvieron así un rato en silencio hasta que ella le dijo:

—Siento que estés ahí abajo.

—No te preocupes, trepar se me da fatal, yo las veo desde aquí.

A Eva le hizo gracia el comentario. Mientras contemplaba las estrellas pensó que no lo hubiera pasado tan bien si hubiera venido Florian después de todo, ya no podía negarse que le gustaba Nacho, por más dispares que fueran tanto físicamente como en carácter. Él era muy amable con ella, pero se veía a la legua que era por agradecimiento a la ayuda que ella le prestaba. Nacho era demasiado mordaz para romanticismos y tenía demasiado carácter. Ella seguramente le parecía una sosa.

Habría pasado un cuarto de hora cuando le pidió que la bajara, al fin y al cabo, él estaba de pie y ella se estaba muriendo de frío.

—¿Me ayudas a bajar?

Nacho exhaló un suspiro ruidoso.

—¡Creí que no me lo ibas a pedir nunca!

Eva se rio. Él se separó del tronco y alzó los brazos. Ella extendió los suyos hacia él y sus ojos quedaron atrapados. Nacho continuó mirándola unos segundos, luego estrechó su cintura, la separó del tronco y la acercó a él lentamente, como dándole una oportunidad para que se retirara si quería, pero no quiso. Eva lo abrazó con fuerza y cuando sintió los brazos de él aferrados a su cintura enroscó sus piernas en torno a él para conseguir más estabilidad, aunque le faltaban longitud en las piernas. Nacho cruzó los brazos bajo sus nalgas para sostenerla. Así permanecieron al menos un minuto, hasta que él la apoyó en el tronco y comenzó a besarla lentamente, primero sus labios y luego su rostro, mientras ella le dejaba hacer. Pronto comenzó a devolverle beso por beso y la ternura dio paso a la pasión. ¡Madre mía! pensó Nacho, ¡cuánto fuego tenía Eva!

Cuando por fin encontró cordura para separarse de ella, se la quedó mirando sonriendo.

—¿Por qué sonríes? —preguntó Eva.

—Porque estoy feliz.

—Yo también, es la primera vez que una estrella fugaz me cumple un deseo.

—Ah, ¿sí? ¿Subirte a un árbol? —preguntó Nacho que no se sentía muy seguro.

Esta vez fue Eva la que sonrió.

—No tonto, que me besaras.

—¿Le has pedido a una estrella fugaz que yo te besara en lugar de pedírmelo a mí? —preguntó alzando las cejas.

Eva volvió a reírse y asintió con la cabeza.

—Has de mejorar el cauce de tu comunicación pequeña, nos ahorrarás mucho tiempo a los dos.

Volvió a reírse.

—¿Me besas otra vez?

Claro, pero esta noche si quieres te vienes a mi habitación y te termino de besar todo lo que quieras.

—¿Y qué le digo a Ada?

—Yo no pienso dejar de besarte mientras tú me lo pidas, el tiempo que me lo pidas, tú verás lo que le dices. Por mi parte esto no es un rollo.

Por toda respuesta, Eva lo abrazó con fuerza y le dijo:

—Por la mía tampoco.

14

El mes de noviembre estaba llegando a su fin empujado por un frente frío que azotaba toda Europa. Sobre las cabezas de Eva y Ada que iban caminando a la universidad como todos los días, dejaba una triste lluvia ligera, de esas que incomodan porque no sabes cómo combatirla: si abriendo el incómodo paraguas o ignorándola. El viento gélido procedente de la sierra parecía tener el único propósito de meterse en el oído derecho de Ada y congelárselo.

—¿Sabes? Echo de menos cuando se pasaba Germán a recogernos los días así. Supongo que tú también ¿no?

—Pues no, Eva, la verdad es que no lo he pensado, cuando me acuerdo de él es para temer la hora de conectarme, porque no sé qué me va a decir, qué va a querer de mí, si me va a preguntar si lo quiero, no puedo disimular más.

—¡Pero Ada no tenía ni idea! ... ¿y te tenías eso ahí guardado y me estabas hablando de tonterías?

—Hablo de tonterías porque me angustia mucho enfrentar la realidad, pero si no te lo cuento a ti que eres mi amiga, a quién se lo voy a contar.

—¿Ya no le quieres?

—¿Cómo no voy a querer a Germán?, ¿quién puede no quererlo?, pero no, de la manera que tú y yo estamos pensando, no. No es para mí Eva. Ni yo para él, aunque parezca no darse cuenta.

—¡Madre mía, Ada! y ¿qué vas a hacer, se lo vas a decir?

—No, ¿cómo voy a decirle eso por Skype? No puedo hacerlo, tengo que esperar a que venga por Navidad, si es que viene.

—¡Hasta Navidad!, eso es imposible, no creo que puedas tenerlo callado tanto tiempo, yo no podría, no entiendo por qué no puedes decírselo por Skype.

—Porque no sería justo. Él no tendría forma de defenderse,

de argumentar, de jugar sus bazas, se sentiría frustrado y no me lo perdonaría en la vida.

—Y, ¿estás segura? ¿esto es por Mario? —se atrevió Eva a preguntar, ya llevaba tiempo sospechándolo, incluso lo había comentado con Nacho.

—No, no es por Mario. Esto ya lo sentía antes de conocer a Mario. De todas formas, ya hablaremos de esto en otro momento, no así.

—Sí, menos mal que ha parado un poco el viento, será por la lluvia que ha apretado.

—Sí. Y Florian, ¿sigue sin hablarte?

—Y sin mirarme. Y la cosa es que tampoco es que Nacho y yo vayamos juntos por la universidad, ya lo sabes, seguimos la rutina de siempre. Eso sí, cada vez que me lo cruzo, le cambia la cara de alegría y me besa. Me da un corte que no veas, no estoy acostumbrada a las muestras de cariño, me pongo tensa.

—Ya te acostumbrarás Eva, déjate llevar por lo que sientes, es así como debe ser, o al menos eso dicen. ¡Ojalá hubiese sido así entre Germán y yo!

—Sí la verdad es que pocas veces os he visto juntos y cuando nos lo encontrábamos en la universidad, no se llegaba a ver complicidad entre vosotros.

—¿Crees que Florian lo sabe, o es que sigue enfadado porque acudimos al cumpleaños sin él? Yo pensé que te gustaba fíjate.

—Me gustaba la atención que me daba, pero no me sentía con él cómoda. Es como si observara y juzgara cada uno de mis actos.

—Sí, y los míos.

—Y los tuyo sí. Nacho tiene razón: Florian es nuestro perro guardián.

Las dos se rieron.

—Pero sabes, de alguna manera me da pena dejarlo de lado, es un chico desgraciado a su manera.

—Sí —confirmó Ada —y lo más triste es que él es su principal enemigo porque no tiene nada por lo que no pudiera gustar a los demás, es su carácter intransigente, ¿no te parece?

—Sí, eso es, a mí al principio me gustaba, me parecía que teníamos mucho en común, los dos abandonados por nuestro padre y sufriendo el rencor de nuestras madres. Podía hablar con él de cosas que nunca había hablado con nadie porque no me gustaba que me tuvieran pena o algo por el estilo. Pero eso fue hasta que empezó a hacerme sentir mal.

—Me alegro que te hayas dado cuenta a tiempo.

En ese momento arreció la lluvia y ambas aceleraron el paso todo lo que pudieron hasta llegar a la universidad. Sacudieron los paraguas antes de entrar. Un golpe de calor las recibió a las dos por igual, lo que les hizo desear quitarse el impermeable mojado a toda velocidad, pero tuvieron que esperar a llegar a clase porque con el paraguas y la mochila apenas si podían moverse. Subieron apresuradas las escaleras y enfilaron el aula. Ya faltaba poco cuando al levantar la cabeza Eva vio a Florian delante de ella cortándole el paso.

—Eva, tenemos que hablar —sentenció sacando pecho y mirándola con sus ojos claros que ese día no llevaban gafas, las habría sustituido por las lentillas que solo se ponía para salir y los días de lluvia.

—Buenos días Florian. Ahora se nos va a hacer tarde para la clase —contestó Eva que vio como Ada avanzaba, traspasaba la puerta y al darse cuenta de que iba sola se volvía para mirarla y hacerle un gesto de interrogación con las cejas.

—No pasa nada por perdérsela un día. Ada nos cogerá los apuntes —dijo Florian. Eva levantó la mirada de Ada y la volvió a posar en él.

—¿No puedes esperar al descanso?

—No, no puedo. Ahora, esto es importante.

—Lo siento, pero hasta el descanso no puedo hablar contigo —Se atrevió a decir pese al nudo en el estómago que le enronquecía la voz—. Llevas una semana sin hablarme, espera un poco más.

Ante esa salida, tan poco característica de Eva que en general era más bien insegura y conciliadora, Florian frunció el ceño. Eva intentó rodearlo para entrar, pero este la agarró por el brazo y la detuvo.

—Vamos Eva, ¿es por eso por lo que no quieres hablar conmigo, porque estás enfadada?

—Buenos días —dijo Mario, que llegaba justo en ese momento. Florian sobresaltado soltó el brazo de Eva.

—Buenos días —respondió esta y volviéndose a Florian le dijo:

—Hablamos en el descanso, en la cafetería. ¿Vienes a sentarte? —En eso levantó la mirada y vio a Nacho parado unos metros por detrás de Florian, contemplando el intercambio mientras se rascaba un dedo. Le dedicó una sonrisa y se giró para seguir su camino.

Florian la siguió y Eva vio que Ada le guardaba un sitio en

tercera fila, pero como le sabía mal deshacerse de él, se dirigió a la quinta en la que había dos sitios libres.

A Mario se le olvidaron las caras de lunes que había visto en el metro en cuanto contempló la posibilidad de aprovechar el sitio que no había ocupado Eva, y allí se dirigió.

—Ya sabes lo que opino de esta maldita costumbre de guardar los sitios a la gente —le dijo en voz confidencial a Ada. Esta, que andaba distraía sacando sus bolígrafos, se giró sorprendida, y en lugar de contestar volvió un poco más la cabeza para buscar a Eva. De pronto reparó en ella, que le agitaba la mano dos filas más atrás, estaba sentada con Florian. Cuando se volvió hacia Mario, lo sorprendió mirando este fijamente sus labios. Al instante levantó la mirada y ella le sonrió y con ese simple gesto reajustó todo el mecanismo biológico de su cuerpo, activando los receptores de Ada: su aroma, el sonido de su voz, su imagen húmeda y acalorada a la vez, las vibraciones magnéticas que emitía su piel…

Eva no esperó a la hora del descanso porque reparó en que, la cafetería estaría muy bulliciosa y poco propicia para una charla de ese tipo. En cuanto acabó la primera clase, le propuso a Florian saltarse la segunda.

Se encontraban los dos sentados junto a la vidriera que daba a la calle, contemplando en silencio la soledad lluviosa y oscura que había al otro lado. Eva acariciaba distraída el rabillo de su taza, hasta que se armó de valor y se despegó de la lluvia para empezar la conversación. Florian a su vez, tenía el codo derecho apoyado en la mesa y se sostenía la barbilla con el pulgar, mientras con el índice y el corazón se sellaba la boca. Sus ojos estaban brillantes y enrojecidos y la respiración acelerada. Era una versión nueva de él, una vulnerable, que hizo que se le atragantaran las palabras que había ensayado durante la clase previa, acallando su recién nacida seguridad en sí misma.

—¿De qué querías hablar? —preguntó cobarde ¡Cómo si no lo supiera! Había elegido mal las palabras, lo vio tarde.

Florian la miró dolido.

—¡Qué cambiada estás, Eva! Te veo muy a gusto con tus nuevos amigos y te has olvidado muy pronto de los antiguos. Seguro que te hacen sentir muy *guay* los de tercero, pero en realidad, lo único que hacen es aprovecharse de ti y de tu coco, ¿lo sabes no?

A Eva le hirvió la sangre ante el reproche, ese era el tipo de pullas que había escuchado durante toda su vida, las que causaban un sufrimiento que no acababa nunca. La rabia la hizo saltar automáticamente.

—Te recuerdo que has sido tú el que ha dejado de hablarme y mirarme y el que me ha esquivado toda la semana. —Le devolvió la pelota Eva con una vena que le atravesaba la frente.

—Y poco bien que te ha venido —arremetió él que parecía que lo traía preparado—, no veo que hayas hecho el menor intento de acercarte. Sabes que te quiero, sabes que solo me importas tú, que llevo más de un año sin separarme de ti, y ¿te invita el mastodonte ese, al que sabes que no trago, y sales corriendo y me dejas tirado?

Eva perdió el hilo cuando escuchó la palabra mastodonte y la vena azuleó más en su fina piel, ahora encendida. Las palabras, le salieron a borbotones:

—No te atrevas a llamarlo mastodonte, ni a decirme que solo me buscan por mi coco. ¿Acaso no eres tú el que siempre me buscas por mi coco y para que te ayude a estudiar y luego me ignoras cuando te da la gana? Y para que lo sepas, estoy saliendo con él. Sí, no me mires así, con Nacho. Él no me quiere por mi coco, tiene el suyo propio.

Y con las mismas se levantó de un salto y agarrando los libros de un manotazo lo dejó ahí plantado, sin mirar atrás y como suele suceder a toda persona que pierde el dominio de sí, sin darse cuenta del efecto que habían causado sus palabras.

Pasó esa hora y quizás otras más, incluso debió llegar el descanso porque en algún momento sintió Florian mucho ruido y gente que dejaba caer sus carpetas con fuerza sobre las mesas, ajenos a él, como siempre le habían hecho sentir. Nunca había tenido verdaderos amigos porque la gente no tenía lealtad, en seguida se hartaban de él y se iban con otros. Ese era su problema, era demasiado leal, por él nunca se separaría de nadie que le importara. Volvía la lluvia y con ella el silencio, quizás hubiera acabado el descanso, se levantó para marcharse, no sabía adónde, pero desde luego a clase no.

ADA y Mario volvían del descanso de la mañana. En realidad, no había sido tal descanso, ya que Mario estaba dándole los retoques finales a su video de promoción de empresas interactivo y estaban todos aportando ideas y puliendo el diseño.

Acababan de dejar a Nacho y Miguel e iban comentando lo raro que les parecía que Eva no hubiera aparecido. Llevaba ya mucho tiempo con Florian, al parecer la conversación iba para largo. Cuando de repente éste se paró en seco delante de ellos, cortándoles el paso.

—Tú tampoco pudiste decirme nada, ¿verdad? —Le espetó a Ada con mirada acusadora y sin cortarse un pelo de que Mario estuviera de testigo.

A Ada le desagradó su tono al instante. Ese muchacho parecía que no era consciente de lo exigente que era y de lo descaminado que iba por la vida.

—Llevas una semana perdido, ni siquiera me devolvías el saludo, además, eso tenía que decírtelo ella. ¿Pero qué problema tienes Florian, es que tu amistad tiene que ser exclusiva?

—No, claro que no, podéis olvidarla por el primero que llega —dijo torciendo el labio, en un tono bastante alterado y echando un rápido vistazo a Mario.

—¡Eh, será mejor que te tranquilices! Estás llamando la atención —le dijo Mario en tono tranquilo, como si le diera un consejo confidencialmente.

En ese momento Florian miró a Mario.

—Ya veo. ¿Tú también te has liado con este? —preguntó señalando con un movimiento de cabeza despectivo a Mario— ¿El tenista sabe algo? No claro, seguro que no.

Y sin esperar respuesta se dio la vuelta y siguió su camino alzando la mano como si indicara que ya no quería escuchar nada más.

Horas más tarde las chicas se encontraban en casa de Ada, en su habitación. Había invitado a Eva a comer para poder hablar de lo ocurrido y luego estudiar.

—¿Y lo dejasteis de ir sin más? ¿Sin desmentirlo?

—Desmentirlo, ¿para qué?, que crea lo que quiera. Como me dijo Mario, está claro que él implicaba que por ir siempre pegado a nosotras le debíamos algo. También me dijo que teníamos que habérselo dejado claro antes, cuando empezamos a verle el rollo raro y los rebotes que se pillaba.

—¿Le hablaste de eso a Mario?

—Algo. Tampoco entendía cómo le hemos aguantado tanto. Dice que tenerle lástima a este tipo de gente no suele dar buenos resultados a ninguna de las dos partes. ¡Y qué verdad es! Hola Mam. ¿Qué traes? ¡Hum!, té de especias, ¡qué bien huele!

Ana entró portando con elegancia una bandeja de madera con sus tazas de té y la tetera de porcelana a juego. Llevaba un vestido camisero largo y suelto que se movía entre sus piernas al caminar y el pelo recogido en un moño del que salían unas ondas como las de Ada. Fue dejando las tazas con cuidado sobre la mesa de estudio, con gestos delicados de sus largos dedos, con las uñas pintadas en coral.

—¿Va todo bien? —Preguntó con su voz tranquila.

—Sí, gracias —dijo Eva.

Ada le contó lo que había pasado con Florian. Su madre escuchó en silencio.

—¿Siempre iba con vosotras, no se mezclaba con otra gente? —preguntó.

—Sí, pero solo cuando se enfadaba con nosotras, bueno con Eva principalmente.

—Es culpa nuestra, ¿verdad? —preguntó Eva con voz triste.

—¿Culpa? —volvió a repetir Ana—. Seguro que de ahora en adelante no os vuelve a pasar. Las miró a la cara un segundo a cada una y se marchó con su bandeja vacía y con la misma suavidad que había entrado.

—Tu madre no se parece a nadie que yo haya conocido nunca, es tan...

—¿Fría? —Terminó Ada la frase por ella.

—No sé si fría, es lo contrario a mi madre y no podría decir que mi madre es cariñosa. Yo diría más bien que es silenciosa. Sí, es algo así, parece que habla con el silencio.

—¡Ah!, ¿sí?

—Sí, a mí al menos me ha dado la impresión de que me ha dicho, como tú me has dicho otras veces, que no hay que hablar de culpa cuando uno no sabe, pero que a partir de ahora ya sabemos.

—Pues sí, eso es lo que ha dicho.

—¿Y no te parece fantástico? Mi madre me habría dicho con todo lujo de detalles, gritos y burla que si estaba todo el día conmigo es porque algo querría, y que qué iba a querer si a todos los tíos lo único que les importa es lo mismo.

—Y la mía piensa lo mismo, ¿qué te crees?, lo que pasa es que no se altera por nada. Yo al final me siento tonta igual.

—¿Tú por qué ibas con Florian?

Eva era única para asestarte un golpe sin verlo venir y sin ni siquiera darse cuenta de que lo hacía.

—¿Yo? Buena pregunta —contestó Ada mirando fijamente el suelo que se hallaba entre sus pies—. Creo que porque siempre andaba contigo y supuse que os gustabais, porque me daba lástima dejarlo de lado y que se encontrara solo y porque en el fondo, cuando estaba con nosotros de buenas y no agobiaba, no era mal tipo, incluso hasta es divertido. ¿Y tú?

—Yo creo que porque era el primer chico que me ha hecho caso, así tan exclusivamente. La verdad es que siempre me ha tratado muy bien, siempre y cuando no me dirigiera a otra persona que no fuera él. ¿Y con Germán? ¿Por qué saliste con él?

—Hum, ¡cómo te aprovechas! Al principio me deslumbró por su encanto, su simpatía —interrumpió la enumeración para pensar si decir lo siguiente—, su cuerpo, su ambiente, todo. Luego, cuando me fui dando cuenta de su ambición, de que ocuparía el segundo puesto detrás del tenis y los estudios no me pareció mal, así yo también podía dedicarme a mi carrera y mis cosas, pero en algún punto me di cuenta de que ya no tenía impulso para ir a buscarlo, ni mucho interés. Cada vez me cuesta más hablar con él por internet y me imagino repitiendo la historia de mis padres, indiferentes el uno al otro.

—Ya veo, ¿Y Mario?

—Con Mario no pasa nada. Bueno miento, si pasa. Representa otro de mis temores. Perder la cabeza por alguien de tal manera que me deje catatónica, como mi madre.

—Yo no veo a tu madre catatónica. De acuerdo, puede que sea difícil adivinar lo que siente, pero eso no quiere decir que no lo haga. Igual tú padre la entiende.

—O igual no se ha dado ni cuenta.

—¿Y por qué no hablas de esto con ella?

—¿Con mi madre? A ella le gusta Germán, lo sé.

—Bueno, tu misma me has dicho que Germán le gusta a todo el mundo, y es verdad, a mí me pasa lo mismo; sin embargo, te entiendo. Igual entiende lo que sientes, los dos miedos y pueda hablarte desde su experiencia.

—Del hombre que la dejó no habla con nadie. Pero lo pensaré.

NO había sido fácil para Ada tomar la decisión de cerrar los libros por unos días, pero había cedido a la presión del grupo. Al fin y al cabo, la inminente llegada de Germán para pasar las Navidades y el aire festivo que se respiraba en el ambiente la desconcentraban. Además, ya estaba muy quemada, sin pensárselo más, se había ido de fiesta con sus amigos.

La voz de Nacho, potente y llena de musicalidad, acallaba todas las demás que seguían, con mejor o peor fortuna, el karaoke de «Adeste Fideles» que salía de la TV del bar, donde estaban celebrando el inicio de las vacaciones. Ada, impotente, terminó por cerrar la boca y contemplar con los ojos brillantes como cantaba Nacho. Mario la contemplaba a ella: desde el disfrute que reflejaba su cara, hasta la suavidad del jersey blanco de cuello de cisne, que desprendía, al acercarse, una delicada fragancia a suavizante. Sonrió ante el ribete de terciopelo negro que lucía en el borde de la manga izquierda y de la campana derecha del pantalón, también blanco, alterando el equilibrio y la uniformidad del conjunto. Aún no le había preguntado qué significado tenía para ella esas asimetrías, ni tampoco pensaba hacerlo por el momento, tenía el reto secreto de intentar averiguarlo por sí mismo. Cantaba con su cerveza en la mano, consciente sin embargo de que Ada solo tenía oídos para Nacho. En ese momento le hubiera gustado saber más de música, sabía que era muy importante para ella.

Al «Adeste», le siguió «el Tamborilero» que todos se sabían sin necesidad de karaoke, así que de forma espontánea se hizo polifónico y Nacho se convirtió en tambor, Miguel en trompeta y Raúl, el fanático de Muse, en guitarra eléctrica, los demás cantaban. Todos los clientes del bar, estudiantes como ellos, aplaudieron la ocurrencia. De pronto, Eva le dio un codazo a Ada y esta miró en la dirección que le indicaba. Se quedó atónita al encontrarse mirando cara a cara a Germán, ahí plantado, con su trenca color *taupe* y sus pantalones estrechos en lana gris. Le pareció más alto e impresionante de lo que lo recordaba y con el pelo ligeramente más largo. Él le dedicó su sonrisa de tiburón más seductora y se sacó las manos de los bolsillos de la trenca para abrirle los brazos. Ella no pudo, ni quiso hacer otra cosa que ir a por ellos, porque en realidad fue el primer impulso que sintió. Él la abrazó con los ojos abiertos para ver a quién le cambiaba la cara, la balanceó de un lado a otro por la cintura.

Enseguida lo supo, el pincel con el pelo casi rapado a lo *buzz* y de mirada penetrante, que lo estaba tasando en ese momento sin la menor duda. Separó a Ada y la besó con todas las ganas que tenía acumulada y con exhibicionismo, para qué disimularlo, había volado un día antes de lo previsto, a la desesperada, pagando un dineral en unas fechas como esas, para demostrarle algo a ese tipo.

A Ada, ese arrebato, le hizo cobrar el dominio de sí misma y se separó.

—Pero, ¿qué haces aquí? ¡Qué sorpresa! No te esperaba hasta mañana, si no habría ido a recogerte al aeropuerto —se justificó Ada genuinamente sorprendida—. ¿Y cómo sabías que estaba aquí?

—Al parecer siempre frecuentáis este sitio, y el por qué hoy, bueno no aguantaba más —dijo entusiasmado mientras abría los brazos de nuevo.

Esa vez sí que le costó a Ada ir hacia ellos, incluso se quedó parada sin saber cómo reaccionar. Vino a su ayuda Eva que se acercó también a besarlo.

—Germán, ¡cómo te he echado de menos, sobre todo los días de lluvia! ¿Eh, Ada?! —Germán también la abrazó, se tenían sincero cariño.

—¡Eva!, te veo cambiada, ¡qué guapa estás! —Y la sostuvo con los brazos estirados para observarla bien. La soltó y se dirigió a Nacho, al que ya conocía, estrechándole la mano—. Felicidades Nacho, ya me han dado la noticia, me alegro mucho, hacéis muy buena pareja.

—¿De veras? Algunos me acusan de sacamantecas, seduciendo a jovencitas —declamó casi Nacho, con sorna.

—Por eso lo digo, eso es justo lo que Eva necesita —dijo Germán sonriendo.

—¡Vaya, no sé cuál de los dos me ofende más! —bufó Eva.

—Sí, pues acuérdate ahora de lo mucho que me has echado de menos los días de lluvia —replicó Germán acompañando su sonrisa con un guiño.

Nacho reconoció que Germán no era el memo que él se había pensado.

—Germán ¿Cómo te va hombre? ¡Menuda sorpresa! —intervino Miguel.

—¡Miguel!, muy bien, francamente bien para lo que me esperaba. Claro que no he hecho otra cosa que jugar al tenis y estudiar, por ese orden. Ni siquiera he salido un día a tomarme una cerveza, igual me tomo una ahora y caigo redondo.

—Seguro que no, ¡ah!, pedidle una. Ven te presento a Mario, un compañero nuevo que se ha unido a nuestro grupo de laboratorio —dijo mirando a Mario.

—Mario —dijo Germán que sacó la mano el primero y lo miró a los ojos. El apretón de manos que se dieron, sin ser excesivamente fuerte dejó claro a los dos, que ambos sabían que sabían—.Eres el que aporta la programación, ¿no es así?, entre otras cosas.

—Sí, entre otras cosas, lo que necesiten de mí, si sé darlo y si entra dentro de mi área de interés.

—¿Y cuál es tu área de interés?

—Los videojuegos en general y los de realidad virtual y

aumentada en particular, entre otras cosas.

—Germán, ten tu cerveza —intervino Ada, que gracias a Miguel había encontrado una distracción para recobrar el dominio de sí misma.

—Gracias cariño —dijo tomando la cerveza de su mano y dándole un beso rápido en los labios.

Ada no pudo evitar al abrir los ojos mirar a Mario, que le devolvió una mirada oscura y opaca de esas que la dejaban sola con su angustia y que tanto le recordaba a las de su madre. La desvió en seguida y agarró su propia cerveza que había dejado sobre la pequeña mesa alta que ocupaban frente a la TV, ahora olvidada, reproduciendo la insulsa música de karaoke que ya no cantaba nadie.

Cuando se terminaron la cerveza se despidieron de sus amigos y se marcharon con un simple adiós. No fue capaz Ada de repartir besos, ni felicitaciones navideñas, ya los volvería a ver en esos días, o al menos eso esperaba. Se encontraba alterada. Había planeado ir a recogerlo al aeropuerto al día siguiente con el coche de su hermano y luego quedar con él para hablar, después de que lo viera su familia. Quizás esa no era la mejor manera, pero no se le ocurría otra, solo sabía que tenía que ser cuanto antes. Ella hacía tiempo que había salido de esa relación y él tenía que saberlo, para salir también y continuar con su vida. Pese a su nerviosismo, a Mario lo había despedido sin titubeos, una de las ventajas que tenían las máscaras impenetrables es que una se podía liberar de su tortura psicológica si se desapegaba por completo de ellas, cosa que no era tan fácil de hacer con las peleas directas. Ese procedimiento le resultaba más fácil con su madre porque en ella, la máscara parecía una parte inconsciente de su personalidad, sin embargo, Mario no la llevaba todo el tiempo, a veces, aunque fuera fugazmente, te dejaba ver en su interior. ¿Pero a quién le interesaba? A ella no, ese era un juego muy absorbente y obsesivo y ella lo detestaba especialmente.

HORAS más tarde se paseaban por la Dehesa cogidos de la mano. La declinación del sol de la tarde proyectaba la luz a la altura de sus caras, lo que en lugar de iluminar a Ada el difícil camino que tenía por delante, metafóricamente hablando, la cegaba más. Acababan de comer en el Horcajo, pero no había querido sacar la conversación ahí.

Se adentraron por el paseo y agotados los recursos se quedaron en silencio, se presentía el ocaso. Esquivaban familias con niños, parejas con perros, ciclistas; todos a lo suyo, disfrutando del regalo del sol en un día como ese y presagiando, como todo madrileño sabe, que la noche sería fría. No tardaron mucho en encontrar un banco libre, pero le daba la espalda al paisaje. Ada se sentó al revés sin dudarlo y apoyó los antebrazos en el respaldo. Levantó la cabeza hacia el sol intentando transformar esa energía en amabilidad y delicadeza; se permitió por unos segundos recrear en su interior el Intermezzo a piano de Manuel Ponce, una pieza que siempre conseguía transmitirle esas sensaciones. Germán se sentó a su lado, contemplándola.

—¿Y bien? —preguntó este sin más rodeos.

Ada se incorporó y le sonrió, para luego retomar su postura contemplando los pinos.

—Quería contestarte a una pregunta que me hiciste hace tiempo, unos días antes del cumpleaños de Nacho. ¿Sabes cuál era?

Germán tomo aire con fuerza y la miró con aplomo.

—Te pregunté si me querías.

—Así es, y yo no te contesté —Inspiró de nuevo—. No lo hice porque no quería hacerlo por internet, no porque no lo supiera. Lo supe incluso antes de que te fueras, pero temía precipitarme, tenía dudas —Volvió a respirar varias veces para que no se le cortara la voz—. Ya las he resuelto Germán, y lo siento, pero no es amor lo que siento por ti.

Ada dirigió su mirada a la hierba, para dejar que Germán digiriera sus palabras en intimidad.

—Ya, ¿y se puede saber qué te impulsa a decírmelo ahora?

A Ada le desconcertó la pregunta. Le parecía tan evidente.

—Pues a que por fin te tengo aquí físicamente delante mía, y puedo mirarte a la cara, a los ojos, mientras tú miras los míos y no como por Skype.

—¿Y qué importancia tiene donde pongamos los ojos?, lo que importa es el tiempo que hemos desperdiciado sin hablar de tus sentimientos. Llevo más de un mes torturándome con esto y me he gastado un dineral en cambiar el billete de avión para adelantarlo un día.

De todos los supuestos que contempló Ada sobre esta conversación, jamás se le ocurrió pensar en este giro.

—¿Es eso lo que sientes?

—Sí, claro, ¿qué te esperabas, sorpresa?, ¿no pensarás que después de dejarme la pregunta sin respuesta tanto tiempo, incluso el hecho de que no la contestaras inmediatamente, no me daba ya una pista?

Ada sonrió para sí en un chiste privado: en ese momento—pensó Ada con ironía—, la opacidad de ciertas personas ya no le parecía tan desagradable, la claridad y la franqueza también tenían su veneno.

—Y entonces, ¿a qué el viaje tan precipitado, para qué cambiar las fechas?

—Pues porque no estoy dispuesto a perderte, ya sabes que soy una persona práctica, directa al grano de lo que quiero. Desde que estoy en Estados Unidos ya no somos una pareja, al menos en el aspecto físico, ni lo hubiéramos sido en tres años, a menos que te vinieras conmigo.

—Eso ya lo hemos hablado muchas veces Germán y vuelvo a repetirte que no, que quiero estudiar aquí, con mis amigos y mi familia.

—Está bien, pero sabes que tienes esa puerta abierta. Ya he hablado de ti a los profesores, he investigado las asignaturas que te gustan, si hay grupos de trabajo a los que pudieras unirte, ¡pero si hasta he hablado con la directora del coro del campus!

—Y te lo agradezco Germán, pero no quiero volver a hablar de eso y menos con lo que te acabo de decir.

—Ya lo sé, ahora no quieres y lo acepto, pero lo que no acepto, ni espero es que rompamos nuestra relación, nuestro contacto, que no pueda seguir contando contigo, hablarte de mis proyectos, mis dudas. Tú siempre me centras, me dices cosas que necesito escuchar, eres como mi talismán. Y este maldito sol me está cegando, ¿no podemos irnos a un banco con sombra o a tomarnos un café como hace todo el mundo?

Ada estalló en risas silenciosas ante esta salida, relajando su tensión. ¡Era tan difícil decirle que no al Germán encantador!

—Está bien, vamos a otro banco —le concedió con los ojos brillantes de risa.

Se pusieron de pie y continuaron paseando.

—¿Y cuál es tu propuesta entonces?, no entiendo mucho lo que quieres de mí. ¿Que sigamos como amigos?

—¡Oh, Ada por Dios, tenías que decirlo! —Se restregó la cara con las manos como si quisiera arrancársela—. Retíralo inmediatamente, no seas cursi.

Ada volvió a reírse a carcajadas.

—Está bien, lo retiro, pero entonces, ¿qué quieres?

—Que sigas hablando conmigo cuando te busque, eso es todo. Quizás no será todos los días por Skype, pero sí a menudo.

—¿Y nada más?

—Nada más, al cibersexo no te prestas, de modo que ya va siendo hora de que me busque una de carne y hueso, vestida a la moda si puede ser, no me hacían ninguna gracia tus rarezas.

—¡Caramba, Germán!, ¿y qué es lo que te gustaba de mí, entonces?

Se paró en seco y se giró tomándola de los brazos y mirándola de frente.

—Ya te lo he dicho, eres mi talismán, me gusta como ves la vida, como vas por ella, tu personalidad, no sé.

Ada se apretó el labio inferior y levantó las cejas en señal de asombro absoluto.

—Me dejas sin palabras. Y dime, cuando uno de los dos salga con otra persona, ¿continuaré siendo tu talismán?

—No veo por qué no, pero ya lo veremos cuando lleguemos ahí. ¿Es que se trata de eso?, ¿hay otro? ¿Es el pincelito ese tan serio que me has presentado en el bar?

—¿Mario? ¡Ja! ¿Por qué le llamas pincelito?

—Por su figura, atlética pero fina, de nadador diría yo.

—Justo.

—Ves, no se me pasa una. ¿Y bien? Mira que te cuesta contestarme una pregunta a la primera, eso tampoco me gusta de ti.

Ada volvió a reírse.

—No, no es Mario, ya te dije que lo sabía desde antes que te fueras, pero no me parecía el momento.

—Y ahora, ¿es un aliciente más?

—La verdad es que no, me atemoriza más que me gusta.

—O sea que te gusta.

—Le doy más peso a lo de me atemoriza.

—¿Y eso?

—¡Ay! Si fueras mi amigo te lo contaría, pero como has renunciado a ese privilegio, ahora te quedas con las ganas.

—¡*Touché*! ¿No me consideras tu amigo, entonces?

—Un amigo no se considera, al menos en mi opinión, se es, o no se es.

—¿Y nosotros nunca hemos sido amigos?

—Desde mi punto de vista, no, ¿y desde el tuyo?

—La verdad es que yo no sé si he tenido nunca lo que tú llamas un amigo, a lo mejor es lo que yo llamo un talismán.

—¡Ja, buen intento!, pero no cuela. Además, un amigo no puede ser un talismán. Al talismán se le piden cosas, y la amistad se supone que debe ser desinteresada.

—O sea que no me lo cuentas.

—No.

—Y él, ¿qué siente él? ¿Ha hecho ya doble clic?

—No, porque mi opción todavía no estaba disponible.

—¡Acabáramos! Acabo de dejarle el camino libre.

—Ya te he dicho que en lo que a mi concierne, no. Cambiemos de tema o mejor aún, tomemos ese café, ¿quieres?

Siguieron hablando de todo un poco mientras se encaminaban a su cafetería de siempre: de los proyectos de la universidad, de las actuaciones del coro que tenía para Navidad, de la familia.

—Me alegra que te lo tomes así. Me refiero a nuestra ruptura, me preocupaba cómo ibas a reaccionar.

—Ya me lo esperaba y me había propuesto no decir nada odioso, ni prepotente. Ya te prometí que corregiría ese defecto.

—Sí, lo hiciste, pero no sabía si lo podrías cumplir.

—Pues ya ves, disciplina de tenista, enfoque—dijo Germán uniendo sus manos en triángulo sobre los ojos.

—Es curioso, te estoy viendo esta tarde con nuevos ojos, te veo diferente.

—¿No te estarás arrepintiendo?

Ada volvió a reírse a carcajadas, no sabía ya cuántas veces la había sorprendido esa tarde.

—No, no soy la mujer que tú buscas, ni tú el hombre que yo necesito, solo que ahora me siento mejor. Sé que algún día vas a hacer muy feliz a otra mujer.

—¿Por qué a mí me dices: buscas, y a ti: necesitas?

—Buena pregunta. Porque es lo que creo que haces. Tú buscas, no necesitas, yo sin embargo necesito algo determinado.

—Sí necesito, te necesito a ti.

—Sí, pero buscas algo diferente, de hecho, has intentado cambiarme en no pocas ocasiones.

—Tú ganas Ada, porque de veras que no te sigo —y sonrió con la mirada brillante, emocionada.

—Ahora, por fin, estás hablando con el corazón.

—Te voy a echar de menos.

Se despidieron con un fuerte abrazo que inundó los ojos de Ada de lágrimas, frente al portal de su casa. Cuando cerró la puerta, dejó tras ella al primer amor de su vida.

15

Como hombre atento a las oportunidades, el día que Mario conoció a Ada, lo sintió como un regalo. La vida le había puesto delante una mujer que llenaba a partes iguales sus sentidos y su alma, pero no a la manera de un alma gemela, detestaba ese concepto, como si todo estuviera hecho, completo y encajara a la perfección, si no de atisbar en ella, entre sus cualidades, esa adaptabilidad, esa capacidad de crear su vida en cada instante. Mario la deseaba en todos los sentidos y tenerla que ver en los brazos de otro había sido una dura prueba. No sintió rabia, ni celos, fue más bien una tristeza, un sentimiento de confusión, de hallarse perdido, de tener que volver a trazar el camino y que también percibió en ella, en sus ojos, un eco de su mismo desconcierto.

Germán solo hacía lo que él mismo hubiera hecho en su lugar, lo que deseaba hacer en su lugar. Quiso salir del bar, pero su orgullo le obligó a aguantar el tipo hasta que se fueron, después se marchó a su casa, le puso a su madre un SMS diciéndole que necesitaba estar solo, apagó el móvil y se acostó, enterrando la cabeza bajo la almohada, el resto del día.

De madrugada, le había despertado de un sueño erótico con Ada, la natural consecuencia. Le había hecho el amor de todas las formas imaginables, durante horas o eso le había parecido y al despertar le desesperó no poder seguir reteniendo su imagen, ni las sensaciones de ella en su cuerpo. A regañadientes se levantó, se duchó y abrió la puerta que le conducía a la casa de su madre.

Lo que siguió de día no había parado de pensar si debía o no ir al concierto, en el que cantaba esa noche Ada con el coro. Les había pedido a todos sus amigos que fueran y les había regalado una entrada, estaba muy ilusionada porque cantaba un solo. Pero eso significaba volver a ver a Germán y ver cómo la felicitaba después, abrazándola o besándola de nuevo y no podía con una dosis más.

Miguel lo había llamado a las cinco para preguntarle a qué hora quedaban y él le dijo que no sabía si iría, que se fuera solo y le guardaran un sitio por si acaso. Quería tener más tiempo para pensar, para sentir qué debía hacer, aunque no le quedaba mucho. El concierto era a las siete, en el Auditorio de Colmenar viejo. Pero nada más colgar se dirigió a la ducha para prepararse.

Ahora estaba contemplando a la que debía ser la familia de Ada, porque reconoció a Alberto, con la que quizás fuera su otra hermana porque iba a su lado y porque algo de su pose y su ropa le recordaba a Ada, aunque era más alta y delgada. La pareja de más edad debían ser sus padres, pero no podía verles la cara. En ese momento vio acercarse a Germán y saludarlos. Todos se mostraron afectuosos con él y se unió al grupo.

¡Qué más necesitaba, era una estupidez entrar ahí, sufrir con lo que no se podía tener!, pero sabía que iba a entrar igualmente, que continuaría con su propósito mientras le quedara huella de la emoción, que seguía grabada en su mano y en su cara, de las dos únicas veces que ella lo tocó. Cada una de sus sonrisas traía una muda súplica que al parecer solo él percibía, pero cuando intentaba acercarse, ella saltaba volando como una mariposa. Se quedó al margen, hasta que los vio entrar a todos, también dejó pasar a sus amigos y en el último minuto entró él. Se dirigió al sitio vacío que le habían guardado junto a Miguel, justo en el extremo opuesto de la familia. Antes de sentarse cruzó la mirada con Germán, que estaba sentado junto a la hermana de Ada y que le alzó una ceja a modo de saludo.

En el escenario había una pequeña orquesta junto al piano. Los músicos, que afinaban sus instrumentos callaron al comenzar a entrar los coralistas a escena. Empezaron los hombres vestidos de traje y camisa negros que ocuparon las filas de atrás seguidos de las mujeres vestidas con faldas largas, también negras y tops gris plata entallados hasta la cadera, que se fueron colocando delante. Había pasado Mario todo el día leyendo todo lo que pudo, sobre música coral en internet, para informarse. Se dio cuenta de que no sabía nada de ese mundo y de que era muy interesante. Para empezar, no sabía qué tipo de voz tenía Ada, nunca se lo había preguntado y ahora le parecía un descuido muy grande de su parte, ¡tenía que haber hecho todo eso antes!

Verla le hizo brotar una felicidad tan grande, que no supo cómo no le hizo levitar la fuerza de su onda. Sonreía como un tonto, ajeno a la presencia de los demás. Ada se colocó en el lado derecho de la primera fila y les sonrió a todos en conjunto, y a Germán en particular, fue una sonrisa extraña, íntima, emocionada, que hirió el pecho de Mario, expuesto como estaba de par en par, como el restallido de un látigo. Se obligó a continuar respirando y siguió observándola. El vestido la hacía más alta, con más presencia, y el recogido de su pelo con los suaves rizos sueltos a los lados de la cara acentuaba sus pómulos y su sonrisa. El escote era cuadrado, justo por debajo de la clavícula, ocultando su pecho bajo la sedosa tela plateada, como dos cumbres tersas bajo la luz de la luna. Sus fantasías, sin dominio que las sujetaran, volaron hacia su cuello, y la delicada gargantilla negra de terciopelo que lo rodeaba, con una brillante clave de sol prendida.

Finalmente salió la directora, vestida también de negro y tras sus palabras de presentación sonaron los primeros compases del «Tambolero». Al poco, supo que Ada tenía voz media de mezzosoprano. Se concentró con todas sus fuerzas en distinguir su voz, pero no le era fácil y menos la primera vez que la escuchaba cantar. El karaoke del día anterior no contaba porque solo se había escuchado a Nacho. Se la veía contenta, radiante, cantaba con una alegría que transmitía a raudales.

Le siguió un popurrí de villancicos populares, y con Los Campanilleros, con un arreglo muy original y polifónico, terminaron la parte española.

En el descanso, salieron al hall de entrada, y fueron a saludar a la familia de Ada. Eva les presentó a todos. La madre era todo lo que se había imaginado y más, no sabía explicarlo, era incalificable, elegante y bella sin duda, ¿fría?, no estaba seguro. Después de los dos besos de rigor, le miró con interés y una ligera sonrisa afectuosa. El padre sin embargo le sorprendió diciendo:

—¡Hombre, Mario, ya tenía ganas de conocerte! Alberto me ha hablado mucho de ti y de todo lo que haces. ¿Cómo le va la academia a tu madre?

—Le va bien, ha recuperado a la mayoría de sus antiguas alumnas, está muy contenta. A propósito, muchas gracias por el favor que nos hizo con los focos.

—Ni lo menciones. Agradéceselo a Ada, que tenía muchas ganas de ayudaros.

Al parecer Ada no le había hablado a ninguno de él, salvo a su padre porque le pidió las lámparas. Esto vino a añadir peso a la carga de malestar que ya soportaba, porque le dejó claro que estaba excluido de su vida.

—Y tú debes de ser «el chico de los ojos bonitos» —dijo su hermana sonriendo, adelantándose a la presentación y en un tono confidencial que no escuchó nadie más—. Soy Sara, la hermana pequeña de Ada.

—No sé a qué te refieres —dijo asombrado.

Sara se echó a reír. —Sí, el que le birló el sitio el primer día.

—¡Ah, eso! —sonrió Mario—. Sí, empezamos con mal pie.

—Volvemos a vernos —les interrumpió la voz de Germán.

Mario se giró sorprendido, tenía que levantar un poco los ojos, lo que paradójicamente en lugar de dejarlo en desventaja, le atravesaba con más fuerza su mirada.

—Eso parece —Mario se echó a un lado para incluirlo.

—¿Es la primera vez que la escuchas? —preguntó Germán.

—Sí.

—¿Y qué te ha parecido?

—Increíble, se entrega como a todo lo que hace.

—¡Vaya, qué en profundidad la conoces ya!

Sara lo miró sobresaltada, pero Mario no movió un músculo.

—Soy observador, sobre todo de lo que me interesa —respondió Mario.

Sara desvió su mirada a Germán esta vez, intentaba disimular, pero empezaba a preocuparse. Este sonrió con aplomo.

—No te confíes, no creas que yo lo descuido.

Para alivio de Sara, anunciaron el final del descanso y tuvieron que volver a sus asientos.

La segunda parte estaba dedicada a canciones navideñas tradicionales del mundo.

Empezó con el «Cantique de Noël», cantado por una de las sopranos del coro como solista. Estuvo bien, aunque la soprano, en opinión de Mario, dejó más voz que sentimiento en una canción tan emotiva como esa.

A continuación, entraron en el escenario un par de chicos con rastas y traje negro (que tenían toda la pinta de ser prestados) portando un ukelele y una guitarra acústica. Les colocaron un micro antiguo delante y se adelantó Ada que se situó a su lado y les sonrió cómplice, después giró la cabeza y le hizo señas a tres compañeras, que también salieron del coro y se pusieron detrás.

Comenzaron los primeros acordes del Ukelele, con aires hawaianos que fueron seguidos por la pequeña orquesta. Ada comenzó a cantar «Mele Kalikimaka» con una voz al estilo de los años cincuenta, muy Judith Garland, seguida por las tres chicas haciéndole los coros, y el resto acompañando a la melodía en *bocaquiusa.* Mario se dejó llevar; la voz de Ada parecía emanar del movimiento de sus caderas, seductora y profunda. Sus labios acariciaban la melodía como si cada palabra le saliera del corazón y las fuera regalando. En el último *you* Ada lo miró los tres segundos que duro la nota, como si lamiera sus heridas. Sintió como si acabara de sobrevivir a la explosión de un avión, en el que la onda lo hubiera despedido, vapuleado, lanzado en picado, y un torbellino de viento inesperado le hubiera amortiguado la caída. Deseó poder coger su bicicleta y salir pedaleando disparado camino adelante, hasta agotar todo ese torbellino de emociones que llevaba dentro.

Permaneció sentado no obstante hasta el estallido final de aplausos y las ovaciones de algunos espontáneos, entre ellos el «bravo» de Nacho, que resonó como un trueno. Se sintió tan sobrecogido, que su aplauso tardó en salir, como si lo hiciera en sueños, salió lento, profundo cargado de admiración y felicidad, y fue tomando ritmo y energía que proyectaba hacia ella con la esperanza de que pudiera distinguirlo de todos las demás.

El resto del concierto pasó como un sueño, hasta que sin saber cómo, se encontró de nuevo en el hall con los demás esperando a que saliera Ada. Al llegar observó como Germán se despedía de la familia y se marchaba. No entendía a ese hombre, pero tampoco iba a analizar ese regalo inesperado.

TERMINADO el concierto, la vuelta en coche por la carretera de Colmenar, se le estaba haciendo a Mario tan triste como siempre. Esa meseta extensa y vacía, bajo la luz anaranjada de las farolas, tenían la facultad de aplastarle el espíritu desde que él tuviera recuerdo de pasar por ella, cuando volvía de la sierra, de visitar a su abuelo. Solo al llegar al punto de la acacia africana de copa plana, situada en algún punto que nunca había sentido deseos de precisar, y que le anunciaba la cercanía de Madrid, iba recuperando el ánimo poco a poco.

Llevaba en el coche a Eva, a su lado y a Ada detrás. Nacho había acompañado a Miguel, que se tuvo que marchar precipitadamente, cuando escuchó por la megafonía del hall del teatro que su coche estorbaba.

Ada recibió las felicitaciones de todos con alegría, pero Mario supo que recibió con especial emoción el abrazo de su madre, al que ella quedó sujeta como si fuera lo que más necesitara en el mundo. Después se marchó con él al *pub* en que habían quedado. Se sentó detrás, porque según le dijo a Eva, necesitaba serenarse y unos momentos de soledad.

Ada se recostó en el asiento del coche y cerró los ojos. Tomó la precaución de no ponerse al alcance del espejo retrovisor, no podía enfrentar la mirada de Mario en ese momento. Tenía un torbellino en su cabeza: le dolía en el corazón la pena que le había causado a Germán, le daba rabia su debilidad cuando había mirado a Mario, no quería mandarle mensajes contradictorios, pero no había podido evitarlo, en esos momentos de catarsis solo había existido él. Ya no se podía negar a si misma lo que sentía. Se hubiera marchado directa a casa con sus padres, de no haberle parecido desconsiderado con sus amigos, que se habían desplazado hasta allí para verla y querían continuar la noche con ella.

Cuando ya se aproximaban al parking público, Eva dobló de repente la cabeza para preguntar:

—Oye, Ada, ¿y Germán? ¿Por qué se ha marchado tan de repente, sin esperarte siquiera?

Ada no contestó en seguida, le avergonzaba hablar de eso delante de Mario, pero por otra parte en algún momento se lo tenía que comunicar a todos.

—Hemos roto —dijo y dio gracias a que no podía ver, ni ser vista por Mario, lo único que percibió fue el repentino sobresalto que experimentó el coche, al levantar inconscientemente el pie del acelerador.

Eva no dijo nada, se la quedó mirando muda y entendió por los ojos de Ada que no era el momento de hablar.

—Lo siento. He metido la pata. ¿Estás bien, no prefieres marcharte a casa?

Ada esperó unos segundos, sopesando si les aguaría la fiesta.

—La verdad es que sí, pero no quiero dejaros tirados.

—¡Qué tonta! Nosotros lo comprendemos, ¿a que sí, Mario?

—Claro, sin problemas.

Se quedaron unos momentos los tres en silencio, tal vez pensando cada uno en el siguiente paso a seguir. Eva fue la primera en reaccionar.

—Mario, ¿por qué no me dejas a mí en el bar y tú la llevas a casa?

—No. —Saltó Ada de repente— Yo cojo un taxi. Continuad la noche sin mí, ¡solo faltaba!

—Tranquila, yo también quiero marcharme, solo he venido porque me habían dejado con vosotras.

—¿Y Miguel?, ¡pobre, lo vamos a dejar de sujetavelas! —

lamentó Ada preocupada.

—Miguel se buscará la vida, no necesita niñera.

—A nosotros no nos molesta —ofreció Eva.

—Mentirosa —dijo Ada, soltando una única carcajada.

Pararon en la puerta del bar y Mario puso las luces de emergencia.

—Vuelvo en seguida, acompaño a Eva y me aseguro de que estén los demás, no vaya a quedarse sola.

—¡Qué chico más majo! —dijo Eva—. Pásate aquí Ada, no dejes a Mario de «Paseando a Miss Daisy» —dijo guiñando a Ada, en un chiste privado que les recordó otros tiempos.

—Vale, aunque hoy iría de paseando a «Miss Anne Elliot».

Eva se rio y le tiró un beso con la mano, luego salió del coche.

Al poco volvió Mario, salía del bar con la cremallera del jersey negro abierta, debía hacer mucho calor allí dentro, y traía esa seriedad en los ojos que lo hacía tan atractivo. El corazón de Ada empezó a latir más rápido, estaba agotando sus fuerzas en esa lucha consigo misma, sabía que estaba cometiendo un error, porque se estaba exponiendo a él en un momento de debilidad, cuando era mucho más complicado vencer las tentaciones.

Abrió la puerta con decisión y entró en el coche. La forma masculina en que contrajo su abdomen para doblar sus estrechas caderas al sentarse atrajo la atención de Ada, haciendo saltar chispas como si batiera hierro.

—Y bien «Mis Anne Elliot», ¿adónde vamos? —preguntó serio.

Ada le miró extrañada.

—¿Sabes quién es Anne Elliot?

—No, ¿me lo vas a decir?

Ada se lo explicó de forma muy resumida.

—¿Y es como crees que te vas a sentir dentro de siete años? —Preguntó mirándola atentamente, aprovechando que nada más abandonar la calle los detuvo un semáforo en rojo.

—No, no lo creo, pero es una broma común entre nosotras, solemos expresar como nos sentimos comparándonos con algún personaje de Jane Austen.

—Ya veo, ¿y bien?, ¿a casa entonces?

Ada sonrió para sí misma, pensó que Germán tenía razón, nunca contestaba a una pregunta a la primera. La verdad es que no quería volver a casa, quería estar con Mario, mejor dicho, necesitaba estar con Mario, pero eso no era justo, no podía empezar lo que no deseaba continuar, lo que temía con todas sus fuerzas.

Si bien se oyó decir:

—¿Te apetece dar una vuelta conmigo? Quiero hacer un poco de ejercicio, despejarme, quemar energía.

—¿Una vuelta? Habrá que dejar el coche entonces. A ver si encontramos un aparcamiento por aquí, y subimos la calle Princesa hasta la Plaza de España, ¿te parece?

—Estupendo ¡Mira, allí en la acera de la derecha hay uno!

—¡Agárrate al asiento que vuelo antes de que nos lo quiten! —Miró por el retrovisor un segundo, antes de hacer una maniobra rápida y precisa a la derecha y frenarse justo delante del aparcamiento. No fue muy brusco, aun así, puso una mano delante del vientre de Ada para pegarla al asiento.

Giró la cabeza y extendió el brazo izquierdo para dar marcha atrás, lo que ofreció a Ada una imagen del perfil de su rostro y del tendón de su cuello que despertó una fantasía de besos descendiendo su trazo hasta llegar al nacimiento de su garganta, el manantial del que manaba su olor, su pulso y su fuerza. Él termino la maniobra y se la quedó mirando, consciente de su escrutinio; bajó la mirada a su boca. Ada, descubierta, devolvió la mirada al frente. Mario sonrió para sus adentros, sacó la llave del contacto y salieron.

Echaron a andar en silencio, uno junto al otro, con las manos cada uno en sus bolsillos. En seguida tomaron la calle Princesa, muy transitada a esa hora, bajo una iluminada rosaleda navideña sobre sus cabezas.

—¿Desde cuándo cantas?

—Desde que aprendí a hablar supongo.

—¿Has recibido formación?

—Sí, en el conservatorio.

—Ha sido un placer escucharte cantar. Me cuesta encontrar las palabras para explicarlo. ¡Como cambiaste la voz, y el estilo, para transportarnos a otra época!

—Sí, de eso se trataba, de descolocar y sorprender al público.

—¿Por qué no te has dedicado a ello?

Ada guardó silencio y siguió caminando. Así, como si le cayera desde las luces navideñas, se le iluminó una sonrisa.

—Porque forma tan parte de mí que no puedo verlo como una profesión, es como si me dedicara a caminar, a respirar o a amar.

—¿Y no es esa la mayor felicidad, dedicarte a lo que más te gusta?

—Ya me dedico a ello, pero no es mi obligación. Mi profesión, a lo que me quiero dedicar es a mi segunda pasión, a lo que me supone un reto: hacer funcionar las cosas, mejorar la comunicación entre las personas, y con ello no me refiero solo a tecnológicamente.

—¡Que interesante manera tienes de ver la vida! Te comprendo, ¿sabes?, ahora que te escucho decir esto, igual es lo mismo que me pasa a mí, pero sin tenerlo tan claro.

—¿A ti? ¡No me digas! ¿También te gusta cantar? —Ada se paró en seco y lo miró con sorna.

Mario sonrió abierta y espontáneamente, como no lo había visto Ada sonreír nunca, mostrando los dientes perfectos y la silueta recta de su barbilla.

—No, me refiero a que, aunque siempre me ha fascinado observar la psicología humana, el comportamiento de las personas, nunca he querido hacerme psicólogo como mi padre. Como tú dices, ya forma parte de mí.

Continuaron andando.

—Se te nota, ¿sabes?, que nos observas a todos.

—Lo siento. Supongo que es molesto.

—Mientras no juzgues, se puede considerar empatía.

—Os he observado a ti y a Germán.

Ada lo miró de pronto seria, se sintió atacada en ese giro de la conversación.

—¡Ah!, ¿sí? Pues no me interesan para nada ninguna de tus conclusiones.

—Me alegro, porque tampoco pensaba dártelas.

Siguieron andando en silencio, enfadados. Ada no podía recibir ningún comentario negativo de Germán y le decepcionaba que Mario lo mencionara. Había sido una estúpida por proponer ese paseo, tenía la sensibilidad a flor de piel.

Llegaron a la Plaza de España y se acercaron al estanque frente al Quijote y Sancho. Se cruzaron sus miradas en el reflejo del agua, transmitiendo sus sentimientos como si fuera su medio, borrando todo malestar. Había muchos grupos alrededor, pero ellos se sentían solos. Ada levantó la mirada al Quijote y pensó que quizá lo que creyó que eran gigantes solo eran molinos de viento.

—Perdóname Mario, por favor.

—No pasa nada, ha sido una torpeza mía. Se nota a la legua que hay cariño entre vosotros, no pensaba decir nada hiriente, ni iba a ser tan torpe como para juzgaros, cuando es evidente que no soy indiferente a lo que observo.

¿Cómo podía haber dicho esa estupidez? Él sabía que a nadie le gustaba que le observaran y menos cuando acaban de romper... —pensó Mario.

—¿Te ha pasado alguna vez? ¿Has roto con alguien?

Mario se removió incómodo, se dio la vuelta sobre sí mismo y buscó un banco donde sentarse, estaban todos ocupados. Se agarró las manos y les sopló aliento para calentarlas. Sopesó si contarle lo de Lidia, pero se sentía fatal cada vez que pensaba en ello, no estaba a gusto con su conducta, sabía que había obrado mal y que era una deuda pendiente en su camino, una herida mal cerrada y sin cicatrizar.

—No estoy seguro, no lo recuerdo, solo sé que dejé de verla.

—¡Qué respuesta más rara!

—Lo sé, pero no tengo otra, fue un periodo difícil de mi vida.

—Comprendo, dejo el tema entonces. ¿Sabes?, me ha pasado una cosa curiosa con Germán?

—¿Sí?

—Sí, es algo que no sé explicarme y que no paro de darle vueltas. Quizás, tú que eres tan observador y psicólogo sepas explicármela.

Mario soltó una carcajada por la nariz, como desmintiendo eso de psicólogo, aun así la animó, no quería perderse esa oportunidad.

—¡Adelante! —dijo dándole paso con su mano—, pero mejor mientras caminemos, porque parados vamos a congelarnos. ¿Templo de Debob?

—¡Perfecto!

Al comenzar a caminar con él a su lado, sus frecuencias volvieron a sintonizarse.

—Te escucho —la animó.

—¡No creas que es fácil! Es una sensación que he tenido, pero muy volátil, de que al terminar nuestra relación estaba conociendo una faceta de él nueva, como si tuviera mucho más adentro, algo que yo no había visto o que no había conseguido hacer que emergiera.

—¿Te estás arrepintiendo? —preguntó Mario con el ceño fruncido.

—No, en absoluto, no creo que yo sea capaz de sacar su mejor versión, si no ya lo hubiera hecho.

—Lo has observado desde otro plano —dijo, comprendiendo—. Ahora ya más tranquila. Yo no lo veo extraño, todos somos mucho más que los juicios precipitados que hacemos los unos de los otros.

Ada permaneció en silencio, ensimismada pensó que ella había idealizado a Germán desde el primer día, lo había confundido con el contexto en el que lo encontró, sin conocerlo de veras nunca.

Cortándoles el paso, al inicio de la empinada escalera, apareció un vendedor ambulante de globos navideños hinchados con helio. Mario, en un impulso le compró uno en forma de bola navideña dorada, con una corona en su base, plateada.

—Ten, agárralo con cuidado, no se te escape —dijo Mario entregándole el globo.

—¿Y esto?, gracias, pero, ¿por qué? —preguntó Ada desconcertada.

—Ahora te lo explico, ¡agárralo! —le dijo apretando su mano con la suya y transmitiéndole la importancia del gesto con la gravedad de sus ojos—. Tienes que tener paciencia.

Subieron las escaleras en silencio. Ada aún sentía el calor de la mano de Mario en la suya, el deseo de retenerlo, la ataba al globo mientras caminaba, como si sujetara la Antorcha olímpica.

El templo, iluminado desde abajo, parecía pintado en el cielo negro de la noche. La llevó hasta el arco primero del conjunto, donde la situó justo delante y volvió a tomarle la mano entre las suyas.

—¿Te gusta aquí?

—¿Aquí qué? —preguntó Ada que no comprendía nada.

—Aquí bajo el poder de estas piedras. Ahora eleva la mirada al globo, concéntrate y llénalo con tus sentimientos hacia Germán, tus dudas, tus temores, todo, y cuando estés preparada para dejarlos ir, suelta el globo y contempla como se eleva, como se va haciendo cada vez más pequeño, hasta que se haya marchado para siempre.

Ada lo miró indecisa, para asegurarse de que iba en serio, y él la convenció con un asentimiento de cabeza.

Resuelta, se concentró en hacer lo que le había dicho. Visualizó como salían de ella todos esos pensamientos y sentimientos que la angustiaban, y fue llenando con ellos el globo. Cuando estuvo preparada, tomó aire y abrió la mano. Sintió como una especie de tirón, como si algo se le desprendiera de su estómago y contempló como se alejaba. Anduvo detrás del globo, para no perderle la pista, con Mario a cierta distancia, sin molestarla, hasta que ya no fue nada más que un punto pequeño, entonces se apoyó en el tronco de un árbol para descansar y

Mario se acercó. Ella le sonrió y se abrazó a él, aliviada, emocionada. Segundos después su respiración cambió, se hizo más rápida. Notó como Mario la separaba un poco de él, para mirar su cara y luego sus labios. La besó ahogando un suspiro inconsciente, furtivo, sin control y sin cordura. Saboreó sus labios como había imaginado y desabrochó su abrigo lo suficiente para meter sus manos y agarrar su cintura, acariciar su espalda y subir por sus costillas con las manos abiertas hasta alcanzar su pecho. Ada ni siquiera era consciente de la gente, a la que sentía muy lejos, perdidas por el césped como ellos, se apretó a él y continuaron besándose hasta que un ligero movimiento le hizo recuperar la conciencia. Se había acercado un perro a olisquear el árbol. Ada empujó a Mario y lo separó de sí, consciente en ese momento del sitio en el que estaba, de Germán, de Mario y de su pecho que subía y bajaba de una forma casi dolorosa.

—Mejor nos vamos, ¿vale?, el paseo no ha sido buena idea después de todo.

—No, no ha sido buena idea, no soy tu hombro en que llorar Ada, la próxima vez que me abraces tenlo en cuenta, ¿quieres? —dijo Mario en un tono severo que no le había escuchado nunca, pese a que sabía que podía ser cortante a veces. Se sintió avergonzada y no supo que decir.

Se volvió a abrochar el abrigo, y se arregló el pelo, distrayéndose antes de verse obligada a mirar a Mario a la cara. Marcharse sola en ese momento le parecía ridículo, seguir a su lado intolerable.

—¿Vamos? —preguntó Mario con un movimiento de cabeza e iniciaron el camino de vuelta en silencio.

Volvieron a pasar por la Plaza de España, y volvió a recordar Ada el otro momento incómodo de la noche y como le pidió perdón delante de la estatua del Quijote. Ya estaba harta de sentirse culpable por todo, por romper con Germán que no había resultado lo que ella esperaba, por desear a Mario, al que no conocía en realidad y no querer arriesgarse a cometer otro error.

—¿Sabes Mario, tienes razón, he hecho mal en confundirte con un hombro en el que llorar, pero tú también sabías lo que hacías, o crees que con el numerito del globo ya lo tenía todo superado? —le espetó Ada en un tono claramente enfadada.

—Sí, sabía lo que hacía, te deseo y tú lo sabes, solo falta que tú lo reconozcas también —le contestó él en el mismo tono.

—¿Ah, sí, solo se trata de eso?, pues te lo reconozco, mira tú, pero eso no significa que esté preparada, ni que pueda hacerlo el mismo día que rompo con mi novio. Ya nos veremos a la vuelta Mario, aprovecho y tomo el metro que lo tengo aquí mismo—. Y sin más apretó el paso para perderse escaleras abajo.

Mario se quedó ahí quieto, prefirió no seguirla no fuese a estropear más las cosas. Había querido que se sintiera mal como se sentía él por su deseo insatisfecho y lo había conseguido, hasta cierto punto en que ella se había dado cuenta, había reaccionado y se había defendido. ¿Acaso su chica era idiota? El único idiota era él. Si hubiera cerrado la boca, si le hubiera dado tiempo…Ahora no volvería a saber de ella hasta después de las Fiestas y a saber con qué espíritu volvía.

16

Ese espacio en la cocina, frente a la ventana abierta en una mañana de junio, era uno de los placeres favoritos de Ada desde que tuviera recuerdo y conciencia de ello. El aire fresco y brillante del sol que en esas fechas daba de lleno, pero con clemencia, brizaba sus mechones despeinados. Sentada a solas con una taza de café en sus manos, que aromatizaba sus pensamientos, disfrutaba de la plenitud de saber que había aprobado el curso y con bastantes buenas notas además. Desde la Navidad no había hecho otra cosa que estudiar y tenía por delante el verano para dedicárselo a todas las otras actividades que había relegado.

Hoy Mario tenía una entrevista con la primera empresa que se había interesado en su software de marketing. Cruzaba los dedos para que se lo compraran. Se lo merecía, había trabajado mucho en ello y era original e imaginativo. Ella se había emocionado la primera vez que se lo presentó, sin saber a ciencia cierta si era por la admiración que le causó o por el brillo de sus ojos mientras lo exponía o por ambas cosas; de lo que ya no tenía dudas era que lo que sentía ya no lo podía contener, la arrollaba, había arrasado con todo, sus miedos, su prudencia, solo sabía que quería estar con él, necesitaba tocarlo, abrazarlo, amarlo, pasara lo que pasara, fueran cuales fueran las consecuencias. Si era como su madre, fuera, y si sufría las mismas consecuencias fuera también, ya nada le importaba.

Después de la noche del concierto en que ella se marchó enfadada, avergonzada y dolida, todo había ido cambiando paulatinamente. Al salir del metro ya tenía un SMS de él diciendo simplemente: perdóname. No me guardes rencor durante la Navidad. Disfrútala.

Ella le había respondido también en seguida: Ya está olvidado. Disfruta de la Navidad que tu padre te hubiera deseado.

La verdad sin embargo era que no le había olvidado, había

tenido que luchar cada día consigo misma para no ir a buscarlo. Lo imaginaba echando de menos a su padre y no podía soportarlo, pero por otra parte se obligó a ser prudente, pues si no estaba segura de poder aceptarlo, era mejor no crearle ilusiones. Además, tampoco estaba segura de lo que él sentía. Y había hecho bien, porque después de eso, al empezar las clases de nuevo, habían seguido como si tal cosa, aunque viéndose menos, porque ella ya no podía dedicarles tanto tiempo a los proyectos de taller, solo había acudido a las ayudas puntuales que él le pidió para ultimar su software. Lo que sí había visto, era que él siempre estaba rodeado de chicas, no solo de la universidad, al fin y al cabo, ahí no había tantas, si no de otras que venían a buscarlo y que ella no conocía de nada.

En su favor había que decir que al menos que ella viera, no se enrollaba con ellas en público. Ella ya había notado que a Mario no le gustaba mostrar mucho de sí mismo, pero suponía que lo hacía en privado, claro. Algo de ello pilló de una frase que le escuchó decir a Miguel, cuando le contaba a Nacho en privado, o al menos eso creían ellos, que Mario tenía su propio estudio en la casa de su madre, lo que antes había sido el gabinete de su padre y Ada dio por sentado que ahí tenía libertad absoluta para llevar a las chicas que le diera la gana. Eso le preocupaba, el no saber nada sobre su faceta privada, o su pasado, sobre todo en este tema: cosas como si era fiel en sus relaciones o si era amable con ellas o solo las usaba, y ese era su principal freno, una incertidumbre que no le permitía zafarse del todo de la cautela.

Sus pensamientos se interrumpieron de pronto cuando su hermana se dejó caer en la silla de enfrente, absorta como estaba, no la había sentido entrar. Había pasado toda la noche estudiando, ella todavía no había terminado y además le quedaba la Selectividad por delante.

—¿Y esa camiseta? —preguntó Ada con los ojos desorbitados, tanto le sorprendió que hasta olvidó dar los buenos días — ¿Has limpiado con ella el suelo de la cocina?

Sara bajó la mirada y vio el frente de la camiseta llena de lámparas marrones.

—¡Ah, esto! Anoche me eché el té por encima, de sueño que tenía, menos mal que estaba ya frío...

—¿Y no te cambiaste inmediatamente? —Aquello no cuadraba con la pulcritud habitual de su hermana.

—Imagínate si tenía sueño, que ya todo me daba igual. ¡Anda, trae un café, porfi!

Ada se levantó y le sirvió el café que ya estaba templado.

—¿Te lo caliento un poco en el micro?

—Sí, porfi. ¿Y tú por qué te has levantado tan temprano?, si ya lo has aprobado todo.

—No sé, será la costumbre, pero luego, además, he visto el día que hace y me he dicho: no me lo pierdo, el café en la cocina en junio.

En ese momento entró su madre y les dio a las dos los buenos días.

—¡Anda Mamá, no has ido hoy a la tienda!

—No, hoy que estaban mis dos niñas en casa no he encontrado ganas.

—¿Quieres café?

—Sí

—¿Y tus amigos, también han aprobado? —preguntó Sara.

—Eva, Nacho, Mario y Miguel sí. A Florian le han quedado dos.

—¿Florian, todavía sigues siendo amiga de él?, yo pensé que ya era historia —preguntó la madre.

—Bueno no, al final entró en razón, nos pidió disculpas, y aunque ya no es como antes, seguimos pasando ratos juntos.

—¿Eva sigue ayudándolo? —Volvió a preguntar.

—Sí, aunque ya menos, solo en la biblioteca.

—Y a Nacho, ¿no le importa?

—Nada en absoluto.

—No sé, yo no me fiaría si fuera ella.

—¿A qué te refieres?

—No sé, es que nunca me gustó ese chico. No lo creo capaz de perdonar y olvidar. Yo de Eva me andaría con cuidado.

—Eso mismo dijo también un día Mario, pero Nacho dijo que no, que Eva tenía que curtirse.

—¿Y por qué lo necesita Eva? —preguntó su madre.

—¿Eva? Buena pregunta. No estoy segura, creo que le da pena.

—Ah, ¿y cree que lo ayuda impulsándolo en una carrera para la que quizás no valga? —preguntó Sara.

—Valer, no sé si vale, pero lo que desde luego no hace es disfrutarla, incluso Eva, si me apuras, tampoco parece disfrutarla; nos ayuda en los proyectos, en todo lo que le pedimos, pero nunca parte nada de ella, no se entusiasma y no lo digo como una crítica sino porque me llama la atención.

—El entusiasmo es un lujo muy atrevido. Hay que tener

mucho valor para mostrarlo porque siempre hay alguien deseando aplastártelo —dijo su madre muy seria ocultando el semblante en la taza de café.

Sara y Ada se miraron en silencio, conscientes de haber tocado una fibra sensible.

Como Ana no añadió nada más y el silencio era ya algo incómodo, Ada se volvió a su habitación y se tumbó en la cama de nuevo, dejando vagar sus pensamientos alrededor de lo que acababa de ocurrir. Una hora después sonó su móvil. Era Mario. El corazón se le aceleró violentamente, él no solía llamarla.

—Dime, Mario.

—¿Tienes un rato para vernos?

—¿Ahora?

—Sí, ahora mismo, bueno, lo que tarde en llegar a donde estés.

—Estoy en mi casa. Acabo de salir de la ducha, todavía me queda vestirme.

—¿Pero puedes?

—Claro. ¿Dónde estás?

—Llego en un cuarto de hora. ¿Tienes bastante?

—Espérame en la Dehesa, ¿vale? Yo voy ya para allá, así no tienes que esperarme en doble fila en mi portal, ¿quieres?

—Perfecto, nos vemos donde siempre.

Donde siempre se refería a donde se reunían a veces la pandilla.

A esas horas el calor ya se dejaba notar en la Dehesa. De pie en el camino, en una zona de sombra lo vio. Vestido con sus chinos beige y un polo de dos colores: un marrón, ligeramente más oscuro que su piel, en el torso y un beige delineando sus hombros: Mario parecía que había salido de su mansión de recreo para dar un paseo por la Dehesa, pensó Ada.

Por su parte, él se había obligado a sí mismo a dar la espalda a la dirección por la que habría de llegar ella, para controlar su anticipación, pero ya no podía más y se giró.

En seguida detectó su forma, su pelo ondeando a cada paso que daba, con sus sandalias romanas de cuña y lona verde oliva que llevaba atadas al tobillo. El vestido de gasa azul marino, con pequeñas flores en amarillo y verde, se pegaba a su cuerpo al caminar como si la brisa, alcahueta, se lo moldeara en ofrenda. Mario estaba tan absorto que se olvidó de resguardar sus sentimientos, la miró sin ocultar nada, derramándosele el alma por los ojos.

Ada percibió que algo era diferente al instante, algo en su postura, un acecho, una tensión. Él la miraba intensamente, con esos ojos tan serios y cuando ya solo los separaba un metro se le fue abriendo paso en su rostro una sonrisa profunda y natural que arrugó su frente, dándole una expresión de felicidad casi infantil que nunca le había conocido Ada. Se le contagió de inmediato y cuando él hizo ademán de coger sus manos se las entregó sin pensar. El las apretó con emoción y ambos giraron contentos, alrededor del eje de sus ojos.

—¿Qué pasa? —preguntó Ada confusa y feliz al mismo tiempo, muy consciente del calor y el tacto de sus manos.

—Me han comprado el programa y hemos firmado el contrato —dijo emocionado, sin soltarle las manos—, y estoy loco por ti ¿acaso no lo sabías?

Ada se sintió tan dichosa por las dos noticias servidas a la vez que se olvidó de las reticencias que le producían la segunda. Se soltó de sus manos y le lanzó los brazos al cuello, dejándolos ahí suspendidos.

—Me alegro, me alegro por ti. Sabía que lo harían.

Él se puso de repente serio:

—¿Solo te alegras por eso? —dijo mientras le daba una suave sacudida a la cintura por donde la tenía agarrada.

—¿Loco dices? —preguntó Ada evasiva, con un brillo malicioso en su mirada que fingía preocupación— ¿Loco como para que te encierren?

—Sí, loco como para que me encierren, contigo —dijo acercando su boca a la de ella y besando sus labios con un gemido que Ada inhaló con necesidad. Sintió que se le aflojaban las rodillas, pero Mario la sujetó con más firmeza, juntando ambas manos, una sobre otra y haciéndole notar el agarre de sus pulgares— Loco por esto. Te deseo desde hace tanto tiempo Ada— La voz le salía entrecortada, pero ya no se podía parar— no puedo mirarte sin desear besarte, tocarte— volvió a besarla y subió una de sus manos sin despegarla de la espalda, hasta el centro de sus omóplatos—. Cuando voy por la universidad vigilo el espacio constantemente, por si apareces— Separó su boca para mirar sus labios, observó el inferior que se ofrecía jugoso y ligeramente hinchado, pasó despacio su lengua por él—. Estoy atento a los sonidos, por si escucho tu voz o tu risa—. Volvió a atrapar el labio tembloroso entre los suyos—. Percibo los ecos de tu perfume por dónde has pasado, lo dejas en la cabina del ordenador del taller cuando te marchas, en mi coche —besó su frente, agarrando su cara bajo el mentón con ambas manos—. Escucho tu voz en cada canción, imagino tu cara de éxtasis en cada música que creo que te gustaría —Pasó las manos a su pelo, introduciendo los dedos y peinándolos suavemente, luego los devolvió a su cintura y la sacudió de nuevo. — ¿Te parezco lo suficientemente loco?

—Te quiero —dijo Ada con una mirada franca y cargada de amor.

Mario sonrió feliz y la apretó contra él, metiendo su cabeza bajo su mentón y sosteniéndola ahí cobijada, bajo la presión de su antebrazo. Ada escuchaba la fuerza de sus latidos y sentía el movimiento rítmico de su respiración subiendo y bajando en plena tempestad. Cuando recobraron un poco la conciencia del resto del mundo continuaron el camino, abrazados en silencio, cada uno disfrutando de su alegría, de sentir el cuerpo del otro.

Hicieron planes para pasar el fin de semana juntos en la casa del abuelo de Mario en la sierra, que en ese momento estaba sola porque estaban haciendo su viaje anual de vacaciones, antes de que llegara el verano y subieran los precios. La acompañó a casa y él se marchó a la suya, para dar la noticia a su familia. Quedaron en que la recogería a las 20:00. Le advirtió que se vistiera para la ocasión, pues era su primera cita y tenían mucho que celebrar.

A las 20:00 en punto estaba tocando Mario al portero electrónico, había encontrado sitio justo en su puerta.

Se abrió el ascensor y a través de la forja del portal pudo verla aparecer, venía de rojo, un vestido de vuelo hasta pasado la rodilla. A Mario se le aceleró el pulso, pero se mantuvo firme en su puesto, a unos dos metros de la puerta.

La vio salir con el pelo suelto y el sencillo vestido de algodón con corpiño, muy a su estilo. Sonrió cuando reparó en la pequeña manga, sujeta al vestido por unos finos tirantes en el ángulo justo para aguantarla en su sitio.

—Algún día tendrás que explicarme lo que significa esto — dijo mientras tiraba de uno con mucha delicadeza y lo miraba fijamente como si estuviera dudando en bajárselo. Luego desvió la mirada a sus ojos y soltando el tirante le sujetó la cara para darle un beso en los labios, mientras con la otra mano le quitaba la bolsa de viaje que sujetaba Ada.

Le tomó de la mano y la dirigió hacia el coche. Una vez en marcha, por el camino fueron hablando de todo un poco, de lo que se había alegrado su familia por su éxito de hoy, de la excusa que había dado Ada para irse de su casa ese fin de semana, de los próximos planes. Mario tenía muy claro que el siguiente curso lo haría ya en la facultad de Ingeniería Informática.

Aparcaron frente al restaurante que había reservado. Salieron del coche a la vez y él se quedó en su lado esperándola. Cuando llegó hasta él, lo encontró parado mirándola serio, como él era, vestido todo de blanco: el pantalón chino, la camisa de manga larga, arremangada hasta el codo, con el cuello abierto sin botones, que dejaba al descubierto un triángulo de piel tan bronceada como el resto. El cinturón negro era la única nota que rompía la blancura, pues hasta los zapatos eran unos *Oxford* blancos.

No supo que hacer, se había pasado tanto tiempo conteniendo lo que sentía, que se le hacía raro poder tocarlo. Él lo solucionó pasándole el brazo por los hombros y estrechándola contra él, y ella se sujetó agarrando por fin su cintura. El restaurante era un caserón original, en el que alternaban los muros blancos, con vigas de madera que enmarcaban un aparejo de espigas. Él la soltó al entrar y le tomó la mano a cambio. Se dirigió con educación y al grano al camarero, sin familiaridades de ningún tipo y fueron conducidos a un pequeño patio muy íntimo, decorado con plantas aromáticas y velas. Su mesa estaba situada junto a un jazmín y su aroma hizo recordar a Ada la noche de la boda en casa de Germán.

Retiraron sus sillas y Mario esperó a que ella colgara su bolso en el respaldo y se sentara para hacerlo él. Ordenaron la comida, aunque Ada apenas si pensaba en comer, no tenía atención más que para Mario. Observaba el brillo de la vela en sus ojos, la silueta de sus hombros en la fina camisa blanca y tenía que apelar a la cordura para no tomarse de un golpe lo que venía manteniendo bajo control durante tanto tiempo. Cuando llegó el vino, Mario tomó la copa y la olió durante unos segundos con los ojos entrecerrados, luego la probó despacio con la mirada algo perdida.

—¿Entiendes de vinos? —preguntó Ada que lo miraba extasiada.

—En absoluto —sonrió Mario.

—Y entonces, ¿por qué lo pruebas así?

—Para conocerlo, para reconocer las sensaciones que me produce. Cada uno es diferente, esto no es como la Coca Cola.

Ella sonrió. ¡El dichoso vino!

—Pero eso mismo lo podrías hacer con cada alimento que

tomas.

—Claro, y lo hago muy a menudo, ¿tú no?

—Me temo que no —contestó Ada mirando su copa pensativa, mientras la movía en pequeños círculos.

Mario atrapó la mano que tenía posada sobre el mantel, entrelazó sus dedos con los de ella acariciándolos con el pulgar, siguiendo una cadencia que Ada enseguida identificó con la de la música de fondo del restaurante. Dejó reposar la copa sobre la mesa y cerró los ojos para saborear el momento como acababa de hacer él.

—¿Te gusta la música? —preguntó en voz baja y grave, la justa, pensó Ada, para que solo llegara a sus oídos.

—Sí. Es «Divenire», de Ludovico Einaudi. Me lo ha regalado Sara hace poco, en cuanto salió.

—¿Porque sabe que te gusta?

Ada asintió.

—¿*Divenire*? Sí, se adivina, parece sugerir notas que cayeran en un lago seroso formando círculos concéntricos infinitos —Sonrió mientras continuaba su caricia.

Ada se sentía como hipnotizada por la imagen que acababa de recrear, mucho más serena y líquida que la suya.

—Para mí es casi lo mismo, pero imagino explosiones de luz en el universo: algunas tímidas como pequeñas bengalas y otras llenas de energías como supernovas.

—¿Y no te asustan como los petardos? —preguntó levantando una ceja traviesa.

—No, al contrario, me hace sentir segura, como al amparo de una fuerza superior que me protegiera.

Mario le apretó la mano con ternura.

—Aún no has probado el vino.

Ada sonrió y tomó la copa. Se llevó el vino a los labios con tiento.

—No me cierres los ojos, quiero ver lo que piensas, me has tenido mucho tiempo en la oscuridad —le dijo sonriendo.

—Me sabe a frutas, vainilla y a anticipación o expectación más bien.

—¿Expectación? —preguntó alzando una ceja.

—Sí, al menos eso es lo que siento. Quizás no sea por el vino.

—Sea por lo que sea procuraré estar a la altura —dijo mientras le pasaba el dedo corazón muy suavemente por la cara interna de su muñeca. En ese momento llegó la comida.

Cuando terminaron la cena Mario le preguntó si quería tomar

una copa primero o si prefería que le enseñara la casa. Ella optó por lo segundo y le pidió que dieran un paseo para bajar la cena antes de irse a dormir, y de ahí volvían, por una calle silenciosa con las típicas casas residenciales. La noche era cálida, pero ni por asomo como el infierno que debía hacer en Madrid. Solo se escuchaba el canto de los grillos y de vez en cuando algún que otro coche. Ada, por encima de todo eso, escuchaba su respiración acelerada, más por la cercanía de la casa que por el ejercicio.

—¿Sabes cómo se llama al sonido que hacen los grillos?

—¿Cricrí? —Aventuró Mario y ella sonrió.

—Estridular —contestó ella, cuando ya se encontraban frente a la casa.

Mario se giró en seco y le puso una mano en la cintura y la acercó a sí, hasta el momento era el primer acercamiento insinuante que hacía.

—Estridular —repitió con su nariz pegada a su cuello —es el frotar de sus alas, ¿no es así? —dijo bajito, mientras le frotaba la nariz por el hueco entre el cuello y la oreja, para seguir por los dibujos de esta y de ahí a la línea del nacimiento de su pelo.

La piel de Ada se erizó y con ese escalofrío arrancó de un brinco su corazón, haciendo subir y bajar su pecho, desentendido de los insignificantes tirantes que mantenían el vestido en su sitio.

Mario sintió ese leve movimiento, cuando sus pezones le dibujaron dos rayas verticales de fuego en su propio pecho y de pronto la imagen mental de la facilidad con la que sus manos podrían levantar las faldas de Ada encendieron su torrente sanguíneo en una erección palpitante que le hizo olvidar dónde se encontraba y todos sus propósitos. Se separó de ella y la tomó por las manos.

—Estamos llegando —dijo en un tono brusco que no engañaba sobre su causa. Tiró de Ada, que se encontraba como alelada y anduvieron en silencio los pocos metros que le faltaban hasta la entrada a la casa. Mario consiguió reunir el dominio de sí mismo mientras sacaba las llaves y abría la cancela. Se hizo a un lado para dejarla pasar y se dio la vuelta para cerrarla de nuevo. Cuando reanudó la marcha, Ada iba llegando a la puerta de la casa. Admiró su forma de caminar y el suave balanceo de sus glúteos que causaban un seísmo a su auto control.

Ella le esperaba mirando obstinadamente la puerta, sentía el cuerpo excitado, acalorado, palpitaba por dentro, él la abrió, pero esta vez no se retiró para dejarla pasar, puso una mano en el quicio dejando un arco estrecho por el que ella tuvo que pasar rozándolo. Él aprovechó el movimiento para atraparla con su cuerpo de cara contra la pared, mientras con la otra mano cerraba la puerta. Dejó que su cuerpo cediera a la atracción que ejercía el de ella, dejando caer poco a poco su peso sobre las manos que la flanqueaban, sin aplastarla, lo justo para que lo sintiera entero, excepto lo que él más deseaba darle. Bajó la mano derecha y poco a poco fue recogiendo su falda, mientras sus dedos rasgaban su muslo como si fueran las cuerdas de una guitarra, al ritmo de una melodía que llevaba dentro a dos tiempos, como las olas. La falda fue subiendo izando la vela. Ada sentía el frescor que le producía el aire en la carne incandescente, descubierta, y el aliento caliente de la respiración de él en su cuello. Notó indefensa como se le separaban inconscientemente los muslos.

Mario sonrió para dentro ante el involuntario movimiento de ella y paseó su mano por la longitud que alcanzaba de su muslo y luego sus nalgas, primero una y luego retirándose lo justo, la otra, dejándolas expuestas gracias a la picardía de una braguita brasileña de encaje, muy suave al tacto que tenía la intención de contemplar durante mucho tiempo; la noche acababa de comenzar. Se entretuvo un rato acariciándolas, mientras daba pequeños mordiscos a su cuello y jugaba con su pelo. Ada no podía más permanecer pasiva, aguardaba sentir a Mario en todos los lugares donde lo necesitaba, quería verle la cara. Se dio la vuelta repentinamente y recibió su boca posesiva y sus manos en su cintura, volvió a sentir que había caído la falda y eso la hizo soltar una especie de sollozo de frustración, pero pronto quedó su atención atrapada de nuevo cuando sintió la mano de Mario que se acercaba a su pecho y los cogía en peso, como un ciego, haciéndose con su forma, rodeando las copas, haciéndolas a sus manos. Los pezones de Ada se alzaron en rebelión, necesitaban estímulo, pero Mario no les hacía caso. Ada los empujó hacia él y este dejó las manos detenidas con las palmas en alto justo delante, y ella se lanzó furiosa a restregarlos en ellas, mientras jadeaba ya fuera de sí, ni siquiera se daba cuenta de que había perdido la consciencia de sí misma y de todo lo que le rodeaba que no fuera lo que estaba sintiendo. Él dobló los pulgares por el borde del escote hasta meterlos por debajo del vestido y el sujetador sin tirantes, y sin bajárselos, le estimuló sin misericordia los pezones. Soltó su boca porque Ada ya no respondía a sus besos, estaba secuestrada por sus manos. Mario paró y agarró su cabeza contra su pecho para que se tranquilizara, sabía que el placer sería mayor si le daba un breve respiro de segundos.

—Vamos a la habitación —dijo con la voz un poco ronca—, estamos en la puerta.

Ada salió como de un sueño. Se sentía muy excitada, no quería parar y el darse cuenta de su estado la avergonzó un poco. Ni siquiera sabía dónde iban a dormir, antes solo había subido Mario para dejar las maletas y abrir las ventanas para que se ventilara la habitación.

—Vamos —repitió Mario—, o prefieres que te suba en brazos.

Ada se dirigió a la escalera un poco sonámbula y en seguida la siguió él abrazándola por los hombros.

La habitación era muy grande, con una cama de matrimonio de madera a la izquierda frente a un gran ventanal, que en esos momentos desplegaba el velamen de las cortinas blancas, batidos por una suave brisa nocturna. Por la ranura que dejaban, se colaba el cielo negro cubierto de estrellas. Ada se acercó a la ventana y disfrutó del momento, se echaban tanto de menos las estrellas en Madrid.

—¿Retiro las cortinas para que podamos verlas desde la cama? —preguntó Mario que acababa de abrazarla desde atrás y se había unido a ella en la contemplación.

—Sí —fue su breve respuesta.

Él la soltó y corrió las cortinas, de ahí se acercó al cabecero de la cama para apagar la luz y encender la de la mesita de noche, que reguló a la mínima intensidad posible, después regresó al mismo sitio. Se quedaron así hasta que Mario la rodeó y se puso delante de sus ojos. Los contempló con intensidad y poco a poco los fue bajando hasta sus hombros, acompañado de sus manos que se detuvieron en el primer botón de su vestido.

Sin apenas rozarla le fue desabrochando uno a uno los tres primeros, lo justo para dejar al descubierto el sujetador del mismo suave encaje que sus bragas. De un solo movimiento bajó sus copas dejando los pechos descubiertos y se retiró un paso. De los labios de Ada salió un pequeño quejido de necesidad que acalló al instante cuando vio como Mario se desabrochaba con calma la camisa, mientras contempla con ojos ardientes sus senos. Ella extendió los brazos para tocar el duro relieve de su pecho, cincelado por la pálida luz y sus sombras. Detuvo la mano en su corazón para sentir sus latidos y de ahí las bajó por su abdomen hasta la frontera con lo oculto. Tiró de su cinturilla, pero él le soltó las manos y se acercó a ella. Terminó de soltarle los botones del vestido y le quitó el sujetador. La inclinó para acercarse sus pezones por fin a su boca y Ada comenzó a jadear y apretar fuera de si las piernas. Él la agarró por la cintura y metiendo una pierna entre ellas se las separó.

—No hagas trampas —le dijo en un susurro junto a su oído—, todo llegará.

Para relajarla redondeó sus senos y acarició su espalda, subiendo hasta pasar por su nuca y enredar los dedos en el nacimiento de su pelo. Ada percibía sus movimientos como el íntimo ritmo hipnótico de flujo y reflujo al que de forma lúbrica se sincopaba los latidos de su sexo. La agarró por el culo y volvió a subirle las faldas, acariciaba sus nalgas y tironeaba de sus bragas, sin llegar a bajárselas, mientras ella lo besaba y acariciaba ansiosa la anchura de su pene y la cabeza caliente, sedosa y húmeda que hacía ya rato asomaba por la cinturilla del pantalón. Él no podía dejarla, no deseaba acabar antes de tiempo, le agarró las manos y la empujó hacia la cama a la que ella cayó de espaldas con las piernas entre abiertas. Hincando en ella los talones Ada fue trepando hasta poner la cabeza en la almohada, seguida de cerca por Mario, al que la calentura le estaba haciendo tambalear sus propósitos de alargar el momento lo que ella le permitiera. Se puso sobre Ada y se restregó insinuantemente por donde, con sus caderas implorantes, ella le pedía con jirones de aliento. Como si fuera una orden, se levantó de un brinco para quitarse los pantalones. Ada le observaba impaciente, con los labios hinchados y entreabiertos, el pelo desordenado, la falda levantada y las piernas inquietas de necesidad. El último pensamiento coherente que tuvo Mario fue el de que si la hacía esperar más probablemente Ada pasara de la pasión al cabreo y rompería el hechizo, ya tendría tiempo para jugar más tarde.

Cuando Mario se puso derecho para salir de los pantalones, Ada hizo un alto simbólico, contuvo la respiración y apagó todos sus sentidos a excepción de la vista, en la que concentró todas sus energías, como si supiera sin saber, de una manera instintiva que estaba ante la última frontera, y que una vez que viera el cuerpo de Mario en su totalidad ya no habría fantasías si no realidad, el auténtico viaje. Él pareció adivinar sus pensamientos y mientras se desabrochaba le hizo un mohín que pareció decir: esto es lo que hay amiga, y sin otro segundo de vacilación salió de los pantalones y el bóxer a la vez y los mandó a hacer compañía a la camisa, luego se irguió ante sus ojos y empinó lo que poseía a modo de invitación y promesa. Ada removió las caderas en respuesta. Él fue gateando por la cama hasta acercar la boca a su vientre y fue cubriendo de besos húmedos cada centímetro que descubría la braga que, con atormentante lentitud bajaba descubriendo su sexo de suaves y pequeños rizos que cubrían justo el triángulo de su pubis. Le separó las piernas, finalmente abierta y húmeda para él, le pasó un lametazo rápido y suave por el clítoris que Ada, sorprendida recibió con un brinco y un contoneo de caderas. Mario rasgó el preservativo que llevaba y se lo fue poniendo lentamente ante su mirada. Ada quiso incorporarse para tocarlo, ayudarle, devolverle el placer que él le estaba dando, pero Mario se fue acercando a ella con claras intenciones. Le apoyó el glande en su entrada con firmeza, dejando que ella lo tentara, se lo acomodara, hiciera ceder su abertura. La agarró y se tumbó de espaldas con ella encima, luego la guio para que se montara en él, con la falda roja arremangada a los lados la sostuvo por las caderas mientras ella las giraba atornillando su verga con controladas contracciones de la parte baja de su abdomen. Estrujó su glande hasta que lo engulló, después continuó excitando su anillo de entrada. Mario la inclinó un poco hacia atrás para que no pudiera rozar su clítoris y aguantara más, quería pasearse mucho rato por su gruta ardiente. La izó para aflojar un poco y dejar que sus espasmos se liberaran y los disfrutara, mientras él controlaba sus ansias de darse la vuelta y varearla hasta que ambos se corrieran. La dejó caer de nuevo y ella volvió a contonearse, esta vez dejándose caer cada vez más hondo, mientras su cabeza se caía para atrás con la boca entreabierta, jadeando, y sus pechos botaban expuestos, húmedos. Ada se inclinó hacia delante, queriendo golpear con ellos el pecho de Mario. Una ráfaga de aire levantó la cortina y acarició sus nalgas llenándola de frescor. Apretó con fuerza la vagina y Mario que notó que ya había llegado al tope se levantó de un salto arrastrándola y colocándola debajo salió de ella y volvió a entrar, solo la cabeza, así varias veces, mientras ella se retorcía, jadeaba, imploraba y repetía su nombre, finalmente recurrió al por favor, y él entró más profundo, golpeando su clítoris y volviendo atrás para no ahogar sus palpitaciones, volvió de nuevo, y de nuevo, una y otra vez y otra, hasta que ella comenzó un aullido de liberación y unos espasmos continuos apretándolo a él por los glúteos mientras él se corría y se sacudía con fuerza, liberando suaves gemidos nasales, derramándose y mirándola con los ojos perdidos durante un breve instante, hasta posarlos en los suyos con una expresión dichosa y una vena palpitante en su frente que tenía lenguaje propio. Ada le sonrió con ternura y él se desplomó sobre ella con la cabeza sobre su pecho.

Poco a poco sus respiraciones comenzaron a apaciguarse, mientras ambos se acariciaban perezosamente y la cortina juguetona acariciaba y refrescaba sus cuerpos.

—Ha sido maravilloso —dijo Ada, besando una mano de él que había acercado a sus labios.

Él le contestó llenándole de pequeños besos su cara y su pelo. Así permanecieron largo rato, abrazados, recuperando el ritmo de su respiración en silencio.

—¿En qué piensas? —preguntó Ada.

Escuchó la sonrisa de Mario. Ada ya había consumido su dosis de silencio.

—Pienso en la conversación que hemos tenido en la mesa y la música que sonaba: *Divenire*.

—¿Te gustó?

—Sí, pero no es eso, es que sentí —Mario dudó unos instantes— deseos de revelarte algo de mí.

—Adelante, te escucho, ahora ya es tarde para pensártelo.

Mario inspiró aire sonoramente.

—Yo vivo observando ese devenir del tiempo —Hizo una pausa de unos segundos para que calara el mensaje—. Lo imagino en mi cabeza como un camino, una línea en la que voy disponiendo mis objetivos, la gente que conozco, los acontecimientos que me suceden. En ese camino encajo los incidentes como puedo y hago los reajustes según me parece. No sé si me sigues.

Ada no dijo nada. Sabía que Mario tenía mucho mundo interior, se presentía en él ese engranaje de su cerebro que no paraba de dar vueltas, pero el escucharlo así en palabras la intrigaba y la asustaba al mismo tiempo.

—¿No dices nada?

—No, lo estoy asimilando, me parece curioso, nunca lo había oído, en fin, cada cabeza es un mundo —La verdad es que a priori no le parecía nada malo, pero no sabía por qué, le producía un ligero resquemor en el estómago—. Desde luego es muy interesante, ¿y te funciona?

—No me lo planteo, no sé hacerlo de otra manera.

—¿Y por qué habrías de hacerlo de otra manera si es la tuya?

—Bueno, no todo el mundo reacciona como tú. A algunos les parece que soy: o bien cuadriculado, si rechazo algo porque no le encuentro cabida en mi esquema, o no es el momento para ello; o bien manipulador, si persigo algo a conciencia porque lo necesito para mis planes.

—¿Y lo eres?

Mario sonrió para sí. Se lo había puesto en bandeja.

—Hago esas dos cosas como ya te he dicho, ahora no sé si merezco esos calificativos. Rechazo lo que no me interesa eso es verdad, pero también doy mi ayuda a quien me la pide, siempre que no sea en realidad depender de mí su auténtica intención; y respecto a lo de manipulador, cuando quiero algo de alguien no pienso solo en mi provecho, procuro no verme como el centro del universo, sino a la otra persona y a mí como dos focos de una elipse, en una relación con el mayor equilibrio posible.

Ada guardó silencio y Mario se alzó sobre un codo para observar su cara.

—¿Y eso siempre te sale así de bien?

—No, claro que no. Soy de carne y hueso como hace un momento te acabo de demostrar.

—Más de hueso que de carne, ahora mismo me estás clavando el de la cadera —dijo Ada con humor.

Él sonrió y lo retiró.

—A veces la gente se enfada por lo primero, porque no encuentro hueco en mi vida para hacerles sitio, o me falla lo segundo: no siempre consigo lo que quiero, ni en un perfecto equilibrio para las dos partes.

—¿Y nunca has tenido dudas?

—No, hasta ahora el balance me ha resultado positivo, además, no sé hacerlo de otra forma, no es algo que yo haya elegido, es lo que ha salido de mí —Se quedó un momento esperando que ella dijera algo, pero Ada parecía que era de esas pocas personas que se pensaban las cosas antes de hablar—. ¿Lo apruebas? —preguntó impaciente.

—No me parece asunto mío aprobarlo o no, al menos de momento.

—¡Ah!, ¿no? ¿No soy asunto tuyo? —preguntó entre guasón y preocupado.

—Sí, claro que sí, sabes que sí, pero ya me entiendes, si es tu forma de ir por la vida, y a mí no me perjudica...tendré que observarlo antes de hablar.

—Eso suena bien, me gusta.

Mario hundió la cabeza en su pecho y la abrazó con fuerza hasta que poco a poco el sueño le venció.

Así siguieron durante toda la noche y el fin de semana,

amándose lentamente, o con urgencia según su deseo y su cansancio. Compraron comida en un supermercado del pueblo para no tener que salir y salvo un paseo al caer el calor de la tarde, para estirar las piernas, no abandonaron la cubierta del velero que navegaba, figurativamente hablando, el océano de su pasión, con el sentimiento de descubrimiento y fantasía de sus pocos años. Hablaron mucho, de lo que habían vivido hasta el momento, del padre de Mario, de sus años de instituto, de los veranos en Roses de Ada y los de Mario en ese pueblo con sus abuelos. Hablaron de sus pasiones: de los videojuegos que quería crear Mario y de lo importante que era la música para Ada. En cierto momento ella le recriminó que no le dijera si le había gustado la música que le dio a escuchar de Nathalie Stutzman. Él se carcajeó de ella.

—¿Todavía me guardas eso? —preguntó juguetón subiéndose a horcajadas encima de ella.

—Claro que sí, si no te gustó, por qué no decirlo, ya estoy acostumbrada a que no le guste mi música a (iba a decir nadie, pero se quedó en) mucha gente —dijo ella empujando su pecho, como para separarse.

—No fue por eso, como no iba a gustarme, es una música bellísima, lo que me fastidiaba era esa actitud hermética tuya, en la que se te notaba que querías ocultarme tus sentimientos, pero sin embargo, sí querías conocer los míos —le dijo mientras se tumbaba de nuevo y la volvía a acercar a su pecho.

—Bueno, salía con Germán —dijo Ada, sabiendo que solo le contaba parte de la verdad.

—Lo entendía, no creas, pero tenía la sensación de que te protegías de mí también por otra causa.

—Ya te he confesado que te mantenía a distancia —fue toda la respuesta que le dio Ada y a él le debió bastar, porque en ese momento tuvo el capricho de bajar las manos a sus nalgas y pasearlas, luego tiró de sus muslos y la provocó de nuevo.

VOLVÍAN a Madrid, acabado el fin de semana largo de amor piel con piel y confidencias, como Mario no había vivido nunca. Después de nueve meses fantaseando con el momento, había hecho en su imaginación el amor de incontables maneras, pero en ninguna de ellas había anticipado que Ada fuera tan apasionada y se entregara con tanto abandono. Él había observado cada una de sus facetas: la muchacha amable con todo el mundo, la colega directa y gruñona que enseguida sintonizaba con el tono dinámico y competitivo del equipo, y la más importante, la mujer que lo envolvía quisiera o no (él quería ¿a quién pretendía engañar?), con su femenina intuición para la seducción, pero eso no era todo y él lo sabía, sabía que Ada le ocultaba algo, seguía temiendo algo de él. Por eso no se había esperado que le mostrara esa total confianza en el sexo, y aunque no le parecía suficiente, porque él quería llegar al meollo de la cuestión, sí le parecía un buen comienzo. Sus respuestas a todo lo que él le había hecho lo había llenado de felicidad y optimismo, se sentía eufórico, ¿acaso ella no se lo había devuelto con la misma confianza?, sin privarse, ni guarecerse de nada. No obstante, seguía sintiendo ese no sé qué de duda, o quizás era que no podía creerse qué pudiera de nuevo sentirse tan feliz, ¿se había sentido alguna vez tan feliz?

Sacudiendo la cabeza volvió a la realidad, ya era martes y no podían dejar un día más sus obligaciones pendientes, la más perentoria de ellas buscarse un apartamento ahora que tendría dinero para ello. Quería emanciparse y compartirlo con Ada. Que viviera con él o no dependía de ella, él no tenía ninguna duda, pero todavía no se había atrevido a pedírselo, al menos hasta que tuviera el apartamento. Sus planes eran buscar unos cuantos y pedirle a ella que lo acompañara a verlos, así cuando se ilusionara con alguno, lo tendría más fácil para que aceptara. Se estaban aproximando a su rotonda y aún no tenía el cuerpo preparado para separarse de ella.

—Antes de que te deje en casa, ¿te apetece que te lleve a la cafetería que está al lado de la academia de baile? Ponen unos cruasanes buenísimos.

Ada quería llegarse a formalizar la matrícula, pero deseaba pasar un rato más junto a él, todavía no habían hablado de cuando se verían de nuevo.

—Venga, total ya me he colado un día entero, por unas cuantas horas más...

17

Lidia caminaba hacia el metro, con la vista clavada en la acera y los dientes apretados, sentía una rabia inmensa. Acababa de salir del hotel, tras una noche de perros por un incidente con un cliente y una desagradable charla con su jefa, que no la tragaba y que acabó en despido. Tendría que haber hecho caso a su madre y haber acabado los estudios de enfermería, aunque por otra parte odiaba los turnos de noche, esos eran los que le hacían reaccionar así. Suspiró con fuerza y levantó la cabeza esperando que el cálido sol de esa mañana de junio le calentara el cuerpo. Le sonaron las tripas, llevaba más de doce horas sin comer. Pensó en sentarse a desayunar antes de coger el metro. A estas horas ya no habría nadie en casa con quien desahogarse de todo lo que le había pasado, quizás fuera mejor así, se metería en la cama a dormir si podía.

Entró en la terraza donde desayunaba todas las mañanas en que salía del turno de noche y lo que vieron sus ojos le pareció una broma pesada, algo muy malo había tenido que hacer en otra vida para tener que soportar otra afrenta más en ese día, porque allí tenía sentado delante de sus narices a Mario, mirando arrobado a una chica morena, de muy buena pinta, mientras esta le hablaba. Vio como él echó la cabeza hacia atrás y soltó una sonora carcajada, después tomó la mano de la chica y se la llevó a los labios. Lidia solo llegó a formar un pensamiento en su mente: «esta no me la pienso tragar», apretó más los dientes y avanzó.

—Buenos días, Mario. ¿Te acuerdas de mí?

Mario levantó la cabeza desconcertado y por un momento se sintió confuso, como si la voz y la cara le sonaran, pero de otra vida. De pronto cayó en la cuenta y se levantó de un salto.

—¡Lidia!

—No, no te levantes, ya me siento yo —dijo retirando una de las dos sillas que quedaban libres—. ¡Qué casualidad encontrarte en un día como este! Me acaban de despedir de mi trabajo y pienso que es el momento ideal para que rompas conmigo, así supero las dos cosas a la vez.

Ada miró a Mario y este nervioso desvió la mirada y le contestó:

—No sé de qué hablas Lidia, hace más de tres años que no te veo.

—Ya lo sé. Antes nos veíamos todos los días, ¿te acuerdas? A todas horas en el instituto, me mimabas, me decías que me querías, incluso hicimos el amor por primera vez juntos, ¿a que sí?, pero nunca más se supo.

—Ya sabes lo que pasó.

—No, no lo sé, ¿qué pasó?

—Ya lo sabes, rompí con todo, fue un momento muy duro para mí.

—Ah, te refieres a la muerte de tu padre. Yo lo sentí mucho, estaba destrozada por ti y enseguida que lo supe, por Miguel, no paré hasta encontrarte, porque no contestabas a mis llamadas y tampoco sabía dónde estabas. ¡El momento más duro de tu vida y yo no estaba contigo!

—Lo siento, en ese momento no pensaba.

—¿Y cuando me viste en el tanatorio? Bueno, no sé si me viste ni siquiera me dirigiste la mirada y te quedaste como un palo cuando te abracé.

—Lo siento, no me daba cuenta de lo que hacía —repitió.

—Pues a los demás sí los abrazabas, Mario, ¿por qué a mí no, por qué me echaste de esa forma de tu vida sin una explicación, es que acaso lo maté yo? —preguntó dolida con hilo de voz y con la cara pálida y ojerosa de cansancio e indignación.

Mario la miró sobresaltado, luego miró a Ada que estaba a su vez mirando a Lidia con incredulidad y horror.

—No, claro que no, no tiene nada que ver con eso, estaba en estado de shock.

—¿En estado de shock? —repitió Lidia adelantando el cuerpo y dando un golpe en la mesa con la mano, muy cerca de Mario, y con la voz casi en grito— ¡A mí no vengas con esas, Mario!, claro que lo estabas, ¿crees que eso te excusa? Al menos podías haberme mandado un email o una llamada de teléfono, ¿tienes idea de los días que pasé esperando una llamada tuya, de lo mucho que sufrí porque no me quisieras a tu lado, porque no te apoyases en mí, por no contar nada para ti? Llamaba a Miguel y él no sabía decirme nada tampoco, pero al menos me aconsejaba que te olvidara y que pasara página.

—Lidia —respondió Mario horrorizado, intentando tocarle la mano que ella había puesto sobre la mesa y que ella retiró de un tirón— en esos días no pensaba en nada de eso, pero ¿te parece este el momento de hablarlo, en una terraza, por qué no quedamos para hablar otro día?

—Sí, cómo no, cuando tú quieras y menos te moleste — dijo Lidia irónica, haciendo ondular una mano en el aire—. Ahora me importa una mierda el por qué lo hiciste, solo me apetecía decirte a la cara, ahora que tengo la oportunidad y el empuje, lo cabrón que fuiste, y así de paso se entera esta chica —dijo con rabia desviando la mirada hacia Ada que estaba descompuesta—, para que sepa qué clase de tío eres—. Y con las mismas se levantó de un brinco y se alejó sin despedirse siquiera, olvidada ya su intención de desayunar y casi arroyando al camarero que se acercaba en ese momento a ver si quería algo.

—La cuenta por favor —pidió Mario bruscamente. En momentos como ese, se arrepentía uno de tener familiaridad con el camarero, que le miró cortado y se dio la vuelta a obedecer un poco dolido. Se giró a Ada. Esta no le miraba siquiera, observaba sus manos agarradas en un puño—. Ada, lo siento.

Ella no contestaba.

—Pago, nos vamos y te lo explico en el coche, ¿te parece?

Había sido un fin de semana único en la vida de Ada, ella nunca había vivido ni sentido algo así, todo había sido perfecto hasta ese momento.

—Acabas de materializar mi peor pesadilla —dijo temblorosa, castañeteándole los dientes.

—Lo siento —repitió Mario que presentía que un nuevo golpe se le venía encima.

—¡No vuelvas a decir lo siento, ya lo has dicho demasiadas veces en una mañana y no sirve para nada! —dijo con rabia.

Ya en el coche ella le pidió que sacara su bolsa.

—¿Qué dices? Te llevo a casa.

—No, no quiero ir a casa, así no.

—Ada, déjame que te explique, al menos tienes que escuchar mi versión, ¿no te parece? —preguntó Mario desesperado.

—Te escucho —dijo Ada muy seria y erguida, con una mano en la cadera.

—Así no, entra en el coche por favor.

—Está bien, pero antes dame la bolsa.

Mario abrió el maletero y sacó la bolsa haciendo un gran

esfuerzo por controlarse, el miedo a perderla se estaba apoderando de él.

Entraron en el coche y Ada se puso la bolsa sobre el regazo, a modo de muro de separación. Mario también miraba la bolsa y levantó de golpe la cara cuando ella le preguntó:

—Y bien, ¿cuál es tu versión?

Mario tomó aire y le contó toda la historia, desde las discusiones con ella sobre su padre hasta el día en que se presentó la guardia civil en su casa. Titubeó un poco a la hora de contarle lo del tanatorio, despojado de las emociones del momento, el incidente resultaba cruel e injustificado.

Ada escuchó en silencio asintiendo mecánicamente, intentaba dejar la mente en blanco, pero había un interrogante que se colaba insidiosa en su cerebro, que nacía de sus propios miedos. Se le contrajo la cara en una convulsión de llanto involuntaria, y su diafragma comenzó a botar en sollozos.

El observó su reacción impotente, con la cara asustada, no podía soportar verla llorar así. ¿Qué le había hecho? ¿Por qué reaccionaba así? No lo entendía. Ella se esforzó por calmarse y respirar, apoyó la frente en la bolsa, enterrando la cara lo justo que le permitiera hablar.

—Eso puedo comprenderlo, Mario, pero solo dime una cosa más —dijo levantando la cara para mirarlo, limpiándose con las manos de forma inconsciente las lágrimas de la cara ¿es cierto que la dejaste sin una sola palabra?, ¿nunca? —gritó con la voz rota— ¿en todo este tiempo?

Mario apretó los dientes, no tenía respuesta, todo había terminado.

HORAS más tarde Ada se arrepentía de haber acudido primero, a casa de Eva a desahogarse, si hubiera ido derecha a su casa la habría encontrado vacía o como mucho con Sara, si estaba estudiando. Ahora, era la hora de comer y estarían todos.

Abrió la puerta y en seguida aparecieron su madre con su padre detrás. Ada no pudo esquivarlos y entrar derecha a su habitación como pretendía.

—¡Por fin apareces, menudo fin de semana, sí que lo habéis celebrado bien! —dijo su madre que supuso que habían ido todos los de la pandilla como ya habían hecho en otras ocasiones, al fin y al cabo, ella había dicho que se iba de fin de semana a celebrar el fin de curso y que hubieran aprobado.

—Sí —dijo Ada bajando la cabeza, intentando esconder la cara.

—Y esa cara, ¿qué te ha pasado? —preguntó su madre levantándole la barbilla. Las lágrimas comenzaron a salir de nuevo, era inútil tratar de ocultárselo—. Vamos tranquilízate primero, ya me lo contarás cuando puedas. Eduardo por favor, prepárale una tila —pidió mientras le pasaba el brazo por los hombros a Ada y se la llevaba al salón. En eso que se cruzaron con Sara que salía de su habitación.

—¿Qué pasa?

Ana se llevó un dedo a los labios pidiendo silencio. Y sentó a Ada a su lado en el sofá. La acurrucó mientras lloraba, repitiéndole: «tranquila», en una letanía. Sara se sentó al otro lado y apoyó la cabeza en su espalda para que sintiera su contacto.

Cuando se fueron calmando los sollozos, su madre volvió a preguntarle qué había pasado, y Ada en esos momentos no tenía fuerzas para resistirse ni para disfrazar la verdad, le contó todo, que había empezado a salir con Mario, y lo que había pasado esa mañana en el desayuno, lo que sí omitió sin embargo es que habían ido solos.

—Ya veo, ¡menudo canalla! —dijo Ana indignada.

—¡Qué malos comienzos tienes con los hombres que eliges! —dijo Eduardo que había entrado en silencio con la infusión y lo había escuchado todo. ¿Os acordáis de cuándo conoció a Germán?

Ana le recriminó con la cabeza el comentario, como diciéndole, si tenía que echar leña al fuego.

—¿Y no te dio ninguna explicación Ada? —preguntó Sara incrédula, le había impresionado tanto el chico de los ojos bonitos, que se resistía a creer eso de él.

De mala gana, hipando, y con un relato poco coherente les fue contando las razones que le había dado Mario.

—En resumen —concluyó Ana—, sus sentimientos lo primero, cómo no.

Sara no estaba tan segura, la trágica muerte de su padre le parecía algo de mucha importancia, pero le era difícil profundizar más esa línea de pensamiento, cuando su hermana sufría de ese modo delante de ella y sus padres estaban descompuestos. Tiró de Ada y la separó de su madre para abrazarla ella.

—Ahora que estás más tranquila te diré una cosa: mejor así ¿te das cuenta? —dijo su madre— mejor haber descubierto cómo es al principio, más fácil te resultará superarlo.

—Ya verás cuando se entere Alberto —dijo Eduardo—, con la estima en que lo tiene y lo mucho que lo admira.

—No papá —soltó Ada incorporándose de pronto—, no le digas nada a Alberto, no quiero que lo enfrente, ni que lo desprecie, esto no tiene nada que ver con él.

—¿Como no va a tener nada que ver con él si eres su hermana? —replicó Eduardo.

—No se lo digas, por favor, no quiero influenciar a los demás en su contra, eso ya es pasarse, yo no soy así —dijo Ada muy alterada.

—Bueno, bueno —concedió Ana—, no le diremos nada si es lo que quieres.

—Es lo que quiero, a nadie. Además, Alberto solo tiene contacto con él a través mío que yo sepa.

—Está bien —dijo Eduardo —no le diré nada.

—Acuéstate un rato, cuando estés mejor te llevaré algo de comer —dijo su madre.

Ada ni siquiera la escuchó.

—Papá, quiero irme a Roses, lo antes posible, puedes conseguirme un billete —pidió Ada.

—¿A Roses? ¿Sola? ¿Estás segura? Te llevaré yo entonces.

—No papá, tú tienes tu trabajo.

—No importa, te llevo, me aseguro que compras comida y me vengo. No quiero que te quedes en los huesos ahora.

—¿No quieres que me vaya contigo? —preguntó Ana.

—No, prefiero estar sola, pero comeré y estaré bien, no os preocupéis.

El camino a Roses junto a su padre fue una de las experiencias más incalificables que Ada hubiera vivido nunca. Fue un auténtico viaje sin tiempo, un instante muy largo en una mente sin cuerpo, ni siquiera reparó en su padre a su lado durante todo el camino, no hablaba con él, ni lo miraba, solo percibía que en su cercanía se sentía segura. Después de una noche interminable sin sueño y sin sueños se sentía extrañamente ligera, como si fuera flotando dentro de una burbuja por el espacio, alrededor de otras burbujas que partían de cada ser humano y que no se percibían salvo en momentos como este. Paradójicamente, dejándose llevar por esa visión de burbujas se sentía más unida al resto, era como si todas ellas formaran un desgraciado caldo común.

¿Cómo era posible?, no había parado de preguntarse durante toda una noche interminable, ¿cómo era posible que el mismo hombre que había sido tan cariñoso, tan apasionado, tan generoso durante esos tres días, pudiera tener una faceta tan despiadada? ¿Qué pasaría si algún día ese rechazo fuera dirigido hacia ella? ¿Podría ella soportar que Mario no la mirara, no le hablara, no le contestara?

Ella había intentado ponerse en el lugar de ambos. Comprendía sin dificultad ninguna los sentimientos de Mario respecto a su padre. Salvando las distancias, el suyo significaba para ella algo muy parecido. El hombre que ahora llevaba a su lado también le había dejado a ella su huella. Su padre les había enseñado desde pequeñitos a ella y a su hermano todo lo que sabían de electricidad. Él no había jugado con ellos a deportes, no les había contado cuentos, ni les había dado sermones sobre la vida, pero les había enseñado a hacer circuitos, y a hacer juguetes que se encendían, se movían, o sonaban con pilas. Habían pasado horas fascinados, entretenidos, haciendo pequeños barrios, parque de atracciones, o iluminando belenes en Navidad: su hermano, su padre y ella.

¡Pobre Sara!, se daba cuenta por primera vez en su vida, Sara nunca había formado parte de ese mundo, ella era la pequeña y no sabía, su padre no se tomó el trabajo con ella de empezar desde el principio. A Sara se la llevaba su madre a la tienda o a otra habitación donde no les molestara, ahora que reparaba, siempre había estado con su madre. ¿Tendría eso algo que ver con su tristeza, su indiferencia cuando era niña?, pues claro, claro que sí, no podía creérselo, ahora lo veía.

Volvió a Mario de nuevo, no lo podía controlar y no sabía cuánto tiempo le llevaría olvidarlo, pero tenía que hacerlo, no iba a volver con él, de eso estaba segura, no quería vivir pendiente de sus expresiones, ni de su rechazo por algo que ella hiciera o dejara de hacer. Su madre solía decir que nadie escarmienta en cabeza ajena, pero ella iba a poner todos los medios para hacerlo; para empezar, iba a poner distancia. Él había dicho que el próximo año iba a seguir en Informática, ya no lo vería por la universidad; ya se las arreglaría para no verlo nunca más. Tenía todo el verano por delante para pasarlo en Roses y replantearse su vida, esa vida que ahora veía borrosa y se dio cuenta que de nuevo estaba llorando.

18

Madrid, 22 de octubre de 2015

Ada traspasó el umbral de la puerta de su nueva oficina y se apoyó en ella nada más cerrarla. Dejó resbalar el bolso de su hombro y sintió el golpe seco de este sobre el suelo. Cerró los ojos y apoyó la cabeza en la madera, mientras se concentraba en sentir la respiración y percibir las sensaciones que recibía. Estaba agitada de los dos tramos de escaleras que había subido, pero sí, ahí estaba, en el centro de su estómago, la indefinida inquietud que siempre le acompañaba y tiraba de ella, replegándola, desapasionando su corazón para que bajara el tono. Se había engañado a si misma con la idea de que en su país y rodeada de su familia y sus amigos de siempre, dejara de sentir ese vacío y alcanzara por fin eso que siempre había perseguido sin saber lo que era. Lo imaginaba como una energía intensa, cargada de confianza, de pasión, de valor, algo, reconoció Ada con pesar, en lo que no tenía experiencia. Este era el comienzo de una nueva etapa de su vida, un nuevo proyecto, su propia empresa: Telentendimiento. Afortunadamente no estaba sola, lo compartía con sus amigos y con Alberto.

Inspiró aire de nuevo y abrió los ojos despacio, dejando penetrar poco a poco la refulgencia cálida y blanca que la rodeaba, hasta que la fue atemperando y dejó que la envolviera y la acariciara. Tenía razón su hermana, ese blanco no era frío, era esperanzador. Lo había conseguido sustituyendo el antiguo ventanal por una cristalera sin marcos que dejaba entrar la luz del sol plenamente, y unos estores que la mitigaban hasta crear una atmósfera sedante. Había sido una buena decisión confiar en ella, Sara tenía sensibilidad para esas cosas.

Se dirigió a su moderna silla de oficina blanca y se sentó, guardó su bolso en el cajón superior y apoyó los brazos sobre la mesa enlucida que solo contenía un teléfono y una pantalla grande de ordenador, ambos de un sutil color plata. Paseó la mirada por la otra mesa, la de reuniones para doce personas situada al fondo frente al ventanal, igualmente blanca y rodeada en ese momento por una vela de luz solar, moteada de partículas en suspensión que fascinaban a Ada porque le revelaba que había algo más que la coraza que encerraba su mente.

Paseó la mirada por las paredes, pasó de largo la pantalla grande de TV frente a la mesa de reuniones y se detuvo en las fotografías de sus cinco años en Chile. En ellas se la veía con sus compañeros de trabajo, o con los alumnos a los que tuvo que formar y su favorita, una toma aérea de la Bahía de Cumberland perteneciente a la Isla Robinson Crusoe, su primer destino, donde acudió a reparar y reforzar las comunicaciones por satélite tras el terrible terremoto y posterior sunami de febrero de 2010. Allí pasó un par de meses a las órdenes de Maxim, antes su jefe y ahora, en esta nueva aventura, su socio.

Esa fotografía también estaba, ocupando la misma posición frente a su mesa, en su pequeño despacho de Valparaiso. Contemplarla la tranquilizaba y la aferraba al entonces presente de su nueva vida en Chile, ahora sin embargo era el pasado, el fin de su etapa aventurera, de lo que creyó iba a ser la búsqueda de sí misma y no lo fue, pese a haber amado a Chile, su naturaleza y su gente. De repente se le ocurrió que tenía que cambiar esa foto, no quería recuerdos. Le interrumpió unos toques en la puerta.

—Adelante —dijo Ada y sonrió al ver que era Maxim—. Pasa, mira, ¿qué te parece cómo ha quedado?

Se acercó a ella primero y la levantó de la silla agarrándola por los hombros le dio un beso en la mejilla. La miró sonriente y con sus ojos le infundió valor. ¡Ya estamos aquí, como lo planeamos, ahora, a por todas! —le dijo dándole una pequeña sacudida de entusiasmo—, luego se dio la vuelta y contempló el despacho en silencio con el brazo izquierdo abrazando su propia cintura y el derecho apoyado en la oreja del mismo lado, su pose pensativa favorita que lo hacía encorvarse un poco. Aun así, era bastante alto, sobrepasaba en unos quince centímetros a Ada. La chaqueta se le ajustó a la espalda que conservaba fuerte pese a sus sesenta años de edad, fruto de lo que trabajaba en el huerto de su casa, su pasatiempo favorito y de que no le hacía ascos al trabajo manual cuando se le presentaba, para motivar a sus empleados. Era más atractivo que guapo, con su frente amplia, sus ojos inteligentes y las arrugas alrededor de su boca, producto de sus muchas sonrisas, que no conseguía ocultar con su ligera barba canosa y rizada.

Maxim empezó siendo su jefe, pero ahora era un amigo muy querido; la había acogido en su familia y le había dejado que se hospedara en una casita que tenía junto al huerto, compartiéndola con un matrimonio mayor que ella que atendían la casa principal y el jardín de Maxim, lo que había sido una suerte ya que, después del terremoto, se hizo muy difícil conseguir alojamiento en Chile.

—Mmmm —medio articuló Maxim, con la comisura izquierda de su labio ligeramente levantada.

—Mmmm —repitió Ada impaciente—. ¿Qué quiere decir Mmmm? ¿Te gusta o no?

—Sí, me gusta, es bonito, pero ... Lo veo un poco..., no sé cómo decirlo, ¿inmaculado? Me entran ganas de tirar las gafas y las llaves del coche encima de la mesa, poner una taza de café por aquí, un periódico por allá ¿Cachai?

—¡Ah, es eso! Tranquilo que ya lo harás. Claro, acostumbrados como estamos a trabajar como piojos en costura, esto debe parecerte una llamada a la entropía.

—No sé si sacudirme el polvo antes de sentarme.

—Adelante, no te cortes, desparrámate todo lo que quieras.

Maxim hizo el gesto de sacudirse la culera del pantalón y se dejó caer en uno de los dos sillones confidente. Ada sonrió ante el gesto.

—¿Cómo estás? ¿Nerviosa?

—Sí, pero también loca por empezar.

—Tranquila. Hemos llegado hasta aquí porque hicimos un buen trabajo en Chile. Formamos un buen equipo.

—Ya, pero eso fue en Chile.

—Bueno, pero nuestros principales clientes son de aquí y confían en nosotros porque saben cómo trabajamos.

—Sí, pero no son tantos.

—Suficiente. En cuanto hayamos hecho nuestros primeros trabajos en España y podamos mostrarlos, conseguiremos más, de eso no tengo dudas. Llevo mucho tiempo en este negocio y sé cómo funciona.

— Lo sé Maxim, sé a todo lo que nos hemos enfrentado en Chile y lo que hemos superado juntos, lo que pasa es que ahora no estoy yo sola, también he embarcado a mi hermano, a Eva y a Nacho.

—Bueno tu hermano ya cuenta con su propia empresa funcionando y su clientela, no tiene todos los huevos en la misma cesta.

—Sí, es verdad, pero Nacho y Eva han dejado su vida de servicio en la ONG para establecerse ya por fin, y poder formar una familia en un futuro no muy lejano. Me da un poco de vértigo que les complique la vida.

—Vamos, Ada —sonrió Maxim comprensivo—, tú solo se lo ofreciste, porque necesitamos su ayuda de acuerdo, pero ellos pudieron decir que no.

—Sería la primera vez, pero sí, pudieron decir que no. ¡Estoy loca por verlos!

—¿Y el chico nuevo? ¿cómo era, Carlos? ¿no se siente muy solo acá arriba todo el día?

—Bueno, ya tiene mucho trabajo contable y pronto tendrá también administrativo. Espero además que empiece a sonar el teléfono y a tomar vida este negocio. ¿Te gusta su puesto de trabajo y la entrada desde la calle, la esquina de recepción? —sonrió Ada—. Es lo que es: cuatro sillones cómodos, una mesa de centro junto al aparador del café y vistas al jardín, no había espacio para más.

—Sí, ha quedado fantástico y además queda sitio para otro puesto de trabajo si hiciera falta. Comparado con lo que tengo en Chile, aquí podemos incluso patinar.

—¿Hablaste con ellos anoche?, ¿cómo lo llevan, nos echan de menos? Por la empresa digo, con Bárbara ya hablé anoche y está triste porque no vais a pasar juntos tu sesenta cumpleaños.

—Tengo que volver lo antes posible, de esta semana espero que no pase, no paran de llamarme.

—Te agradezco mucho que les pidieras que no me llamaran a mí. Necesitaba concentrarme en esto por completo, y no quería tener mi cabeza dividida entre Madrid y Chile.

—Lo sé, es mejor así, tienen que hacerse a la idea que ya no te tienen. En cuanto llegue necesito contratar a alguien.

—Acuérdate de todos los currículos que te seleccioné de entre los alumnos de mis formaciones. Había gente muy buena.

—Lo sé. Le diré a Vai que vaya citando a los que estén disponibles para entrevistarlos en cuanto llegue y ahora —dijo levantándose y agarrando su portátil— voy a profanar la virginidad inmaculada de tu mesa de reuniones y voy a contestar mi correo mientras esperamos, ¿te parece?

Ada le hizo un gesto de adelante y se repantingó en su asiento regresando de nuevo a la contemplación de la fotografía de la Bahía de Cumberland y pensando en por cuál otra podría sustituirla. Partiendo de la idea de que esta era una nueva etapa, acudió a su mente otra víspera de nueva etapa en su vida, en concreto aquella melancólica tarde de domingo anterior a su primer día de universidad, cuando ella solo tenía diecinueve años y no había tenido noticias de Germán en todo el verano. Eso era —pensó Ada—: la bahía de Roses, esa era la foto que iba a poner. Al fin y al cabo, Roses siempre había sido su centro de poder, el lugar donde siempre había acudido en momentos agitados. Allí se marchó cuando cortó con Mario y allí apareció inesperadamente Germán unos días después para insistirle que aceptara la invitación de su universidad, para hacer lo que le quedaba de carrera en Estados Unidos.

Volver con Germán no era lo que había querido hacer, pensaba en Mario todos los días, no se lo podía quitar de la cabeza, aun hoy no había día que pasara que no pensara en él. Algunas veces recordaba su cara en el coche, cuando cortó con él y se marchó sin mirar atrás; otras, sobre todo por la noche y no siempre en sueños lo veía sobre ella, mirándola con los ojos llenos de amor mientras entraba y salía de su cuerpo, esas las odiaba especialmente porque más allá del placer le sembraban la duda y era un seguro a padecer una crisis depresiva que le duraba varios días; y por último en una pesadilla recurrente lo veía...«no, no, no, canta algo Ada, haz ruido» —se dijo, y empezó a canturrear *soto voce* y a toda velocidad un pasaje difícil del «Kirie» de Mozart para no pensar en esa otra vez que no sabía ni quería saber si existió.

La sacó de su ensoñación un silbido clásico y cristalino que era el tono del teléfono inalámbrico.

—Dime Carlos, ¿quién me requiere? —preguntó Ada en un tono solemne de broma.

—Acaba de llamar al interfono el Sr. Requena, Mario Requena. No está en tu agenda y no sé de qué empresa viene. Dice que tú lo conoces y que lo recibirás —se quedó Carlos esperando la respuesta hasta que el silencio se hizo ya demasiado largo.

—Ada, ¿me escuchas?, ¿sabes quién es?

—Oh, sí, perdona, sí sé quién es, pero no lo esperaba, hace mucho tiempo —dijo Ada a trompicones. El corazón le latía tan fuerte que se le había cerrado la garganta, había empezado a temblar. Volvió a quedarse en silencio, se sentía culpable, como si lo hubiera hecho ella, ¿acaso lo había invocado con el pensamiento?

—¡Ada!, ¿qué le digo? —insistió— ¿Le dejo que entre o lo

despido?

—¿Qué?, que entre, pero ¿sigue en la calle?

—Sí, sigue en la calle, hasta que me des instrucciones.

—Que…, que pase, hazlo pasar sí, pero no a mi oficina, dame unos minutos por favor, dile que estoy ocupada, al teléfono, algo —farfulló nerviosa.

—Tranquila Ada, lo entretendré unos minutos, los que necesites. Dime tú cuándo puede pasar.

—Gracias Carlos.

—¿Qué pasa Ada, por qué estás temblando? ¿Quién es? —preguntó Maxim.

«Lo que le faltaba», pensó Ada, no quería tener que darle explicaciones, necesitaba serenarse.

—Ahora no, ¿quieres? dame un respiro, necesito calmarme. Es un antiguo conocido y lo tengo ahí afuera.

—¿Quieres que me vaya?

—¿Qué? —Preguntó Ada que solo escuchaba el zumbido de sus oídos

—Que si quieres que me marche.

—No, no, no —contestó pasándose la mano por el pelo—, solo que te calles.

Ante esa respuesta Maxim se echó a reír para sus adentros. Era la primera vez que veía a Ada así y se moría de curiosidad por saber quién era el que esperaba: un hombre, ¡seguro!

Ada salió disparada al baño a refrescarse un poco la cara que la tenía encendida. Contempló su imagen en el espejo y se concentró en calmar su respiración, lo que le llevó un rato. Cogió aire de nuevo y determinación para volver al despacho. No iba a hacer la tontería de esperarlo sentada en su mesa, nada mostraba más lo afectada que una estaba que los golpes de efecto. Atravesó su despacho con paso decidido, abrió la puerta y lo buscó con la mirada. No tuvo que formular la pregunta porque lo vio de pie, con su pantalón vaquero negro de motero y una camisa de tejido natural oscura y algo maltrecha que se le adaptaba a los hombros y al torso: ¡venía en bicicleta sin duda! Al escuchar la puerta se dio la vuelta y la miró, serio, con intensidad, como se miran las posibilidades.

La sonrisa prefabricada de Ada se le congeló en la cara cuando percibió de nuevo la oscura fuerza impenetrable que le transmitía Mario, siempre había sido así, reservado, al mando de la nave a la que ella siempre temió subir, temerosa de ser transportada a las profundidades del universo oscuro que se lo tragaba todo, incluso la luz. Había algo raro en él, llevaba el pelo más largo, a mechones sueltos y ligeramente rizados, naturales.

MARIO recibió su imagen como se reciben las noticias inexorables, grabándose en su piel como una síndone. ¡Esa mujer, Dios mío siempre tenía ese efecto en él! pensó.

Vestía casi de blanco, una suave piel de punto que se le pegaba discretamente a lo largo de su cuerpo hasta las caderas, resbalando luego airoso, insinuando formas que aun hoy le obsesionaban. Tenía unas pequeñas mangas fruncidas y un escote en uve que separaba su pecho firmemente redondeado; un sujetador de cascos sin duda, que ocultaban las puntas de sus pezones que él llevaba grabadas en sus manos, más suyas que las huellas dactilares. Inconscientemente contrajo los dedos que tenían memoria propia de aquellos días en que la tuvo en sus brazos, y en los que, consumidos por sus emociones y las llamas de altas temperaturas se forjaron unos sentimientos que eran su ritmo circadiano: ellos lo despertaban y con ellos se dormía.

Conforme se acercaba percibió su olor a jazmín ¡la recordaba siempre con fragancias sevillanas!, las que se ponía cuando se vestía para la ocasión. Los días de diario en la universidad solo percibía el olor a menta de su champú. Atrapó sus ojos en una sorda declaración de intenciones.

Ada parpadeó nerviosa.

—¡Mario, me alegro de verte! —saludó contenida, extendiendo sus manos hacia él para que se las tomara.

«Cariño y distancia», pensó Mario con amargura, como si él quisiera permitírselo, ¿es que acaso ella no comprendía la inutilidad de ese gesto? Tan inútil como la montaña de arena que construyen los niños delante de su castillo, para que la ola no se lo lleve. Despidió con un barrido de las suyas aquellas estúpidas manos y la abrazó con delicadeza, «poco a poco» se dijo, por mucho que su cuerpo le gritaba que quería enterrarse dentro ella, con ella, su mujer.

Ada no tuvo más remedio que agarrarse a su cuello, justo lo que él quería y sentir su corazón como él sentía los latidos del suyo. ¡Maldito sujetador armadura! Aun así, la sintió temblar y aumentar levemente la presión.

— No hueles a contaminación ¡Qué raro! —dijo mientras se separaba. Mario sonrió, porque ya había escuchado lo contrario muchas veces.

—Vengo en bici, ya lo sabes, pero me he metido en el baño

mientras te esperaba. Me he lavado la cara, y las manos y me he cambiado la camisa por otra que traía en la mochila —reconoció sonriendo.

—Sí, se le nota el paseíto en mochila —dijo paseándole los ojos por la camisa y recurriendo al humor para suavizar la tensión—. Bueno, pasa a mi despacho y me cuentas qué te trae por aquí —dijo girándose hacia la puerta. Entonces vio a Carlos y los presentó antes de entrar.

—Pasa Mario —dijo Ada adelantándose a la puerta.

Su mirada y cercanía al cruzarse con ella en la puerta la enervó y la llenó de calor, estaba tan descolocada que hasta le sorprendió que Mario se parara en seco cuando vio a Maxim. ¡Había olvidado su presencia!, pensó Ada confusa e insegura. Éste se puso de pie sonriente, pero al ver la expresión del otro borró lentamente su sonrisa.

—Te presento a Maxim. Ha sido mi jefe en Chile, ahora somos socios —dijo Ada mientras entraba y se ponía a su lado, mirando a Mario, al que encontró muy serio—. Maxim este es Mario, un compañero de la universidad —El comentario le granjeó una mirada fugaz y dura de este.

Mario recuperó la compostura y observó a Maxim de arriba abajo pero no se movió.

Maxim a su vez se acercó con la mano extendida. Ada contuvo el aliento, temiendo la reacción de Mario, pero este la contempló solo un segundo y la estrechó. Ada retomó la respiración.

—¿Mario, el de los videojuegos? —preguntó sorprendiéndolo y volvió a mirar a Ada interrogante.

—El mismo— contestó ella sosteniéndole la mirada.

—Sí, he oído hablar de ti.

—«Bueno», supongo —dijo Mario.

—Más que bueno diría yo, según Ada eres brillante y un líder natural con el equipo.

Mario sonrió ante la ceja levantada de Ada que parecía querer decirle ¿qué te esperabas? y la verdad es que hubiera tenido razón, después del rechazo tan rotundo e inexplicable de Ada, no podía más que pensar que algo muy sólido y muy negro tenía contra él, aunque no tenía ni la menor idea de qué era, solo sabía que fuera lo que fuera iba a averiguarlo y derribarlo, si quería seguir adelante con su vida, la que él de verdad quería vivir, tenía que ser con ella, no podía dejar pasar esta oportunidad.

—Pero no te quedes de pie, elige silla que están de estreno —

dijo Maxim con su sonrisa franca y abierta, señalando la que tenía frente a sí.

Mario pasó a ocuparla, y Ada se sentó junto a Maxim, buscando su amparo sin duda.

—¡Qué sorpresa Mario! —dijo por fin ella —¿Qué te trae por aquí? ¿a verme, a ver a Nacho y Eva, sabes que están al llegar, o es otra cosa? —preguntó ansiosa mientras colocaba las manos sobre su regazo, una sobre otra, palmas arriba por debajo de la mesa de reuniones, buscando calmarse.

—Todas esas cosas —contestó Mario con una sonrisa irritante que denotaba que era consciente del nerviosismo de Ada y de que este le hacía gracia. No quería que se sintiera cómoda todavía, primero tenía algunas cosas que averiguar de ella que le tenían retorcido el estómago, y mientras más descolocada estuviera más fácil le resultaría conseguirlo—. ¿Fuiste su jefe? ¿Cómo pasaste de empleada a socia?

A Ada la pregunta la pilló un poco fuera de juego y la hizo sentirse incómoda, sin saber por qué. Fue sin embargo Maxim el que contestó, quizá por echar un capote a su amiga. Se giró hacia ella, sonriente, poniendo la mano sobre el respaldo de su silla.

—Eso es fácil de contestar. Trabajamos duro juntos, a veces en condiciones penosas —dijo mirando a Mario y luego volviéndose a Ada le puso una mano sobre las suyas bajo la mesa, la sentía tensa ante ese hombre y quería transmitirle confianza, hizo un silencio de un par de segundos y continuó—, y sé que está preparada para tomar las riendas. Los dos hemos aprendido mucho en estos años y nos llevamos bien. Cuando algunos clientes nuestros nos pidieron trabajos en España y Europa, supimos que teníamos que establecernos también aquí y Ada ya tiene la experiencia y los conocimientos suficientes como para entrar de socia, no hubiera aceptado este proyecto como empleada, ¿o sí? —preguntó tirando un poco de la mano de Ada y sonriendo.

Mario se agarró las suyas por encima de la mesa y ancló sus piernas al suelo con fuerza, para controlar el impulso de dar una patada a la silla que tenía enfrente y estrellar al bueno de Maxim contra la pared opuesta.

—Reconozco que cuando no tenía que preocuparme por los gastos y los ingresos vivía más tranquila. Además, como no me imponías nunca lo que tenía que hacer, tampoco te he sentido nunca como un «jefe» —subrayó Ada, con una pronunciación más picada de la palabra jefe—, pero sí, este ya era el momento de emprender en igualdad de condiciones —declaró Ada sonriendo a su socio y liberando su mano. Las colocó esta vez sobre la mesa y volvió la cara hacia Mario que la miraba inexpresivo, con esa distancia que la hacía sentirse excluida, y no es que se sintiera juzgada por él, no era eso, no veía ningún juicio o crítica en sus ojos, tampoco solía verlos en los de su madre, era más bien como si se cortara la comunicación por un lado, y ella no pudiera escucharlo.

—Mario, el avión en el que vienen Nacho y Eva aterriza en media hora. Alberto va a recogerlos con una furgoneta y estarán aquí sobre las doce y media, vienen a quedarse ya aquí definitivamente, también tienen acciones en la empresa y van a trabajar con nosotros.

—Sí, lo sé, por eso estoy aquí, y porque tengo algo que proponeros a todos cuando estéis juntos.

—¿Algo que proponernos? —¡Por fin salió el motivo de la visita!, pensó Ada con intranquilidad—. ¿Uno de tus proyectos? —volvió a preguntar obligándose a sonreír porque la perspectiva la entusiasmaba y la desestabilizaba a partes iguales.

—No uno de mis proyectos sino «el proyecto», el que llevo persiguiendo tantos años —anunció Mario con un entusiasmo que iluminaba sus ojos y que en el corazón de Ada produjo el efecto de una llamarada solar.

—¡Por fin el videojuego de realidad virtual! —exclamó Ada con auténtica alegría.

Mario asintió con la cabeza y ambos se quedaron atrapados en un momento de entusiasmo y complicidad.

Maxim observaba la escena comprendiendo muchas cosas.

—¡Cuéntamelo todo! —gritó Ada con las manos abiertas apuntando al cielo.

Mario no se aguantaba en la silla, ¡Dios cómo quería abrazarla! Había necesitado tanto compartir con ella esa alegría. No se había atrevido a pensar que no quisiera colaborar en su proyecto, que no estuviera a su lado. Mientras lo hizo, no se la quitó de la cabeza: ¿qué pensaría ella?, ¿le gustaría?, hasta volverse loco a veces, deseando llamarla y así estar seguro. Pero no lo había hecho, no, hasta tener una ventaja, hasta tenerla en una situación en que pudiera tener el control, en la que ella no tuviera más remedio que escucharle, que darle una explicación, que enfrentarse a sus miedos y por fin estaba ahí.

—Ahora no, tendrás que esperar a que estemos todos. Me voy a solucionar unas cuantas cosas que tengo que hacer y vuelvo a las doce y media —dijo Mario levantándose de un salto de la silla y colgándose su mochila al hombro—. Maxim —Le hizo un gesto de despedida con la cabeza y salió de la oficina—. En un rato vuelvo —le escuchó Ada decir a Carlos.

MARIO abandonó el edificio y se subió en su bicicleta. Por suerte tenía El Pardo muy cerca, uno de sus sitios preferidos para perderse y pensar. Tomó el sendero acostumbrado y al llegar a su mirador de siempre apoyó la bicicleta contra una encina y se sentó a contemplar Madrid con su penitencia de humo.

Dirigió su vista hacia la Ciudad Universitaria y dejó que su corazón se calmara después del ejercicio y de la dura prueba a la que se había sometido. Este retiro no era más que para coger fuerzas: este era su momento y no iba a parar hasta que Ada fuera suya; llevaba seis años viviendo para ello, en realidad, sentía como si toda su vida hubiera vivido para ello.

El fracaso con Ada, justo en el momento en que creía haber superado la muerte de su padre fue un duro revés. Su familia y Miguel no lo entendían, incluso la odiaban, bueno quizás odiar era una palabra muy fuerte, por haberle hecho sufrir de nuevo. No comprendían como él, que había sido él, el que había apagado la luz de sus ojos. Sintió el sufrimiento y la desilusión de Ada de una forma visceral, como si la hubiera conocido de toda la vida. No supo de dónde le vino la certeza, pero sintió su miedo, su angustia y su decepción.

Lo que ocurrió aquella mañana lo había analizado ya centenares de veces, tantas, que ya ni sabía lo que había sido real o lo que había sido fabricado por su sentimiento de culpabilidad. Ya desde unas semanas o meses después del fallecimiento de su padre reconoció que el comportamiento que tuvo con Lidia fue cruel, inmaduro y vergonzoso. La hizo sufrir injustamente, quizás para aliviar parte de su pena, buscó de forma inconsciente un responsable al que dirigir su rabia. De la escena del tanatorio apenas si recordaba nada salvo de no querer mirarla. Todavía recordaba la cara de incredulidad de Ada cuando le preguntó si era verdad que no volvió a hablar ni a contestar las llamadas de su novia desde que murió su padre, como esta mismo dijo: acaso lo maté yo. Aquellas palabras resonaron en su cabeza durante mucho tiempo, le hicieron ver en un segundo, lo ridículo de aquel sentimiento que había albergado y del daño que había hecho. Pero había pagado por ello con creces porque Ada se marchó a Estados Unidos con Germán y no quiso escucharle. Le costó mucho perdonarle eso, pero lo hizo porque él también le había hecho daño y porque era lo mismo que él le había hecho a Lidia. Eran los equilibrios, en los que él creía tan firmemente.

El socio lo había pillado por sorpresa, de él no le había hablado Nacho, bueno tal vez mencionó un socio, pero no se había imaginado esa conexión entre ellos. ¿Sería ya demasiado tarde? Se le agitó la respiración de nuevo e inclinó hacia atrás la cabeza cerrando los ojos, intentando tranquilizarse.

ADA acababa de colgar el teléfono a Alberto. Ya venían para la oficina y ella estaba fuera de sí. No sabía cómo enfrentar lo que se le venía encima, lo único que sentía era impotencia y rabia. No quería aceptar lo que fuera que le propusiera Mario, por más que trabajar en un videojuego suyo, aun sin saber de qué se trataba, fuera un sueño para ella, como lo era, de eso estaba segura, para todos los demás.

Se sentía atrapada, ¿cómo iba a decir que no? Nacho, Eva, Alberto, incluso Maxim no lo entenderían, se le enfrentarían y con razón, pero, ¿y ella?, ¿cómo iba a dar entrada de nuevo a Mario en su vida con lo que le había costado sacarlo de adentro? ¡Tantos años fuera para esto! Sentía lo mismo que sintió el primer día que lo conoció, allí, quitándole el sitio en primera fila, mirándola arrogante, con esos ojos negros suyos. Enseguida presintió que iba a volver su vida patas arriba.

Hoy Mario seguía siendo para ella tan incomprensible y desconocido como siempre. Nunca le había hecho ningún daño a propósito, más bien al contrario, la había amado incansablemente, en todos los sentidos, durante un fin de semana que no había conseguido olvidar. Tampoco olvidó Mario su promesa, pese a lo que ocurrió entre ellos, y le había ido ingresando regularmente (por medio de Alberto) lo que según él era su parte de los derechos por la colaboración que le prestó en la comunicación del usuario con su software.

Pese a todo eso Ada no confiaba en él, siempre se había sentido a su lado insegura, como si él quisiera conducirla a ciegas hacia un destino que ella desconocía. Él mismo le había reconocido que tenía sus planes muy bien trazados y que sabía enfocarse en lo que de verdad quería. Por suerte, descubrió a tiempo que también sabía desembarazarse con crueldad de lo que ya no le interesaba, como había hecho con su antigua novia, aunque no olvidaba que lo hizo en un momento de terrible shock. Ada volvió a recordarse, por enésima vez, que sin haber estado en su pellejo tampoco era quién para juzgar. ¿Y qué significaba esa actitud, esa pose controlada de Mario que tanto le recordaba a la de su madre? Y si le apuraban también la de Sara, sobre todo durante su niñez.

Desde que tuviera uso de razón había vivido con esa angustia; por eso, harta de ese sentimiento de exclusión de aquellos a los que tanto quería, y temiendo que se perpetuaría el patrón con Mario si seguía a su lado, decidió marcharse a estudiar también a Estados Unidos como le había pedido Germán tantas veces.

Escuchó de repente ruido de voces y por encima de ellas la voz potente de Nacho. Salió disparada de su despacho y se topó con el gigante cuando le quedaban dos escalones. La agarró con un brazo por los hombros según su estilo habitual y le dio un beso en la mejilla, ella lo retiró de un codazo como también era costumbre.

—¡Igual de bestia que siempre! —Lo empujó Ada.

—¿Qué esperabas, que el desierto lo puliera? —contestó Eva con sarcasmo que venía detrás.

—¡Eva! ¡Ay que te vea! —gritó Ada ansiosa. Su amiga la abrazó con fuerza—. ¡Qué alegría! ¿Qué tal el viaje? Os tengo un notición.

—Si es Mario, ya lo hemos visto, está ahí fuera hablando con un conductor que tiene atravesado el camión en tu puerta —dijo Alberto que venía detrás, cargado con las mochilas y los portátiles—. No hemos podido meter el coche.

—¡Vaya! ¿Debo bajar entonces? ¿Hay algún problema?

—Se le ha averiado y se le ha parado justo ahí. No lo puede mover.

—Poneos cómodos chicos que voy a ver qué pasa —dijo Ada mientras bajaba las escaleras.

Vio a Mario con las manos apoyadas en la parte baja de las caderas, una postura muy habitual en él cuando calibraba el siguiente paso a seguir. Estaba junto a un hombre muy grande y muy rubio, escandinavo, a juzgar por el rótulo del camión, que hablaba por el teléfono móvil. Ada se acercó y preguntó:

—¿Qué pasa?

Mario se giró sorprendido y por un segundo no pudo ocultar la alegría sincera de verla que mostraban sus ojos.

—Está llamando a su compañía de seguros para que le mande a un mecánico o le dé una solución. No puede moverlo.

En ese momento el conductor se dio la vuelta y al toparse con Ada la miró de abajo arriba sorprendido.

—Mira por donde acabas de alegrarle el día, porque al parecer lo lleva de perros.

—¡No me digas, pobre hombre! ¿Habla español?

—No, pero habla inglés.

En ese momento cortó la comunicación y les explicó que ya venía un mecánico de camino, con toda la atención puesta en Ada como si Mario hubiera desaparecido.

Ada le dijo que se tranquilizara, que por el momento no estorbaba, y que si lo necesitaba podía pasar al baño o a tomar un café, mientras llegaba el mecánico. El conductor, sorprendido, se lo agradeció con un estrechamiento de manos efusivo, pero declinó, no quería separarse del camión y tenía que reunir la documentación para el seguro. Ada y Mario se volvieron entonces a la oficina, sin embargo, antes de acercarse a la puerta, Ada se volvió y paró a Mario poniéndole una mano sobre el antebrazo.

—Mario, quiero hablar contigo.

Este se quedó mirando la mano de ella sobre su brazo con incredulidad ¡cómo podía entrar tanta alegría por la piel! luego la miró a los ojos.

—Claro, dime.

—Ven acércate por aquí, pongámonos a la sombra —dijo desviándose a la derecha y cobijándose bajo uno de los árboles, que encasillado por un alcorque, era uno de los pocos supervivientes de la recalificación del terreno a polígono industrial. Mario la siguió.

—No sé cómo decirte esto, no encuentro las palabras para poner en orden el caos que tengo.

Mario agachó un poco la cabeza y la miró con atención, con una ligera sonrisa paciente.

—A ver, creo que te dejé claro hace años que no quería tener nada más que ver contigo, incluso puse distancia para ello. Después de eso apenas nos hemos visto. Una vez creo.

—Dos, y lo sabes —corrigió Mario mirándola ahora intensamente serio.

Ella no pudo sostener esa mirada que la obligaba a ser franca y bajando los ojos confesó.

—De acuerdo, dos. En fin, como iba diciendo, hasta hace dos meses, hubieras podido hacerles esta propuesta que nos vas a hacer, a Nacho y Eva, incluso a Alberto o a Miguel.

—Miguel es mi socio y mi amigo desde el comienzo —añadió Mario con un poco de despecho. Le hería que ella no supiera nada de su vida.

—Ah, sí, perdona, debí suponerlo. Bueno, como iba diciendo, no necesitabas implicarme para nada, y sin embargo, ahora, me siento atrapada en esto y, no me mal interpretes, no es que trabajar en tu videojuego no sea un sueño para mí, lo hubiera hecho encantada si las circunstancias hubieran sido otras, pero ya te dejé muy claro que te quería lejos de mí.

—Me lo dijiste sí, pero no muy claro, jamás claro y sabes por qué, porque creo que ni tú misma sabes por qué lo haces.

Esa última frase hizo a Ada levantar la cabeza desafiante.

—Puede ser..., pero eso no te daba derecho a pillarme a traición, todo esto, no sé cómo, pero no es por casualidad.

—¿Pillarte a traición? No sé de qué hablas, yo acabo de firmar el contrato con mi cliente que me ha comprado los derechos para tres de sus casinos, si es o no casualidad se deberá a una voluntad cósmica, yo no soy tan poderoso —dijo enfadado—. ¡Déjalo correr ya Ada! —continuó con cansada impotencia, como si se le hubiera agotado la paciencia—. Cometí un error con otra persona y ya lo pagué, me lo hiciste pagar mejor dicho, y bien caro además; más lejos no te pudiste ir y encima con tu ex, sin una explicación, aun así aquí estoy, ofreciéndote mi videojuego.

—Ya te di una explicación.

—Ja, una explicación, te aferraste a las palabras de otra persona, una a la que ni siquiera conocías y no quisiste escucharme —replicó con amargura—, pero esto no es un reproche Ada —dijo y un nudo por la desesperación que le causaba el recuerdo le impidió seguir—, es justo lo que hice yo con Lidia y lo que me merecía —sentenció con la respiración agitada. Hizo un esfuerzo evidente por calmarse, no era el momento ni el lugar para eso, se le estaba yendo de las manos—. Dejémoslo ya ¿quieres?, ese es otro cuento y otro tiempo, ahora estoy aquí a otra cosa y no te he pillado a traición, si no quieres hacerlo, no tienes más que decirlo.

Ada dejó escapar una risa nerviosa por la nariz por toda respuesta.

—Ahora no soy yo sola, Mario, estoy atrapada.

—No sabes lo bien que me sienta que digas que la ilusión de mi vida, lo que he perseguido todos estos años es una trampa para ti —sentenció Mario herido.

—Vamos, sabes que no es eso, sabes que estoy deseando verlo.

—No me estaba refiriendo al videojuego.

Se quedaron mirando fijamente a los ojos por unos segundos

interminables.

—Mario —interrumpió ella, pero él se acercó y ella no continuó lo que iba a decir, siguió mirando sus ojos que él desvió hacia su boca. Las respiraciones se aceleraron y ella, asustada de lo que sentía y de lo que podía pasar dijo precipitadamente —esa puerta ya se cerró.

—¿Sí? —y en un arranque de rabia y deseo le asió la cara con las dos manos y la besó con ansia y con furia, hasta que percibió su olor y la suavidad de su piel y recordó que era Ada, su Ada. ¿Acaso no se habían juntado ya todas las piezas? Ada se agarró a su cabeza y metió los dedos entre su pelo, que ahora llevaba un poco más largo y tironeó suavemente de sus rizos desahogando las ganas que tenía de sentirlo. Él aflojó un poco el beso y lamió su lengua con cadencia, sosegando los ritmos furiosos que adivinaba tan frenéticos como las palpitaciones que él experimentaba, finalmente volvió a atrapar sus labios en un suspiro.

De pronto tomaron conciencia del lugar y la hora del día y se separaron, pero no sus ojos que siguieron mirándose opacos, queriendo leer los pensamientos del otro sin revelar nada de sí mismos.

—Será mejor que entremos Mario, pero recuerda, esa puerta está cerrada, ya te lo dije hace nueve años y sigo pensando igual por mucho que me beses y pueda desearte en un momento dado.

Sin más se dirigió a la oficina sin mirar atrás.

Mario la vio marchar contento. Ella lo deseaba, eso no había cambiado, pese a lo que ese Maxim pintara en su vida. «No es por casualidad» había dicho ella. Mario miró al suelo y se paseó la mano por la cabeza, retirando su pelo hacia atrás, como queriendo despejar su mente.

«Paciencia», se dijo a sí mismo, el confiaba en que tarde o temprano viera su oportunidad y lo que tenía qué hacer; siempre había sido así, o al menos es en lo que él creía y lo que lo guiaba en la vida.

AL entrar Ada al despacho se encontró a Eva sentada junto a Maxim en la mesa de reuniones, Alberto enfrente y Nacho de pie mirando por la ventana al parque, con las manos cogidas en el estómago, mientras se pelaba, como siempre, un padrastro imaginario. La estampa hizo sonreír a Ada, y la tranquilizó: era su gente.

Sintió detrás a Mario y le invitó a ponerse cómodo también.

Lo hizo sentándose junto a Eva, lo que dejaba libre y como sitio lógico a Ada, la silla que estaba frente a él. Dudó si sentarse frente a Eva, pero en esto que Nacho se dio la vuelta y se le adelantó:

—Me gusta el despacho, muy «Odisea espacial 2001», aun así, muy acogedor —dijo Nacho—, ¡muy diferente a lo que vimos hace dos meses!

—Ha sido Sara, todo obra suya, y el resto también, espera a verlo.

—¿Sara?, ¿cómo está la pequeña, tan reservada como siempre o ha madurado como predije?

—¡Menudo cambio ha dado! Si la ves no la conoces. Se dedica a la moda como ya se adivinaba, es diseñadora. Ahora se le nota que tiene confianza y, aunque sigue pareciéndose mucho a mi madre, es infinitamente más comunicativa.

Mario escuchó esto con curiosidad, nunca tuvo oportunidad de conocer a Sara, solo la había saludado una vez. Por lo que había escuchado a los demás debía ser una chica muy sensible, de la que todos hablaban con cariño. También tenía mucho interés por conocer a los padres, como una parada más en su incansable búsqueda, en algún lugar se escondía la clave para entender a Ada

Nacho conservaba la sonrisa en los labios cuando miró a Mario y le dijo:

—Bueno tío, suelta ya la bomba, ¿no? ¡Qué no podemos más!

Todas las miradas convergieron en Mario que mantuvo su sonrisa mientras los contemplaba con evidente satisfacción. ¡Lo había conseguido y los tenía ahí, reunidos, a sus amigos!

—Bueno, primero he de decir que falta Miguel. Hubiera querido estar aquí con nosotros, pero ha tenido que ir a Londres para resolver unos asuntos relacionados con todo esto.

Eso no era del todo verdad, Miguel no comprendía por qué se lo ofrecía a Ada; ni su empeño en volverla a meter en su vida, con el daño que le hizo en un momento tan delicado en que acababa de retomar su vida tras la muerte de su padre.

—Y continuando..., os traigo nuestra criatura —dijo mostrando las palmas de sus manos—. El trabajo de seis años, más en realidad, toda mi vida, porque toda ha sido una preparación para este momento. Se trata de algo más que un juego, aunque suene a tópico, pero es así. No negaré que me he inspirado en la Fundación del gran maestro Asimov y el jugador podrá elegir sus misiones y el curso que seguirá en ellas. Podrá visitar otras colonias, que irán aumentando en número a medida que aumenten los casinos donde se instale el juego y todo se irá haciendo más complejo a medida que los equipos interaccionen.

Es realidad virtual, sí, pero también es realidad aumentada: sus naves y sus sedes en las colonias. Solo el tiempo y sus éxitos dirá cuál es el centro del imperio, no está decidido, no será la capital más importante de la tierra, si no la colonia con mejores resultados obtenidos y que resulte favorecida por la evolución natural del juego, ahí donde se implante. Su devenir será determinado por el equilibrio entre los comportamientos colaborativos y egoístas de los equipos, ganando unas veces los primeros y otras los segundos, según se desarrolle el juego...

Después de esas palabras Mario apoyó las manos en la mesa, una sobre otra, y paseó su mirada por todos. La de Maxim mostraba asombro, aderezada quizás con lo que parecía el respeto por una persona mucho más joven que él. Reconoció Mario a su pesar, que le iba a resultar difícil odiar al tipo y empezaba a percibir lo que Ada podía haber visto en él.

Alberto tenía los ojos muy abiertos y una postura que demostraba a las claras que apenas se contenía de dar un salto y comenzar a aullar.

Nacho miraba a Eva, con la barbilla pegada al pecho y una mueca risueña de admiración y comunicación secreta con su mujer que Mario desde su posición no podía ver bien.

Cuando miró a Ada, esta era la única que estaba seria, con los ojos brillantes que miraban sus manos temblorosas. Cuando levantó su hermosa cara hacia él, Mario vio la sincera emoción de admiración que sentía Ada cuando alguien le mostraba con orgullo su criatura. Ya le había observado esa reacción otras veces en la universidad y eso hizo explotar la dicha dentro de él, de saber, de tener la certeza de que si Ada le hizo daño fue por una causa, un oscuro temor superior a la dulzura que ella tenía dentro y que sin duda le había causado a ella tanto daño, si no más que a él mismo. Él tenía razón y no Miguel, la había tenido todo este tiempo y había hecho bien en fiarse de su instinto como su padre siempre le animó a hacer, su padre que nunca se había ido, que siempre estaba cerca.

—Bueno —dijo por fin Mario—, ¿va alguien a decir algo?

Aún no había terminado de pronunciarlo cuando Alberto lo arrancó de la silla de un tirón y le dio un potente abrazo, con su cuerpo larguirucho y desgarbado que la edad no había conseguido enderezar, mientras profería palabras incoherentes y entusiastas del loco que ya se veía a si mismo jugando. A Alberto le siguió Nacho, Eva abrazó a Ada y así siguieron entusiasmados y atosigando a preguntas a Mario hasta que a las tres de la tarde Maxim hizo una llamada de atención.

—Chicos, chicos, parad, parad, tengo hambre, por muy bueno que sea este juego...la cocina española es mucho mejor.

—Retira eso —dijo indignado Alberto.

—¡Cálmate tío! —Lo agarró Nacho por los hombros—, que no le falta razón.

—Me estáis dando una idea, quizás en mi próximo juego añada la experiencia de la comida, no lo había pensado.

—Sí —añadió Ada mirando a Maxim, sobre todo para el público maduro.

—¡Qué público maduro!, ¿es que vosotros no coméis?

—Tienes razón Maxim, lo de maduro suena a viejo —intervino Alberto—, yo preferiría decir para aguerridos.

—Es lo que yo digo —replicó con paciencia Maxim—, necesitáis comer, *hablai puras pescás*.

Finalmente dieron por concluida la mañana. Mario no podía quedar para comer y Eva y Nacho querían marcharse a casa a dejar el equipaje y descansar del viaje. Se iban a quedar en casa de los padres de Nacho hasta que encontraran casa propia y estos les esperaban impacientes. Por la tarde tenían pensado ir a ver a la madre de Eva y después podían quedar todos para cenar y celebrar, querían cansarse de verdad para luego dormir del tirón y superar el *jet lag*. A Mario le pareció una idea estupenda; Alberto también se apuntó y Maxim. Ada sin embargo dijo que lo sentía, pero que esa noche tenía un compromiso ineludible.

—Vamos Ada, por una noche podrías perderte tu ensayo de coro —dijo Alberto fastidiado.

—No es mi ensayo de coro —contestó Ada con su paciencia habitual—, si fuera eso quedaría después y si pudiera eludir mi compromiso lo haría —terminó Ada con un imperceptible elevamiento de cejas que en su comunicación privada quería decir que se metiera en sus asuntos y no continuara.

Alberto se cayó y Mario que había observado el intercambio y la complicidad entre los hermanos, se sintió admirado y excluido a partes iguales, pero por encima de todo decepcionado de que Ada no viniera.

—¿Os podría sugerir un cambio de planes a mañana por la noche, así celebramos de paso el cumpleaños de Maxim? —Los sorprendió Ada diciendo—. ¿Podríais todos?

—Por nosotros mejor —contestó Eva—, a mí se me hacía duro celebrar esta noche, estoy derrotada.

Alberto levantó el pulgar en señal de asentimiento. Todas las miradas se dirigieron a Mario que miraba a Ada serio e impenetrable, lo que puso la puso nerviosa.

Él se dio cuenta, pero no podía contenerse, le desesperaba que Ada diera prioridad al cumpleaños de Maxim frente a la celebración de su videojuego y de su reencuentro, de pronto todo el optimismo que había sentido un rato antes, cuando vio la emoción en los ojos de Ada, se desinfló y volvió a poner los pies en la tierra, se recostó en su asiento cruzándose de brazos y estirando las piernas cruzadas delante de él.

—Lo celebraremos mañana entonces —concedió tranquilo, aunque la subida y bajada de sus brazos, sobre su abdomen indicaba con qué fuerza de voluntad dominaba su fastidio—, y su cumpleaños —añadió indicando con su cabeza a Maxim y en un tono que dejaba claro lo que pensaba.

—¡Estupendo, yo reservo y os mando a todos un WhatsApp con el sitio y la hora! —concluyó Ada sin dar más explicaciones.

Mario cogió su mochila y despidiéndose de todos con un gesto de la mano salió del despacho, iba pensando que menos mal que no había venido Miguel, si no, hubiera sido testigo del nuevo palo que se había llevado y le hubiera tocado escucharle sus comentarios mordaces.

Detrás de él se fueron marchando todos y Ada acompañó a Maxim al restaurante.

—No debiste decir nada de mi cumpleaños Ada, no sé cómo estuviste tan torpe; el logro de ese muchacho y la ilusión con la que os lo ha ofrecido merecía una celebración por todo lo alto. Mi cumpleaños no es importante, además, sin mi mujer no me apetece celebrarlo, sería el primero desde que la conozco que lo celebro sin ella.

—Sí es importante, es tu sesenta cumpleaños.

—¿Y qué?, un número, eso no tiene mérito ninguno. No me gustó nada la cara que puso, se ha sentido decepcionado.

Ada bajó la mirada llena de remordimientos y justo en ese momento apareció el camarero a tomarles la comanda.

Cuando hubieron pedido, y después de un largo silencio Ada se volvió a Maxim y le dijo:

—Maxim sé que es difícil que comprendas lo que ha pasado. Por un lado siempre me ha producido un temor indefinido Mario, no sé cómo explicarlo, ni siquiera a mí misma, es como si presintiera que me va a hacer un daño muy grande, del que no voy a ser capaz de levantarme —dijo mientras se colocaba bien el anillo que llevaba en su dedo anular , ocultándole sus ojos—, y esto no te lo tomes a la ligera porque es la primera vez que se lo cuento a alguien, y lo segundo —levantó la cabeza y lo miró de lleno, implorante— es que me ha tomado por sorpresa y no he sabido reaccionar mejor, lo siento, solo te pido por favor que me des un poco más de tiempo antes de juzgarme, a ver qué pasa.

—Vale, tienes razón —dijo expeliendo el aire con fuerza—, te ha pillado por sorpresa y es evidente que te ha alterado, bueno a todos, ¿quién se iba a esperar este bombazo caído del cielo nada más empezar? Tómate ese tiempo e intenta averiguar por qué te da ese miedo.

En ese momento llegó el camarero con el vino. Cuando les hubo servido Ada dijo:

—¿Te he dicho ya que te quiero mucho?

—No nunca, pero ya era hora, normalmente nadie aguanta tanto tiempo sin decírmelo.

19

La temperatura bajó drásticamente al día siguiente en al menos diez grados. Una ligera lluvia arrastraba las partículas de contaminación del aire y las depositaba con generosa equidad sobre las cristaleras y las carrocerías madrileñas, formando caprichosos estampados de mugre que anunciaban un respiro para los pulmones ¡nunca mejor dicho! y una mañanita de limpieza intensiva de cristales, bayeta en mano y bioalcohol.

Llevaba más de una hora mirando por la ventana, en una meditación complicada, cargada de memorias que el encuentro con Mario y sus amigos habían vuelto a atizar.

La tarde anterior después de recoger a Bárbara del aeropuerto y haberla instalado en casa, se había ido a correr al parque que tenía frente a su casa. No le gustaba correr, pero esa tarde lo había hecho porque quería cansarse todo lo que pudiera para caer rendida, de lo contrario los nervios y los pensamientos no la dejarían dormir. Cuando acabó la carrera treinta minutos después, derrotada por no tener costumbre, estiró un poco los músculos y se dejó caer en un banco. Con la mirada fija en un punto, reconoció que no había conseguido acallar sus temores sino perder la fuerza para resistirlos. Por primera vez en nueve años dio salida a aquel mal sueño: se encontraba con su madre en el aeropuerto, su padre se había despedido de ella en casa. Como hombre de pocas palabras era difícil saber lo que sentía, pero por la manera en que la abrazó, como si todavía fuera una niña y por la patente emoción que derramaron sus ojos comprendió que la quería y que la iba a echar mucho de menos. Ambas estaban cerca del control de seguridad, demorando el momento de entrar y la separación definitiva.

—Ada, sé que ya hemos hablado de esto, pero aún estás a tiempo.

—Lo sé mamá, estoy segura, voy a tomar este avión.

—Bien, si lo tienes tan claro —dijo su madre, metiendo una mano dentro de la otra, un gesto que según le habían dicho también hacía ella—, solo te diré una cosa más, algo que me enseñó de una forma muy ...dura la experiencia. No puedes huir de una situación dolorosa sin resolverla porque te alcanza, tarde o temprano lo hace y además el miedo a que lo haga no te permite ser feliz.

Ella se quedó mirándola en silencio, dolida. No podía entender como su madre, ni ante el temor a que ella estuviera huyendo como ella pensaba, fuera incapaz de sincerarse con su hija, de abrirse para ayudarla. De pronto las ganas de marcharse justo en ese momento, de castigarla, por hermética, cuando ella más la necesitaba, la hizo temblar de indignación. Se agachó para tomar el asa de la maleta y en ese momento algo, como un pinchazo, una incomodidad, le hizo alzarse de nuevo y entonces lo vio.

Un chico esbelto y moreno venía caminando muy rápido, prácticamente corriendo a lo lejos de la terminal. Se quedó paralizada unos segundos, su madre se giró para mirar lo que ella miraba.

—¿Qué pasa? —preguntó.

—Nada —contestó Ada seca.

—Ada estás blanca.

En ese momento, por unos segundos, y aunque de lejos, sintió los ojos de Mario en los suyos diciéndole espera, ella seguía con el asa de la maleta en las manos y caminaba para atrás, indecisa.

—Ada, espera —dijo su madre.

—No mamá, no, no quiero perder el avión.

Ada en un impulso se adelantó de nuevo, le dio un rápido abrazo a su madre con la mano libre, un solo beso en la mejilla y dándose la vuelta pasó el control. A partir de ese momento, ni una sola vez se volvió para mirar atrás.

Nunca en todos esos años se había atrevido a llegar más allá de ahí, no había querido pensar lo que sintió Mario, ni si habló o no con su madre, o si ella se equivocó o acertó. Su madre tampoco mencionó el tema como era de esperar.

Cuando despertó del recuerdo tenía los ojos anegados en lágrimas. Abandonó el banco y arrastrando el ánimo volvió a casa. Bárbara ya se había metido en su habitación y seguro estaría durmiendo. Ella puso en el microondas la tetera con un par de sobres de melisa y azahar. Se la tomó después de ducharse y terminó por dormir toda la noche.

En ese momento, un coche como el que tenía Germán en la universidad, pasó bajo su ventana, trayéndola al presente y cambiando el curso de su pensamiento. ¿Cómo sería la vida de Germán ahora? Casi no había vuelto a hablar con él desde que se marchara a Chile, solo para felicitarse las fiestas y los cumpleaños. En Estados Unidos se habían visto poco, sobre todo en el último año. Él estaba muy enfrascado en sus negocios y parecía que ya no la necesitaba para tomar sus decisiones. Pensó en su banda en Chile y en Alejo su líder, en la suerte que tuvo el día que se presentó a su solicitud de cantante femenina junto con otras ocho y la eligieron a ella, en los buenos ratos que pasó con ellos y los conciertos de los fines de semana. Fue su única distracción del trabajo, eso también había quedado atrás, como iba dejando, ahora se daba cuenta, las relaciones con las personas que quería. Comenzaba a amanecer y le asaltó la perentoria necesidad de decidir qué ponerse.

Se dirigió al armario y lo abrió de par en par. Sus ojos volaron con voluntad propia a su gabardina malva y recordó un artículo que leyó de John Dylan Haynes, sobre que nuestro cerebro toma las decisiones, antes incluso de ser consciente de la decisión. Puso la gabardina sobre la cama, y sobre ella puso el conjunto que se había comprado para esta temporada: una falda recta de color y tacto melocotón por debajo de la rodilla, que se abría atrevidamente al caminar hasta mitad del muslo, junto con un jersey finito malva de manga francesa y un falso cuello de camisa cosido, en color melocotón, y escote de pico hasta casi el nacimiento del pecho.

Se vistió y se recogió el pelo en un peinado informal pero muy resultón que le enseñó a hacerse una compañera de universidad en Estados Unidos, con una única coleta floja y algo de maña. Se dirigió a la cocina y se aseguró que dejaba todo lo necesario para el desayuno de Barbara. La escuchó entrar en la ducha y se removió por dentro. Volvieron a asaltarle las dudas de si no habría metido la pata.

Habían quedado todos a las ocho en la oficina. Mario traía los plazos y las condiciones a las que se había comprometido con sus clientes para que el equipo de Ada hiciera su propia planificación. El estudio en profundidad del videojuego y sus necesidades comenzaría a partir de la semana que viene en las oficinas de Mario. Se hacía en ese orden porque él no quería presentarnos el videojuego sin que estuviera Miguel delante. Pensar en Miguel la inquietaba. En la boda de Nacho y Eva percibió su animosidad hacia ella.

CUANDO llegó a la oficina ya estaba lloviendo en condiciones. En el aparcamiento no había ningún coche, pero se veían las luces encendidas. Quizás fuera Carlos que había cogido el tren más temprano. Llamó al telefonillo, porque sujetando el paraguas no tenía manos para sacar las llaves del bolso. Al momento contestó Maxim y le abrió. Empujó la puerta y no supo qué hacer con el paraguas. Por las gotas en el suelo supo que Maxim había tenido el mismo problema, esperaba que se le hubiera ocurrido algo. Se limpió las botas en el felpudo.

—¡Maxim! —le llamó en voz alta—. ¿Dónde has dejado el paraguas?

—Acá, en la papelera.

—Tráela por favor, que no quiero ir goteando por toda la oficina.

—Voy.

En seguida apareció Maxim con la papelera blanca reluciente.

—¿Qué haces aquí tan temprano, no te traía Alberto? —preguntó Ada.

—Sí, pero me desvelé como a las cinco, demasiado tarde para llamar a mi esposa y me harté de dar vueltas en la cama, ¡es que toda esta sorpresa del videojuego me parece mentira! ¿Tú te esperabas algo así recién inaugurada la empresa? —Lo dijo con los brazos abiertos y los ojos brillantes, con un entusiasmo y unas ganas de comenzar que pusieron nerviosa a Ada, que de repente, se llenó de dudas de todo lo que quedaba por venir.

Ada metió el paraguas en la papelera y la dejó junto a la puerta para los demás. Se desabrochó la gabardina y la colgó en el perchero.

—Ahora nos vemos en el despacho, voy a buscar una fregona y secar este suelo, antes de que vengan los demás y lo pisoteen.

—No, ya voy yo que soy el que tendría que haberlo hecho, es que estoy tan excitado que ni me he dado cuenta.

Se escuchó en ese momento la puerta y apareció Carlos.

—Buenos días, por ahí vienen Alberto, Eva y Nacho, están aparcando.

—Buenos días Carlos, deja el paraguas ahí, en la papelera provisional. ¿Podrías pedir un paragüero para la entrada? Ese detallito se le ha escapado a mi hermana.

—No se le escapó, está pedido, lo que pasa es que no ha llegado.

—¡Ah!, ¡cuántos prodigios! —exclamó Ada mientras enfilaba su oficina.

Se dirigió al baño para retocarse un poco. La humedad le había rizado los ligeros mechones que se le habían escapado de su recogido y los dejó así, le gustaba el efecto. Tenía la cara pálida y ni el corrector había conseguido disimularle los estragos de la llorera de anoche, pero no podía hacer más. Se retocó los labios con el tono anaranjado que combinaba con los toques melocotón de su atuendo.

Estaba metiendo el bolso en su cajón. Se abrió la puerta y Alberto coló su cabeza.

—Buenos días hermanita.

—Ya podías llamar a la puerta, que no estamos en casa.

—Di buenos días primero, harpía.

—Buenos días primero.

—Ahí viene Mario.

—No vendrá en bicicleta ¿no?

—No. Trae un flamante coche. Un Renault Zoe eléctrico muy chulo. ¿Estás pachucha?

—No, pero anoche con la emoción me costó dormir.

Detrás de él entraron Eva y Maxim y un par de minutos después Nacho y Mario.

Ada agradeció estar apoyada en su mesa, porque se le aflojaron las piernas cuando vio a Mario con sus Dockers negros y un jersey blanco con cremallera y ribete negro en el cuello, por el que asomaba a penas, el cuello de una camiseta también negra. Le sentaba de maravilla el blanco, porque le daba cuerpo a su delgadez y enfatizaba su espalda de nadador. Él le guiñó un ojo por buenos días y le estudió por unos segundos los rizos que le rodeaban la cabeza. Continuó camino al otro extremo de la mesa de reuniones, dejó allí su mochila y se dio la vuelta.

—Voy a ir conectando el portátil a la TV mientras os preparáis —dijo contemplando a Ada a sus anchas ahora que ella estaba distraída buscando algo en los cajones. Ya había reparado en que había dejado de vestir asimétrica. Nunca supo el motivo por el que lo hacía si es que lo había, pero al parecer se le había pasado. Los demás fueron ocupando sus puestos del día anterior. La última en sentarse fue Ada, portando una libreta, una bonita pluma malva y su móvil.

Mario la observó cruzar el despacho. La falda se le ajustaba suavemente, nunca había visto a Ada apretada o embutida en nada, pero la falda se le abría al caminar dejando ver la suave cara interna de su muslo izquierdo, justo el que apuntaba hacia él. El cable HDMI se le quedó suspendido en la mano y por unos segundos no supo qué hacer con él.

—La hembra que buscas está a un costado de la televisión Mario —dijo Alberto en tono neutro.

Mario lo miró y se dio la vuelta. Al ir a enchufarlo sin embargo enderezó la espalda, justo cuando las palabras de Alberto se registraron en su cerebro. Giró la cabeza y se encontró la sonrisa socarrona de este. Le lanzó una mirada de advertencia para dejarle claro que no eran de buen recibo sus bromas. Los demás parecían que estaban a lo suyo y que no se habían dado cuenta de este intercambio.

Una vez conectado pasó Mario a mostrar la hoja de ruta que había previsto para la instalación del videojuego. La de Madrid tenía que estar para Navidad, concretamente para el día veintidós, justo para cuando comenzaran las vacaciones. A este anuncio le siguió un clamor de incredulidad que Mario tuvo que atajar como inexorable, dejándoles muy claro que si querían el trabajo tenían que cumplir con esa condición, de lo contrario se perdería un año, que el cliente no estaba dispuesto a asumir.

Una vez aceptado esto, se pusieron todos a asentar las bases del plan de trabajo que iban a seguir. Una hora y media después empezó a notar Mario que Ada estaba nerviosa, había perdido la concentración y no paraba de mirar a Maxim y a la puerta. Se hizo patente a todos cuando Nacho le lanzó una pregunta directa y ella no supo responder.

—¿Estás bien? —preguntó Eva.

Todas las miradas se clavaron en ella.

—¿Qué? Claro. Seguid —dijo ella levantándose de repente—, perdonad, pero me he dejado el teléfono.

Todos la siguieron con la mirada mientras se dirigía con paso ligero a su mesa y cogía el inalámbrico. Este sonó de repente y casi se le cae de la mano. Ada sentía la mirada de todos clavada en ella.

—¿Sí, Carlos? —Le siguió una pausa para escuchar— Dile que sí —Silencio—. De acuerdo.

Ada, cortó y miró a Maxim. Perdonad, continuad, vamos.

La conversación volvió a retomarse, aunque para Mario era evidente que Ada estaba inquieta y la manera en que miraba a Maxim lo estaba poniendo enfermo. Detestaba y lo avergonzaba a partes iguales sentirse celoso, él creía estar por encima de eso, pero era evidente que no.

Ada por fin aportó una idea a lo que estaban discutiendo que agradó a todos, ya se estaba concentrando, pensó Mario. Volvió a sonar el teléfono y Ada esta vez lo cogió con tranquilidad en un verdadero esfuerzo de autocontrol que no pasó desapercibido para él.

—Dime Carlos.

Silencio.

—Sí —afirmó Ada. Y colgó mirando fijamente a la puerta, gesto que automáticamente siguieron los demás

Esta se abrió y apareció una mujer de espeso cabello negro, talla media y la complexión madura y algo exuberante propia de una mujer en la década de los cincuenta que se conserva bien. Su sonrisa era su mejor rasgo, abierta y sincera que le hacía unas arruguitas simpáticas alrededor de los ojos y que mostraba sus dientes perfectos.

—¿Interrumpo?

—¡Eh, pe, qué, Bárbara! —Maxim saltó como un loco a abrazarla, encogiendo su alta estatura— ¡Qué alegría, ¿qué estás haciendo aquí?!

—Celebrar tu cumpleaños contigo, ¿qué creías que lo ibas a pasar sin mí?

—Sí, es lo que creía ¡qué alegría me has dado!, volvió a repetir. ¿Y cómo has venido, cuándo, dónde te alojas? —preguntó todo excitado.

—Vamos cariño, en avión, claro. Preséntame a tus colegas antes del interrogatorio.

—Claro, chicos os presento a mi esposa, Bárbara.

Todos se levantaron a darle la bienvenida, mientras Ada permanecía sentada observando sonriente.

Mario se puso de pie y se acercó a ella.

—Yo soy Mario.

—Mario. ¿No he oído hablar de ti? —dijo mirando a Maxim.

—Ayer te llamé para contártelo, pero me dijo Carmita que habías salido y que no sabía cuándo volverías. Claro estarías de camino.

—¿Cuándo me llamaste?

—A las ocho. Quince horas en Chile.

—A esa hora ya estaba aquí, me recogió Ada del aeropuerto y me llevó a su casa.

—Bueno ya hablaremos de eso, este es nuestro nuevo cliente y un amigo de los chicos. Ya te contaré.

Se dieron dos besos y Mario le preguntó si había conseguido

descansar del viaje.

—Sí, Ada me tenía preparada una cena ligera y me dio un té de hierbas que me dio sueño en seguida.

—Estupendo, así estarás en forma para la celebración de esta noche —dijo Mario.

—Sí, Ada nos ha preparado una sorpresa, bueno una sorpresa para Maxim, según mis deseos. Esta noche tenemos cena en un restaurante de Barcelona y luego iremos a una sala de fiesta de bailes de salón, lo que nuestro cuerpo aguante. Tenemos reservado un coche hasta el domingo para ver la ciudad. ¿Qué te parece el plan, mi amor?

Maxim miró a Ada.

—Todo eso me tenías preparado y, ¿por qué no me lo dijiste?

—Era una sorpresa.

—¿Por eso no quisiste celebrar anoche?

—Claro, tenía que recoger y atender a Bárbara y quería que tú descansaras para el día de hoy.

—Bueno, cariño, ve a recoger algo de ropa que tenemos que irnos, yo te he traído un traje para esta noche.

—Pero cómo voy a marcharme —preguntó mirando a Ada— con el poco tiempo que tenemos para prepararlo todo.

—Tranquilo, esto no nos lo esperábamos, tendremos que empezar sin ti.

—Pero es que este proyecto lo cambia todo, tampoco puedo volverme a Chile como tenía previsto.

—Vayamos por partes, ¿vale? Olvídate hasta el próximo lunes que iremos a las oficinas de Mario. Le pediré a Vai que me envíe los currículos que te comenté y los iré entrevistando por Skype si es necesario. Igual tienes que volverte con Bárbara durante unos días.

—¡Pero es muy mal momento para marcharme de vacaciones! —exclamó y a Bárbara le cambió la cara.

—¡Maxim! —le espetó Ada que veía que el asunto le estallaba en la cara—, recuerda lo que te dije ayer, todo esto nos ha pillado por sorpresa, no podemos arrojarnos a ello de cabeza. Nosotros nos ocuparemos de todo y si lo consideramos necesario pensaremos en incorporar a alguien más, seguro que Nacho y Eva pueden recomendarnos a alguien. ¡Mira qué cara tiene Bárbara, con la ilusión con la que hemos preparado esto!

—Tiene razón Ada —intervino Mario—, ya nos la arreglaremos, es verdad que os he asaltado por sorpresa —sonrió para restar tensión a la situación.

Maxim se marchó con Bárbara y tras atar los últimos cabos, se dio por terminada la reunión.

—¿Dónde cenamos esta noche?

—Todavía no lo sé, me pongo ahora con ello y os mando un WhatsApp.

—No, déjamelo a mí, conozco un restaurante de un amigo. Ya os lo mando yo. ¿Os parece a las nueve y media? —dijo un Mario ahora mucho más animado, se acababa de quitar un gran peso de encima.

No tardaron mucho en ponerse de acuerdo.

LLEGARON al restaurante a la hora en punto pese a la lluvia, y a causa de esta, Alberto había insistido en que ella se bajara en la puerta mientras él aparcaba el coche, para que así al menos uno llegara puntual: A los clientes no se les hace esperar, había dicho su hermano, no abuses de tu confianza, y ella no había tenido más remedio que aceptar, aunque a regañadientes. ¡Qué contrariedad que su cuñada no los acompañara esa noche, pero tenían a su sobrino pequeño enfermo y no habían querido dejarlo con la hija de unos amigos que les hacía a veces de niñera!

Nada más abrir la puerta vio a Mario sentado en la barra charlando con un hombre un poco mayor. Se quedó cortada, sin decidirse a acercarse cuando el giró la cabeza y la vio, le sonrió y pidió disculpas a su compañero.

Se acercó a Ada y la ayudó a desembarazarse de su abrigo. Se lo entregó al amigo que resultó ser el dueño del local y que se ofreció a dejarlo en el guardarropa. Mario le retiró el taburete libre que tenía junto a él.

—¿Qué tomas?

—Un Cynar con soda y una rodaja de limón.

Mario la miró un poco asombrado y dirigiéndose al camarero le preguntó:

—¿La has escuchado?

—Sí, Cynar. Le quitaremos la botella al jefe que siempre guarda una en la cocina —dijo poniéndose una mano en forma de bocina en la boca como para que no le escucharan.

Mario y Ada sonrieron.

—¿Qué bebida es esa?

—Empecé a tomarla en Chile, me la dio a conocer un compañero argentino de mi banda de música.

—¿Tenías una banda?, ¿de qué? —preguntó Mario interesado.

—Yo no, era de Alejo, este argentino que te digo. Él me

admitió como cantante. Tocábamos rock y pop de los 70's y 80's y también composiciones propias. Lo echo mucho de menos. Fue lo que más me costó dejar.

—¿A Alejo? —preguntó Mario con el ceño fruncido, conteniendo la respiración.

—No, a él no, bueno a él también, pero me refiero al grupo, a nuestros ensayos, las actuaciones del fin de semana en su club.

Mario dejó salir el aire por fin, aunque aún no estaba tranquilo.

—A veces también actuábamos en conciertos con otros grupos —continuó Ada—. Fue genial, quiero buscarme uno aquí, a ver si alguien me quiere, por ahora he vuelto al coro de antes.

Ada tomó el coctel que había llegado por fin y se lo llevó a los labios. No pensaba hablar de Alejo, le había aliviado a veces su soledad, pero siempre supo que no era para ella y por ello no salió con él.

—¿Puedo probarlo?

A Ada le pilló por sorpresa, eso le parecía mucha familiaridad, pero también le hacía ilusión.

—Sí, toma.

Al alargarle el vaso se rozaron sus dedos y ese simple contacto la hizo más sensible a él. Mientras bebía contempló como sus hombros se ajustaban en una camisa negra muy original. Tenía una manga y la mitad del cuerpo cruzada diagonalmente en color granate oscuro. Observó por la abertura del cuello como se movía su garganta al tragar y la suya también se movió.

Mario le devolvió el vaso y aprovechó cada una de sus distracciones para, con toda la discreción que pudo, pasear su mirada por su cuerpo. Llevaba un vestido camisero de color cobre abotonado de arriba abajo. Estaba abierto hasta el borde del sujetador en un escote perfecto, sin mostrarle nada, pero sin misericordia con su imaginación. Continuaba luego suavemente entallado, insinuando sedosamente cada curva de su cuerpo. La falda se entreabría a la altura de sus rodillas, exponiéndolas al tacto de sus ojos. Donde estas acababan, comenzaban las botas cámel que ya le había visto esa mañana. Levantó la mirada a la llamada irresistible de sus pezones. Tragó saliva y miró su cara encendida.

—Estás muy bella —le dijo serio—, los años te han sentado bien.

—Gracias, a ti también.

Se sonrieron con sincera admiración.

—Hola, Jefa —Les interrumpió Nacho dándole un beso en la

cara. Traía a Eva abrazada y esta le besó la otra mejilla.

—Así me gusta, que me muestres respeto —contestó Ada burlona—. ¡Eva, estás guapísima, qué vestido! —Eva llevaba un vestido corto y ajustado de dibujos africanos que acentuaba su figura menuda y que con su melena corta pelirroja le daba un aire muy exótico.

—¿Te gusta? Ya verás cuando veas el que te traigo a ti.

—¿Y Alberto? —preguntó Nacho.

—Ahí lo tienes, justo detrás de ti —contestó Mario—. Ya estamos todos, pasemos a la mesa.

Mario, por unanimidad, se sentó presidiendo: tenía a Ada y Eva por un lado y Alberto y Nacho por el otro.

Nada más trajeron el vino Mario propuso un brindis.

—Amigos, porque consigamos lanzar como soñé este videojuego, pero sobre todo quiero celebrar que sigáis a mi lado.

—Eso no lo dudes —contestó Nacho.

Bebieron todos mirándose a los ojos, como si se tratara de una promesa.

—Echo de menos a Miguel —declaró Nacho al bajar la copa.

—Sí, yo también —contestó Mario—, cuando vuelva tenemos que celebrarlo de nuevo.

Ada sintió un nudo en el estómago, apreciaba a Miguel, siempre le cayó muy bien, pero recordaba su frío reencuentro el día de la boda de Nacho y le hacía sentir culpable e incómoda, no sabía explicarlo.

Comenzaron a comer y Mario aprovechó que todos estaban distraídos para acercar su cabeza a Ada y decirle:

—Se me olvidaba, tu bebida sabía a rayos, ¡qué amargura! ¿Qué clase de tipo bebe eso?

Ada sonrió espontánea, le alegró escuchar su opinión sin tener que preguntársela.

—Un músico. Sí, es amarga pero dulcemente amarga como el melodrama. Además, el sabor amargo estimula la producción de —se paró en seco—, bueno mejor no nombrar lo que estimula en la mesa, pero favorece la digestión.

—¿Has dicho el melodrama?, ¿te gusta el melodrama? —preguntó Mario divertido.

—En la vida real no, pero en la ficción me encanta, quizás...— y de nuevo se paró en seco.

—¿Quizás? —continuó Mario.

—Quizás porque en mi casa no se muestran mucho los sentimientos, me atrae su expresión exagerada, como en la ópera.

—¿Ópera, cuánto tiempo hace que no la escucho? Te he echado de menos hermanita, hasta la ópera fíjate —intervino Alberto pinchando.

—Yo también te he echado mucho de menos —dijo Eva—, no tenía ya esperanzas de que nos volviéramos a sentar todos juntos, así como ahora.

Ada sintió otro nudo en el estómago al escuchar eso, se sentía responsable de separar al grupo. Se le quitaron las ganas de seguir comiendo. Pronto llegó el camarero a retirar los platos y pidieron los postres, el café y los digestivos. Ella pidió una infusión de hierbas, todavía le quedaba noche por delante. Ojalá estuviera en su casa, escuchando su música, dejando salir todo lo que llevaba dentro y que en ese momento le dolía tanto.

—Eva —dijo Nacho— al hilo de lo que acabas de decir, lo de estar sentados juntos de nuevo he de decir algo y que conste que no es con ánimo de remover, ni de hacer daño, sino por el contrario de pasar página y tranquilizarnos a todos —Tras esas últimas palabras miró a Ada de pasada, pero con una intensidad suficiente que le dejara claro que iba por ella.

A Ada se le encogió el estómago un poco más si eso era posible y empezó a notar la comida que amenazaba con salir por donde había entrado.

—Vamos a iniciar un proyecto que Mario lleva soñando y preparándose para ello toda la vida. Para los demás también significa mucho, bueno para mí, hablaré por mí y dejaré que cada uno de vosotros se exprese.

—Sí, lo comparto Nacho, vaya si lo comparto —dijo Alberto, al que los juegos y los retos electrónicos era lo único que se tomaba en serio y le absorbían por entero, mientras que todo lo demás en la vida se la tomaba a chufla.

—Yo, ya sabéis lo que puedo aportar y contáis conmigo como siempre —dijo Eva.

—¿Adónde quieres ir a parar Nacho? —preguntó Mario con las manos palma arriba.

—Bien, no quiero que os sintáis incómodos, pero sí dejar las cosas claras —Se agarró las manos cruzando los dedos y miró alternativamente a los afectados—. No creáis Ada y Mario que no sabemos que estuvisteis liados y que lo que pasara entre vosotros fue la causa de que Ada se marchara —Ada miró a Eva como un tiro—. No la mires así a ella Ada, llevamos nueve años juntos, y de ellos, cuatro en el desierto la mayor parte del tiempo, a veces en tiendas de campaña. Créeme, se te agotan los temas de conversación.

—¿De qué está hablando, Ada? —preguntó Alberto serio por primera vez en su vida.

Ada retiró la mirada de Nacho y la dirigió a Alberto, asintió despacio, mirándolo a los ojos, ya dispuesta a afrontar lo que hiciera falta, que saliera ya todo, le daba igual, peor no se podía sentir.

Alberto la miró incrédulo, se mordió el labio inferior con una seriedad que Mario nunca había visto en su cara y que quizás por ello impactaba más. Alberto miró luego a Mario, se limpió la boca con la servilleta que tenía en el regazo y la dejó sobre la mesa como si pretendiera marcharse. —¿Y tú que tienes que decir?

—¿Nacho, se puede saber que tiene esto que ver con lo que tenemos entre manos? —preguntó Mario ignorando a Alberto.

—Pues sí, tiene mucho que ver. Estuve anoche hablando por Skype con Miguel y piensa lo mismo, si vamos a embarcarnos en todo esto juntos, tenemos que estar seguros de que lo habéis superado y que no lo vais a fastidiar de nuevo.

—Tenéis razón —intervino Ada conciliadora, no podía soportar que discutieran por su culpa, cuando hasta hace unos minutos habían sido tan amigos—, tenéis que tener garantías. Sí, es verdad, estuvimos liados como tú dices, pero no resultó y como Germán ya me había conseguido hacía tiempo una invitación para estudiar en su universidad que yo siempre rechazaba, la acepté. Fin de la historia.

Mario apretó la mandíbula.

—¿Estás ya satisfecho Nacho, cambia algo?

—Yo no estoy satisfecho y sí, cambia algo, quiero saber qué le hiciste —dijo Alberto.

—¡Alberto! —gritó Ada y los vecinos de la mesa de al lado se quedaron mirándola.

—Tu hermana descubrió un error de mi pasado que al parecer no podía perdonarme, eso es todo, no pienso contarte más, ni a ninguno porque es algo entre ella y yo. ¿Es eso un impedimento para que sigamos adelante? —preguntó mirándolos a todos desafiante.

—Eso depende —contestó Nacho—, si nos va a perjudicar a los demás y nos va a traer problemas, sí es un impedimento —añadió sin achicarse.

—¡Eh!, chicos, parad un momento, no sigáis por ahí, a ver si al final nos vamos a pelear. Alberto, a mí Mario no me hizo nada, que quede claro, no tienes por qué enfadarte con él. Nacho, lo que hubo entre nosotros nos afecta como pareja, pero profesionalmente no tengo nada contra él.

—Muchas gracias Ada, eres muy condescendiente —contestó Mario sarcástico.

—No me has entendido Mario, he aceptado porque no estoy sola en esta empresa y porque no sería justo para los demás. Entiendo que has buscado a tu antiguo equipo, a tus amigos y me has incluido, lo cual agradezco, no pienses lo contrario. Pero si solo se tratara de mi beneficio no te aceptaría como cliente porque no soy tan interesada —le respondió Ada más dura de lo que la habían visto nunca.

—¡Quiere eso decir que solo lo ves como un cliente! ¿no lo ves como un amigo, Ada? —preguntó Nacho.

—Ya está bien Nacho —saltó Eva, sorprendiendo a todos —ya te han dejado claro que el problema lo tienen solo como pareja. Si Mario la buscó será porque confía en ella, y Ada nunca le dejaría tirado o le perjudicaría, de eso estoy segura.

—Eso que lo diga ella —replicó sin amilanarse, mientras Eva lanzaba chispas por los ojos.

—Lo digo yo, Nacho, ¿te es suficiente? —espetó Mario.

—Yo también —dijo Ada en un tono más suave, conciliador.

Nacho bajó la cabeza en un único movimiento de asentimiento y luego miró a Eva. Esta le desvió la mirada.

Durante un rato hubo un silencio incómodo. Alberto no quería mirar a Mario, Eva no quería mirar a Nacho, Nacho no quería mirar a Ada y Ada no quería mirar a nadie. Solo Mario parecía sereno y atacando el trozo de tiramisú olvidado hacía rato.

Cuando terminó pidió la cuenta que insistió en pagar él y les propuso tomar una copa en un pub cercano. Todos empezaron a poner excusas mientras se levantaban de la mesa hasta que Mario cogió una mano de Ada y se la llevó a los labios. Todos se callaron de pronto, asombrados por el gesto, luego se les fue acercando uno a uno y los fue abrazando. Empezó por Nacho que se lo devolvió sin problemas y acabó por Alberto que lo miró renuente. La sonrisa que tenía Ada en la cara y la admiración que sentía por Mario resquebrajó su resistencia y se dejó abrazar.

En el pub tuvieron ocasión de seguir hablando en grupo, aunque se percibía cierta tirantez en el ambiente.

En un momento de la noche Eva se disculpó para ir al servicio y Ada la siguió. Fueron en silencio hasta encontrarse una cola que no esperaban en un día de diario, formada casi con seguridad por turistas.

—Eva, pensé que lo que te había contado era en confidencia.

—No era un secreto para nadie, en aquellos tiempos era evidente para todos que estabais colados —se defendió Eva.

—Pero hubiera preferido que no se hubieran enterado que pasamos juntos un fin de semana y menos que nos separamos por un problema entre nosotros. Te lo conté a ti porque en ese momento estaba desesperada, confusa, decepcionada y fuiste la primera persona en quien pensé.

—Lo siento Ada, se lo conté a Nacho porque pensé que él conocía mejor que nosotros a Mario y tal vez pudiera tranquilizarte, ayudar en algo. Lo hice pensando en ti, no por cotillear —dijo Eva contrita.

En ese momento se abrió la puerta del WC y Eva aprovechó para entrar. Ada se quedó reflexionando sobre lo que le había dicho Eva y entendió su postura. Su amiga no quería que sufriera ni que cometiera un error.

Se abrió la puerta y salió Eva, Ada le dio un abrazo sin pensárselo.

—Ahora voy yo y lávate las manos, guarrilla —dijo Ada guasona para avergonzarla, sabía lo tímida que era Eva con gente delante.

Al salir Ada, Eva la estaba esperando seria de nuevo.

—Vaya, ¿a qué viene ahora esa cara tan larga, hay algo más?

—Quiero dejar algo más claro.

Ada se lavó las manos a conciencia, no tanto por la higiene como para calmar sus nervios, ¿qué más le esperaba esa noche?

Se dirigieron a otro lado del pub, desde donde el resto del grupo no pudiera verlas.

—Me dijiste hace tiempo que nunca te explicaste cómo supo Germán el momento justo en que tenía que llamarte, cuando te propuso irte a Estados Unidos y tu aceptaste —Ada se mordió los labios, no se podía creer que Eva hubiera interferido tanto en su vida, ni aunque fuera por su bien, eso le parecía manipulador y perturbador—, quiero que sepas que no fui yo. Yo nunca me he puesto en contacto con él en todo este tiempo, pese a tener su móvil y su correo electrónico. Sí, él me los dio aquella Navidad en que rompió contigo, para que le avisara si alguna vez necesitabas algo, pero quiero dejarte claro que yo no lo hice —dijo Eva con la voz enronquecida por el esfuerzo de contener el llanto—, eres la persona que más me ha ayudado a enderezar mi camino, que me has infundido seguridad en mí misma, sin ti jamás me hubiera atrevido a estar con Nacho y probablemente hubiera acabado con

Florian u otro por el estilo.

Ada la abrazó con fuerza.

—Tranquila, seguro no fue más que la casualidad, o el instinto, como dijo Germán. Ya da igual. Pensaría que fue Miguel, sé que no me traga, pero ¿de dónde iba a sacar su correo?

Eva se quedó pensando.

—Ahora que lo dices, al día siguiente, cuando estaba yo en la universidad con Florian ayudándole con un examen, se acercó Miguel preguntando por ti muy alterado. Le dije que no te habías presentado que yo supiese a renovar la matrícula porque no me habías llamado. Me dijo que no le cogías el teléfono que lo tenías apagado y yo le contesté que lo mismo me pasaba a mí y entonces muy enfadado me encargó que te dijera algo que no quise decirte en su día y que tampoco te voy a decir ahora, era veneno y lo último que te hacía falta.

—¿Ves? Seguro que fue él. Conseguiría el correo de algún compañero. ¿Qué fue lo que te dijo? —preguntó Ada en un tono exigente.

—Déjalo Ada, después de tanto tiempo, ¡qué más da ya!

—Pues si da porque tengo que verlo pronto y mejor será que sepa lo que piensa de mí.

—Está bien, me dijo que si tenías que volver a hundir a su amigo ahora que estaba sacando la cabeza.

—¿Hundir a su amigo? Me hubiera gustado que vieras el estado en el que se encontraba su exnovia. ¿Solo eso? —Eva se removió reticente, no sabía si era o no mejor dejarlo ahí.

—Vamos Eva, suéltalo, al fin y al cabo era un mensaje para mí, ahí sí tenías permiso para hablar.

—Está bien, y.... que le hubiera gustado a él verte a ti en su lugar a ver cómo actuabas.

—Ya, al parecer los dos lo justifican, dejar a una mujer sin una palabra cuando ella más necesitaba estar con él. Ni siquiera pudo hacerlo por teléfono, ¡no claro, sus corazones son mucho más frágiles! Sus sentimientos cuentan más al parecer.

—O tal vez lo que quería decir es que cometió un error Ada, un error cruel, que hizo daño a otra persona, pero un error.

—Pues si fue un error fue imperdonable, que se lo digan a esa chica. Ahora ya no confiará en nadie. ¿Te parece poco? Yo desde luego no me fiaría de él un pelo. —Terminó un poco acalorada y con unas ganas terribles de marcharse a casa.

Nada más reunirse con el grupo le espetó Alberto.

—Será mejor que llames a un taxi, porque yo no pienso

llevarte esta noche.

—Muy bien, así lo haré Alberto.

—¡Eso, ¿por qué?! —preguntó Mario asombrado.

—Eso ya lo hablaré yo con ella cuando sea el momento.

—Te llevaré yo entonces —dijo Mario.

—No gracias, cogeré un taxi, ya soy mayorcita —respondió Ada enfadada, pero entonces vio la cara de Nacho y recordó la conversación que habían tenido en la mesa, sobre no dejar que lo personal estropeara las relaciones del grupo—, aunque si lo ofreces de corazón, acepto encantada, ya hablaré yo con este menhir en otro momento.

—Ahora no estoy para jueguecitos de palabras, te lo advierto Ada —dijo Alberto.

—Bien Mario, cuando quieras nos vamos.

20

Conociendo el empeño de Mario de moverse en bicicleta por Madrid, era de esperar que tuviera la empresa en la ciudad, lo que no se esperaba Ada es que fuera tan cerca de la ciudad universitaria y por lo tanto de su casa y de la de sus padres. Le parecía un milagro que no se lo hubiera tropezado antes, claro que apenas si llevaba tres meses en Madrid y no había parado por casa, montando como estaba la empresa.

Iba siguiendo el camino conocido que en otro tiempo hacía con Eva cuando iban a la universidad. Habían quedado a las 9:00 en las oficinas de Mario, pero el sol no parecía acudir puntual a la cita, tal vez llegara más tarde. Ada se arrebujó en su capa de alpaca chilena. Como había anticipado cuando se la compró, era una buena solución para los otoños madrileños: ligera, airosa y abrigaba lo suficiente si se la cerraba con sus broches tipo trenca, además combinaba con las botas y el pantalón lila ligeramente acampanado que llevaba.

Echó de menos a Eva, pero recordó con melancolía que ella debía ahora sus lealtades a Nacho. La entendía, era lo lógico, pero por dentro le dolía un poco, como debió dolerle a Alberto que ella no fuera sincera con él y no le hubiera confiado el auténtico motivo de su marcha. Ya hacía años que había comprendido que el vivir implicaba esas pequeñas o grandes traiciones a los que más queremos, incluyéndonos a nosotros mismos. El no hacer nunca daño a los demás quizás fuera uno de los primeros ideales que perdemos al madurar y gracias a ello aprendemos a aceptar lo que nos sucede como sucede y no como nos gustaría que sucediera. ¿Qué sería lo que había hecho su madre ante la desilusión, cuánto había cambiado su vida, a cuántos había perjudicado con su amargura? ¿Qué tendría Mario por dentro, sentiría remordimientos por el daño que le hizo a Lidia? ¿habría sufrido su marcha o la reemplazó pronto?

¿Por qué estaba pensando todas esas cosas ahora?, temía encontrarse con Mario, eso seguro, pero eso no era nada comparado con lo que temía el encuentro con Miguel porque este le hacía sentir desasosiego, como si se hubiera equivocado completamente y eso no lo podía aceptar, era demasiado triste.

Esperando la luz verde de un semáforo recordó la vuelta en coche con Mario.

—Se le pasará, eres su hermana, está muy unido a ti, es comprensible que no le haya gustado saber que saliste corriendo a Estados Unidos sin contarle el motivo.

Iba a replicarle que no salió corriendo, pero sí lo hizo, incluso aceptó la ayuda de Germán, con el que ya había roto y con el que no pensaba volver.

—Sí, hablaré con él este fin de semana.

—¿Y qué piensas contarle? ¿Lo malo que fui? —preguntó Mario con una mirada dura.

—Respetaré tu intimidad si es lo que quieres.

—¿Mi intimidad? Si ya lo saben Nacho y Eva, ya solo falta Alberto, ¿por qué no contárselo a él?

—Siento lo de Eva, aquel día me sentí tan mal que no quise irme derecha a casa y me desahogué con ella.

—¡Vaya!, admites que a veces las circunstancias nos empujan a hacer cosas que luego lamentamos.

—Yo no admito nada Mario —dijo elevando un poco el tono, pero lo suavizó al instante al recibir el impacto de su mirada—, al menos sin reflexionarlo un poco más.

—Sí, ahora, en la distancia es fácil reflexionar.

—¿Podemos cambiar de tema?

Se hizo un silencio hasta que llegaron a un semáforo.

—¿Cómo fue lo de marcharte a Chile? —preguntó por fin.

—Fue nada más volver de la boda de Eva. A través del padre de Germán que sabía por un amigo que estaban buscando ingenieros con mi perfil, junior quiero decir, para reconstruir las conexiones satelitales después del terremoto de 2010.

—¿Germán? Y, ¿él no te acompañó? —Volvió a arrancar.

—No, qué va, a él eso no le va nada, ya estaba trabajando para inversores en tecnología. Eso es lo que él siempre quiso, dedicarse a los negocios, es un comercial de vocación.

—Y, ¿por qué se hizo ingeniero entonces? —preguntó Mario incrédulo.

—Pues, según él, porque le interesaba poder conocer el producto en profundidad y.... —en esto Ada sonrió — y porque podía.

—¡Ja!, ¡qué gracioso, el Germán ese! ¿Y lo dejasteis definitivamente?

—Ya lo dejamos definitivamente antes de irme a Estados Unidos, ¿recuerdas?

Un ligero tirón en el coche puso en evidencia que la respuesta había impresionado a Mario.

—¿Me estás diciendo que no volviste con él? ¿Quién va a creerse eso? —preguntó en un tono entre incrédulo y sarcástico.

—No necesito que se lo crea nadie.

—¿Y entonces qué hacías allí?

—Estudiar como una loca sin parar y... bueno, pronto me hice con mis colegas de taller igual que aquí, incluso un par de amigos se vinieron conmigo a Chile, aunque a puntos diferentes del país. Coincidimos más de una vez.

—¡Impresionante!

—¡Impresionante!, ¿el qué?

—El giro que puede dar una vida por el error de otra persona.

—Sí, aunque yo no te considero responsable, fue mi decisión. La vida es siempre cambio, o al menos eso dicen; si hubiéramos seguido juntos igual te hubieras hartado de mí pronto, o yo de ti, eso nunca se sabe.

Mario le dirigió una de sus miradas opacas y continuó mirando al frente. Menos mal que estaban llegando a su casa.

—¿Alguna vez recuerdas aquel fin de semana?

No hacía falta que preguntara a qué fin de semana se refería. Ada dudó si contestar, no era su intención permitir que se removieran las cosas.

—Alguna vez —reconoció al fin.

—Yo todos los días. ¿Crees que alguien se harta alguna vez de eso?

Ada volvió a guardar silencio, le estaban entrando ganas de llorar y estaba muy cansada, ya llevaba dos días en una montaña rusa emocional.

—Por lo que dicen los más mayores y la ciencia sí, bueno para ser exactos no se hartan, pero sí pierde intensidad e importancia frente a otras cosas.

—Sí, pero en ese caso es su evolución natural que no tiene por qué ser dolorosa.

—Si tú lo dices Mario —dijo Ada quitándose el cinturón de seguridad—. Buenas noches y gracias por traerme.

Ada salió del coche y antes de cerrar la puerta escuchó a Mario llamarla.

—¿Sí?

—Arregla las cosas con tu hermano —le dijo sonriente.

—Claro que sí, descuida.

Se quedaron unos segundos mirándose a los ojos, antes de que Ada consiguiera arrancarse de ellos.

SE quedó parada con la boca abierta de asombro y el bolso le resbaló desde la capa al suelo. Sobre un amplio terreno de césped y jardines, el edificio GAMEPSIC era una serie de prismas rectangulares flotantes sostenidos por pilotes semejantes a troncos de árboles. Sobre los prismas, una esbelta cubierta curva de material fotovoltaico lucía a manera de tocado el logo de la empresa, formado por la palabra inglesa *game* y la letra griega, semejante a un tridente, que representa al prefijo psi Ψ. El conjunto era tan singular como el propio Mario y su contemplación llenó a Ada de admiración y orgullo. Jamás dudó que Mario llegaría lejos, tenía todas las señales y lo bien que se le daba conducir a la gente era la primera de ellas, por eso nunca había podido comprender como hizo lo que hizo, por desgracia a él no se le podía aplicar el atenuante de que no sabía lo que hacía.

La voz de Maxim llamándola, la hizo salir de sus tristes recuerdos y recuperó el habla y el bolso que lo tenía en el suelo.

—Buenos días. ¿Qué tal esa luna de miel? —les preguntó agarrándolos a ambos por la cintura, mientras se saludaban con un beso.

—Fantástico —contestó Bárbara—. Barcelona me ha gustado mucho. Fuimos a bailar dos noches seguidas y la tercera escuchamos «La Traviata» en el Liceu, regalo de mi jefe, que en cuanto le dije que venía a Barcelona me las procuró.

—Me alegro mucho por los dos. ¡Qué envidia me dais! —Y el anhelo en sus ojos atestiguaban que no lo decía por decir.

—Este edificio es sorprendente, cómo me gusta el estilo de este chico. ¡Vamos a formar un equipo formidable, lo presiento! —exclamó Maxim entusiasmado.

Se dirigieron a la entrada derechos al mostrador de seguridad. Nada más decir buenos días la vigilante preguntó: —¿Ada Valeria?

—Sí soy yo —contestó sorprendida.

—¿Y ustedes la acompañan?

—Así es, venimos juntos.

Levantó el teléfono y dijo:

—Ya están aquí.

Un minuto después aparecieron bajando las escaleras Mario y Miguel, cabeza con cabeza.

El primer impulso de Ada fue de alegría. Siempre había apreciado mucho a Miguel, le parecía un buen amigo y una figura imprescindible en su grupo, lamentaba mucho, por mucho que quisiera convencerse de lo contrario, que él la tuviera en baja estima. Era prácticamente de la misma altura que Mario, aunque el paso del tiempo le había arrancado un gran mechón de pelo, destapando la mitad superior de su cabeza y conservando sus rizos apretados a los lados semejando un nido con su huevo. Tenía sin embargo los mismos ojos de ido que lo hacían tan singular, aunque esta vez no contenían la chispa ni el humor de siempre, que le aportaban atractivo de una manera poco convencional.

—Ada. ¡Cuánto tiempo! —dijo mientras se daban los dos besos de rigor, llenos de cautela.

—Sí, la preparación ha sido larga, pero ya estoy aquí de vuelta.

—Sí, justo a tiempo.

—¿Qué quieres decir?

—Justo a tiempo para instalar nuestro videojuego.

—¡Ah, eso ha sido una sorpresa para todos nosotros y una alegría!

—No me cabe duda.

Mario le presentó a la pareja y le dijo a Bárbara que se alegraba de que se hubiera animado a acudir. La última frase de Miguel le había parecido ambigua. Al parecer, la advertencia que le había hecho antes de que llegara Ada no había calado bien.

Tomaron un ascensor acristalado en forma de cilindro que atravesaba los tres prismas centrales. Mario observó a Ada con detenimiento, no conseguía controlarlo pese a saber que ese tipo de escrutinios era incómodo para la otra persona, pero la serenidad de su cara y el contorno de sus labios secuestraban su voluntad como si lo hipnotizara. Ella consciente de su mirada se sentía libre de hacer los mismo, desde los pantalones negros de motero hasta la camisa gris y el chaleco más oscuro de punto. Al llegar a su cara las puertas se abrieron para interrumpirlos en sus pensamientos y arrojarlos a un hall que los conducía a uno de los prismas volados del edificio.

Continuaron camino por un pasillo acristalado, sobre una curiosa moqueta que parecía ceder bajo sus pies, *Energy Floor* les fue comentando Mario (suelo que generaba energía limpia a partir de sus pasos), hasta llegar al siguiente prisma, sustentado por pilotes que contenía su despacho.

Los demás ya estaban ahí, ocupando su lugar en una mesa de reuniones. Ada los saludó a todos y se sorprendió de hallar una cara nueva. Mario se adelantó y le presentó a Clara, una chica más o menos de la misma edad que ella, con el pelo teñido de rubio y un traje chaqueta que parecía le había encogido, «ridícula moda», pensó Ada.

Clara la sorprendió, sin embargo, diciéndole que tenía muchas ganas de conocerlos porque le habían hablado mucho de ellos; lo dijo alzando un poco las dos manos, como señalando a Mario y Miguel y Ada pensó inquieta que tal vez fuese la pareja de Mario. El pensamiento la llenó de tristeza y le desinfló todo el entusiasmo que llevaba esa mañana.

—Clara, es nuestra psicóloga social y su visión nos ha influido mucho en el enfoque que le hemos dado al juego. La he llamado hoy porque debemos discutir un aspecto importante —Clara miraba a Mario atentamente y asentía mientras él hablaba como confirmando sus palabras, parecían una pareja de presentadores.

«Bastante previsible», pensó Ada. Mario seguía provocando en las mujeres la misma reacción de siempre. Tragó saliva y se agarró al presente: «las cosas hay que tomarlas como vienen», pensó.

Después de las presentaciones, Ada se esforzó por acallar las emociones disparatadas y contradictorias que sentía, y se concentró en lo positivo.

—Mario, este edificio es fantástico de veras, estoy impresionada —dijo sonriendo, intentando recuperar el espíritu de hacía un rato.

—Tú y todos —dijo Alberto—, de eso estábamos hablando cuando entrasteis. ¿Quién lo proyectó? ¡Menudas vistas a la Sierra y a la Ciudad Universitaria!

Estuvieron unos minutos hablando de ello hasta que Mario les señaló las sillas libres y comenzaron la reunión, que según les anunció, iba a ser solo uno pequeña introducción, ya hablarían de todo lo necesario después de que vieran el videojuego.

Media hora más tarde, los condujeron a otro prisma en la planta superior y les hicieron entrar separados por sexo a unos vestuarios. Abrieron los armarios y encontraron una amplia y variada colección de prendas en distintos estilos, pero que todos identificaron como atuendos apropiados para correr una gran aventura, no muy diferentes a los que uno se podría encontrar en un videojuego, un cómic o una película de animación. Ada con la boca abierta y los ojos chispeantes de asombro eligió un atuendo de griega consistente en un vestido blanco de vuelo y falda irregular, con escote asimétrico recogido con un broche sobre un hombro, del que partía una capa. Lo sujetó con un gran cinturón dorado, unos *leggins* de nylon transparente, más bien gruesos y unas sandalias también doradas. Eva eligió uno de vikinga con un corpiño de manga larga y escote a la caja, sobre una falda de picos hasta la rodilla y unas botas como de ante. Lo complementaba el imprescindible casco con cuernos aprisionando sus rizos pelirrojos; Clara se decidió por un vestido antiguo de esgrima de lo más elegante, también con un corpiño blanco ajustado pero elástico, de cuello alto y una falda de capa negra sobre unos *leggins* negros y unos zapatos de suela blanda. Por último, Barbara eligió un vestido tradicional hindú con bombachos. Curiosamente, según observaron, todos los calzados tenían el mismo tipo de suela. Un cuarto de hora más tarde las estaba llamando Miguel disfrazado de Son Goku para llevarlas al terreno de juego. Ada no pudo contener la risa al verlo, su cara no podía irle más al personaje de manga y este la miró serio, aunque con ese brillo en la mirada tan característico suyo que no se sabía si era de locura o te estaba tomando el pelo.

Se aproximaron a una especie de compuerta futurista, y a su derecha, encontraron un sofisticado cuadro de apertura. Miguel pulsó un botón y la puerta se fue abriendo despacio, dejando ver un amplio espacio lleno de luz y de un olor muy atrayente.

Fueron entrando uno a uno. Estaba vacío, solo se apreciaban las tres paredes de un color turquesa claro que recordaba al mar caribe, con pequeños destellos dorados que producían una sensación optimista, de fantasías por llegar. Acercándose un poco más, Ada pudo comprobar que se trataba de un tapiz sedoso y mullido. El suelo era también de textura flexible y al contacto con la suela de sus sandalias parecía como si se adhiriera y flotara a la vez por una nube. De la pared acristalada les llegaba la luz del sol, a través de unos translúcidos estores amarillos. El ambiente le recordaba a Ada una de esas visualizaciones que haces cuando pretendes relajarte.

De todos los rincones, sin poder precisar cuáles salía una música envolvente, cargada de intriga. Se volvió a abrir la compuerta y entraron: Nacho vestido de Mazinger Z, Alberto de Jedi y por último Mario traía una especie de uniforme de astronauta sin el casco, todo blanco, que dejó a Ada sin respiración. ¡Qué bien le sentaba el blanco!, pensó, le daba volumen a sus piernas esbeltas y bien formadas, enfatizaba sus caderas estrechas y su espalda ancha, acentuando su elegancia. Los nuevos mechones largos de su pelo le daban un aspecto más juvenil, menos serio, aunque en ese traje, Ada echaba de menos su corte de pelo a lo *buzz* de antaño. Él la miró de abajo arriba y ella sintió su cuerpo expandirse como si lo liberaran de un peso.

Eva estalló en risas al ver a Nacho, una risa contagiosa que compartieron todos y se redobló cuando apareció Maxim de Aragorn que le iba que ni pintado. Ada se contagió de la risa espontánea de Mario, tan infrecuente en él en el pasado, y que en ella siempre había producido un estallido de alegría.

—Bueno, bueno, ya está bien de reírse del prójimo, vamos a la aventura —dijo Mario intentando ponerse serio.

Entraron un par de monitores, que le colocaron todos los periféricos: las gafas, un arnés que los sujetaba al techo y el *tracking* de las manos. Al parecer, en las suelas, tenían otro para los pies.

Tras el anuncio de Mario de que la aventura comenzaba, se vieron sin más preámbulos en el juego, abriéndose paso por un paisaje natural brillante de sol. El aroma que percibían los predisponía al descubrimiento pausado, y la música, que ahora Ada identificaba, sin lugar a dudas, con la canción «Arrival of the Birds», del grupo The Cinematic Orchestra, ponía en sintonía sus emociones.

Ada se quedó al margen, más bien de simple espectadora, a ella nunca le habían gustado los videojuegos, pese a lo mucho que le había insistido su hermano. Observó cómo, a medida que se adentraban en el juego y les salían al paso estímulos, desafíos, encrucijadas, el entorno iba cambiando progresivamente: los paisajes, la música, los olores, adentrándolos más en la fantasía. A los pocos minutos, o eso le pareció a ella, Nacho ya lideraba el grupo, apoyándose muchas veces en las deducciones que le proporcionaba Eva, y con Alberto ejecutando sus órdenes como hombre de acción. Clara se encargaba de situarlos en contexto, las leyes que regían ese planeta y las dificultades que enfrentaba y Mario los observaba sin intervenir. Ada, en apariencia pasiva, estaba concentrada en la operativa del juego y en la comunicación de los mandos con la consola. El resto del equipo intervenía casi tan poco como ella.

Una hora después, Mario anunció el fin de la sesión. Alberto protestó, estaba justo en lo mejor según él y Nacho también estuvo de acuerdo.

—Se trata de un aprendizaje, uno de los objetivos es que aprendáis a ajustaros al tiempo del que disponéis. Cuidamos que nadie se obsesione con el juego o se haga adicto. Clara, puedes explicárselo tú por favor.

Mientras los monitores les ayudaban a quitarse los periféricos, Clara les explicaba que el juego se había pensado para que implicara un aprendizaje por niveles, de manera que el jugador cada vez manejara mejor su tiempo, ya que el tiempo virtual tenía su propio ritmo y no podía jugarse más de una sesión al día. Como habían podido comprobar todo estaba pensado para que resultara agradable a los sentidos y el jugador pudiera explorarse y conocerse a sí mismo, nunca había sido más cierto lo de en la mesa y en el juego se conoce a las personas.

—Sí, Ada no se ha divertido mucho. ¿Es que no te ha gustado? —preguntó Miguel.

Ada se quedó parada, estaba sacando las piernas del arnés, y la pregunta la desequilibró por completo. Acabó sentada en el suelo, que, por fortuna, era blandito.

—Me ha gustado la experiencia, el trabajo que lleva detrás y reconozco su potencial —dijo a la defensiva—, pero nunca me ha gustado jugar a videojuegos, lo siento.

—Puedo confirmarlo —intervino Alberto—. Cuando perdía alguna apuesta, la obligaba a jugar para cobrármela, y aunque le fuera pillando el tranquillo, en cuanto tenía la más mínima oportunidad soltaba el mando y se largaba.

Ada miró a Miguel con una ceja levantada, como diciéndole, ¿te enteras?

—Vamos a cambiarnos, que tenemos hora reservada en el restaurante —anunció Mario cambiando el tema.

Se marcharon a comer y al volver Ada se quedó rezagada, observando descorazonada como Mario iba charlando con Clara. Formaban en su imaginación una burbuja impenetrable. Alguien se le acercó e interrumpió el caudal de su angustia que Ada temía se le derramara hacia el exterior, donde todos pudieran verla.

—Hacen buena pareja, ¿verdad? —preguntó Miguel.

A Ada se le cerró la garganta ante esa revelación y la respuesta le salió forzando su paso con dolor.

—No sabía que fuesen pareja.

—Bueno, ya sabes que con Mario nadie sabe nunca nada.

Ella no supo qué respuesta dar a eso, así que no la dio.

—Supongo que ahora no puedes creer en tu suerte, ¿no?

—¿Mi suerte?

—Sí, tu suerte, Mario aparece por tu oficina y te ofrece el negocio del año.

—Yo no me lo he tomado así. Maxim sí, él piensa que ha tenido mucha suerte, yo sin embargo sé que ha recurrido a sus amigos: Nacho y Eva, que resultan que están asociados conmigo. Podrían haberse asociado con él, pero no lo hicieron, no sé por qué, si porque Mario nunca se lo propuso o porque ellos no quisieron. Ahora ha tenido que aceptarme a mí en el lote y yo a él, eso es todo —contestó Ada como si se le fueran cayendo las palabras de la boca, sin poner en ellas ni el corazón ni la intención, no iba a conseguir Miguel, por mucho veneno que empleara, sacarla de sus casillas, eso se lo había jurado a sí misma.

—Nunca entendí por qué lo dejaste, ni por qué te fuiste con Germán otra vez. La única explicación que encontré es que en su momento viste en Mario más potencial que en Germán, sobre todo cuando le aceptaron su programa de promoción de empresas, pero que luego al conocer a Lidia, te diste cuenta de que Mario no era tan manejable como pretendías, que en cualquier momento podía acabarse todo sin más y decidiste volver a lo seguro —dijo Miguel con la convicción del que le ha dado muchas vueltas a un argumento.

Ada no se lo podía creer, lo decía convencido y dolido por Mario. ¿Se habría inventado esa historia retorcida y llena de malicia por defender a su amigo, o sería esa la lectura que tenían sus acciones vistas desde fuera?

—Y, ¿de veras esa es la única explicación que encontraste? —preguntó sin mucho aspaviento— ¿Nunca te has preguntado si estabas equivocado?

—Yo no, viendo los daños no, las personas que se quieren no se hacen ese daño.

—¿Ah no?, y entonces, ¿cómo te explicas lo que le hizo Mario a Lidia, porque no la quería? ¿Defiendes esa actitud?, porque si es así, eres igual que él.

Esto último, pese a todo su empeño, lo dijo con un hilo de voz.

Estaban llegando a la empresa y se sentaron en un banco de los que había dispuestos en el césped, ante el edificio. Nadie los interrumpió y se sentaron sin más, conscientes como estaban de que tenían algo que ventilar.

Al cabo de un rato contestó Miguel al fin.

—No, no la defiendo, aquello estuvo muy mal y se lo advertí muchas veces, pero era algo superior a sus fuerzas, no la podía ni ver. Se había metido con su padre y éste acababa de fallecer. Algunas veces me pregunto...

—¿Te preguntas? —le animó Ada a seguir.

—Me pregunto si Mario no pensaría alguna vez lo mismo que Lidia, si en su fuero interno, no le dio la razón en alguna ocasión y después de su muerte, solo pensar en ella, le hacía sentirse culpable y desleal.

A Ada le sorprendió esa salida, jamás se le ocurrió a ella barajar esa posibilidad, se quedó unos minutos en silencio dándole vueltas, examinándola desde todos los ángulos.

—Pudiera ser, los psicólogos a veces resultan muy molestos para sus familiares, porque parece que saben lo que piensas o interpretan tus reacciones, le ponen etiquetas, en fin, quieren tratar a sus familiares como a pacientes y eso tiene que tocar mucho las narices. Lo mismo que nos pasa a nosotros cuando nos tropezamos con algún *tecnocretino*, o le pasa a un médico cuando escucha los remedios de la abuela. Es deformación profesional, hecha sin pensar, creo yo.

—Puede ser, con él es imposible sacar el tema y aclararlo. Pero tú te marchaste con Germán en cuanto lo supiste, eso no puedes negarlo.

—Y no lo niego —dijo Ada con calma.

—Y eso, ¿qué es si no arrimarse al sol que más calienta?

La frase ofendió a Ada y le hizo hervir la sangre. Quiso contestarle tal cual le nacía, pero la promesa hecha a Nacho volvió a imponerse. Aun así, no pudo contener del todo sus sentimientos.

—Mira Miguel, no tengo que darte ninguna explicación, pero como vamos a tener que trabajar juntos te daré una respuesta, otra cosa será que te guste o no. Una determinación que llevo en mi vida a rajatabla es la de no poner mi vida en las manos caprichosas de ningún hombre que pueda hacerme daño sin miramientos, cruel, ni mucho menos someterla a los juicios venenosos y subjetivos de otro.

Miguel bajo la mirada a sus manos, se puso un poco colorado e incómodo. Pero algo más le quedaba adentro:

—Y Germán, ¿ya no está contigo, o sí?

Ada no podía creerse la desfachatez del tipo, ¡cómo había cambiado, ¿o había sido siempre así?!

—Ya he contestado a esa pregunta a quien creo que le debía una respuesta. Ese no es tu caso, lo dejamos aquí —dijo Ada poniéndose de pie.

Caminaron en silencio hasta la puerta.

—Ada, tienes razón, voy a enterrar el hacha de guerra, al fin y al cabo, es un asunto entre Mario y tú, igual he traspasado la línea de la amistad.

—Igual.

Miguel le abrió la puerta de la entrada y se dirigieron al ascensor. Dentro de él Ada le dijo algo titubeante:

—Miguel.

—Sí, dime —dijo él en el mismo tono.

—Le daré vueltas a eso que me has dicho sobre Mario y su padre, nunca lo había pensado.

Se cerraron las puertas del ascensor y Miguel se quedó con el dedo flotando en el aire, como no sabiendo dónde pulsar.

—Es que tú nunca has visto sufrir a Mario como lo he visto yo, en dos ocasiones. Has dicho cruel, y no puedes estar más equivocada. No sabes lo que sufrió cuando se dio cuenta de todo el daño que le había hecho a Lidia y luego a ti. Pensó que el que tú le abandonaras era su justo castigo, por eso no te siguió a Estados Unidos.

Satisfecho le dio al botón y se quedó mirando a Ada, hasta que por su expresión pudo percibir que sus palabras habían dado en la diana. El pequeño salto que dio el ascensor al llegar coincidió con su asentimiento, que parecía querer decir: ¿Te has enterado ya?

LA tarde había sido larga, pero no pesada, la reunión había transcurrido cargada de entusiasmo. Cuando quisieron darse cuenta, ya eran las ocho y Mario anunció que se cerraba la sesión.

—¿Puedes quedarte Ada?

Ada se quedó con el bolso que iba a colgarse congelado en la mano. Miró a Mario indecisa, ella había estado deseando escapar, no quería preguntas sobre su conversación con Miguel, ni de él, ni de nadie. Además, había sentido deseos de hablar con su madre, lo que le había dicho Miguel la había descolocado, le había abierto como una nueva posibilidad, y de pronto sintió la necesidad de explorar ese camino también con su madre, el de mirarla con ojos nuevos. Pero recordó que en el contrato ella figuraba como la directora y la interlocutora de la empresa, y él era el cliente, además también estaba Nacho vigilando cualquier actitud arbitraria de su parte; se encogió de hombros.

Mario cerró la puerta detrás de Maxim, el último en salir, y se dio la vuelta hacia su mesa. Le indicó a Ada con la mano que se sentara al otro lado.

Mario abrió la boca para hablar cuando hubo tomado asiento, pero el observar la cara de Ada atenta a sus palabras le hizo enmudecer. Se miraron un momento en silencio, hasta que a ella se le cruzó por la cabeza la imagen de él acompañando a Clara fuera del despacho cuando esta se marchó. Los minutos que tardó en volver apuntaban a una despedida larga, parecía que era cierto lo que había dicho Miguel, eran pareja; una bonita pareja para ser exactos. ¡Qué se esperaba, ya sabía que a Mario no le iba a faltar con quién! Alzó ambas manos como diciendo, ¿y bien?, y Mario salió del trance con una fugaz sonrisa.

—Iré al grano —espetó sacudiendo la cabeza hacia un lado para despejarse—. ¿Tienes algún problema con Miguel?

Ada ya se lo esperaba.

—Ninguno, si él no lo tiene conmigo.

—Vaya, parece que me he expresado mal entonces —contestó con paciencia, teñida de un poquito de sorna—. ¿Tiene él algún problema contigo?

El absurdo giro que dio a la pregunta hizo reír a Ada, se le escapó una sonora carcajada sin poder evitarlo, a la que se sumó Mario, contento de haberla hecho reír.

—Es difícil contestar a esa pregunta, ¿sabes? Creo que alberga dudas sobre mi deseo de exprimirte, a ti o al hombre que mejor se preste, pero en el fondo creo que ni él mismo está seguro y que solo intenta protegerte. ¿Es que acaso él no sabe que yo no sabía nada del videojuego hasta que apareciste por mi oficina?

—Claro que lo sabe. ¿Te ha ofendido?

—No, no ha llegado tan lejos, creo que por ahora hemos sellado la paz, así que si eso es lo único que te preocupa mejor me marcho ya y te dejo a tus cosas, igual te están esperando.

—Esperando, ¿quién crees tú que me está esperando? —preguntó sorprendido Mario, no entendía a qué venía eso.

—Tendrás vida privada, digo yo.

—¡Ah!, es eso —Mario sonrió viendo su interés—. Claro, como todo el mundo. ¿Hay algo que quieras saber?

¿Quería saberlo, para qué, es que acaso estaría dispuesta a intentarlo con Mario, y él, tendría algún interés?

—Mario, si no tienes nada más que hablar conmigo, querría ir a ver a mi madre.

—Solo una cosa más —dijo mirándose un momento las manos como si le costara preguntar—. ¿De veras no te ha gustado mi videojuego?

Ada parpadeó nerviosa de asombro.

—¡Claro que no! —protestó, para nada quería que pensara eso—. Me parece fantástico, ingenioso y lo estás llevando de una manera radicalmente diferente a lo que se ve por ahí. Es otro concepto, luminoso, esperanzador, optimista, nada apocalíptico. Lo que no me gusta es jugar, ya os lo he dicho.

—A mí tampoco —confesó Mario.

—¿Qué?

—Lo que oyes, a mí tampoco. De niño sí, claro, me gustaba como al que más, pero a medida que fui teniendo claro que los quería crear yo y que iba a ser mi forma de ganarme la vida, comencé a verlo de otra manera. Para mí son código, diseño, música, estrategia, miles de cosas, pero jugarlo me aburre. Utilizo gente como tu hermano e incluso jugadores profesionales para que hagan eso por mí, ni siquiera a Miguel le gusta jugar.

—Menos mal, creí que iba a ser un motivo de discordia —dijo Ada mientras se ponía de pie y buscaba su capa.

Mario la siguió y le ayudó a meterse en ella. Cuando acabó la giró a ver cómo le había quedado y le liberó un pequeño mechón de pelo que se le había quedado enganchado en el cuello de la capa. Antes de devolver su mirada a sus ojos se detuvo en un breve segundo en su boca, que se entreabrió instintivamente, dejando ir el aire que contenía en un imperceptible suspiro. Su proximidad la alteraba, como cuando acercabas un imán potente a aparatos electrónicos, tanto que le hacía decir lo que no quería.

—Clara parece estupenda.

—Y lo es, le está dando al proyecto ese toque de psicohistoria que yo pretendía, es más, interviene en ello porque cree en él. Cree que este videojuego puede hacer más por la integración y la colaboración entre la gente joven, que los trabajos que ha realizado hasta ahora para combatir el individualismo y la marginación con métodos más tradicionales.

—Me alegro por ti, puede aportarte mucho entonces, en un campo que te interesa tanto.

—Sí.

Ada se separó de él y cogió su bolso de la silla dónde lo había dejado.

—¡Hasta la próxima entonces! —se despidió Ada de una forma muy casual.

Mario la agarró suavemente por los brazos, lo que hizo que Ada lo mirara un poco sorprendida. Él le devolvió la mirada con intensidad y Ada supo que iba a besarla, sus labios se separaron, su cuerpo lo esperaba, su sangre corrió por sus venas buscando libre su destino, pero el beso no llegó, él solo le dijo:

—¡Hasta la próxima! — Y le dedicó una sonrisa de camarada simpático que en ese momento Ada hubiera deseado borrarle de un guantazo.

Cuando cerró la puerta, Mario estaba tan furioso como ella, justo cuando cayó en la cuenta de que las palabras de Ada parecían quererle meter a Clara por los ojos, sin sombra de que eso le afectase lo más mínimo. Se sintió dolido, estúpido por estar tan pendiente a cualquier muestra de su parte de que él le importara algo. Las palabras de Miguel retornaron burlonas, le hacían dudar, qué clase de hombre era él, acaso era un *pringao*, dejándose los mejores años de su vida detrás de alguien que pasaba de él. Atracción física sí había, de eso no tenía duda, pero eso qué significaba, las mujeres lo habían deseado desde que alcanzó la pubertad.

¡Dios qué difícil era amar a Ada! A veces maldecía su propio carácter, su determinación a aferrarse a sus metas, a tenerlas tan claras por muy difíciles que se lo pusieran y en este caso lo era, era a lo que más vueltas le había dado en la vida. Había tenido que imponerse paciencia, saber de ella a través de las discretas respuestas que les sacaba a los amigos, sobre todo a Nacho. Por él sabía que se había marchado a Chile sola, que no tenía pareja, al menos que él supiera y que había vuelto a España a crear una empresa con ellos.

Desde que se fue, desde que corriera tras ella inútilmente, su plan había sido primero dedicarse a su profesión, consolidar su empresa y desarrollar su videojuego, hacerse un porvenir y darle a ella tiempo y espacio para superar sus miedos, para que madurara y así poder demostrarle luego que seguía ahí, que no era inconstante y que no le haría nunca lo que le hizo a Lidia, ni a ella ni a nadie. Había momentos sin embargo en que la odiaba, como el de hacía un rato, cuando ella pretendió no darse cuenta de sus sentimientos.

En algún momento, Mario reparó en que el edificio estaba demasiado silencioso y de que hacía horas que estaba en oscuridad total, él mismo había apagado las luces del despacho porque le escocían los ojos. Miró la hora y vio que eran las 22:30, no podía ser, llevaba dos horas y media ahí sentado, con la cabeza recostada en el respaldo contemplando la sierra. ¿Se habría dormido? No, no lo había soñado, había estado recordando el día que la vio en la boda de Nacho, tan hermosa y femenina como en su recuerdo, acompañada de sus hermanos y él de su hermana

Laura. Había pensado en llevar una chica, pero no lo hizo, eso era un jueguecito indigno de él y de ella. Había sido cortés, pero distante y supo en seguida que ese no era el momento, aún no se habían equilibrado las fuerzas.

Sintió de pronto un ligero resquemor en la boca del estómago, ¿sería un acosador?, ¿estaría obsesionado con ella? ¿estaría siendo irracional?, ¿sería un enfermo? Se pasó las manos por el pelo asustado y desesperado. A ver, se dijo: «No la he seguido, nunca», pensó «bueno sí, una vez, pero al no alcanzarla no insistí. No me he puesto en contacto con ella en todos estos años; no la he obligado a hacer nada que no quisiera, no la he molestado», siguió pensando cabalmente «pero, no has dejado de pensar en ella un solo día, ni has dejado de compararla con cada mujer con la que te acostabas, ni has dejado de imaginar mientras lo hacías que era con ella», le hostigó su conciencia. «Y eso, ¿qué demonios era? Lo último que él quería en el mundo era agobiarla, y mucho menos con su amor; el amor no servía para eso, al menos, no para él».

Su angustia aumentó y decidió marcharse, cortar con ese hilo de pensamientos.

¡QUÉ ridícula se sentía! la rabia contra si misma le había dado gasolina para subir la cuesta camino de casa de sus padres como un cohete. Cada vez que visualizaba su cara de idiota esperando el beso que nunca llegó... En algún punto de la cuesta, cuando el corazón a galope le acalló esa voz crítica que a veces la machacaba, debió de abrirse paso un poco de razón, porque de repente pensó que, si ya sabía, al menos estaba casi segura de que Mario estaba con Clara, a qué remover las cosas, para qué volver a desgastarse en si había hecho bien o no, para qué buscar respuestas con su madre, ¿para darse cuenta que ya era demasiado tarde? Desde que Mario volvió a su vida, le parecía que iba de tontería en tontería.

Continuó subiendo más despacio, dándole vueltas: No era solo Mario, las palabras de Miguel le habían hecho darse cuenta que uno puede aferrarse a un pensamiento que está equivocado y eso había dado lugar a que pensara en que también con su madre podía estar equivocada. Se planteó que desde siempre había dado por supuesto que su madre era impenetrable basándose solo en su lenguaje corporal, pero que en realidad nunca lo había abordado con ella de frente, seriamente. Ahora ya no era una jovencita, ya era una mujer hecha y derecha de veintiocho años que llevaba nueve viviendo sola en un país distinto al suyo, alejada de su familia y de todo lo que le era conocido. Su madre también tendría que reconocer eso y actuar de otra manera, ¿o no? Ya estaba bien de ir a ciegas, ¡ni un minuto más!, iba a enfrentar las dudas y los temores de una vez por todas y que pasara lo que tuviera que pasar.

Volvió a apretar el paso en lo que le pareció un esfuerzo titánico, pero que en realidad no era más que unos cuantos metros por hora más veloz. ¡Maldita cuestecita de Pablo Iglesias!

Cuando abrió la puerta de su casa parecía que no había nadie. «¡Qué raro!» —pensó—, ya eran más de las nueve de un lunes. Fue llamando en voz alta por toda la casa y no obtuvo respuesta, se paró en seco delante de la puerta del pasillo que separaba las habitaciones de sus padres. Aquella puerta era simbólicamente infranqueable, aunque no recordaba que sus padres se lo hubieran prohibido nunca, pero por alguna razón los tres hijos (que ella supiera) lo habían aceptado así tácitamente.

Se dio la vuelta y se dirigió a la cocina, abrió la nevera y sacó una cerveza. Rebuscó en el bolso el móvil y se sentó a la mesa. Tiró de la anilla para abrir la lata y le dio un trago largo. Disfrutó del efecto sedante que tuvo inmediatamente en sus nervios. Marcó el contacto de su madre y esperó la llamada, no contestaba, de repente la tuvo delante, envuelta en su típico vestido largo, algo despeinada.

—Mamá, ¿te habías echado, te encuentras mal?

—Hola Cariño, no, solo estaba leyendo, ¿qué haces por aquí sin avisar? ¿Quieres cenar?

—No, bueno sí, podría picar cualquier cosa que tengas por ahí, para que no se me suba la cerveza y otra que me pienso tomar porque estoy sedienta.

—Vale te preparo algo —abrió la nevera y paseó la mirada por su interior— ¿Te apetece una ensalada de queso de Burgos con…, tomate y anchoas?

—¡Ummm!, sí, con orégano y aceitunas.

Su madre comenzó a prepararla.

—¿Dónde está papá?

—También leyendo. ¿Lo llamo?

—No, en realidad quería hablar contigo, a solas, lo que pasa es que no quisiera que nos interrumpiera.

Ana se secó las manos en un paño de cocina y puso el plato en la mesa. Por su expresión no podía decirse que se hubiera alarmado por la petición.

—Vale, ve abriéndome una cerveza para mí también y yo

mientras voy a decirle que no nos moleste. ¿Le saludas luego antes de irte?

—¡Hombre claro!

Su madre asintió en silencio y desapareció de la cocina. Un par de minutos después volvía. Ada había dispuesto las dos cervezas, cubiertos, platos y servilletas sobre la mesa.

Comenzaron a comer en silencio. Después de unos cuantos bocados su madre dijo:

—Cuando quieras.

—Se trata de una conversación que he tenido hoy con Miguel, el amigo de Mario, ¿lo recuerdas?

—Sí, lo recuerdo, ya estuvimos hablando de ellos el domingo.

—Sí, pero no recordaba si mencioné a Miguel.

—Y bien, ¿que te ha dicho?

—Miguel es amigo de Mario desde el colegio. Yo lo conocí antes que a Mario y me llevaba muy bien con él, pero cuando me fui, bueno no sé cómo decirte, al parecer me ha guardado rencor todos estos años porque según él le hice mucho daño a su amigo en muy mal momento.

Ana no dijo nada, dio otro trago a la cerveza y esperó con paciencia.

—Creí que me iba a estar fastidiando todo el tiempo, pero al final hemos hablado y creo que por ahora lo hemos superado.

Ana levantó una ceja y frunció un poco los labios en señal de no estar muy convencida.

—Sí, yo tampoco me lo creo, pero la cuestión no es esa, sino algo que me dijo.

—Termínate la ensalada primero anda y luego me lo dices.

Su madre era la única persona en el mundo que ella conociera, capaz de hacer una pausa cuando le estaban contando una confidencia jugosa, pero eso le permitió ordenar sus ideas.

Terminó de masticar el último trozo y se limpió la boca con la servilleta antes de continuar. Y le narró lo hablado con Miguel.

Su madre le dio otro trago a la cerveza antes de contestar.

—Ada, perdona que te diga algo que es muy molesto de escuchar, el clásico «ya te lo dije». Lo que no se soluciona de una vez siempre vuelve y al final hay que enfrentarlo, entre otras cosas porque te das cuenta que la paz que crees que conseguiste a cambio, tampoco te hace feliz, ni es tanta paz.

¿Era ella feliz? —se preguntó Ada—. ¿Sentía que todo aquello quedó atrás, que ya no lo recordaba, que no le dolía, que había rehecho su vida y esta le satisfacía? La respuesta era no. Para ella la felicidad no era la ausencia de desgracias, ni de dolor, era esa otra cosa que deseaba con todas sus fuerzas, pero a la que a la vez temía lanzarse. Había otra cosa a la que también temía lanzarse, pero era ahora o nunca.

—¿Es eso lo que te ocurrió a ti mamá, no te hizo feliz lo que conseguiste a cambio?

Su madre se miró sus manos entrelazadas sobre la mesa, se le notaba que le costaba hablar de sí misma.

—No, no me hizo feliz lo que conseguí a cambio, estaba demasiado ciega, no hasta que me enfrenté a ello, cuando estuve a punto de perderlo todo.

—¿Perderlo todo, a nosotros, a papá?

Su madre asintió en silencio.

—¡Oh, mamá!, ¡cuánto lo siento!, pero ahora, ¿eres feliz? —preguntó Ada deseando que fuera cierto.

—Claro que soy feliz, ¿acaso no os tengo a vosotros y a tu padre?

—Sí, pero quizás eso no era lo que tú querías, él no es lo que tú querías —se atrevió a decir Ada.

Su madre dejó escapar una sonrisa incrédula.

—Vamos Ada, ya eres mayorcita, no seguirás pensando que los padres no son pareja, son solo padres —La miró con un silencio explícito.

Ada dudaba que este fuera el caso, pero tampoco estaba preparada para tratar la intimidad de sus padres en un primer asalto. No tenía esa confianza con su madre y además la incomodaba, no estaba segura de querer conocer ese aspecto de ellos porque le parecía triste y desagradable.

—No claro, bueno, volviendo al tema de que te hablaba, ¿tú qué crees mamá, pudo ser así, pudo él sentir también a veces que su padre, con las ventajas que le daba la psicología, trataba de manejar a su hijo, dirigirle su vida, psicoanalizarlo como decía Lidia, que odiara escuchar un eco de sus temores y que, cuando se mató de esa manera tan trágica, esos sentimientos que había albergado hacia él, le hicieran sentir desleal y culpable?

Su madre lo pensó un rato.

—Claro que es posible, pero para eso no hace falta tener un padre psicólogo. Los míos intentaban manejarme todo lo que podían, ridiculizaban mi entusiasmo por la moda: ¿ser diseñadora? ¿Qué quieres ser Coco Chanel?, se burlaba mi padre. Lo más que puedes ser es modelo y esa ya sabes qué tipo de profesión es, me decía con malicia. Hasta tu tía es fantástica a la hora de aplastar el entusiasmo de los demás a veces, aunque ella lo hace más porque cree que es pragmática que por lo dominante e intransigente que era tu abuelo. Mi madre asentía siempre a todo lo que él decía y yo aprendí pronto a guardármelo todo para mí.

—Nunca me has contado eso mamá.

—No, no lo he hecho, he procurado siempre influiros lo menos posible.

Ada comenzaba a comprender, su madre creía que no interviniendo en la vida de sus hijos los dejaba ser felices y seguir su propio camino. Se había pasado al polo opuesto como reacción a su historia y al final todos los extremos eran dañinos. O quizás es que hiciera lo que hiciera un padre siempre la cagaba.

—Ya, pero a un psicólogo se le puede dar mejor lo de manejar, igual tenía razón Lidia.

Su madre se quedó en silencio pensando.

—Eso tú ya no lo vas a poder saber. Solo Mario, ahora más maduro, podrá comprender a su padre y, en cualquier caso, fuera como fuese tendrá que perdonarle a él y a sí mismo si quiere seguir adelante.

—Y bajo esa nueva luz, ¿tú crees que debería superar lo que hizo Mario mamá?

—Eso no tengo ni que pensarlo. No se trata de esa nueva luz, ni de ninguna otra, para superarlo solo necesitas amarlo, y no me refiero solo al amor romántico. Aunque si es de amor y perdón de lo que quieres hablar, lo harías mejor con tu padre, él sabe de eso mucho más que yo.

—¿Papá? —preguntó Ada incrédula.

—Sí, papá no, Eduardo, un hombre maravilloso que además es tu padre.

—¿Tú le quieres mamá?

—Claro que lo quiero. Ada yo nunca seré muy expresiva, esa sigue siendo mi asignatura pendiente. Aprendí tanto a guardarme mis sentimientos y mis pensamientos, que siempre tengo miedo a que si los dejo salir lo estropee todo. Quizás con mis nietos lo consiga, aunque por desgracia solo me suelto cuando estoy a solas con ellos.

A Ada se le cayeron dos lagrimones enormes que no pudo reprimir. Alberto apenas sí le dejaba a los niños porque decía que no quería que se los congelara. Qué triste era todo, su madre decía querer a su padre, ¿y eso es lo que ella entendía por amor, sentarse uno al lado del otro en silencio a ver la tele o leer?

—Gracias mamá por contarme todo esto. Pensaré en ello.

Ana le retiró las lágrimas de la cara con sus manos y la abrazó.

—¿Tú quieres a Mario?

Ada agitó la cabeza en su pecho en señal de asentimiento.

—Desde el primer día que lo vi.

—Ya veo, me lo imaginaba, ¿y entonces?

—Entonces nada, por ahora creo que está saliendo con otra, además todavía no estoy segura de él.

—¿Pero nunca habéis hablado de vuestros sentimientos? —preguntó su madre incrédula.

—Bueno, quitando aquel fin de semana que pasamos juntos. Tampoco recuerdo que lo expresáramos en voz alta, aunque para mí nuestros hechos eran suficientes, lo decía con creces, pero no sé si para él significaba lo mismo o era lo de siempre. Vuelve locas a las chicas mamá, no tiene ni que mover un dedo.

Su madre sonrió ante ese comentario.

—Sí, conozco el tipo, pero no todos van a ser iguales.

—No, por supuesto que no.

—En todo este tiempo ¿no has conocido a otros?

—Sí, claro que sí, pero ninguno era Mario.

—¿Y Germán?

A Ada se le iluminó la cara cuando escuchó su nombre y sonrió.

—A Germán lo querré siempre como...—y cerró la boca porque estuvo a punto de decir como tú a papá—, como un amigo muy querido. Siempre ha estado ahí, la verdad.

—Pero como pareja nada de nada, ¿no?

—Así es. Y mamá, sé que tú me vas a creer, ya sabía que no le amaba antes de conocer a Mario, aunque es verdad que desde que me quitó el sitio aquel primer día, ya me resultaba intolerable seguir un día más con Germán.

—Te entiendo —dijo abrazándola más fuerte.

21

Después de un mes agotador de trabajo y poco placer, por fin llegaba el día de Rigoletto. No le costó mucho trabajo convencer a Sara de que la acompañara, aunque a cambio esta le había pedido que se pasara a recogerla una hora antes, porque quería probarle un vestido que acaba de diseñar, inspirado precisamente en sus hombros. Ada odiaba que le probaran ropa y le clavaran alfileres, pero si era el precio que tenía que pagar por no ir sola a la ópera, no le quedaba otro remedio.

Las líneas suaves y sencillas teñían de rojo vino su cuerpo hasta pasada las rodillas, dejando al descubierto unos hombros cremosos y una abertura en forma de lágrima justo sobre el nacimiento del pecho. Cuando Ada se vio en el espejo pensó que de ninguna manera saldría así, y menos para ir al teatro.

—Es demasiado ajustado para mí, Sara, me realza las caderas y me hace sentir incómoda.

—También me voy a sentir yo incómoda después de dos horas y media sentada —le contestó Sara.

—¡Mírala, pero si a mi niña le han salido uñitas de bruja en este tiempo! —replicó Ada asombrada—. Parecía que estuviera hablando con Alberto.

—He aprendido de escucharos y..., me moría de ganas de participar.

—Y, ¿por qué no lo hacías?

—Me sentía diferente, excluida.

—Y eso, ¿por nuestra culpa?

—No, no era por eso. Algún día, cuando esté preparada y sepa que es el momento, te lo contaré. Te queda fenomenal —dijo Sara cambiando descaradamente de tema.

—Sí, no está mal —dijo Ada complacida—, pero si por lo menos tuviera la falda suelta, o no tan pegada a mis caderas, lo veo muy *provo*.

—Dale una oportunidad, quiero ver el efecto que produce en la gente, porfa.

—¿Y por qué no lo pruebas con tus modelos?

—Porque lo hice pensando en ti y en tus hombros, sabes que tengo predilección por ellos, y que son mi seña de identidad y es muy difícil encontrar unos hombros tan bonitos.

—Gracias —dijo Ada subiendo los hombros como para sacarlos por las aberturas del vestido.

—¡Anda, haz de modelo para mí!, quiero ver si funciona, total no creo que te encuentres a nadie conocido.

—¿Y por qué no? El mundo es un pañuelo. Doy fe de ello.

—¿Y si te dejo mi chaquetón de capa de pelo sintético? Te tapará hasta por debajo de la cadera y es muy calentito y exclusivo —dijo por lo bajini, dándose importancia.

—Tú ganas —cedió Ada, al fin y al cabo, no era fácil encontrar compañera de ópera.

Fueron de las primeras en entrar al Teatro Real y lo mismo ocurrió para salir. Sara, que veía a Ada emocionada, tiró de ella en cuanto le pareció considerado para los artistas salir pitando, estaba loca por comer algo y tomarse un vino. Ada se dejaba arrastrar de forma inconsciente, sumergida en la negra pena de Rigoletto al que le había estallado la venganza en la cara, como suele suceder.

Acabaron por entrar en un restaurante cerca del teatro que estaba vacío, pero que en unos momentos estaría hasta arriba. Ocuparon una mesa al fondo, en un rinconcito, esperando que fuera tranquila.

—Por fin te quitas el abrigo, creo que aún no te ha visto nadie el vestido, parece que lo haces adrede —Se quejó Sara.

—Tú eres la que ha insistido en salir corriendo, ni siquiera me has dejado hacer el paseíllo hasta la salida del teatro, ni me has dejado digerir las emociones.

—Las digieres ahora con un vinito, como se ha hecho toda la vida, como hacían los de la obra.

—¿Te ha gustado? —preguntó Ada con inquietud, temía que su hermana se hubiera aburrido.

—Claro que sí, ha sido preciosa en directo y aunque solo hubiera sido por verte disfrutar a ti. La única pega que le pongo es que me hubiera gustado una obra con un vestuario más glamuroso, pero en fin no se puede tener todo.

Se acercó el camarero y pidieron un par de copas de vino y tres raciones para compartir: alcachofas confitadas, tartar de atún y pulpo a la brasa.

—Estoy famélica —dijo Sara.

—Yo merendé bien antes de venir. No se puede disfrutar la ópera con el estómago vacío, es demasiado tiempo.

—Si lo llego a saber... Bueno, cuenta, ¿cómo os va con el videojuego del «chico de los ojos bonitos»?

—Llevamos un mes sin parar. Muchas reuniones, muchas horas en el local donde se va a instalar, pero vamos venciendo las dificultades, al menos por ahora. Este domingo tenemos que reunirnos y llega Maxim mañana, lo recogeré al medio día.

—¿Y el «ojitos»?

Ada se echó a reír.

—¿No lo vas a llamar nunca por su nombre?

—Hasta que no pertenezca a la familia no.

—Al «ojitos bonitos», como tú lo llamas, lo veré el lunes, tenemos reunión de seguimiento en nuestras oficinas.

—¿Ha disipado ya tus dudas?

—No. En todo este mes no lo he vuelto a ver con Clara, siempre lo veo solo o con Miguel.

—Y no habéis hablado de nada.

—Así es, todo estrictamente profesional.

—¿Y tú? ¿No haces nada?

—¡Qué no hago nada! Lo he perdonado, ¿te parece poco?

—¿Pero él lo sabe?

—No, como voy a decirle eso así sin venir a cuento. Igual me dice: gracias, ahora viviré más tranquilo. Por ahora lo único que sé es que me mira muy intensamente siempre que los demás están distraídos y tiene la oportunidad.

—Bueno, ya es algo. ¿Quieres algo de postre?

—No, ahora, nos tomamos una copa por ahí y luego en casa antes de acostarme me como algo para rebajar el alcohol.

—Como quieras, yo si me voy a pedir una tarta de limón.

—Estupendo, pídela que yo mientras voy al baño.

Ada se levantó, se tiró un poco de la falda para recolocársela y se dio la vuelta para dirigirse al baño. Nada más salir del rinconcito se tropezó con los «ojitos bonitos» de Mario que le miraba incrédulo y sin disimulo: primero los hombros, luego la lágrima del pecho y por último y a cámara lenta, tan lenta que Ada creía no iba a acabar nunca, por sus caderas. Cuando la miró a la cara, ella se la sintió del mismo color que el vestido.

No tuvo más remedio que forzar una sonrisa y dirigirse a su mesa a saludarlo. Reparó entonces en que una chica se daba la vuelta a ver qué miraba Mario.

La chica resultó no ser tan chica, era mayor que él. Tenía una cara agradable y un cuerpo con sobrepeso vestido de una forma muy estilosa, o al menos eso le parecía.

Mario se puso de pie y le dio dos besos pese a que se habían visto aquella misma mañana.

—Ada, te presento a Teresa una amiga. Teresa, Ada, es la amiga, ya te he hablado de ella, a la que también le gusta la ópera.

—¡Ah! ¡No me digas! —dijo esta última mirando muy sorprendida a Mario y bastante exagerada, pensó Ada—. Acabamos de ver Rigoletto, ¿tú también la has visto?

Ada la miró muda, con las cejas algo contraídas como si no entendiera, pero asintiendo a la vez con la cabeza, en algún lugar de su mente había registrado la pregunta.

—¿Qué te ha parecido? —preguntó Mario sonriente.

Ada le miró entonces y el rubor que antes sintiera se le fue evaporando de prisa, sustituido por una palidez y una rigidez que le dolía en el centro del pecho. No podía creer que Mario hubiera ido a la ópera con otra persona que no fuera ella. Ahí tenía la certeza que andaba buscando, delante de sus ojos, ella no le importaba nada a Mario, quizás nadie le importaba salvo él mismo. Sintió las dos caras que le sonreían como si se estuvieran riendo de ella, escuchaba sus palabras, pero no le llegaba el sentido. Las cortó en seco—. Iba al servicio —dijo sin preocuparse por su tono—, he dejado a mi hermana sola y me está esperando —Le dirigió una mueca a la acompañante, como quiera que se llamara, sin importarle si parecía una sonrisa o no, y sin siquiera mirar a Mario continuó su camino muy derecha, luciendo sin saberlo el vestido en todo su esplendor con la misma altivez que lo haría una modelo.

Cuando llegó al servicio, estaba cargada de rabia. Al lavarse las manos se quedó un momento contemplándose en el espejo, intentó reconocer en su imagen lo que sentía, no atendiendo a nada que no fueran sus ojos y se compadeció de sí misma, no en actitud de víctima, sino de cariño, de aceptación. No había estado equivocada al marcharse a Estados Unidos y alejarse de Mario, ella no le importaba como persona, si la perseguía, si seguía obsesionado con ella era porque se le había escapado, porque no la había metido en el bote. Sostuvo su propia mirada un poco más, hasta que expresó mentalmente la resolución de no volver a mirar a Mario romántica ni sexualmente nunca más. Si no lo conseguía trabajando con sus amigos y con Maxim, volvería a marcharse. Empezaría de nuevo, las veces que hiciera falta hasta superarlo. No pensaba rendirse.

Se armó de valor para volver a su sitio. Nada más salir vio a la chica como se llamase en la puerta del bar, esperando. A él ni lo vio ni lo buscó. Le pareció por el rabillo del ojo que ella se despedía, pero no la miró lo suficiente para registrar el gesto y tampoco le preocupó.

Cuando llegó a la mesa, su hermana le comentó que Mario se había acercado a saludarla.

—¿Sí? Estupendo, ¡qué educado!

—También ha visto la ópera.

—Sí, ya me lo ha dicho.

—A él también le gusta, podrías haber ido con él.

A Ada le volvió la furia, sintió ganas de estrangular a su hermana por obvia.

—Iba acompañado Sara, ¿qué creías que iba a ir solo?

—¿Acompañado, de quién?

—Iba con una chica, bueno una mujer, mayor que él.

—¿Mayor que él? —preguntó su hermana inquieta, sabía que Ada lo estaba pasando muy mal— A ver si va a ser su tía o algo así.

—Me da igual que sea su tía, su amante o su antigua niñera, lo único que me importa es que ha ido a la ópera y no ha pensado en mí —dijo Ada mientras se iba poniendo el abrigo, estaba loca por salir de ahí.

—¿Hubieras ido con él si te lo hubiera pedido? —preguntó Sara dudosa.

—Sí, claro que sí, ya lo había perdonado y además era uno de los sueños de mi vida, ir a la ópera con él, o a cualquier otro concierto.

—¿Y él cómo iba a saberlo?

—Porque lo sabe, porque yo he hablado de lo que me gusta muchas veces con él. Sé que no me entiendes Sara, que te parezco frívola, pero esto me duele más que si lo hubiera pillado besándose o acostándose con otra.

—Estás prejuzgando sin saber.

—¿Qué hay que saber Sara? No son celos lo que siento, es dolor ante lo poco que significo para él. Celos, ¿por qué?, si me ha mirado de abajo arriba, no sabes cómo. Le ha encantado tu vestido, de eso puedes estar segura y sé, que si le hubiera dado pie, me lo hubiera arrancado en cuanto dejara a la otra en su casa; pero NO me ha pedido que lo acompañe a la ópera. ¿Lo entiendes ahora?

—¿Crees que para él las mujeres solo son sexo? —preguntó Sara triste por su hermana.

—Francamente Sara, ya me da igual. ¿Vamos?

MEDIA hora después Ada escuchaba «La donna è mobile», parada ante un semáforo en rojo que precedía la formidable subida y bajada de la cuesta de Pablo Iglesias. Fantaseó por unos segundos con la idea de cogerla a toda velocidad y dejar que el coche botara, y con el ímpetu, reiniciara su corazón y su cerebro como si volviera a nacer. Devolvió su atención a la canción y pensó que bien podía cambiarle la letra a L'uomo è mobile, de eso sabía Lidia, pero luego se recordó que todo es cambiante, sobre todo el pensamiento, fuera cual fuese el sexo del que pensara; «una pluma al viento».

El semáforo también era cambiante afortunadamente, se puso verde y arrancó tranquila, pese a sus fantasías. Acababa de dejar a su hermana en casa, al final no habían ido a por esa copa. Sara, que había comprendido que ella ya no tenía humor para copas le había dado la excusa de que estaba cansada y que prefería irse a dormir. Ahora solo deseaba encontrar pronto un aparcamiento para poder llegar a casa y hacer lo mismo. Se le caía el mundo encima de pensar que al día siguiente tenía que recoger a Maxim en el aeropuerto al medio día, y ver a los demás el domingo y a Mario el Lunes. En esos momentos, Chile le parecía demasiado cerca. Después de unas cuantas vueltas, por fin vio un sitio. No estaba muy lejos del portal, pero todavía le quedaba un paseíto. Era cerca de la una de la madrugada, en otro momento le hubiera causado aprensión andar sola por la calle a esa hora, vestida como iba y con los tacones de siete centímetros, pero esa noche la verdad es que le daba igual.

Agachó la cabeza para abrir el bolso y sacar la llave.

—Ada —escuchó a su espalda y se sobresaltó, soltando el bolso y girando en un solo movimiento—. Soy yo, tranquila.

Mario estaba saliendo de entre los coches aparcados frente a su portal. Se tranquilizó nada más verlo, luego recordó y se volvió a tensar.

—¿Qué pasa? ¿Qué haces aquí? —preguntó dejando caer los brazos, en un tono que no le dejara dudas de lo mucho que le fastidiaba verlo.

—Te fuiste sin despedirte —dijo con cara humilde y un poco triste, carente de belicosidad.

—Yo no me fui, creo que tú te fuiste primero —contestó Ada serena y fría—. En cualquier caso, ya me había despedido.

—¿Podemos hablar, puedo acompañarte a tu piso? —preguntó con una expresión inocente.

—¿A mi piso, te estás invitando a mi piso, Mario? —preguntó Ada a su vez con incredulidad.

—Bueno, si lo prefieres podemos ir a un bar o a otro sitio tranquilo, lo que no puede ser es aquí de pie en mitad de la calle, con el frío que hace.

Ada estuvo a punto de rechazarlo, pero de pronto se le apareció la cara de Nacho y se dio cuenta de que tendría que seguir viendo a Mario, el lunes, sin ir más lejos y durante mucho tiempo después.

—Está bien, sube.

Le dio la espalda como si fuese un engorro y volvió a buscar las llaves en el bolso. Abrió la puerta sin mirarlo y recordó otra puerta, otro tiempo y a si misma esperando mientras Mario abría. Un ligero escalofrío le subió entre las piernas y explotó en un espasmo caliente del que ella no era dueña. Se dirigió al ascensor que por fortuna estaba esperándolos, menos rato incómodo en silencio, pensó Ada.

Entró seguida de Mario, le dio al décimo y se volvió. ¡Menudo viajito más largo le esperaba! ¡Maldijo el vivir tan alto!

Mario le miraba los zapatos, eludiendo el contacto visual, más por aliviar la incomodidad de ella que por guardarse nada de lo que sentía.

—¡Ojalá te hubiera encontrado en el teatro al principio de la función! —le sorprendió Mario diciendo.

«Sí —pensó Ada—, para que me hubieras amargado también la obra»—, al menos esa noche había disfrutado la ópera, algo que le recordaba que como se suele decir: «Dios aprieta, pero no ahoga». «Ojalá te hubieras acordado de mí antes de ir con otra», ¡ese era el auténtico ojalá!, el de Mario no era más que otra decepción. Igual terminaría diciéndoselo, pero no en el ascensor. Guardó silencio obstinadamente.

—Siento que hayas conocido a Teresa de esa forma.

—No lo sientas, ¿en un bar?, es una forma muy normal de conocer gente.

Esa salida mordaz le indicó a Mario que no se había equivocado al suponer que Ada estaba muy dolida.

—Teresa no es nada para mí, no es un ligue ni nada parecido.

Ada registró sus palabras con un parpadeo sorprendido que

era muy característico de ella, un gesto que Mario le conocía bien y que siempre le conmovía, porque delataba lo que sentía, y en ese momento el comentario le había dolido, y no sabía por qué. La parada del ascensor rompió su contacto visual. Salieron de él y Ada se dirigió furiosa a su puerta: Teresa no era nada para él, ¿quién significaba algo para él?, pensó mientras abría la puerta y encendía la luz.

—Perdona el desorden, no sé cómo me dejé el apartamento. Puedes dejar en ese perchero tu abrigo mientras yo voy a colgar el mío. Me lo ha dejado mi hermana y me ha advertido que lo trate con cuidado.

Mientras se alejaba, Mario aprovechó para admirar el furioso movimiento de sus caderas dentro del vestido. Su furia y su sensualidad lo excitaron al momento. Colgó el abrigo, se acomodó la erección inoportuna y paseó la mirada por el amplio salón buscando algo que lo distrajera. Le llamó la atención el espacioso sofá blanco, que de pronto lo imaginó herido del rojo vestido de Ada tumbada en él. Sacudió su cabeza para despejarla de sus fantasías y reparó en la mesa comedor, con el portátil encima y unas cuantas carpetas y bolígrafos dejados al descuido por quien suelta el trabajo con prisas para arreglarse para el teatro. La imagen le hizo sonreír.

A la derecha había una librería que ocupaba el resto de la pared dejada por el sofá, en él vio fotos enmarcadas y se acercó curioso. Eran de Ada y su banda. En una se la veía con un batería, un bajo y el que supuso era Alejo, el guitarrista, por como la miraba. En otra posaban contra una pared de ladrillos, todos con la pierna derecha flexionada y apoyada por el pie en la pared. De nuevo estaba Alejo a su izquierda y otra chica de sugerente *look* roquero a su derecha. Se dio la vuelta y continuó su inspección por las paredes: había bellos paisajes de Chile y su foto de Orla de la Universidad, acompañada por otras dos de las graduaciones de Germán y Ada respectivamente, en ambas estaban abrazados y sonrientes.

Mario escuchó a Ada llegar.

—Y vuestras familias, ¿no fueron a la graduación? —preguntó sin volverse.

—Sí, en la suya estaban sus padres, y en la mía sus padres y mi familia.

—Ah, sus padres también acudieron a la tuya, deben de apreciarte mucho —dijo dándose la vuelta. La visión de Ada en ese vestido volvió a paralizarlo, sus ojos corrieron hacia sus hombros y la lágrima profunda de su pecho parecía querer devorarlo. Ada se tensó y él recordó por qué estaba allí.

—Sí, como ya te dije también me proporcionaron el contacto que me permitió irme a trabajar a Chile, justo en aquel mismo viaje. Voy a por un vaso de agua. ¿Quieres? —dijo mientras se dirigía a la puerta de la cocina y él trataba de encontrar sentido a las palabras de Ada.

—Bueno, si no tienes otra cosa —dijo poco convencido.

—Tengo otra cosa, pero esto no es una reunión social, es bastante tarde y estoy cansada, di lo que tengas que decir y nos vamos a descansar.

—Gracias, pero puedo beberme igual de rápido otra cosa.

—Está bien, ¿cerveza, café, descafeinado? —preguntó con evidente impaciencia y fastidio. Lo hacía pensando en lo que le había prometido a Nacho, se dijo Ada.

—Cerveza está bien.

Se dirigió a la cocina y Mario la siguió.

—Como ya te he dicho, Teresa no es mi ligue.

—¿Y lo sabe ella? —preguntó Ada con suspicacia, temiéndose que la pobre Teresa fuese otra víctima de la insensibilidad de Mario.

—Claro que lo sabe —contestó Mario cortante.

Ada giró la cabeza de un golpe ante su tono, con la cerveza en la mano. Le miró con mala cara, como advirtiéndole que no le iba a permitir que le hablara así.

Cogió un vaso y sacó del mueble de al lado un paquete de almendras.

—No hace falta que te molestes, al menos no si son para mí.

—¿Te la vas a tomar así, sin nada más en el estómago?

—Sí, ¿por qué? He cenado, ¿recuerdas? Además, no voy a conducir, me iré en un taxi.

—Como quieras, pero te las pondré de todas formas.

Le dio la cerveza y salió para el salón. Dejó las almendras sobre la mesa del sofá y le dio un sorbo a su agua. Mario la contemplaba en silencio.

—Hace años, después de que te fueras, me propuse saber un poco más del canto lírico que tanto te gusta y busqué entre las webs de ópera. Al poco me llamó la atención una, por la calidad de sus artículos y —aquí titubeó Mario— no sé cómo decirlo, por la forma considerada, diría yo, que tenía de hacer sus críticas —Y bajando la voz continuó—. Me recordaban a ti.

Ada se mantuvo impasible, al parecer ahora le interesaba la

ópera. ¡Qué bien! —pensó con amargura y decidiendo que iba a cortarlo ya, al fin y al cabo, tenerlo en su casa ya era mucho conceder a las buenas relaciones.

—¡Qué bien que te guste ahora la ópera Mario! Espero que la disfrutes, pero si no te importa, yo estoy cansada y este fin de semana trabajo.

—Son sólo unos minutos más, deja que termine —le rogó con paciencia, sabía que estaba dolida y entendía por qué, a él le hubiera pasado igual—. La que escribía las críticas era Teresa, la contacté, le expuse mi deseo de aprender y mis motivos y se ve que le hizo gracia. Aceptó enseñarme y desde entonces todos los años compro dos abonos y acudimos juntos a todas las representaciones. Luego durante la cena me instruye y me recomienda grabaciones, libros y esas cosas. Son las únicas citas que tenemos y prácticamente no hablamos de asuntos personales.

A Ada se le aflojaron las rodillas y se apoyó en la esquina que hacía la librería con la pared mirándolo. No sabía qué decir.

—¡Qué curiosa forma tienes de hacer las cosas! Y ahora que la conoces, ¿te gusta? —preguntó Ada ecuánime, había creído a Mario a la primera porque había reconocido su estilo original de conseguir lo que quería.

—¿La ópera? Sí, desde luego, pero en vivo. Grabada no me gusta escucharla, al menos entera, solo las arias.

—A mí me pasa eso también —dijo con una pequeña sonrisa—. ¿Desde cuándo lo haces?

—Desde que empecé a ganar dinero suficiente con el programa de promoción de empresas. ¿Recuerdas lo que te conté sobre como enfoco mi vida hacia lo que quiero? —preguntó Mario inseguro, no quería ocultarle a ella esa parte de sí mismo, deseaba tanto ser comprendido—. Te quería a ti y tenía que hacer que volvieras a mi lado.

Ada no sabía que contestar a eso. Mario la miraba interrogante, esperando su reacción, pendiente de sus ojos. Ella se sentía halagada pero también asustada, no sabía si eso sonaba a amor o a que la quería porque no la había conseguido.

—Estuve barajando la posibilidad de invitarte a ti también —continuó Mario que comprendió que ella necesitaba tiempo para asimilar—, pero las entradas junto a nosotros ya estaban vendidas y no iba a invitarte para que te sentaras separada, ni iba a separar a Teresa.

—No, claro —intervino Ada en seguida.

—Pensé que solo me fastidiaba yo, no pude imaginarme que

te encontraría de esa forma.

Ada asintió con la cabeza, aliviada, la explicación era muy plausible y muy considerada con Teresa. La tirantez bajo su pecho, daba paso a una calidez eufórica que se le estaba subiendo a la cabeza. El mensaje de Mario poco a poco estaba comenzando a calar y todo lo que implicaba. Llevaba años, había dicho, años aprendiendo lo que a ella le gustaba, años pensando en ella. ¿Ahora entendía de ópera? La cabeza le saltaba de una posibilidad a otra: la distancia, el tiempo, el peso de la soledad no habían podido cortar ese vínculo entre los dos. Sintió como un pequeño vértigo, como si pisara un suelo que flotaba.

—Y tú, ¿por qué no me invitaste? —le espetó Mario para distraerla. No había perdido detalle del camino que iban tomando sus pensamientos y emociones, les pasaban todas por la cara como las sombras de los coches frente a una pared iluminada. Estos pararon de pronto y lo miró en silencio, procesando la pregunta a la que tardó en encontrarle el sentido. Él le volvió a inquirir con las cejas y ella pareció volver en sí.

—¡Huy! no sabía que te gustaba —Hizo otro silencio, obligándose a concentrarse en la respuesta—. No te creas que me resulta fácil encontrar quien me acompañe, salvo entre los miembros del coro supongo, pero aún no tengo confianza con nadie. A Sara casi tuve que llevarla a rastras y me obligó a que luciera su vestido para compensar.

—¿Su vestido?

—Sí, el que llevo, un poco exagerado para la ópera, pero...lo ha diseñado ella y quería ver qué reacción produce en la gente.

Mario desvió la mirada hacia su vestido y lo recorrió con descaro deteniéndose en los lugares que quiso. Esta era su oportunidad para distraer a Ada del rumbo que iba tomando su pensamiento.

—No sé si me atrevería a hablar con ella de la reacción que produce en mí, pero a ti te lo puedo decir —musitó tomándole de una mano y soltando la cerveza sobre la mesa, se sentó en el brazo del sillón acercando a Ada entre sus piernas.

Paseó sus manos con cuidado por la tela, empezando por las corvas y los laterales de los muslos, recogió las curvas de sus glúteos en repetidos movimientos circulares. Se incorporó sin retirarla y la pegó a su cuerpo abrazándola por la cintura, le dejó que sintiera su erección y dejó caer la cabeza sobre su pecho. Ella dejó escapar un sollozo y agarró su cara, lo miró intensamente ya con los ojos libres de sospecha y el hundió la cabeza en el hueco de su cuello, respirando su aroma, estrechándola entre sus brazos. Permanecieron un rato así, mudos, temerosos de romper el vínculo, hasta que sus respiraciones se aceleraron de nuevo y hundió la cabeza en su lágrima, abriéndose paso con pequeños besos, y con su lengua por la hendidura que formaban sus pechos. Ada abrió un poco más las piernas buscando estabilidad y tirándole del pelo buscó su boca que devoró con la sed de los años. Mario se quedó quieto, inmóvil, mientras Ada le separaba los labios, se los mordisqueaba, los succionaba y le recorría la cara, los ojos, la frente, todo lo que alcanzaba su boca. El momento fue tan intenso que Mario no sabía seguir, tantas ganas acumuladas, tantas fantasías usurpadas por otras que ahora solo quería hundirse en ella y acabar ya, enterrarse, empujar, poseerla, abrir sus ojos, mirarla, no tener que imaginar que era ella, porque por fin era ella, Ada, su Ada. La deseaba tanto que le dolía todo el cuerpo, se le aceleró la respiración, tenía la mirada extraviada, estaba perdido. La agarró de nuevo por la cintura y en un solo movimiento la sentó en el sofá. Miró la cara de ella antes de seguir para ver su respuesta. Estaba encendida, con el pelo revuelto, inmersa en el mismo exquisito infierno que él.

Le levantó la falda, desvelando las ligas de sus medias y sus bragas de encaje del mismo color cámel dorado. Mirándola a los ojos comenzó a bajárselas, despacio, intentó controlar las prisas para vencer el obstáculo de sus nalgas, tumbándola y alzándoselas un poco. La visión acabó con el resto de su cordura, tiró de ellas y las desenganchó con fuerza del tacón del zapato. Agarró la cadera izquierda de Ada para clavarla en el sofá y con la mano derecha bajó su propia cremallera antes de soltar el botón. El tacto y el calor en su mano de pronto le trajo una imagen consciente de su desnudez.

Se le escapó un gruñido entre los dientes apretados para no dejar salir la palabra que formó.

—Espera un segundo cariño, en seguida vuelvo, no te muevas.

Mario se incorporó y agarrando el pantalón abierto, pero en su sitio, corrió hacia el perchero donde había dejado el abrigo para sacar un preservativo de la cartera.

Cuando se dio la vuelta Ada seguía en la misma postura en que la había dejado, pero con las piernas unidas por las rodillas vueltas hacia dentro, con las puntas de los pies sobre el suelo y el pecho destacado por el vestido enrollado sobre el estómago. Volvió a arrodillarse ante ella, recorriendo con la mirada cada mechón de su pelo desparramado sobre el blanco sofá mientras rasgaba el envoltorio y se ponía el preservativo. Colocó sus manos junto a sus pechos y pasó los pulgares por sus pezones, concentrándose en sentir como la tela los rozaba, los excitaba, los convertía en una tortura, hasta que Ada en un quejido de gozo abrió de nuevo las piernas pidiendo, necesitando, provocando. Mario obedeció en un solo asalto, sin hacerse de rogar, escuchó su grito de alivio y supo que había hecho lo correcto, se separó un poco para dejar que lo gozara, que sintiera la diferencia, que lo pidiera de nuevo, y eso obtuvo y eso le dio, cada vez que se separaba, ella lo pedía, él se lo daba, ella lo agradecía con un gemido, hasta rebasar el límite en que él desaparecía y su instinto o no sabía qué continuaba, ajeno a su voluntad, empujando, restregando, abriendo, rozando su longitud por donde ella dirigía, hasta que su empuje quedó detenido en convulsiones y espasmos que ella engullía entre jadeos y contorsiones de sus caderas en un poderoso final.

Pasaron unos segundos o tal vez minutos así, los dos abrazados, apretando con fuerza las partes que agarraban el uno del otro, abrazándose, besándose, comunicando sus sentimientos sin palabras, sin atreverse a darles voz, hasta que Ada sintió una pequeña humedad resbalarse y recordó donde estaba.

—Mario levanta —dijo dándole palmaditas en la espalda —no te salgas, pero dejémonos caer al suelo que vamos a manchar el sofá.

Mario dejó escapar una carcajada y pasando las manos por debajo de su cintura tiró de ella hasta el suelo, quedando atrapados entre el sofá y las patas de la mesa de centro.

—Estás en todo —dijo apretándola más con sus antebrazos que la rodeaban, se incorporó un poco—. ¿Puedo beberme tu agua?

—¡Ah!, ¿ahora sí quieres agua? —preguntó marisabidilla.

Mario sonrió y puso cara de circunstancias.

—Sí, me he quedado seco y necesito reponer líquidos.

Se bebió la mitad y le dio a ella el resto.

—¿Nos vamos a la cama?

—¿Primero te apuntas a mi piso y ahora te quieres meter en mi cama? —Ada estaba tan feliz de que hubiera acabado así la noche que estaba disfrutando tomándole el pelo.

Mario la miró cortado, con el vaso suspendido en la mano.

—Es broma, tonto, no me mires así y ayúdame a incorporarme, estoy vapuleando el vestido de mi hermana. ¡Me va a matar!

Ada se giró dándole la espalda a Mario.

—¿Puedes bajarme la cremallera? voy a quitármelo antes de que recoja más material genético.

Mario se rio y obedeció su orden despacito, quería descubrir la espalda de Ada poco a poco, inhalar su fragancia, no perderse nada de lo que por fin tenía a su alcance.

Ada sintió un escalofrío recorrer su columna y se encogió como una ostra.

—Para —le dijo golpeándole una mano—, voy a quitármelo, espérame en la cama —Se puso de rodillas y besó a Mario en la mejilla antes de incorporarse y alejarse.

Mario contempló como a cámara lenta como se alejaba el vértice de la espalda de Ada, un erótico jirón en el rojo rubí de la tela arremangada sobre sus caderas, mostrándole el generoso corazón de sus nalgas que se ondulaban, como las ondas de calor en el desierto, al caminar.

Tardó unos segundos, desde que desapareciera la visión de ella por el recodo del pasillo en reaccionar. Se incorporó, se desprendió el preservativo que se le figuraba la antigua piel residual de una erección desaparecida que de nuevo emergía pletórica y rejuvenecida. Se quitó el resto de la ropa y la llevó al perchero y tras tirar la cerveza que al final no se había bebido y de llevarse dos vasos de agua, buscó la habitación.

Era espaciosa, con una ancha ventana a la izquierda que daba a la terraza. Una cama de uno cincuenta ocupaba el centro, cubierta con un edredón mullido y cremoso. Retiró de encima de la cama un vestido verde de punto con un cinturón que habría sido desechado esa noche, lo contempló unos segundos, no estaba mal, se dijo, pero tú hoy no has ido a la ópera por suerte para mí, y lo dejó sobre una banqueta que había frente a un tocador plateado.

Cuando volvió Ada del baño, traía un camisón color oro viejo largo hasta los pies, con unos finísimos tirantes. Con los brazos cruzados tras la cabeza y el edredón subido hasta la cintura Mario sintió la efervescencia que debió sentir un rey cuando vio asomarse desde su castillo a las tropas enemigas que venían al asalto. El siguiente segundo quedó detenido, no se escuchó un latido. Retiró de un solo movimiento el edredón y ya estaba Ada encima de él. Se besaron, se abrazaron, se acariciaron, incrédulos, emocionados.

Mario dejó escapar un gemido mientras en un movimiento colocaba a Ada debajo de él.

La contempló hasta hartarse, su rostro, su pelo, el perfil de su

293

nariz, la redondez de sus pómulos, su sonrisa. Ella le recorrió a besos la suave piel de su pecho, moteada de pecas por los alrededores del cuello y los brazos. Acercó su cara para olerlo.

—Ya no hueles a piscina.

Mario sonrió, tenía la barbilla pegada al pecho mientras la contemplaba.

—No, ahora nado en una piscina de agua salada que se encuentra en mi edificio.

—¡Um! Ha prosperado mi chico —susurró Ada con una voz llena de cariño y orgullo.

—No puedo creerme que te tenga aquí, que estés a mi lado, entre mis brazos, que pueda mirarte todo lo que quiera, besarte. ¿Vas a permanecer a mi lado? —preguntó él con los ojos brillantes y esperanzados.

Ella le agarró la cabeza con ambas manos, colocándolas en sus sienes.

—¿Es eso lo que quieres?

—¿Bromeas? Es lo que quiero desde el primer día que te vi. Llevo esperando todos estos años que me perdones, que vuelvas a mi lado para siempre. Todo lo que he hecho desde entonces es pensando en ti.

Ada le respondió con una sonrisa de oreja a oreja de dicha, le creía, claro que le creía, ¿acaso no se lo estaba demostrando?

—No me fui porque no pudiera perdonarte. Si hubiera sido cualquier otra cosa creo que hubiera podido superarlo, pero el que fueras capaz de abandonarme sin miramientos, sin que yo pudiera hacer nada, era el temor más grande de mi vida, era como repetir lo que le pasó a mi madre, de lo que creo que nunca se ha repuesto. Es un miedo que siempre me persigue sin que yo pueda dominarlo.

Mario la miró con el ceño fruncido, extrañado, era la primera vez que se lo escuchaba.

—No sabía nada de eso, nunca me hablaste de ello —se quedó en silencio. Así que era eso, lo que él siempre había intuido, que había algo que la asustaba. La agarró y la abrazó con fuerza, acunándola en el hueco de su brazo, a su lado—. Presentía que había algo que te distanciaba de mí, algo que me ocultabas y tenía la esperanza de llegar a descubrirlo, que con el tiempo te sinceraras y me lo contaras, pero no pudo ser. ¿Qué le pasó a tu madre? ¿Has hablado con ella de esto?

—No directamente. He escuchado cosas y me he imaginado el resto. La relación de mis padres es muy fría y distante, aunque hace poco ella me dio a entender que habían pasado su mal momento, pero que lo habían superado o algo así.

—Nunca se conoce la realidad de una pareja desde fuera, al menos eso decía mi padre. Había escuchado cosas sorprendentes y decía que lo que veíamos no era más que una parte muy pequeña y escogida, a veces incluso fingida.

—Igual algún día me armo de valor y les pregunto. ¿Crees que está bien que haga eso, que me meta así en su intimidad?

—Bien, mal, eso es demasiado radical. Es su intimidad sí, pero a lo mejor la verdad es mucho menos dura de lo que imaginas y has estado engañada todo este tiempo.

—Es verdad, lo haré, en cuanto encuentre el momento apropiado— dijo Ada apretándose más fuerte contra él, oliendo su pecho, escuchando sus latidos—. Te quiero tanto. Te he querido todos estos años, cada uno de los días.

Mario dejó escapar un gemido de alegría y le llenó la cara de besos.

—Yo tampoco he dejado de amarte, ni he querido intentarlo siquiera, pese a lo mucho que he sufrido por ti. Lo que te he echado de menos, lo que me torturaba pensando que estabas con Germán, aunque Nacho me aseguraba que no, que no erais pareja.

—Y, ¿le creías?

—Sí, pensé que no engañarías a Eva. ¿Por qué ibas a hacerlo? ¿Sabes una cosa?

—No, ¿qué?

—Lidia me llamó hace un par de meses para hablar conmigo. Ya le pedí perdón antes de que te fueras, por eso corrí tras de ti, para contarte que me había perdonado, para que no te fueras.

Ada volvió a apretarse contra él enterrando la cara en su pecho y cerrando fuertemente sus ojos, su respiración comenzó a agitarse y Mario sintió la humedad en su piel, no podía soportar que Ada llorara.

—Eh, Ada, cariño no, no por favor, no me hagas esto, no llores. Siento haberlo mencionado.

—¡Por favor, no recuerdes eso! —suplicó Ada.

—Sí, sí, tranquila, olvidémoslo, no sabes lo que fue ese día, lo duro que fueron los días siguientes. Me salvó como siempre Miguel, me empujó con mi proyecto de promoción de empresas y todo lo que siguió después.

—No me extraña que Miguel me odie —masculló Ada con un hilillo de voz.

—No te odia. Miguel no odia a nadie, es la mejor persona que he conocido en mi vida, aparte de ti, claro.

—Gracias por eso último —dijo retirando la cara cubierta de lágrimas, intentando serenarse—, no sé cómo puedes pensar eso después de lo que te hecho, por mi cobardía, porque representabas todo lo que quería y más temía a la vez —terminó con rabia.

—No pienses en eso ahora, miremos solo para adelante, nunca más volveré a actuar así, ya he aprendido la lección —le contestó él, mientras le limpiaba con las manos las lágrimas de la cara.

—Lo intentaré —dijo ya más tranquila—. Bueno sígueme contando, quedasteis hace dos meses.

—Sí, me llamó. Quedamos para comer y me dijo que quería hablarme desde hacía mucho pero que nunca encontraba el momento. Necesitaba decirme, que ahora que era madre de un hijo de cinco años, comprendía más lo que significaba la relación madre-hijo, padre-hijo, desde otra perspectiva. Dijo que la suya había sido la visión de una cría que no sabía nada de la vida. En resumen, vino a pedirme perdón por las cosas que decía de mi padre.

—¿De veras? —preguntó Ada maravillada.

—Sí.

—¡Qué honesta y qué generosa contigo!

—Sí, lo es. Cometió sus errores como los cometemos todos. Significó mucho para mí que lo reconociera. ¡No sé si soy digno de ese gesto después de cómo la traté!

—Claro que lo eres, tú también cometiste un error y yo por no creer en ti.

—Dejémonos ya de errores —dijo Mario volviendo a acariciarle el culo, sedoso y resbaladizo por el camisón, llenando su mano en profundidad como sabía que a ella le gustaba.

—Sí —dijo Ada que ya no quería seguir hablando de Lidia. Se contoneó, entreabriendo las piernas, pero todavía tendría que esperar mucho las caricias que deseaba; Mario sabía que ese terreno ya estaba conquistado y decidió antes memorizar con sus manos, ciego de deseo, los otros rincones de su cuerpo que aún estaban sin explorar.

22

El lunes por la mañana amaneció con esa renovada expectación que traen los lunes cuando una se dirige al trabajo que le gusta, por lo demás lloviendo a mares. «Hoy no vendrá Mario en bicicleta», pensó Ada. La noche anterior no había dormido con ella. Después de las dos noches pasadas juntos, amándose y charlando de su vida en esos años de separación, más casi todo el domingo de trabajo de Ada con su equipo, decidieron que a ella le convenía dormir ocho horas seguidas.

Se abrió la puerta de su despacho y entró Mario con su jersey color hueso sobre un chino marrón. Le dirigió una mirada cómplice que solidificó su sonrisa como una gota de cera recién desprendida de una vela.

Los demás no parecieron darse cuenta, mejor así porque no habían decidido como darles la noticia. Tendría que ser un momento especial, una celebración, pero esa semana la tenían de locura, solo le quedaban doce días para el estreno y todavía quedaba mucho por hacer. El casino llevaba ya un mes de promoción. Casino, así lo llamaban, porque Mario quería darle una nueva dimensión a esa palabra que ya había significado muchas cosas a lo largo de la historia. Quería hacerlo en locales con clase, en una línea nueva junto a los casinos tradicionales, no deseaba que se instalaran en locales destartalados en polígonos industriales, quería que fuera una experiencia por todo lo alto, glamurosa incluso, que se disfrazaran o se vistieran con sus mejores galas. Sintió en su interior la inquietud de que no le podía fallar o sería la ruina de Mario y de todos. Ese pensamiento la hizo meterse en situación como si acabaran de enchufarse a la corriente. Se dirigió a la mesa de reuniones y ocupó su puesto.

Un par de horas después, cuando estaban ultimando las conclusiones y volviendo a enumerar lo pendiente sonó el teléfono. A Ada le extrañó, le había pedido a Carlos que no les interrumpiera, debía de ser algo importante.

—¿Me disculpáis? —dijo levantándose y alisando su conjunto malva y melocotón, que junto con la gabardina, formaban el equipo de los días de lluvia.

—Dime Carlos ¿Qué pasa?

Todos miraron alarmados la cara de sorpresa de Ada.

—¿Aquí? ¿Dentro? ¿En la oficina? ¿Esperando? —Se paseó una mano por la cara como no dando crédito.

Maxim se levantó y se puso a su lado por si hacía falta su ayuda y Mario la miró inquieto. Ada colgó el teléfono y lo dejó lentamente sobre la mesa.

—Es Germán —anunció a todos—, está fuera esperando— dijo sin mirar a ningún lado en particular, como para sí misma. Levantó la cabeza y buscó a Mario que le devolvió una mirada indescifrable—. Voy a dejarlo pasar —anunció y volvió a coger el teléfono.

—Carlos, dile que pase.

Unos segundos después se abrió la puerta y entraba un Germán más guapo y seguro de sí mismo que nunca. Incluso aprisionado en su traje azul oscuro, una talla más pequeña de la que le correspondía, siguiendo el último aullido de la moda, llenaba toda la estancia, y el pelo húmedo por la lluvia le daba un aire jovial de persona sin una sola preocupación en el mundo.

Pasó una mirada rápida por todos los presentes y cuando se detuvo en Ada conectó la mirada y le dedicó en todo su esplendor su sonrisa de tiburón.

La reacción en Ada fue de espontánea alegría, hacía mucho tiempo que no la veía y siempre le había producido una respuesta instantánea e inconsciente.

—Germán —gritó ella con una carcajada.

—¡El mismo! ¡Ya está bien que te acuerdes de mi nombre, desagradecida! —dijo abriendo los brazos en un gesto de cálida bienvenida que Ada no fue capaz de desairar. Se dejó atrapar por ellos. Germán le dio un gran beso en la cara y ella se lo devolvió en la suya. Se separó en seguida, pero no se atrevió a mirar a Mario, se sentía demasiado violenta, luego se lo explicaría, pensó.

—Mira —dijo señalando a su alrededor—, nos pillas a todos reunidos.

Ada sentía sus caras estupefactas mirándola y su incomodidad le impedía reaccionar, hasta que el bendito Maxim se levantó de nuevo y acudió en su ayuda.

—¡Hombre, el famoso Germán! Tu padre me ha hablado

mucho de ti y por fin tengo la oportunidad de conocerte. El sábado por cierto estuve con ellos, dijo mientras se dirigía a él con la mano extendida y sonriente—. No me dijeron nada de que te esperaran.

Ada los presentó y miró luego a Alberto, como diciéndole: ¡venga, saluda! que consiguió ponerlo en movimiento. Solo entonces se atrevió a mirar a Mario que estaba tranquilamente retrepado en su silla, con los brazos cruzados y las piernas extendidas, observándolos con una falsa sonrisa de curiosidad. Sus abdominales contraídos, revelaban otra cosa más parecida a un macho al acecho.

Cuando terminaron los saludos, Germán por fin se dirigió a Mario.

—Mario me alegro de verte aquí reunido con tus amigos, quisiera tener una conversación privada contigo cuando terminéis.

—¿Una conversación privada conmigo? —repitió este incorporándose aún con la sonrisa en la boca— ¿Qué puede ser?

—Terminad tranquilos que os he interrumpido.

—Cuando termine de aquí tengo una cita en otro lado. No te tengo en mi agenda y no tengo hueco para imprevistos.

Germán sonrió campechano y comprensivo.

—Tienes razón, es un imprevisto, pero no te va a llevar mucho tiempo, y lo que tengo que decirte te va a interesar —dijo alzando las cejas en un gesto elocuente que anunciaba maravillas.

Mario estaba a punto de mandarlo a la mierda, pero por el rabillo del ojo percibió la mirada inquieta y expectante de Ada, y no queriendo mostrarse grosero delante de ella cedió.

—Está bien, tienes cinco minutos, pero por favor espera fuera, nosotros todavía no hemos acabado aquí.

Germán hizo un gesto de asentimiento casi militar, como ridiculizando de alguna manera la actitud arrogante de Mario.

Germán no se achicaba fácilmente, pensó Ada, además tenía mucho don de gente y sabía cómo salir de todas y así lo hizo, con la seguridad con la que había salido tantas veces, vencedor o perdedor del terreno de juego.

ACABADA la reunión salieron todos excepto Mario, Ada y Maxim, al que como siempre, su instinto le decía que era necesaria su presencia.

—Ada, me acompañas a despejarme un poco mientras Mario y Germán charlan. Necesito un poco de aire.

—¿Estás bien? —preguntó Ada preocupada.

—Sí, solo un poco embotado.

—Vale vamos. Estoy fuera Mario por si necesitáis algo.

Mario pensó que lo único que podía necesitar era que cerrara bien la puerta después de que Germán se fuera, pero se lo calló. Asintió en su lugar inexpresivamente.

La intranquilidad de Ada escaló y se recordó a sí misma que tenía que tratar con él ese otro aspecto suyo que la intranquilizaba, esa sensación de que le echaba el cerrojo de su mente, dejándola sola e incomunicada y que le producía una fuerte aprensión.

Salieron entonces y Ada hizo pasar a Germán. Al cruzarse en la puerta, este le tiró de un rizo que se le había escapado del peinado. Un gesto travieso que pretendía devolverle la tranquilidad que Mario le había quitado y hasta cierto punto le aflojó el nudo que llevaba dentro.

Germán cerró la puerta con decisión tras su paso y tomó asiento en la silla situada frente a la que había ocupado Mario en la mesa de reuniones.

Mario consideró ridículo hablarle desde las alturas y se vio obligado a sentarse a su vez.

—Necesitaba estirar las piernas, mucho tiempo sentado — comenzó Mario diciendo.

—¡Qué me vas a contar, eso es lo que peor llevo! —contestó Germán sintonizando con él.

Mario no quería camaraderías y lo cortó en seco.

—Y bien, ¿qué es eso que quieres contarme?

Germán se acomodó en la silla tomando una postura perfecta de afianzarse en el momento presente y derecho al grano. Aplastó las dos plantas de los pies en el suelo y puso los brazos en sus reposos, en la silla, en perfecto alineamiento.

—Me he enterado que has logrado un extraordinario videojuego de realidad virtual. Sé que lo estáis instalando en Madrid y no dudo ni lo más mínimo que va a ser un auténtico bombazo porque sé lo bueno que sois —Hizo un breve silencio para observar la reacción de Mario ante sus palabras, pero no había nada que observar salvo una ceja muy levantada de incredulidad y sí, tal vez de arrogancia. Lo que no consiguió ver fue interés. Ante un gesto de su mano que lo animaba a seguir continuó—. Tengo el dinero que necesites, represento a un grupo de inversores y sé adónde dirigirme y cómo moverme para que tu videojuego llegue a todos los rincones de América —aquí hizo un silencio sin quitar su mirada del otro rostro imperturbable—, el continente entero y después de eso no creo que tengamos mucho problema con el resto del mundo, al menos el occidental. Del resto no podría pronunciarme, al menos hasta verlo. No ofenderás a ninguna religión, ¿verdad? —bromeó, sonriendo ahora a Mario.

Mario apenas si festejó la broma con una imperceptible sonrisa lateral, y en una actitud espejo de la de Germán, aunque más relajada le contestó:

—Te agradezco que pongas a mi disposición tantos recursos para extender mi videojuego por el planeta —aquí si acentuó un poco la sonrisa, satisfecho con la elección de palabras —pero no es la manera en la que deseamos proceder. Vamos a ir paso a paso, viendo el efecto que produce antes de extendernos.

—¿El efecto que produce? ¿Qué efecto esperáis que produzca? —preguntó incrédulo— Que yo sepa ese producto, si está tan bien hecho como creo que estará, se está esperando como agua de mayo.

—El efecto que produce en el público en general y no solo en nuestro equipo y en los jugadores profesionales que lo han probado. Esto es algo más que un negocio, va a entrar en la vida de la gente, es un paso más allá, una revolución por así decirlo y quiero ser prudente.

—No te sigo Mario, precisamente por tratarse de una revolución, de algo tan esperado, la masa siempre será mejor público que unos pocos escogidos. Si lo plantas por todo el mundo a la vez, sacaras una cosecha diferente a si lo haces gradualmente.

—Gracias Germán, lo has expuesto muy bien, me has recordado a mi socióloga —dijo Mario que ya se estaba impacientando y quería dar por concluida la conversación. ¡Menuda cara tenía el tipo!

—No te entiendo, ¿es que no ves el negocio, no quieres ganar dinero? Te recuerdo que en los negocios no solo ganas tú, también lo hace tu equipo y todas las personas que trabajen para el proyecto y que vivan de ello por todo el mundo ¿Es que acaso tienes alguna duda sobre la seguridad del videojuego, puede idiotizar a los fr...jugadores? —corrigió Germán a tiempo.

Esa salida hizo sonreír socarronamente a Mario, ya habían dejado por fin los dos las cosas claras.

—No, al menos hasta ahora no tenemos ninguna evidencia de que sus efectos sean diferentes a los de cualquier otro videojuego, pero por el momento preferimos ser prudentes. Además, lo vamos a hacer en casinos con estilo, sitios especiales con carácter propio, no esos locales poligoneros y *underground* que te roban la magia y la ilusión de vivir.

—Perfecto —dijo Germán con entusiasmo—, mejor me lo pones. Me parece una idea estupenda y para eso hará falta mucho dinero y yo puedo disponer de él.

Mario sonrió, claro que tenía dinero y ambición y ganas de tomar el control de aquello a lo que él había dedicado toda su vida en crear.

—No me interesa gracias, ya tengo programada y diseñada la promoción y el crecimiento de mi negocio. Se ha planificado desde dentro y no necesitamos que nadie desde fuera del proyecto lo haga por nosotros. Y ahora si me disculpa —dijo Mario poniéndose de pie—, ya llego tarde a mi cita.

De pronto recordó algo y se dio la vuelta.

—¡Ah!, Ada y yo estamos juntos, recuérdalo antes de volver a ponerle las manos encima.

Le miró fijamente por unos segundos con esos ojos que solían paralizar a la gente. Germán sin embargo no parecía afectado.

—Si crees que vengo a quitártela estás equivocado, eso ya se acabó hace muchos años, si mal no recuerdo fue por tu culpa y, ¡fíjate! no te lo tengo en cuenta. Ella te prefiere a ti, pues muy bien, el amor no se puede forzar. Si nos alegramos de vernos es porque somos buenos amigos, eso es todo.

—¿Y vienes a sacar provecho de la amistad? —le espetó Mario poniendo las cartas bocarriba.

—No, vengo a hacer negocios —respondió ofendido—, y no tengo ningún problema en hacer negocios con amigos, son una fuente como otra cualquiera.

—Bien, ya tienes mi respuesta —dijo mientras seleccionaba un contacto de la agenda del móvil y esperaba unos segundos de pie, con el peso apoyado sobre una cadera y el teléfono en la oreja—. Ada, sí, ya hemos acabado.

Mario continuó recogiendo sus cosas mientras Germán se paseaba por la oficina, mirando las fotografías, de pronto se paró junto a la foto colocada justo frente a la mesa de Ada.

—La bahía de Roses, el centro de poder de Ada —dijo con una voz risueña, como si no acabaran de finalizar una batalla verbal.

Esa frase dio en el blanco y tensó a Mario por dentro. Él no sabía prácticamente nada de Roses y eso le hizo darse cuenta que Germán conocía a Ada mucho mejor que él y eso le dolió. La verdad es que desconocía muchas cosas de ella, de su vida, pese a haber memorizado cada extremo de su cuerpo, cada cambio en su respiración, lo que le gustaba, lo que no. Pero eso no era todo, no se sentía seguro de que Ada fuera suya, le había costado mucho y todavía no había escuchado el clic en el mecanismo de su mente. Necesitaba verla, abrazarla, observar su respuesta, necesitaba pruebas.

Como si se hubiera dado cuenta de que la necesitaban, entró Ada con la cara expectante, esperando que le contaran.

—¿Ya habéis terminado? —preguntó risueña.

—Sí —se adelantó Germán—, tu novio ha rechazado mi propuesta de hacerle un hombre muy rico y de paso a todos vosotros, pero ya te lo contará él.

Mario lo miró displicente, ¡como que iba a perder la oportunidad de contárselo a Ada a su manera! Mejor así, de esa forma sabría la influencia que tenía en ella.

—Bueno, me voy, nos vemos luego —dijo Mario agarrando la cara de Ada y dándole un beso en la mejilla. Te llamaré.

Y salió de la oficina antes de que ella pudiera devolvérselo o reponerse de las palabras de Germán: tu novio.

—Talismán, ¿te vienes a comer conmigo? —preguntó Germán sonriendo como si nada hubiera ocurrido. Ricardo nos tiene preparadas las alcachofas como a ti te gustan y el cordero.

—No sé si debo. ¿Qué le has dicho a Mario? No lo habrás molestado, ¿verdad? No te lo perdonaría.

—No, no creo. Te lo cuento mejor comiendo o, ¿temes que Mario se enfade?

—No lo sé, no lo conozco en ese aspecto, de todas formas, es decisión mía, pero preferiría que él lo supiera. Le mandaré un WhatsApp.

Mario, voy a comer con Germán en el restaurante del barrio El Horcajo de la Sierra, únete a nosotros si quieres o si puedes. ¡Qué guapo venías esta mañana! Estoy loca por verte. Tq.

¡Hala vámonos, ya!

Horas más tarde, los robóticos lamentos de Sia en «Chandelier» se mezclaban con el azote de la lluvia torrencial que golpeaba la terraza de Ada, en un bajo continuo. El conjunto era de alta carga emocional, quizás no la que debiera estar preparando para su encuentro con Mario, pero tampoco es que lo hubiera escogido ella, se había ido forjando, había salido aleatoriamente de la lista de reproducción de su móvil y se había amplificado vía *bluetooth* por los altavoces que había dispuesto por toda la casa; la lluvia había hecho el resto. Para no alterar la magia del momento Ada había ido apagando luces, dejando un ambiente tenue que le dificultaba la tarea de recoger sus cosas para pasar la noche con él, pero que a cambio, la estaba haciendo disfrutar de uno de sus momentos de catarsis, mientras cantaba, bailaba y se dejaba llevar. Unos quince minutos después, acabada de cerrar la bolsa de viaje escuchó el móvil.

Estoy abajo cariño.

¡Cariño! No empezaba mal. Esta noche iba a conocer la casa de Mario, un ático dúplex en Puerta de Hierro según le había dicho, y Ada estaba nerviosa, intranquila, no sabía cómo definirlo, tenían que encarar lo ocurrido esta mañana, bastante raro la verdad e inoportuno, justo cuando estaban empezando y su relación pendía de un hilo, o así lo sentía ella.

Nada más salir del ascensor lo vio bajo el soportal con un paraguas esperándola. ¡Cómo lo quería! Con un hondo suspiro, una bocanada de amor llenó su pecho y el aguijón cruel de la duda lo pinchó de golpe. ¿Estaría enfadado, le habría sentado mal que comiera con Germán? Era muy probable que sí, sobre todo por el desconcertante conocimiento que tenía de la existencia del videojuego, cuando hasta hacía poco ni Nacho sabía de su existencia. La recibió con un rápido beso y le quitó la bolsa antes de acompañarla al coche y dejarla adentro. Después se giró a su lado cerró el paraguas y lo tiró al suelo de la parte de atrás antes de meterse en su sitio en apenas tres segundos.

—Estoy calado —anunció, luchando en la estrechez del asiento y con la gabardina mojada de la que trataba de salir a toda prisa. La lanzó vuelta del revés al asiento de atrás.

—No me extraña, ¿por qué no has esperado a que escampara?

—Porque estaba loco por verte, por qué va a ser si no. Y la miró con una sonrisa que aflojo un poco el nudo de su estómago.

Ada estaba impaciente, quería que saliera el tema ya cuanto antes para quedarse tranquila, pero sabía que debía esperar a llegar a la casa y hablar sin interrupciones. Se obligó a ser paciente y a no tomar la iniciativa.

—¿Quieres que cenemos por ahí o prefieres en casa?

—En casa. Dos comidas fuera es mucho comer —contestó sin pensar—. ¿Tienes algo en la nevera o hay que comprar?

—Tengo para hacer ensaladas, huevos, vino, conservas y algo más habrá, pero si quieres, miramos y lo que haga falta puedo ir a comprarlo en un momento.

—Estupendo, no creo que haga falta nada más. Y tú, ¿tienes mucha hambre?

—La habitual, hoy he comido en casa de Miguel con su madre, es una estupenda cocinera y de vez en cuando se acuerda de mí.

—¿Por qué no ha venido Miguel a la reunión de hoy?

—No hacíamos falta dos, yo ya se lo he contado y él tenía otros temas pendientes.

Ella quería saber si le había contado la propuesta de Germán, pero no lo hizo, se obligó a seguir esperando.

—Esta tarde ya hicimos todas las pruebas del primer punto en nuestra lista, y mañana te las pasamos para que concluyáis el diseño de la consola. Te aviso de que nos hemos atrevido a haceros unas sugerencias. Bueno, más bien, entre Nacho y Alberto con sus delirios la han pensado y repensado de arriba abajo, a ver qué te parece.

—No me importa, pensaba pedirles su opinión de todas formas, será interesante ver lo que han perpetrado esas mentes. ¿Os ha cundido la tarde entonces?

—Por supuesto, nos lo tomamos muy en serio. Eso va a estar listo en fecha, aunque no volvamos a dormir en quince días.

—Bueno, en eso tengo algo que decir, sin dormir vale, pero a mí no me dejes quince días ...solo.

Vaya, por fin una broma, eso animó a Ada a acariciarle la mano que tenía sobre la pierna.

—No he parado de pensar en ti toda la tarde —le dijo.

Mario la miró un segundo, estaba conduciendo y no podía mirarla más, pero le apretó la mano en respuesta.

Al acercarse a Puerta de Hierro le llegaron antiguos recuerdos de Germán y su casa. Era una zona muy bonita de Madrid que creaba la ilusión de estar en medio de la naturaleza, aunque no fuera exactamente así, pero al menos, se gozaba de más tranquilidad. El edificio era de tres plantas, con fachadas de líneas rectas de hierro, madera y cristal, en una combinación equilibrada y elegante que en ese momento, pese a estar exquisitamente iluminada, no se lucía debido a la lluvia.

—Es precioso —dijo Ada—. Me parece increíble lo que has logrado en tan poco tiempo.

—Gracias, a mí también me lo parece. ¿Te acuerdas cuándo no tenía dinero para pagarte los focos? —le preguntó sonriendo.

—Claro que me acuerdo. Tengo ganas de volver a ver a tu madre y su academia, ¿sigue en el mismo sitio?

—Sí, compramos el local de al lado y contrató a más profesoras, ahora ella lo dirige y da solo algunas clases.

—¿Tendrá ella ganas de verme a mí? —preguntó Ada dudosa, no sabía lo que Julia pensaría de ella, ni lo que Mario le había contado.

—Por supuesto, ¿por qué no habría de hacerlo?

—No sé, por si se enteró de lo que pasó, y de que lo pasaste mal por mi culpa.

—¿Qué crees, que fui llorándole a mi madre? Yo no le conté nada a nadie —contestó mirando a Ada muy serio—, salvo a Miguel que conocía toda la historia —Cuando volvió a mirarla notó la expresión azarada de Ada y suavizó el tono—. Si mi madre llega a saber lo que le hice a Lidia no habría reaccionado mejor que tú.

—Lo siento, no quería implicar lo que has dicho —Ya no le cabía duda de que estaba enfadado, aunque estaba haciendo esfuerzos por controlarse.

—Lo sé. Hoy ha sido un día raro, ¿verdad?, y tenemos que hablarlo, cuando llegue el momento.

Esas palabras le quitaron a Ada un gran peso de encima. Por fin reconocía que tenían algo de que hablar. La puerta del garaje se abrió automáticamente al colocarse el coche delante y entraron.

—Sí, es verdad y estoy deseando aclararlo todo.

—Lo haremos —dijo apagando el coche y desabrochándose el cinturón de seguridad se acercó a ella, le dio un beso suave y tierno que fue profundizando mientras acariciaba el rizo que se le había soltado del peinado, y que Germán se había atrevido a tocar. Molesto, quería borrar cualquier rastro que hubiera podido dejar.

El ático era magnífico, rebosante de blancura, madera, cristal, hierro y plantas. De día debía ser una alegría de luz. Del enorme salón partían unas escaleras que llevaban a las habitaciones. La principal en forma de buhardilla a dos aguas, era también blanca y con una decoración sencilla, elegante y confortable, sin extravagancias y con mucha tecnología, el sueño de Ada.

Dejó su bolsa en la habitación y lo acompañó a la cocina, modernamente equipada y con una robusta mesa redonda para sentarse a charlar, que constituía un descanso a tanta línea recta.

Tras consultar la nevera de tres puertas, resultó evidente que había mucho más que unos huevos, de lo contrario hubiera sido un desperdicio de electrodoméstico. Ada preparó un revuelto con setas y gambas mientras Mario hacía la ensalada y abría el vino. La conversación era entrecortada y se centró en el reconocimiento de la cocina. Sus movimientos, aunque tranquilos en apariencia, apenas si ocultaban la tensión latente de la intromisión de Germán en sus vidas.

Pusieron todo sobre un carrito para llevarlo a la mesa del comedor del salón y Ada se despidió con pena de la mesa de la cocina. Supuso que se necesitaba algo de tiempo para aclimatarse a tanto espacio alrededor, sin sentirse como abandonada en mitad de un páramo. Mario reguló con el móvil las luces para crear un ambiente más íntimo y puso una música tranquila que Ada no conocía.

Después del primer bocado y el primer brindis de bienvenida a su casa, de manera tácita se dio paso a la conversación.

—¿Te gusta la casa?

—Sí, es fantástica, muy espaciosa, muy elegante para admirarla.

—¿Para admirarla? ¿Y para vivir en ella que es de lo que se trata? —preguntó con una sonrisilla inquisitiva.

Ada continuó masticando y pensando ¿le gustaría vivir en esa casa?

—No lo sé —hizo un silencio—, eso lo sabrás tú que vives en ella.

—¿No te ha gustado? —insistió Mario, estaba claro que para él era importante la respuesta y quería que ella la elaborara.

—Sí, claro que me ha gustado. No entiendo lo que me preguntas: ¿si me gustaría vivir en una casa como esta?, ¿es eso? —El asintió—. Supongo que sí, pero tendría que aclimatarme primero, vengo de vivir en la casita de *Pinypon* durante casi cinco años en Chile.

—Comprendo —Se hizo otro silencio y Mario soltó los cubiertos y le cogió la mano—. No pasa nada si no te aclimatas, podemos cambiar esta casa por otra que nos guste a los dos.

Ada le sonrió entre agradecida e insegura. Le asustaba un poco que él se mostrara tan agradable y pareciera implicar que quería que vivieran juntos, le hacía sentir que tenía más que perder si de pronto todo se torcía e iba mal.

—Gracias, eso me tranquiliza —mintió.

Él la miró un poco más antes de soltarle la mano, como si no estuviera convencido, pero lo pensó mejor y continuó comiendo.

—¿Te llegó a decir cómo se había enterado de lo que estábamos haciendo?

Ya estaba, ¡por fin!, pensó Ada, hasta que eso no saliera no se iba a calmar.

—No, nunca me lo dice, siempre dice que él lo sabe todo, vamos todo lo que le interesa —contestó Ada encogiendo los labios en un mohín de incertidumbre.

—Y eso qué quiere decir, ¿que espía o que es omnisciente?

Ada dejó escapar una risa sin humor.

—Es una de sus salidas para darme a entender que no piensa mostrarme sus métodos. Ya he preguntado a Maxim si le contó algo a su padre en la comida del fin de semana, aunque no creo que le hubiera dado tiempo a reaccionar tan rápido, porque cenó con ellos el sábado por la noche.

—¿Y qué te contestó?

—Que no. Que mencionó que estaba fascinado por nuestra forma de trabajar, por el equipo que formábamos, por la calidad del videojuego, pero que él sabe muy bien, cuando ha firmado un acuerdo de confidencialidad lo que debe callar, y también cuando no lo firma. Me dijo, palabras textuales: no me he mantenido tantos años en el negocio por ser un bocazas.

—Tienes razón, desde el sábado por la noche es poco tiempo para reaccionar.

—Tienen una diferencia horaria, ¿lo recuerdas?

Mario asintió.

—Pero no creo que sea la fuente. Él me aseguró que no había dicho nada que le permitiera sacar tanta punta como para venir con una propuesta tan gallarda.

Él soltó una carcajada.

—¡Qué bien lo has descrito, sí que venía gallardo, sí!

—Claro, lo sé porque lo conozco —contestó Ada más relajada por la risa—. También le he preguntado a Alberto, si le había contado algo a mi padre, por si mi padre había visto al de Germán.

—¿Y?

—Me dijo que no, que lo único que ha hablado con él es lo que hablamos el primer fin de semana que le contamos, yo también estaba delante, lo que nos habías propuesto y lo ilusionados que estábamos. Y después de eso, cuando lo vemos nos pregunta, pero le damos respuestas de entusiasmo, no detalles. Tampoco creo que de ahí se pueda sacar punta, pero si quieres le llamo y le pregunto si ha hablado con el padre de Germán.

—Estaría bien, porque si no ha sido ninguno de tu equipo, tendré que indagar en el mío.

—Vale, ahora cuando termine de cenar.

—¿Te pidió que me convencieras? —preguntó Mario llevándose la copa a los labios.

Ada dejó escapar una carcajada por la nariz.

—Por supuesto que sí, ¿acaso esperabas otra cosa?

—No. ¿Y bien?

Ella lo miró sin comprender.

—¿Y bien qué? Es tu videojuego, es tu decisión.

A Mario no le satisfizo del todo esa respuesta, parecía suponer que ella no podía opinar de sus cosas y ese no era el tipo de pareja que él quería, él deseaba complicidad, colaboración, lealtad, pero no indiferencia.

—Si somos pareja, tú también puedes opinar, no me gusta que delimitemos tanto las cosas: lo tuyo y lo mío.

—Si lo que quieres es vender tu videojuego por todo el mundo de una forma eficiente y contundente, yo desde luego contaría con Germán. Ahora bien, él me ha dicho que tú no quieres ir así, que quieres ser prudente, ver el efecto que produce antes de extenderte. Tú sabes de videojuegos mucho más que yo, supongo que sabes lo que haces.

—Ya tengo prevista una estrategia de ventas con mi socio, el cliente de mi padre, ¿recuerdas? Lleva todos estos años conmigo y me ha traído hasta aquí.

—¡Ajá! —asintió Ada sin mojarse más, al fin y al cabo, no sabía de lo que ese socio era capaz.

—Y no me fío un pelo de ese tío. Parece que siempre sabe todo lo que te pasa.

—Sí, es verdad.

—¿Y no te importa? —preguntó con un filo en la voz que dejaba claro que a él sí.

—Bueno, ya no estoy con él, ¿no es así? Eso es porque no comparto su filosofía de vida, pero eso no quiere decir que no me fíe de él.

—¿Puedes explicarte? —preguntó un poco molesto, parecía que lo defendía.

—Quiero decir que tú has hecho algo sobresaliente, algo que ya lo había intentado mucha gente, pero que nadie lo ha logrado como tú y él en seguida se ha enterado. Hay que reconocerle el mérito de que conoce y atiende su negocio. Siempre tiene la antena puesta y en cuanto localiza una oportunidad la persigue sin descanso.

—O sea que mete las narices en mi creación, en mi negocio y

tú lo admiras por eso —dijo incrédulo y visiblemente enfadado.

—Yo no diría que lo admiro, pero para ser un buen comercial hay que tener olfato y ser un poco como él. Germán cree que esa es su obligación, enterarse de todo lo que le interesa y le puede servir, usar cualquier método para conseguir un contrato, una venta, atrapar ideas en el aire que le pueden hacer ganar dinero, cosas así, prácticamente no habla de otra cosa, le apasiona tanto como a ti lo tuyo.

Mario soltó los cubiertos y se recostó en la silla, dejando claro que había perdido el apetito.

—Me estás diciendo que no tiene escrúpulos —afirmó con vehemencia.

—Eso no es exactamente lo que digo —dijo Ada limpiándose la boca con la servilleta, intentando sosegarse antes de coger la copa de vino—, digo que él no considera eso falta de escrúpulos, piensa que es su obligación como vendedor. En su familia y en su ambiente son así. Conocen a todo el mundo, no desperdician ningún contacto y recopilan toda la información que pueden, y que sirva a sus intereses, con todos los medios a su alcance; ahora bien, no creo que hiciera cosas ilegales como dañar la naturaleza, amenazar a una familia o mandar sicarios para forzar la mano. En resumen, que no es un mafioso —Terminó con sonrisilla irónica.

—En mi videojuego no va a poner la mano —sentenció áspero y volvió a coger los cubiertos.

—Muy bien. Y Miguel, ¿qué ha dicho de esto? Seguro que me ha hecho a mí responsable. —Se arriesgó a preguntar antes de zanjar ya el tema definitivamente.

—¿Qué querías que pensara? Es natural preguntarse cómo se ha enterado y pensar que la respuesta más probable es que tú se lo hayas dicho.

—Sí, tienes razón. —Ahora fue Ada la que soltó los cubiertos—. La cuestión es si me crees o no, porque me temo que no va a haber otra prueba. Germán no te va a confesar cómo se ha enterado.

Se hizo un silencio incómodo en los que los dos miraban las copas y rehuían sus ojos. Como Mario no contestaba, Ada se levantó con el plato y dijo:

—Voy a recoger y a prepararme para dormir mientras lo piensas, quiero acostarme pronto, estoy agotada.

Ada fue devolviendo al carrito lo que había sobre la mesa en silencio.

—Claro que te creo —le dijo al fin, dándose la vuelta en la

silla y agarrándole una mano con una mirada clara y llena de confianza

—Gracias —prorrumpió ella en un suspiro entrecortado—, y siento no haber podido averiguar nada más, pero es que ya tampoco tengo nada con lo que negociar. Desde que me fui a Chile, charlábamos muy poco: cuando él necesitaba consultarme algo, por los cumpleaños, en Navidad, pero mi intención ahora es romper definitivamente cualquier contacto con él. Ya se lo he dejado claro al asegurarle que no pensaba intervenir en su favor, probablemente él ahora sienta que ya no tiene nada que perder.

—¿Y qué tenía que perder antes, si ya no había nada entre vosotros? —No pudo remediar preguntar ante ese último comentario de ella, en el fondo, por más que luchara con el sentimiento, se sentía celoso.

Ada se le quedó mirando muy seria. En esa última pregunta parecía quedar implícita la duda de lo que había entre ellos.

—Cuando rompimos él me pidió que le permitiera conservar la amistad, que pudiera seguir contándome sus cosas. Me llama su talismán, dice que yo le ayudo en sus puntos débiles.

—No te entiendo —dijo Mario en voz baja.

—Sí, es un poco supersticioso, como buen jugador. Hay situaciones que se le dan muy mal, en las que no se siente tan seguro y mis palabras le ayudan, según él.

—¿Cómo qué? —preguntó sin comprender.

—Eso no puedo decírtelo, se supone que son sus confidencias, no creo que le gustara que te contara sus debilidades.

—¿Ah, no? Pero él sí que se informa de las mías, al parecer. —De nuevo estaba dolido.

—No por mí Mario, eso ya lo he dejado claro, ¿o no? —contestó Ada conciliadora.

Volvieron a sostenerse la mirada y finalmente Mario asintió en silencio.

—Deja eso, anda —dijo tomándole de nuevo la mano y besándole la palma—, ya termino yo.

AL salir de la ducha Ada se enfrentó a un dilema. Se había traído un camisón muy sexi en color verde hoja, pero ahora, después de la conversación tan tensa en la que él había cedido, pero se sobrentendía que era un acto de fe de su parte, de confianza, el camisón parecía más un objeto de manipulación que de seducción como ella había pretendido. El problema era que no tenía otro, ni nada que ponerse que no fuera lo que se había quitado o la ropa para el día siguiente. La alternativa era salir en ropa interior, debajo del albornoz de algodón orgánico que le había dejado. El resultado era quedar más desnuda cuando se lo quitara, pero también más natural, con menos artificio. Lo curioso era que precisamente con esa actitud sí que estaba siendo artificial. Se sentó en el banco plegable de pared que había en el baño con la cara entre las manos. La lucha por ser honesta en una relación parecía una tarea sin sentido, la realidad tenía mil caras y otros tantos puntos de vista. Fantaseó con la idea de poder desaparecer de alguna manera, teletransportarse hasta su casa y acostarse de cualquier manera con la cabeza debajo de la almohada. Intentó dejar la mente en blanco, no tomar ninguna decisión consciente por unos minutos. La inseguridad y la tensión le hacían sentir a Mario más inalcanzable y paradójicamente aumentaba su deseo. Fantaseaba con tener su cuerpo bajo su dominio, a su merced como tantas veces había imaginado en esos años, sin él.

Cuando volvió a abrir los ojos se dijo que iba a ser fiel a sus sentimientos, con todos los errores que ello conllevase, no le parecía buena idea vivir su relación a la defensiva.

Se puso el camisón verde y dejó el albornoz colgado en su sitio. Echó una última mirada a su imagen en el espejo. Tenía el pelo muy rizado por la lluvia y la piel, ahora limpia de maquillaje, estaba un poco colorada por el calor de la ducha. El camisón de seda delineaba y cubría su cuerpo con unas pequeñas manguitas, formando un escote *Reina Ana* que se ajustaba con su tejido elástico. Recordó que tenía que llamar a su padre. Cogió el móvil y abrió la puerta del baño para que Mario pudiera escuchar.

Vio que él ya estaba en la cama, cosa que no le extrañó con el rato tan largo que se había pasado ahí dentro.

Antes de salir pulsó la llamada.

—Hola Papá. ¿Qué tal estáis? Sí, es verdad, llueve a mares, sí, como a mí me gusta. ¿Y Mamá? ¡Ah, qué bien! Nosotros bien también, trabajando mucho ya sabes, ya queda poco, dos semanas. Oye papá, a propósito, ¿tú has hablado últimamente con el padre de Germán? ¿No? Ah, vale, estupendo. Papá recuerda que todo esto que estamos haciendo es un secreto hasta que Mario lo anuncie al mundo. Sí, más o menos. Ha pasado que Germán ha aparecido por aquí sabiendo lo que estábamos haciendo y ofreciéndose a venderlo. Sí. No lo sé, pues esa es la cosa que nos preocupa. Bueno Papá, olvídalo, estoy cansada y tengo que aprovechar para dormir. Ya hablaremos. Dale un beso a mamá de mi parte. Buenas noches.

Ada colgó y salió del baño.

Él bajó la novela que sostenía y la recorrió con la seriedad única de sus ojos, que la excitaba y a la vez la intranquilizaba.

«¡Otro escollo!», pensó, pero: ¿era ese el momento?

—Si que te ha costado salir, ¿eh? Aunque el resultado me gusta mucho —dijo ahora sugerente mientras destapaba de un único movimiento de la mano su lado de la cama.

Ada se acercó despacio pero no se metió, se le ocurrió que el comentario de él le daba pie a expresar sus dudas.

—¿Sabes por qué he tardado?

—No. ¿Por qué?

—Porque me había traído este camisón tan sexy para seducirte, pero después de la conversación que hemos mantenido me incomodaba la idea de ponérmelo, parece que es para camelarte, además, pensé que debería haberlo previsto.

Él hizo un gesto de cabeza como de pájaro, parecía no comprenderla, la sentía violenta.

—¿Y por qué te lo has puesto entonces?

—Porque no quiero vivir pensando en lo que pensarás. Si no tenemos naturalidad y confianza mejor saberlo desde el principio.

—Me parece muy buena idea —dijo con una sonrisa tranquilizadora y agarrándole una mano se la besó—, y si lo que planeabas era seducirme, ya me has seducido. Anda, sube.

Ada se metió en la cama y lo miró. Pensó si ese era el momento de sacar lo de su hermetismo y esas miradas opacas que la dejaban fuera y la desconcertaban.

—Sube un poco más.

Ada se acercó y le puso una mano en el estómago desnudo.

—Un poco más —dijo alzando levemente su cadera.

Ada creyó entender y se dio cuenta de que ese tampoco era el momento, ya llegaría, se dijo y se colocó a horcajadas sobre él.

Mario colocó su erección suave y caliente entre sus piernas mirándola de nuevo serio, insinuándose. «Deja de intentar leerle la mente, suéltate», se dijo, «no quieras adivinarlo, disfruta de su cuerpo, como lo soñabas en las noches de soledad, atrévete».

Agarró las manos con las que él sujetaba sus caderas les dio la vuelta para besar una a una sus palmas y se las llevó detrás de la cabeza, contra el cabecero de la cama, dejando que sintiera la seda de su camisón por todo el cuerpo.

—Deja las manos ahí —susurró—. Esta noche vas a

desaparecer, como si solo estuvieras en mis sueños.

Paseó sus manos palpando los volúmenes de sus músculos, los contornos de sus huecos, la fuerza de su carne. Recorrió las líneas de sus brazos, bajó por el pecho, amplió a las costillas como si dibujara un corazón hasta llegar al abdomen duro que la desembocó de manera natural a su pubis enhiesto. Acarició su piel sedosa y agarró su falo, cerró los ojos y se dejó llevar por los otros sentidos...

Sus labios parecieron contener a la totalidad del universo, todo lo que existía estaba ahí concentrado, entre sus labios y su lengua. Las sensaciones iban *in crescendo*, ante cada sacudida poderosa en su boca sus entrañas traidoras querían claudicar y de fondo le llegaban gemidos y jadeos que conseguían penetrar en su conciencia y la estaban volviendo loca. Se sentía poderosa, feliz de dominar el instante, él había dejado de ser impenetrable, ahora estaba indefenso y sin control en sus manos. En algún momento dobló la pierna de Mario en el ángulo que ella quiso y paseo suavemente su sexó por su piel caliente sintiendo como la ligera caricia de su vello rizado la calmaba y la electrificaba a la vez. Ella era la dueña de su placer.

Acercó cada centímetro de su mecha en llamas a cada lugar combustible del cuerpo de él, sin inhibiciones. Dominada ya por la locura Ada regreso a terminar lo que empezó. Su falo se alzó anhelante y ella lo apresó. El contuvo la respiración y luego la dejó ir en convulsos gemidos de impaciencia que Ada desoyó, rebosante de energía y poder, solo un poco más, se dijo y ...Ada se alzó con la victoria.

El estallido de Mario fue total y su aniquilamiento también. Sus ojos estaban idos, probablemente en el cielo, y su cuerpo estaba inerte y brillante de sudor sobre la cama. Ada no había terminado, le empujó y le pidió que se diera la vuelta y se pusiera bocabajo.

—Levanta un poco el culo —le ordenó y él obedeció inconsciente sin saber de dónde le llegaban las fuerzas.

Ella se encaramó a horcajadas sobre él y rozó su sexo húmedo por el volumen de sus glúteos, hasta que echando la cabeza hacia atrás y elevando al cielo los pechos liberados del camisón, estalló en un orgasmo poderoso y libre nacido de sus cuerpos y de su mente, a su medida y su disfrute.

A la mañana siguiente despertó Ada y se encontró sola en la cama. De repente le llegó en un sunami los acontecimientos de la noche y Ada se tapó la cabeza con el edredón y se encogió en la cama. Después de terminada su fantasía y del poderoso orgasmo que sintió no habían pronunciado ni una sola palabra. Ella derrotada como estaba se había dormido sin más, dejándose caer encima de él.

El aroma a café le dio la pista de que Mario debía estar en la cocina. Tenía que levantarse y enfrentarse a él. Ahora le venían sin clemencia todas las dudas que anoche acalló y la locura con la que liberó sus fantasías, pero no era propio de ella no hacer frente a las consecuencias de sus actos. Lo de anoche fue sexo puro y duro, no era la forma en que habían hecho el amor antes y desde luego no era el estilo de Mario. Tampoco era el de ella, al menos era la primera vez que hacía algo así, pero anoche había necesitado vivirlo de esa forma, como llevaba años haciéndolo: pensando en él, haciéndolo con él, pero sin él. No le apetecía bajar en camisón, se sentiría más vulnerable para afrontar lo que tuviera que venir, fue al armario le cogió una camisa y se fue al baño a darse una rápida ducha.

La casa brillaba del sol radiante del cielo de Madrid tras una buena lluvia. El efecto era revitalizante. Él estaba sentado en el sofá leyendo las noticias en su tableta. Levantó la mirada al escuchar pasos y vio a Ada con las piernas desnudas en una de sus camisas. La visión le pareció tan familiar, tan lo que siempre había soñado que se levantó feliz. Al dirigirse Ada hacia la escalera le ofreció a Mario desde su posición una visión de sus bragas que le excitaron y le hicieron darse cuenta que a su valquiria se la veía muy satisfecha de sí misma esa mañana. Ya podía, le había hecho sentir la experiencia de sexo más increíble de su vida, no pensaba en otra cosa: el estallido de su orgasmo, la humedad de su sexo en su culo, ¡Dios!

—Buenos días —le dijo con una mirada muy seria y unos ojos muy brillantes.

—Hola —le respondió ella tanteándolo—, veo que me has preparado el café.

—Así es, me tienes a tus pies.

Ella comenzó a bajar, cuando iba por la mitad de la escalera él le ordenó.

—Detente, no sigas, ven aquí —la llamó desde abajo. Ada se acercó a la barandilla que consistía en dos tubos paralelos de acero, el pasamanos y otro central—, acércate.

Ada llegó hasta el escalón que quedaba a la altura de la cabeza de Mario y se quedó mirándolo desde arriba.

—¿Qué quieres? ¿Verme las bragas?

A él le hizo gracia el comentario y sonrió.

—Ya lo verás, ven baja y siéntate aquí —le dijo extendiendo su mano, para ayudarla a sentarse donde él le indicaba.

—¿Aquí en el escalón? ¿Me vas a echar una charla?

—Puede —contestó el evasivo.

Ada se sentó y él le agarró una pierna indicándole que quería que las sacara por la barandilla y ella se dejó hacer confiada. Se agarró a la barandilla que le quedaba en diagonal a la altura del pecho, pasando un brazo por encima y otro por debajo.

Mario se acercó, y su cabeza quedó muy cerca de...De pronto el agarró sus piernas y tiró de ellas hasta dejarla sentada en el mismo borde. La miró a los ojos con picardía y se aseguró que tenía el cien por cien de su atención. Las zapatillas ya se le habían caído al suelo, le agarró ambos pies y se los posó sobre sus hombros. Giró su cabeza y los besó alternativamente, mordisqueó suavemente los puentes, evitando en lo posible las cosquillas y luego continuó ascendiendo por los tobillos, las caras internas de las rodillas, girando la cabeza a un lado y a otro se fue acercando por la cara interna de los muslos que mordisqueó y chupó con el hambre de la mañana hasta llegar a su ingle. Metió la cabeza juguetona y le echó el aliento de fuego en el centro de venus, que la hizo gemir y abrir las piernas, encontrándose con la resistencia de Mario, que las tenía bien agarradas.

—Bájate las bragas —le ordenó.

Ella obedeció sin pensárselo, levantando primero una nalga y luego la otra, el continuó por donde ella no alcanzaba con frustrante lentitud, mientras ella le miraba impaciente removiéndose en el escalón, intentando desprenderse de la prenda más rápidamente. Él permaneció impasible, sin prisas terminó de sacarle las bragas por los pies y volvió a anclarlos en sus hombros. Ella paró el forcejeó no quería hacerle daño y él se lo recompensó acariciando sus piernas mientras caminaba despacio hacia su interior, girando su cabeza, haciéndole cosquillas con sus orejas, acercándose. Cuando le llegó su aliento cálido, Ada, agarrada a la barandilla abrió sus piernas sin control y él se las sujetó así. La visión era tan erótica que la erección le hacía daño contra los vaqueros, pero no le prestó más atención, sacó su lengua y la pasó delicadamente por un lado del clítoris de abajo arriba y luego por el otro arrancando dos gemidos de placer de Ada que fueron su premio. Se retiró y dejó que lo disfrutara mientras daba pequeños besitos para que se relajaran, se tragó toda la salida de su boca para secar su lengua y luego lamió con su parte rugosa cada uno de sus anchos labios, turgentes e hinchados de deseo. Ada volvió a gemir echando la cabeza atrás y abriendo un poco más las piernas, estaba como loca, enfebrecida, entregada, toda suya. Se sintió el rey del mundo, como se podía tan siquiera desear otro dominio de una mujer cuando ese era el más poderoso y el más generoso a la vez. Ella se alzó de nuevo y se agarró a la barandilla atrayéndolo con sus piernas y pidiéndole que terminara ya.

—De eso nada, ahora no estás en posición de mandar, se han cambiado las tornas —se burló de ella.

Mario volvió a lamer el clítoris de abajo arriba, por los dos lados, luego los alternó con suaves toquecitos de su lengua, hasta que ella le agarró el pelo y él obediente lamió y lamió y ella se corrió en espasmos incontrolables de locura. La sostuvo mientras se relajaba, más feliz que ella, más satisfecho, orgulloso de haberle hecho disfrutar así.

Cuando se calmó le ayudó a que se incorporara y terminara de bajar las escaleras. La recibió al pie de las mismas, tomó su mano y se la puso en su erección para que se hiciera cargo de la situación.

—De eso nada, esto va a ser el cuento de nunca acabar, yo tengo que llegar a la oficina —dijo Ada negando con la cabeza como escurriendo el bulto, nunca mejor dicho.

—Razón de más para que no protestes, ven si no voy a tardar nada, ya lo verás.

La guio hasta la gran mesa maciza en que cenaron y la atrapó contra ella. Apóyate aquí vamos, le dijo recostándole el pecho sobre la superficie de la mesa. El tacto de la madera en las palmas de su mano extendidas y el frescor que sintió bajo la camisa en su sexo que hasta hacía unos segundos echaba fuego despertó de nuevo su deseo y el sonido del forcejeo de Mario con sus pantalones la llenó de intriga y expectación. Pronto la llenó deliciosamente otra cosa, mucho más caliente y excitante que no iba a dejar escapar. Mario embistió sin más demora, con fuerza y con urgencia una y otra vez —¿No tenías prisa? —le susurraba al oído en una mezcla de burla y lujuria hasta alcanzar la liberación que llegó inmediatamente, atrapada como estaba en el capullo férreo de Ada. Luego sintiendo que se le doblaban las rodillas se tiró al sofá arrastrándola a ella sobre él.

—Se habrá enfriado el café— sentenció él y ambos estallaron en risas.

23

Faltaba una semana para la fiesta de inauguración del videojuego en el hotel anexo al casino. Ya estaba instalado, probado y listo para funcionar, tan solo les faltaba instalar y probar los softwares de promoción interactivos para exhibir el videojuego, utilizando el mismo software que Mario había creado para dar a conocer y promocionar empresas. Tenían que ocuparse de cada asistente contara con su ordenador conectado y que funcionara a la perfección para que pudieran disfrutar de toda la promoción que Mario y su equipo les tenían preparados.

El trabajo que les quedaba por delante iba a ser duro porque todas las pruebas tenían que hacerse, en las horas entre la madrugada y la mañana que quedaban libres, antes de que la sala tuviera que ser preparadas para los eventos de la noche. La instalación última y que ya no debía fallar, se haría la madrugada anterior al acontecimiento, la del viernes, y esa ya se quedaría definitivamente. Tendrían por lo tanto que alterar su horario de sueño y tal vez, si surgían contratiempos, alargar sus jornadas.

En Telentendimiento la reunión ya llevaba unas horas. Durante la primera habían estado corroborando con Mario y Miguel que entendían al detalle sus requisitos, y luego se habían quedado ellos repasándolos y asegurándose que todas las estrategias que figuraban en el CD que les había dejado Mario se llevasen a cabo sin errores.

Terminada la reunión Ada estaba guardando en la caja fuerte el CD como hacía siempre. Este contenía todos los detalles del videojuego, que por contrato, se habían comprometido a guardar en el más estricto secreto. Los demás se habían ido para el restaurante a coger mesa. Eva se había quedado con ella, tenía mala cara esa mañana y Ada sospechaba que quería hablar.

—Ada, por favor, tienes una compresa, las he gastado todas y estoy en un apuro, creo que me estoy desangrando —dijo con la cara desencajada levantándose de un salto de la silla.

—Claro, en el baño, acompáñame —dijo Ada que salió precipitadamente sin terminar de cerrar la caja fuerte con Eva detrás pisándole los talones. Al llegar se agachó para abrir el armario bajo el lavabo y escuchó que Eva se volvía al despacho gritándole:

—Voy a por mis pastillas para el dolor, que no lo aguanto.

Ada aprovechó para hacer un pis, la reunión había sido larga. Enseguida sintió a Eva de vuelta abrir el grifo para tomarse la pastilla.

—Ahí, te las he dejado sobre la encimera, llévate el paquete entero.

Ada salió en seguida y terminó de colocarse la ropa fuera. Retiró el bolso de Eva con el codo y se hizo sitio para lavarse las manos, no quitaba los ojos de Eva, le preocupaba.

—¡Qué calambre! —Se encogió de nuevo.

—Sí, se te nota, esperemos que la pastilla te alivie. Te espero en el despacho.

Al llegar vio que se había dejado la caja abierta. La terminó de cerrar y se sentó a esperar a Eva. Pensó en la noche pasada, en los abrazos y los besos de Mario, en los sentimientos que le salían por los ojos al hacer el amor aquella misma mañana. Después en la oficina Mario prácticamente no había podido contener esos sentimientos delante de los demás y pensaba que a ella se le había notado igual.

Cuando regresó Eva traía la cara muy pálida y ahora comprendía por qué estaba tan callada en la reunión, debía ser muy difícil mantener el tipo con unas reglas tan complicadas. La suya estaba cerca y no podía venir en mejor momento porque en los días que se aproximaban lo que le convenía era dormir cada vez que tuviera la oportunidad.

Para cuando ellas llegaron al restaurante, los chicos ya estaban sentados junto a la ventana como les gustaba, con una caña delante. Al sentarse, Ada vio como Nacho le agarraba la barbilla a Eva y la miraba con detenimiento para asegurarse de su estado. Ese gesto le resultó a Ada entrañable, en un tío tan dominante y tan directo para otras cosas. ¡Eva había tenido mucha suerte con él!

Nacho sorprendió su sonrisa y la miró de frente con mucha tranquilidad y mucha intención.

—Bueno, Ada, ¿cuándo piensas hacernos partícipe de ese amorío que tenéis entre vosotros?

—¿Entre quienes? —preguntó Ada pillada fuera de juego, aunque sintiéndose culpable al momento.

—Entre tú y la araña esa que corretea por la blancura de la pared de tu despacho —contestó Nacho con sarcasmo.

Ella le miró ahora con seguridad y una sonrisa en los ojos.

—Eso —dijo enfatizando la palabra «eso» y haciendo un mohín— es entre la arañita y yo.

—Eso te lo crees tú, ya dejamos claro que no era así, estamos todos juntos en esto —contestó Nacho—, pero si no lo queréis decir será esperando un momento mejor, quizás a que pase el mogollón. ¿Tú que dices Maxim?

—¿Yo?, digo que como no pidamos ya, nos vamos a quedar sin paella y vamos a llegar a las tantas —contestó su socio que a la hora de comer no estaba para bromas.

—¿Y de lo que hablamos?, ¿vas a decir que no te has dado cuenta?

El chileno lo miró como si mirara a la mencionada araña.

—Me di cuenta el mismo día que la conocí y supe con quien el mismo que le eché el ojo encima, pero a los de nuestra edad nos va mejor si no hacemos alarde de nuestra experiencia. ¡A nadie le gusta los listos!

Todos le rieron la gracia, Ada con la sonrisa torcida, aunque se estaba divirtiendo de verdad.

—Sí, yo también me di cuenta —intervino Alberto—, cuando vi a Mario con el cable en la mano, embobado, sin saber dónde meterlo. ¡Triste panorama cuando un tío no sabe por dónde meter el cable! — Todos estallaron en risas cuando recordaron el incidente, incluso Ada.

—¿Y va a haber boda? —preguntó Eva, derecha al grano.

—No se ha hablado nada de boda. Chicos yo no estoy confirmando nada. ¡Esto es una encerrona!

—Claro que no han hablado de boda —volvió a intervenir Nacho—, estos bonitos de cara no se comprometen fácilmente.

—¿Fácilmente? ¡Pero si han perdido nueve años! —intervino de nuevo Eva.

—Sí, no a todos les cae el amor de los árboles —le contestó Nacho con un guiño que provocó una sonrisa espontánea en Eva.

Un chiste privado supuso Ada, por fin Eva parecía que se recuperaba.

Una vez que se retiró el camarero con la comanda Ada les dijo:

—Os prometo que en cuanto acabe todo esto, seréis los

primeros en enteraros, si hay algo de lo que enterarse, claro está.

—Los primeros siempre hemos sido —chuleó Nacho.

Y siguieron dando la brasa con el tema todo lo que duró la comida.

—Ah, una cosa más chicos, se me olvidaba — Los paró a todos en seco Ada antes de que abandonaran la mesa—. Recordad por favor lo de la discreción. Aseguraos que no hay nadie merodeando por los alrededores mientras trabajáis, ni personal de limpieza, ni de otro tipo. La puerta se cierra y no pasa nadie. Eso ya está hablado con el hotel. Habrá que extremar las precauciones cuando vengan a montar las luces, el sonido, decorado, en fin, ya me entendéis. Nada de grabaciones, ni de conversaciones descuidadas con amigos o familiares, ¿vale? Recordad lo que pasó con Germán, todavía no sabemos cómo pudo enterarse, pero lo hizo. Afortunadamente, no de todo.

—Ten cuidado tú también amiga. Con Germán tú eres la única que tiene contacto —dijo Nacho.

—Directamente sí, pero a través de su familia no, y además recordad que tenemos amigos comunes. Todos hemos estudiado en el mismo sitio; por favor prudencia. Yo también la tendré Nacho.

MARIO contemplaba la sierra de Madrid, cubierta de densas nubes cargadas de nieve. La sonrisa que mantenía en sus labios caldeada por el vapor de la taza de café, que sostenía entre sus manos, llevaba ahí desde la pasada noche, se la grabó Ada con cada una de sus palabras. Él había vuelto de viaje tarde y ella estaba muy cansada porque además de salir tarde del trabajo, tuvo que marcharse corriendo a un ensayo de coro, ninguno de los dos tuvo fuerzas para ir a la casa del otro, a cambio charlaron más de una hora por teléfono. Había sido tan absorbente como todo lo demás con ella. Le gustaba su temperamento, su manera de considerar a los demás. Ada era una gran conversadora, daba la impresión de que no tenía ideas firmes sobre las cosas, sino que te escuchaba como si se lo estuviera planteando por primera vez y les diera a tus opiniones una oportunidad de considerarlas antes de pronunciarse. Para él, que consideraba las propias como si fuesen tan valiosas que hubiera que guardarlas en un cofre, aquello era una postura desconcertante. Le hacía pensar y replantearse muchas cosas, tenía mucho que aprender de ella.

Se dio la vuelta y se dirigió a su sillón, ya era hora de volver al trabajo, era lo mejor que podía hacer antes de que volviera a colarse subrepticiamente la inquietud de que Ada todavía no estaba entregada a él por completo. Presentía que aún tenía reservas y dudas sobre él y hasta que no las descubriera, no sabría cómo neutralizarlas.

¿Y si no sabía hacerlo, y si se le escapaba de nuevo? Porque, aunque había aparentado todos estos años no prestar atención a las sospechas que le transmitía Miguel, no todas le habían rebotado por igual. Tenía que reconocer que era extraño como había huido de él, sin intentar arreglar las cosas, sin darle una oportunidad después de aquel fin de semana que habían pasado juntos, el que selló el rumbo de su vida.

Cuando estaban juntos saltaban chispas, eso ya había quedado más que patente en aquellos tiempos, habían disfrutado trabajando juntos, riéndose, charlando horas interminables de esto y de aquello, incluso hasta cuando no eran temas comunes. Él no se explicaba como después de haber vivido esos momentos tan felices, el incidente con Lidia pudo haberle afectado a ella tanto, hasta el punto de no ser capaz de perdonarlo ni de escucharlo si quiera.

Tampoco había dejado de ver, como Miguel no se había cansado de repetirle a lo largo de esos años, lo extraño de que se marchara detrás de Germán, para luego no reanudar tampoco su relación con él, cosa que Miguel no había terminado de creerse nunca y menos después de que Germán reapareciera por sorpresa. Y por añadidura, también estaba el tal Alejo. Por las fotografías en su casa, y por las frases aisladas que había entresacado de sus escasas confidencias sobre su vida en Chile, había sacado la conclusión de que algo había habido entre ellos, pero estaba claro que tampoco se había quedado con él.

¿Y a Germán? ¿qué le corría por las venas? ¿cómo pudo estar tantos años con ella y no intentarlo de nuevo? Ahora, volvía a aparecer en sus vidas, lo enfrentaba, y ella no tomaba partido por ninguno de los dos. Eso le hacía sentirse inseguro, como si Ada no estuviera realmente comprometida, parecía no querer darse cuenta de que él quería compartirlo todo con ella: su vida, su casa, su mundo, todo lo que era y lo que poseía.

Miguel, siempre tan básico en su manera de interpretarlo todo, creía ver ella interés, un no decidirse por cuál le convenía más. Él sin embargo no veía nada de eso en Ada, era otra cosa; sabía que era otra cosa, pero ella no se lo revelaba, le había dicho que era miedo a que la abandonaran, pero eso no concordaba, hasta el momento que él supiera no lo había hecho nadie, era más bien al contrario. Bueno, concluyó, mejor volvía al trabajo y le daba tiempo a Ada, después de nueve años qué importaba un poco más.

Un par de horas después, por fin concentrado, sonó el móvil. Por no interrumpir lo que estaba leyendo contestó sin mirar.

—Mario.

Esa voz le sonaba muchísimo pero no caía.

—El mismo, dime.

—Mario soy Germán, de vuelta a la carga.

Mario soltó el teclado del ordenador y alejó su silla un poco de la mesa para darse espacio y despejarse.

—¿A la carga, de qué? ¿No te lo dejé ya claro el otro día?

—El otro día ni siquiera te lo pensaste, te negaste en rotundo sin ver las ventajas. Sospecho que es porque crees que me voy a entrometer entre Ada y tú, pero ya te he dicho que no es así, además vuelvo a recordarte que fuiste tú el que sí que se entrometió y me la quitó.

—No pienso pensarme nada Germán, no voy a cambiar mi respuesta.

—Y yo te repito que sigues sin pensártelo, no vengo a por Ada, ya ni siquiera tenemos relación de amigos.

—Estupendo, mejor así, pero mi respuesta sigue siendo no.

—Venga tío, estás muy encabezonado y me estás obligando a darte un toque de atención para abrirte los ojos. Luego cuando lo hagas, verás que tenía razón y que solo busco nuestro bien. Es un *win-win* Mario, solo eso.

—Un toque de atención, ¿de qué demonios hablas, me vas a enviar a tus padrinos? —preguntó Mario con sarcasmo.

—¡Uf!, ¡qué difícil me lo estás poniendo! No, te voy a enviar un mensajero con el contrato que quiero que me firmes. Es un contrato habitual de concesión a un agente, en este caso para el mercado de Estados Unidos. Las condiciones son razonables, pero en cualquier caso podéis negociarla en el despacho de abogados donde se ha redactado, y también incluir la fecha de inicio, para cuando tu consideres que ya has pasado el periodo de prueba ese que dijiste el otro día, aunque no te aconsejo que sea muy largo, lo ideal es que se haga tan pronto se empiece a hablar de él, no podemos dejar que se enfríe.

—Cuando llegue ese contrato lo romperé sin abrirlo siquiera Germán, no insistas.

—Eso sí que no te conviene. Ya sabes lo codiciada que está la auténtica realidad virtual. No sé cómo decirte esto porque me resulta muy desagradable pero la semana que viene podría correr toda clase de informaciones contradictorias sobre tu videojuego, los detalles verdaderos y los que no lo son, los que yo quiera porque los conozco todos.

—¿Me estás extorsionando Germán? —preguntó Mario en un tono de voz seco y duro.

—Eso que estás diciendo hay que probarlo, ¿lo sabes no? Yo solo te digo que lo sé todo. La cita en el despacho de los abogados es mañana, siento que sea viernes y te de poco margen de maniobra. Mejor, así no te lo piensas tanto. Y recuerda, voy a trabajar en tu beneficio, tú vas a ganar mucho dinero conmigo, no te vas a arrepentir. Esto no es una tragedia, es una oportunidad para todos.

—¿Tú deliras verdad?

—Y tú sigues queriéndolo llevar al terreno personal y esto no es más que un negocio. Si mañana no cumplís, la semana que viene va a ser muy movidita para los dos, ya verás. Buenos días —dijo y cortó la comunicación.

Mario se quedó mirando el teléfono con una intensa sensación de indignación hirviéndole la sangre, pero sin poder razonar las implicaciones de lo que había escuchado. Llamó a Miguel.

MIGUEL tardó lo suyo en llegar, ignorante de la urgencia y el cataclismo en el que se encontraba su amigo. Mario llevaba un rato preguntándose qué maldito equilibrio de fuerzas podía sacarle de este embrollo. Esto era un problema con P mayúscula y de pronto su habitual manera de resolver las cosas le resultaba ridícula. Él sabía lo que Germán quería y no estaba dispuesto a dárselo, ¿con qué iba a equilibrar eso?

—¿Qué pasa? —preguntó con la mirada perdida en la pantalla de su móvil. Cuando levantó la cabeza y vio la expresión de Mario se guardó el móvil en el bolsillo de la camisa.

—Pasa y siéntate.

Miguel se dejó caer en una de las sillas.

—Ha vuelto a llamar el imbécil ese de Germán.

—Mucho estaba tardando, ya me extrañaba a mí que se conformara tan pronto.

—¿Por qué dices eso? —Mario no había previsto para nada una nueva intentona del tipo. Supuso que si hubiera sido así de incontrolable, Ada le habría advertido con respecto a él.

—No sé, me lo imaginaba más agresivo, más competitivo, al fin y al cabo, era un buen tenista.

—Y eso que tiene que ver con que sea un sinvergüenza —replicó Mario alterado y empezando a temer que fuera él el único que no había calado al tipo.

Le contó, masticando las palabras, todo lo que se habían dicho por teléfono, haciendo un gran esfuerzo por no ponerse a gritar o a dar puñetazos a los paneles de la pared.

—¡Madre mía, increíble el tío! ¿Quieres que llame a Mónica?

—Ya la he llamado mientras venías. Entraba en un juicio, en cuanto acabe viene para acá —contestó mientras se pasaba la mano por la cabeza tirándose del pelo.

—Pensemos ¿Qué información puede tener? y ¿de quién? o mejor: ¿Será verdad o un farol?

—Un farol puede ser, según Ada viene de una familia de empresarios de generaciones. Se las saben todas y por un negocio hacen lo que tengan que hacer. No dejan pasar una oportunidad. La cuestión es: ¿podemos arriesgarnos?, puede adelantar el argumento del juego, la tecnología que hay detrás, puede contar medias verdades, verter malas opiniones, en fin, ahora mismo no sé cuánto daño puede hacernos, eso quiero que lo averigües tú con el equipo. Que todo el mundo se ponga a ello.

—Pero Mario de qué nos iba a servir si no sabemos lo que sabe.

—¿Quién puede estar pasándole información Miguel?

—Vamos Mario, no me vengas con esas que tú solo quieres escuchar lo que te conviene, respóndete tú solo y así no discutes con nadie.

—Eso qué quiere decir, que crees que es Ada, ¿verdad?

—¡Que creo! Vamos a ver, llevamos nueve años persiguiendo esto y nunca hemos tenido un problema. Siempre hemos tomado precauciones de acuerdo, en este negocio sabemos que hay que ser muy cuidadosos, pero no las hemos arreglado bien. Y ahora en dos meses que ha entrado en la ecuación Ada y su empresa hemos perdido el control. Sí, perdido porque le entregaste un CD cargadito de información. ¿Hubieras hecho eso con otra empresa que hubieras contratado?, ¡pero si hasta les enseñaste el videojuego, dejaste que jugaran! —dijo Miguel alterado levantándose de la silla de un brinco. De pronto se dio cuenta de que estaba perdiendo los papeles y se volvió a sentar.

—Lo sé, sé lo que parece, pero ¿por qué iba a hacerlo? Si me tiene a mí, ya tiene el videojuego y todo lo que tengo.

Miguel lo miró un momento confuso, sentía pena por su amigo, amaba de verdad a esa mujer, había luchado mucho en la vida y el tener tantos triunfos en su mano: inteligencia, educación y atractivo no le habían dado la felicidad. Rebajó en seguida el tono.

—Lo sé Mario, quizás solo quieren lo que te han dicho, que Germán haga negocio y ya está. Ella le deberá eso. Es posible que si firmas el contrato, tengamos un vendedor bueno nuevo en plantilla y nada más.

—¿Así? —gritó—. ¡Bonita forma! No, no me gusta que me fuercen la mano, es mi negocio y no me va a imponer nadie a quien no quiero.

Miguel asintió repetidas veces mostrando su acuerdo.

—No te gustará, pero ya te la han forzado y la cuestión es: ¿ahora qué?

—Sí. Primero vamos a esperar a que Mónica le eche un vistazo al contrato, el que por cierto todavía no ha llegado. Luego iremos a ver qué nos dice Ada, si confiesa o igual no sabe nada, que también podría ser.

—Todo puede ser: a lo mejor ha sido Nacho que está loco por que Germán se establezca; o Maxim que es muy bueno y además de colocar a la amiga del hijo de su amigo en Chile, ahora le busca las habichuelas al hijo; o tal vez Alberto que se la guarda a su hermana porque siempre se comía su postre —dijo Miguel con sorna.

—Le pediré que nos devuelva el CD.

—Sí, de mucho que nos va a servir ahora.

—No se puede copiar.

—Ja, no contestaré a eso.

—Miguel, ¡ahí sí estaría cometiendo un delito! —gritó de nuevo Mario que estaba perdiendo los estribos con el sarcasmo de Miguel.

—Como te ha dicho Germán, pruébalo amigo —le contestó en el mismo tono.

Se quedaron retándose con la mirada unos segundos, hasta que unos golpes en la puerta los interrumpió.

Entró la secretaria de Mario con un sobre.

—Han traído esto para ti.

—Gracias. Por favor cuida que no nos interrumpan hasta que te avise, salvo si es Mónica la abogada o Ada. Para ti también —se suavizó al ver su expresión—, si juzgas que es urgente —intentó bajar el tono, pero la furia se lo ponía muy difícil.

—Entendido.

Mario abrió el sobre mientras salía la secretaria. Por el rabillo del ojo percibió el gesto que le hizo a Miguel de ¡cómo está la cosa!

Comenzó a leer el contrato con el ceño fruncido y las pulsaciones aceleradas, pero a medida que lo leía, casi sin darse cuenta se iba tranquilizando y también lo reflejaba su semblante. No lo leyó al dedillo porque detestaba leer contratos y además Mónica tenía que dar la última palabra, pero sí lo suficiente. Cuando terminó se lo pasó a Miguel que hizo lo mismo mientras Mario se apostaba frente a la cristalera para intentar serenarse con el paisaje.

Tenía que aceptarlo, Ada no era de fiar, no se iba a confiar nunca, no sabía si era por su miedo a comprometerse, a que la rechazaran como decía o a que era así de inconstante, la cosa es que las señales estaban claras, ni se había comprometido con Germán seriamente ni con él tampoco. Hace nueve años lo dejó con una excusa y corrió tras de Germán al que acababa de dejar y ahora estaba haciendo lo mismo. ¿A quién era leal?

Pensó en su padre. Le inculcó la importancia de observar a la gente, de entenderla, decía que había que cultivar la habilidad necesaria para llegar a cada uno y obtener lo que querías: la negociación y el equilibrio. Que había que saber distinguir entre la negociación y la manipulación. Él había creído dominar ese arte, pero ahora se sentía ridículo y pretencioso, o igual no había interpretado bien a su padre, al fin y al cabo, tenía diecinueve años cuando lo perdió, a saber lo que él le quiso decir y lo que él entendió.

Lo que si sabía, sin duda ninguna, es que amaba a Ada con toda su alma y desde hacía tanto tiempo que no se imaginaba amando a otra, pero tendría que aprender porque ahora comprendía que Ada no estaba preparada para corresponder y tal vez no lo estuviera nunca. No dependía de él, si no de ella, aunque bajo estas condiciones él tampoco pudiera. Él se lo había ofrecido todo y le dolía que ella le pidiera más y encima para otro.

Diez minutos después le llegó la voz de Miguel.

—Yo no entiendo nada de esto, pero parece un contrato típico de estas cosas, muy parecido diría yo a los que ya tenemos. ¿Tú qué crees?

—Yo igual. Es desconcertante, no sé qué pensar.

ESA tarde el cielo de Madrid le recordaba a Mario los dibujos que hacía en la escuela, el azul brillante salpicado de enormes nubes blancas y algodonosas. Ya se presentía la tarde y el desastre en su vida.

Mónica le había confirmado que el contrato no era nada del otro mundo, nada por lo que preocuparse, pero que de lo demás sin pruebas no había nada que hacer. Mario lo había considerado junto con Miguel, tenía que escucharlo porque llevaban juntos mucho tiempo y su opinión contaba. Finalmente, por Miguel y por su equipo que no merecían sufrir por sus sentimientos, decidió que se iba a tragar el orgullo e iba a firmar el contrato, después de que negociaran unos cuantos puntos que a estas alturas ya no le importaban tanto, sino que era más bien por no ceder así sin más.

Lo que se le hacía insoportable y no sabía cómo lidiar con ello era dejar ir su sueño más querido, a Ada. Trataba de ir tranquilo: triste, desesperado, pero tranquilo. Miguel le había pedido que no perdiera los papeles, que le dejara expresarse, que la escuchara, que no hiciera como con Lidia, porque podían estar equivocados y ella podía ser inocente.

Mario se lo había prometido, pese a que a estas alturas ya no creía en su inocencia. Además, se dijo, de alguna manera había quedado implícito cuando Ada volvió con él, que no actuaría con ella, ni con nadie, como hizo con Lidia y pensaba cumplirlo. Miguel venía a su lado, serio como un sepulturero. En ningún momento le había hecho ningún reproche, pese a tener todo el derecho del mundo y la razón de su parte para hacerlos. Se daba cuenta que no se merecía un amigo como ese y que le había hecho también daño por su ceguera con Ada y aun así le concedía el beneficio de la duda.

Cuando llegaron a Telentendimiento, Carlos les dijo que Ada estaba con Alberto en el taller y hacia allí se encaminaron.

Abrieron la puerta a un espacio dilatado que le dio a Mario la impresión de que se distanciaba como en un zoom. La claridad de las paredes y la pulcritud de la sala intensificaban esa sensación a la que enseguida se aclimató su alma.

Vio al fondo a Ada de espaldas, despreocupada, apoyada en una mesa en cuyo ordenador trabajaba Alberto. Iba en vaqueros con una sudadera gris con capucha y una coleta, parecía la muchacha de la que se enamoró hacía nueve años. Se dio la vuelta al sentir pasos y la sonrisa que le dedicó al ver quien llegaba era tan genuina y radiante que por un segundo derritió el hielo de Mario. La sonrisa la extendió a Miguel, pero ninguno tuvo la falsedad de devolvérsela.

—¿Qué hacéis aquí?, no os esperaba, pero nos venís de perlas porque estamos enfrascados en un enigma. Alberto estos leen la mente —dijo Ada volviendo la cabeza hacia su hermano.

Ada contuvo las ganas de lanzarse a los brazos de Mario porque seguían disimulando según lo acordado, se contentó con buscar sus ojos, pero no vio nada en ellos. Le molestó, le oprimió un poco el estómago como solía ocurrirle, aunque no tanto como otras veces, ya estaba aprendiendo a confiar en él.

—¿Qué enigma? —preguntó Mario interesado.

—Es vuestro software, que se comporta muy raro en dos de los equipos y no sabemos por qué, ya veréis —dijo Ada haciendo una señal a Alberto para que lo mostrara.

—Ahora no —dijo Mario algo seco—, ya veré eso luego, ahora si no te importa querría hablar contigo en tu despacho Ada.

—¿Importarme, pasa algo?, ¡qué serios venís!, ¿es urgente? —preguntó Ada un poco descolocada, notaba algo raro en ellos que le reverberaba de nuevo en la boca del estómago, pero no sabía qué.

—Sí, lo es, ¿vamos?

Ada se encogió de hombros y señaló el camino.

—Ahora venimos, Alberto —dijo perpleja.

Por el camino Ada se paró delante de Carlos.

—¿Has localizado a Maxim?

—Sigue con el teléfono apagado, pero sigo en ello.

—Ada, por favor, pide que no nos molesten —intervino Mario sorprendiéndola. Ella lo miró por unos instantes, intentando adivinar en su cara de qué iba todo aquello, o encontrar algún gesto de cariño que la tranquilizara, pero allí no había nada.

—Ya lo has oído Carlos —dijo señalando a Mario con las dos manos y algo de chanza—. Venga, vamos al despacho. ¿Queréis tomar algo? —Se paró de repente.

—No, gracias —cortó Mario rotundo sobresaltando más a Ada.

—Está bien —se resignó—, vamos entonces.

Ada los dejó pasar, cerró la puerta y se dirigió a su silla.

—¿Y bien? —preguntó dejándose caer en ella.

—Germán nos ha enviado su contrato de agente para que lo firmemos y además me ha llamado por teléfono —entró directamente Mario a los hechos.

Ada adelantó la cabeza como para oír mejor y luego se puso derecha en la silla de un golpe y apoyó los codos en la mesa agarrándose las manos.

—¿Cómo has dicho?

—Me has oído perfectamente, Ada. Ya lo da por hecho, además me ha soltado la amenaza de que tiene información confidencial sobre el videojuego y que está dispuesto a usarla si no lo firmo y le doy el mercado estadounidense.

—¿Germán? ¡Amenazándote! —exclamó incrédula e indignada.

—Sí Ada, por favor no repitas todo lo que digo —le cortó impaciente—, mejor dame respuestas.

Ada se tragó la incredulidad molesta por el tono y las palabras que le dirigía Mario. Era la primera vez que le hablaba así, e intentó centrarse en lo que le pedían, pero no sabía qué era.

—No sé qué esperas que te diga, no sé nada de eso. Sé que puede ser muy chulo y que le gusta amenazar, pero no sé ni qué información tiene, ni si es capaz de hacerte daño. ¡Menuda cara tiene el tío, no puedo creérmelo! Ahora mismo lo voy a llamar y le voy a decir cuatro cosas —dijo Ada indignada.

—No, no quiero que lo llames, quiero que me digas qué información tiene —espetó Mario secamente.

—¿Y cómo quieres que yo lo sepa si no lo llamo para sacársela? Ya sabes que investigué todas las posibles fuentes que pudo tener, pero nadie había dicho nada, ni a él, ni a su familia.

—Ada, nos gustaría ver el disco que te entregamos— intervino Miguel por primera vez, para ahorrarle el mal trago a Mario.

—¿El del software? Lo tiene Alberto, acabo de decíroslo.

—No, ese no —intervino Mario impaciente y contrariado—. Ese software lo tiene cualquiera que haya pagado por él. Me refiero al que contenía los detalles del videojuego y la estrategia que íbamos a seguir.

—Ah, ese está en mi caja fuerte. No se lo dejo a nadie — respondió Ada desechando la idea—. Solo lo utilizo en las reuniones de seguimiento que hemos tenido juntos y cuando acabo lo vuelvo a guardar en la caja. Ese me comprometí por contrato de confidencialidad a no divulgarlo Mario, no lo toca nadie, tranquilo.

Mario no cambió la cara, salvo para apretar más los dientes, a Miguel sin embargo se le veía más incómodo.

—¿Podemos verlo, por favor? —volvió a insistir Miguel amable pero firmemente.

Ada se quedó parada un segundo, sintiéndose mal, pero sin comprender lo que pasaba. De repente miró a Mario, ¿acaso estaba dudando de ella? Su cara lo dijo todo. Devolvió la mirada a Miguel, ahora bastante abatida.

—Sí claro, cómo no.

Se levantó y se dirigió a la pared donde tenía la fotografía de la Bahía de Roses y la retiró de la pared.

—Un poco previsible, ¿no? —se disculpó Ada dándose la vuelta con la fotografía en la mano, pero ninguno le rio la broma, volvió a girarse y dejó la fotografía sobre el armario de debajo.

Tomó una respiración antes de abrir la caja porque estaba un poco nerviosa y tenía que recordar los pasos a seguir. Cerró los ojos y se concentró hasta recordarlos todos, volvió a abrirlos y se puso en movimiento, escuchó el clic y la abrió. Prácticamente era lo único que contenía junto con unos cuantos documentos. Metió la mano y solo tocó la carpeta de los documentos. Aún no había recorrido los cuatro vértices de la carpeta cuando su corazón latía ya con unos golpes furiosos, de pánico e incredulidad, que se extendieron a sus sienes, llenándolas de calor y sofoco. Abrió la carpeta y no encontró lo que buscaba, la sacó frenética, tirando los documentos al suelo que volaron indiferentes y juguetones, como niños que no se dieran cuenta de que su vida está dando un giro terrible.

Se dio la vuelta con la cara roja como la grana y por unos segundos vio negro. Se tambaleó un poco, lo que hizo a Mario levantarse de la silla de inmediato, pero ella se repuso. Se volvió a la mesa sin mirarlos y se dejó caer en la silla.

—No está.

—¿Cómo que no está? —preguntó Mario —¿Quién más tiene la combinación?

Ada no contestó, estaba consternada, no daba crédito, intentaba recordar si lo había sacado y no se acordaba, o cuándo fue la última vez que lo vio.

—Ada, ¿me contestas? —Como Ada lo mirara con la cara alelada repitió— ¿Quién más tiene la combinación?

—Nadie, solo yo y me la sé de memoria, no la he anotado todavía en ningún sitio porque no hay nada valioso, salvo el disco del que tú tienes copia.

—Y ahora Germán, que tiene la tuya —acusó Mario casi gritando, poniéndose de nuevo de pie y dirigiéndose a la caja. Miró adentro, cada rincón y la cerró de un golpe que hizo rebotar la puerta y abrirse de nuevo. Se quedó así, de espaldas, respirando agitado y mesándose el pelo compulsivamente. Ada estaba como hipnotizada mirando sus omóplatos separarse y elevarse. Estaba pegada a la silla, temiendo que se diese la vuelta.

—¿Tienes idea de lo que ha podido pasar? —Intervino Miguel con calma.

Ada retiró la cara de Mario, suspiró y lo miró con los ojos velados, sabía adónde Miguel quería ir a parar, esta era su oportunidad para hundirla.

—No Miguel, no la tengo, ni la menor idea. No tengo la menor explicación salvo que me hubieran robado, pero te soy franca, no he visto ningún indicio en la empresa de que nos hayan robado o que hayan entrado, ni nadie me ha dicho nada.

—Ahórranos tu franqueza Ada —sonó la voz de Mario cargada de sorna y afilada como una cuchilla de acero que cortó el hilo que los unía.

Por unos segundos se miraron a los ojos en un duelo de furia e indignación. Miguel intervino de nuevo.

—Al menos ya sabemos lo que sabe Germán y cómo lo sabe, ya tenemos claro que no tenemos más remedio que firmar ese contrato.

—Podríamos denunciar que tiene el disco —dijo Mario.

—No, podrías denunciar que Ada no tiene el disco, que no te lo devuelve, que ha violado el acuerdo de confidencialidad, pero eso no probaría que lo tiene Germán.

Se quedaron en silencio un largo rato que ninguno se atrevía a romper. Ada no tenía palabras, no entendía nada, solo sabía que Mario no creía en ella, que ya no le importaba sus sentimientos cuando estaba en peligro su videojuego y que ella no podía defenderse.

—Está bien, ya lo del contrato me parece lo de menos —Desvió la mirada hacia ella y la enfrentó buscándole los ojos. Le parecía que ella temblaba, estaba asustada sin duda, no debió de prever esa reacción por parte de él, debió de pesar que un idiota que la esperó durante nueve años a que confiara en él, no supondría ningún problema, que lo podría manejar para contratar a quien a ella le diera la gana.

—Ada, quiero que te retires de este proyecto, incluso de la empresa, no quiero verte merodeando por aquí mientras trabajéis para mí. Una vez que el videojuego esté presentado y funcionando correctamente, dependerá de que tú sigas en ella o no, el que yo siga contando con esta empresa para futuros trabajos.

Esperó a ver la reacción a sus palabras, pero ella le miraba seria sí, pero sin ira, conteniendo las emociones con su mandíbula apretada.

—Al que no esté de acuerdo con esa decisión también lo quiero fuera del proyecto —continuó Mario—. Y si este no llega a buen fin, si falla de alguna manera que se deba a vuestra responsabilidad, no dudaré en denunciaros. ¿Te queda claro?

Esa última amenaza Ada la recibió con su pestañeo particular, el que Mario ya identificaba como la parada de un golpe inesperado. Eso le inquietó por unos segundos hasta que se obligó a seguir adelante, venía con un propósito y ante las pruebas que tenía delante, no podía, ni quería echarse atrás, por respeto a sí mismo y a Miguel.

—Sí —contestó Ada sin más, sin presentar batalla.

—Bien —asintió con fuerza—. Ahora querría hablar con Maxim de todo esto, a ver si está de acuerdo o no, y aclarar quién se va a quedar al mando.

Ada se encogió un poco más, no conseguía encajar un golpe cuando le llegaba otro. No entendía nada.

—Ada, ¡quiero hablar con Maxim, por favor! —repitió con una fingida suavidad que consiguió sacarla de su trance.

—Sí, un momento.

Ada levantó el teléfono.

—Carlos, ¿sabes ya algo de Maxim? —preguntó con voz temblorosa que le hizo avergonzarse más— ¿Qué lleva un rato esperando? —preguntó incrédula, extrañada de que no hubiera entrado— Ah, sí, es verdad, lo dije. Dile que pase.

Al cabo se abrió la puerta y entró Maxim sonriente y campechano.

—Cachai, no te imaginas lo que me ha pasado.

—Maxim, ¿estás bien? —le cortó Mario— ¿es algo de importancia o una anécdota?

Maxim se desinfló de inmediato, notó que algo no iba bien al ver las caras de los tres.

—Una anécdota, quizás —dijo titubeante—. Os la cuento luego si está pasando algo urgente. Decidme.

Ada iba a abrir la boca, pero Mario alzó su mano para pararla, en un gesto que la dejó cortada y con la cara encendida de nuevo.

—Maxim, hoy hemos recibido una llamada de Germán extorsionándonos para que lo contratemos. Nos ha amenazado con boicotear la presentación de nuestro videojuego y acabamos de descubrir que Ada no tiene el CD con toda la información que le entregamos.

Ante esa parrafada Maxim no entendió nada, o más bien no

podía creer lo que escuchaba. Con la cara estupefacta, se dirigió un poco torpemente a retirar una silla de la mesa de reuniones para sentarse, luego comenzó a disparar preguntas que solo Miguel con paciencia contestaba. Ada no abría la boca no quería averiguar si Maxim también la creería culpable.

Este, después de reflexionar durante unos instantes, en el que se levantó a por agua porque se le había secado la boca, de repente volvió y dijo.

—¡Pero no tiene sentido! ¿Por qué habría de entregarle el CD?, se lo podría haber contado o dejado ver o lo que fuera en lugar de entregárselo. ¿Por qué se iba a comprometer así? ¿No os dais cuenta?

Todas estas preguntas las hacía mirando a Mario con los ojos muy abiertos de incredulidad.

—No sabemos por qué lo hizo, ni por qué con ese método, igual era para que no dudáramos de que tiene la información. El caso es que no lo tiene en la caja fuerte, de la que ella misma ha reconocido que solo ella sabe la combinación y no nos da ninguna explicación satisfactoria.

De repente Maxim cayó en la cuenta de Ada, de que no la había escuchado en ningún momento, que no sabía cómo estaba. Se levantó y la miró. Solo le bastó ver su cara para ir hasta ella, rodear la mesa y levantarla de la silla. La abrazó sin contemplaciones, sin importarle nada más.

—¿Tú le diste el CD a Germán, o hiciste algo de lo que dicen? —le preguntó con la voz llena de emoción.

Ada tan solo agito su cabeza negativamente, si abría la boca iba a llorar.

—Tranquila, todo se aclarará —le dijo apretándola más fuerte—. ¿Qué queréis hacer ahora, mientras averiguamos lo ocurrido?

Mario le repitió lo dicho a Ada, y mientras hablaba, ella se separó de Maxim, no soportaba que la tocaran ahora, necesitaba recobrar el dominio de sí misma.

Cuando hubo terminado, Maxim lo miró muy serio, como si lo viera por primera vez y como no creían capaz de mirar al bueno de Maxim. Parecía haber rejuvenecido veinte años.

—Yo llevaré el mando porque como tú has dicho, estamos comprometidos a hacer un trabajo y lo entregaremos bien y a tiempo, pero una vez terminado con lo comprometido, si mi socia no está en la empresa con todos sus derechos yo tampoco estaré.

—Muy bien. ¿Te ha quedado claro lo que quiero? —preguntó

Mario sin darse por afectado por el discurso de este.

—Sí, terminar el trabajo sin que Ada pise la empresa.

—Eso es. Y tú Ada, ¿tienes algo que añadir, o que decir en tu defensa? No quiero que luego me acuses de no darte todas las explicaciones o de no dejar que tú me las des a mí.

Ante esa última frase las dos cabezas, la de Ada y Miguel se volvieron a la vez, como acusando el golpe bajo. En los ojos de Miguel vio alarma, pero en Ada por primera vez vio algo que no esperaba, que le sobrecogió, no era ira, no era orgullo herido, ni rabia, era puro y simple odio.

—Creo que ya está bien —terció Maxim—. Ada te llevo a casa, anda coge tus cosas, tu bolso quiero decir. Ada tardó unos segundos en arrancar los ojos de la cara de Mario, no le parecía el mismo, acaso era la misma persona, ¿ese es el Mario que vio Lidia? Retiró la cara como si no soportara verlo y abrió el cajón, dejando toda la furia en el agarre del tirador antes de tirar de él suavemente, conteniéndose por pura fuerza de voluntad; cogió el bolso, metió algunas cosas en él y salió de detrás de la mesa. Se desvió sin embargo hasta la caja fuerte, se agachó para recoger los documentos tirados por el suelo, los volvió a meter ordenadamente en su carpeta dentro de la caja y la cerró en condiciones, luego cogió el marco con la foto de la Bahía Roses y se la metió bajo el brazo, la iba a necesitar.

Pasó junto a ellos seguida de su socio, quiso mirar a Mario indiferente pero no pudo y pasó de largo sin mirarlo, tan solo miró a Miguel, cuyos ojos, tan extraños como eran, estaban cargados de pesar y compasión que consiguieron por fin vencer la contención de sus lágrimas.

Al llegar a la puerta se paró y se dio la vuelta.

—Has sido igual que te esperaba Mario. Mi instinto no me falló hace nueve años cuando hui de ti —le dijo con la decepción pintada en el rostro. Continuó mirándolo durante unos segundos, ¡esos ojos que tanto había mirado en sus recuerdos!, asintiendo compulsivamente, reafirmándose. Se dio la vuelta y salió de su oficina.

UNA hora más tarde entraban por la puerta de su cervecería irlandesa favorita, a la que solían ir los viernes al salir del trabajo para terminar la semana. El camino de vuelta desde la oficina de Ada lo habían hecho en silencio, cada uno en sus propias reflexiones. Miguel había estado tentado de reprocharle su comportamiento a Mario, pero había decidido que no era el mejor momento mientras conducía, no quería que encima tuvieran un accidente.

Mario rebobinaba una y otra vez la mirada que le había dirigido Ada ante su comentario. Ahora lo lamentaba profundamente, ¿por qué le había dicho algo así?, ¿por qué se había burlado de la confesión que le había hecho, cuando ni siquiera conocía en profundidad el alcance de ese miedo de ella? ¿acaso no era lo que le había hecho huir, el que le empujaba a hacer estas cosas para romper? Y él ¿qué había hecho?, en lugar de comprenderlo, de profundizar en ello, se había burlado, la había alejado definitivamente, hiriéndola y reafirmándole así que su temor estaba justificado.

Se sentaron en el lugar de la barra en que acostumbraban, lo bastante alejados de la música para que pudieran hablar y pidieron dos pintas de Harp.

Miguel apoyó el codo en la barra y contempló en silencio como su amigo bajaba casi media pinta de un solo trago.

—Ha sido el peor momento que he pasado en mi vida, Mario. Te confieso que casi deseo que no nos hayamos equivocado, porque como hayamos causado todo ese daño sin razón, no sé, no quiero ni pensarlo. Ella me ha dado pena.

Mario lo miró con los ojos brillantes del picor de la cerveza en la garganta y quizás de algo más. Supo, por el tono de Miguel y por sus palabras, que le torturaban los mismos remordimientos que a él. No sentían en su interior la ira que deberían sentir si creyeran que Ada les había engañado y se había burlado de ellos.

—No me lo digas. ¿Has visto cómo me ha mirado?

—Claro que lo he visto. Perdona amigo, pero es que no sé a qué coño vino esa pulla —dijo Miguel llevándose la cerveza a la boca.

Mario comenzó a agitar la rodilla derecha que tenía apoyada en la banqueta.

—¿No sabes a qué vino?, pues yo sí. A que soy un hijo de puta. Sí, eso es y con Lidia igual —dijo Mario con la mirada cargada de autorreproche y desprecio a si mismo—. No actué así porque estuviera destrozado por lo de mi padre, lo hice porque quería devolvérsela, desahogarme, no sé, ya lo has visto, sale esa mala baba de mí.

—No, tú no eres así, pero si sale eso de ti tienes que corregirlo tío, no es digno de todo lo demás que eres y de paso iría pensando en pedirle perdón —le dijo Miguel que no era de los que se callaban las verdades desagradables a los amigos.

Mario se terminó la pinta de otro tirón.

—Como que crees que puedo acercarme ahora a ella a pedirle perdón. No me va a abrir la puerta, ni a coger el teléfono, ni a mirarme a la cara.

—No, ahora probablemente no, pero seguro que tenemos que volver a verla, nos guste o no. Esto no se va a quedar aquí ya lo verás. No olvides que Nacho y Eva también son sus amigos y Alberto es su hermano.

—Y yo no puedo arrancármela Miguel, creía que sí cuando abrió la caja y estaba vacía. ¿Viste que cara puso, casi se marea? ¿Pudo fingir eso? —Su voz estaba cada vez más desesperada, empezaba a pasársele la rabia que lo había anestesiado, y ahora le llegaba el dolor a raudales.

—En eso no pienses Mario, todo se puede fingir. Recuerdas su actuación aquella Navidad, cuando apareció con los dos rastas, y nos cantó aquella canción como si fuera una cantante de los 50's. ¿Te lo esperabas?

—No es lo mismo interpretar una canción que mentir a tus amigos y a la persona que se supone amas.

—Además, igual ella no se esperaba que Germán la echara a los leones —insistió Miguel—, a lo mejor él también se la ha jugado y estaba sorprendida de verdad.

—¡Solo de pesar que mañana tenemos que ir a firmar el contrato ese! —masculló con los dientes apretados— ¡que se va a salir con la suya! ¡Ahora, que ya me las pagará, tarde o temprano encontraré la manera! —espetó con rabia.

Miguel dejó escapar una carcajada de incredulidad.

—¡Eso es una estupidez, Mario!, para seguir atado por la venganza o el odio, haber seguido atado por Ada, porque ella te lo pidió.

—Ella no me pidió nada.

—¿No te pidió que lo contrataras? —preguntó incrédulo.

—No, no lo hizo, dijo que era asunto mío.

—Ah, creí que sí, que lo había intentado, pero que tú te habías negado.

—¿Y por qué creíste eso? —preguntó Mario— Porque desde el primer momento estabas convencido de que lo sabía por ella y de que era idea de los dos.

—Lo pensé sí, y aunque no hubiera sido así, no esperaba menos después de que comieran juntos, no iba Germán a desperdiciar esa oportunidad de que interviniera en su favor. Vámonos ya anda, emborracharnos no nos va a servir de nada.

Vete a dormir.

—Sí, a dormir, como si pudiera dormir.

24

Ada le entregó las llaves del coche a Maxim, no tenía cabeza para conducir. Ocupó el asiento del copiloto y se concentró todo lo que pudo en controlar su respiración y disolver el nudo. Todavía no era el momento de llorar, no hasta que estuviera sola. No, sola no, pensó, iba a ir a casa de sus padres, sabía que se iba a derrumbar y quería sacar todo afuera, quería enfrentar a su madre, quería averiguar si su temor estaba justificado, encontrar sentido a alguna parte de su vida porque lo que acababa de pasar en esa caja fuerte era inexplicable. Perder a Mario no iba a ser el final, iba a ser el principio: no lo necesitaba para vivir, ¡ni para ser feliz!, se dijo apretando los dientes con fuerza para aguantar el llanto. Inspiró profundamente y espiró todo lo lento que pudo para concentrarse en algo y detener el pensamiento.

Pasado un rato se sintió más calmada y al parecer Maxim lo notó porque comenzó a hablar:

—¿Te llevo a casa?

—No, a la de mis padres —le dijo con la voz ronca.

—¿Puedes hablar de lo que ha pasado?

—No tengo ni idea de cómo ha desaparecido ese disco de la caja Maxim, recuerdo cómo lo guardé la última vez que lo usamos. ¿Quién va a creer eso, que no lo saqué yo?

—Yo sí —le aseguró apretando su mano—. Sé lo mucho que quieres a Mario, lo supe desde la primera vez que te vi mirarlo y comprendo por qué. Me pareció un buen amigo, a todos os veo muy compenetrados y se le notaba a la legua lo que sentía por ti, no entiendo por qué ha actuado así, supongo que por los nervios de última hora. Esto no tiene ni pies ni cabeza. En algún momento recordarás algo, un descuido, algo que has olvidado, ya lo verás.

Ada sí sabía por qué Mario actuaba así, no se podía decir que no estuviera avisada, se reprochó. Llegaron al portal de su casa y se despidieron con un abrazo muy fuerte.

—¡Mi foto! —recordó Ada, que la había dejado en el asiento de atrás.

Maxim abrió la puerta trasera y se la dio.

Unos minutos después se dirigía a su antigua habitación. Apoyó la foto en la cómoda que estaba frente a su cama y se tiró en ella a contemplarla. Entre los bellos colores del cielo vio silueteadas sus ilusiones de adolescente, dibujadas paso a paso, verano tras verano, ¡qué había hecho con su vida!, se tapó los ojos con el antebrazo para no seguir mirando y comenzó a llorar.

Tiempo después, el resplandor amarillento de las farolas que le llegaban de la calle acabó tranquilizándola. Era el ambiente de su niñez, su casa, su habitación, lo único estable y familiar en una situación que le asustaba y le dolía. Cansada de no poder controlar la deriva de su pensamiento buscó su móvil, necesitaba escuchar una canción que la sostuviera, necesitaba escuchar a Beth Hart, su dolor en «Caught out in the rain» la acompañaría en su angustia. Al desbloquear el móvil vio que tenía un WhatsApp de Mario. El corazón brincó en un latido doloroso; la esperanza siempre agazapada en su vida, deseaba colarse por cualquier rendija, pero esta vez se dio cuenta. Quiso pasarlo de largo, el orgullo herido siempre acudía primero. No, no era lo más inteligente si quería llegar al fondo de la verdad, enfrentar lo bueno y lo malo, no huir de nada, sacar todo afuera de una vez. Lo abrió decidida: Perdón por mis palabras últimas, lo de dejarte sin darte y recibir todas las explicaciones... Estoy completamente avergonzado de haberlas dicho.

Ada tragó saliva y cerró los ojos con fuerza. No quería pensar nada sobre eso, ahora no. Volvió a abrirlos y continuó buscando la canción hasta dar con ella, no quería dejarse llevar por las falsas esperanzas. Él no confiaba en ella y quizás, desde su punto de vista tuviera motivos.

La puso en bucle y volvió a apoyar la cabeza en la almohada, con los antebrazos cruzados tapándole los ojos. Se sentía como si una fuerza invisible tirara de ella hacia abajo y esa visualización le alivió un poco el dolor, le embotó los sentidos y le dio sueño.

Algún tiempo después la luz de su habitación la sacó de ese estado. Abrió los ojos y no consiguió ver nada hasta que se hizo a ella. Era su madre que la miraba sorprendida.

—Ada, ¿Qué haces aquí? —dijo sentándose a su lado.

Ella se incorporó de un golpe, sin saber de donde salió la fuerza para ello y se abrazó a ella que la sostuvo preocupada.

—¿Qué te ha pasado?, dime, ¿es algo grave, le pasa algo a Alberto?

Ada se separó, estaba asustando mucho a su madre.

—No, no es nada de eso. Estamos todos bien —dijo Ada en un hilo de voz.

—Bueno, entonces no será tan grave, ya se arreglará —Volvió a abrazarla.

Notaron la presencia de Eduardo cuando puso una mano sobre cada una de ellas. Las había escuchado.

—Mamá —dijo separándose de nuevo—, necesito que me cuentes lo que te paso, lo que pasó entre vosotros, quiero saber cuál es la realidad de mi vida en la que me he criado, mi infancia. Quiero saber por qué estás siempre tan distante, si eres feliz, si lo es papá, si papá te quiere, si lo quieres tú, todo, quiero saberlo todo. ¿Y Sara?, ¿qué pasó con Sara?, ¿por qué fue siempre una niña tan triste, tan introvertida, tan como tú mamá y por qué cambió de la noche a la mañana? No quiero vivir más de lo que me imagino. No quiero que vivir me de miedo —estalló con los nervios perdidos.

Ana y Eduardo no habían dejado de mirarse asombrados mientras salía ese torrente frenético de Ada. Eduardo le lanzó una muda interrogante a Ana y ella bajó la mirada, con su barbilla apoyada sobre el pelo de Ada. Levantó la cabeza, miró a su marido y asintió.

—Está bien Ada, contestaré todas esas preguntas, las que entiendo, porque no sé lo que quieres decir con Sara. No tenía ni idea de que guardaras tantas cosas.

Continuó acariciándole el pelo en silencio.

—¿Y tus hermanos, se sentirán como tú? Si es así también ellos tienen derecho a escuchar todo esto.

—Y necesidad mamá —dijo Ada casi gritando, saliendo de su abrazo como si quemara—, tenemos necesidad de saberlo, creo que cada uno se ha montado su propia película al respecto.

Ana volvió a mirar a Eduardo con la expresión cargada de incredulidad.

—Eduardo llama a los chicos ¿quieres?

Su padre salió de la habitación cabizbajo, no se esperaba esto y no sabía si quería que sus hijos supieran toda la historia. Quería antes hablar con Ana, pensar qué decir. Igual todo, absolutamente todo no era necesario. No querían que supieran que fue infiel a su madre, ni la forma en que concibieron a Sara, con tanto despecho, cuando todo estaba tan mal entre ellos, aunque no fue sin amor, al menos no por su parte.

Eran algo más de las nueve de la noche cuando fueron llegando los hermanos. Ada estaba en el sofá del salón tapada con una manta y después de la sorpresa inicial y del temor a que estuviera enferma despejado, cada uno fue ocupando su asiento, menos Alberto que se sentó junto a Ada.

—¿Qué ha pasado? No volviste y me dijo Carlos que habías salido con muy mala cara, acompañada de Maxim y que detrás se fueron Mario y Miguel. Luego no contestaste ninguna de mis llamadas. Menos mal que recibí un WhatsApp de Maxim que me dijo que estabas aquí.

Hacía un rato que Eduardo los había llamado. Mientras llegaban, él tuvo ocasión de hablar con su esposa y de acordar lo que iban a hablar, que al final era prácticamente todo, por supuesto sin ser innecesariamente explícitos y con delicadeza.

—Eso no tiene importancia ahora, aunque también os lo contaré. Primero quiero que tratemos otro asunto, ese del que nunca hablamos con papá y mamá, pero que siempre nos ronda la cabeza y del que hemos hablado entre nosotros tantas veces, imaginándonos esto y aquello —Ada calló un momento y los miró para ver sus reacciones. Sara se puso muy seria y Alberto desvió la mirada, incómodo—. Mamá ¿quieres hacerlo tú?

Su madre asintió con la cabeza, se agarró las manos como era su costumbre hacer y comenzó.

—Tu hermana ha puesto en nuestro conocimiento la necesidad de que aclaremos, vuestro padre y yo, algunos aspectos de nuestro pasado que vivimos en vuestra infancia, incluso antes, porque todo esto se forjó antes, por mi parte podría decir que desde que nací.

Su madre les habló de la familia en la que se había criado, con unos padres autoritarios, en la que se reprimían las efusiones de entusiasmo como un rasgo de chabacanería y de futilidad, porque al parecer, según le inculcaba su padre, eso solo provocaba en los demás el deseo de aplastarte las alas y hundirte. Ellos solo aprobaban el trabajo duro, la disciplina y no salirse del camino marcado. Con su hermana sin embargo encontraron la horma de su zapato, no había quien la doblegara, pero ella se metió en su concha y aprendió a ocultar lo que llevaba dentro. Su primer fracaso amoroso le vino a confirmar lo que su padre siempre le advirtiera, al menos esa fue su lectura. Tuvo que dejar ese trabajo porque no soportaba seguir allí y ver a su antiguo amor como realizaba con otra los planes que antes tuviera con ella. A sus abuelos les faltó tiempo para dispararle el «ya te lo dije», sobre lo difícil que era el dedicarse al diseño de moda, que eso era un privilegio para unos pocos que llevaban en ese mundillo toda la vida y que tenían muchos contactos. Tuvo que agradecer infinitamente a su forma de ser reservada el no haberles hablado nunca de él, de lo contrario su burla hubiera sido más sangrante, y con ello se reafirmó su conducta. Se sintió una idiota y una fracasada durante años, hasta que el psicólogo y Eduardo le ayudaron a darse cuenta de lo equivocada que estaba en la forma en que miraba la vida.

Gota a gota, con la economía que su madre empleaba en las palabras les fue contando la historia de su camino juntos. Sus padres habían superado y salido airoso de sus dificultades, algunas tan dolorosas o más como la que vivía ahora Ada, pero no podía imaginar su madre, les confesó con estupor, que el silencio que siempre se había impuesto con sus hijos, por no querer llenarles la cabeza con la basura que ella había recibido o con ninguna otra de su propia cosecha, hubiera a la postre resultado igualmente perjudicial.

Sara los sorprendió a todos reconociendo que ella sabía parte de la historia y contó lo que escuchó de pequeña y como años más tardes, en aquella comida familiar, descubrió que estaba equivocada y cómo eso le cambió la vida.

Ana se puso entonces a llorar y les pidió perdón a todos por prolongar el daño que ella había recibido. Les rogó que no culparan de nada a su padre, porque él hizo todo lo que pudo y supo por su familia y por ella.

En el silencio que siguió cada uno lidió con sus sentimientos como pudo.

Ada fue la primera en romperlo, había que volver al presente y aunque tenía mucho en qué pensar, eso ya lo haría luego.

—Alberto, os voy a contar ahora lo que ha pasado en la oficina —no le resultó tan difícil, después del trago que acababa de pasar su madre, ella vio lo suyo con más perspectiva. Se armó de valor, inspiró aire y comenzó.

—¡Eso no puede ser! —gritó Alberto antes de que terminara toda la historia.

Ada lo miró desanimada.

—¿Entiendes ahora por qué no me creen?

—Tienes que pensar —dijo Sara—. Haz lo que siempre dice mamá, cierra los ojos, relájate y trata de evocar la última vez que lo guardaste, todo lo que pasó, quién estaba presente, a ver si en un descuido lo pusiste en otro sitio.

Ada los miró a todos en silencio.

—No hace falta, sé con quién estaba y cuál fue el descuido. Lo que pasa es que tiene menos sentido que si hubiera sido yo.

—No te entiendo —dijo Sara.

—Pues que no tenía ningún motivo y que yo sepa, nada que ganar, además, debía imaginarse que me iban a hacer responsable a mí, y no puedo creerme que quisiera hacerme daño. ¿Por qué y para qué?

—¡Vamos, Ada! —dijo Alberto elevando la voz— ¡Habla ya claro!, no sigas protegiendo a quien sea, que esto es muy serio. Firmaste un contrato de confidencialidad y como a Mario se le hinchen las narices, y motivos tiene, te vas a ver en un buen lío.

Ada les contó que se encontraba con Eva y lo que pasó.

—No le di la menor importancia. En realidad, lo guardaba en la caja fuerte por si entraban a robar, no pensando en nosotros, porque nosotros ya sabemos el contenido; Eva no necesitaba cogerlo y comprometerse.

—Igual Germán lo quiere para que Mario sepa que la cosa va en serio, que no es un farol —dijo Alberto.

—Sí, eso es lo que piensa Miguel también.

—¿Miguel? ¿Él te cree? —volvió a preguntar.

—Yo no diría eso, pero al menos no estuvo tan hiriente.

—Porque no está enamorado de ti y no se siente tan traicionado —intervino Sara.

—El que sea más hiriente no implica que te quiera más —intervino su padre corrigiendo a Sara—. No sé de dónde sacáis esas ideas sobre el amor, será por las películas o las novelas.

—Y no lo dice de boquilla —añadió su madre asintiendo.

Recordando lo que les habían contado, Sara sonrió y se levantó a darle un beso.

—Tienes razón papá.

—Bueno, no es por defenderlo, pero ya me ha mandado un WhatsApp pidiéndome perdón por lo único hiriente que me dijo —intervino Ada.

—Sí, es por defenderlo —volvió a intervenir su padre—, pero como lo quieres, es lógico que lo hagas.

Ada sonrió por primera vez desde hacía horas, desde que sonriera al ver entrar a Mario esa tarde en el taller.

—Vaya papá, no sabía que hablaras tanto.

Todos se rieron ante esa salida de ella.

—Bueno, «cada mochuelo a su olivo» que ya es hora de

acostarse. Ni siquiera hemos cenado y tu mujer está sola con los niños —dijo Eduardo levantándose y poniendo una mano sobre el hombro de Alberto.

—Mañana no sé qué cara voy a poner a Mario y a Eva. Lo de Mario no tiene nombre y lo de Eva es inexplicable —dijo Alberto después de darle un beso a Ada y levantarse.

—A Mario no le digas nada, cumple tu trabajo lo mejor que sepas, como nos hemos comprometido. Quiero que todo le salga perfecto, al menos por nuestra parte. Lo de Eva, no sé, ya veré, pero no voy a acusarla. Confío en que cuando vea el daño que me ha hecho rectifique.

Sara la abrazó con mucha fuerza y dijo que se quedaba a dormir con ella y eso hizo. Se quedaron compartiendo la cama, comentando hasta altas horas de la noche lo que les habían contado sus padres; lo que Sara sabía desde niña y cómo eso le había robado la alegría durante la niñez y la adolescencia, lo inferior a ellos que se había sentido.

—¡Resulta que ese tratarse como extraños por parte de papá y mamá no era más que un juego sexual de pareja! —exclamó Sara con guasa y sin poder creérselo— Desde luego que si esto no me enseña a no prejuzgar no sé qué lo hará.

—Y menos a una pareja, ya me lo dijo Mario.

—No me lo menciones. Ahora mismo el «ojitos bonitos» se me ha convertido en sapo —dijo Sara.

—Tranquila, lo superaré, ya no tengo miedo, ni me parece tan terrible. Esto pasará como pasa todo. Ahora soy mucho más fuerte.

—¡Ahora somos invencibles! —declaró Sara con el puño en alto y las dos se echaron a reír (y Ada a llorar al mismo tiempo).

—Echo de menos a Alberto, ahora estaría inventándose una palabra y haciéndonos reír.

—Sí. ¿Sabes?, creo que su mujer va a comprender muchas cosas cuando Alberto le cuente la conversación, si es que se la cuenta.

—¿Y eso?

—Sí, porque, al menos en público Alberto siempre la trata como a una colega más, no le habla en serio, todo se lo toma a chufla, no le muestra cariño de pareja. Probablemente sea su forma de protegerse, el no implicarse.

—¡Qué observadora eres cariño! —le dijo Ada apretando el abrazo que compartían—. Yo no me había fijado, para mi Alberto es así, pero reconozco que si fuera mi pareja sería desesperante.

Tenemos que hacérselo ver.

—Sí, y tenemos que dormirnos.

—Sara, una cosa más, siento no haberte hecho todo el caso que debiera de pequeña y el no haberte incluido en nuestros juegos —dijo con los ojos llenos de lágrimas otra vez—. No me daba cuenta del daño que te hacía, en mi egoísmo confieso que me alegraba que mamá te entretuviera y te llevara con ella para que no nos molestaras, porque tú eras muy pequeña y había que tener cuidado de que no lo estropearas todo o te hicieras daño. ¡Qué egoístas fuimos, no te dejamos participar en nuestro mundo!

Sara se quedó un rato sopesando qué decir, intentando ser sincera consigo misma, tomándose su tiempo antes de hablar. Le pasó las manos por la cara a Ada para retirarle las lágrimas.

—No es exactamente así, Ada, ahora desde la distancia es más fácil exagerarlo todo. Sí que es verdad que me sentía excluida, pero, lo que echaba de menos era vuestra atención no lo que hacíais. A mí nunca me han interesado vuestros rollos, yo era feliz en la mercería con mamá, haciendo mis vestidos imaginarios con todo lo que pillaba por allí. Mamá me dejaba que experimentara, que jugara con los artículos y me enseñaba. De ahí saqué lo que sé y lo que soy. Igual no me hizo como ella, es que soy más como ella.

—¿De verdad? —preguntó Ada dudosa, atenta a cada detalle de su expresión—, o solo lo dices para tranquilizarme.

—Totalmente. Yo no guardo rencor a ninguno. Cada uno venimos al mundo con nuestras circunstancias, y ya somos mayores para ir culpando a los demás de lo que somos. Ahora debemos hacernos a nosotros mismos.

—Sí, tienes razón, papá y mamá lo hicieron lo mejor que pudieron.

¿Y Mario?, pensó Ada, también él lo hacía lo mejor que podía. El caso era que había despertado de su sueño de nueve años, también por sus circunstancias, y había decidido desterrarla definitivamente de su vida, y ya sabía ella lo firmes que eran sus decisiones.

Sara percibió la tristeza y la desesperación en los ojos de su hermana y la abrazó con fuerza.

— Esto pasará, Ada, no sé si se arreglará o no, pero pasará — dijo agarrándole las manos con fuerza—. Ahora procuremos dormir.

—No sé si podré.

—No puedo creerlo, hace tan solo unos días, el de la ópera, te miraba con una cara…

—Ya no me importa, me ha decepcionado, aunque no sé por qué, ya sabía cómo era, pero después de todos estos años…, no sé, creía que le importaba más.

—¿Vas a renunciar a él, no vas a hacer nada por aclararlo todo?

Ada dejó escapar un suspiro tembloroso, se le empezaba a disolver el nudo.

—No, no creo que merezca la pena. Él ha perseguido un sueño durante mucho tiempo, pero en cuanto se ha enfrentado a la primera dificultad, a mí como persona y no como posibilidad, le ha estallado la burbuja.

—Ada, no digas eso, en caliente no debes sacar esas conclusiones, esperemos a ver qué pasa, igual te pide perdón.

—No. Creo saber cómo es Sara, si se ve obligado a aceptar ese contrato con Germán, y a tener que aguantarlo y tratar con él, ese resentimiento siempre va a estar en medio de los dos, aunque descubra que yo no soy la responsable. No —volvió a negar con la cabeza—. Además, con lo que nos ha contado mamá siento como una liberación. Se me ha disipado ese miedo a que algo así como lo que me ha pasado me hunda la vida. Estoy deseando que llegue mañana para empezar un nuevo día y tener el mundo lleno de posibilidades a mis pies.

—¿Lo dices en serio?

—Sí. Mañana salgo para Roses y desde allí pensaré en mi futuro. Espero poder conservar mi parte en Telentendimiento, es mi criatura, pero si me invitan de alguna manera a marcharme, con lo que valga mi parte ya veré qué hago.

—Está bien, pero no te vuelvas a Chile ni te vayas de Madrid. No quiero que me dejes.

—Yo tampoco quiero eso. No me iré de aquí. ¡Duérmete que tú mañana trabajas y yo viajo!

En el silencio que siguió se hizo más oscura la noche.

25

Las llamadas en la noche que zarandean la vida son un clásico. El que llama es porque sabe que no va a poder pegar un ojo si no te suelta lo que tiene que decirte, y el que lo escucha es el incauto que se disponía tan tranquilo a dormir inconsciente de lo que se le venía encima.

A Nacho siempre le había gustado coleccionar esas generalizaciones, para guardarlas en su cajón correspondiente antes de cerrarlo con fuerza.

Acababa de colgar a Alberto, que al parecer no podía esperar hasta el día siguiente para contarle lo que le había pasado a su hermana. Nacho sabía que la noticia iba a alterar a Eva, pero le agitaba la misma impaciencia que a Alberto, tampoco podía esperar para decirle a Eva: «¿Ves?, tenía razón cuando te dije que la historia entre Ada y Mario nos iba a traer problemas», cosa que le quedó aun más clara cuando vio aparecer por la puerta al tenista y pensó: «el trío está servido».

Ahora estaban todos en un buen lío y habían faltado a un compromiso al que se habían comprometido por contrato. No pudo resistirse a contárselo a Eva y menos pudo anticipar la respuesta de esta.

Eva se había puesto blanca y se había encerrado en el baño. Llevaba un rato llorando detrás de la puerta y se negaba a abrir. Para Nacho que odiaba el melodrama le frustraba no poder curar a Eva de esa tendencia autodestructiva, pero estaba resignado a ello porque era su mujer, su compañera y la quería como a nadie.

—Vamos Eva, sal, vamos a hablar. No es para tanto, ya verás cómo se soluciona, al fin y al cabo, está en medio de dos tíos de esos que os gustan mucho a las mujeres, con alguno se quedará cuando se decida de parte de quién está y le irá muy bien, ya lo verás.

«Pero mientras tanto, va a jodernos a todos», pensó Nacho.

—Anda sal. No creo que Mario la denuncie. Hablaré con él si quieres.

—No —gritó Eva desde el otro lado de la puerta, desconcertando más a Nacho que no se esperaba una reacción así por parte de su mujer.

—¿No?, vale, pues no, pero sal.

Eva abrió la puerta de repente. Tenía la cara rosa, contrastando violentamente con el naranja cobrizo de su pelo y el moteado de sus pecas.

Nacho la abrazó con fuerza, esperando que se calmaran sus sollozos. Se la llevó al sofá del salón y allí se sentó con ella en brazos.

—¿Qué pasa?, ¿cuéntamelo? —le preguntó con dulzura y paciencia.

—Ella no ha sido —dijo limpiándose las lágrimas con el talón de la mano.

—¿Y tú cómo lo sabes?

—Porque he sido yo, lo cogí mientras ella lo guardaba, la distraje, hice que se fuera al baño mientras lo guardaba, y aproveché para metérmelo en el bolso —dijo de corrido para que no le faltara el valor.

Nacho se quedó mirando al suelo con los ojos muy abiertos, no era la primera locura que cometía su esposa, ni el primer lío en que se metía. Su manera de pensar no era como la del común de los mortales. Su déficit en sentido común era equiparable a su superávit en inteligencia. Salvar a Eva de sí misma resultaba en ocasiones una tarea bochornosa.

—Pero Eva, ¿por qué y para qué? ¡Ya puede ser bueno el motivo! —Levantó por fin Nacho los ojos del suelo.

—Me lo pidió Florian, lo necesitaba para que Germán le diera trabajo.

Nacho parpadeó histriónicamente, expresando así su incredulidad.

—¿Florian? ¿de nuevo Florian? ¿Pero cuándo me voy a ver libre de esa garrapata en mi oreja? Ahora, ¿por qué? —preguntó exasperado, apartándola a un lado del sofá y poniéndose de pie, en ese momento no podía estar cerca de Eva.

—Está de nuevo en paro —le explicó Eva con la cara ahora pálida—. Lo despidieron porque se negó a dejarse explotar. Germán le propuso, que si le ayudaba a conseguir el contrato de agente para el juego de Mario en Estados Unidos, lo harían juntos.

Nacho se llevó las manos a la cabeza y se tiró teatralmente de los pelos.

—¿Y cómo sabía Germán de ese juego, o Florian? No, no me lo digas —continuó paseándose las manos por la cara—, no me lo digas que ya me lo imagino. ¡Cómo te has pasado esta vez! No sé si lo ves —y elevando la voz—. ¡Esto ya es un delito, Eva!

Ella se miró las manos, las apretó con fuerza y volvió a levantar la cabeza.

—Yo solo le conté que habíamos formado una empresa y que ahora estábamos trabajando para Mario. Me pidió si podía trabajar con nosotros y le dije que eso era imposible, porque sabía que tú te ibas a oponer en redondo para empezar.

—¿Y le contaste lo del videojuego?

—Sí, pero no le conté nada sobre él. Luego vino Germán y le propuso eso a Mario y este lo rechazó. No sé por qué.

—Ni tienes por qué saberlo Eva, ¿es que no lo ves? Es su videojuego, tú no tienes derecho a decidir sobre él.

A ella se le removió algo dentro, por qué tenía que haber siempre dos grupos: los guais, los que lo tenían todo: cariño, amigos, familia, atención, respeto; y los otros: los desgraciados, a los que pertenecían Florian y ella. Eva admitía que Florian no sabía hacer las cosas bien, no caía bien, no comprendía las normas sociales, pero es que nadie le había enseñado a hacerlo. Sus deficiencias las entendía muy bien porque las compartía, sabía lo que era sentirse diferente, inferior de alguna manera, porque ella, por muy inteligente que dijeran los demás que fuera, se sentía siempre defectuosa y cambiaría sin dudarlo su inteligencia por sentir la seguridad en sí misma y en su valor que tenía Nacho o Ada.

—Todos somos amigos, todos hemos estudiado juntos, nos necesitamos, ¿por qué Florian nunca puede participar con nosotros? —preguntó con sus ojos trasparentes carentes de malicia, muy abiertos—, ¿porque es un desgraciado?, ¿por eso?

A Nacho le apenaba y al mismo tiempo le desesperaba la inmadurez de Eva, en esos temas tenía la mentalidad de un niño, veía la vida en términos de blanco y negro, justo e injusto, y creía que todos esos valores tenían que existir tan solo porque ella los deseaba.

—No Eva, porque él mismo se labra su propia desgracia, siendo como es. Igual, si no fuese de víctima por la vida quejándose todo el tiempo, no lo despedirían tantas veces. Y tú, aunque crees que lo ayudas así, no lo estás haciendo. Si de verdad quieres ayudarlo, dile que tome las riendas de su vida, que haga algún tipo de superación personal, que revise sus malditos traumas, pero parasitar a su única amiga no es la solución. Te va a hundir con él.

—Me prometieron que no iban a hacer ningún daño a Mario ni a los demás, solo quieren ese contrato que además alguien tiene que hacerlo. ¿Qué más da que sean ellos?

Ante esas palabras Nacho sintió hervirle la sangre, quería gritar, solo ver las profundas ojeras azuladas en la fina piel de Eva, le recordaron que ella no era capaz de ver lo que para él estaba tan claro y le recordaron que ella también sufría.

—Pues de momento ya han hecho daño a Ada. No se le permite ni aparecer por su propia empresa, y además,s si había algo entre ellos dos, eso también ha terminado. No quiero ni pensar como tienen que estar pasándolo, imagínalo tú. Le has amargado quizás el momento más dulce de su vida. ¿Te parece justo para Mario? Él tampoco es que haya tenido una vida de rosas, ¿o eso tu Florian y tú no lo veis?

—No, no me parece bien. Tengo que hacer algo —reconoció Eva volviéndosele a llenar los ojos de lágrimas.

—Sí, sin duda.

—Mañana hablaré con Mario.

—¿Y con Ada?

—Con Ada no sé si podré. Me va a odiar. No va a confiar nunca más en mí.

—Estaría en su derecho.

—Sí, lo sé —dijo volviendo a mirarse las manos.

Nacho se apiadó de ella.

—Bueno, será mejor empezar por Mario mañana a primera hora, así dejará de culpar a Ada y le pedirá perdón, ¡Ojalá que ella lo escuche y lo comprenda!

—¿Me denunciará? —preguntó Eva con el miedo reflejado en su rostro.

—No lo sé, también estaría en su derecho, pero creo que no. Yo se lo pediré si tú me prometes una cosa.

Eva volvió a levantar la mirada.

—¿El qué?

—Quiero que me prometas que vas a romper todo lazo con Florian, es una condición que te pido, imprescindible —enfatizó con el dorso de la mano mostrándole el anillo—, para que continúe nuestro matrimonio.

Eva asintió y se levantó a abrazarlo con fuerza.

EL día siguiente vino cargado de nubes. Mario lo agradeció; contemplarlas desde la pared acristalada de su despacho les daba coherencia a sus sentimientos. Le hubiera parecido una traición que brillara un sol radiante el día que amaneció sin Ada a su lado. Buscó en su interior algo, una motivación para permanecer enfocado en la presentación al mundo de su videojuego, el trabajo y la ilusión de su vida, el homenaje a su padre, pero fue como si buscara entre los sombríos relieves, aplastados por las negras nubes, que veía al fondo en la sierra de Madrid. Sentía la inquietud que le atravesaba el pecho con su filo, y la tristeza que le provocaba la sensación de fracaso. Si la presentación de su videojuego no le traía felicidad no valía nada, no le servía para nada. Tenía la impresión de que el regalo a su padre era en realidad una caja vacía, una broma de mal gusto.

Volvió a su mesa, sabía que Eva quería verle y le esperaba fuera. Se armó de valor para recibir la bronca que le esperaba de una amiga en defensa de otra. No sabía si tendría fuerzas para aguantarla, pero venía con Nacho y le quedaban pocos aliados para rescatar lo que pudiera de su videojuego; le convenía tener paciencia. Pulsó el interfono y al poco se abrió la puerta y entró la pequeña Eva.

Afuera Nacho se paseaba por el pasillo acristalado. Eva llevaba un rato dentro del despacho de Mario haciendo lo que tenía que hacer. Él también hacía lo que tenía que hacer, ni por un segundo se le pasó por la cabeza otra cosa. Sabía que Eva era frágil y especial. Sufría por los que ella creía que eran los marginados del mundo sin considerar otras posibilidades más allá de lamerle las heridas. Ese no era el primer lío en que se metía, pero sí el primero en que por ayudar a un amigo hacía daño a otro. Él sabía que ella estaba destrozada por ser la causante de la ruptura de Ada y Mario y que tenía miedo de haber perdido la amistad de Ada para siempre. Él no podía librarla de esas consecuencias y además no quería, era necesario que se enfrentara a ellas.

Se sorprendió cuando de las puertas del ascensor salió la figura decidida del tenista que venía caminando hacia él. Traía una carpeta en la mano a modo de raqueta y el talante de ir a clavar un *straight*.

—¿Qué estás haciendo aquí? —le preguntó en un exabrupto más que un saludo, inquieto porque se le hubieran adelantado.

—Acompaño a mi mujer, ¿y tú?

—¿Tu mujer está dentro?

—Sí. Tú y yo tenemos una conversación pendiente —dijo Nacho cuadrándosele en medio.

Germán le hizo un quiebro y pasó de largo.

—Será luego, ahora tengo un asunto más urgente.

Continuó por el pasillo, pasó por delante de la secretaria y abrió de un golpe la puerta del despacho de Mario. Vio enseguida la mesa tras la que estaba sentado y allí se dirigió derecho, le tiró la carpeta justo delante de la cara y se volvió hacia la cristalera del fondo, poniendo distancia.

—Ahí tienes el puñetero contrato. ¡Cómo pudiste pensar que Ada te la había jugado, eso demuestra lo poco que la conoces! —gritó dándose golpes en la frente al decir pensar.

Mario se levantó de la silla.

—No te atrevas a ir lanzando acusaciones, eres tú el que has dado pie a todo esto. El que vienes a aprovecharte del trabajo de los demás, el fullero que anda manipulando y extorsionando —le gritó a escasos centímetros de su cara.

—Ya te he dicho que no venía a hacer daño, si no a hacerte ganar dinero, no sé por qué no te cabe eso en la cabeza —dijo sin achicarse y sacando el dedo índice con el que pareció ir a tocar la cabeza de Mario pero que dirigió a la propia en el último segundo.

—Da gracias —dijo este apretando los dientes—de que has desviado ese dedo antes de terminar la frase.

—Sí, se las daré a Ada que fue la que me enseñó a no ser tan chulo —esto último lo terminó con una ligera sonrisa que Mario miró con desprecio.

Eva miraba el intercambio, desencajada, tenía grabada la acusación de Mario de aprovecharse del trabajo de los demás. Nacho lo había llamado también parasitar y le dolió especialmente el reproche de Germán: «¿cómo pudiste pensar que había sido Ada?» y eso la hizo sentirse muy mal. Ella sí había sido capaz.

—¿Dónde está el CD? —pidió Mario con una mirada fría y dura que sobrecogió a Eva.

—¿Qué CD? —preguntó Germán como un rayo, levantando una mano para acallar a Eva—. No sé de qué me hablas.

—Eva me lo acaba de confesar.

Germán miró acusador a Eva.

—No voy a hacer nada con ese CD, que ya ha visto bastante gente por cierto —dijo Germán con impaciencia, como si Mario fuese un pesado por reclamarlo.

—Pues eso lo quiero por escrito, de lo contrario no os vais a ir de rositas ninguno de los tres.

Germán hizo el ademán militar de asentimiento que enervaba y sacaba de quicio a Mario.

Este se dio la vuelta por no lanzarle el puñetazo que estaba deseando darle, se dirigió a su mesa y cogió unos cuantos folios y un bolígrafo. Se los entregó a Germán con un gesto abrupto.

—Ya puedes ir redactándolo. Lo quiero todo, si no sabes de lo que hablo te lo dicto.

—Sí, será mejor, tantas horas de tenis dejaron mi redacción muy deficiente —le dijo con sorna, adornándolo con su sonrisa de tiburón.

Mario ya tenía bastante, le miró con mucha sangre fría y se retrepó en su asiento.

—Germán, no te aconsejo que sigas por ese camino, lo único que me detiene de tomar acciones legales es Ada —Levantó sus cejas en muda interrogación. Esperó unos segundos para ver si le calaba el mensaje a ese inmaduro.

Germán asintió humildemente, tal vez demasiado humildemente.

Mario desvió la atención a Eva.

—Eva, lo que le dije ayer a Ada también vale para ti. Te quiero fuera de mi proyecto desde ya y también de la empresa mientras estéis trabajando para mí. Dile a Nacho que quiero hablar con él por si tiene algún problema con esta decisión. Me has hecho más daño del que piensas Eva, no lo esperaba de ti —La mirada de Mario era de tan sincero dolor que Eva lo sintió en lo más profundo—, seguro que Ada tampoco. —Dejó de hablar cuando vio resbalar las lágrimas por las mejillas de Eva, las lágrimas parecían sinceras, pero eso no lo reconfortaba—. Espero que Florian merezca el sacrificio. Yo la verdad no te entiendo.

Se escuchó una carcajada de Germán ante estas últimas palabras.

—Tiene su uso el muchacho, no te creas —intervino Germán jocoso.

Mario ignoró el comentario.

—Nacho está fuera —intervino Eva deseando salir del despacho— ¿Le digo que pase? —preguntó con un hilo de voz.

—Sí, pero que espere a que salga Germán.

Eva se levantó y se dirigió a la puerta. Antes de abrirla dudó y se dio la vuelta.

—¿Quieres que hable con Ada? Le contaré todo y le pediré que no la pague contigo —ofreció Eva esperanzada.

—No, gracias —contestó secamente—. El daño ya está hecho. ¿No pensaste en las consecuencias? No, claro que no. ¡Qué bendita es la inocencia!

—Y que lo digas —añadió Germán que al parecer todo eso le hacía mucha gracia.

Eva abrió la puerta y salió. Mario comenzó a dictar la carta, lo que borró de inmediato la sonrisa de Germán que se puso a escribir como un loco.

CUANDO Germán salió del despacho se dirigió adonde se encontraban Nacho y Eva sentados.

—Ya sabíamos todos qué clase de tío es Florian— fue lo primero que le dijo Germán a Nacho—, por eso a ninguno nos caía bien, pero resulta que a mí me ha resultado útil en alguna ocasión. En esta no, por desgracia.

—A mí no me desvíes el foco de atención. No comprendo en qué pensabas. ¿De veras pensaste que esto te iba a salir bien? —preguntó Nacho con una expresión calibrada de auténtico control que consiguió llegar a Germán, le recordaba el aplomo de Ada.

—Está claro que mucho no lo pensé. Tengo tan inculcado que hay que hacer lo que sea para hacer negocios, que no te caen del cielo, ni te los regalan que a veces no sé dónde está el límite.

—¿Lo que sea? —recalcó Nacho—. Eso incluye estupideces, hacer el ridículo, hacer daño a los amigos también.

—Mario no es mi amigo —dijo entrecerrando los ojos—. Él me levantó la novia, o es que ya no te acuerdas. Y respecto a estupidez, pues mira, si él hubiera tenido más confianza en su novia todo esto no estaría pasando. Si lo siento por alguien, es por Ada que seguro esta no me la pasa y por ti también Eva —dijo mirándola por detrás de Nacho con lo que parecía auténtico pesar— Sé el cariño que os tenéis Ada y tú. Igual te perdona. A mí ya me perdonó una vez.

—Eva, espérame. No vayas a irte —le pidió Nacho con autoridad—, voy a entrar a hablar con Mario.

—Yo me voy —dijo Germán, pero Nacho ya se dirigía a la puerta sin ni siquiera mirarlo ni despedirse, desentendido de él.

Mario miró a Nacho con una expresión neutra y le hizo un gesto con la mirada de que se sentara. Continuó hablando con Miguel por teléfono.

—Sí, dame unos minutos que acaba de entrar Nacho y vienes.

Mario dejó el teléfono sobre la mesa y miró a Nacho a la cara.

—Y tú tenías miedo de que la relación entre Ada y yo fastidiara el asunto. Sin embargo, todos somos impredecibles al parecer.

Nacho pensó en las palabras de Germán sobre que todo esto no hubiera llegado tan lejos si él hubiera tenido más confianza en su novia, pero no era el momento.

—Sí. Tienes razón.

—Iré directamente al grano —añadió Mario sin ningún calor en la mirada que indicara que hablaba a un amigo—. ¿Tienes algún problema en continuar con el proyecto? Aunque te recuerdo que tampoco es que tengáis otro remedio, tenemos un contrato.

—Así es —Nacho lo miró condescendiente. Se sentía ofendido, pero entendía por lo que estaba pasando su amigo y la situación en que lo había colocado su mujer—, y aunque no lo tuviéramos podrías seguir contando conmigo. Yo te aprecio y te sigo considerando un amigo, aunque entiendo que ahora todo ha cambiado.

—Sí, todo ha cambiado, tú mujer me ha hecho mucho daño, y a la mujer que quiero también y no la entiendo. ¿La entiendes tú?

—Yo no diría que la entiendo —dijo con calma, tratando de buscar las palabras en el interior de sus cutículas— pero la conozco, sé cómo funciona su cerebro, aunque no sepa el porqué, ni si eso se puede cambiar.

—¿Y cómo funciona su cerebro? —preguntó extendiendo las manos.

—Con muy poco sentido común diría yo. En ciertos aspectos es como una niña —confesó Nacho con una expresión nueva en él, que Mario interpretó como de vulnerabilidad—. No sé si Ada conoce ese aspecto de ella, si es así, quizás la comprenda. Si conoce a su madre sabrá que tiene el mismo poco seso que ella para los asuntos de la vida. Aunque en su caso junto a un cerebro analítico y creativo muy desarrollado. Su madre, sin embargo, está como una cabra y nada más.

—¿Crees que puede perjudicarnos más? ¿Sabes si hay alguna otra sorpresa esperándonos?

—No, ella me ha dicho que Florian, y al parecer Germán, le han prometido que van de farol y que no te harán ningún daño; sin embargo, yo no me fío de Florian, del tenista sí. Ese tío es un trepa, pero a Ada la aprecia de verdad, si no de qué iba a venir aquí a dar la cara por ella.

—¡Qué bien!, pues ahora aquí el único malo soy yo, y me

puedo meter en el mismo saco que el gusano ese de Florian.

—Mario, tú preocúpate ahora solo de Ada y de la presentación que tienes la semana que viene. Florian déjamelo a mi —dijo con una medio sonrisa muy explícita pintada en la cara—. Hazme caso —dijo parando simbólicamente las dudas de Mario con su mano extendida—. Déjamelo a mí, yo sabré explicarle las cosas.

Se escucharon unos toques en la puerta que anunciaban la llegada de Miguel. Este entró y le dio un toque a Nacho en el hombro a manera de saludo antes de sentarse, aún desconocía todo lo ocurrido. Minutos más tarde no era así.

Miguel apoyó el codo en su rodilla y se masajeó la despoblada frente con intensidad, como si así pudiera apaciguar su sentimiento de culpa.

Miró por fin a Mario con la consternación pintada en la cara y el pesar por su amigo. Movió la cabeza repetidamente de un lado a otro en una negación incrédula.

—Yo tengo la culpa, Mario. Yo he sido el que te he insistido todos estos años en que te olvidases de Ada, que si ella te hubiera querido no se hubiera ido. Soy el que siempre te he sembrado las dudas con respecto a ella, por eso estabas predispuesto.

Mario no le contradijo, sintió un poco de alivio al poder culpar a otro porque le costaba aceptar que él no hubiera sabido manejar una situación.

—De eso nada Miguel —saltó Nacho—. Aquí la única culpable es Eva, que por defender su idea inmadura de justicia os ha puesto en esta situación, y lo digo yo que soy el que más la quiere en el mundo, o al menos eso creo.

—Está bien. Ya nada que se diga va a cambiar lo ocurrido. Volvamos al trabajo si no os importa —dijo Mario que estaba deseando encontrarse solo.

Miguel y Nacho se pusieron de pie y abandonaron el despacho.

26

Con los ojos cerrados Ada se dejaba acariciar la cara a veces por la calidez de los rayos del sol otras por el frío de la nube que los cubría cargada de aroma de mar. Descansaba abandonada al capricho del cielo, acompañada solo por las gaviotas y los murmullos lejanos de algún que otro turista que se animaba a ver el Castillo de la Trinidad en un domingo invernal. Estaba sentada sobre una alfombrilla de gimnasio que había doblado y extendido a su vez sobre el suelo y una piedra que le servía de respaldo. La euforia que le había producido las revelaciones de su madre había ido cediendo a lo largo del viaje en AVE a Roses. No había querido ir en avión porque no tenía prisa sino más bien lo contrario, quería ralentizar el mundo para poder comprenderlo y digerirlo poco a poco. La historia de su madre más que trágica le había parecido muy romántica y ahora veía a sus padres bajo una nueva luz. El dolor por cómo la había tratado Mario había cedido esa noche, eclipsada por los ecos y las implicaciones de lo que les habían contado sus padres, y abrazada a su hermana había conseguido dormirse exhausta de tantas emociones. Sin embargo, su inconsciente al parecer no se había dejado distraer tan fácilmente, porque algo la despertó y la hizo sentarse de golpe en la cama. Alargó el brazo por encima de Sara y cogió el móvil. Esta se removió inquieta y Ada decidió salir de la cama y dejarla dormir. Se dirigió a la cocina y se sirvió un vaso de agua. Levantó la mirada al reloj de cocina. Eran las cinco cuarenta y cinco. Le importaba un pimiento. Buscó entre los contactos el número y le dio al icono de llamada sin titubear un segundo.

—¿Qué pasa? —preguntó la voz ronca, entre dormida y alarmada de Germán.

—¿Que qué pasa? Dímelo tú, ¿en que estabas pensando? Mandaste a Eva a que te consiguiera información, a que me mangara el CD para chantajear a Mario. ¡Cómo te has pasado esta vez! —dijo Ada apretando los dientes y controlando la voz por no poner de pie al bloque entero.

—¡Ada! ¿sabes qué hora es? —preguntó Germán ahora incorporado en la cama y pillado fuera de juego.

—Sí, la sé, contéstame. ¿Cómo te has atrevido? No me cambies el tema que estoy que trino— A estas alturas ya sabía que había despertado a toda la casa, pero no había aparecido ninguno.

—¿De qué me hablas?

—Germán, no sigas negándolo porque no te va a servir de nada. Mario cree que lo he traicionado, que he sido yo, que me he aprovechado de él para favorecerte y me ha retirado del proyecto y de su vida. ¡Esto, no te lo voy a pasar! —gritó todo lo sordamente que pudo—. Pero es que además, has destruido mi amistad con Eva.

—¿Qué he hecho qué? Explícame eso —preguntó Germán inquieto.

—Vamos, ¿qué creías que iba a pasar?, ¿quién crees que iba a pensar que te había dado la información?, porque lo de Eva es descabellado. ¿Cómo se te ha podido ocurrir?

—Yo no le he pedido nada a Eva, habrá sido Florian —se defendió Germán.

—¿Florian? —gritó Ada en un tono incrédulo que ahora sí temía habría puesto de pie a algún vecino. Su hermana apareció por la puerta de la cocina haciéndole señas de que bajara el tono y volvió a desaparecer—. ¿Qué coño pinta Florian en todo esto? —dijo apretando los dientes de nuevo.

Germán y Sara sonrieron a la vez pese a la gravedad de la situación. Era la primera vez que le habían escuchado una palabrota a Ada, quizás era la primera vez que la decía y le sonaba rara en su boca.

—Le pedí a Florian que se enterara de algo que me ayudara a meter la cabeza, porque ese jodido novio tuyo es muy obtuso y no es capaz de ver lo que le conviene.

—¿Y tú sí? —espetó rabiosa.

—Sabes que sí, en este caso sí —afirmó contundente—, sabes que le puedo ayudar más que perjudicar.

—¡Me importa una...— Ada se contuvo a tiempo y de nuevo sonrieron Sara y Germán—, un pimiento! Él no quiere y eso es todo lo que importa, tú no tienes derecho. Y Florian, ¿cómo pensaste en Florian, si hace años que no lo vemos? —preguntó con una mezcla de incredulidad y desprecio.

—Eso serás tú, a mí me ha servido de vez en cuando, ¿quién

te crees que me contó lo de tu pelea con Mario en la universidad? —preguntó Germán con guasa.

—Germán, no te lo tomes a chufla que esto es muy serio. No ves que tu prepotencia le hace daño a los demás. ¿Es que no te importo? —preguntó dolida.

—Claro que sí cariño, ¿cómo dices eso? La verdad es que no pensé que te salpicara y tampoco quise saber los medios de Florian, solo lo tenté con la promesa de que trabajaría para mí.

—Y a Eva, ¿qué le has prometido?

—A Eva nada, yo no he hablado con Eva, ni le he pedido nada, ¿por qué dices eso?

—Porque sé que fue ella la que me cogió el CD.

—Pues eso no es obra mía y que conste que no sé de qué CD hablas —siguió Germán que ya totalmente despejado del sueño parecía estar divirtiéndose de lo lindo, en su línea, siempre impredecible, jugando según sus reglas.

—Ya veo, se lo pediría Florian entonces, pero tú eres el promotor de todo esto y le has hecho daño a Mario y has roto mi relación. Yo le quiero ¿sabes?, y esto no lo voy a olvidar —dijo Ada con un quiebro de la voz cuando la rabia dio paso al dolor y este a las lágrimas.

—Ada, Ada lo siento, lo siento de veras, no pretendía eso — dijo Germán con seriedad, ahora tenía auténtica preocupación en la voz— no sigas cariño, yo lo arreglaré, confía en mí.

—Solo quiero que dejes de chantajear a Mario, si él no quiere darte ese contrato te aguantas, está en su derecho, en lo demás no te metas.

—De acuerdo, pero puedo explicarle...

—No, no le expliques nada, solo deja de perjudicarlo —urgía Ada con la voz cargada de angustia—. ¡Presenta su videojuego el viernes, Germán! Necesita concentración, ¿es que no te das cuenta?

—Vale, vale, tranquila, lo haré. ¿Y Eva?

—Eva no me preocupa ahora. Yo creía que era mi amiga, que me quería. No sé cómo ha podido, ni por qué.

—Está bien, Ada, tranquilízate, de verdad, hazme caso que todo se va a arreglar. Anda vuelve a la cama. Mañana te llamo.

—No, no me llames, haz lo que te digo y ya.

—Bueno, como tú quieras —concedió Germán y Ada colgó con un simple y escueto «adiós».

Después de eso no había conseguido volverse a dormir. Abrió el portátil y consultó los horarios del AVE a Figueres, no tenía ganas de conducir, prefería ir relajada pensando.

Consiguió salir de Madrid a las nueve de la mañana. Comió algo en Figueres antes de salir para Roses, en autobús, que fue lo más pesado del viaje. Cuando este la dejó en la parada más cercana de su casa en el paseo marítimo, aún le quedaba tomar un taxi, no es que estuviera muy lejos pero ya no le quedaban fuerzas para arrastrar la maleta. Se dio cuenta de la estupidez que había hecho en no venirse en su propio coche. La tarde ya estaba muriendo y estaba tan cansada, que sintió como la atmósfera húmeda de Roses se pegaba a su estado de ánimo como un melancólico chapapote. Vio su reflejo en el cristal de la marquesina e imaginó que Mario llegaba en su coche y la abrazaba con fuerza, luego le quitaba la maleta de las manos, como había hecho otras veces, la guardaba en el maletero y compartían en adelante las cargas de la vida. ¡Cuánto daño se habían hecho sus padres y cómo habían conseguido superarlo, qué felicidad debía ser ahora su compañerismo y su sostén mutuo! Pero Mario ya le había demostrado que él no era así, no llevaba eso dentro. Cuando alguien le hacía daño, o él creía que le había hecho daño, lo juzgaba y ajusticiaba en el momento. Agarró su maleta con fuerza y enfiló el paseo marítimo, ya no necesitaba el taxi, con la indignación tenía combustible suficiente.

Había pensado mucho en Eva durante el viaje, qué la habría impulsado a hacer algo así por Florian. Ella ya sabía que tenía debilidad por él, le daba pena y creía que tenía arreglo. Ya habían hablado ese tema muchas veces, pero nunca imaginó que pudiera perjudicarla a ella por favorecerlo a él, ni traicionar a Mario que había sido tan generoso con todos ellos, pero por otro lado, quizás había sido mejor así: gracias a esto, ella se había dado cuenta de cómo enfrentaba Mario, en pareja, los conflictos con la mujer que decía amar.

Interrumpió sus pensamientos para saludar al dueño de un bar que había cerca de su casa, al que solían ir con sus padres y que en a esas horas estaba recogiendo la terraza. Tenía mucho cariño a esa familia y en cierta forma le tranquilizaba que alguien supiera que estaba allí, la hacía sentirse menos sola. Rehusó tomarse nada porque estaba deseando acostarse, se despidió y continuó los escasos metros que le separaban de su casa.

Sí, había durado demasiado el viaje, le había dado tiempo a pensar todo lo que tenía que pensar y por delante solo le esperaba una noche solitaria y oscura, no obstante, sabía que debajo de todo eso, aunque ella fuera en ese momento incapaz de vislumbrarlo, se agazapaba la esperanza en el nuevo día.

A la mañana siguiente, el sábado, la claridad del sol la despertó y lo consideró un buen presagio. Se levantó más animada. Sacó de su maleta unos vaqueros bombachos, una camiseta de manga larga con cuello vuelto y una chaqueta muy gruesa de lana tejida por su madre y abotonada diagonalmente desde un hombro hasta el ombligo, asimétrica, pensó ante el espejo, volvía a necesitarlo. Se lanzó a la calle y desayunó en la terraza del bar de sus amigos. La melancólica luz del paseo marítimo, los gritos de las gaviotas y el olor del mar eran diferentes en invierno. Su familia solo había pasado una navidad en Roses cuando ella era adolescente, pero no le había gustado a ninguno y no habían repetido. La atmósfera marítima invernal les había resultado deprimente y habían echado de menos el bullicio madrileño. ¡Cosas de la vida, a todo se acostumbra uno!

Todas esas impresiones no impidieron que Ada paseara esa mañana con una sonrisa postiza y la cabeza alta, tratando de calentarse el corazón con la luz del sol y llenarlo de optimismo. Tenía que mirar adelante y pensar en su futuro. Sintió vibrar el teléfono en sus pantalones y vio que era Mario: ¡Ya empezaba! Las llamadas habían comenzado como a eso de las ocho de la noche del día anterior, aproximadamente a cada hora hasta la media noche. Las había visto esa mañana, ya que después de llamar a su familia para decirles que había llegado bien había silenciado el teléfono. En lo que llevaba de mañana había recibido dos y esa era la tercera.

Había imaginado que solo podía querer dos cosas: o disculparse o disculparla a ella por haber sido tan descuidada. Dudó si cogerle el teléfono y decirle que vale, que aceptaba sus disculpas, si era eso lo que quería y que parara ya, pero por otro lado, no quería enfrentarse a sus argumentos ni a que intentara convencerla de algo. No iba a ser con palabras con lo que la hiciera olvidar lo que había visto con sus propios ojos; ya no era la versión de otra persona. Había sufrido en carne propia la frialdad con la que la había expulsado de patitas de su propia empresa. Recordaba la expresión de impotencia de Maxim que se sentía entre la espada y la pared, ¡menudo mal rato se llevó esa noche! Ya se cansaría, hablaría con él cuando se sintiera lo bastante fuerte.

Llevaba un rato caminando cuando escuchó la música nostálgica y bella de Autom Leaves. El ritmo del contrabajo le removió el nudo que tenía en la boca del estómago y el violín le dio ganas de llorar. Apretó el paso sin darse cuenta, como una polilla atraída hacia la luz. La tocaban un violinista tal vez caribeño, con más pinta de abuelo de alguien que de músico callejero; un guitarrista acústico alto y flacucho que también cantaba y que parecía nórdico a juzgar por cómo le brillaba al sol el lampiño pelo rubio, y un contrabajista del que no tenía ninguna pista sobre su posible procedencia. Se paró a escucharlos, tocaban muy bien, con mucho sentimiento, tal vez porque ya hacía rato que habían calentado, pero no llevaban tanto tiempo, como para ponerse en piloto automático. La voz del flacucho sin embargo era bastante plana y no transmitía nada. Sintió el impulso de unirse a ellos, a esa canción le hacía falta más voz y más sentimiento, pero no se atrevía. Cuando esta se acercaba a su fin Ada tomó una decisión, ¡¿qué tenía que perder?!, iba a empezar desde ese momento a arriesgarse a hacer todo lo que la hiciera feliz.

En cuanto acabaron se adelantó un paso y acercándose al muchacho levantó la cabeza y le pidió cantar con él. El rubio se inclinó para escucharla y contrajo el gesto como si no comprendiera nada. Ada dudo cortada, iba a echarse atrás, pero se atrevió a preguntarlo de nuevo en inglés. Ahora sí el muchacho comprendió, le sonrió y consultó a los demás compañeros en un inglés con un fuerte acento no sabía Ada de dónde.

El hombre mayor la repasó sopesando y asintió. El muchacho se echó a un lado para que ella tuviera acceso al micrófono y a las partituras. Le hizo un gesto de que pasara la página y Ada lo hizo conteniendo el aliento, ¡ojalá le gustara!: «Je veux» de Zas, leyó Ada con un subidón de alegría, era justo lo que necesitaba porque de seguir en la línea de Autom leaves, con su estado de ánimo, haría llorar al público.

La música era muy alegre y callejera con un ritmo muy rápido. Por suerte la había cantado mucho con su grupo en Chile y enseguida se entregó a ella y se contagió del entusiasmo de los otros músicos. El público se fue agolpando a medida que avanzaba la canción y al finalizar aplaudieron con entusiasmo. ¡Tocaban muy bien!

Pasó la mañana con ellos cantando y fluyendo en un estado de total felicidad, pensando en Mario en cada canción, hablándole a él, cantando para él, diciéndole todo lo que ya no le diría. ¡Cuánto lo amaba a pesar de todo, cuánto le habría dado si él hubiera sido de otra manera, habría hecho todo lo que hubiera estado en su mano por hacerlo feliz, por ayudarlo a volar, por apoyarlo en lo que hubiera necesitado! Pero para ello, hubieran tenido que remar los dos en la misma dirección. Ella no creía en dar sin esperar nada a cambio en una pareja. En que uno hiciera y el otro se dejara hacer. Para salir adelante, los dos debían dar lo que el otro necesitaba, espacio algunas veces, apoyo otras, servicio también ¿por qué no?, y por encima de todo confianza, todo eso lo consideraba ella necesario además del amor y la pasión.

Por la tarde volvió al paseo marítimo con los músicos, habían recaudado mucho dinero y estaban muy contentos. Ella no quiso quedarse con su parte, no le hacía falta. Les dijo que ella estaba de paso nada más y que divertirse con ellos era el beneficio que ella sacaba. Ellos no estuvieron muy de acuerdo al principio porque querían que se uniera a la banda hasta fin de año, que es lo que pensaban quedarse en Roses, y si ella no aceptaba el dinero les parecía un abuso por su parte. Ada les insistió que no, sintiéndolo mucho se volvía a Madrid para la Nochebuena, así que, si querían, ella les acompañaría hasta entonces, sin cobrar, y ese era el trato lo tomaban o lo dejaban. Debieron ver la decisión en su cara porque aceptaron su ofrecimiento, resignados, sonrió Ada mientras lo recordaba.

En cuanto dieran las doce dejaría su lugar entre las piedras para reunirse con ellos. Como era domingo darían dos pases, por así llamarlos: uno por la mañana hasta la hora de comer y otro por la tarde a la hora de más afluencia, en el que incluirían villancicos. Anoche se llevó el repertorio a casa para repasarlo y eso le había dado entretenimiento para no pensar tanto en Mario, al que seguía sin contestar puntualmente cada hora. Había estado en lo cierto al confiar en que la vida no se acababa sin él, el mundo estaba lleno de sorpresas si una se arriesgaba.

DURANTE todo el fin de semana Mario había intentado innumerables veces llamar a Ada, cada hora para ser exactos, pero no tenía el teléfono conectado. Por si acaso lo había bloqueado lo había intentado desde distintas líneas sin resultado.

Alberto no era tan sutil, le colgaba directamente y Maxim ya le había dicho que ni sabía nada de Ada, ni se lo diría aunque lo supiera, que lo único que sabía es que estaba bien.

Pensó en presentarse en casa de los padres, pero finalmente había decidido armarse de paciencia y aguantar hasta el lunes que Alberto no tendría más remedio que hablar con él. Sabía, o mejor dicho, creía saber, que Ada se había ido a Roses como hizo la otra vez. ¿Qué había dicho una vez Germán? Ah sí, que Roses era su centro de poder. La cuestión era que no sabía la dirección y Eva tampoco.

Iluso de él, para pasar las horas de angustia, intentó ensayar la presentación del viernes. Afortunadamente había preparado todo el guion con la ayuda de Clara con antelación. Sí, tenía el guion, pero había perdido la ilusión. Ada no estaba y quizás no estuviera nunca más, su imagen, su recuerdo, lo eclipsaba todo y solo su fuerza de voluntad lo mantenía firme para no echarlo todo a perder.

«Has sido tal cual te esperaba», le dijo. Esa frase se colaba en su consciencia a poco que bajara la guardia. Ella había esperado eso de él. Tanto se había prometido no confirmar a Ada que sus miedos eran fundados, que los había hecho realidad; las palabras habían salido de su boca con voluntad propia en una profecía autocumplida. Siguiendo esa lógica él tenía tanto miedo de perder a Ada que ya la había perdido.

Desde su sillón con la mirada vuelta a su interior, Mario se agarraba la frente y apretaba la cara como si quisiera expulsar los negros pensamientos que lo torturaban.

Había indagado bien en los motivos, mirando muy profundo, venciendo las resistencias de su propia mente que rechazaba ese escrutinio y llegado hasta esas pequeñas miserias que nos igualan a todos, el error de juicio, la ilusión de control y la soberbia. Había creído que sus pequeñas estratagemas, su concienzudo estudio del comportamiento de los demás, le había dado dotes extraordinarias para conseguir lo que quería, y todo ello adornado de ilusas consideraciones que lo separaban, para su tranquilidad, de la burda manipulación. No, el no manipulaba, él «equilibraba fuerzas», y no había podido soportar que se moviera por su campo de influencia una fuerza mayor a la suya. Él tenía que actuar y actuó.

Se puso de pie en un impulso y fue a pasearse delante de la cristalera mientras esperaba que dieran las nueve y llamó a Alberto. Este le cogió al segundo toque.

—Buenos días jefe.

—Buenos días. ¿Conseguiste que el software funcionara en todos los equipos? —preguntó Mario recordando lo que le habían dicho la tarde en que fue a enfrentar a Ada.

—Sí, y no gracias a tu ayuda, por cierto.

Mario no hizo caso al comentario sarcástico.

—¿Va entonces todo bien, según lo previsto?

—Sí, tranquilo, el viernes tendrás tu gran día.

—Y tú hermana, ¿cómo está?

—Bien, ¿qué te esperabas?

—¿Dónde está? Tengo que hablar con ella.

—Pues llámala.

—Vaya. ¡Qué genio eres! ¿Eso es lo que llevo haciendo todo el fin de semana? También te he llamado a ti y has pasado.

—Sí, lo he hecho. Mi hermana me obligó a seguir atendiéndote en el trabajo y a hacerlo lo mejor que sé, pero en mi tiempo libre y en lo personal hago lo que me da la gana— le respondió, desahogándose a penas de todo lo que en realidad quería decirle.

—Sé lo que sientes y créeme lo comprendo, pero el daño ya está hecho, y ahora solo puedo enmendarlo y no sé dónde localizarla. Imagino que está en Roses, pero no sé la dirección.

—Y yo no voy a dártela. Cuando ella quiera hablar contigo ya te cogerá el teléfono o te llamará.

—Vamos Alberto, no seas idiota, no ves que también lo estará pasando mal.

—¡Huy!, no te creas, ella ha puesto en orden unas cuantas cosas de su vida. Toda la familia lo ha hecho y se ha quitado un peso de encima, ha superado una vieja angustia, no te creas tan importante —dijo con mala idea, regodeándose en hacerlo sentir insignificante—. Déjala, dale su tiempo, ya te buscara ella si le sigues interesando.

—¿Qué angustia, de qué hablas? —Mario se alarmó, aquello le sonaba a que su distancia con Ada había aumentado.

—Tengo que dejarte, a no ser que tengas alguna otra cuestión sobre el trabajo.

—Está bien Alberto —gritó Mario—, espero que estés disfrutando.

Mario le dio una patada a la silla que impactó contra la mesa y rebotó contra el armario del fondo, tirando una foto enmarcada y haciendo el cristal añicos.

—¿Qué te pasa, te sientes asustado e impotente? —preguntó Alberto regodeándose.

—Vete a la mierda —fue la respuesta de Mario y colgó bruscamente.

Cuando se calmó horas más tarde, decidió esperar al medio día e ir finalmente a visitar a los padres de Ada. Esperaba que fueran a comer a casa. Por el secretario de Ada sabía el teléfono de Sara, pero no creía que tuviera más suerte con ella que con Alberto.

EDUARDO guardó unos segundos de silencio al ver a Mario a través de la cámara del videoportero, antes de decir sube; la cabeza gacha del muchacho le pareció lo suficientemente compungida y al fin y al cabo, él sabía que su hija lo amaba. Lo sabía desde el día en que fue a pedirle los focos para la academia de su madre, su cara y su nerviosismo al pedírselos le reveló lo mucho que significaba para ella.

A los pocos minutos le abrió la puerta y se encontró un Mario ojeroso que lo miraba de frente, con una expresión que le indicaba que se consideraba en sus manos. Justo detrás de él llegó Ana del trabajo, lo que produjo una situación incómoda. Mario percibió dos reacciones opuestas en sus caras: la de Eduardo era más tranquilizante, pero la de la madre era bastante poco amistosa. Eso le inquietó, ya que sabía por Ada y por lo que él pudo apreciar en la única ocasión en que se encontró con ella, que era una mujer de mucho aplomo.

—¿Me dais unos minutos para tratar un asunto? —preguntó con mucha educación y formalidad.

—Ya nos imaginamos el asunto —replicó Ana sobrepasándolo y entrando en casa como una flecha. Ni siquiera besó al marido o lo saludó de alguna manera.

—Pasa —dijo Eduardo serio pero atento—. Pasa al salón.

Mario avanzó por el pasillo contemplando las diversas fotografías de los hijos de cuando eran niños, colgadas a distintas alturas a lo largo del pasillo, en una ordenada progresión de bebés a adultos. Le pareció un regalo inesperado la oportunidad de ver como creció Ada, cómo su cara regordeta y siempre risueña, maduraba sin perder la transparencia con la que su mirada hablaba a la cámara. Pensó con tristeza, que si hubiera tenido la oportunidad de ver esas fotos antes, jamás hubiera podido sospechar ninguna doblez por parte de ella. Se detuvo un poco más en una, de ella, con unos diez años. Llevaba el pelo recogido en una coleta de la que se le escapaban como siempre los rizos y sonreía a la cámara, orgullosa de su primera mesa de estudio, le brillaba la mirada de ilusión por todo lo que pensaba estudiar en ella, pensó. No encontraba fuerzas para dejar de mirar sus ojos por si no volvía a verle una expresión así nunca más, quería atesorarla y la fuerza de su concentración hizo que bajara la guardia y los suyos se le humedecieran.

—¿Puedo ir al baño primero? —dijo por fin con voz ronca.

—Eduardo le indicó con una mano donde estaba y pasó al salón para concederle intimidad.

Se lavó la cara con abundante agua fría, intentando borrar los rastros de sus emociones. ¡La necesitaba tanto! ¿Cómo lo estaría pasando ella?, se preguntó. La había separado de su empresa que había creado con tanta ilusión y la había colocado en una situación humillante ante los demás, eso sin contar que ella lo quería. O algo peor, ¿y si de verdad estaba mirando al futuro sin él como había dicho Alberto? El pensamiento lo inquietó de nuevo, pero tenía que salir del baño, se adueñó como pudo del ritmo de su respiración y se dirigió al salón dónde lo esperaban los padres de Ada, sentados cada uno en un sillón individual y dejándole a el sofá largo que lo dejaba en clara desventaja, demasiado espacio para llenar. La madre le miraba ahora con una expresión más suave.

—Sé que conocen lo que ha pasado, como culpé de ello a su hija y como reaccioné —dijo sin sentarse, pero mirándolos a los dos.

Los padres asintieron.

—Estaba equivocado —sentenció con contundencia—. Al día siguiente supe cómo había pasado todo. Era tan ilógico que nunca lo hubiera sospechado, la opción más probable me pareció Ada —Se aseguró de mirarlos a la cara alternativamente antes de añadir: —Lo siento.

—No te quedes de pie —dijo Eduardo. Mario tomó asiento a un lado del sofá, adelantó el cuerpo, apoyó los codos en las piernas y se agarró las manos—. ¿Qué fue lo que pensaste? —quiso saber Eduardo.

—Pensé que Ada me quería imponer a Germán en el proyecto —contestó sin molestarse en buscar un pretexto.

—¿Por celos? —preguntó Ana.

Mario le sostuvo la mirada durante unos segundos, como sopesando que contestar y al final, desviando la mirada al suelo dijo:

—No exactamente. No me inquietaba que Ada estuviera interesada por Germán porque de ser así se hubiera quedado con él, era más bien el que me forzara la mano y encima en beneficio de alguien que no quería tener a mi lado.

—En una palabra, que te manipulara, pensaste que te estaba manipulando —le cortó Ana aclarando.

—Sí, y no ser el más importante para ella. Pensé que no sabía lo que quería, que en realidad no quería comprometerse conmigo ni con él. Pensé que huyó hacía nueve años y que ahora volvía a hacerlo, que no estaba preparada.

Ana recordó la escena del aeropuerto y como Ada reaccionó cuando lo vio.

—Mi hija no es una manipuladora, ni de pequeña la he visto utilizar esas mañas. Si me dijeras Alberto... —intervino Eduardo.

—Lo sé y lo siento —empezó este a decir— entiendo que os he ofendido a todos.

—Pero no le falta razón en lo de la huida y la culpable de eso soy yo —dijo con una expresión grave. Como Mario se la quedara mirando esperando que ampliara la información, añadió:

—¡Esa es otra historia y ya la hemos aclarado! Pero al parecer he creado en mi hija sin darme cuenta el temor a que un hombre pudiera destrozarle la vida. Espero haberle hecho entender que eso no es así, nadie tiene tanto poder en su mano, si una no se lo da.

Ana se puso en pie y se dirigió a un gran aparador que había a un lado del salón. Anduvo buscando por uno de los cajones hasta que encontró un sobre.

—¿Y ahora cuál es tu intención? Si la encuentras, digo — preguntó Eduardo.

—Yo quiero a su hija, no lo dude ni un momento —le aseguró con convicción—. Mi intención es hacerla feliz, compartir con ella todo lo que soy y lo que tengo. No volveré a cometer un error como este nunca más. Pase lo que pase me esforzaré porque lo superemos juntos ¿Podrían decirme dónde está?

Eduardo sonrió ante esta confesión tan espontánea, ya le hubiera gustado a él disponer de esa labia cuando estuvo en su lugar.

—¿Y con Germán, vas a tomar alguna medida contra él? —se acordó de repente Eduardo.

Mario se miró unos segundos las manos para pensarse la respuesta.

—No, por el momento, salvo que surja algo nuevo no. La verdad es que ya me lo he quitado de la cabeza. En estos momentos lo único que me importa es recuperar a Ada.

Ana se acercó y le entregó el sobre. Mario lo miró extrañado, ¿era una factura de electricidad?, pero al ver la dirección en seguida se dio cuenta de que pertenecía a la casa en Roses y sonrió.

—Gracias. ¿Desde cuándo lleva allí?

—Desde el sábado por la mañana. Ni siquiera quiso hablar con Eva y nos prohibió hacerlo a nosotros. Si embargo Alberto encontró una solución, le contó a Nacho lo que le había pasado a su hermana y dejó que las cosas siguieran su curso —le explicó Ana.

—Ya te dije que Alberto sí que era un buen manipulador —intervino Eduardo torciendo la boca.

Mario sonrió a su pesar, seguro que Nacho se lo contó a Eva y esta llamaría a Germán y había que decir en honor a la verdad que este, en cuanto vio perjudicada a Ada, había dado la cara por ella. Mientras más detalles descubría peor quedaba él y peor se sentía. Se paseó las manos por la cara nervioso y de pronto sintió unas ganas terribles de salir de allí.

Eduardo percibió el camino que estaban tomando los pensamientos de Mario y decidió cambiar de tema.

—¿Te quedas a comer? Tenemos preparados unos canelones, cuando has llegado iba a meterlos en el horno para gratinarlos.

Mario lo miró indeciso, ¿a comer con ellos? Luego miró a Ana a ver qué le parecía la propuesta tan espontánea del marido y vio que esperaba su respuesta sonriendo. Era tan parecida a la sonrisa de Ada que no pudo decirles que no.

—Siento haberme presentado a esta hora, pero es que no estaba seguro de que estuvierais en casa a otra. Si os parece mientras los metes en el horno bajo a por una botella de vino.

—No gracias, por nosotros no lo hagas, si bebemos vino al medio día no podemos luego continuar trabajando por la tarde. Yo prefiero una cerveza, pero si tú prefieres vino tenemos nosotros aquí.

—No, no hace falta, me parece estupendo una cerveza.

—Decidido entonces, ponte cómodo y cuando estén listos te aviso.

La comida fue inesperadamente agradable para Mario. Los padres le contaron muchas cosas de Ada. Le contaron la anécdota del dramón juvenil de cuando conoció a Germán y también de cómo más tarde fueron notando como iba perdiendo el entusiasmo. Les extrañó muchísimo la decisión de Ada de marcharse a Estados Unidos. Al parecer siempre habían sospechado que se trataba de una huida, de un arrebato de juventud y pensaron que estaría de vuelta pronto, pero se equivocaron y Ada continuó allí hasta acabar su carrera. Luego les sorprendió de nuevo marchándose a Chile. Antes de irse su madre le entregó una fotografía de Ada tomada en el último viaje que hicieron a Chile para visitarla. Lo agradeció infinitamente porque necesitaba contemplarla para llenarse de fuerza para ir tras de ella.

27

Al día siguiente, desde la ventanilla del avión en que viajaba, Mario hacía esfuerzos por entenderse, tirando y desenredando los hilos cruzados de sus recuerdos, sus argumentos y sus sentimientos que se desvelaban a medida que se adentraba en ellos, como se estaba adentrando en las nubes, no dejando que su meditación se deshilachara. ¿Cómo podía justificar ante sí mismo, o peor ante otro, la que había sido la máxima de su vida?

Cuando murió su padre, se había sentido tan desamparado, tan inseguro. Ya no tenía quien le amortiguara los golpes, quien le apuntalara o le corrigiera. Tenía a su madre claro, pero en ese momento tenía que superar el mismo trauma que él, además él siempre se había sentido más afín a su padre. En aquel momento, necesitaba creer en algo que le sirviera de motivación y de guía y le diera el impulso necesario para seguir adelante con sus ilusiones. Había creído siempre que tenía que observar con atención lo que le rodeaba, no perderse las señales, no dejar escapar las oportunidades, no perder el foco de lo que realmente le interesaba y no le había ido nada mal. Ada estuvo en su foco desde que la conoció y nunca salió de sus planes, por mucho que se hubiera ido al otro confín del mundo.

También él se había servido de Nacho y Eva para saber de ella, eso no podía reprochárselo a Germán, aunque sus métodos habían sido distintos. Cuando Germán lo llamó aquella mañana tuvo miedo de que lo que él había creído que era constancia en sus sentimientos, no fuera otra cosa que obsesión. Pero, ¿había diferencia, cómo se distinguían? y ¿cómo explicarle eso a Ada, cómo explicarle que no la había olvidado nunca ni había renunciado a ella, cómo decirle que si no la había seguido antes era porque no sabía cómo atraerla, qué ofrecerle, qué estrategia seguir? Ella ya lo había rechazado y presentarse allí, donde ella estuviera, hubiera sido más acosarla que conquistarla, o al menos así lo veía él que temía a veces ser un obseso más que un enamorado.

Se paseó las manos por la cara para despejar la bruma que cubría sus pensamientos y se enredó en otro hilo. Recordó la amarga decepción que sintió cuando ella, en lugar de volver a España tras finalizar la carrera, se fue a Chile ¡Qué poco significaba él en su vida! Pensó mil cosas: ofrecerle un contrato, hacerla socia, pero no le parecía buena táctica. Ella ya le había dejado claro que no quería nada con él, que no le gustaba cómo era, o para ser más preciso, cómo había actuado. ¡Para demostrárselo más lejos no se había podido ir!

Seguro que ella pensaba que trabajar para él sería una mala idea. Fue paciente, a riesgo de perderla, de que se enamorara de otro, de que lo olvidara y aun así la esperó, seguro de que tarde o temprano encontraría la forma, tendría su oportunidad. Creía en su fuero interno, y eso era lo más difícil de revelar, que la fuerza de su deseo y de su intención era lo suficientemente poderosa para ponerla de nuevo en su camino y así fue.

Sin embargo, todo eso que en su cabeza le parecía que encajaba a la perfección según su esquema de vida, le parecía descabellado visto desde otros ojos. Ni siquiera con Miguel había llegado a compartir esa faceta de su vida.

Agarró los brazos de su asiento con fuerza. ¿Y cómo explicarle que cuando perdió los estribos por la amenaza de Germán, con la ira vino el miedo a estar equivocado, a haber estado siempre equivocado, a haber confiado en una ilusión? Se dejó llevar por el arrebato, pero nada más vio salir a Ada con la fotografía de Roses bajo el brazo, con la cara desencajada e inexpresiva, el miedo volvió redoblado, y el poder de la fuerza que le había empujado hacia ella estaba ahí, seguía vivo y seguía insistiendo.

Se incorporó en el asiento abandonando la comodidad del respaldo, quería estar alerta, necesitaba encontrar argumentos para hacerse comprender y perdonar. ¡Dios, la última vez le había costado nueve años!

El piloto anunció que ya se aproximaban a Barcelona, lo que le interrumpió sus cavilaciones. Volvió a recostarse, puso derecho el asiento y se abrochó el cinturón. Tenía pensado alquilar un coche para llegar hasta Roses. No había reservado habitación, no sabía cómo iba a ser su suerte, improvisaría sobre la marcha.

Un par de horas más tarde iba conduciendo por la autovía del Mediterráneo y no sabía lo que le iba a decir cuando la viera. Al llegar al aeropuerto había tenido que devolver unas cuantas llamadas a su equipo, andaban locos con la inauguración como debía de estar haciendo él, de hecho, no había podido salir a primera hora de la mañana como había sido su intención porque había surgido un problema y no quería fallarles. Para ellos esto era tan importante como para él y no podía desentenderse. Imaginaba la consternación de todo el mundo, se estarían preguntando qué le pasaba y a lo mejor creían que estaba acojonado. Lo que seguro no se imaginaba ninguno, bueno excepto Miguel, era que no le dedicaba ni un minuto de su pensamiento.

Llegó a Roses cuando ya atardecía, los nervios y el cansancio le dificultaban la tarea de seguir el navegador y las indicaciones en catalán de las señales, hasta que por fin dio con el apartamento en el mismo paseo marítimo. No encontró aparcamiento en la puerta, otro retraso. Buscó en Google Maps uno público por la zona y allí se dirigió.

Veinte minutos después estaba de nuevo frente al portal. Estaba tan ansioso que ni siquiera contempló sus alrededores, ni le había echado un vistazo al mar pese a sentir su olor y su tristeza. Llamó al portero electrónico, pero no recibió respuesta. Como no podía estar seguro de que ella no supiera de alguna manera que era él, aunque desde luego eso no era un videoportero, decidió entrar. Pensó si esperar y colarse con alguien o si llamar al tuntún a ver quién le abría. No iba a ser fácil porque en invierno no había muchos vecinos en el bloque. ¡Dios, cuánto tenía que quererla, qué paciencia le echaba, igual eso no lo veía Ada!, pensó con furia.

Llamó al primer piso que pilló y nada, luego al segundo, el tercero... ya estaba echando humo cuando vio movimiento dentro del portal. Se puso muy nervioso, parecía que se jugaba la vida en ello, por favor, por favor que salga bien. Abrió la puerta una señora mayor alta y delgada muy elegante que lo miró desconfiadamente con un interrogante en su barbilla. Gracias a Dios, Mario recordó a tiempo que portaba una buena dosis de encanto masculino desengrasada y pulida en años de práctica. Le lanzó una sonrisa deslumbrante y sincera, la primera desde hacía cinco días y un: buenas tardes, mirándola con toda su atención, como si fuese lo mejor que le había pasado aquella tarde, lo cual era cierto, había sido un golpe de suerte. Le sostuvo la puerta para que pasara y se quedó unos segundos viéndola ponerse en marcha antes de entrar. Le parecía su Ada dentro de unas décadas, pensó con un suspiro y con la sonrisa en los labios se dirigió al ascensor.

Allí no había nadie. No escuchaba ningún movimiento, ni veía ninguna interrupción en la escasa luz de la calle que le llegaba desde la mirilla, y no le pareció probable que Ada estuviera escondiéndose tan a cal y canto. ¿Qué opciones tenía?: ¿sentarse en la escalera a esperarla, bajar a darse un paseo, tomarse una copa? Si salía luego tendría de nuevo el mismo problema para entrar. Decidió esperarla, aunque sentado en el paseo marítimo, delante del portal porque en la escalera podría intimidar a algún vecino y se expondría a que le hicieran preguntas.

Llevaba ya media hora esperando desanimado y cansado del viaje, ¡no tenía hotel! Le dio un trago a su botella de agua, ¡Ojalá pudiera tomarse un *gin-tonic* de esos que le preparaba Ada!, pero claro no era cosa de abordarla con el aliento oliéndole a alcohol. Le llegó una música lejana desde el extremo sur del paseo marítimo. Miró y vio un gran grupo de personas alrededor de donde esta salía, bajo una farola. Era claramente un violín, pero no identificaba la música. El grupo se iba haciendo cada vez más numeroso y sintió curiosidad, pero no pensaba abandonar su puesto. De pronto le asaltó la idea de que si allí había música, era muy probable que Ada estuviera entre el público y él ya estaba impaciente de esperar sentado. La humedad fría lo estaba deprimiendo y necesitaba mucho ánimo para lo que le esperaba. Se dirigió con paso apresurado, impulsado por las ganas de verla y por la inquietud de abandonar su puesto de vigilancia durante mucho rato.

A medida que se acercaba identificó la música, era el «Fall at your feet» de Crowded House, una versión muy interesante con un contrabajo y un violín, le encantaba esa canción y si no se equivocaba era la voz de Ada la que estaba escuchando, ¡no podía creérselo! Apretó el paso saliéndosele el corazón por la boca, ¡la había encontrado!

And whenever I fall at your feet
You let your tears rain down on me
Whenever I touch your slow turning pain...
(Como sea, yo caigo a tus pies
dejas caer como lluvia tus lágrimas sobre mí.
Cada vez que toco tu tortuoso dolor...)

Se abrió paso como pudo entre los escasos huecos que dejaba la gente alrededor de los músicos. Algo en la ansiedad que debía reflejar su cara y en el brillo de sus ojos, hizo que la gente se moviera un poco para dejarle pasar. Ada cantaba con el corazón, sacaba cada sílaba de su dolor como lo hacía él al escucharla. Llevaba el pelo suelto, totalmente libre y rizado por la humedad del mar, parecía más joven, con su chaqueta de lana gruesa y sus pantalones bombachos. Ella no lo veía y eso le dio la oportunidad de observarla a sus anchas, de ver cómo era cuando no estaba bajo su influencia. Dicen que el observador influye en lo observado, al menos en la escala de lo infinitamente pequeño, ¿sería así en el amor, influiríamos en la persona amada solo por observarla? ¿Correría a abrazarlo en cuanto lo viera?

Acabada la canción el público aplaudió con entusiasmo y Ada invitó a sus compañeros a tocar ahora algo más alegre y acorde con las fechas en que estaban, lo hacía por el micrófono, haciendo al público partícipe del intercambio. El contrabajo respondió lanzando las primeras notas del «Let it Snows» que popularizó Frank Sinatra. Ada animó al público a repetir el estribillo con ella e hizo a todo el mundo bailar. Él era el único que la miraba embobado y quieto, con miedo a perderse algo si se movía. Algo en esa quietud le debió distinguir del resto de la audiencia porque Ada le clavó la mirada y quebró el «Snow» en un golpe seco y metálico. Los compañeros lo registraron con estudiada indiferencia y el público sonrió y le dedicó algunos aplausos espontáneos. Ada dirigió la mirada a la partitura buscando un apoyo y el violinista tomó la iniciativa en una improvisación que le dio un respiro hasta que pudo retomar la canción.

Ya más dueña de sí, volvió a mirar a Mario que le sonrió, ella no se la devolvió, sin embargo.

A esa canción siguieron varias. El público no se cansaba, pero los músicos tarde o temprano tendrían que tomarse un respiro, sobre todo ella que estaba cantando ahí al aire libre y a esa hora ya comenzaba a hacer fresquito.

Por fin Ada anunció un descanso de media hora y el público comenzó a disolverse. Él aprovechó para acercarse a ella que se había vuelto de espaldas y estaba bebiendo agua.

—Has estado fantástica —Llegó a Ada su voz seria y profunda que hizo vibrar los nervios de su nuca.

—Gracias —le contestó ella dándose la vuelta—. ¿Qué haces aquí? —preguntó seria, pero no borde, lo que animó a Mario.

—¿No te lo imaginas? Seguro que sabes la de veces que te he llamado. Como no me contestabas he tenido que venir —dijo mirándole a los ojos con toda la suavidad que pudo reunir y conteniendo las ganas de abrazarla y quitarle el enfado a besos.

—Sería porque no quiero hablar contigo. Tú cerraste esa puerta, pero a lo mejor ya no puedes volver a abrirla, ¿no lo habías pensado? —dijo cerrando la botella de agua y dándole la espalda de nuevo para guardarla en la mochila.

En ese momento se acercó el violinista, quería interesarse por lo que pasaba. Ella le tranquilizó, le dijo que era un conocido. ¡Un conocido!, lo había dicho en inglés, pero lo había puesto en su sitio igualmente.

—Ada, ¿podemos hablar? Sé que ya no depende de mí abrir esa puerta, sé que eres tú la que tiene la llave, por seguir con tu símil.

—Ya has escuchado tengo media hora para descansar.

—¿Nos podemos ver después?

—No, no podemos, si quieres tengo media hora, voy a dar un paseo para mover las piernas, se me cansan de estar de pie.

Él se la quedó mirando unos segundos, sopesando si podía conseguir más, pero por el momento decidió aceptar lo que se ofrecía.

—Está bien, vamos.

Mario dejó que Ada escogiera la dirección y se unió a su paso. Los primeros metros fueron en silencio. Ada contemplaba sobre la acera la sombra espigada y elegante de Mario, enfundado en su abrigo estrecho de doble botonadura. Llevaba las solapas levantadas y reparó mirándolo de reojo en que el cuello y la museta eran negros, sobre el resto gris. Mario y sus dos colores.

—Dime —interrumpió él sus pensamientos—, ¿cómo te uniste a esta gente, los conocías?

—¡Qué va! Me los encontré por casualidad el sábado por la mañana cuando paseaba y en un impulso me uní a ellos, así sin más, me aceptaron en seguida.

Mario recibió la información con una sonrisa espontánea. Por unos segundos la voz de Ada había sonado normal, como si no hubiera pasado nada.

—¡Eres increíble! Me encanta verte actuar, se te ve tan feliz.

—Y lo soy.

Esta afirmación la sintió como si le diera un empujón en el pecho. ¿Podía ser feliz sin él, o sería solo despecho? Se animó a continuar.

—Ada, no sé cómo pedirte disculpas, ni sé cómo enmendar el error que cometí, ni el daño que te causé —sacó las manos del bolsillo de los pantalones como para agarrarla, pero se las pasó por el pelo inquieto—. ¿Sabes que llevo nueve años esperándote?

—preguntó como si fuera la primera vez que lo decía—, esperando que me perdonaras, que comprendieras lo que pasó con Lidia, que la vida volviera a unirnos y me diera otra oportunidad y ahora te preguntarás por qué la desperdicié, por qué actué así contigo, cuando por fin te tenía.

—Yo no sé nada Mario, eso es lo que dices tú. Yo solo veo que te importan muy poco los sentimientos de los demás. Bueno seré precisa, no quiero generalizar: los míos.

—Sí, ya sé que es eso lo que parece, no voy a negarlo —dijo Mario con humildad—. ¿Podemos sentarnos? —Ada asintió con la cabeza y así lo hicieron en un banco del paseo.

Cuando Mario comenzó a hablar le temblaba la voz, abrió su corazón para dejar salir por primera vez en su vida lo que lo había guiado en el camino, su creencia, quizás su estupidez profunda, no lo sabía. Le explicó de una manera cruda y torpe lo que él sentía por dentro, por más descabellado que le sonara. Por primera vez hablaba sin medir, sin mirar la reacción del otro, sin premeditación, ni artificio que le ayudara. Quería que ella sintiera que estaba en sus manos, que no escondía nada.

—Cuando me llamó Germán dudé, también por primera vez; hasta ese día nunca me atreví a hacerlo, tenía mucho en juego y hasta la fecha me había ido bien, pero esa llamada me hizo pensar que quizás estaba obsesionado contigo, ciego y que iba a hundir a todos conmigo y con mis delirios. El que tú no tuvieras el CD, ni pudieras darme ninguna explicación creíble era ya como la prueba definitiva de que estaba ciego, pero me equivoqué Ada, cometí el error más grande de mi vida con la persona que más quiero en el mundo.

Al acabar esa frase la miró en silencio, esperando con el aliento contenido a que ella dijera algo, a que lo condenara o lo absolviera, lo que fuera. Ada se levantó del banco y se fue caminando hasta el pretil del paseo marítimo, se sentó allí para sentir el mar y tener más intimidad, Mario la siguió.

—Todo eso que me has dicho puedo entenderlo, dijo por fin Ada, no parece en absoluto descabellado, cada uno busca sus recursos para moverse por la vida y como tú dices a ti los tuyos te han ido bien. Lo que no acepto, lo que sigo sin comprender y mira que te lo advertí, es que me cerraras la puerta en las narices sin dejarme siquiera darte una explicación —siguió diciendo Ada dolida.

—Ada, sí te pedí una explicación —dijo él con la voz entrecortada, no quería llevarle la contraría para no enfadarla más, pero en realidad él sentía que sí le había dejado explicarse— pero no me la diste.

Ella le miró como un tiro, con la boca apretada, eso le

producía mucha rabia, estaba claro para Mario, pero no entendía por qué.

—No te di una explicación porque no la tenía, Mario —dijo apretando los dientes para contener el temblor de la voz. Mario observó en su cara la tensión de esos días, sus ojeras, la palidez de su rostro y se maldijo por haber dado lugar a todo eso—, y ahora comprendes por qué, sé que lo comprendes porque hablé con Germán e imagino que el que estés aquí significa que ya habéis aclarado todo. No podía imaginarme que Eva lo hubiera cogido valiéndose de ese truco, ni para qué. ¿Cómo iba a lanzar acusaciones sobre una amiga cuando no me cabía en la cabeza que pudiera tener ningún motivo para hacer lo que hizo? —dijo gesticulando con los brazos como si salieran disparadas las acusaciones de su cabeza—, pero esa no es la cuestión Mario, eso no es lo que nos separa.

—Ah, ¿no? ¿qué quieres decir? —dijo inquieto, se le notaba que temía lo que pudiera salir de su boca que él no hubiera previsto.

—Lo que quiero decir es que, aunque hubiera sido así, aunque hubiera cometido ese error por ayudar a un amigo, a Germán, todavía te quedaban otras opciones que podías haber considerado como la de saber mis motivaciones, mis sentimientos. Si de verdad me quisieras como dices, ¿acaso no querrías entenderme, apoyarme o darme tu opinión, si es contraria, no sé, ¡acompañarme en el camino!? —Ada dejó escapar por la nariz una mezcla de carcajada y sollozo—. Pero no, tú no, ¡han herido al gran Mario!, ¡a la calle sin más!, deja tu proyecto, tu empresa y sal. ¿Ha echado Nacho a Eva de su vida? —preguntó Ada con los ojos desorbitados.

Mario se quedó callado, sintió como el color le subía por la cara y un silencio como de zumbido en los oídos, no sabía, algo extraño, algo nuevo, como si se abriera el suelo bajo sus pies y se lo tragara la tierra hacia otro nivel de realidad unos pisos más abajo.

Cuando pasaron unos minutos Ada comprendió que él no iba a añadir nada más.

—Bueno Mario, creo que ya está todo dicho, tengo que marcharme.

Él salió como de un sueño. La miró y asintió con la cabeza.

Caminaron en silencio el camino de vuelta. Ada sentía el dolor de Mario y sentía el impulso irresistible de abrazarlo, de tranquilizarlo de acabar con su sufrimiento, pero no, las cosas no funcionaban así, de nada le iba a servir superar ese bache, porque pronto vendrían otros.

—Creo que he comprendido lo que quieres decir, dices que no se abandona a la persona que quieres porque cometa un error, ¿es eso? Aunque en este caso no lo hayas cometido.

—Exacto, yo al menos lo veo así, de lo contrario qué clase de pareja formas, ¿una que solo camina junta cuando todo va bien? ¿O es que solo pueden estar juntos las personas que desde el primer momento encajan a la perfección como las dos mitades de una naranja?, porque de ser así milagro sería que quedara alguna para contarlo.

—Puedo hacerlo Ada, aprenderé a hacerlo —dijo con convicción y desesperación.

—No Mario, esto ya lo habíamos hablado, y en cuanto te sentiste herido lo olvidaste. Bueno, seré justa, cumpliste con la formalidad de preguntarme y hasta hiciste un chistecito con ello, pero de corazón no me escuchaste, ya tenías tu juicio formado.

—Siento mucho eso, lo lamenté nada más salió de mi boca —aseguró Mario con pesar.

—Lo sé.

—No, no lo sabes, me arrepentí de todo, me atormentaban las dudas, ni siquiera estoy seguro que no hubiera ido detrás de ti aunque Germán no hubiera venido, no pensaba en otra cosa una vez que me enfrié y me enfrenté a la realidad de perderte de nuevo —le dijo tomándola de los brazos con fuerza y haciendo que lo mirara de frente—, te quiero con todo mi corazón, desde que te conocí has sido lo más importante de mi vida y aprenderé a hacerlo más y mejor. Esto que me has contado no lo había pensado siquiera. Igual es verdad lo que dices, y no tengo en cuenta los sentimientos de los demás, tú podrías enseñarme. Te prometo que no volveré a decepcionarte.

—Tengo que volver, no quiero dejarlos tirados —dijo soltándose y señalando en la dirección de los músicos.

Comenzaron a andar de nuevo y Ada no se contuvo más.

—No es solo eso Mario. Siempre resentí el mutismo de mi madre, lo interpretaba como un fallo mío, como que no me aprobaba, bueno tampoco era eso, era más bien como que me alejaba, me dejaba sola a mi suerte, no sé cómo explicarlo. Mi hermana era así también y compartí muy poco de la infancia con ella, me hacían sentirme mal, en falta de alguna manera. Tú me observas también así —explotó Ada con la voz ronca por lo que le estaba costando hablar de eso, que tenía clavado desde que tuviera uso de razón—. ¿Qué significa, es para equilibrar lo que yo quiero y lo que tú quieres como me has dicho, o para manipularme que es lo que parece?

Ya estaba dicho, ese era su temor, sentirse manipulada por lo mucho que lo quería. Él tenía mucho poder sobre ella, el de destrozarla si ella se lo permitía.

La música comenzó a sonar. Los chicos habían empezado sin ella y Ada tenía la garganta cerrada y tensa, no podía ni hablar ¡cómo iba a cantar!

Los dos se habían parado y Mario la miraba con la cabeza un poco baja y dos dedos apoyados en su boca, como si quisiera mantenerla cerrada para no decir nada de lo que pudiera arrepentirse. Su respiración estaba agitada y miraba a Ada con una expresión muy rara en los ojos de auténtico dolor.

—Manipularte dices —preguntó con los ojos llenos de tristeza—, ¿es manipular lo que hago? —Mario lo preguntaba con auténtica duda en sus ojos, de veras no estaba seguro y parecía querer que Ada se lo aclarara—. No es lo que quiero. Yo solo quiero pasar el resto de mi vida contigo.

—Mario, tú no viste tu cara cuando me hablabas en mi oficina —dijo con rabia—. Habías olvidado todos esos sentimientos, no había ni rastro de ellos, no titubeaste, no me concediste el beneficio de la duda, estaba muerta para ti. ¿Qué me asegura a mí que no volverás a actuar igual a la primera disputa seria que se nos cruce? Dime Mario, ¿qué persona sensata llamaría a eso amor?

Él guardó silencio, ¿qué podía contestar a eso? Ella tenía razón en sentir lo que sentía y pensar como pensaba. Tenía que aceptarlo. Había cometido un error muy grande, el peor que podía haber cometido con ella. Él ya conocía cuál era su debilidad y justo por ahí le había asestado el golpe.

—Ninguna. Tienes razón. No voy a insistirte más. Como mi padre me hubiera dicho —Se paró en seco, ¿a qué demonios mencionaba a su padre ahora? No aprendía, pensó con rabia—, perdona que lo mencione —se disculpó titubeante—, ahora tengo que afrontar las consecuencias de mis actos y aprender de esto.

—No me importa que lo menciones, sé que eso te ayuda —contestó Ada ecuánime, que intuía lo que le estaba pasando a Mario por la cabeza.

Mario respiraba con dificultad, sabía que ya no tenía nada más que hacer ni que decir, por más que le costara y estuviera en contra de su naturaleza no perseverar.

—¿Me perdonas al menos? —Se atrevió a añadir porque no

soportaba que Ada lo odiara o pensara en él con rencor.

—¿Perdonar? No me pidas eso, yo no funciono así, no sé lo que espera de mí. Yo no sé quién tiene que perdonar a quien. Yo no te juzgo peor que a mí, eso quién lo sabe— Ada le miró serenamente—, no tengo ningún sentimiento negativo hacia ti.

Sencilla y llanamente no quería nada más que ver con él, pensó, ya está, eso era todo. Le dirigió una sonrisa que no llego a sus ojos, se sentía fatal, hubiera preferido que le hubiera cruzado la cara de un guantazo, así al menos hubiera tenido justificación para sentirse tan imbécil como se sentía por haber perdido a una mujer así. Le puso una mano sobre la cara y se la acarició con suavidad deseando conservar esa sensación sellada en su mano para siempre. Sin más se dio la vuelta y con paso decidido e imparable se alejó por el paseo marítimo con la mano cerrada en un puño.

28

¿Sería bonito Roses?, se preguntaba Mario mientras conducía de camino a Telentendimiento. Sonrió ante el pensamiento, no se había detenido en ningún detalle, era como si hubiera llegado hasta allí a través de un tubo, no podría decir que había estado en Roses, ni siquiera había visto el mar. Le dolió la cara al sonreír de tenso y cansado que estaba. Anoche se marchó directo a tomar un avión que lo devolvió a Madrid. No pudo quedarse en Roses, en un hotel, solo, sabiendo que Ada andaba cerca pero que ya no estaría con él nunca más. Del aeropuerto se fue a casa de su madre, a su antigua habitación, no a la que ocupó en lo que había sido el estudio de su padre, esa ya no estaba porque habían vuelto a reformar la casa, si no a la que tuvo durante su infancia cuando su padre vivía.

Su madre se asustó al verlo llegar con la cara que traía. Al preguntarle, él se lo contó todo y luego se había ido a dar vueltas en la cama porque no había conseguido pegar un ojo. Cuando comenzó a amanecer se levantó, se duchó y en un impulso decidió ir a ver a Nacho. Ya no pensaba dedicarle más a la presentación del videojuego, ya se inspiraría sobre la marcha, ahora necesitaba más que su amigo le diera una lección de pareja. Su madre le había dicho que ahora que Ada había resarcido su orgullo herido, quizás cambiara de opinión. ¡Había humillado a Ada, por Dios no se lo podía creer! ¡Cómo había sido tan estúpido, tan torpe!

Nada más poner los pies en Telentendimiento se tropezó con Maxim y Alberto sentados junto a la máquina de café en la recepción. Ninguno de los dos se movió al verlo y Mario, más por cansancio y desánimo que por orgullo pasó de ellos, no podía con más reproches, ya tenía suficiente con los que se hacía él a cada instante. Les dio los buenos días al pasar por su lado y se dirigió a Carlos.

—¿Está Nacho?

—Sí, abajo en el taller. ¿Le aviso?

—No, ya bajo yo gracias.

—Mario —le llamó Alberto sorprendiéndole—, cuando termines me gustaría tener contigo unas palabras.

En Alberto esa expresión tan seria sonaba fuera de lugar. Miró a Maxim que tenía una expresión neutra que no supo cómo interpretar, aunque al menos no le incomodaba.

Asintió con la cabeza y se dio la vuelta en dirección al taller.

Llamó a la puerta y como no escuchó respuesta abrió. Nacho estaba al fondo, mirando por la ventana y proyectando su sombra hasta el otro lado de la sala. Había adelgazado en los últimos años, pero seguía siendo tan imponente como siempre. Sintió el movimiento y se dio la vuelta, dando libertad al dedo anular por fin.

—¡Mario! —exclamó sorprendido—. Me alegro de verte —le dijo sonriendo triste.

Por fin alguien le mostraba un poco de simpatía, pensó Mario, y el alivio le hizo acusar más el cansancio.

—¿Cómo está Eva? —preguntó sinceramente preocupado. Él sabía bien lo que eran los remordimientos.

—Se ha ido, me ha dejado.

—¿Qué te ha dejado? —preguntó con asombro, eso sí que no se lo esperaba—. ¿Se ha ido con Florian? —preguntó incrédulo.

—No, con Florian no, no va de eso la cosa. No está enamorada de él, ni nada de eso. Lleva una semana horrible. Desde que le cogió el CD a Ada no duerme, ni come. Yo ya la notaba rara antes de que llamara Alberto, para contarnos lo que pasó con su hermana y ahí fue cuando Eva por fin se derrumbó.

—¿Y entonces?

—Se ha marchado a Barcelona con una amiga con la que conectó mucho en la ONG. Dice que no puede seguir como si nada, que ha fallado a todo el mundo.

Mario asintió, no sabía qué decir porque la verdad es que le había jodido la vida.

—¿Y tú qué vas a hacer?

—¿Tú qué crees? Nada, esperarla, ¿qué puedo hacer? Es ella la que tiene que superarlo. Ha perdido una amiga y ha dejado a su marido. A ti no puede mirarte a la cara, en fin, un desastre. Yo solo puedo estar ahí, desde luego no voy a sacarle las castañas del fuego.

—Por mi parte no tiene nada que temer, ya me da igual. Y por parte de Ada me dio la impresión de que lo tomaba con condescendencia, como tú, un poco aceptando lo que hay y lo que es.

—Sí, sé que la conoce tan bien como yo, pero la confianza la ha perdido y eso no tiene fácil arreglo. ¿Cómo se le pudo ocurrir un truco de esos? —dijo mordiéndose el labio —Lo habrá visto en la tele, no sé. ¡En la vida la hubiera imaginado capaz de algo así! Eso demuestra lo poco que conocemos a las personas por muy cerca que las tengamos.

—¿Y Florian, se va a ir de rositas?

—Por mi parte sí. A mí no me costaría nada partirle la cara, es más me encantaría y amenazarle con volvérsela a partir si se acercaba a ella, pero eso sería dirigirle la vida a Eva y ese no es mi estilo. Es ella la que tiene que darse cuenta de que ese tío es un parásito, por las razones que sea, pero lo es.

—Me recuerdas a Ada.

—Sí, nos parecemos mucho, yo también estoy muy mono con un tirantito y con la ropa asimétrica, aunque ya hace mucho tiempo que no la usa.

—Ha vuelto a hacerlo de nuevo —sonrió Mario recordando el detalle—, no sé por qué, nunca me ha dicho lo que significa — dijo Mario lamentándolo profundamente, una cosa más—. No, me refiero a como os relacionáis con los demás.

—¿Y eso es bueno?

—Sí, creo que sí.

—¿Y tú cómo estás tío? No me lo has dicho.

—¿Cómo quieres que esté? Ada no quiere saber nada de mí.

—Ya se le pasará.

—No, no se le va a pasar. Yo no actué como tú con Eva, no estuve a su lado pese a lo creyera que había hecho.

—Bueno, yo llevo nueve años con Eva, ella ya forma parte de mí, de mi vida, es mi familia. No es lo mismo.

—Yo llevo los mismos años enamorado Ada y ella de mí y aunque no hubiéramos dicho nada, ya estábamos juntos, nos íbamos a casar, os lo íbamos a decir después de la presentación del videojuego.

—Sí, ya lo sé, no era un secreto para nadie. Pero sigue sin ser lo mismo, Mario. Vosotros todavía estáis en el periodo del enamoramiento. Sentís la pasión a tope, pero el vínculo, aunque parezca mentira aún no lo habéis formado.

—Si tú lo dices —dijo poco convencido—. Yo me siento vinculado a ella desde que la conocí. No ha pasado un solo día que no me acordara de ella. La he seguido a través de los pocos rastros que le he pillado por internet, prácticamente ninguno porque no le gusta publicar su vida y las migajas de información que os sacaba a vosotros. Incluso he aprendido a disfrutar la ópera, todo por ella. ¡Si ni siquiera he salido con nadie en todos estos años! No es que haya estado célibe, pero ya me entiendes, en serio, que me importara algo.

—¿Y ella sabe eso?

—Sí.

—Pues dale tiempo, ya se dará cuenta —dijo queriéndole infundir valor.

Otro optimista como su madre, pensó Mario, como se notaba que ellos no habían presenciado lo serenamente que ella lo había despachado.

—Gracias Nacho —se interrumpió, le costaba seguir, no se esperaba que siguiera siendo su amigo—, por estar ahí, pese a todo lo ocurrido.

—Gracias a ti, no te hemos pagado bien por una cosa o por otra, lo siento.

Nacho se contuvo y solo ofreció su mano, porque sabía que Mario no era un hombre de mucho contacto, sin embargo, le sorprendió que este ignorara la mano y le diera un abrazo, tan fugaz e intenso como un sobresalto.

—Bueno, me voy —dijo abruptamente, emocionado— a ver qué quiere Alberto que quería hablar conmigo.

—No me has preguntado por cómo va todo para la presentación, acabo de llegar de allí y está todo listo. Ya no volvemos hasta el mismo viernes. Hemos acabado antes de lo que pensábamos. Ada ha hecho una buena planificación sin duda.

—¡Cállate, anda, capullo, no sigas hurgando en la herida!

Se chocaron la mano a modo de despedida y Mario se hizo el cuerpo para la ronda con Alberto.

Al pasar de nuevo por la recepción no lo vio por allí y Carlos le dijo que lo esperaba en el despacho de Ada. No quería volver a entrar ahí y ver el hueco vacío dónde faltaba la foto, le daban miedo los recuerdos. Llamó a la puerta y luego la abrió sin más.

Maxim ocupaba su sitio de siempre en la mesa de reuniones. Levantó la cabeza y dijo:

— Un momento, recojo y os dejo solos.

Maxim no se mostraba antipático, pero tampoco había ni rastro de su cordialidad de siempre y eso le dolía, porque de verdad le había cogido mucho cariño al tipo y le gustaba el orgullo con el que solía mirarlo, le recordaba a su padre. Ahora sentía su frialdad también de la misma manera, como si su padre lo reprobara.

—No hay prisa, tranquilo —le dijo, pero no obtuvo respuesta de ninguna clase. Con el portátil bajo el brazo salió y los dejó solos.

Alberto estaba sentado en la mesa de Ada y él se quedó de pie, mirando por la ventana, le costaba mirar a su amigo, y ver su cara de admiración sustituida por una de desprecio.

—Anoche hablé con mi hermana. Me contó que estuviste allí y que te dio matarile —sonrió con sorna ante la indignada reacción de Mario por su elección de palabras—. No son sus palabras, sino las mías, para qué endulzar las cosas, tú también eres de los que juegan duro.

Mario no estaba dispuesto a aguantarle ese discurso, pero apretó los dientes y se calló ante esa última pulla porque dio en el blanco.

—Continúa —le apremió—, pero ándate con ojo porque no estoy dispuesto a tolerártelo todo.

Alberto sonrió satisfecho, le había molestado como pretendía, pero había llegado el momento de cambiar el tono.

—No es como esperaba que terminara todo, y lo lamento —añadió serio— ¡Mira Nacho!

—Sí, ¿y bien?

—Voy a contarte una cosa que nos contaron nuestros padres la otra noche, la que llegó Ada destrozada a casa, por tu *culpa*. No sé si tendrá algo que ver, pero creo que la historia de mis padres ha influido en la manera en que hemos vivido nuestra vida y ahora ha vuelto a afectarnos. Mi mujer iba a divorciarse de mí, solo estábamos esperando el momento por los niños. Pero después de que le contara lo que nos contaron nuestros padres, parece que se lo pensó y me dijo que si yo quería podíamos intentarlo de nuevo, pero que tendríamos que cambiar algunas cosas. Y lo estoy intentando porque la quiero mucho y no quiero perderla. Si te cuento esto es porque creo que a Ada le ha afectado tanto como a mi mujer o a mí. A Sara también, aunque ella conocía algo más de todo esto que nosotros. En fin, si te sientas empiezo.

Cuando terminó, Mario se llevó la mano a la cara y se la masajeó como solía hacer cuando lo que escuchaba lo dejaba atónito.

—¡Hijo de puta! —sentenció Mario con incredulidad cuanto

terminó Alberto el relato—. Con perdón porque es tu padre, pero ¿no te das cuenta de donde nos ha dejado el listón?

—Sí, la verdad es que sí. Con lo anodino y sin sal que parecía —dijo Alberto con una sonrisilla de cariño hacia su padre.

—¿Y esto creías tú que me iba a ayudar, o lo has dicho para terminarme de dar la puntilla? ¡Pedazo de cabrón! Por lo menos tu hermana ha tenido más delicadeza y no me ha mencionado de donde ha sacado la idea de cómo ha de quererse una pareja —dijo todo excitado y casi demente.

—No te entiendo —respondió con torpeza y preocupación. ¿Sería verdad que había metido la pata?

—¿No lo ves tío? Lo que me acabas de decir tira por tierra las escasas esperanzas que me quedaban. Y yo que me creía que no podría sentirme peor que lo que me sentí anoche —dijo Mario mientras se ponía en pie y agarraba su abrigo y su mochila—. ¡Qué pases un buen día!

Las ondas de aire y polvo del ambiente siguieron resonando mucho tiempo en la cabeza de Alberto, después del portazo de Mario. ¡Su hermana lo despellejaría si se enteraba!

LA noche era inusualmente cálida en Roses para estar entrando de lleno en el invierno. El mar lo acusaba con una calma pesada y resignada que suspiraba por el verano rememorado, y que aún tardaría en volver. La firme determinación de Ada también iba quedando atrás, se iba apagando su furia y sus razones se iban desdibujando dando lugar a otra realidad que había debajo y ésta a otra que había debajo a su vez, en continua impermanencia. No es que fuese a salir corriendo a buscar a Mario, ese aspecto de su vida ya estaba cerrado, era solo que la sensación de esperanza en lo que habría de venir se la había barrido la brisa marina y tal vez la llevaba flotando en sus aguas marea adentro. Su compañero violinista le había hecho notar esa tarde que había cantado sin pasión, que desde hacía unos días, desde la visita de su amigo, concretó, había decaído y no parecía recuperarse. No se lo echaba en cara, le aseguró, él le estaba muy agradecido por su colaboración y al público todavía le gustaba, aunque ya no con el entusiasmo de los primeros días. Ada le contestó que lo sentía, que estaba pasando un mal momento en su vida, a lo que ellos respondieron con un cruce de miradas que le venía a decir que ya se habían dado cuenta. Aprovechó para anunciarles que al día siguiente o a más tardar el sábado volvía a Madrid.

—Entonces tal vez esta sea la última noche, ¿no es así? —preguntó el contrabajista.

—Sí.

—Pues vayamos a cenar y a tomarnos una copa, ¿no te parece? Hay que celebrar la Navidad —sugirió el violinista mientras recogían los instrumentos.

Y así es como habían llegado hasta el restaurante en el que se encontraban, apretujados, en una pequeña mesa junto a la ventana. La música que sonaba de fondo eran bandas sonoras de películas de todos los tiempos. Ada la estaba disfrutando en ese momento, mirando su copa de vino con los ojos empañados.

El camarero había distribuido raciones por toda la superficie de la mesa y los músicos las atacaron con ganas, Ada sin embargo apenas probaba bocado.

—¡Vamos come! —La animó el violinista acariciándose la barriga en círculos. Era curioso, pensó Ada, era el único que hablaba castellano y sin embargo siempre acompañaba lo que decía con alguna mímica, debía ser su necesidad de hacerse entender dentro del estilo de vida que había elegido: fuera de su tierra y siempre rodeado de extranjeros.

—¡Cuéntanoslo! —fue la voz del guitarrista la que sacó a Ada de su mutismo. Le sorprendió; que ella recordara era la primera vez que hablaba desde que le cediera el micrófono, no sabía Ada si por timidez o por rencor de que lo hubiera desplazado.

—¿Que te cuente qué? —Para ser lo primero que decía pedía mucho, según Ada.

—Sí, vamos, somos desconocidos, no vas a volver a vernos nunca más probablemente y es Navidad. Si este no es el momento ideal para que nos cuentes tu triste historia...—dijo mirando a los demás.

Los tres la miraron esperanzados.

—Sí, vamos, igual nos da para componer una canción —dijo el violinista y se metió en la boca una buena loncha de jamón.

—¡Vaya, esto es una encerrona! No sabía que estuvierais tan aburridos —contestó Ada llevándose la copa a los labios.

—Pues así es, vamos, ¡anímate! —dijo el violinista, moviendo un arco imaginario sobre un violín también imaginario, animándola a tocar.

—Está bien —concedió Ada y se arrancó sin hacerse de rogar más, ¿por qué no? Les contó la historia de la jugarreta de Germán y Eva y la reacción de Mario, pero sin dar detalles de qué se trataba ni de qué negocio, ni ninguna pista comprometedora, no quería, por muy improbable que pareciera que luego circularan por ahí rumores.

Cuando acabó su historia Ada levantó la cabeza y sorprendió el desconcierto con el que se miraban.

—¿Y ya está? —preguntó el contrabajista—. ¿No hay nada más: infidelidades, alcohol, drogas, peleas?

—No te lo tomes a broma. Ya sé que comparado con eso esto no parece tan importante, pero el que él se desprenda de mi al primer contratiempo, me parece muy mal precedente de cómo van a ir las cosas —contestó Ada a la defensiva arrepintiéndose de haberse confiado a extraños.

—¿Y cuáles son los errores que tú pensabas perdonarle entonces? ¿Esas son tus palabras, o no? Las parejas esas que se aceptan tal como son y se perdonan los errores —dijo agitando una mano como si desenrollara un carrete, pero ¿por dónde empiezan según tú? —insistió.

Ada se quedó pensándolo en silencio.

—No es fácil contestar a eso, ¿eh? —preguntó el violinista muy satisfecho de sí mismo.

—No, no lo es —reconoció Ada.

—Y mañana es un día muy importante para él, según me has dicho, el día que lleva esperando toda su vida, el que necesitaría el apoyo de los que le quieren y tú ... ¿no vas a estar ahí?

Ada negó con la cabeza.

—Ya has visto lo que hay al otro lado —sentenció el noruego con su acento tan inarticulado como su forma de cantar. Ada lo miró sin comprender y vio sorprendida como el boquerón en vinagre que tenía trinchado en un palillo se le caía dentro de la Coca Cola. Ella hizo una mueca de asco, pero él no se contrarió lo más mínimo, lo sacó con el dedo y se lo comió sin más.

—¿Al otro lado de dónde? —preguntó Ada que no entendía a qué se refería.

—Al otro lado de su rechazo. Te viniste a Roses y te pusiste a cantar con los primeros desconocidos que te salieron al paso. No se acabó el mundo, ni te cortaste las venas. ¡La vida sigue!, así que, ¿qué temes? —dijo dándole un sorbo a la Coca Cola aliñada.

Ada inclinó la cabeza con una media sonrisa. Los ojos le brillaban.

—¿De dónde eres? —le preguntó.

—Liechtenstein.

Ada se echó a reír, creía que ese sitio solo existía en los mapas. ¡Qué equivocada había estado, en todo!

—Tienes razón, no se ha acabado, pero no quiero que se crea que puede tratarme así y luego arreglarlo con una disculpa. Se le da muy bien desprenderse de las mujeres con pocos miramientos.

—¿Pero no dices que lleva nueve años esperándote? —El guitarrista volvió a la carga.

—Sí, eso dice él y será verdad, yo no lo pongo en duda.

—¿Y entonces?

—Entonces tiene que tomar de su propia medicina y saborearla para aprender que con los sentimientos de la gente no se juega —dijo Ada con mucha firmeza.

—¿Eso quiere decir que lo estás castigando? Pero es un poco fuerte fastidiarle un día como ese, ¿no te parece? —dijo el violinista, poniéndole una croqueta en la mano que había cogido con una servilleta— come.

—Eso he pensado también yo, pero no estoy segura, igual en un día como ese es cuando más se aprende.

—Tú no pareces así de fría —dijo pinchando otro boquerón.

—No, por supuesto que no, pero tenía que intentarlo. Ahora me temo que me lo he pensado demasiado —dijo Ada sin quitarle ojo al boquerón que se balanceaba peligrosamente de nuevo sobre la Coca Cola.

—No tienes tiempo que perder, tienes que salir ya.

—¿Tú crees? Alquilo un coche.

—No, un coche no, ve en avión.

—Hecho —dijo Ada radiante.

—¿Necesitas dinero? —preguntó el violinista.

—No, en absoluto, ya me habéis dado todo lo que necesito —Le dio un mordisco a la croqueta y se obligó a comérsela y picar algo más. Tenía que reservar un vuelo para el día siguiente, recoger sus cosas y buscarse un taxi que la llevara por la mañana a Barcelona; le convenía reunir algo de fuerzas—. Me gustaría que vinierais por Madrid, ¿lo habéis pensado?

—No. Nos gustan las ciudades con mar, siempre cantamos en los paseos marítimos, pero ya lo pensaremos. ¿Cantarías con nosotros?

—Claro, cuenta con ello.

LO primero que hizo Ada al llegar a casa fue reservar el vuelo y pedir el taxi para que la recogiera a las seis y media de la mañana, luego llamó a Sara.

—¿Te he despertado?

—¡Ada! ¿Qué pasa? ¿Pasa algo? —preguntó Sara alarmada.

—No tranquila, no pasa nada, ¿te he despertado?

—¿Tú qué crees?

—No sé, solo es la una menos veinte, podrías estar leyendo —dijo con tono inocente.

—No guapa, me metí en la cama a eso de las once. Tengo mucho trabajo y estoy muy cansada.

—No me digas eso, que necesito un vestido con urgencia. Bueno un vestido no, algo con lo que pudieras jugar a un videojuego.

—¡Adaaaaa! —gritó su hermana contenta—. Yo lo sabía, tú no podías fastidiarle el día, por mucho que el «ojitos bonitos» se lo mereciera, además sé lo mucho que lo quieres y tú eres mucho más como papá en ese sentido.

—No sé yo... ¿podrás prepararme algo? —dijo impaciente.

—Siiii…, no será muy difícil, ya lo tengo preparado. Tenía la esperanza de que recapacitaras y por si lo necesitabas reservé un mono camisero ligeramente bombacho, como esos que a mí me gustan. Va rizado a la cintura, como en una especie de cinturón ancho y el cuello de cisne, también rizado y acabado en un volantito que recoge la barbilla. ¿Qué te parece?

—Suena bien y cómodo.

—Por delante va abierto desde el cuello hasta el nacimiento del pecho, insinuando el canalillo.

—¿Insinuando canalillo? ¿Y de qué color, si puede saberse?

—Rojo.

—¿Rojo? Muy llamativo, yo quería pasar desapercibida el mayor tiempo posible, que no me descubra muy pronto, y de rojo...

—Lo siento, pero es del color que lo hemos hecho, no empieces, además tiene una caída impresionante, ya verás y las mangas, también bombachas y con los puños rizados, te va a encantar.

—Sí, de eso estoy segura. ¿Y los zapatos? ¿Y el abrigo? —preguntó ansiosa, cuántas cosas tenía que preparar.

—Habrá que conseguirte unos rojos si no los tienes, ¿altos o bajos?

—Da igual porque no voy a jugar de verdad, solo estaré sentada ante un ordenador. Y luego pasearé por el cóctel como todo el mundo.

—Vale intentaré encontrarte unos botines rojos y si no unos de salón de toda la vida.

—¿Y de abrigo?

—Quieres que te preste mi peluche de capa, ¿eh? Se te ve el plumero.

—¿Crees que le quedaría bien?

—¡Perfecto! Ya lo había pensado.

—Sara, ¿lo tenías preparado todo?

—Sí cariño, te conozco, llevo muchos años observándote. ¿Y tú, lo tenías planeado así desde el principio?

—No, estaba enfadada de verdad y decidida a dejarlo ahí, pero luego cuando vino, comprendí algunas cosas. Él se ha buscado su propio motor en la vida, lo que le impulsa. Algo especial, que a él le sirve, y cuando le ha venido un revés lo ha puesto en duda, se ha sentido inseguro, en fin, lo nuestro ha sido complicado. Voy a darle una oportunidad y hacer todo lo posible porque funcione, pero si no resulta, seguiré adelante con mi vida, sin miedo.

—Bien pensado.

—¿Me acompañas?

—¿Cómo que si te acompaño? ¿No he recibido invitación que yo sepa?

—No te hace falta.

—¿Puede entrar todo el que quiera?

—No, claro que no, eso sería inviable, además hay un ordenador en cada puesto reservado. Había mucha demanda y una larguísima lista de espera. Quitando nosotros y su familia, van jugadores profesionales, entendidos del mundo del videojuego y la prensa especializada.

—¿Y entonces?

—Me ha dicho Alberto que Eva ha dejado a Nacho, su puesto se ha quedado libre.

—¿Qué lo ha dejado, no me digas? ¿Definitivo, por Florian?

—No, creo que no. Se ha ido a Barcelona con una amiga mientras supera lo ocurrido.

—¿Pero va a dejar a Nacho? —preguntó Sara preocupada.

—No lo sé, yo creo que ella lo quiere de verdad, pero ya no sé si conozco a Eva o si está bien de la cabeza.

—¿Tú vas a perdonarla?

—Ella no me ha llamado, ni ha dado la cara en ningún sentido. Lo prefiero así, al menos por el momento. No le perdono el daño que le ha hecho a Mario. Él nos ofreció su videojuego con mucha generosidad, podría haberlo hecho con gente mucho más experimentada en este mundillo, y no digamos el bochorno del chantaje de Germán. ¡Vaya como le hemos pagado!

—Tú no has tenido la culpa de eso —dijo Sara incrédula.

—En cierta forma sí, porque Germán llegó a él a través mía.

—¡Eso no es verdad, todos sois compañeros porque estudiasteis juntos! ¡Germán también era compañero de Nacho y Florian, de Mario, así que no te culpes!

—Me siento mal igual y hasta que no la perdone Mario, o al menos la tolere por Nacho, o por lo que sea, yo desde luego no voy a influir.

—Te comprendo —dijo Sara bajando la voz, sabía que era duro para su hermana no perdonar a su mejor amiga, pero también entendía sus motivos.

—¿Vendrás?, ¡anda, necesito tu apoyo, di que sí!

—Está bien, voy porque comprendo que va a ser violento para ti, el recuentro con Nacho, con Mario y con su amigo, ¿Cómo se llama?

—Miguel.

—Eso, y dime, ¿cómo crees que te acogerá Miguel, no solía verte con buenos ojos, no es así?

—Desde que lo dejé con Mario la primera vez no, pero la verdad es que en esta segunda etapa no me ha mostrado animosidad y cuando tuvimos el encuentro en mi oficina me mostró más consideración que el propio Mario. No sé qué pensar.

—No te preocupes por eso ahora, yo estaré por allí y como te mire mal le amplío el tren de aterrizaje ese que tiene sobre la mollera —dijo con amenazante tono de guasa.

—Bien, pues ¿cuándo nos vemos? Hay que estar allí a las ocho, pero yo quiero entrar de las últimas, no quiero que me vea nadie hasta que no estén sentados, así no me abordarán.

—Comemos con los papis y luego nos venimos a mi casa descansamos un rato y nos preparamos. ¿Te parece?

—Hecho. Buenas noches cariño. Te quiero mucho.

—Y yo a ti. ¡Me muero por ver la reacción del «ojitos bonitos»! ¡Descansa!

Mario abrió los ojos y vio el lado derecho de la cama vacío. Evocó el recuerdo de la espalda de Ada, el suave movimiento de sus omóplatos separándose y volviéndose a juntar al respirar, la línea de su columna, la curva de su pelo que siempre se lo colocaba sobre la almohada. Se giró y miró la claraboya del techo que ya le dejaba ver la luz de la mañana. Sintió las mariposas en el estómago que le recordaban que hoy era el gran día y que tenía que estar al cien por cien por todos lo que dependían de él. La mejor manera de abordarlo, pensó, era olvidándolo, no quería que se tiñera de su tristeza. El terreno del videojuego era su oficina, con sus compañeros, en su casa era mejor no dejarlo pasar.

Volvió a pensar en Ada, cómo hubiera sido ese día con ella, si se hubiera despertado a su lado. Tristemente se daba cuenta de que mientras había estado con ella, había estado tan pendiente de su actuación, de mostrarse interesante, divertido, original, de ser un buen amante, de escucharla, en fin, se había esforzado tanto por gustarle, por volverla loca, que no le había mostrado lo que él era en realidad, la forma ñoña y arrobada en que se le quedaba mirando por las mañanas cuando ella aún dormía, las ganas que había tenido de poner su cabeza sobre su pecho desnudo y agarrarse a su cintura. Ahora podría contarle todos sus temores ante la celebración de esta noche, o podría hablarle de lo mucho que le hacía sufrir a veces su orgullo, probablemente porque era demasiado grande y le dolía mucho cuando alguien se lo maltrataba, como había hecho Germán, jactándose de que se había portado mejor con Ada que él y de que la conocía mejor.

O quizás podría haberle enseñado el dilema que era para él elegir su ropa cada mañana, la lucha entre lo que quería ponerse y lo que le iba a costar defenderlo. Sí, le gustaba ver su imagen de una determinada manera y defenderla le hacía mostrarse hiriente con algunos, sobre todo en el mundo en el que se movía. Y esa defensa no era tan segura como todos creían, en el fondo escondía algo de vergüenza, de dejar a la vista de todos que era coqueto o lo que quiera que fuera y le importaba muchísimo lo que Ada pensara de él. Alguna vez ella le había hecho una broma al respecto y no terminaba de estar seguro si le gustaba o se burlaba de él. Quizás por eso iba en bicicleta a todos lados, era como su forma de declarar al mundo que no vestía así porque quisiera mostrarse muy poderoso, ni por encima de los demás, no le interesaban los coches caros o las motos, simplemente le gustaba verse guapo y elegante, joder, ya está, ya se lo había confesado a sí mismo que era lo que más le costaba.

Pensó en que nunca le había mostrado su habitación, la de la casa de sus padres. Su colección de cajas Himitsu-Bako, su colección de mecanos, ni la de camisas a dos colores.

Volvió a recrear su imagen, y eso despertó su deseo. Le hubiera gustado demostrarle que podía hacerle el amor de otra manera, no hubiera tardado ni dos minutos en lugar de esa disciplina férrea que se imponía de hacerla esperar hasta que la sacaba de quicio y se lo pedía a veces casi con rabia. A lo mejor a Ada le hubiera gustado, quién sabe, igual le hubiera tranquilizado saber que también perdía el control como todo el mundo. Ya no lo sabría, se maldijo, iba a ser verdad eso que dicen de que se lamentan más las cosas que no se han hecho y ahora entendía el porqué, es porque si lo haces al menos te queda el recuerdo, y el recuerdo si es bueno te hace disfrutar y si es malo te ayuda a aprender.

Tiró de las sábanas con rabia y se las desenganchó de entre las piernas, estúpido movimiento que por poco le cercena la dolorosa erección en la que había desembocado sus recuerdos. Se puso el bañador como pudo con la esperanza de sosegar su malestar nadando.

Un par de horas más tarde se encontraba en su oficina con todos los que tenían que subirse al escenario con él. Ya habían ensayado la ceremonia todos los días de esa semana menos el martes que fue a Roses y ese no era el momento de seguir porque ya no iban a adelantar nada si no más bien lo contrario. Ese era el momento de distenderse, cambiar impresiones y dar salida a sus temores a través de las bromas. El despacho de Mario estaba lleno de gente sentados por todos lados, incluso en el suelo. Habían pedido comida y bebida a un catering y estaban de fiesta.

Miguel sin embargo estaba preocupado por Mario. Seguía intentando hablar con Ada, pero ella no le cogía el teléfono y ya no tenía esperanzas de que la situación se arreglara y sin ella, sabía que a Mario todo le daría igual. Era consciente e incluso lo había discutido con Clara que Mario seguía adelante por ellos, por el equipo, pero que no tenía el alma, ni la ilusión que necesitaba. Ella le había tranquilizado, le había dicho que, sobre el escenario, con los nervios escénicos se olvidaría de ella y se centraría, ¡ojalá fuera cierto!

LA tarde del viernes veintidós de diciembre era todo lo que uno se podía esperar y más: ruidos de músicas y circulación, brillos de luces navideñas y de coches, prisas, celebraciones, cenas de empresas, cabreos monumentales. Ada iba achuchada entre su hermana y su cuñada. Su padre se había ofrecido a llevarlos, porque era una noche infernal para coger un taxi, hasta el casino donde tendría lugar la presentación y después el cóctel.

Sara iba protestando, pidiendo por favor cuidado para sus vestidos.

—No los arruguéis mucho, alisarlos bien por el culo— pedía con lo que Ada sabía era guasa para darse importancia.

—Si te parece levito —replicó Ada—. Pili no tiene problemas, no le has dejado tela en el culo que arrugar.

—Ella puede permitírselo, no tiene prácticamente carne, ni altura para parecer «un cigüeño» — dijo con desparpajo. Sara ya tenía la costumbre de describir los hechos como solían hacerlo las modistas, sin tener en cuenta si removía complejos o hería sentimientos.

—Alberto —llamó Pili—, tu hermana me está llamando enana.

—Sí ya lo veo, se ha dejado el otro medio vestido en el taller. ¡Cómo se van a poner los *gamers*!

—¡Ja! Eso era antes, ahora los *gamers* son famosos, son héroes y como tales van al gimnasio, se ponen guapos y ligan, ellos y ellas, son muy populares —intervino Ada.

—¿Y eso qué?, más a mi favor, ahora se ven con más posibilidades, más seguros de sí mismos —contestó Alberto que no entendía la lógica de su hermana.

—¿Os dejo en la misma puerta y sigo? Avisadme cuando terminéis, por si queréis que os recoja —ofreció Eduardo.

—Gracias papá, pero date primero una vuelta más, todavía falta unos minutos para las ocho y quiero entrar de las últimas a ser posible —contestó Ada—. Yo, si todo me sale bien espero marcharme con Mario.

—Eso no lo dudes, tenías que haberle visto la cara cuando hablé con él. Estaba hundido. Tienes que procurar que te vea pronto, para que recobre la alegría y ponga todo su empuje en la presentación.

—Eso —le susurró Pili—, sobre todo su empuje.

Las tres estallaron en risas y Alberto se dio la vuelta para mirarlas sonriendo, con los ojos brillantes, le hacía muy feliz ver a sus tres chicas riéndose juntas. Retuvo unos segundos la mirada en Pili, y le transmitió un mensaje secreto con los ojos que ella le devolvió.

Eduardo dio la vuelta al llegar a la siguiente rotonda. El tráfico se estaba volviendo imposible y al final iban a llegar tarde y no les iban a dejar pasar. Cuando tomaron el camino de entrada al casino Ada sentía los latidos del corazón golpeando su estómago. Estaba todo tan elegante, le recordaba las sensaciones que tuvo cuando vio la casa de Germán adornada para la boda de su hermano. Los jardines frente al casino exhibían tres grandes bombillas redondas de las que partían chorros de agua a modo de flores. Todo lo demás estaba oscuro, a excepción de las delicadas luces navideñas que decoraban el edificio y la luz de la entrada que iluminaba al portero en toda su solemnidad.

Sara que estaba en el lado de la entrada, esperó a que éste le abriera y le dio las gracias. Bajaron bajo la atenta mirada de Sara que no perdía de vista el trato que recibían sus vestidos y Ada se apresuró a mirar a su alrededor por si había alguien conocido. Al parecer todos debían estar ya en sus asientos.

Le temblaban las piernas, y por dentro no paraba de implorar, no sabía a quién, que todo saliera bien. El espacioso hall tenía una exótica decoración navideña, pero Ada apenas si la registró, solo constató que parecía un sitio totalmente diferente al que había visitado cuando había ido a trabajar y le alegraba que luciera así en el gran día de Mario. Se dirigieron a la sala sin problemas, se conocían el camino de memoria, había dado bastantes viajitos a ella y ocuparon sus puestos en la última fila. Ada lo había dispuesto así desde el primer día, porque así podía controlar como se desarrollaba todo, y si hubiera algún problema responder, aunque ahora sería Nacho el que estaría controlando que todos los ordenadores estuvieran funcionando correctamente.

Fue a Nacho al primero que saludó con una sonrisa y le mantuvo la mirada, no era el momento de hablar, pero con los ojos intentó comunicarle cuanto sentía lo ocurrido y que nada había cambiado entre ellos. Sara también lo saludo con dos besos porque se sentó a su lado, y al otro lado de Ada se sentaron Alberto y Pili. El asiento del extremo, el de Maxim estaba vacío. Ella lo había estado llamando desde que salió de Roses, pero él no le contestaba, cosa habitual en él que era un desastre y siempre olvidaba cargarlo, esta vez sin embargo le parecía que además la esquivaba. Unos minutos después de salir de casa lo había vuelto a intentar por última vez desde el coche y por fin lo había conseguido. Le había dicho que no pensaba ir, que le había decepcionado mucho y que no había olvidado la forma en que la trató. Ada le pidió que lo reconsiderara, que ya lo hablarían con más detenimiento, pero que ella no pensaba fastidiarle el día, que recordara lo generoso que había sido con ellos. Finalmente, Maxim había accedido, pero como ya no le daba tiempo a llegar a la presentación, dijo que llegaría para la hora del cóctel.

—Eso, tú no te pierdas la comida —había bromeado Ada, y su risa le infundió algo más de esperanza en retomar poco a poco la normalidad.

Por el momento, en el auditorio, todo el mundo estaba sentado hablando. Los ordenadores estaban apagados pero mucha gente ya había desplegado la bandeja y estaba buscando el botón de *on*, como ellos ya habían anticipado. ¡Qué sorpresa se iban a llevar, nadie iba a encender nada hasta que no llegara el momento!

Ada volvió a mirar a Nacho y este extendió una mano. Ada la tomó y la apretó con fuerza, luego con la otra tomó la de Alberto y cerró los ojos. Volvió a desear que todo saliera bien.

Se apagaron las luces y comenzó la música del videojuego. Era totalmente original, se la había compuesto expresamente una compositora que él mismo había seleccionado después de escuchar el trabajo de varios. La pieza completa era uno de los archivos que contenía el famoso CD, pero que ella supiera no se había escuchado por ahí. Al menos Germán se había comportado y al parecer había mantenido a raya a Florian, que es al que ella más había temido. Comenzaba con un magnífico coro, lo que le daba un toque muy épico y además la hacía muy feliz porque sabía que lo había hecho pensando en ella, pese al aumento considerable en la inversión que eso significaba.

El auditorio, con espacio para dos centenares tenía esa noche un aspecto diferente. El escenario solo contenía una gran pantalla de cine y cinco banquetas. Ella ya sabía que la presentación sería breve, y que luego darían paso a la intervención del público para que lo explorara a sus anchas. En un silencio de la música se encendió una luz cenital y bajo ella les sonreía una de las dibujantes del proyecto. Con su melena brillante rosa y su singular maquillaje parecía una operadora virtual de un chat online. Continuaron los violines a media voz y ella les dio la bienvenida y les anunció lo que iban a presenciar. Con muchos nervios invitó al escenario a Mario Requena.

Ada se descubrió apretándose contra el respaldo del asiento y contuvo el aliento los segundos que transcurrieron hasta que lo vio caminar decidido por el escenario, con la mirada fija en la chica e impulsado por el arranque del coro majestuoso. Le dio dos besos a su compañera y por fin se giró a mirar y saludar al público que le aplaudía. Llevaba un traje negro como no podía ser de otra manera, de corte estrecho, sin corbata, ni pajarita, ni ningún otro adorno. De la camisa también negra sobresalían un par de líneas blancas oblicuas que apuntaban hacia su ombligo. El pelo un poco largo se le rizaba por el cuello y alrededor de las orejas y sus ojos cautivaron al público en cuanto los paseó sobre ellos. La compañera se retiró y lo dejó solo en el escenario.

Comenzó agradeciéndoles la asistencia en un día tan importante para él, y Ada en seguida supo, ya sin ningún género de duda, que había hecho lo correcto. Luego se dio la vuelta, se desprendió de la chaqueta y la colocó en el respaldo de uno de los cinco taburetes altos que había al fondo. La camisa negra en seguida llamó la atención de todos, porque delineaba, con un fino ribete blanco, la museta y los hombros, así como las dos líneas oblicuas que insinuaban los abdominales a manera de *superhéroe*. Era un toque simpático y desenfadado que incitaba la imaginación.

—Está muy guapo «el ojitos»— le susurró Sara con elegancia. Cuidándose de no babear por el hombre de su hermana.

—¿A que sí? —contestó Ada con orgullo.

La música se atenuó para acompañar expresivamente el discurso de Mario, sin solaparlo y todos centraron su atención.

—Esta noche tengo la ilusión de presentaros el sueño de toda mi vida y el trabajo de un montón de amigos, de fieles amigos: brillantes, trabajadores y leales amigos. Entre todo hemos creado un mundo posible, un mundo en potencia de cumplir vuestros deseos, de haceros por un rato vislumbrar lo que podéis llegar a ser, de meteros en la piel que siempre quisisteis ocupar —fuertes aplausos interrumpieron a Mario, que paró un momento sonriendo y contemplando al público, hasta que alzó su mano pidiendo silencio para continuar—. En «*Y si*» todo puede ocurrir, dependerá de vosotros que saquéis lo mejor y lo peor que llevéis dentro. Los mundos de «*Y si*» están por inventar, por vivir y vosotros seréis sus personajes.

Cada partida durará un máximo de hora y media, y no podréis jugar más de una al día. El seguimiento del juego podréis hacerlo en una sola conexión diaria, a la hora que elijáis: al final de una dura jornada de trabajo, si os parece. Nada de notificaciones continuas, no queremos robaros vuestro tiempo, no queremos que os obsesionéis ni que os hagáis adictos, queremos que os divirtáis.

Mario continuó su monólogo, interrumpido de vez en cuando por el entusiasmo del público, explicó que, aunque cada uno podía personificar lo que quisiera y dar salida a todas sus emociones, incluidas la ira y la violencia, el juego tenía los límites éticos y legales de cualquier otro videojuego. Para extenderse en ese punto llamó a Clara al escenario. Esta se acercó vestida con un traje chaqueta de pantalón blanco complementando a Mario. Ada no pudo evitar admirarlos y sentir un poco de celos, de pronto se sintió insegura de su mono rojo, ahora le parecía llamativo y exagerado, miró a Sara y esta le movió negativamente la cabeza leyéndole la mente.

—Tú eres mujer de rojos y tu cuerpo también. Sois miembros de distinta especie— le dijo en un susurro.

Clara continuó el discurso y Ada ya menos interesada en mirarla, prestó atención a las imágenes que proyectaban en la gran pantalla del escenario. Eran imágenes del proceso de producción y en ellas se veía al equipo en distintas circunstancias, con Mario y Miguel entre ellos. Se les veía a sus anchas disfrutando: había imágenes de concentración, de discusiones más o menos acaloradas, de risas, de celebraciones de cumpleaños y de bromas pesadas. Ada miraba embelesada cada imagen de Mario con el orgullo y la intensidad que motiva el amor, como si se tratara del hombre más importante y sobresaliente del mundo, de su mundo.

Mario también aprovechó la intervención de Clara para observar al público, pero estaba demasiado oscuro para distinguir a nadie. Buscó en la última fila donde sabía que estaría Nacho y esperaba que también Alberto con su mujer y quizás con un poco de suerte Maxim, sin embargo, le pareció que había cinco personas y justo en el centro...no, no podía creer lo que veía, eran las ganas las que le estaban jugando una mala pasada, no podía ser Ada, aunque parecía la silueta de su cabeza, con los rizos escapándosele alrededor. Lo que comenzó a escapársele fue el corazón por la boca, de repente no sabía dónde estaba ni cómo se llamaba, parecía que se le había hecho un silencio y que solo estaban ella y él. No se atrevía a hacerse ilusiones. Escuchó al público reírse de nuevo y a Clara hablándole, pero no había registrado lo que decía, sacudió la cabeza para despejarse y ella le echó un capote, introduciendo el siguiente punto en el guion que era los dibujantes. Intentó concentrarse, si Ada estaba ahí qué significaría, ¿la vería después? Prestó atención a Clara y trató de retomar el hilo.

El escenario se fue llenando de gente con cada uno de los miembros, al menos los principales, que formaban parte del equipo empezando por Miguel. A Ada le dio una extraña alegría verlo, esta vez ya no le temía, recordaba su mirada amable el día que pasó todo, y sabía que le había llamado varias veces, aunque ella no se las había devuelto.

La presentación se acercaba a su final y Mario retomó la palabra. Volvió a agradecerles su presencia y recorrió su mirada de nuevo entre el público.

—Ahora os dejo para que toméis contacto con «Y si». Cuando yo deje de hablar, se irán encendiendo vuestros ordenadores y podréis interactuar con ellos, con el teclado y el ratón que encontraréis encastrados en las bandejas de los asientos que tenéis al frente. Si tenéis alguna pregunta encontraréis un icono con una interrogación y eso os pondrá a la cola para formularla y todos escucharemos la respuesta.

Solo me queda recordaros que «Y si» es para divertirnos, es un entretenimiento muy, muy diferente a lo que hemos conocido hasta ahora, pero no es vuestra vida real, y yo personalmente cambiaría todo esto por pasar una sola noche con la mujer que amo —dijo Mario mirando firmemente en la dirección en que creía que había reconocido a Ada.

A esta declaración siguió una ovación y muchos aplausos, entre ellos el de Ada, pero no hizo ningún otro gesto que le declarara sus intenciones.

Una hora y media después de preguntas del público anunciaron el final de la presentación y Mario les invitó a sumarse a ellos en el cóctel. La música subió de volumen y se redoblaron los aplausos. El equipo abrazado en una gran fila sobre el escenario sonreía al público y se despedía abandonando paulatinamente el escenario después de que lo hiciera Mario.

Cuando salió Miguel, excitado y como en una nube sintió unos brazos que lo atrapaban y le hacían girar de golpe.

—¡Qué coño! ¡Mario! ¿Qué pasa? —preguntó con su habitual mirada de ido ahora más que justificada.

—¿Has visto a Ada? —preguntó impaciente.

—¿A Ada? No, yo no, ¿tú sí?

—Creo que sí, está sentada en su sitio, con Nacho, su hermano y dos chicas más, o eso me ha parecido —dijo todo excitado.

—¡Cómo me alegro amigo, no nos ha decepcionado, no nos ha dejado tirados hoy, bueno a ti, seguro que lo ha hecho por ti! —Le abrazó Miguel infundiéndole optimismo. Mario sonreía como un tonto.

—¿Se quedará al cóctel? —preguntó inseguro.

—Corre a averiguarlo, no hay otra manera.

Mario se giró, pero se encontró un muro infranqueable de abrazos, palmadas en la espalda, choque de manos y besos de sus compañeros. Estaban excitados por el acogimiento del público de su trabajo y no podía dejarlos sin más. Se dejó achuchar y vapulear sonriente y mostrando un entusiasmo que nada tenía que ver con lo que le rodeaba.

Ada al abandonar el auditorio espero a Nacho que venía detrás de ella y le abrazó con cariño.

—Siento que Eva no esté aquí —le dijo con sinceridad.

—¿Significa eso que la has perdonado? —preguntó esperanzado.

Ada negó suavemente con la cabeza, como indecisa.

—No Nacho, lo siento por ti, porque sé que la echas de menos y que querrías tenerla a tu lado, disfrutando de esta noche, pero yo no puedo perdonarla. Ha puesto en peligro todo esto —dijo extendiendo sus brazos y abarcado el espacio alrededor—, al menos no puedo aún, no lo siento dentro de mí. He estado todos estos días asustada de que saliera algo a la luz que lo estropeara todo. Todavía —dijo juntando las manos a modo de súplica—, hasta que todo esto acabe, sigo preocupada.

Sintió que alguien le daba dos toques en la espalda. Se giró y vio dos mujeres. Le costó unos segundos reconocer quienes eran. ¡Eran la madre y la hermana de Mario!

Las sonrió a ambas, tratando de recordar sus nombres, pero la madre la sorprendió agarrándole la cara y mirándola a los ojos con el corazón saliéndosele por ellos.

—Gracias cariño por estar aquí, significa mucho para mí, me has dado una gran alegría. Él te necesita y hoy es un día tan importante para él. —Seguidamente la besó y después ella le dio dos besos. Laura, de ella sí recordaba el nombre, estaba guapísima, ya era por supuesto una mujer.

Saludaron también a Nacho, al que ya conocían y se dirigieron juntos al cóctel. Tuvieron que atravesar el hall del casino y llegaron a lo que parecía un invernadero acristalado hasta el techo y exuberante de vegetación. La iluminación y el suelo de terrazo anaranjado le daba un brillo casi diurno. Las luces navideñas que se veían a través de los cristales creaban una atmósfera titilante como de fiesta de Walt Disney. El amplio espacio estaba salpicado de mesas con contenidos multicolores cargados de aromas que despertaron el apetito de Ada que llevaba días sin comer en condiciones. Se dirigió decidida a una de ellas; primero la comida y luego el vino, se dijo. La banda sonora del videojuego se escuchaba de fondo, trató de prestarle atención para sosegar los nervios y conseguir comer algo mientras llegaba Mario. No llegó a su destino, sin embargo, la interrumpió un antiguo compañero de la universidad que hacía mucho tiempo que no veía. Tuvo que pararse a hablar y en seguida se les unieron otros, incluido Nacho, en realidad fue una grata sorpresa. Al poco apareció Miguel, le decepcionó que no fuera Mario el primero, parecía que no tenía prisa por comprobar si ella seguía ahí. Él paseó su mirada por toda la sala, hasta dar con ella. La miró, le sonrió y Ada se percató de que la estaba buscando y que iba a acercarse, pero tardó lo suyo porque por el camino no paraban de retenerlo.

Cuando por fin llegó a ella le tomó una mano y se la beso mirándola fijamente con su atractiva cara de loco.

—Me alegro mucho de que estés aquí —dijo llevándose su mano al corazón.

—Ha sido fantástico, de veras, habéis estado estupendos, creo que la reacción del público ha sido todo lo que esperábamos y más.

—Mario está loco por salir, pero los compañeros lo han tomado al asalto y no lo sueltan. ¡Milagro será que salga vivo! Pero estoy seguro que en cuanto se libere vendrá a buscarte.

Ada escuchó esa información sin dejar revelar nada con su expresión de lo que sentía. Se dio la vuelta y buscó con la mirada a Sara, hacía mucho que no la veía, ¿qué estaría haciendo?, la había abandonado. Miguel siguió la dirección de su mirada y la posó también en Sara con admiración.

Ada sorprendió su mirada cuando se giró de pronto para decirle que se reunía con su familia y él la acompañó a saludarlos. Pero nada más llegar se escuchó una exclamación unánime y Ada se dio la vuelta para ver aparecer a Mario en la sala. La música y el ruido cesaron, al menos para ella. Su mirada ansiosa que paseaba por la sala le indicaba que la buscaba y eso le daba tiempo para contemplarlo a sus anchas. Traía de nuevo la chaqueta puesta y era evidente a juzgar por lo que le había dicho Miguel, que debía de haber dedicado unos minutos a arreglarse antes de salir. En algunas de sus muecas impacientes, Ada comprendió que la gente no paraba de llamar su atención y decirle cosas desde lejos.

Por fin la vio y se quedó quieto mirándola. De rojo, pensó, como aquella otra noche de hace nueve años, con la misma soltura y la misma gracia sensual. Ada le estaba mirando como todos los demás, pero no conseguía averiguar sus intenciones, era imposible, todo el mundo le hablaba a la vez y ella, aunque no le había desviado la mirada, tampoco le había sonreído.

Se dirigió hacia ella, quitándose a la gente de encima en la medida en que podía, sin ser grosero y vio que ella había retomado la conversación con los que la rodeaban, aunque continuaba lanzándole miradas de vez en cuando, percatándose de su tortuoso camino para llegar hasta ella.

—No sabía que ibas a venir —fue lo primero que le dijo Mario cuando la alcanzó— y me alegro muchísimo. Estás preciosa.

—No podía perdérmelo —dijo con una sonrisa sincera, pero neutral, sin complicidad ni mensajes secretos.

—Gracias, significa mucho para mí —le contestó mirándola fijamente a los ojos, con un anhelo que hizo a Ada derretirse por dentro y cambiar el ritmo de su respiración, no obstante, mantuvo a raya sus sentimientos.

—¡Ha sido fantástico, enhorabuena, has estado divertido, entusiasmado, emotivo, en fin, lo has clavado! Al final, todo ha salido bien gracias a Dios —añadió Ada mirando al cielo con cara de alivio.

Mario sonrió.

—Sí, qué alivio, después de todo lo que hemos pasado —y bajando la voz, mirándola, dijo confidencialmente—, y de todo el daño que nos hemos hecho.

Ada dejó escapar una sonrisa poco firme.

—No volvamos a mencionar eso, esta es tu noche y eso es lo único que importa —le dijo Ada con calidez, pero sin mostrarle su postura tampoco.

Miguel mientras tanto había intentado atraer la atención de todo el grupo para dejarles unos segundos de intimidad, no le fue difícil porque los demás estaban tratando de hacer lo mismo, pero pronto llegó alguien ajeno a la situación a separarlos. Ada devolvió la atención a su familia y Miguel se marchó con Nacho.

Mario se dio la vuelta sin embargo y la llamó sorprendiéndola.

—Ada.

—¿Sí?

—Y Maxim, ¿no va a venir? —preguntó con lo que parecía era pesar en la voz.

—Claro que sí —le tranquilizó ella sonriendo—, llegará en un rato, cuando salga de la nube esa que lo engulle de vez en cuando, ya lo conoces.

Mario sonrió ante la jovialidad de su respuesta, parecía que todo seguía somo si nada, y algo del peso que cargaba se retiró de su corazón.

—Míralo, por allí anda —Señaló Sara que los había estado escuchando.

Mario se giró a saludarla, no había tenido ojos más que para Ada y ni se había percatado de que estaba. Ese movimiento lo situó junto a Ada, que con los tacones tenía la cabeza a muy pocos centímetros por debajo de la suya, solo tenía que inclinarse un poco y besar sus labios. Mientras escuchaba a Sara, Clara saludó desde lejos a Ada reclamando su atención. Ella se disculpó para ir a su encuentro y pasó junto a Mario, rozándole suavemente con la tela sedosa de su mono rojo y desprendiendo, como hacían las flores su sutil aroma que él aspiró con fuerza. Al paso Ada pilló al vuelo por fin la copa de vino que tanto necesitaba.

—Hola —La interrumpieron en su camino.

Ada se giró y se topó con la cara simpática de la compañera de óperas de Mario.

—¡Hola, qué sorpresa! ¿Qué te ha parecido todo? —preguntó Ada cordial.

Ella le presentó primero a su acompañante y luego le confesó que no entendía nada de ese mundillo pero que la puesta en escena le había parecido muy emocionante.

—¿Y la banda sonora?

—Preciosa. Ya la conocía. Vino a pedirme opinión y le recomendé compositores. Hizo mucho hincapié en que la voz mezzosoprano fuera la principal, pensando en ti sin duda.

Ada se emocionó al escuchar esas palabras y buscó instintivamente a Mario. Éste charlaba con Maxim y debió percibirla porque levantó la cabeza y por unos segundos quedaron atrapadas sus miradas.

—Maxim, te agradezco que hayas venido, te has perdido la presentación. ¿Ha pasado algo? —lo saludó Mario con todo el afecto que verdaderamente sentía por él.

—No realmente, vine porque Ada me lo pidió como un favor personal —contestó este con sinceridad. Maxim era un hombre cariñoso que se entregaba de veras a los demás, pero cuando le fallaban era muy tozudo para volver a dar su favor.

—Sé que te decepcioné y que no te gustó nada mi comportamiento con Ada. Créeme, tu mirada de incredulidad cuando te diste por fin cuenta de lo que pensaba de Ada y tu disgusto cuando viste mi reacción, la he tenido presente todos estos días torturándome. Te doy mi palabra de que no volverá a ocurrir algo así de nuevo.

—Eso espero —dijo con seriedad—. Yo por mi parte, si Ada lo olvida también lo olvidaré, pero si no... En fin, quiero dejarte claro que mi lealtad está con ella. Llevamos unos cuantos años juntos y para mí es de mi familia —dijo Maxim con el corazón.

—Por supuesto, y yo te admiro por eso y me alegro de que Ada cuente contigo a su lado —Ofreció su mano y Maxim se la estrechó. Mario volvió a levantar la cabeza en dirección a donde había dejado a Ada y la encontró mirándolo. Ella asintió a la vez que levantaba la copa de vino en señal de aprobación y se la llevó a los labios. En ese momento alguien tropezó con ella, haciendo que por poco derramara el vino. Inmediatamente se le vino la imagen mental de Sara y abrió los ojos desmesuradamente, buscándola a su alrededor por si lo había presenciado.

—¡Oh, perdona, ese camarero pidió paso y me moví de repente! —se disculpó el número uno de los *gamers* de España. Con la visión periférica que él tenía, era imposible que no hubiera detectado ese bellezón vestido de rojo que tenía al lado, pero en momentos como este, hacerse el tonto y el ciego eran la mejor estrategia.

—Yo te perdono sin problemas, pero hay por aquí una chica, que es la que me ha prestado el mono, que como haya visto lo cerca que has estado de mancharlo de vino, igual exige tu cabeza —dijo Ada con guasa.

El chaval, al menos así lo veía Ada que creía era unos años más joven que ella, no estaba nada mal. Era del tipo musculoso de gimnasio que últimamente causaban furor, bastante atractivo y con el cuello y los brazos cubierto de tatuajes. Ese detalle la hizo separarse instintivamente unos centímetros porque le daban la impresión de que le iba a manchar el mono.

Sin embargo, el chico, no se percató de ese alejamiento porque se presentó, le dijo quién era, a lo que se dedicaba y como colaboraba estrechamente con Mario probando sus videojuegos antes que nadie.

Ella quiso darle esquinazo mencionando que iba a servirse algo de comida, todavía no había comido nada, pero no consiguió esquivar los reflejos del *gamer* que se ofreció a acompañarla y aconsejarla, porque él, palabras textuales: «ya se había puesto fino».

Mientras caminaba entre las mesas, él le fue sosteniendo el plato que ella llenaba con los bocaditos que le iban llamando la atención. Alberto la interceptó cuando hacía lo mismo y le guiñó un ojo.

—Aquí *ramoneando*, ¿no hermana?

Ada se rio con ganas.

—Esa es de diez puntos —felicitó a su hermano.

—Lo sé —dijo este satisfecho—. Solo te falta ir bajo palio,

¿no? —añadió bajito cerca de su oído, en clara alusión al moscón que llevaba al lado sosteniéndole el plato.

Ada le lanzó una sonrisa cómplice de resignación, ella ya sabía cuáles eran las intenciones del muchacho y ya encontraría una manera agradable de quitárselo de encima. Por el momento se centró en buscar un lugar menos abarrotado dónde poder posar el plato.

Mientras la veía comer, él le contaba anécdotas de los distintos juegos de Mario que había probado. Algunos no habían visto todavía la luz, a Mario le resultaban divertidos, pero por la reacción de los jugadores se había dado cuenta de que no eran muy comerciales. Uno de ellos, «el *top* de la ida de olla», según él, lo alcanzó con uno al que le había incorporado ópera. Tuvo que reconocer Ada que el muchacho tenía el don de la narración, era muy ingenioso, y antes de que se diera cuenta se la había ganado y la tenía escuchando muerta de risa y tapándose la boca con la servilleta, los repullos que se llevaba cuando en lo más emocionante del juego, le asaltaba por sorpresa el do alto del tenor, o la nota rompe tímpanos de la soprano.

Ada estaba disfrutando, no solo por como lo contaba sino porque le demostraba que efectivamente Mario no había dejado de pensar en ella en los años que habían estado separados, y que en todo lo que creaba la tenía presente. Por si ella pensaba que no podía quererlo más, esa noche le estaba enseñando lo equivocada que estaba.

—Veo que te estás divirtiendo a pesar de lo que decías —les sorprendió a ambos la voz de Mario que se había acercado inesperadamente.

—Sí, ya lo creo —dijo este girándose de golpe sobresaltado—, estoy aquí con Ada, contándole batallitas. Está muy bien este tinglado. ¡Cómo te lo has montado y los bocaditos estos están de muerte! —dijo el chico, ajeno a la tensión que Mario sentía por dentro—. Solo por eso te perdono que me hagas esperar para jugar hasta mañana. Si no es por Ada, ya me habría largado a jugar a casa, ya no tenía nada más que hacer aquí.

Ante esas inocentes palabras Mario desvió la mirada a Ada y la taladró con ella. Tensó la mandíbula y Ada pensó que no quería que fueran por ahí los tiros.

—¿De veras?, pues no te retengo. Voy a saludar a Clara que todavía no la he visto —dijo dirigiéndose a Mario y aprovechando la interrupción para esfumarse.

—¡Me la has espantado, tío! ¿Qué quieres?

—Ya nada, pero ándate con ojo.

—¿Qué pasa, es tu chica?

Mario asintió bajando los párpados con intención y sin añadir más palabras.

—Lo siento tío, no lo sabía. ¡Sí que está buena! —añadió y cuando vio la mirada de advertencia de Mario corrigió—. ¡Qué es muy guapa! Bueno, ¿cuándo nos vemos mañana? —preguntó cambiando de tema y concretando los detalles del día siguiente.

Mientras tanto Ada después de saludar a Maxim y agradecerle el que hubiera venido, se dirigió por fin a donde estaba Clara con Miguel. Llevaba el traje chaqueta inmaculadamente ceñido a su cuerpo, sin una arruga, al igual que su alisada melena rubia.

—Clara, enhorabuena, has transmitido el reto psicológico del juego y creo has interesado al público, al menos es lo que se comenta por ahí.

—¿De veras? Estaba muerta de miedo, sobre todo por Mario, no se concentraba estos últimos días, estaba abatido y no recibía el apoyo que necesitaba, más bien lo contrario.

Ada tragó saliva, eso que había dicho era verdad, hasta cierto punto. Igual ella tendría que haber puesto a Mario por delante de todo.

—Yo no estoy de acuerdo —intervino Miguel, sorprendiéndolas a las dos—, creo que esos contratiempos de los que habláis, le han venido muy bien, ha averiguado unas cuantas cosas sobre él mismo, que ya era hora de que se diera cuenta.

Ada le transmitió un mensaje de gratitud a Miguel con los ojos, sentirse comprendida por él significaba mucho para ella.

—Pues si tú lo dices Miguel que lo conoces como nadie, así será —dijo Clara decidiendo no meterse en ese terreno, donde estaba claro que no conocía todos los detalles—, además, por lo que nos decís, al final parece que lo hemos defendido bien.

Ada se alejó de ellos para buscar a su hermana, necesitaba que la animara, a medida que sentía acercarse el final del cóctel; ya se habían empezado a marchar algunos invitados, se iba poniendo más y más nerviosa. Había pasado hora y media y no creía que durara mucho más.

TRES cuartos de hora después atravesaban Miguel y Mario el hall del casino con los portátiles al hombro. Ya no se escuchaba música clásica navideña, ni había gente por los alrededores porque o ya se habían marchado a su casa o estaban en los salones de juego. Llevaban la cabeza baja, extinguido el entusiasmo del éxito de la noche, cuando se dieron cuenta de que Ada y sus hermanos se habían esfumado sin despedirse siquiera.

—Ahora está claro, había venido para no hacernos el feo en este día, pero para nada más. Iba en serio en Roses, ya se acabó —dijo Mario con amargura— hubiera preferido que no viniera, me repatean los buenos gestos y las buenas intenciones de mierda —se desahogó, dejando ir el veneno que le corroía las entrañas.

Miguel asentía con las manos en los bolsillos. No entendía nada, hubiera jurado que Ada había venido para quedarse. ¿Cómo había podido crearles esas falsas ilusiones, es que no se daba cuenta?

—¡Vaya, por fin chicos! ¡Cuánto habéis tardado, luego dicen que si nosotras somos unas tardonas! —saltó Ada de uno de los sillones del gran salón, dejándolos a los dos con la boca abierta.

Mario la miró serio e impenetrable y a Ada comenzaron a temblarle las piernas. ¿Por dónde iba a salir?

Miguel sintió el impulso de romper el silencio y aliviar la situación incómoda, pero lo pensó mejor. Era cosa de ellos dos.

—¿Estabas esperando? —preguntó al fin Mario controlando sus nervios. Percibió los de Ada e hizo un esfuerzo mayor por serenarse.

—Esperando a que me llevéis a casa. Se han marchado sin mí, y esta noche no hay quien coja un taxi —dijo ella con fingida seguridad.

—Pues yo lo siento Ada, he quedado con una chica, no puedo dejarla esperando —se disculpó Miguel y cambió de dirección hacia la puerta de la calle como alma que llevaba el diablo.

—No, no estaría bien —farfulló Ada que ya no miraba a Miguel si no a Mario con una muda interrogación en sus cejas.

—Te llevo yo —confirmó este con un único asentimiento de sus párpados.

Ada se dio la vuelta y fue a por el chaquetón de su hermana y su bolso.

Mario observó cómo se dibujaba la silueta de su trasero al inclinarse y la felicidad que aún no se atrevía a liberar, se alzó en sedición, ocupando cada vaso sanguíneo de los puestos estratégicos.

Caminaban los dos uno junto a otro, con un ritmo ágil y desenvuelto hasta llegar a los ascensores. Él le cedió el paso y se apoyó en la pared de este a contemplarla. Ella le devolvió el escrutinio desde el espejo; le resultaba muy erótico su perfil mientras la recorría de abajo arriba.

—Dime —sonó su voz de pronto, profunda, pausada, como

si tratara de comprender algo—, ¿te has propuesto matarme?

Pillada por sorpresa Ada giró la cabeza, pero el ritmo al que subía y bajada el pecho de Mario la tranquilizó y se dejó llevar.

—No del todo —contestó ella imitando su parsimonia—. Pretendía rescatarte en plena agonía, en los segundos finales, ¡lo que viene siendo por los pelos!

Un ligero destello en los ojos de Mario fue toda la respuesta que recibió. El ascensor llegó a su destino y este le indicó dónde había dejado el coche.

Llegaron al pequeño Renault Zoe y ocuparon sus asientos en silencio. Mario arrancó.

—¿Adónde te llevo? —preguntó con calma.

—A mi casa —contestó Ada en un tono que implicaba: ¿adónde iba a ser?

Nada más salir del garaje y coger la Castellana, Ada sacó el móvil y comenzó a teclear un WhatsApp.

Él la miró descolocado.

—¿En serio estás chateando? —preguntó incrédulo.

—¡Qué remedio, acabo de ver a Miguel caminando cansado y solo lo que probablemente sea todo el camino a su casa!

Siguió tecleando un mensaje a Alberto para que lo llamara y se ofrecieran a llevarlo adonde fuera que se dirigiera.

Mario dejó escapar la risa por la nariz. Pararon en un semáforo y Ada que ya había terminado lo miró. Observó de nuevo su perfil, la sombra de su barba ya a esas horas, la manzana de Adán que subía y bajaba al tragar ansioso. Giró su cabeza y le devolvió la mirada elocuente, cargada de mensajes, de significado. Ella le entregó la mano y se la estrecharon como si la hubieran fundido juntas, luego él se la llevó a su boca y se acarició los labios con sus nudillos, suavemente, con los ojos cerrados, ensimismado y dijo:

—Eres lo que más quiero en el mundo Ada —con una voz ronca y cargada de sentimiento.

Un fuerte pitido los sobresaltó y sin perder del todo la calma soltó su mano y el pedal de freno. Volvieron a ponerse en marcha.

—¿Te parece si dejamos la conversación hasta que estemos en casa, ahora no le haríamos justicia? —preguntó Ada.

—¿En casa, juntos? —preguntó ansioso. Ya lo sabía, pero quería oírlo de sus labios.

—Pues claro, ¿acaso me crees capaz de ...? —No terminó la frase.

—No, solo quería confirmarlo —dijo sacudiendo la cabeza.

29

Al bajar del coche Mario agarró fuertemente de la mano a Ada, sin soltarla hasta llegar al portal.

En el ascensor la tomó por la barbilla y la besó con ternura, dejando escapar el último gemido de dolor que seguía atrapado en su pecho. Ada lo abrazó con fuerza y luego colocó su cabeza en el hueco de su cuello, susurrándole cuanto le quería al oído. Al llegar a su planta lo soltó, pero antes de que se abriera, le acarició la cara con la mano y con los ojos.

Salieron y abrió la puerta de la casa mientras Mario la agarraba desde atrás y le daba pequeños besos en el cuello. Al cerrarla ella se dio la vuelta y unieron sus bocas apasionadas y sonrientes a la vez, felices. Sus labios volaron al rostro, los ojos, las cejas, la barbilla. El corazón llevaba tantos días estrujado, que en esos momentos, recobrando su caudal arremetían con todo. Entrecortadamente se susurraban: «Te quiero, te quiero, te quiero», decía él en una letanía. «Y yo a ti», respondía ella; se reían, lloraban y continuaban besándose.

Él fue el primero en perder la batalla, necesitaba tocar su piel. Le desabrochó el cuello lentamente y le bajó lo suficiente el sujetador para dejar al aire sus pezones y lamerlos con avidez.

La respiración de Ada cambió, se aceleró, se hizo más poderosa. Le fue desabrochando lentamente los botones de la camisa empezando por la cintura. Introdujo sus manos para acariciar su piel, pegó la cara a su pecho y lo olió, lo besó despacio, sin prisa; apoyó su oreja sobre su corazón para escuchar sus latidos y Mario la retuvo ahí sujetando su cara y acariciándole el pelo, luego le tiró suavemente de él y la fue separando. Le miró a los ojos, abrasándola con su amor, estudió su cara, sus labios y volvió a besarlos, entreabriéndolos con los suyos para introducir su lengua y lamer el contorno de su boca, muy, muy suavemente.

Con mucha delicadeza le fue soltando el resto de los corchetes del mono y la ayudó a sacar los brazos por él. Ada lo sintió sonreír, y escuchó su voz, como drogada, enronquecida, sensual, vibrando en el pecho:

—Tranquila, no voy a perder la cabeza, te lo voy a quitar con mucho cuidado para no estropearlo.

Ada sonrió de oreja a oreja, le encantaba que tuviera capacidad de bromear en esa circunstancia.

—Tienes que dejar de ponerte la ropa de tu hermana — continuo medio ronroneando, medio susurrando, muy cerca de su cuello y erizando con su aliento su piel—, quiero poder arrancártela salvajemente si me apetece.

Lo dejó caer por la cintura y se arrodilló delante de ella. Miró los bombachos y los botines. Levantó la mirada perplejo:

—¿Dónde están las instrucciones?

Ella sonrió y se inclinó para decirle en el oído susurrando:

—Primero los botines.

Ada se aferró a sus hombros para no caer.

Cuando terminó volvió a mirarla y le dedicó una de sus raras sonrisas plenas, esas que le transformaban todo el rostro y a ella la dejaban sin respiración.

—Lo has complicado a conciencia. ¡Confiésalo! —dijo sacudiéndola por las caderas, luego paseó sus manos por su contorno mientras respiraba profundamente y con los ojos cerrados modelaba sus nalgas, sus muslos y mordisqueaba el encaje de la braguita dorada.

Los pantalones cayeron por fin al suelo y él con cuidado la ayudó a salirse de ellos. Los recogió con delicadeza y sin quitar la mirada de sus ojos lo fue doblando con esmero y lo dejó sobre el sofá. Volvió a ofrecerle su mano y la condujo hasta la habitación mientras se iba terminando de desabrochar y liberar de la camisa.

La acercó a la cama y le hizo un gesto muy seductor y caballeroso de que se tumbara, como si fuese un mago. Sin dejar de pasear su mirada por ella fue desprendiéndose de su ropa y dejándola una a una sobre el sillón de lectura.

Ada lo miraba impaciente y sin parar de moverse inconscientemente, agitada. Mario disfrutaba de su contoneo, de la necesidad que tenía de él y eso lo llenaba de felicidad y orgullo masculino, no podía evitarlo, le parecía la mejor parte, la más erótica, el momento en que su mujer lo esperaba, concentrada en él, entregada, confiada. ¡Dios, como la amaba!

—Te quiero —dijo ella, que debió leer su mente—, ven.

Mario se fue acercando a ella sin dejar de mirarla, hincó una rodilla en la cama y trepó hasta llegar a ella. Besó su vientre e introdujo sus manos por detrás de su cintura, izándola para incorporarla y poderle desabrochar el sujetador dorado de seda que llevaba grabado sus pezones. Se tumbó de costado y la pegó a él en toda su longitud, necesitaba sentir su piel en la suya, había temido que eso no volviera a ocurrir y era imperioso asegurarse de que no olvidaría como era la sensación, era consciente de que no había nada seguro en el mundo, que había que vivir de verdad cada instante. Hacían el amor como no lo habían hecho nunca, pegados el uno al otro, sin dejar de acariciarse, se susurraban al oído lo que se querían, enterraban las manos en el pelo del otro, se agarraban y se aferraban a la carne como si temieran que no fuera real.

Mario la separó de si, y la miró desde abajo. Le retiró con cuidado la goma y los adornos que ya apenas si sostenían su pelo y le fue colocando los mechones con delicadeza, sobre su pecho, sobre su espalda. Levantó la cabeza para besarle los pezones que asomaban y se los chupó hasta que la sintió removerse pretendiendo deshacerse de la última barrera. Él de un quiebro repentino la tumbó de espaldas y se puso sobre ella. Se las quitó suavemente y paseo su mano por su muslo y no tuvo que hacer más porque ella los separó para recibirlo.

Esta vez no iba a jugar con ella, en ese momento no, quizás más tarde, pero en ese instante iba a entrar dentro de ella tal y como le pedía, tal como él necesitaba, entregándose sin control. Colocó sus codos junto al bello rostro de Ada y sin dejar de mirarla a los ojos la fue penetrando lentamente hasta llegar al fondo:

—Te adoro mi amor —susurró y comenzó el vaivén armónico sin tiempo, susurrando su nombre, sus sentimientos, besando su rostro, sus labios, aumentando la fuerza, pero no el ritmo, hasta que lo vio en sus ojos, el ruego, la necesidad. Empujó con fuego y olvido hasta que un fuerte orgasmo los sacudió a ambos en espasmos inagotables de pura felicidad.

Continuaron uno sobre otro con las manos entrelazadas. Mario dejó caer su cabeza en el hueco de la de Ada mientras sus respiraciones se calmaban y la consciencia se hacía de nuevo presente. Salió de ella y descendió por su cuerpo para no continuar aplastándola. Se acurrucó junto a su cadera y reposó la cabeza en su vientre, que subía y bajaba suavemente. Ella le acariciaba el pelo y se lo revolvía pensativa. Permanecieron en silencio unos minutos, cada uno entregado a sus sentimientos, preguntándose como comenzar a erigir los pilares de su relación.

—Te voy a hacer feliz Ada, no tengas miedo, cambiaré, no volveré a tener una reacción así contigo, te lo prometo.

Ada paró la mano y dejó de respirar, pillada por sorpresa. Él también dejó de respirar, ¿es que ella no decía nada?, se inquietó, pero fueron solo unos segundos porque enseguida retomó su vientre el movimiento.

—No digas eso, no quiero que cambies, nadie cambia y suena a falso —dijo Ada con calma retomando las caricias a su pelo.

Mario se incorporó a mirarla preocupado, ¿es que no creía en él? Ella le sonrió con cariño, y le acarició la cara.

—¿No me crees? —preguntó preocupado.

Ella volvió a sonreír y le retiró el pelo de la frente.

—Creo que tú lo crees y que lo dices sinceramente, pero yo ni estoy segura ni te lo pido, yo no te pido que cambies. Cuando decidí volver no lo hice esperando que cambiaras si no porque te acepté como eres —dijo con un nudo de emoción.

Mario no se había sentido nunca tan amado ni creía merecerlo tampoco. Besó con reverencia su vientre y respiró su aroma con los ojos cerrados, ¡la quería tanto que le parecía un sueño y le producía un poco de miedo!

—Lo único que espero, lo que te pido, y no es poco, es que nos ayudemos a ser felices, que pensemos en el otro.

—¿Cómo has hecho tú hoy? —dijo estrujando sus caderas en un abrazo.

—Sí, a eso me refiero. Sé que volverás a cerrarme la puerta en las narices cuando tus sentimientos se sientan heridos porque eres muy orgulloso, es parte de tu personalidad. Lo que te pido es que cuando te des cuenta reacciones.

—¿Volver a abrir la puerta corriendo? Mirar tu cara —dijo Mario en un susurro.

—Por ejemplo —confirmó ella—, y volver a escuchar. Yo haré lo mismo contigo por supuesto, y tú tendrás que aprender a querer mis defectos también.

—¡Tú no tienes defectos, para mi eres perfecta! —dijo Mario alzando la cabeza de nuevo y mirándola. Ella puso los ojos en blanco.

—Hablo en serio. Y que ese sea nuestro auténtico voto, nuestra filosofía de vida —dijo enfatizándolo con una profunda sonrisa cómplice.

—¿Cómo hizo tu padre?

—Sí, y como aprendió a hacer mi madre.

Se quedaron en silencio, Mario mirando en su interior, sopesando todo lo que ella había dicho, y ella esperando de todo corazón que él lo compartiera.

—¿Sabes? Mi padre estaría tan orgulloso si te hubiera conocido, si supiera que me quiere una mujer como tú —De pronto alzó la cabeza y la miró—. ¿Te molesta que diga estas cosas, que lo mencione tanto? —preguntó con preocupación en la voz.

—En absoluto, ya te lo he dicho. Tu padre te dejó cuando todavía los idealizamos, no te dio tiempo a darte cuenta de que era un hombre como todos los demás. Pero a ti te ayuda.

—Sí, es verdad, es mi ideal.

—Te comprendo, mis padres también se han convertido ahora en mi ideal, cuando desde que tengo uso de razón han sido el modelo del que huía —se lamentó Ada.

Mario dejó caer la cabeza en el hueco entre su pecho y su hombro abrazado a su cintura. Se quedaron unos segundos en silencio. Él reflexionando sobre lo que había dicho Ada. Empezaba a darse cuenta de la importancia que tenía para ella lo que acababa de contarle. Eso realmente la había marcado. Él había juzgado la relación de los padres de Ada como nada fuera de lo corriente, nada comparado con que se hubiera muerto uno de los progenitores. De pronto se le vino una idea a la cabeza y se incorporó sobre un codo para mirarla.

—¿Tiene eso algo que ver con que vistieras asimétrica? Nunca me lo has contado.

Ada sonrió en una mueca introspectiva.

—Eres el primero que acierta. Ya era hora.

—¿De veras? Cuéntamelo —La urgió.

—Pues eso, era mi manera de acostumbrarme a sentirme un poco incómoda: cuando me miraba al espejo, cuando caminaba y sentía el fresco solo en un brazo o en una pierna, o el calor del sol. Era una forma de estar siempre alerta, sentir sensaciones corporales contrapuestas. Yo no quería que la necesidad de sentirme cómoda y no sufrir me impidiera vivir la vida que quería vivir.

Ada se sentía expuesta al contar esto, temía que le pareciera una tontería y sobre todo que al contarlo perdiera su poder y ya no le sirviera nunca más.

—Un enfoque muy psicológico. ¿Lo sabes verdad? — preguntó Mario con evidente admiración en su voz. Le encantaba cómo funcionaba el cerebro de Ada.

—Ahora sí —confesó ella—, pero cuando empecé a hacerlo, en la adolescencia, cuando comencé a decidir yo lo que quería ponerme, entonces no lo sabía, era una forma de ir por el mundo. Mi madre me ayudó mucho en ese sentido, porque nunca se opuso, más bien colaboraba adaptándome la ropa.

Mario se quedó ensimismado sonriendo durante un rato, hasta que poco a poco se le fue apagando la sonrisa. Ada prácticamente podía escuchar el engranaje de su cerebro. Se decidió a esperar, quería comprobar si Mario era capaz de abrirse a ella.

—Hay una cosa que no comprendo, si no querías que la incomodidad o el miedo a sufrir gobernara tu vida, ¿por qué huiste de mi la primera vez? —se escuchaba el desconcierto en su voz y Ada sonrió.

—Pues por qué va a ser Mario, porque todos somos contradictorios, a veces lo que más creemos defender conscientemente es de lo que más huimos inconscientemente —reconoció incómoda—. Temía tanto tener una relación desgraciada como la que creía que tenían mis padres, como a sufrir lo que presentía que sufrió mi madre.

Era complicada su Ada, eso él ya lo sabía, pero la amaba igualmente con todas sus contradicciones.

—¿Y por qué dejaste de hacerlo cuando volviste de Chile? —preguntó curioso.

—No fue cuando volví de Chile, fue desde que llegué. Ya me sentía bastante incómoda, con todo nuevo para mí, sola, en un país devastado por un terremoto y un sunami. Durante los dos primeros años no usé otra cosa que no fuera ropa de trabajo.

—¿Y por qué volviste a vestirte así cuando fui a verte a Roses? —preguntó, aunque ya sabía la respuesta.

—Mi vida estaba patas arriba de nuevo y quería aclimatarme a la nueva situación. Convencerme de que no pasaba nada por haberlo perdido todo y tener que empezar de nuevo—. Lo miró a ver si se lo tomaba a risa, pero solo vio un poco de tristeza y culpabilidad—. ¿Nos dormimos? Estoy cansadísima —dijo Ada bostezando incontrolablemente y Mario recostó la cabeza en la almohada y volvió a abrazarla.

LA luz del nuevo día no le vino del sol sino de la energía de pequeños besos que iban creando cada centímetro de su piel conforme nacían a la conciencia. De dos fuertes manos le llegó el poder que separaron sus piernas y como si se retirara una nube, quedó cubierta por el peso del cuerpo del hombre que amaba. El peso dio paso al calor y este al movimiento, del movimiento le llegó el placer, del placer brotó el amor y de este la unión inexplicable entre un hombre y una mujer.

Cuando volvieron a emerger, el mundo seguía ahí y ellos estaban muertos de hambre. Mario se levantó de un salto a preparar el café mientras Ada se duchaba. Antes de que esta acabara escuchó sus golpes en la puerta y lo invitó a pasar. Él se metió en la ducha y la abrazó, el cambio de temperatura entre los dos lo excitó de nuevo.

Ella interrumpió el abrazo cuando vio que se encaminaban a posponer el desayuno, tenía una idea en mente y estaba ansiosa, la ilusión era más poderosa que su deseo.

—Voy a preparar algo de comer y luego continuamos —dijo empujándolo suavemente y dejándolo en la ducha.

—Buena idea. Tendrás algo por ahí que ponerme que no esté muy ridículo. No quiero desayunar con la camisa de anoche.

—Veré que encuentro.

Ada rebuscó por el armario y encontró una sudadera de algodón negra de publicidad que le habían regalado junto con los muebles de oficina. Era una talla XL y no se la había puesto nunca, se la dejó sobre la cama.

Sacó pan del congelador y lo tostó. Puso las tazas y todo lo necesario en la mesa y esperó a Mario con impaciencia. Escuchó sus pasos por el pasillo y lo vio aparecer con el pelo mojado cayéndole por la frente y la sudadera negra pegada a su cuerpo fibroso y elegante como de ladrón de guante blanco.

—Corre que se enfría —le animó ella.

—¿Te vienes luego a mi casa, quiero enseñártela? —dijo Mario antes de morder la tostada.

—¿Le has hecho algo nuevo? —preguntó extrañada.

—No, me refiero a la casa de mis padres, en la que me crie. Me gustaría enseñarte mi cuarto y mis cosas —dijo esperanzado.

—Ah, claro que sí. ¿Esta tarde trabajas verdad? —preguntó Ada haciendo un esfuerzo porque no se le notara el fastidio en la voz, sabía que a Mario le esperaba ahora mucho trabajo y llegaban las navidades. Ella quería pasar tiempo con él.

—Sí. Este es el primer fin de semana para el público y no quiero faltar, pero a partir de la semana que viene iré delegando, si todo va bien. ¿Y tú qué piensas hacer la semana que viene?

—Me la pienso tomar de vacaciones hasta que pasen las fiestas, y cuando vuelva me ocuparé de los demás clientes, no voy a intervenir más de forma directa en tus proyectos —dijo de forma casual.

Mario soltó la tostada y terminó de masticar lo que tenía en la boca. Luego se pasó la servilleta.

—¿No habíamos superado ya eso Ada? —preguntó con gravedad.

Ada vio su expresión y se percató de lo que había interpretado. Lamentó en seguida haberlo dicho así, tan torpemente.

—Claro que sí, no me has entendido, no lo digo porque esté resentida, es que preferiría que no trabajáramos juntos, por no mezclar las cosas, ya sabes.

Mario pareció que se tranquilizaba un poco y retomó su desayuno, pero ya no le sabía igual, le daba la impresión de que ella seguía guardándose cosas, insegura, que no terminaba de abrirse a él y eso le desesperaba, era como volver a empezar. Pero quizás tampoco era conveniente presionar. Se hizo un silencio incómodo que Ada rompió.

—No es lo que piensas Mario, es que ahora somos pareja y eso cambia las cosas. Además, cuando Maxim y yo proyectamos esta empresa teníamos nuestros planes y nuestros clientes. Todo eso lo dejamos un poco de lado cuando tu apareciste porque venías con urgencia y porque eras tú claro, pero ahora tendré que retomarlo —Lo miró expectante, deseando que la comprendiera y se dio cuenta de que había llegado el momento—. ¿Has terminado? —El la miró sin saber a qué venía tanta prisa, asintió con la cabeza—. Bien —dijo levantándose de la mesa y retirando el plato y la taza de Mario. Él la miró hacer un tanto incómodo e hizo ademán de levantarse a retirar la de Ada, pero esta le paró en seco—. No, tranquilo, ya lo quito yo, tú sigue sentado.

Ada estaba a todas luces nerviosa y eso estaba inquietando a Mario que sentía que algo pasaba, pero no sabía qué.

—Ahora vengo —dijo ella saliendo de la cocina y elevando la voz desde el salón—. No te levantes.

¡Qué demonios pasa ahora!, pensó Mario.

Enseguida volvió a aparecer con las manos ocultas detrás de la espalda y se cuadró delante de él.

—Ten —dijo depositando un regalo en forma de cubo sobre la mesa. Era la típica cajita de regalo de una joyería.

Mario levantó la mirada hacia ella desconcertado, pero también con una ligera sonrisa, al parecer todo esto llevaba a algún sitio y esperaba que fuera bueno.

—Vamos ábrelo —lo animó ella.

Mario lo tomó con cuidado y comenzó a retirar el lazo deshaciéndolo, siguiendo a la inversa los gestos que habrían realizado al envolverlo.

Cuando terminó descubrió una cajita, un cubo perfecto como de unos ocho centímetros de lado. Era de madera en color crema, con una esquinera de madera oscura superpuesta en cada uno de sus vértices. Sobre el centro de cada cara, superpuesta también y en un color intermedio había unos círculos de madera con un corazón grabado, admiró la caja haciéndola girar en sus ágiles manos. Él ya sabía lo que era, pero no podía creerlo, incluso adivinaba quién la había diseñado Benno Baasten, el creador holandés de cajas puzles. Paseó sus dedos largos por cada arista, cada vértice. Hizo girar suavemente los corazones circulares, sospechando que no le iba a resultar tan sencillo abrirla. Levantó la cara radiante de felicidad hacia Ada. Ella no podía sospechar siquiera lo que eso significaba para él. Con ese gesto ella acababa de demostrarle que le importaba de verdad, y que se interesaba por sus cosas.

—¡Ábrela! —le animó ella, contenta al ver su expresión.

—¡Como si fuera tan fácil!, pero lo haré, no te preocupes, con estas cajas no se puede tener prisa —dijo con una carcajada.

Continuó tanteando la caja bajo la mirada embelesada de Ada que ahora comprendía cómo había Mario adquirido la magia en sus dedos.

De repente levantó la cabeza mirando a Ada con picardía, con esos ojazos oscuros y abrasadores y con un golpe de dedos hizo girar la caja sobre un eje concéntrico. Se escuchó un clic y la cajita se abrió.

Mario observó con satisfacción la cara de asombro de ella y le guiñó un ojo, luego el sorprendido fue él cuando adentro descubrió un papelito, como del tamaño de un *post-it* doblado en cuatro. Lo desplegó y leyó su contenido conteniendo el aliento.

¿Te quieres casar conmigo?

En un único movimiento la tenía en sus brazos besando su cara, sus labios, dando vueltas con ella por la cocina.

—Sí, sí, sí claro que quiero, ya lo sabes. No deseo otra cosa desde hace nueve años —contestó con la voz cargada de emoción.

—¿Me comprendes ahora? No quiero separarme de ti con lo del trabajo, solo quiero estar en otro plano ¿me entiendes? —preguntó ella esperanzada.

—Sí, ahora sí.

—¿Te ha gustado la caja?

—¿Tienes que preguntarlo, acaso no has visto mi reacción?, ¿cómo lo sabías? —preguntó Mario que ni en sueños hubiera imaginado que Ada le regalara algo así.

—¿Recuerdas el cumpleaños de Nacho en su pueblo? cuando abriste aquel aguacate destrozándolo. —No llegó a terminar la anécdota porque Mario la interrumpió.

—¡Ah, sí, ya me acuerdo! ¿Y te acordabas de ese comentario? —preguntó maravillado. Sí él recordaba que luego le estuvo comentando que le gustaban las cajas Himitsu Bako.

—Me acuerdo de todo lo que me has dicho en estos años.

—¿Cuándo nos casamos? —preguntó él de sopetón.

Ada se rio a carcajadas.

—Te lo diré en cuanto termine mis vacaciones navideñas, es a lo que pienso dedicarlas.

—Estupendo, vístete que te llevo a casa.

EPÍLOGO

Madrid, 14 de mayo 2016

Era una primaveral tarde de sábado en una soberbia iglesia de Madrid. Los invitados llenaban los bancos y esperaban ansiosos que entraran los novios. Mario, frente a la puerta, acompañado de su madre del brazo y de su padre en el corazón, sonreía satisfecho; hoy por fin las fuerzas se habían equilibrado y su espera llegaba a su término. Vio cómo se acercaba el coche nupcial conducido por Nacho junto a la madre de Ada y la impaciencia por ver a su novia le dificultaban la respiración. Nacho salió del coche y abrió la puerta trasera de la que descendió Eduardo. Mario aguantó el aliento y por fin la vio salir: era su niña de siempre, con su cabeza de rizos sueltos y el vestido blanco de manga larga de encaje y hombros descubiertos. Al cuello, como único adorno la gargantilla de delicadas flores que él le había regalado. Pero nada brillaba más que su interior.

Ada miró a Mario, sus ojos oscuros ahora transparentes para ella, mostraban el corazón en ellos. Nunca en su vida se había sentido más amada, ni más feliz. Lo miró con adoración: su pelo brillante, su traje oscuro semilevita; con la camisa, el chaleco y la corbata de estilo victoriano, solo él podía atreverse con algo así para ella. Se acercó despacio, con calma, sin dejar de mirarlo y cuando llegó a su lado él le tomó las manos, las cubrió con las dos suyas, y haciendo como un engarce dijo:

—Clic —y no necesitó de más palabras para que ella comprendiera y sonriera radiante.

Eduardo tomó del brazo a Julia y en ese momento se escuchó llegar un coche rezagado que venía muy rápido y un fuerte frenazo.

Todos se dieron la vuelta sorprendidos ante el Chrysler blanco que esquivó el coche nupcial y se subió a la acera de la iglesia. Se abrió despacio la puerta del copiloto, a la que la luz del sol no dejaba ver su interior. Asomó una pequeña pierna finamente entaconada, seguida de una falda de seda malva y por último una cabeza pelirroja.

Eva miró tímidamente a Ada, esperando su reacción. Se miraron a los ojos unos segundos hasta que Ada asintió y le sonrió. Eva abrió la puerta del coche de par en par y German inclinado sobre el asiento del copiloto le dedicó a Ada su sonrisa de tiburón, luego miró a Mario y le hizo su característico saludo militar.

—Cierra —le ordenó a Eva y sin demorarse más dio marcha atrás tan estrepitosamente como había llegado y se marchó.

Ada señaló a Eva con un gesto la dirección donde se encontraba Nacho, observando atónito la escena, sin atreverse, cosa rara en él, a dar un paso. Eva lo miró y estiró su brazo con la esperanza de que él se acercara a tomar su mano.

—¿Me acompañas? —le preguntó en voz alta— ¿o se lo pido a una estrella fugaz?

Nacho, con los ojos brillantes, se soltó el dedo y avanzó a su encuentro.

Agradecida y feliz Ada se dio la vuelta y se agarró del brazo de Mario, deseando prometerle que pasaría con él lo que le quedara de vida. Se soltó de sus ojos y haciendo un alto en la entrada de la iglesia, agachó la cabeza en un asentimiento que dio la entrada al «Coro Nupcial (Lohengrin)» de Richard Wagner.

Fin

ASIMETRÍA

Tenemos la tentación de intentar disponer las cosas de una manera que parezca perfecta a base de equilibrar el lado derecho con el izquierdo, haciendo que un lado tenga el mismo aspecto que el otro. La simetría produce un aspecto ordenado, estructurado y organizado cuidadosamente.

Pero uno de los problemas que trae consigo es que una vez que tu cerebro ha captado ese orden, tú pierdes el interés. Te haces cargo enseguida de cómo está estructurada la imagen y pasas a otra cosa. Por ejemplo, es mucho menos interesante contemplar los edificios de aspecto simétrico que los que tienen puertas descentradas, una torre en un lado, una sola ventana redonda o ventanas desiguales.

En una habitación que aspira a ser simétrica, a base de muebles a juego dispuestos de manera regular sobre su superficie, hay menos elementos que despierten nuestra curiosidad. Estos interiores corren el riesgo de ser previsibles y poco inspiradores.

Por el contrario, las disposiciones asimétricas dan la impresión de formar parte de un proceso, de ser incompletas e imperfectas. Nos sentimos animados a observarlas y a estudiarlas con mayor interés.

La naturaleza tiende a estar llena de disposiciones asimétricas. Si vivimos en un entorno simétrico puede resultarnos más difícil romper con los esquemas mentales estructurados, o ser creativos, originales o innovadores.

https://arqdelavida.blogspot.com/asimetría

ACERCA DEL AUTOR

Pamira Blum nació en Málaga. Desde que leyera su primer cuento sin dibujos con 6 años supo que la lectura sería su pasión y el aprendizaje autodidacta su destino porque le interesaba todo. Estudió Turismo lo que le proporcionó dos idiomas más en los que leer, pensar y aprender.

La lectura la sumergió en la literatura, la ciencia y la psicología; el baile le enseñó a expresarse con el cuerpo y el trabajo a conocer a las personas. Se ha entregado con pasión a todas las disciplinas a las que su curiosidad la ha llevado: el canto, el piano, el yoga, la equitación…

En un verano de su juventud que pasó con su prima , cayó en sus manos una novela romántica y desde ese día supo que ese género también le acompañaría en el recorrido por la vida.

Palmira escribe desde siempre, principalmente para poner en orden sus pensamientos y a partir de ahora se ha comprometido con la novela.

Actualmente vive en Madrid con su marido, su hijo, su hija y su madre nonagenaria a los que agradece su felicidad.

www.palmirablum.com

424

Made in United States
North Haven, CT
02 April 2022

17799296R00253